百年經典叢書

# 中國短篇小說百年精華 下

（當代卷）

百年經典叢書

# 中國短篇小說百年精華（下）

（當代卷）

中國社會科學院文學研究所
當代文學研究室 選編

三聯書店（香港）有限公司

責任編輯　蔡嘉蘋
裝幀設計　朱桂芳

書　　名　中國短篇小説百年精華 下（當代卷）
編　　者　中國社會科學院文學研究所當代文學研究室
出　　版　三聯書店（香港）有限公司
　　　　　香港鰂魚涌英皇道一〇六五號一三〇四室
　　　　　Joint Publishing (H.K.) Co., Ltd.
　　　　　Rm.1304, 1065 King's Road, Quarry Bay, Hong Kong
發　　行　香港聯合書刊物流有限公司
　　　　　香港新界大埔汀麗路三十六號三字樓
　　　　　SUP Publishing Logistics (HK) Ltd.
　　　　　3/F., 36 Ting Lai Road, Tai Po, N.T., Hong Kong
印　　刷　深圳市恒特美印刷有限公司
　　　　　深圳市寶安區龍華民治橫嶺村恒特美印刷工業園
版　　次　二〇〇五年一月香港第一版第一次印刷
　　　　　二〇一一年八月香港第一版第二次印刷
規　　格　特十六開（152×228mm）六六八面
國際書號　ISBN 978-962-04-2432-8

# 出版說明

這是一部力求全面反映百年來中華民族短篇小說創作面貌的精粹選本。分上、下冊，選入了近百位作家的各種題材、不同流派、多種風格的小說近百篇，其中不乏名家名篇及許多讀者耳熟能詳的經典之作。這些作品藝術特點突出，可讀性強，影響力大；涵蓋面遠至世紀之初，廣至海峽兩岸，遍及一百年裡各個重要歷史時期。為了有一個「史」的線索，作品分別按發表的年代先後排列，並附以作者的創作簡介，讀者從中可以看到一個世紀以來中國短篇小說發展的概貌及所取得的成就。

面對林林總總的短篇小說佳作，如何披沙揀金，採擷精華，真正體現其百年來的歷史地位、審美價值和綽約的風姿，是選編本書首先要審慎思考的前提。在選編的過程中，我們雖殫思極慮，努力將百年短篇小說精品盡皆匯攏，但由於篇幅所限、目光不及，難免有掛一漏萬和不當之處，懇請專家與讀者批評指教。

# 目錄

**蕭也牧**

蕭也牧（1918—1970），浙江吳興人。作家。著有中短篇小說《海河邊上》、《鍛煉》等。另有《蕭也牧作品選》出版。

# 我們夫婦之間

## 一 「真是知識分子和工農結合的典型！」

我是一個知識分子出身的幹部；我的妻卻是貧農出身，她十五歲就參加革命，在一個軍火工廠裡整整做了六年工。

三年前我們結了婚。當時我們不在一起，工作的地方相隔有百十來里，只在逢年逢節的時候才能見面。所以婚後的生活也很難說好還是壞；只是有一次卻使我很感動：因為我有胃病，一挨凍就要發作，可是棉衣又很單薄！那年，正快下雪的時候，她給我捎來了一件毛背心，還附着一封信，信上說：

……天快下雪了！你的胃病怎樣了？真叫我着急得不知道怎麼着好！我早有心給你打件毛背心，倒也不是羊毛貴，就是錢湊不夠！我就在每天下午放工以後，上山割柴禾，可是天氣太短了！一下工，天很快就黑了！所以一直割了半個多月，才割了不少柴禾，賣給廠裡的馬號裡了，賣了二千塊邊幣，秤了兩斤羊毛，問老鄉借了個紡車，紡成了毛線，打了這件毛背心！

因為我不會打，打得又不時樣又盡是疙瘩，請你原諒！希望你穿上這件毛背心就不再發胃病，

好好為人民服務……

我讀着這封信，我彷彿看到了她那矮小的身影，在那黃昏時候，手拿鐮刀，獨自一個人，彎着腰，在那荒坡野地裡，迎着徹骨的寒風，一把，一把，一把地割着稀疏的茅草……

她這樣做，完全是為着我！為着我不挨凍，為着我「不再發胃病，好好為人民服務……」突然，我流淚了！可是我感到了幸福！

兩年以後的秋天，我們有了小孩，組織上就把我們調在一塊工作。那時，我們住在一個叫「抬頭灣」的山村裡。

每當晚上，我在那昏黃的油燈下趕工作，她呢，哄着孩子睡了以後，默默地坐在我的身旁，吃力地、認真地、一筆一畫地練習寫大楷……

山村的夜是那樣的靜寂，遠遠地能聽見胭脂河的流水，「嘩嘩」地流過村邊。時間該是半夜了吧，我想她又是照顧孩子，又是工作……一定是很累了，就說：「你先睡吧！」她一聽我的話，總是立刻睜大了有點蒙矓了的睡眼：「不！」繼續練她的大楷……直到我也放下工作。

早上，孩子醒得很早，她就起來哄：「嗯嗯……聽媽媽的話，別把爸爸擾醒了……」孩子才幾個月大，當然不懂得，還是嚷！於是她就躡手躡腳地起來，抱着孩子，到隔壁老鄉屋裡的熱炕頭上哄着去了。

閒時，她教我紡線、織布；我給她批仿，在她寫的大楷上畫紅圈，或是教她打珠算，討論土地政策……

每天下午，孩子睡着了，我們抬水去澆種在窗前的幾棵白菜，到溝裡幫老鄉打棗，或是盤腿坐在炕上，我搓「布捲」（棉花條兒）、拐線，她紡線，紡車「嗡嗡」的響，聲音是那樣靜穆、和諧……

雖然我們的出身、經歷……差別是那樣的大；雖然我們工作的性質是那樣的不同：我成天坐在屋子裡畫統計表，

整理工作材料；她呢，成天和老百姓們打交道！……但在這些日子裡邊，我們不論在生活上、感情上……卻覺得很融洽，很愉快！同志們也好意地開玩笑說：「看你這兩口子，真是知識分子和工農結合的典型！」

但是，不到一年的光景，我們卻吵起架來了；甚至有一個時候，我曾經懷疑到，我們的夫婦生活是否能繼續鞏固下去。那是我們進了北京城以後的事。

## 二 「……李克同志：你的心大大地變了！」

今年二月間，我們進了北京。這城市，我也是第一次來，但那些高樓大廈，那些絲織的窗簾、有花的地毯，那些沙發，那些潔淨的街道，霓虹燈，那些從跳舞廳裡傳出來的爵士樂……對我是那樣的熟悉，調和……好像回到了故鄉一樣。這一切對我發出了強烈的誘惑，連走路也覺得分外輕鬆……雖然我離開大城市已經有十二年的歲月，雖然我身上還是披着滿是塵土的粗布棉衣……可是我暗暗地想：新的生活開始了！

可是她呢？進城以前，一天也沒有離開過深山、大溝和沙灘；這城市的一切，對於她，我敢說，連做夢也沒夢見過的！應該比我更興奮才對，可是，她不！

進城的第二天，我們從街上回來，我問她：「你看這城市好不好？」她大不為然，卻發了一通議論：那麼多的人！男不像男女不像女的！男人頭上也抹油……女人更看不得！那麼冷的天氣也露着小腿；怕人知不道她有皮衣，就讓毛兒朝外翻着穿！嘴唇血紅血紅，像是吃了死老鼠似的，頭髮像個草雞窩！那樣子，她還覺得美得不行！坐在電車裡還掏出小鏡子來照半天！整天擠擠嚷嚷，來來去去，成天幹什麼呵……總之，一句話：看不慣！說到最後，她問我：「他們幹活不？哪來那麼多的錢？」

我說：「這就叫做城市呵！你這農村腦瓜吃不開啦！」她卻不服氣：「雞巴！你沒看見？剛才一個蹬三輪的小

孩，至多不過十三四，瘦得像隻猴兒，卻拖着一個氣兒吹起來似的大胖子——足有一百八十斤！坐在車裡，蹺了個二郎腿，含了支煙卷兒，虧他還那樣『得』！（得意；自得其樂的意思）……俺老根據地哪見過這！得好好兒改造一下子！」

我說：「當然要改造！可是得慢慢地來；而且也不能要求城市完全和農村一樣！」

她卻更不服氣了：「嘿！我早看透了！像你那腦瓜，別叫人家把你改造了！還說哩！」

我覺得她的感覺確實要比我銳利得多，但我總以為她也是說說罷了，誰知道她不僅那麼說；她在行動上也顯得和城市的一切生活習慣不合拍！雖然也都是在一些小地方。

那時候，機關裡還沒起伙，每天給每人發一百塊錢，到外邊去買來吃。有一次，我們倆到了一家飯舖裡，走到樓上，坐下了。她開口就先問價錢：「你們的炒餅多少錢一盤？」「麵條呢？」「饃饃呢？」……她一聽那跑堂的一報價錢，就把我一拉，沒等我站起來，她就在頭裡走下樓去。弄得那跑堂的莫名其妙，睜大了眼睛，奇怪地看了我們幾眼。當時，真使我有點下不來台，說實話，我真想生氣！可是，她又是那樣堅決，又有什麼辦法呢？只好硬着頭皮跟着她走！

一面下樓，她說：「好貴！這哪裡是我們來的地方！」我說：「錢也夠了！」她說：「不！一頓飯吃好幾斤小米；頂農民一家子吃兩天！哪敢那麼胡花！」

出了飯舖，我默默地跟着她走來走去，最後，在街角上的一個小飯攤上坐下了！還是她先開口，要了斤半棒子麵餅子、兩碗餛飩。大概她見我老不說話，怕我生氣，就格外要了一碟子燻肉，旁若無人地對我說：「別生氣了！給你改善改善生活！」

像這類事，總還可以容忍。我想一個「農村觀點」十足的「土豹子」，總是難免的，慢慢總會改變過來……

哪知她並不！

那時，機關裡來了不少才參加工作的新同志，有男的也有女的。她竟不看場合，常常當着他們的面，一本正經地批評起我來。她見我抽紙煙，就又有了話了：「看你真會享受！身邊就留不住一個隔宿的錢！給孩子做小褂還沒布呢！一支連一支地抽！也不怕燻得慌！你忘了？在山裡，向房東要一把爛煙，合上大芝蔴葉抽，不也是過了？」開始，我笑着說：「這可不是在抬頭灣啦！環境不同了呵！」她卻有了氣啦：「我不待說你！環境變了，你發了財啦？沒了錢了，你還不是又把人家扔在地上的煙屁股揀起來，捲着抽！」

不知道是怎麼回事兒，我的臉刷地紅了！站在一旁看熱鬧的青年男女同志們，本來看得就很有興趣，這時候，就有人天真活潑地嚷起來：「哈哈！臉紅啦！臉紅啦！」旁的同志也馬上隨聲附和，並且大鼓其掌：「紅啦！紅啦！」這一嚷，我的臉，果真更加發燙了！

…………

我發覺，她自從來北京以後，在這短短的時間裡邊，她的狹隘、保守、固執……越來越明顯，即使是她自己也知道錯了，她也不認輸！我對她的一切的規勸和批評，完全是耳邊風！常常是，我才一開口，她就提出了一大堆的問題來難我：「我們是來改造城市的；還是讓城市來改造我們？」「我們是不是應該開展節約，反對浪費？」「我們是不是應該保持艱苦奮鬥、簡單樸素的作風？」等等。她所說的確實也都是正確的，因此，弄得我也無言答對，這樣一來，她也就更理直氣壯了，彷彿真理和正義，完全是在她的一邊；而我，倒像是犯了錯誤了！她幾次很嚴肅地勸我：「需要好好地反省一下！」

我有什麼可反省的呢？我自己固然有些缺點，但並不像她說的那樣嚴重，除了沉默，我還有什麼辦法？可是，有一次，我忽然再也不能沉默了！我們破例吵了一架，這在我們結婚以來，還是第一次。

在今年六七月間，連日天雨，報上不斷登着冀中和冀西一帶鬧水災的消息。突然，她的精神也就隨着緊張起來了！每天報來，她就搶着去看。我發現，她是專門在找報上所列舉的水患成災的縣份和村名……她一面讀着，不斷地發出驚嘆：「呵呵！怎麼得了呀！才翻了身的農民，還沒緩過氣來，地又叫淹了！呵呵……」

有一次，我正在整理各地災情的材料，她看着報，就大聲嚷了起來：「這怎麼着好呵！俺村的地全叫淹了！哎呀！日子怎麼着過呀！我娘又該挨餓了呵！怎麼着呵？哎？說呀！你說呀！」這我才發覺她是在徵求我的意見。我出口說了句俏皮話：「天要下雨，娘要嫁人——誰也沒法治！黨和政府自會想辦法，你操心也枉然！」冷不防，她一伸手，一指頭直捅到我的額角上：「沒良心的鬼！你忘了本啦！這十年來誰養活你來着？」我說：「反正不是你家！」她卻真的又生我的氣了：「你進了城就把廣大農民忘啦？你是什麼觀點？你是什麼思想？光他媽的會說漂亮話！」我說：「誰比得上你的思想！『當當當』的好成份！又是工人階級出身！」她把桌子一拍：「放你媽的臭屁！你別諷刺人啦！」就再也不理我了，好像很傷心的樣子。

過了幾天，我恰好得了一筆稿費：夠買一雙皮鞋，買一條紙煙，還可以看一次電影，吃一次「冰激淩」……我很高興，就把錢放在枕頭心裡，不讓她知道。

第二天，我正準備取錢上街，錢卻怎麼找也找不見了！心裡真着急。我只好問她：「我的錢呢？」她說：「什麼？錢？哪裡來的錢？你交給誰啦？」我繼續找，直找得頭上冒煙！她卻「噗哧」一聲笑了！我知道準是她拿了，於是我就很正經地說：「這錢不是我的！」「得了！你別糊弄我沒文化了！稿費單上還有你的名字呢！」「是，是，我這錢，我有用處！我要去買一套『幹部必讀』——十二本書！好好加強理論學習，比什麼也重要！」「誰還知不道誰哩！加強你的『冰雞寧』『煙斗牌』煙去吧！」我一看不對頭，只好懇求了：「你拿一半行不行？」她卻說：「我早給家寄走了！」我不免吃了一驚：「真的？」她說：「糊弄鬼！」

我不知不覺地提高了嗓音：「這錢是我的！你不應該不哼一聲就沒收了！」哪知她的嗓音更大：「你沒花過我的錢？嗯？你的花被面，你的毛背心……是誰的錢買的？」我說：「不稀罕！反正你得檢討檢討，你這樣做對不對？」她說：「對！家裡鬧水災，不該救濟救濟麼？」我說：「你把錢捐給救災委員會，那就算你的思想意識強，為什麼給自己家裡寄呀——那還不是自私自利農民意識！」她卻真的火了：「反正比浪費強！今兒格黑價（今天晚上）你就不準蓋我的被子！」我說：「好好好！」我一扭頭就走了……

說也笑人！為了這麼芝蔴粒大的一點事，我們三天沒說話，而且覺得很傷腦筋！恰好星期六那天晚上，機關內部組織了一個音樂晚會，會跳舞的同志就自動的跳起舞來，這正好解悶，我就去參加了。

我正下場，忽然發現：她抱着孩子來了！一看她的神色，知道糟了！她氣沖沖地直蹦到我的面前，把孩子往我懷裡一塞：「你倒會散心！孩子有你一半責任，我抱夠了！你抱抱吧！」我說：「跳完這一場我就回去！」她二話沒說，把孩子往旁邊的「沙發」上一擱，雄赳赳地走了……

孩子不見他媽，就「哇哇」地號啕起來，和着手風琴的伴奏，發出一種奇怪的音樂，引起了人們的注意。

我紅着臉，抱起孩子，回到臥室裡去。只見她伏在桌上寫字呢！我悄悄地走到她的背後一看，原來她在給我寫信：「李克同志：你的心大大地變了……」她發覺我來，馬上又把紙撕了！

孩子見了媽，掛着兩行眼淚，笑着，跳着，「哇！哇！」地叫，向她撲去，她才接過孩子，解開懷來餵奶，一面走到門邊，背貼着門，向我命令地說：「不許走！咱們談判談判！」

## 三　她真是一個倔強的人

這些雖然都是非原則問題，但也恰好正在這些非原則問題上面，我們之間的感情，開始有了裂痕！結婚以來，我彷彿才發現我們的感情、愛好、趣味……差別是這樣的大！

她對我，越看越不順眼，而我也一樣，漸漸就連她一些不值一提的地方，我也看不慣了！比方：發下了新制服，同樣是灰布「列寧裝」，旁的女同志們穿上了，就另一個樣兒：八角帽往後腦瓜上一蓋，額前露出蓬鬆的散髮，腰帶一束，走起路來，兩腳成一條直線，就顯得那麼灑脫而自然……而她呢，怕帽子被風吹掉似的，戴得畢恭畢正，帽檐直挨眉邊，走在柏油馬路上，還是像她早先爬山下坡的樣子，兩腿向裡微彎，邁着八字步，一搖一擺，土氣十足……我這些感覺，我也知道是小資產階級的，當然不敢放到桌子面上去講！但總之一句話：她使我越來越感覺過不去，甚至我曾經想到：我們的夫婦關係是否可以繼續維持下去？

幸好，不久她被分配到另一個機關去工作了！我歡歡喜喜地打發她走了，精神上好像反倒輕鬆了許多！

我想她這種狹隘、保守、固執……恐怕很難有所改變的了！她真是一個倔強的人！

我們分手以後，約摸有個半月的時光，她連電話也沒來過一個，卻對旁人說：離了我她也能活！

可是，我卻不能！即使我對她有很多不滿，然而孩子總還是十分可愛的！我一想起那孩子的烏亮墨黑的大圓眼和他那牙牙欲語的神氣，我就十分懷念！終於還是我先去找她去了！哪知道一見她，她卻向我一揮手：「今天工作太忙，改日來吧！」

我說她真是個倔強的人。這評語，越來越覺得確切了！特別是又發生了幾件事情以後。

當她到了那機關不久，找來了一個保姆：姓陳，叫小娟。樣子很伶俐，她爸爸是個蹬三輪的工人。

那天正好是星期日，我在她機關裡。那「老媽子房」裡的掌櫃，領着小娟來上工。一進門，指着我們倆，對小娟說：「這是小少爺的母親，這是……」

小娟畢恭畢正地向她鞠了個躬，叫了一聲：「太太！」哪知道我的妻，一聽「太太」兩個字，就像是叫蠍子螫着了似的嚷起來：「呀！呀！別叫別叫！我不是『太太』！我是我是……我們解放軍裡頭沒有『太太！』我姓張，你叫我張同志好了！記住！我叫張同志！要不你就叫我大姐！」她說着就把小娟拉到炕上，和她並排坐下了。弄得那「老媽子房」的掌櫃，先是奇怪，接着也笑了：「對對！叫張同志！『太太』那名兒，嘿嘿！不時興了！太封建！太封建！」

我的妻馬上就給小娟上起政治課來：說她自己也是個窮人，曾經受過舊社會的壓迫，後來共產黨來了，她就參加了革命，得到了解放……因為工作太忙，孩子照顧不了，所以請小娟來幫忙，這樣，她對小娟說：「你也是參加了革命工作，咱們一律平等！和舊社會僱老媽子完全不一樣……」

小娟聽得很高興，不住嘴地說：「您說得真好！您說得真好！」

小娟這孩子，雖說是伶俐，可是記性並不好！一不小心，常常又叫「太太」了！每逢這工夫，我的妻決不放鬆，一定及時糾正，並且又得上一堂政治課！弄得小娟反倒很不安了！

自從小娟來了以後，我的妻幾次三番給我打電話：要我給小娟找識字課本、找筆墨紙硯……並且還給她訂了學習計劃：一天認五個字、寫一張仿……一星期還有一堂政治課。我的妻自任文化教員兼政治教員。

每次周末的晚上，我去找她的時候，總是見她在給小娟上課，一本正經地唸道：「窮人、要、翻身、團結、一條心、永遠、跟着、共產黨、前進。」小娟就跟着唸：「窮、人、要、翻、身……」不知道為什麼，我有點感動了！心想：她真是個倔強的人呵！

有一次周末的傍晚，我們從東長安街散步回來，看見「七星舞廳」門口，圍着一圈人。過去一看：只見有一個胖子，西服筆挺，像個紳士，一手抓住一個十三四歲的小孩，一手張着五個紅蘿蔔般粗的手指，「劈！劈！拍！拍！」直向那小孩的臉上亂打，恨不得一巴掌就劈開他的腦瓜！那小孩穿着一件長過膝蓋的破軍裝，猴頭猴腦，兩耳透明，直流口水……殺豬般地嚷着：「娘哎！娘哎！」嘴角的左右，掛下了兩道紫血……

看熱鬧的人，越來越多；抄着手的、微彎着頭的、口含着煙卷兒的……但是，都很坦然！

這情景，在我看來，也已經是很生疏的了！覺得很不順眼，正想問問，忽聽得人群裡有人喝道：

「住手！你憑什麼壓迫人！」嗓音又尖又高。

一眨眼間，我突然發現：那人不是別人，正是她，是我的妻！這時候，她昂頭挺胸地站在那胖子的面前，正像武俠小說裡所描寫的——那種「路見不平，拔刀相助」的俠客的神氣！我突然覺得精神上有點震動，但同時，馬上又模糊地想：她真是好管閒事！不知道怎麼着才好……

那胖子仍然一手擰住那小孩不放，一手貼到花領結上，很有禮貌地微微一笑！心平氣和地向圍着的人們說：「這小子，太可惡，太可惡！不知道的人，以為我壓迫人，其實，不然！我這個舞廳，是在人民政府裡登記了的，是正當的營業，是高尚的娛樂！拿捐，拿稅……而他，這孩子，卻用石頭子兒，往裡——」他一揮手，「扔！如果，把我的客人們，全攆走了，那麼，我——又當如何呢……」他還想接着演講，卻叫我的妻打斷了他的話：

「你說得對！這孩子扔石頭子兒，也可以說是一個錯誤！可是，我們是有政府的有秩序的！不是無政府主義！就說他犯了天大的法，也應該送政府法辦！你有什麼權力隨便打人？嗯？有什麼權力？你打得他滿嘴流血，好像你還受了屈似的？嗯？讓大夥兒評評理！」

這時候，人群裡就有人嚷起來：「對對對！這同志說得對！」

有一個苦力模樣的人，也就走到那胖子面前，轉過身來，指着那胖子向大夥兒說：「這位先生說得不假！這小孩兒是往舞廳裡扔了一個石頭子兒！我親眼看見的……」

胖子馬上微笑點頭：「諸位聽着！不假吧？光憑我一個人說不行！不行！」

那苦力接着說：「可惜這位先生說得不全！那小孩兒憑嘛平白無故地扔石頭子兒哩？是那麼一回事兒：剛才他在舞廳門口向客人們要錢，這位先生攆他走，他走慢了一步，這位先生『啪』地給了他一個響鍋貼（耳光）！回頭，過了一會兒，這小孩就扔了個石頭子兒，就又叫這位先生抓住了。這我也是親眼看見的！現在不是那個世道了，是人就得說實話！」

胖子顯得有點不安了，掏出一塊小花手絹來不住地擦額角，對我的妻說：「同志！我認錯行不行？」說着掏出了一張五百元的人民幣，向那小孩一伸，「給！買糖吃！哈哈！」

那被打了一頓的小孩，好像一切的仇恨，馬上就消失了！把嘴角的血一擦，正想伸手去接，卻馬上被我的妻喝住了：「別拿！太便宜啦！一頓巴掌只值五百塊錢？」

胖子馬上伸手到口袋裡，慷慨地說：「再加二百！」

我的妻卻發了大火啦：「嗯！你真明白！你以為還在舊社會——有錢能使鬼推磨，有錢能使鬼上樹？哪怕你掏一百萬人民幣，也不能允許你隨便壓迫人；隨便破壞人民政府的威信！走！咱們到派出所去！咱們是有政府的！」

圍着的人也就說：「對對！」

…………

結果還是到了派出所。

那胖子先生認了錯，表示切實悔過。於是罰了他二千元人民幣，賠償給那小孩作醫藥費。同時也批評了那小孩，以後不要扔石頭子兒。

我跟隨着我的妻從派出所回來，她很興奮地問我：「剛才你怎麼一句話也不說？」我說：「我有什麼說的！那樣的事，在城市裡多得很，憑你一個人就管清了？這是社會問題，得慢慢……」我的話還沒有說完，就叫她打斷了：「去雞巴的吧！不吃你這一套！我就要管！這是新社會，我就不讓隨便壓迫人！我就不讓隨便破壞咱們政府的威信！咱們是有政府的，不是無政府主義！」我連忙說：「對對對！正確！」同時也覺得有點好笑，我真想說：什麼叫「無政府主義」？你知道麼？瞎用新名詞兒！可是，我知道這句話是說不得的！

她真是一個倔強的人呵！我開始分析：她對舊社會的習慣為什麼那樣的憎恨？絕無妥協調和的餘地！我想，這和她自己切身的經歷是分不開的。

她出身在貧農的家庭，十一歲上就被用五斗三升高粱賣給人家當了童養媳，受盡了人間一切的辛酸，她的身上、頭上、眉梢上……至今還留着被婆婆和早先的丈夫用燒火棍打的、擀麵杖打的、用剪子鉸的傷痕！共產黨來了，她就毅然決然地參加了革命！為着自己的命運戰鬥了！革命對於她，真可以說是「破釜沉舟，背水一戰」！絕無後退的路！

她曾經在游擊區跳溝爬牆，和日本人、漢奸搏鬥！她的手殺過人……

她曾經在老山溝裡的軍火工廠裡，製造子彈、裝配步槍……為了突擊生產，把右手的食指在「壓力機」上撞下了一小節指頭，成了一個疙瘩……

日本人來「掃蕩」了！她率領着一班女工，連夜抬着機器，蹚過齊大腿根的水去「堅壁」。因此落下了「寒腿」的病，每逢陰雨，至今還隱隱發痛……

有一次深夜，工廠失火，她奮勇當先，率領了二十五個女工去搶救器材，差一點沒燒死在火裡……

在這些艱苦的日子裡，她開始學習認字，寫字……終於學成了「粗通文字」……

在一九四四年，她當選了「勞動英雄」。出席晉察冀邊區第二屆英模大會，我記得當她在大會上作完了典型報告的末了，她舉着胳膊宣誓似的說：「……在舊社會裡我是個老幾？我只值五斗三升高粱米！這會兒大夥兒說我是英雄！叫我來開會，讓我上台說話……唉！沒有共產黨哪會有我呵！我願意為着全世界被壓迫的人們徹底的解放，流盡我最後一滴血！」——那時候我在大會上擔任收集和整理材料的工作。組織上分配我給她寫傳記，我們整整談了三個晚上。也就在這個時候，我愛上了她。

## 四　我們結婚三年，直到今天我彷彿才對她有了比較深刻的了解……

那一切的苦難，使她變得倔強。今天她來到城市，面對這城市所遺留的舊習慣，她不妥協，不遷就，她立志要改造這城市！因此，有些地方她就顯得固執、狹隘……甚至顯得很不虛心了！特別是對於我更是如此。也因此使得我們之間的感情有了裂痕！但我對她依然還很留戀，還沒有決心和勇氣斷然和她決裂！特別是當我比較清醒的時候，仔細想來，我們之間的一切衝突和糾紛，原本都是一些極其瑣碎的小節，並非是生活裡邊最根本的東西！所以我決心用理智和忍耐，甚至遷就，來幫助她克服某些缺點！

我以為，我對她的分析和結論，已經是很完滿很公平，而且覺得這樣做，對我來說是彷彿將要犧牲一些什麼！

哪知道她還並不如我想像的那樣！

首先是她的某些觀點和生活方式也在改變着，最明顯的例子是：她現在所擔任的工作是女工工作，在那些女工裡邊，也有不少搽粉抹口紅的，也有不少腦袋像個「草雞窩」的……可是她和她們很能接近，已經變得很親近……有一次，我故意問她：「你不是很討厭那些搽粉抹口紅，頭髮像『草雞窩』的人麼？」她卻很認真地教訓起我來了：「你不能從形式上、生活習慣上去看問題！她們在舊社會都是被壓迫的人！她們迫切需要解放！同志，狹隘的保守觀點要不得！」哈哈！她又學了一套新理論啦！

同時，她自己在服裝上也變得整潔起來了！「他媽的」「雞巴」……一類的口頭語也沒有了！見了生人也顯得很有禮貌，最使我奇怪的是：她在小市上也買了一雙舊皮鞋，逢是集會、遊行的時候就穿上了！回來，又趕忙脫了，很小心地藏到床底下的一個小木匣裡……我逗她說：「小心讓城市把你改造了啊！」她說：「組織上號召過我們：現在我們新國家成立了！我們的行動、態度，要代表大國家的精神；風紀扣要扣好，走路不要東張西望；不要一面走一面吃東西，在可能條件下要講究整潔樸素，不腐化不浪費就行！」我暗暗地想：女同志到底是愛漂亮的呵！但在某些基本問題上，她不容易接受人家的意見，不認錯的毛病，恐怕是很難改變的！

可是隨着時間的前進，我又發現我對她的了解不但不完全，而且是相反的！我總還是習慣地從形式上去看問題！

有一次周末，我去看她，她獨自抱着孩子坐在炕角裡沉思。我說：「小娟呢？她吃飯去了？」她不安地說：「不！她走了！」接着她就告訴我：她們機關裡有一個本地做飯的大師傅，有一隻懷錶，在昨天早晨開飯的時候不見了！恰好這時候，只有小娟到伙房裡去倒過水，旁人沒去過！同時，早先機關裡在拾掇大客廳的時候，她揀了幾個扣子，所以就有人懷疑那隻錶也是她拿的！另外，早先有些同志也嚷嚷過，有的說丟了個化學梳子，有的說丟了一塊毛巾……那大師傅也沒和別的同志商量，就去找我的妻，肯定說那隻錶是小娟拿的！要我的妻向小娟追究。於是，她就問小娟拿了那隻錶沒有？問得小娟直啼哭，一口咬定說：沒拿！並且說：「大姐！要是我拿了，就算對不起您的一片好心！」小娟這孩子個性太強，受不了這，馬上非走不解！擋也擋不住！

可是，就在這天晚上，大師傅自己又把錶找着了！

這一下，我的妻的激動和不安，真是無法形容！翻來覆去，一夜沒睡好覺！她對我說，機關裡那麼多的人為什麼不懷疑旁人，偏偏就懷疑是小娟拿的錶？你說老幹部們都受過鍛煉，決計不會拿的，這倒也是理由；可是機關裡留用的舊人員很多，他們也沒受過革命鍛煉，那麼為什麼不懷疑是他們拿的呢？她說：「這是什麼觀點？這還不是小看窮人麼？」我說：「算了！事情已經過去了，雞毛蒜皮的一點事！」她說：「什麼？這是思想問題哩！」

第二天清早，她讓我陪她到小娟家裡去走一趟。我說：「那又何必呢？人已經走了！要是讓她知道錶又找着了，她爸爸說我們誣賴人！老百姓知道了這件事，對我們的影響很不好！」

她說：「不！我們錯了，為什麼不認錯呢？要不，小娟一輩子一想起這件事，就要傷心！影響更不好！」

可是，我還是認為不去的好！說實話，也就是說：我沒有那樣大的勇氣！她說：「你給看孩子，我去！」我又怕孩子啼哭了沒法治，只好硬着頭皮，抱着孩子跟她走了！

到了小娟家裡，只見她爸爸在拾掇車子，一見我們，就顯得很尷尬的樣子說：「那錶的事我知道了！昨天晚上我就揍了她一頓！我對她說：咱們人窮志不窮！要是你真的拿了，我的老臉往哪裡擱？你不說真話，非打死你不解！剛才，我又揍了她一陣子！她可還是一口咬定：沒拿！我正想找您去說說，我這孩子頂老實，手也嚴實，敢情也不準是她拿的！」

我聽了，胸口直打撲通，而她反倒很鎮靜很自然，微笑着說：「不！大伯！我是來賠不是的：錶已經找着了！不是小娟拿的！請你原諒！」

正在這時候，小娟從屋裡出來了！紅腫着雙眼，撲到我的妻的懷裡，兩肩一聳一聳地哭了！我的妻摸着她的小辮，輕聲地說：「小娟！你怪我不？」小娟哽咽着說：「不！大姐，您是，您是個，好人！您待我的好處，我，我這輩子也忘不了！」

我發現：我的妻的眼裡，「撲簌簌」地掉下兩顆黃豆大的淚點，滴到小娟的頭上！

我們結婚三年，我還是第一次在人面前見她掉淚，那麼個倔強的人呵！怎麼今天也哭啦！

從這以後，我有好幾天感到不安，我在她身上發現了不少新的東西，而正是我所沒有的！也正是我所感覺她表現狹隘、保守、固執的地方！也正從這些地方，我們的感情開始有了裂痕！我想到夫婦之間的感情到底應該建築在什麼基礎上。我們結婚三年，到今天，我彷彿才覺得對她有了比較深刻的了解！我真應該後悔，真應該像她過去屢次嚴肅地向我說過的：需要好好地反省一下了！

我正想不等到周末，就找她去深談一次，恰好那天傍晚，我正在整理勞資關係的材料，她倒來找我了！我覺得有些不尋常，因為在平時她是輕易不來找我的！我問她：「有什麼事？」她說：「沒事就不許來找你麼？」坐了好一會兒，一句話也沒說，最後，她說：「到你們屋頂平台上去坐坐好麼？」我說：「好的！」不知道為什麼，我的心有點發跳，我怕要發生什麼不能推測的事情了……

到了屋頂上，坐了一會兒，她忽然說：「我犯了錯誤了！」我不覺吃了一驚：「什麼？」她笑了，說：「也不是什麼大了不起的事！」接着她就說：昨天她們區裡，西單商場有一家皮鞋舖裡的一個掌櫃，嫌學徒晚上到區裡開會回去晚了，把那學徒罵了個狗血噴頭。那學徒找區工會辦事處，她一聽就生了氣，跑到那舖子裡把那掌櫃訓了個眼發藍！走路的人都圍過來看，覺得很奇怪。今天區裡開檢討會，同志們批評她：工作方式太簡單；親自和掌櫃吵架，對那學徒也沒好處，有點「包辦代替」，群眾影響也不好！並且還批評她的工作一貫有點太急，恨不得一下子就把社會改造好，同時太不講究工作的方式方法……

她說完了，嘆了口氣，把頭靠到我的胸前，半仰着臉問我：「這該怎麼着好？」我說：「你沒接受批評吧？」她搖了搖頭：「哪裡？自己錯了，還能不接受？那怎麼算是個同志呢？我都坦白地接受了！」我說：「那就算了！還有什麼難過的呢！」她忽然緊握着我的手說：「唉！只怪自己文化、理論水平太低！政策掌握得不穩！不能很好地完成黨所給我的任務！以後你好好幫我提高吧！」

我說：「這是一方面。可是你也不要把自己的優點忽略了！比方拿我來說：文化上——初中畢業；革命歷史——和你一樣；工作職位——我是個資料科科長；每天所接觸的是工作材料、總結報告；腦子裡成天轉着的是——黨的政策。按理說，對於現實生活裡邊所發生的問題，應該比你有更鋭利的感覺，應該更是是非分明。可是在這些方面我還不如你！——你不要笑！這是真話。我參加革命的時間不算短了！可是在我的思想感情裡邊，依然還保留着一部分小資產階級脱離現實生活的成份！和工農的思想感情，特別是在感情上，還有一定的距離，舊的生活習慣和愛好，仍然對我有着很大的吸引力，甚至是不自覺的。——你有這個感覺嗎？而你呢？雖説文化水準、理論知識、工作職位都比我低——這也是真話。可是你倔強、堅定、樸素、憎愛分明——這句話的意思就是説你有着很深的階級仇恨心和同情心。可是你確實也有點急躁情緒——恨不得一個早起的工夫就把社會改造好。因此，常常喜歡用簡單的工作方法方式，問題想得不夠深不夠遠。你和我的這些缺點，都會阻礙我們的進步，不能更好地來完成黨所給予我們的任務。我相信：在黨的教育下加上自己的努力，我們一定都會很快進步的！你記得我們在抬頭灣的時候，同志們不是曾經好意地和我們開過玩笑嗎？說『看你們這兩口子真是知識分子和工農結合的典型！』我看，我們倒是真要在這些方面彼此取長補短，好好地結合一下呢……」我像演講似的說了不少話，要在是往日，準是早被她卡斷了！可是，她今天聽得好像很入神，並不討厭，我說一句，她點一下頭，當我說完了，她突然緊緊地握着我的手不放。沉默了一會兒，她說：「以後，我們再見面的時候，不要老是說些婆婆媽媽的話；像今天這樣多談些問題，該多好啊！」

我為她那誠懇的深摯的態度感動了！我的心又突突地發跳了！我向四面一望，但見四野的紅牆綠瓦和那青翠堅實的松柏，發出一片光芒。一朵白雲，在那又高又藍的天邊飛過……夕陽照到她的臉上，映出一片紅霞。微風拂着她那蓬鬆的額髮，她閉着眼睛……我忽然發現她怎麼變得那樣美麗了呵！我不自覺地俯下臉去，吻着她的臉……彷彿回復到了我們過去初戀時的那些幸福的時光。她用手輕輕地推開了我說：「時間不早了！該回去餵孩子奶啦！」

1949 年秋天，初稿於北京。重改於天津海河之濱。

（原載《人民文學》1950 年第 3 期）

王　蒙

王蒙（1934— ），祖籍河北南皮，生於北京。作家。著有中短篇小說集《深的湖》、《布禮》、《蝴蝶》，長篇小說《青春萬歲》、《活動變人形》、《這邊風景》，散文集《德美兩國紀行》等。另有四卷本《王蒙選集》出版。

# 組織部來了個年輕人

## 一

三月，天空中紛灑着似雨似雪的東西。三輪車在區委會門口停住，一個年輕人跳下來。車夫看了看門口掛着的大牌子，客氣地對乘客說：「您到這兒來，我不收錢。」傳達室的工人、復員榮軍老呂微跛着腳走出，問明了那年輕人的來歷後，連忙幫他搬下微濕的行李，又去把組織部的秘書趙慧文叫出來。趙慧文緊握着年輕人的兩隻手說：「我們等你好久了。」

這個叫林震的年輕人，在小學教師支部的時候就與趙慧文認識。她的蒼白而美麗的臉上，兩隻大眼睛閃着友善親切的光亮，只是下眼皮上有着因疲倦而現出來的青色。她帶林震到男宿舍，把行李放好，解開，把濕了的氈子晾上，再鋪被褥。在她料理這些事情的時候，常常撩一撩自己的頭髮，正像那些能幹而漂亮的女同志們一樣。

她說：「我們等了你好久！半年前就要調你來，區人民委員會文教科死也不同意，後來區委書記直接找區長要人，又和教育局人事室吵了一回，這才把你調了來。」

「可我前天才知道，」林震說，「聽說調我到區委會，真不知怎麼好。咱們區委會盡幹什麼呀？」

「什麼都幹。」

「組織部呢？」

「組織部就做組織工作。」

「工作忙不忙？」

「有時候忙，有時候不忙。」

趙慧文端詳着林震的床鋪，搖搖頭，大姐姐似的不以為然地說：「小伙子，真不講衛生！瞧那枕頭布，已經由白變黑；被頭呢，吸飽了你脖子上的油；還有床單，那麼多褶子，簡直成了泡泡紗……」

林震覺得，他一走進區委會的門，他的新的生活剛一開始，就碰到了一個很親切的人。

他帶着一種節日的興奮心情跑着到組織部第一副部長的辦公室去報到。副部長有一個古怪的名字：劉世吾。在林震心跳着敲門的時候，他正仰着臉銜着煙考慮組織部的工作規劃。他熱情而得體地接待林震，讓林震坐在沙發上，自己坐在辦公桌邊，推一推玻璃板上疊得高高的文件，從容地問：

「怎麼樣？」他的左眼微皺，右手彈着煙灰。

「支部書記通知我後天搬來，我在學校已經沒事，今天就來了。叫我到組織部工作，我怕幹不了，我是個新黨員，過去作小學教師，小學教師的工作與黨的組織工作有些不同……」

林震說着他早已準備好的話，說得很不自然，正像小學生第一次見老師一樣。於是他感到這間屋子很熱。三月中旬，冬天就要過去，屋裡還生着火，玻璃上的霜花融解成一條條的污道子。他的額頭沁出了汗珠，他想掏出手絹擦擦，在衣袋裡摸索了半天沒有找到。

劉世吾機械地點着頭，看也不看地從那一大疊文件中抽出一個牛皮紙袋，打開紙袋，拿出林震的黨員登記表，銳利的眼光迅速掠過，寬闊的前額上出現了密密的皺紋，閉了一下眼，手扶着椅子背站起來，披着的棉襖從肩頭滑落了，然後用熟練的毫不費力的聲調說：

「好，對，好極了，組織部正缺幹部，你來得好。不，我們的工作並不難做，學習學習就會做的，就那麼回事。而且你原來在下邊工作的…… 相當不錯嘛，是不是不錯？」

林震覺得這種稱讚似乎有某種嘲笑意味，他惶恐地搖頭：「我工作做得並不好……」

劉世吾的不太整潔的臉上現出隱約的笑容，他的眼光聰敏地閃動着，繼續說：「當然也可能有困難，可能。這是個了不起的工作。中央的一位同志說過，組織工作是給黨管家的，如果家管不好，黨就沒有力量。」然後他不等問就加以解釋，「管什麼家呢？發展黨和鞏固黨，壯大黨的組織和增強黨組織的戰鬥力，把黨的生活建立在集體領導、批評和自我批評與密切聯繫群眾的基礎上。這樣做好了，黨組織就是堅強的、活潑的、有戰鬥力的，就足以團結和指引群眾，完成和更好地完成社會主義建設與社會主義改造的各項任務……」

他每說一句話，都乾咳一下，但說到那些慣用語的時候，快得像說一個字。譬如他說「把黨的生活建立在……上」，聽起來就像「把生活建在登登登上」，他純熟地駕馭那些林震覺得是相當深奧的概念，像撥弄算盤子一樣的靈活。林震集中最大的注意力，仍然不能把他講的話全部把握住。

接着，劉世吾給他分配了工作。

當林震推門要走的時候，劉世吾又叫住他，用另一種全然不同的隨意神情問：

「怎麼樣，小林，有對象了沒有？」

「沒……」林震的臉刷地紅了。

「大小伙子還紅臉？」劉世吾大笑了，「才二十二歲，不忙。」他又問：「口袋裡裝着什麼書？」

林震拿出書，說出書名：「《拖拉機站站長與總農藝師》。」

劉世吾拿過書去，從中間打開看了幾行，問：「這是他們團中央推薦給你們青年看的吧？」

林震點頭。

「借我看看。」

「您有時間看小說嗎？」林震看着副部長桌上的大疊材料，驚異了。

劉世吾用手託了託書，試了試分量，微皺着左眼說：「怎麼樣？這麼一薄本有半個夜車就開完啦。四本《靜靜的頓河》我只看了一個星期，就那麼回事。」

當林震走向組織部大辦公室的時候，天已經放晴，殘留的幾片雲現出了亮晶晶的邊緣。太陽照亮了區委會的大院子。人們都在忙碌：一個穿軍服的同志挾着皮包匆匆走過，傳達室的老呂提着兩個大鐵壺給會議室送茶水，可以聽見一個女同志頑強地對着電話機子說：「不行，最遲明天早上！不行……」還可以聽見忽快忽慢的嘔哧嘔哧聲——是一隻生疏的手使用着打字機，「她也和我一樣，是新調來的吧？」林震不知憑什麼理由，猜打字員一定是個女的。他在走廊上站了一站，望着耀眼的區委會的院子，高興自己新生活的開始。

二

組織部的幹部算上林震一共二十四個人，其中三個人臨時調到肅反辦公室去了，一個人半日工作準備考大學，一個人請產假。能按時工作的只剩下十九個人。四個人做幹部工作，十五個人按工廠、機關、學校分工管理建黨工作，林震被分配與工廠支部聯繫組織發展黨的工作。

組織部部長由區委副書記李宗秦兼任，他並不常過問組織部的事，實際工作是由第一副部長劉世吾掌握。另一個副部長負責幹部工作。具體指導林震工作的是工廠建黨組組長韓常新。

韓常新的風度與劉世吾迥然不同。他二十七歲，穿藍色海軍呢制服，乾淨得抖都抖不下土。他有高大的身材，配着英武的只因為粉刺太多而略有瑕疵的臉。他拍着林震的肩膀，用嘹亮的嗓音講解工作，不時發出豪放的笑聲，使林震想：「他比領導幹部還像領導幹部。」特別是第二天韓常新與一個支部的組織委員的談話，加強了他給林震的這種印象。

「為什麼你們只談了半小時？我在電話裡告訴你，至少要用兩小時討論發展計劃？」

那個組織委員說：「這個月生產任務太忙……」

韓常新打斷了他的話，富有教訓意味地說：「生產任務忙就不認真研究發展工作了？這是把中心工作與經常工作對立起來，也是黨不管黨的一種表現……」

林震弄不明白什麼叫「中心工作與經常工作對立起來」和「黨不管黨」，他熟悉的是另外一類名詞：「課堂五環節」與「直觀教具」。他很欽佩韓常新的這種氣魄與能力——迅速地提高到原則上分析問題和指示別人。

他轉過頭，看見正伏在桌上複寫材料的趙慧文，她皺着眉懷疑地看一看韓常新，然後扶正頭上的假琥珀髮卡，用微帶憂鬱的目光看向窗外。

晚上，有的幹部去參加基層支部的組織生活，有的休息了，趙慧文仍然趕着複寫「稅務分局培養、提拔幹部的經驗」，累了一天，手腕酸痛，不時在寫的中間擱下筆，搖搖手，往手上吹口氣。林震自告奮勇來幫忙，她拒絕了，說：「你抄，我不放心。」於是林震幫她把抄過的美濃紙疊整齊，站在她身旁，起一點精神支援作用。她一邊抄，一邊時時抬頭看林震，林震問：「幹嗎老看我？」趙慧文咬了一下複寫筆，笑了笑。

## 三

林震是一九五三年秋天由師範學校畢業的，當時是候補黨員，被分配到這個區的中心小學當教員。做了教師的他，仍然保持中學生的生活習慣：清晨練啞鈴，夜晚記日記，每個大節日——五一、七一……以前到處徵求人們對他的意見。曾經有人預言，過不了三個月他就會被那些生活不規律的成年人「同化」。但，不久以後，許多教師誇獎他也羨慕他了，說：「這孩子無憂無慮，無牽無掛，除了工作，就是工作……」

他也沒有辜負這種羨慕，一九五四年寒假，由於教學上的成績，他受到了教育局的獎勵。

人們也許以為，這位年輕的教師就會這樣平穩地、滿足而快樂地度過自己的青年時代。但是不，孩子般單純的林震，也有自己的心事。

一年以後，他更經常焦灼地鞭策自己。是因為社會主義高潮的推動，全國青年社會主義積極分子會議的召開，還是因為年齡的增長？

他已經二十二歲了，記得在初中一年級時作過一篇文，題目是「當我××歲的時候」，他寫成「當我二十二歲的時候，我要……」現在二十二歲，他的生命史上好像還是白紙，沒有功勳，沒有創造，沒有冒險，也沒有愛情——連給某個姑娘寫一封信的事都沒有做過。他努力工作，但是他做得少、慢、差。和青年積極分子們比較，和生活的飛奔比較，難道能安慰自己嗎？他訂規劃，學這學那，做這做那，他要一日千里！

這時，接到調動工作的通知，「當我二十二歲的時候，我成了黨工作者……」也許真正的生活在這裡開始了？他抑制住對於小學教育工作和孩子們的依戀，燃燒起對新的工作的渴望。支部書記和他談話的那個晚上，他想了一夜。

就這樣，林震口袋裡裝着《拖拉機站站長與總農藝師》，興高采烈地登上區委會的石階，對於黨工作者（他是根據電影裡全能的黨委書記的形象來猜測他們的）的生活，充滿了神聖的憧憬。但是，等他接觸到那些忙碌而自信的領導同志，看到來往的文件和同時舉行的會議，聽到那些尖銳爭吵與高深的分析，他眨眨那有些特別的淡褐色眼珠的眼睛，心裡有點怯……

到區委會的第四天，林震去通華麻袋廠了解第一季度發展黨員工作的情況，去以前，他看了有關的文件和名叫

《怎樣進行調查研究》的小冊子，再三地請教了韓常新。他密密麻麻地寫了一篇提綱，然後飛快地騎着新領到的自行車，向蔴袋廠駛去。

工廠門口的警衛同志聽説他是區委會的幹部，沒要他簽名，信任地請他進去了。穿過一個大空場，走過一片放蔴的露天倉庫與機器隆隆響的廠房，他心神不安地去敲廠長兼支部書記王清泉辦公室的門。得到了裡面「進來」的回答後，他慢慢地走進去，怕走快了顯得沒有經驗，他看見一個闊臉、粗脖子、身材矮小的男人正與一個頭髮上抹了許多油的駝背的男人下棋。小個子的同志抬起頭，右手玩着棋子，問清了林震找誰以後，不耐煩地揮一揮手：「你去西跨院黨支部辦公室找魏鶴鳴，他是組織委員。」然後低下頭繼續下棋。

林震找着了紅臉的魏鶴鳴，開始按提綱發問了：「一九五六年第一季度，你們發展了幾個人？」

「一個半。」魏鶴鳴粗聲粗氣地説。

「什麼叫『半』？」

「有一個通過了，區委拖了兩個多月還沒有批下來。」

林震掏出筆記本記了下來。又問：

「發展工作是怎麼樣進行的，有什麼經驗？」

「進行過程和向來一樣——和黨章的規定一樣。」

林震看了看對方，為什麼他説出的話像擱了一個星期的窩窩頭一樣乾巴？魏鶴鳴託着腮，眼睛看着別處，心裡也像在想別的事。

林震又問：「發展工作的成績怎麼樣？」

魏鶴鳴答：「剛才説過了，就是那些。」他好像應付似的希望快點談完。

林震不知道應該再問什麼了，預備了一下午的提綱，和人家只談上五分鐘就用完了。他很窘。

這時門被一隻有力的手推開了。那個小個子的同志進來，匆匆忙忙地問魏鶴鳴：「來信的事你知道嗎？」

魏鶴鳴無精打采地點了點頭。

小個子的同志來回踱着步子，然後撇開腿站在房中央：「你們要想辦法！質量問題去年就提出來了，為什麼還等着合同單位給紡織工業部寫信？在社會主義高潮當中我們的生產遲遲不能提高，這是恥辱！」

魏鶴鳴冷冷地看着小個子的臉，用顫抖的聲音問：「您說誰？」

「我說你們大家！」小個子手一揮，把林震也包括在裡面了。

魏鶴鳴因為抑制着的憤怒的爆發而顯得可怕，他的紅臉更紅了，他站起來問：「那麼您呢？您不負責任？」

「我當然負責。」小個子的同志卻平靜了，「對於上級，我負責，他們怎麼處分我，我也接受。對於我，你得負責，誰讓你做生產科長呢？你得小心……」說完，他威脅地看了魏鶴鳴一眼，走了。

魏鶴鳴坐下，把棉襖的扣子全解開了，喘着氣。林震問：「他是誰？」魏鶴鳴諷刺地說：「你不認識？他就是廠長王清泉。」

於是魏鶴鳴向林震詳細地談起了王清泉的情況。王清泉原來在中央某部工作，因為在男女關係上犯錯誤受了處分，一九五一年調到這個廠子做副廠長，一九五三年廠長他調，他就被提拔作廠長。他一向是吃飽了轉一轉，躲在辦公室批批文件下下棋，然後每月在工會大會、黨支部大會、團總支大會上講話，批評工人群眾競賽沒搞好，對質量不關心，有經濟主義思想……魏鶴鳴沒說完，王清泉又推門進來了。他看着左腕上的表，下令說：「今天中午十二點十分，你通知黨、團、工會和行政各科室的負責人到廠長室開會。」然後把門砰地一帶，走了。

魏鶴鳴嘟囔着：「你看他怎麼樣？」

林震說：「你別光發牢騷，你批評他，也可以向上級反映，上級決不允許有這樣的廠長。」

魏鶴鳴笑了，問林震：「老林同志，你是新來的吧？」

「老林」同志臉紅了。

魏鶴鳴說：「批評不動！他根本不參加黨的會議，你上哪兒批評去？偶爾參加一次，你提意見，他說：『提意見是好的，不過應該掌握分寸，也應該看時間、場合。現在，我們不應該因為個人意見侵佔黨支部討論國家任務的寶貴時間。』好，不佔用寶貴時間，我找他個別提，於是我們倆吵成了現在這個樣子。」

「向上級反映呢？」

「一九五四年我給紡織工業部和區委寫了信，部裡一位張同志與你們那兒的老韓同志下來檢查了一回。檢查結果是：『官僚主義較嚴重，但主要是作風問題，任務基本上完成了，只是完成任務的方法有缺點。』然後找王清泉『批評』了一下，又找我鼓勵了一下開展自下而上的批評的精神，就完事了。此後，王廠長有一個來月對工作比較認真，不久他得了腎病，病好以後他說自己是『因勞致疾』，就又成了這個樣子。」

「你再反映呀！」

「哼，後來與韓常新也不知說過多少次，老韓也不答理，反倒向我進行教育說，應該尊重領導，加強團結。也許我不該這樣想，但我覺得也許要等到王廠長貪污了人民幣或者強姦了婦女，上級才會重視起來！」

林震出了廠子再騎上自行車的時候，車輪旋轉的速度就慢多了。他深深地把眉頭皺起來。他發現他的工作的第一步就有重重的困難，但他也受到一種刺激，甚至是激勵——這正是發揮戰鬥精神的時候啊！他想着想着，直到因為車子溜進了急行線而受到交通民警的申斥。

## 四

吃完午飯，林震迫不及待地找韓常新匯報情況。韓常新有些疲倦地靠着沙發背，高大的身體顯得笨重，從身上掏出火柴盒，拿起一根火柴剔牙。

林震雜亂地敘述他去蔴袋廠的見聞，韓常新腳尖打着地不住地說：「是的，我知道。」然後他拍一拍林震的肩膀，愉快地說：「情況沒了解上來不要緊，第一次下去嘛。下次就好了。」

林震說：「可是我了解了關於王清泉的情況。」他把筆記本打開。

韓常新把他的筆記本合上，告訴他：「對，這個情況我早知道。前年區委讓我處理過這個事情，我嚴厲地批評過他，指出他的缺點和危險性，我們談了至少有三四個鐘頭……」

「可是並沒有效果呀，魏鶴鳴說他只好一個月……」林震插嘴說。

「一個月也是效果，而且決不止一個月。魏鶴鳴那個人思想上有問題，見人就告廠長的狀……」

「他告的狀是不是真的？」

「很難說不真，也很難說全真。當然這個問題是應該解決的，我和區委副書記李宗秦同志談過。」

「副書記的意見是什麼？」

「副書記同意我的意見，王清泉的問題是應該解決也是可能解決的……不過，你不要一下子就陷到這裡邊去。」

「我？」

「是的。你第一次去一個工廠，全面情況也不了解，你的任務又不是去解決王清泉的問題，而且，直爽地說，解決他的問題也需要更有經驗的幹部；何況我們並不是沒有管過這件事……你要是一下子陷到這個裡頭，三個月也出不來，第一季度的建黨總結還了解不了解？上級正催我們交匯報呢！」

林震說不出話。

韓常新又拍拍林震的肩膀：「不要急躁嘛，咱們區三千個黨員，百十幾個支部，你一來就什麼問題都摸還行？」

他打了個哈欠，有倦意的臉上的粉刺漲紅了：「啊——哈，該睡午覺了。」

「那，發展工作怎麼再去了解？」林震沒有辦法地問。

韓常新又去拍林震的肩膀，林震不由得躲開了。韓常新有把握地說：「明天咱們倆一齊去，我幫你去瞭解，好不好？」然後他拉着林震一同到宿舍去。

第二天，林震很有興趣地觀察韓常新如何了解情況。三年前，林震在北京師範上學的時候，出去做過見習教師，老教師在前面講，林震和學生一起聽，學了不少東西。這次，他也抱着見習的態度，打開筆記本，準備把韓常新的工作過程詳細記錄下來。

韓常新問魏鶴鳴：「發展了幾個黨員？」

「一個半。」

「不是一個半，是兩個，我是檢查你們的發展情況，不是檢查區委批沒批。」韓常新糾正他，又問，「這兩個人本季度生產計劃完成得怎麼樣？」

「很好，他們一個超額百分之七，一個超額百分之四，廠裡黑板報還表揚……」

談起生產情況，魏鶴鳴似乎起勁了些，但是韓常新打斷了他的話：「他們有些什麼缺點？」

魏鶴鳴想了半天，空空洞洞地說了些缺點。

韓常新叫他給所舉的缺點提一些例子。

提完例子，韓常新再問他黨的積極分子完成本季度生產任務的情況，他特別感興趣的是一些數字和具體事例，至於這些先進的工人克服困難、鑽研創造的過程，他聽都不要聽。

回來以後，韓常新用流利的行書示範地寫了一個「蔴袋廠發展工作簡況」，內容是這樣的：

……本季度（一九五六年一月——三月）蔴袋廠支部基本上貫徹了積極慎重發展新黨員的方針，在建黨工作上取得了一定的成績，新通過的黨員朱××與范××受到了共產黨員的光榮稱號的鼓舞，增強了主人翁的觀念，在第一季度繁重的生產任務中各超額百分之七，百分之四。廣大積極分子，圍繞在支部周圍，受到了朱××與范××模範事例的教育，並為爭取入黨的決心所推動，發揮了勞動的積極性與創造性，良好地完成或者超額完成了第一季度的生產任務……（下面是一系列數字與具體事例）這說明：一、建黨工作不僅與生產工作不會發生矛盾，而且大大推動了生產，任何藉口生產忙而忽視建黨工作的作法是錯誤的。二、……但同時必須指出，蘇袋廠支部的建黨工作，也仍然存在着一定的缺點……例如……

林震把寫着「簡況」的片頁紙捧在手裡看了又看，他有一剎那甚至於懷疑自己去沒去過蘇袋廠，還是上次與韓常新同去時自己睡着了，為什麼許多情況他根本不記得呢？他迷惑地問韓常新：

「這，這是根據什麼寫的？」

「根據那天魏鶴鳴的匯報呀。」

「他們在生產上取得的成績是因為建黨工作麼？」林震口吃起來。

韓常新抖一抖褲腳，說：「當然。」

「不吧？上次魏鶴鳴並沒有這樣講。他們的生產提高了，也可能是由於開展競賽，也許由於青年團建立了監督崗，未必是建黨工作的成績……」

「當然，我不否認。各種因素是統一起來的，不能形而上學地割裂地分析這是甲項工作的成績，那是乙項工作的成績。」

「那，譬如我們寫第一季度的捕鼠工作總結，是不是也可以用這些數字和事例呢？」

韓常新沉着地笑了，他笑林震不懂「行」，他說：「那可以靈活掌握……」

林震又抓住幾個小問題問：

「你怎麼知道他們的生產任務是繁重的呢？」

「難道現在會有一個工廠任務很清閒嗎？」

林震目瞪口呆了。

## 五

初到區委會十天的生活，在林震頭腦中積累起的印象與產生的問題，比他在小學待了兩年的還多。區委會的工作是緊張而嚴肅的，在區委書記辦公室，連日開會到深夜。從漢語拼音到預防大腦炎，從勞動保護到政治經濟學講座，無一不經過區委會的忠實的手。林震有一次去收發室取報紙，看見一份厚厚的材料，第一頁上寫着「區人民委員會黨組關於調整公私合營工商業的分佈、管理、經營方法及貫徹市委關於公私合營工商業工人工資問題的報告的請示」。他懷着敬畏的心情看着這份厚得像一本書的材料和它的長題目。有時，一眼望去，卻又覺得區委幹部們是隨意而鬆懈的，他們在辦公時間聊天，看報紙，大膽地拿林震認為最嚴肅的題目開玩笑，例如，青年監督崗開展工作，韓常新半嘲笑地說：「嗬，小青年們腦門子熱起來啦……」林震參加的組織部一次部務會議也很有意思，討論市委佈置的一個臨時任務，大家抽着煙，說着笑話，打着岔，開了兩個鐘頭，拖拖沓沓，沒有什麼結果。這時皺着眉思索了好久的劉世吾提出了一個方案，馬上熱烈地展開了討論，很多人發表了使林震欽佩的精彩意見。林震覺得，這最後的三十多分鐘的討論要比以前的兩個鐘頭有效十倍。某些時候，譬如說夜裡，各屋亮着燈：第一會議室，出席座談會的胖胖的工商業者愉快地與統戰部長交換意見；第二會議室，各單位的學習輔導員們為「價值」與「價格」的關係爭得面紅耳赤；組織部坐着等待入黨談話的激動的年輕人，而市委的某個嚴厲的書記出現在書記辦公室，找區委正副書記匯報貫徹工資改革的情況……這時，人聲嘈雜，人影交錯，電話鈴聲斷斷續續，林震彷彿從中聽到了本區生活的脈搏的跳動，而區委會這座不新的、平凡的院落，也變得輝煌壯觀起來。

在一切印象中，最突出和新鮮的印象是關於劉世吾的：劉世吾工作極多，常常同一個時間好幾個電話催他去開會，但他還是一會兒就看完了《拖拉機站站長與總農藝師》，把書轉借給了韓常新；而且，他已經把前一個月公佈的拼音文字草案學會了，開始在開會時用拼音文字做記錄了。某些傳閱文件劉世吾拿過來看看題目和結尾就簽上名送走，也有的不到三千字的指示他看上一下午，密密麻麻地劃上各種符號。劉世吾有時一面聽韓常新匯報情況，一面漫不經心地查閱其他的材料，聽着聽着卻突然指出：「上次你匯報的情況不是這樣！」韓常新不自然地笑着，劉世吾的眼睛捉摸不定地閃着光；但劉世吾並不深入追究，仍然查他的材料，於是韓常新恢復了常態，有聲有色地匯報下去。

趙慧文與韓常新的關係也被林震看出了一些疑竇：韓常新對一切人都是拍着肩膀，稱呼着「老王」、「小李」，親熱而隨便。獨獨對趙慧文，卻是一種禮貌的「公事公辦」的態度。這樣說話：「趙慧文同志，黨刊第一百〇四期放在哪裡？」而趙慧文也用順從包含着警戒的神情對待他。

……四月，東風悄悄地刮起，不再被人喜愛的火爐蜷縮在陰暗的貯藏室，只有各房間燻黑了的屋頂還存留着嚴冬的痕迹。往年，這個時候，林震就會帶着活潑的孩子們去臥佛寺或者西山八大處踏青，在早開的桃李與混濁的溪水中尋找春天的消息……區委會的生活卻不怎麼受季節的影響，繼續以那種緊張的節奏和複雜的色彩流轉着。當林震從院裡的垂柳上摘下一個多汁的嫩芽時，他稍微有點悃悵，因為春天來得那麼快，而他，卻沒做出什麼有意義的事情來迎接這個美妙的季節……

晚上九點鐘，林震走出了劉世吾辦公室的門。趙慧文正在這裡，她穿着紫黑色的毛衣，臉兒在燈光下顯得越發蒼白。聽到有人進來，她迅速地轉過頭來，林震仍然看見了她略略突出的顴骨上的淚迹。他回身要走，低着頭吸煙的劉世吾做手勢止住他：「坐在這兒吧，我們就談完了。」

林震坐在一角，遠遠地隔着燈光看報，劉世吾用煙捲在空中劃着圓圈，誠懇地說：

「相信我的話吧，沒錯。年輕人都這樣，最初互相美化，慢慢發現了缺點，就覺得都很平凡。不要做不切實際的要求，沒有遺棄，沒有虐待，沒有發現他政治上、品質上的問題，怎麼能說生活不下去呢？才四年嘛。你的許多想法是從蘇聯電影裡學來的，實際上，就那麼回事……」

趙慧文沒說話，她撩一撩頭髮，臨走的時候，對林震慘然地一笑。

劉世吾走到林震旁邊，問：「怎麼樣？」他丟下煙蒂，又掏出一支來點上火，緊接着貪婪地吸了幾口，緩緩地吐着白煙，告訴林震，「趙慧文跟她愛人又鬧翻了……」接着，他開開窗戶，一陣風吹掉了辦公桌上的幾張紙，傳來了前院裡散會以後人們的笑聲、招呼聲和自行車鈴響。

劉世吾把只抽了幾口的煙扔出去，伸了個懶腰，扶着窗戶，低聲說：「真的是春天了呢！」

「我想談談來區委工作的情況，我有一些問題不知道怎麼解決。」林震用一種堅決的神氣說，同時把落在地上的紙頁拾起來。

「對，很好。」劉世吾仍然靠着窗戶框子。

林震從去蔴袋廠說起，「……我走到廠長室，正看見王清泉同志……」

「下棋呢還是打撲克？」劉世吾微笑着問。

「您怎麼知道？」林震驚駭了。

「他老兄什麼時候幹什麼我都算得出來，」劉世吾慢慢地說，「這個老兄棋癮很大，有一次在咱這兒開了半截會，他出去上廁所，半天不回來，我出去一找，原來他看見老呂和區委書記的兒子下棋，他在旁邊『支』上『招兒』了。」

林震把魏鶴鳴對他的控告講了一遍。

劉世吾關上窗戶，拉一把椅子坐下，用兩隻手扶着膝頭支持着身體，輕輕地擺動着頭：

「魏鶴鳴是個直性子，他一來就和王清泉吵得面紅耳赤……你知道，王清泉也是個特殊人物，不太簡單。抗日勝利以後，王清泉被派到國民黨軍隊裡工作，他作過國民黨軍的副團長，是個呱呱叫的情報人員。一九四七年以後他與我們的聯繫中斷，直到解放以後才接上線。他是去瓦解敵人的，但是他自己也染上國民黨軍官的一些習氣，改不過來，其實是個英勇的老同志。」

「這樣……」

「是啊。」劉世吾嚴肅地點點頭，接着說，「當然，這不能為他辯護，黨是派他去戰勝敵人而不是與敵人同流合污，所以他的錯誤是應該糾正的。」

「怎麼去解決呢？魏鶴鳴說，這個問題已經拖了好久。他到處寫過信……」

「是啊。」劉世吾又乾咳了一會，做着手勢說，「現在下邊支部裡各類問題很多，你如果一一地用手工業的方法去解決，那是事倍功半的。而且，上級佈置的任務追着屁股，完成這些任務已經感到很吃力。作為領導，必須掌握一種把個別問題與一般問題結合起來，把上級分配的任務與基層存在的問題結合起來的藝術。再者，王清泉工作不努力是事實，但還沒有發展到消極怠工的地步；作風有些生硬，也不是什麼違法亂紀；顯然，這不是組織處理問題而是經常教育的問題。從各方面看，解決這個問題的時機目前還不成熟。」

林震沉默着，他判斷不清究竟哪樣對：是娜斯嘉的「對壞事決不容忍」對呢，還是劉世吾的「條件成熟論」對。他一想起王清泉那樣的廠長就覺得難受，但是，他駁不倒劉世吾的「領導藝術」。劉世吾又告訴他：「其實，有類似毛病的幹部也不止一個……」這更加使得林震睜大了眼睛，覺得這跟他在小學時所聽的黨課的內容不是一個味兒。

後來，林震又把看到的韓常新如何了解情況與寫簡報的事說了說，他說，他覺得這樣整理簡報不太真實。

劉世吾大笑起來，說：「老韓……這傢伙……真高明……」笑完了，又長出一口氣，告訴林震：「對，我把你的意見告訴他。」

林震猶豫着，劉世吾問：「還有別的意見麼？」

於是林震勇敢地提出：「我不知道為什麼，來了區委會以後發現了許多許多缺點，過去我想像的黨的領導機關不是這樣……」

劉世吾把茶杯一放：「當然，想像總是好的，實際呢，就那麼回事。問題不在有沒有缺點，而在什麼是主導的。我們區委的工作，包括組織部的工作，成績是基本的呢，還是缺點是基本的？顯然成績是基本的，缺點是前進中的缺點。我們偉大的事業，正是由這些有缺點的組織和黨員完成着的。」

走出辦公室以後，林震有一種奇怪的感覺：和劉世吾談話似乎可以消食化氣，而他自己的那些肯定的判斷，明確的意見，卻變得模糊不清了。他更加惶惑了。

## 六

不久，在黨小組會上，林震受到了一次嚴厲的批評。

事情是這樣：有一次，林震去蔴袋廠，魏鶴鳴說由於季度生產質量指標沒有達到，王廠長狠狠地訓了一回工人，工人意見很大，魏鶴鳴打算找些人開個座談會，搜集意見，準備向上反映。林震很同意這種做法，以為這樣也許能促進「條件的成熟」。過了三天，王清泉氣急敗壞地到區委會找副書記李宗秦，說魏鶴鳴在林震支持下搞小集團進行反領導的活動，還說參加魏鶴鳴主持的座談會的工人都有歷史問題……最後說自己請求辭職。李宗秦批評了他的一些缺點，同意制止魏鶴鳴再開座談會，「至於林震，」他對王清泉說：「我們會給以應有的教育的。」

批評會上，韓常新分析道：「林震同志沒有和領導上商量，擅自同意魏鶴鳴召集座談會，這首先是一種無組織無紀律的行為……」

林震不服氣，他說：「沒有請示領導，是我的錯。但是我不明白為什麼我們不但不去主動了解群眾的意見，反而制止基層這樣做！」

「誰說我們不了解？」韓常新蹺起一隻腿，「我們對蔴袋廠的情況統統掌握……」

「掌握了而不去解決，這正是最痛心的！黨章上規定着，我們黨員應該向一切違反黨的利益的現象做鬥爭……」

林震的臉變青了。

富有經驗的劉世吾開始發言了，他向來就專門能在一定的關頭起扭轉局面的作用。

「林震同志的工作熱情不錯，但是他剛來一個月就給組織部的幹部講黨章，未免倉促了些。林震以為自己是支持自下而上的批評，是做一件漂亮事，他的動機當然是好的；不過，自下而上的批評必須有領導地去開展，譬如這回事，請林震同志想一想：第一，魏鶴鳴是不是對王清泉有個人成見呢？很難說沒有。那麼魏鶴鳴那樣積極地去召集座談會，可不可能有什麼個人目的呢？我看不一定完全不可能。第二，參加會的人是不是有一些歷史複雜別有用心的分子呢？這也應該考慮到。第三，開這樣一個會，會不會在群眾裡造成一種王清泉快要挨整了的印象因而天下大亂了呢？等等。至於林震同志的思想情況，我願意直爽地提出一個推測：年輕人容易把生活理想化，他以為生活應該怎樣，便要求生活怎樣，做一個黨的工作者，要多考慮的卻是客觀現實，是生活可能怎樣。年輕人也容易過高估計自己，抱負甚多，一到新的工作崗位就想對缺點鬥爭一番，充當個娜斯嘉式的英雄。這是一種可貴的、可愛的想法，也是一種虛妄……」

林震像被打中了似的顫了一下，他緊咬住了下嘴唇。

他鼓起勇氣再問：「那麼王清泉……」劉世吾把頭一仰：「我明天找他談話，有原則性的並不僅是你一個人。」

## 七

星期六晚上，韓常新舉行婚禮。林震走進禮堂，他不喜歡那瀰漫的嗆人的煙氣，還有地上雜亂的糖果皮與空中雜亂的哄笑；沒等婚禮開始他就退了出來。

組織部的辦公室黑着，他拉開燈，看見自己桌上的信，是小學的同事們寫來的，其中還夾着孩子們用小手簽了名的信：

> 林老師：您身體好嗎？我們特別特別想您，女同學都哭了，後來就不哭了，後來我們做算術題目特別特別難，我們費了半天勁，中於算出來了……

看着信，林震不禁獨自笑起來了，他拿起筆把「中於」改成「終於」，準備在回信時告訴他們下次要避免別字。他彷彿看見了繫蝴蝶結的李琳琳、愛畫水彩畫的劉小毛和常常把鉛筆頭含在嘴裡的孟飛……他猛把頭從信紙上抬起來，所看見的卻是電話、吸墨紙和玻璃紙。他所熟悉的孩子的世界和他的單純的工作已經離他而去了，新的工作要複雜得多……他想起前天黨小組會上人們對他的批評。難道自己真的錯了？真的是莽撞和幼稚，再加幾分年輕人的廉價的勇氣？也許真的應該切實估量一下自己，把分內的事作好，過兩年，等到自己「成熟」了以後再乾預一切吧？

禮堂裡傳來爆發的掌聲和笑聲。

一隻手落在肩上，他吃驚地回過頭來，燈光顯得刺眼，趙慧文沒有聲響地站在他的身邊，女同志走路都有這種不聲不響的本事。

趙慧文問：「怎麼不去玩？」

「我懶得去。你呢?」

「我該回家了,」趙慧文説,「到我家坐坐好嗎?省得一個人在這兒想心事。」

「我沒有心事。」林震分辯着,但他接受了趙慧文的好意。

趙慧文住在離區委會不遠的一個小院落裡。

孩子睡在淺藍色的小床裡,幸福地含着指頭。趙慧文吻了兒子,拉林震到自己房間裡來。

「他父親不回來嗎?」林震問。

趙慧文搖搖頭。

這間臥室好像是佈置得很倉促,牆壁因為空無一物而顯得過分潔白,盆架孤單地縮在一角,窗台上的花瓶傻氣地張着口;只有床頭小桌上的收音機,好像還能擾亂這臥室的安靜。

林震坐在藤椅上,趙慧文靠牆站着。林震指着花瓶説:「應該插枝花,」又指着牆壁説,「為什麼不買幾張畫掛上?」

趙慧文説:「經常也不在,就沒有管它。」然後她指着收音機問,「聽不聽?星期六晚上,總有好的音樂。」收音機亮了,一種夢幻的柔美的旋律從遠處飄來,慢慢變得熱情激蕩。提琴奏出的詩一樣的主題,立即揪住了林震的心。他託着腮,屏住了氣。他的青春,他的追求,他的碰壁,似乎都能與這樂曲相通。

趙慧文背着手靠在牆上,不顧衣服蹭上了石灰粉,等這段樂曲過去,她用和音樂一樣的聲音説:「這是柴可夫斯基的意大利隨想曲,讓人想到南國,想到海……我在文工團的時候常聽它,慢慢覺得,這調子不是別人演奏出的,而是從我心裡鑽出來的……」

「在文工團?」

「參加軍事幹部學校以後被分配去的,在朝鮮,我用我的蹩腳的嗓子給戰士唱過歌,我是個啞嗓子的歌手。」

林震像第一次見面似的又重新打量趙慧文。

「怎麼？不像了吧？」這時電台改放「劇場實況」了，趙慧文把收音機關了。

「你是文工團的，為什麼很少唱歌？」林震問。

她不回答，走到床邊，坐下。她説：「我們談談吧，小林，告訴我，你對咱們區委的印象怎麼樣？」

「不知道，我是説，還不明確。」

「你對韓常新和劉世吾有點意見吧，是不？」

「也許。」

「當初我也這樣，從部隊轉業到這裡，和部隊的嚴格準確比較，許多東西我看不慣。我給他們提了好多意見，和韓常新激動地吵過一回，但是他們笑我幼稚，笑我工作沒做好意見倒一大堆，慢慢地我發現，和區委的這些缺點做鬥爭是我力不勝任的……」

「為什麼力不勝任？」林震像刺痛了似的跳起來，他的眉毛擰在一起了。

「這是我的錯，」趙慧文抓起一個枕頭，放在腿上，「那時我覺得自己水平太低，自己也很不完美，卻想糾正那些水平比自己高得多的同志，實在不量力。而且，劉世吾、韓常新還有別人，他們確實把有些工作做得很好。他們的缺點散佈在咱們工作的成績裡邊，就像灰塵散佈在美好的空氣中，你嗅得出來，但抓不住，這正是難辦的地方。」

「對！」林震把右拳頭打在左手掌上。

趙慧文也有些激動了，她把枕頭拋開，話説得更慢，她説：「我做的是事務工作，領導同志也不大過問，加上個人生活上的許多牽扯，我沉默了，於是，上班抄抄寫寫，下班給孩子洗尿布、買奶粉。我覺得我老得很快，參加軍幹校時候那種熱情和幻想，不知道哪裡去了。」她沉默着，一個一個地捏着自己的手指，接着説，「兩個月以前，北京市進入社會主義高潮，工人、店員還有資本家，放着鞭炮，打着鑼鼓到區委會報喜，工人、店員把入黨申請書直接送到組織部，大街上一天一變，整個區委會徹夜通明，吃飯的時候，宣傳部、財經部的同志滔滔不絕地講着社會主義高潮中的各種氣象。可我們組織部呢？工作改進很少！打電話催催發展數字，按前年的格式添幾條新例子寫寫總結……最近，大家檢查保守思想，組織部也檢查，拖拖沓沓開了三次會，然後寫個材料完事……哎，我說亂了，社會主義高潮中，每一聲鞭炮都刺着我，當我複寫批准新黨員通知的時候，我的手激動得發抖，可是我們的工作就這樣依然故我地下去嗎？」她喘了一口氣，來回踱着，然後接着說：「我在黨小組會上談自己的想法，韓常新滿足地問：『難道我們發展數字的完成比例不是各區最高的？難道市委組織部沒要我們寫過經驗？』然後他進行分析，說我情緒不夠樂觀，是因為不安心事務工作……」

「開始的時候，韓常新給人一個了不起的印象，但是實際一接觸……」林震又說起那次寫匯報的事。

趙慧文同意地點頭：「這一二年，雖然我沒提什麼意見，但我無時無刻不在觀察。生活裡的一切，有表面也有內容，做到金玉其外，並不是難事。譬如韓常新，充領導他會拉長了聲音訓人，寫匯報他會強拉硬扯生動的例子，分析問題，他會用幾個無所不包的概念；於是，儼然成了個少壯有為的幹部，他漂浮在生活上邊，悠然得意。」

「那麼劉世吾呢？」林震問，「他決不像韓常新那樣淺薄，但是他的那些獨到的見解，精闢的分析，好像包含着一種可怕的冷漠。看到他容忍王清泉這樣的廠長，我無法理解，而當我想向他表示什麼意見的時候，他的議論卻使人越繞越糊塗，除了跟着他走，似乎沒有別的路……」

「劉世吾有一句口頭語：就那麼回事。他看透了一切，以為一切就那麼回事。按他自己的說法，他知道什麼是『是』，什麼是『非』，還知道『是』一定戰勝『非』，又知道『是』不是一下子戰勝『非』。他什麼都知道，什麼都見過——黨的工作給人的經驗本來很多；於是他不再操心，不再愛也不再恨。他取笑缺陷，僅僅是取笑；欣賞成績，僅僅是欣賞。他滿有把握地應付一切，再也不需要虔誠地學習什麼，除了拼音文字之類的具體知識。一旦他認為條件成熟需要幹一氣，他一把把事情抓在手裡，教育這個，處理那個，儼然是一切人的上司。憑他的經驗和智慧，他當然可以做好一些事，於是他更加自信。」趙慧文毫不容情地說道。這些話曾經在多少個不眠的夜晚縈繞在她的心頭……

「我們的區委副書記兼部長呢？他不管麼？」

趙慧文更加興奮了，她說：「李宗秦身體不好，他想去做理論研究工作，嫌區的工作過於具體。他做組織部長只是掛名，把一切事情推給劉世吾。這也是一種相當普遍的不正常的現象，有一批老黨員，因為病、因為文化水平低，或者因為是首長愛人，他們掛着廠長、校長和書記的名，卻由副廠長、教導主任、秘書或者某個幹事做實際工作。」

「我們的正書記——周潤祥同志呢？」

「周潤祥是一個非常令人尊敬的領導同志，但是他工作太多，忙着肅反、私營企業的改造……各種帶有突擊性的任務，我們組織部的工作呢，一般說永遠成不了帶突擊性的中心任務，所以他管得也不多。」

「那……怎麼辦呢？」林震直到現在，才開始明白了事情的複雜性，一個缺點，彷彿粘在從上到下的一系列的緣故上。

「是啊。」趙慧文沉思地用手指彈着自己的腿，好像在彈一架鋼琴，然後她向着遠處笑了，她說：「謝謝你……」

「謝我？」林震以為自己聽錯了。

「是的，見到你，我好像又年輕了。你天不怕地不怕，敢於和一切壞現象做鬥爭，於是我有一種婆婆媽媽的預感：你……一場風波要起來了。」

林震臉紅了。他根本沒想到這些，他正為自己的無能而十分羞恥。他嘟囔着說：「但願是真正的風波而不是瞎胡鬧。」然後他問：「你想了這麼多，分析得這麼清楚，為什麼只是憋在心裡呢？」

「我老覺得沒有把握，」趙慧文把手放在自己的胸前，「我看了想，想了又看，我有時候想得一夜都睡不好，我問自己：『你的工作是事務性的，你能理解這些嗎？』」

「你怎麼會這樣想？我覺得你剛才説得對極了！你應該把你剛才説的對區委書記談，或者寫成材料給《人民日報》……」

「瞧，你又來了。」趙慧文露出潤濕的牙齒笑了。

「怎麼叫又來了？」林震不高興地站起來，使勁搔着頭皮，「我也想過多少次，我覺得，人要在鬥爭中使自己變正確，而不能等到正確了才去做鬥爭！」

趙慧文突然推門出去了，把林震一個人留在這空曠的屋子裡。他嗅見了肥皂的香氣。馬上，趙慧文回了來，端着一個長柄的小鍋，她跳着進來，像一個梳着三隻辮子的小姑娘。她打開鍋蓋，戲劇性地向林震説：

「來，我們吃荸薺，煮熟了的荸薺，我沒有找到別的好吃的。」

「我從小就喜歡吃熟荸薺，」林震愉快地把鍋接過來，他挑了一個大的沒剝皮就咬了一口，然後他皺着眉吐了出來，「這是個壞的，又酸又臭。」趙慧文大笑了。林震氣憤地把捏爛了的酸荸薺扔到地上。

臨走的時候，夜已經深了，純淨的天空上佈滿了畏怯的小星星。有一個老頭兒吆喝：「炸丸子開鍋！」推車走過。林震站在門外，趙慧文站在門裡，她的眼睛在黑暗中閃光，她説：「下次來的時候，牆上就有畫了。」

林震會心地笑着：「而且希望你把丟下的歌兒唱起來！」他搖了一下她的手。

林震用力地呼吸着春夜的清香之氣，一股溫暖的泉水在心頭湧了上來。

## 八

韓常新最近被任命為組織部副部長。新婚和被提拔，使他愈益精神煥發和朝氣勃勃。他每天刮一次臉，在參觀了服裝展覽會以後又做了一套凡爾丁料子的衣服。不過，最近他親自出馬下去檢查工作少了，主要是在辦公室聽匯報、改文件和找人談話。劉世吾仍然那麼忙……

一天，晚飯以後，韓常新把《拖拉機站站長與總農藝師》還給林震，他用手彈一彈那本書，點點頭說：「很有意思，也很荒唐。當個作家倒不壞，編得天花亂墜。趕明兒我得了風濕性關節炎或者犯錯誤受了處分，就也寫小說去。」

林震接過書，趕快拉開抽屜，把它壓在最底下。

劉世吾坐在另一邊的沙發上正出神地研究一盤象棋殘局，聽了韓常新的話，刻薄地說：「老韓將來得關節炎或者受處分倒不見得不可能，至於小說，我們可以放心，至少在這個行星上不會看到您的大作。」他說的時候一點不像開玩笑，以致韓常新尷尬地轉過頭，裝沒聽見。

這時劉世吾又把林震叫過去，坐在他旁邊，問：「最近看什麼書了？有沒有好的借我看看？」

林震說沒有。

劉世吾挪動着身體，斜躺在沙發上，兩手託在腦後，半閉着眼，緩慢地說：「最近在《譯文》上看了《被開墾的處女地》第二部的片段，人家寫得真好，活得很……」

「您常看小說？」林震真不大相信。

「我願意榮幸地表示，我和你一樣地愛讀書：小說、詩歌，包括童話。解放以前，我最喜歡屠格涅夫，小學五年級，我已經讀《貴族之家》，我為倫蒙那個德國老頭兒流淚，我也喜歡葉琳娜；英沙羅夫寫得卻並不好……可他的書有一種清新的、委婉多情的調子。」他忽地站起來，走近林震，扶着沙發背，彎着腰繼續說，「現在也愛看，看的時候很入迷，看完了又覺得沒什麼，你知道，」他緊挨林震坐下，又半閉起眼睛，「當我讀一本好小說的時候，我夢想一種單純的、美妙的、透明的生活。我想去做水手，或者穿上白衣服研究紅血球，或者做一個花匠，專門培植十樣錦……」他笑了，從來沒這樣笑過，不是用機智，而是用心。「可還是得做什麼組織部長。」他攤開了手。

「為什麼您把現在的工作看得和小說那麼不一樣呢？黨的工作不單純，不美妙，也不透明麼？」林震友好而關切地問。

劉世吾接連搖頭，咳嗽了一會兒，又站起來，靠到遠一點的地方，嘲笑地說：「黨工作者不適合看小說……譬如，」他用手在空中一劃，「拿發展黨員來說，小說可以寫：『在壯麗的事業裡，多少名新戰士參加了無產階級的先鋒行列，萬歲！』而我們呢，組織部呢，卻正在發愁：第一，某支部組織委員工作馬大哈，談不清新黨員的歷史情況。第二，組織部壓了百十幾個等着批准的新黨員，沒時間審查。第三，新黨員需經常委會批准，常委委員一聽開會批准黨員就請假。第四，公安局長參加常委會批准黨員的時候老是打瞌睡……」

「您不對！」林震大聲說，他像本人受了侮辱一樣地難以忍耐，「您看不見壯麗的事業，只看見某某在打瞌睡……難道您也打瞌睡了？」

劉世吾笑了笑，叫韓常新：「來，看看報上登的這個象棋殘局，該先挪車呢還是先跳馬？」

## 九

魏鶴鳴告訴林震，他要求回到車間做工人，他說：「這個支部委員和生產科長我幹不了。」林震費盡唇舌，勸他把那次座談會搜集的意見寫給黨報，並且質問他：「你退縮了，你不信任黨和國家了，是嗎？」後來魏鶴鳴和幾個意見較多的工人寫了一封長信，偷偷地寄給報社，連魏鶴鳴本人都對自己有些懷疑：「也許這又是『小集團活動』？那就處罰我吧！」他是帶着有罪的心情把大信封扔進郵箱的。

五月中旬，《北京日報》以顯明的標準登出揭發王清泉官僚主義作風的群眾來信。署名「蔴袋廠一群工人」的信，憤怒地要求領導上處理這一問題。《北京日報》編者也在按語中指出：「……有關領導部門應迅速作認真的檢查……」

趙慧文首先發現了，她叫林震來看。林震興奮得手發抖，看了半天連不成句子，他想：「好！終於揭出來了！還是黨報有力量！」

他把報紙拿給劉世吾看，劉世吾仔細地看了幾遍，然後抖一抖報紙，客觀地說：「好，開刀了！」這時，區委書記周潤祥走進來，他問：「王清泉的情況你們了解不？」

劉世吾不慌不忙地說：「蔴袋廠支部的一些不健康的情況那是確實存在的。過去，我們就了解過，最近我親自找王清泉談過話，同時小林同志也去了解過。」他轉身向林震：「小林，你談談王清泉的情況吧。」

有人敲門。魏鶴鳴緊張地撞進來，他的臉由紅色變成了青色，他說，王廠長在看到《北京日報》以後非常生氣，現在正追查寫信的人。

……經過黨報的揭發與區委書記的過問，劉世吾以出乎林震意料之外的雷厲風行的精神處理了蔴袋廠的問題。劉世吾一下決心，就可以把工作做得很出色。他把其他工作交代給別人，連日與林震一起下到蔴袋廠去。他深入車間，詳細調查了王清泉工作的一切情況，徵詢工人群眾的一切意見。然後，與各有關部門進行了聯繫，只用了一個多星期的時間，就對王清泉做了處理——黨內和行政都予以撤職處分。

處理王清泉的大會一直開到深夜，開完會，外面下起雨，雨忽大忽小，久久地不停息。風吹到人臉上有些涼。劉世吾與林震到附近的一個小舖子去吃餛飩。

這是新近公私合營的小舖子，整理得乾淨而且舒適。由於下雨，顧客不多。他們避開熱氣騰騰的餛飩鍋，在牆角的小桌旁坐下來。

他們要了餛飩，劉世吾還要了白酒，他呷了一口酒，掐着手指，有些感觸地說：「我這是第六次參加處理犯錯誤的負責幹部的問題了，頭幾次，我的心很沉重。」由於在大會上激昂地講過話，他的嗓音有些嘶啞，「黨工作者是醫生，他要給人治病，他自己卻是並不輕鬆的。」他用無名指輕輕敲着桌子。

林震同意地點頭。

劉世吾忽然問：「今天是幾號？」

「五月二十。」林震告訴他。

「五月二十，對了。九年前的今天，『青年軍』二〇八師打壞了我的腿。」

「打壞了腿？」林震對劉世吾的過去歷史還不了解。

劉世吾不說話，雨一陣大起來，他聽着那嘩啦嘩啦的單調的響聲，嗅着潮濕的土氣。一個被雨淋透的小孩子跑進來避雨，小孩的頭髮在往下滴水。

劉世吾招呼店員：「切一盤肘子。」然後告訴林震，「一九四七年，我在北大做自治會主席。參加『五二〇』遊行的時候，二〇八師的流氓打壞了我的腿。」他挽起褲子，可以看到一道弧形的疤痕，然後他站起來，「看，我的左腿是不是比右腿短一點？」

林震第一次以深深的尊敬和愛戴的眼光看着他。

喝了幾口酒，劉世吾的臉微微發紅，他坐下，把肉片夾給林震，然後斜着頭說：「那時候⋯⋯我是多麼熱情，多麼年輕啊！我真恨不得⋯⋯」

「現在就不年輕，不熱情了麼？」林震用期待的眼光看着。

「當然不，」劉世吾玩着空酒杯，「可是我真忙啊！忙得什麼都習慣了，疲倦了。解放以來從來沒睡夠過八小時覺。我處理這個人和那個人，卻沒有時間處理處理自己。」他托起腮，用最質樸的人對人的態度看着林震，「是啊，一個布爾什維克，經驗要豐富，但是心要單純⋯⋯再來一兩！」劉世吾舉起酒杯，向店員招手。

這時林震已經開始被他深刻和真誠的抒發所感動了。劉世吾接着悶悶地說：「據說，炊事員的職業病是缺少良好食欲，飯菜是他們做的，他們整天和飯菜打交道。我們，黨工作者，我們創造了新生活，結果，生活反倒不能激動我們……」

林震的嘴動了動，劉世吾擺擺手，表示希望不要現在就和他辯論。他不說話，獨自托着腮發愣。

「雨小多了，這場雨對麥子不錯，」過了半天，劉世吾嘆了口氣，忽然又說，「你這個幹部好，比韓常新強。」

林震在慌亂中趕緊喝湯。

劉世吾盯着他，親切地笑着，問他：「趙慧文最近怎麼樣？」

「她情緒挺好。」林震隨口說。他拿起筷子去夾熟肉，看見了他熟悉的劉世吾的閃爍的目光。

劉世吾把椅子拉近他，緩緩地說：「原諒我的直爽，但是我有責任告訴你……」

「什麼？」林震停止了夾肉。

「據我看，趙慧文對你的感情有些不……」

林震顫抖着手放下了筷子。

離開餛飩舖，雨已經停了，星光從黑雲下面迅速地露出來，風更涼了，積水潺潺地從馬路兩邊的泄水池流下去。林震迷惘地跑回宿舍，好像喝了酒的不是劉世吾，倒是他。同宿舍的同志都睡得很甜，粗短的和細長的鼾聲此起彼伏。林震坐在床上，摸着濕了的褲腳，眼前浮現了趙慧文的蒼白而美麗的臉……他還是個毛小伙子，他什麼也沒經歷過，什麼都不懂。他走近窗子，把臉緊貼在外面沾滿了水珠的冰冷的玻璃上。

## 十

區委常委開會討論蔴袋廠的問題。

林震列席參加。他坐在一角，心跳，緊張，手心裡出了汗。他的衣袋裡裝着好幾千字的發言提綱，準備在常委會上從蔴袋廠事件扯出組織部工作中的問題。他覺得蔴袋廠問題的揭發和解決，造成了最好的機會，可以促請領導從根本上考慮一下組織部的工作。時候到了！

劉世吾正在條理分明地匯報情況。書記周潤祥顯出沉思的神色，用左拳托着士兵式的粗壯而寬大的臉，右腕子壓着一張紙，時而在上面寫幾個字。李宗秦用食指在空中寫劃着。韓常新也參加了會，他專心地把自己的鞋帶解開又繫上。

林震幾次想說話，但是心跳得使他喘不上氣。第一次參加常委會，就作這種大膽的發言，未免過於莽撞吧？不怕，不怕！他鼓勵自己。他想起八歲那年在青島學跳水，他也一邊聽着心跳，一邊生氣地對自己說：「不怕，不怕！」

區委常委批准了劉世吾對於蔴袋廠問題提出的處理意見，馬上就要進行下面一項議程了，林震霍地舉起了手。「有意見嗎？不舉手就可以發言的。」周書記笑着說。

林震站起來，碰響了椅子，掏出筆記本看着提綱，他不敢看大家。

他說：「王清泉個人是作了處理了，但是如何保證不再有第二、第三個王清泉出現呢？我們應該檢查一下區委組織工作中的缺點：第一，我們只抓了建黨，對於鞏固黨沒給以應有的注意，使基層的黨內鬥爭處於自流狀態。第二，我們明知有問題卻拖延着不去解決，王清泉來廠子整整五年，問題一直存在而且愈發展愈嚴重。……具體地說，我認為韓常新同志與劉世吾同志有責任……」

會場起了輕微的騷動，有人咳嗽，有人放下了煙卷，有人打開筆記本，有人挪了一下椅子。

韓常新聳了一下肩，用舌頭舔了一下扭動着的牙床，諷刺地說：「往往聽到一種事後諸葛亮的意見：『為什麼不早一點處理呢？』當然是愈早愈好嘍……高、饒事件發生了，有人問為什麼不早一點；貝利亞，也有人問為什麼不早一點。再者，組織部並不能保證第二、第三個王清泉不會出現，林震同志也未嘗能保證這一點……」

林震抬起頭，用激怒的目光看着韓常新。韓常新卻只是冷冷地笑。林震壓抑着自己說：「老韓同志知道缺點的存在是規律，但他不知道克服缺點前進更是規律。老韓同志和劉部長，就是抱住了頭一個規律，因而對各種嚴重的缺點採取了容忍乃至於麻木的態度！」說完，他用手抹了抹頭上的汗，他也不知道自己怎麼敢說得這樣尖銳，但是終究說出來了，他有一種如釋重負的感覺。

李宗秦在空中劃着的食指停住了。周潤祥轉頭看看林震又看看大家，他的沉重的身軀使木椅發出了吱吱聲。他向劉世吾示意：「你的意見？」

劉世吾點點頭：「小林同志的意見是對的，他的精神也給了我一些啟發……」然後他悠閒地溜到桌子邊去倒茶水，用手撫摸着茶碗沉思地說，「不過具體到蔴袋廠事件，倒難說了。組織部門鞏固黨的工作抓得不夠，是的，我們幹部太少，建黨還抓不過來。蔴袋廠王清泉的處理，應該說還是及時而有效的。在宣佈處理的工人大會上，工人的情緒空前高漲，有些落後的工人也表示更認識到了黨的大公無私，有一個老工人在台上一邊講話一邊落淚，他們口口聲聲說着感謝黨，感謝區委……」

林震小聲說：「是的，正因為這樣，我才覺得我們工作中的麻木、拖延、不負責任，是對群眾犯罪。」他提高了聲音，「黨是人民的、階級的心臟，我們不能容忍心臟上有灰塵，就不能容忍黨的機關的缺點！」

李宗秦把兩手交叉起來放在膝頭，他緩緩地說，像是一邊說一邊思索着如何造句：「我認為林震、韓常新、劉世吾同志的主要爭論有兩個症結，一個是規律性與能動性的問題……一個是……」

林震以不知從哪兒來的勇氣對李宗秦說：「我希望不要只作冷靜而全面的分析……」他沒有說下去，他怕自己掉下眼淚來。

周潤祥看一看林震，又看一看李宗秦，皺起了眉頭，沉默了一會兒，迅速地寫了幾個字，然後對大家說：「討論下一項議程吧。」

散會後，林震氣惱得沒有吃下飯，區委書記的態度他沒想到。他不滿甚至有點失望。韓常新與劉世吾找他一齊出去散步，就像根本沒理會他對他們的不滿意，這使林震更意識到自己和他們力量的懸殊。他苦笑着想：「你還以為常委會上發一席言就可以起好大的作用呢！」他打開抽屜，拿起那本被韓常新嘲笑過的蘇聯小說，翻開第一篇，上面寫着：「按娜斯嘉的方式生活！」他自言自語：「真難啊！」

他缺少了什麼呢？

## 十一

第二天下班以後，趙慧文告訴林震：「到我家吃飯去吧，我自己包餃子。」他想推辭，趙慧文已經走了。

林震猶豫了好久，終於在食堂吃了飯再到趙慧文家去。趙慧文的餃子剛剛煮熟。她穿上暗紅色的旗袍，繫着圍裙，手上沾滿麵粉，像一個殷勤的主婦似的對林震說：「新下來的豆角做的餡子……」

林震囁嚅地說：「我吃過了。」

趙慧文不信，跑出去給他拿來了筷子，林震再三表示確實吃過，趙慧文不滿意地一個人吃起來。林震不安地坐在一旁，一會兒看看這，一會兒看看那，一會兒搓搓手，一會兒挰一挰身體。

「小林，有什麼事麼？」趙慧文停止了吃餃子。

「沒……有。」

「告訴我吧。」趙慧文目不轉睛地看着他。

「昨天在常委會上我把意見都提了，區委書記睬都不睬……」

趙慧文咬着筷子端想了想，她堅決地說：「不會的，周潤祥同志只是不輕易發表意見……」

「也許，」林震半信半疑地說，他低下頭，不敢正面接觸趙慧文關切的目光。

趙慧文吃了幾個餃子，又問：「還有呢？」

林震的心跳起來了。他抬起頭，看見了趙慧文的好意的眼睛，他輕輕地叫：「趙慧文同志……」

趙慧文放下筷子，靠在椅子背上，有些吃驚了。

「我很想知道，你是否幸福。」林震用一種粗重的完全像大人一樣的聲音說，「我看見過你的眼淚，在劉世吾的辦公室，那時候春天剛來……後來忘記了。我自己馬馬虎虎地過日子，也不會關心人。你幸福嗎？」

趙慧文略略疑惑地看着他，搖頭：「有時候我也忘記……」然後點頭，「會的，會幸福的。你為什麼問它呢？」

她安詳地笑着。

林震把劉世吾對他講的告訴了她：「……請原諒我，把劉世吾同志隨便講的一些話告訴了你，那完全是瞎說……我很願意和你一起說話或者聽交響樂，你好極了，那是自然而然的……也許這裡邊有什麼不好的，不合適的東西，馬馬虎虎的我忽然多慮了，我恐怕我擾亂誰。」林震抱歉地結束了。

趙慧文安詳地笑着，接着皺起了眉尖兒，又抬起了細瘦的胳臂，用力擦了一下前額，然後她甩了一下頭，好像甩掉什麼不愉快的心事似的轉過身去了。

她慢慢地走到牆壁上新掛的油畫前邊，默默地看畫。那幅畫的題目是《春》，莫斯科，太陽在春天初次出現，母親和孩子到街頭去……

一會兒，她又轉過身來，迅速地坐在床上，一隻手扶着床欄桿，異常平靜地說：「你說了些什麼呀？真是！我不會做那些不經過考慮的事。我有丈夫，有孩子，我還沒和你談過我的丈夫，」她不用常說的「愛人」，而強調地說着「丈夫」，「我們在五二年結的婚，我才十九，真不該結婚那麼早。他從部隊裡轉業，在中央一個部裡作科長，他慢慢地染上了一種油條勁兒，爭地位、爭待遇，和別人不團結。我們之間呢，好像也只剩下了星期六晚上回來和星期一走。我的看法是：或者是崇高的愛情，或者什麼都沒有。我們爭吵了……但我仍然等待着……他最近出差去上海，等回來，我要和他好好談一談。可你說了些什麼呢？」她又一次問，「小林，你是我所尊敬的頂好的朋友，但你還是個孩子——這個稱呼也許不對，對不起。我們都希望過一種真正的生活，我們希望組織部成為真正的黨的工作機構，我覺着你像是我的弟弟，你盼望我振作起來，是吧？生活是應該有互相支援和友誼的溫暖，我從來就害怕冷淡。就是這些了，還有什麼呢？還能有什麼呢？」

林震惶恐地說：「我不該受劉世吾話的影響……」

「不，」趙慧文搖頭，「劉世吾同志是聰明人，他的警告也許並不是完全沒有必要，然後……」她深深地吐一口氣，「那就好了。」

她收拾起碗筷，出去了。

林震茫然地站起，來回踱着步子，他想着、想着，好像有許多話要說，慢慢地，又沒有了。他要說什麼呢？本來什麼都沒有發生。生活有時候帶來某種情緒的波流，使人激動也使人困擾，然後波流流過去，沒有一點痕迹……真的沒有痕迹嗎？它留下對於相逢者的純潔和美好的記憶，雖然淡淡，卻難忘……

趙慧文又進來了，她領着兩歲的兒子，還提着一個書包。小孩已經與林震見過幾次面，親熱地叫林震「夫夫」——他說不清「叔叔」。

林震用強健的手臂把他舉了起來。空曠的屋子裡頓時充滿了孩子的笑鬧聲。

趙慧文打開書包，拿出一疊紙，翻着，說：「今天晚上，我要讓你看幾樣東西。我已經把三年來看到的組織部工作中的一些問題和自己的意見寫了一個草稿。這個……」她不好意思地摸了一下一張橡皮紙，「大概這是可笑的，我給自己規定了一個競賽的辦法。讓今天的自己和昨天的自己競賽。我畫了表，如果我的工作有了失誤——寫入黨批准通知的時候抄錯了名字或者統計錯了新黨員人數，我就在表上劃一個黑叉子，如果一天沒有錯，就畫一個小紅旗。連續一個月都是紅旗，我就買一條漂亮的頭巾或者別的什麼獎勵自己……也許，這像幼兒園的做法吧？你好笑嗎？」

林震入神地聽着，他嚴肅地說：「絕不，我尊敬你對你自己的……」

臨走的時候，夜已經深了，林震站在門外，趙慧文站在門裡，她的眼睛在黑暗中閃着光，她說：「今天的夜色非常好，你同意嗎？你嗅見槐花的香氣了沒有？平凡的小白花，它比牡丹清雅，比桃李濃馥，你嗅不見？真是！再見。明天一早就見面了，我們各自投身在偉大而麻煩的工作裡邊。然後晚上來找我吧，我們聽美麗的《意大利隨想曲》。聽完歌，我給你煮荸薺，然後我們把荸薺皮扔得滿地都是……」

……林震靠着組織部門前的大柱子好久好久地呆立着，望着夜的天空。初夏的南風吹拂着他——他來時是殘冬，現在已經是初夏了。他在區委會度過了第一個春天。

他做好的事情簡直很少，簡直就是沒有，但他學了很多，多懂了不少事，他懂了生活的真正的美好和真正的分量；他懂了鬥爭的困難和鬥爭的價值。他漸漸明白，在這平凡而又偉大的、包羅萬象的、擔負着無數艱巨任務的區委會，單憑個人的勇氣是做不成任何事情的……從明天……

辦公室的小劉走過，叫他：「林震，你上哪兒去了？快去找周潤祥同志，他剛才找了你三次。」

區委書記找林震了嗎？那麼不是從明天，而是從現在，他要盡一切力量去爭取領導的指引，這正是目前最重要的……

隔着窗子，他看見綠色的枱燈和夜間辦公的區委書記的高大側影，他堅決地、迫不及待地敲響領導同志辦公室的門。

1956年5月至7月

（原載《人民文學》1956年第9期）

**鄧友梅**

鄧友梅（1931— ），山東平原人。作家。著有短篇小說《我們的軍長》、《話說陶然亭》，中篇小說《追趕隊伍的女兵》、《那五》、《煙壺》等。另有五卷本《鄧友梅自選集》出版。

# 在懸崖上

夏天的晚上，悶熱得很，蚊子嗡嗡的。熄燈之後，誰也睡不着，就聊起天來。

大家輪流談自己的戀愛生活。約好了，一定要坦白。

睡在最東面的，是設計院下來的一位技術員，是個挺善談的人。輪到他說的時候，他卻沉默了許久也不開始。

人們你一句我一句地催他。

終於，他嘆了口氣，說起來了——

我和我愛人，是自由戀愛結婚的。

前年，我剛從大學畢業，到二工地上作技術員。頭一天進工地，我就出了個漏子——坐火車沒有要報銷單據。

我懊喪極了，心想會計員一定不肯給我報，就是給報，也要狠狠地批評我一頓。我噘着嘴進了會計室。

坐在辦公桌後邊的，是位挺端莊的姑娘，剪着髮，身上淺藍色的襯衣已經洗得發白了。她推了把椅子讓我坐下。

「您怎麼會忘記要報銷單據呢？」她嚴肅地說，「這是國家的制度呀！」

我擦着汗說：「是的，我，我才從學校出來，還沒這習慣……」

「唔！」她微笑着，「那就是另一回事了，我寫個信您去車站補領一份吧。」

我把信接過來，走出門，她又喊住了我，趕出來說：「您頭一天來也許還有許多事要辦，您寫個補領條，我替您辦了好不好？」

我對她有了個極深的印象。

這時，我正申請入團。她擔任團支書的職務，三天兩頭和我個別談話。她長得挺秀氣，笑起來很美。我很高興有這樣一個支書幫助我，但我沒想到會和她戀愛，我覺得她和我不是一樣的人，她要比我高些。

過了些天，她的歷史我也知道了：她上學不多，初中畢業後，在家中閒住了一陣，解放後又上了一個時期會計學校，就出來工作。現在經過自修，已能看俄文的聯共黨史。在我來的那年春天入了黨。我對她就又加上了一層敬意。工地上的人也都挺尊敬她。

不知怎麼一來，我就愛上她了。我找一切機會接近她，星期天約她一起去玩，聽到她大方地答應我，我是那麼受寵若驚，似乎跟她走在一起，我的人格也高尚了許多。——她是青年們的領導人啊！

我提出要求來了。她沉思了一會，溫柔地說：「再考慮一下吧，我比你大兩三歲呢，這也許不大好。」

我急道：「你這麼說真傷害我，我愛的是你這個人，年齡有什麼相干？」

從這以後，她對我更親切了。不僅在思想上督促我進步，生活細節她也處處操心。我不會有計劃地用錢，發薪的那兩天，整天的又是吃又是買，一過十五號便連煙也沒得抽。她要求替我管賬，從此我不僅每月過得都很富裕，而且能按月積蓄一點錢。過去，我的襪子，手帕，一個月也不想洗一次。碰到星期天，要和她一道去玩了，就慌慌忙忙地去買新的來。她看見，便玩笑地說：「你以為穿上新襪子，別人就更喜歡你些麼？」於是就讓我把舊的拿出來幫我洗洗補補。我不好意思地說：「你幫我做這些，人家會笑你吧！」她正色說：「這有什麼可笑的！兩人一起做點事不比在街上瞎逛有意思？」真的，同志們並不笑她，只說我「野馬上了籠頭了」！我聽了，心中暗暗得意。

有好幾次，她問我對她有什麼意見，我實在說不出來，她就說：「你瞧，你總是不在政治上注意別人，對我還這樣呢，對同志們又該怎樣？」我臉紅着答應改過，可是總也改不過來。

這年秋天，我們結婚了。我主張買架有彈簧的雙人床，她卻說：「睡木板不一樣？」我要買個美術化的大理石台燈，她卻說：「買個普通的，看去還大方、美觀。」我說：「結婚，一輩子只一次，錢不夠可以借！」而她說：「結婚只是新生活的開始，以後日子還長呢！」

結婚後，我們感情很好。早上一起上班，下午一齊回家。我們很少坐車，總是一邊散步，一邊談心。不知為什麼談話的資料總是那麼豐富，平常的小事兩人也談得興趣很濃。回家之後就一齊學習，先是她讀俄文，我讀技術書。後來，她說要糾正我不愛讀政治書的毛病，便把俄文移到早上去唸，晚上叫我念政治書給她聽。有時候我們兩人也分開讀，那時我常常把眼睛從書本上移到她臉上，端詳着那一雙黑黑的眉毛和稍顯得蒼白的臉，越看越看不夠，簡直不敢相信她是自己的妻，要和自己共同生活到永久永久。她發覺我在看她，卻不抬起頭來，仍低着頭看書。但臉漸漸地紅了，嘴角露出微笑。我忍不住跳過去抱住她，用力吻着她說：「我什麼都不需要了，剩下的就是工作，工作，好好地工作！」她笑着，倚着我閉上眼睛呆一會，然後說：「行了，該用功了，咱們規定好半小時休息一次，誰破壞了罰誰，要不然咱倆就要變成二流子了。」

後來，我調到設計院工作，倆人每周只能見一次面。於是每個星期天都成了我們的節日，我們一起去參觀展覽會，看電影，跳舞。她買了隻小炭爐，有時不想出去，我們就請朋友們來家吃飯。她會炒許多樣菜，在冷天，還用玻璃瓶裝了叫我帶到機關去吃。不管做菜、洗衣服，我都當她的助手，雖然我一動手總是給她添許多額外的麻煩，她還是要我去幫助她。

我們經常的談着自己一星期來的工作、思想等等。在這些談話中，我漸漸認出了她的許多特點，給我印象最深的就是她的質樸，或叫做「實事求是」。我是若不誇大事情的一些地方，就會連那事情本身也說不出來。比如我設計完了一項圖紙，總這樣說：「嗨，費了九牛二虎之力，總算完成了，真費勁！」她呢，卻總是簡單的一兩句話：「我做完了月結算！」若不就再加一句：「有個地方還要覆核一下。」我們也常談到未來。有時我說：「等到下一兩個五年計劃時，也許我能給我們自己設計一座最新式的住宅，這要有陽台、有浴室，有……」她卻說：「咱們從下月起該節省些，存點錢，萬一明年有個小寶寶，這房就住不開了。」她這種性格不知不覺地影響着我。當我接受任務設計一幢辦公樓時，不知怎麼，我一向追求表面華麗的作風使自己感到可厭了！我竭力從實用和大方上着手。結果這套設計得到了表揚，在反形式主義學習時上級還叫我作了典型報告。在生活作風上，我也逐漸改變自己言過其實、鋒芒畢露的毛病，同志們都說我踏實多了。在這種情形下我參加了青年團。

這時期，我工作和生活都很愉快。我常想，只要這樣按部就班地學習、工作、生活，一步步走下去，不斷地提高自己，爭取做一個好黨員和紅色專家還有什麼難處呢？

沒有料到，我像一個參加長途競走的人，半路上貪戀一株新異的花草，忘了路標的指示，走起彎路來了。

設計院來了一個才從藝術學院畢業的、做雕塑師的姑娘，叫加麗亞。她父親是位音樂教授，母親是個德國人，她北京話和柏林話都說得挺流利。她來時是秋天，穿着件淺灰色的裙子，米黃色的毛線衣，頭髮是棕色的，眼睛卻是黑色的，眼睫毛很長。於是「加麗亞」三字就粘到小伙子們的嘴唇上了。開會的時候，這個給她搬椅子，那個給她遞茶水。休息時，這個約她去散步，那個請她去打球。她一天到晚興高采烈的，一會兒把她的快樂傳染給這個，一會兒又傳染給那個。我自然不會像那些單身漢似的去獻殷勤，不過，說良心話，我也挺欣賞她的相貌和風度，很願和她一起散散步，談談心。

中秋節，機關組織大家去遊頤和園。加亞麗說她要去，許多小伙子也爭先報了名。有人替她拿水果袋，有人給她在車上留座位。那天我愛人要參加她們工地上的集體活動，我只好一個人去，坐在車上，我冷眼看着那些小伙子發笑。

加麗亞上來了，假裝沒聽見人家招呼她坐，卻意外的，竟走到我面前笑笑說：「勞駕，往裡一點。」

我往裡挪挪，從側面看着她。她臉朝着前面，故意做出嚴肅的樣子。

車子過了西郊公園，猛然轉了個彎，她撞到我身上了。重新坐好後，她向我點點頭說：「對不起。」

我說：「您真客氣。」

「對您不敢不客氣，」她望着我笑道，「您總是那麼嚴肅，好嚇人哪！」

「唔？」我大聲笑起來。

我倆熱烈地談起來了。我稱讚她的衣服和身材，她不僅不害羞，反倒爽快地議論姑娘們的身材特點，以及應該如何打扮之類。我很喜歡她這種爽快勁，便也毫無顧忌地發表意見，然後又談到了大學生活，共同的興趣……越談越投機，下車時，我們儼然像朋友了。

「你船划得怎樣？」她嫵媚地看着我。

在學校裡誰沒受過姑娘的青睞？誰沒有點在同輩青年中爭勝的勁頭，加麗亞似乎一下子又把我拖回到三年以前去了，我得意地看看那些用嫉妒眼光盯着我的小伙子，拉着加麗亞說：「走，咱買船票去。」

這以後，我和她成了要好的朋友，有好電影和音樂會，我們總是一道去。

有一次看《杜勃羅夫斯基》。回來的路上，她說：「這倆演員真漂亮啊！」

我說：「兩人很相稱！」

「人家是有意識這樣選的，」她正經地說，「愛情，除了性格、志趣之外，還應該是美的結合，兩個人都漂亮，不僅自己幸福，對旁觀的人也是幸福的……」正説着，對面走過一對男女來，男的有二十七八歲，很年輕、精神。女的在笑着，臉上堆了幾條皺紋，看來要比男的大四五歲。她立刻用肘子一碰我說：「喏，你瞧，也許他倆感情還不錯，可是叫別人看起來總有不愉快之感，不能不算遺憾吧？」

我看看那倆人的背影，先還挺高興，以為加麗亞在暗示我倆「很相稱」，接着，我想起我妻子來了。「她比我大兩歲，也沒加麗亞這麼『帥』，要叫加麗亞看見我倆一起去，她會怎樣評論呢？」不由得有些掃興。

正巧，這個星期六我們機關有舞會，我把愛人約來了。我們坐在大廳角上，覺得背後有人嘁嘁喳喳地連笑帶議論，回頭一看，正是加麗亞，她見我看她，便索性大聲道：「我正議論你呢！」甩甩頭髮，走過來向我眏眏眼說：「可以介紹一下嗎？」

我紅着臉，把愛人介紹給她。天曉得，在加麗亞對面我愛人怎麼顯得那麼呆板，沒有風度和蒼白。我真後悔，不該把她帶到這裡來現眼。以後樂曲再響的時候，我就請加麗亞跳，請別的同志跳。加麗亞問我：「你讓她一個人坐在那兒她不會生氣麼？」我說：「她並不太喜歡跳舞！也不太會跳！」然而，當我跳完一個華爾茲回到妻的身旁時，妻卻很不高興地說：「我想回家了，你一人留下來跳吧！」我忙說：「為什麼，還早呢？」她說：「我累了！」我只好耐着性陪她回去。路上我們一直沉默着，快到家門口了，我裝作玩笑的口吻問她：「是不是我淨和別人跳，你生氣了？」她說：「幹嗎要拉我去作展覽品呢？我在家裡看點書不更好？」我說：「人家要認識你也沒有什麼惡意！我請別人跳也是禮貌。」她說：「我見不得那種輕浮相。我尊敬別人，也希望別人尊重我！」

到家之後，我們默默地坐了一陣就睡了。躺在床上，我忽然想道：如果我身邊躺的不是她，而是加麗亞，這些不愉快不就沒有了麼？

是啊，假如妻也有加麗亞的相貌、風度、趣味，那我該多幸福啊！

為了避免惹閒氣，我一連幾個星期都沒參加舞會。

一個星期六晚上，我正收拾東西準備回家，加麗亞進來了，對我笑道：「女主人管教得真嚴，舞會上都見不着你的面了。」

我說：「我自己不願意跳！」

「說這麼好聽幹嗎？」她呶呶嘴，「出名的舞蹈能手！不過身不由己罷了！」

我有點掛不住火，說：「這麼說，我今天就跳一晚上給你看！」

「回去挨罵可沒有人同情呵！」她笑笑，又說道，「今晚上有聯歡晚會，說要選幾個跳得好的起示範作用，你怎麼樣？」

我說：「好，我倆算一對！決定了！」

她笑着推我：「那還不快打電話請假！」

我急道：「向誰請假？我是自由的！」

話雖這麼說，我可確實擔心妻在家裡着急。只是不好意思去打電話。

許久沒進舞廳，一聽樂聲，一見那燈光，立刻興奮起來，把別的事全放在腦後了。

加麗亞換了一身漂亮的衣服。音樂一響，我倆就旋風似的轉過了整個大廳，人們那讚賞的眼光緊追着我倆閃來閃去。加麗亞得意地說：「我好久沒這麼高興過了，跳舞本身是愉快的，被人欣賞也是愉快的。我告訴你個秘密，姑娘雖然愛在人前裝得神聖不可侵犯，可是心裡還是願意被人欣賞！」我笑道：「小伙子們又何嘗不如此？」她說：「你也這樣？」我笑道：「可惜我不漂亮，引不起人們的欣賞！」她笑道：「別客氣，我還是頭一個欣賞你的！」我們邊跳邊說笑，總是撞着別人。她聳聳肩說：「不管他，我快樂的時候，根本不考慮周圍還有別人存在！」我說：「也不考慮你自己是否存在吧？」

「對極了，這才叫忘我！」轉了一轉，她又笑道，「我能忘我，你就不能。」

我問：「為什麼？」

「你忘了自己，可有個人沒有忘你！」

本來我已忘了家中的事，她這一提，我的興致立刻減了不少，便說：「咱們不談別人好不好？」

正這時，門口有人喊我的名字道：「電話，您愛人找！」

「怎麼樣？」她推開我，笑道，「生命誠可貴，愛情價更高，若為自由故啊……」

我氣沖沖地跑出來，到傳達室一把抓起電話來大聲吼道：「我馬上回去！」

說完，電話裡沒有人回答，我奇怪了，問道：「怎麼回事，你走了麼？」裡邊乾咳一聲，低聲說：「我是問你回來吃飯不，省得我等，又沒催你回來……」

我聽到她那委屈的聲調，再沒心思跳舞了，真覺得自己失去了自由。走到大廳去向加麗亞告別，她正和一個穿藍西裝的年輕人跳舞，臉上仍然洋溢着快樂，而且還興高采烈地說着什麼。經過我面前時，她只輕輕地點了一下頭。我賭氣一句話也沒說，便走回家去。

我愛人正在桌前坐着，桌上放着冷了的飯菜，見我進來，她把頭一扭。

我說：「怪不得人們說女同志小器，我就回來得晚一些，也不致這樣啊！」

「我對你說什麼了，你拿起電話就發兇？」她生氣地說，「我妨礙你什麼了吆？」

我聽她話裡有話，急道：「好，好，你別說這些，以後不離開你一步就是了！」

「我並沒這樣要求你！」她喊了一聲，又趕緊住了嘴。兩隻眼睛陰凄凄地望望我，小聲說，「真可怕，星期六你也不願回家來了，我們也開始吵嘴了……」

「不要胡思亂想，」我說，「夫妻吵嘴是難免的。」

「唉，既吵開了頭，誰又保險不會永遠吵下去？」

這陣風暴過去，她睡了。我躺在床上又想起了舞會，想起了加麗亞，想起了大街上和舞會上人們投過來的羨慕的眼光。於是，我不由得看了一眼我們的結婚照片，第一次發現我們的年齡差別是這樣明顯。我有些害怕地想道：

「我結婚太匆促了點吧……」

她翻了個身，醒了。見我還開着燈，問道：「怎麼還不睡？生氣了？」

我搖搖頭。

「別生氣，也許我們還不善於處理生活問題……不過，你不該連個電話也不給我，」她吻着我，「你知道我站在門口等了多久啊，菜涼了，我去熱，熱好了，你還不回來……」

「是我不好。」我撫摸着她的頭髮說，心裡卻又想起了加麗亞，我覺得自己虛偽得可怕，但又制止不住自己。

加麗亞初來時所引起的騷動，平靜下去了不少。許多圍繞着她的青年也自動散開了。而且人們提到她的名字時，越來越多的由讚賞變成責難，說她「輕浮，在感情上打游擊」。我想，男孩子們追求一個姑娘落了空，總難免說吃不到嘴的葡萄是酸的，所以我不僅不因此改變對她的看法，反倒有些替她抱不平。看得出，她也隱隱有些苦悶，於是和我接近得更密切了。每天晚飯後我們都到什刹海邊去散步，或去溜冰。她腦子裡隨時都能出現奇異的幻想。看到冰，便想到將來有一天馬路上的人行道會全用冰鋪起來，行人全穿着冰刀。她說：「那時咱倆在星期天就可以散步到天津去。」看到水，她又想到將來她要蓋一間雙層玻璃的雕塑室，玻璃之間灌滿了水。我就說：「將來我為自己設計住宅時，一定為你預備一間這樣的水晶宮，把你像金魚一樣的養在裡邊。」說完，我偷察她的臉色，她並沒生氣，倒說：「你真是個知音者，我要有你這樣個哥哥夠多好！」我說：「好，你就做我的妹妹吧。」從這以後，單我倆在一起時，我們就兄妹相稱。

有一次我們在什刹海邊散步，她手裡拈着枝梅花，一邊往頭上簪一邊哼着：「啊，姑娘呵——」唱到半句，忽然停下來，自言自語地說道：「姑娘，這兩字多響亮啊，像黃金一樣，我一輩子也不讓它離開我。」

我笑道：「照這樣說，一結婚，黃金就貶值了！那，你是永遠也不結婚的了？」

「也不一定，」她笑起來，「也許將來有個人能使我不得不用這黃金似的名字去換他的愛情——誰知道這個人在哪裡呢？」

我心裡發起熱來，以為她在暗示着我。

冬天，加麗亞總是戴一頂灰色的哥薩克式羊皮帽。我很喜歡這樣的皮帽，曾問過帽店，說是要過一個月才有，我就等着。妻見我這麼冷的天還光着頭，便買了一頂長毛絨的給我，說：「你也不要太節省了，條件允許，也該注意一下儀表。」

戴上絨帽的第二天，加麗亞跑來找我說：「你不是喜歡我的皮帽麼？店裡有了，咱去買吧。」我毫不猶疑地和她一齊走了出去。半路上，我覺得這樣辦有點不妥，躊躇說：「等一等，也許我錢不夠——」

「我送給你，」加麗亞痛快地說，「全機關就我這一頂，未免太孤單了，它要有夥伴。」

她真的不准我付錢，送了一頂給我，並且當着許多店員和顧客的面給我試過來試過去，一邊端詳着我，一邊拍手說：「帥，帥，我要給你塑個半身像，戴這帽子的。」她不顧旁邊人的竊笑，也不管我臉紅。

我一時大意，星期六晚上戴着皮帽回家了，妻一見便吃驚地問：「你買的？」

我臉一紅，支吾道：「不買還有人送？」

「我不是才給你買了新帽子？」

「我……」

「你根本不把我買的東西放在眼裡，」她不高興地說，「我真傻，還以為不買帽子是為了省錢呢！原來人家沒找到合適的，哼，越打扮越好看了！」

「她就不懂什麼叫美！」我想，「加麗亞就不是這樣！這就是藝術修養啊……」

「你為什麼發愣？」她睜大眼睛問，「生氣了？唉，你想想你這是浪費不是？一個人的好壞不在他的打扮上，在靈魂裡！」

「你瞧，勸我買帽子也是你，反過來說我也是你！」為了不使她疑心，我又說了幾句笑話，便幫她一起佈置飯桌。吃過飯，我倚在床上休息，不知不覺的又想念起加麗亞來。我在腦裡重演着我們在一起玩的情景，回憶每一句似乎有意似乎無意的話，不知過了多久，漸漸地我感到有什麼不正常的氣息了，為什麼這樣靜呢？我找尋妻，她頭伏在桌上，肩膀一聳一聳的。

我意識到她在哭，心裡煩躁起來，走到她身邊問：「我又沒惹你，無緣無故哭什麼？」

她不說話。

「你到底怎麼了呀！」我急道，「有什麼話不能說？是不是見我買了頂帽子心疼？」

「你有心事，回家來就自己出神，理都不理我！」

「哎呀，我工作一天累了，你又不是小孩，要人回來哄你！」

她又放聲哭起來，嗚嗚咽咽地說：「咱們誰也不是小孩子，夫妻之間應該怎樣生活也都懂得的！這樣冷冰冰的總該有個原因！」

我急道：「你不要亂扯好不好？」

「誰也不瞎，星期六也不願回來，打電話一找就發脾氣……你根本忘記還有我這樣一個人存在！」

我竭力強詞奪理地分辯，可是連我自己也感到了笑聲和話聲中的虛偽調子。她的眼睛裡，從此增加了憂鬱和懷疑的影子，我的脾氣也更暴躁了。似乎一切都變了個樣，以前回家去，老遠見到她在門口等我，心中感到無限幸福，現在一見她在門口等我，心中立刻發起怒來，「哼，一刻都不放鬆我，在這兒盯着我呢！」進屋之後，她催我吃飯，我就沒好氣地說：「你叫我喘喘氣好不好？」她看我一眼，便賭氣坐在床上不響了。過了許久，她又問我：「咱們有什麼問題當面揭開談談好不好，不要這樣折磨別人！」我當然不能揭開談，只好說她：「你就是小器，別人隨便說幾句話你都胡想，這樣子別人怎麼跟你相處呢？」

她冷冷的笑一笑說：「隨你怎麼説吧，不過我願對你進兩句忠告，往錯誤路上走的人，開始總是並不太自覺的，而且開頭都是從極小的細節上開始……」

我氣道：「你就是真理，誰對你不好誰就是往錯誤的路上走，多高明的邏輯呀！」

就這樣，我們幾乎沒有一個星期不吵架！只要一聽到她來電話，我心中立刻像墜了塊鉛，一聽説她星期六不能回家，我就渾身感到輕鬆。

回家，成了我最大的痛苦。

和愛人的關係越壞，對加麗亞的感情也越濃。對加麗亞的感情越濃，也和愛人的關係越壞。到底哪是因，哪是果，我已不甚了然了。

只有一點是明白的：每當我看到加麗亞的可愛處，便暗暗去和妻的討厭處相比。甚至把妻引我討厭的行為試放在加麗亞身上，那時就覺得這些行為也是可愛的。於是，我想像中的加麗亞就比現實的加麗亞更可愛、更完美。而想象中的妻，卻比現實中的妻更難相處。

我不想否認妻在品質上、在思想上那些值得尊敬的地方，我覺得這對一個革命同志來說是重要的，但不一定適合做我的愛人！既這樣，何不換個人？

我做離婚的打算了。

我下了多少次決心，但一到對着妻的面時我就張不開嘴了。我知道她愛我，我提出離婚對她是個沉重的打擊，我不忍説出口。我絞盡了腦汁想找一個既不使她痛苦又能達到離婚目的的辦法。我找機會説些別人離婚的故事，稱讚那些人做得乾脆。又偷偷地把兩人的衣服分開箱子，暗示她我已下決心要離開她，但天曉得，當她真的懂得了我的用意，臉色變得那麼悲哀和可怕時，我又慌了，又拼命安慰她，不叫她多心，説我這一切行動全是無意的。結果問題沒有解決，我們之間更緊張，更痛苦了，我連夜地失眠，她明顯地瘦了下去。我痛罵自己這種倒霉的「善良」，卻又下不了狠心。

在機關裡，我的日子也很難熬。人們已經在說我和加麗亞的閒話了，他們甚至當着我的面說加麗亞是個道德墮落的人，說她是純粹的資產階級作風，有人半玩笑半正經地說我「昏了頭」，但我又怎麼能放棄和加麗亞接近呢？她是那麼不穩定，今天給這個畫油畫像，明天和那個合作漫畫，最喜歡和她跳舞的那個穿藍西裝的人（現在穿「皮猴」了，也是藍色的。）仍死追着她，我若把她失掉了，豈不是兩頭落空嗎？

團裡注意上這件事了，小組會上大家正式給我提出意見。支書也找我談話，並且明示我這樣下去將為團的紀律不允許。我不能不收斂一些了。可是加麗亞呢，這個冤家一點都不體諒我。有一次，她當着許多人的面約我陪她去買東西，我含糊了一句，她立刻一甩頭髮走了。我追上去解釋，她說：「你不去別人會陪我去，沒什麼！」我說：「咱們感情好，何必當着人面表現出來……」

「我跟你有什麼不能見人的事？我就不怕別人誣衊我，你怕受連累不要接近我好了！」

「加麗亞，你冤枉人心……」

她見我真急了，反倒撲哧一笑說：「光知道注意別人的反映，就不知道注意一下自己的脖子麼？瞧，圍巾都破了，不能換一條嗎？」我苦笑道：「哪裡顧得上！」她說：「自己都不愛美，還說欣賞旁人呢？」她把自己一條駝色的解下來圍在我脖子上。圍巾上帶着她的體溫和芳香，使我發醉。

但，到底還是痛苦多。我真不知道一個人的腦子竟會亂到那樣的程度，我總想把自己的心事整理出個頭緒來，卻怎樣也整理不出來。

組織上交給我設計一個醫院的任務。我高興極了，以為這下精神有了新的寄託，可以暫時忘記這些雜事了，誰知道我在桌前一坐下來，腦子就又轉到了加麗亞和我妻的身上去。設計神經病房，我就想到自己提出離婚會給妻帶來多沉重的痛苦，為自己的殘酷害怕。畫到日光浴室我又想起了加麗亞的玻璃雕塑室，加麗亞是這麼可愛，我怎麼能和幸福交臂而過呢？不，忍受過一時的良心責備，就是一生的幸福呵……就這樣想啊想的，日子一天天過去了，連張草圖都沒畫出來。上邊催了，再不能耽誤了，我沒法叫自己相信這一切都是為加麗亞效勞，設計病房，我就想着她披着輕軟的睡衣在屋裡躺着；設計陽台，我又想像她在陽光下畫水彩畫。圖設計出來以後，我吃驚地發現自己在舒適、美觀上花了那麼多心思，甚至顯得太豪華了，但已經沒有修改的時間。

圖紙交上去不久，批回來了，不僅指責了許多地方不適用，形式主義，還在上面寫道：「一個人的設計風格和他整個的思想感情是分不開的，你的樸素的風格在失去，這是一件值得你深思的事情！」

這個打擊使我更加深了一層苦惱，在愛情上我是這麼不幸，在事業上我若再沒有了前途，我還有什麼可希望的呢？我悲觀極了，既找不到引起這一切的原因，又不知道應該把這一切怎樣結束。

團裡專為我開了一個批評會。大家幫我分析，說我的資產階級意識在作怪，說我道德品質低下。我是這樣反感，但又沒勇氣反駁他們，我說我和加麗亞只是一般關係，頂多是感情趣味上相投些。大家又批評加麗亞的感情趣味，說她是在感情上剝削人！發言最尖銳的正是過去圍繞加麗亞的幾個青年，你想，我能服氣麼？

會散以後，留在我腦子裡的只一個印象——這一切該有個結果了，越拖延下去越糟糕！

這天晚飯後，我悄悄約加麗亞去海邊散步。偏巧在路上遇上了我們的科長，他是個老幹部，在科裡威信很高。他用不喜歡的眼色瞅了瞅我倆，對我說：「晚上到我這兒來一下好不？」

我答應着，猜到他要和我談什麼，心裡忐忑起來。

顯然，加麗亞也猜到了這一點，她瞅瞅我，嘴角輕輕一彎，像嘲笑我，又像嘲笑她自己。

我倆各想着心事，順着海邊的筆楊走了半天。她輕輕嘆口氣說：「在咱們這兒做人真難，尤其是姑娘！」她皺起眉來，但那聲調卻一點也沒有傷心的意味，反倒像有點得意地說，「長得漂亮點又成了罪過了，人們圍你，追你，你心腸好點，和他們親熱些，人們說你感情廉價！你不理他，他鬧情緒了，又說不負責任！難道，這一切都能怨我嗎？」

我說：「有些話，只當聽不見算了！」

「我也有缺點，有點溫情主義，喜歡和男孩子們玩玩，可是，難道這樣就非逼我嫁一個人才行嗎？誰愛出嫁誰出嫁好了，何必管我！」

我笑一笑。

她看着我，小聲說：「他們還說我破壞了你們夫妻關係……」

我緊張起來，忙說：「這是哪裡的話！」

「我只是把你當做哥哥的，並沒有想別的，你如果因為這受到旁人批評，盡可以不理我！」

「加麗亞，我又沒惹你……」

我心中頓然一悟，啊，女孩子常常要說和自己心情相反的話：她怕你和她分開，就故意說願和你分開，她心裡真愛你，又怎麼好真說出來呢？特別在這眾目所視的情況下……

「唉！」她手裡拿着個樹枝，拍打着自己的褲子說，「最苦悶的，莫過於沒人理解你了。」

「加麗亞，」我捏住她的手，低聲說，「相信我，我理解你。」

我們挨得緊緊地站着，有好幾次我想吻她，但終於壓制住了。站了好久，才往回走。想到立刻要去見科長，我一步比一步走得慢。

科長坐在辦公室的沙發上，見我進來，將身子一挪，便招呼我坐下。

「上次叫你考慮一下自己在設計作風上的變化，你考慮了沒有？」

「想……想是想了，還沒想仔細。」

「怎麼想的？孤立的，就設計思想考慮設計思想？」

我含糊地應了聲。

「那樣考慮不出名堂來！」他昂起頭，自語地說。他思考了一下，直爽地問道，「你談談，最近一個時期，在你心中佔最重要地位的是什麼問題？」

「生活問題！」我也坦白地說：「和愛人相處得不好。」

「為什麼相處得不好？」

我把我的情況和想法大概和他談了一下。

他沉默了許多，嘆口氣：「有些人說『愛情問題是生活瑣事』，我倒不是這樣看法，我覺得這個問題上最能考驗一個人的階級意識，道德品質！」

接着他詳細地給我講了一段從前他自己想離婚而又沒有離成的故事。抗戰前他在家裡結的婚，兩人感情一直很好，勝利以後他進了城市，接觸了好多知識分子，便產生了要和自己老婆離婚的念頭，經過幾次請求，領導上批准他回家去辦理手續了。在回家坐的火車上他碰見有一孕婦要生產，當時整個車廂裡的人都忙起來了，有人解開行李撕被單給小孩作尿布，有人從這車廂跑到那車廂來回地找大夫，列車長額上掛滿了汗珠，就像那個生產的人是他的女人一樣。這一切使老科長有了很多感觸，他一邊思索着一邊和我說：「當時我就想，我們這個社會的人，所追求的道德精神，不就是要這樣的關心別人，關心集體麼？對別人負責，對集體負責，互相都把對方的痛苦當做自己的痛苦，說穿了，共產主義精神不就是這麼個內核麼？我在離婚這件事上，為我愛人着想了多少？她等我好多年，今天把丈夫等來了，卻是來和她離婚的，不難想像，她的思想，她的精神要發生什麼樣的變化呀？……還有比否定自己整個兒的精神品質更嚴重的悲劇麼！就算離婚後我能找到一個漂亮的、合意的新愛人，它能彌補我這終身不能挽回的損失不能？在尖銳的鬥爭中，自己向自己低了頭，以後再說自己是真正願做個真實的共產主義者，恐怕連自己也不會相信了！……」

他的事情，他的話，動了我的心，我有好幾次不自覺地聯想到了自己老婆那痛苦處境。可是，我又怕我自己的意志軟，會真的聽了科長的話悔了離婚的念頭，等將來後悔失去了加麗亞時再挽救也來不及了。我對自己說：「狠一點，一咬牙就過去了！」便竭力、故意地增加自己對科長反感的情緒，心裡在說：「他說的光是大道理，他是沒有碰到我這樣的具體情況！你身邊有一個加麗亞看……」

我囁嚅地問道：「這麼說，兩個人在性格、作風方面的不同就不能成為他們是否能幸福地生活下去的主要條件了？」

「是的。當然這很有關係，所以任何人在沒有戀愛和結婚以前都有權利選擇選擇選擇麼！為什麼你在戀愛和婚後都很喜歡她而現在變了呢？為什麼人家嫁給你以後你又見異思遷呢？」他不放鬆我，追問道，「聽說你喜歡加麗亞？」

我含糊地應了一聲。

「加麗亞在美術學院因為作風不好被記了過，你倒跟她的性格相投。嗯？你覺得她的作風跟我們健康的思想感情不相容沒有？你批評過她這些沒有？」

聽到他說加麗亞這樣，我真吃了一驚，但緊接着，我心裡袒護起她來了。是呀，許多人在她那兒碰了釘子，當然不會說她好話！至於美術學院的事，誰知道真相怎樣呢？反正加麗亞跟「品質惡劣」四個字連不在一起。莫忘記，科長是在打通我的思想啊，他還會對我稱讚她的好處嗎，更何況她的許多美處只有我一個人認得出。

科長見我低頭不語，以為我動了心了，便叫我回去好好想想。

怎麼想呢？說良心話，他的道理沒有一句不對；就是有一樣，加麗亞是活生生的人，我愛她，也相信她會愛我，我曾想像和描繪了那麼多我們將來共同生活的圖畫，如今一百步走了九十九了，我怎麼甘心一刀兩斷呢？

我知道，如果我認真地去咀嚼科長的話，我自己的良心會受不住的，結果我還是兩邊下不了決心，那只會無限期地把事情再拖下去。如今從上到下全注意上這事了，哪還有拖延的餘地？

我決定回家把事情説穿，跟妻一刀兩斷！

一想到馬上要處理，我又害怕起來。妻的許多可愛的地方一下子又都湧到了我的眼前；從我們第一次見面，她給我留下的好印象，到我們最近一次吵架中她的忍讓態度，一場比一場鮮明地在自己腦子裡重映開了。我不禁問自己：「我真沒有冒失嗎？我失去了她，真的不致後悔嗎？……」

「果斷一些！」我出聲地對自己説，「照這樣猶豫不決，什麼事也做不成！」

然而，我還是決斷不了！加麗亞呀加麗亞，你若不出現在我面前我不是會平平靜靜地生活下去，並不感到有什麼不滿足嗎？你害了我！

啊，不，幸福的機會，一生也許就只有一次，如果碰不上加麗亞，也許我今生都不會體驗到和加麗亞相處時的愉快，你還是該來的。

另外我也想到，加麗亞儘管跟我很好，但從來沒有明確表白過我們的愛情，萬一她變了呢？我還是要先試探一下。

我悄悄走到加麗亞宿舍門口，膽怯地敲了敲門。

裡邊一陣腳步響，門開了。她披着頭髮站在我面前，笑道：「半夜三更，什麼事？」

我説：「沒事，我從來沒到你這屋來過，看看……」

「那就請進吧！」

她的牆上掛着兩幅她的漫畫像——一個是正面半身，一個是倚在大石柱子上的全身——和一張漫畫像，下邊各有一個簡化的作者的署名。對面牆上，是一張許多穿着滑冰服的人的合影，加麗亞站在中間，周圍有一群小伙子。

她推了把椅子給我坐。我看到桌上面，台燈前邊放着個未完成的半身泥塑人像，便問道：「這是我的？」

「你的完了！」她回身從書櫃上拿下一個硬紙匣來，遞給我説，「請自我欣賞吧！」

我打開一看，果然是戴着皮帽的、我的半身像。因為比我本人漂亮，有些不大像我了。我禁不住稱讚說：「好，好極了！」

她笑道：「是人長的好，不是我塑的好。比如我吧，再好的雕塑師也不能把我塑成個藝術品！」

我說：「得了，不用塑，你本身就是件最好的藝術品！」

說笑了一會兒，我正打算把話轉到正題上去，外邊有人敲起門來。

「誰？」加麗亞拉開門，進來的又是那個穿藍皮猴的，（他又改穿中國式的綢棉襖了，還是藍色的。）他進來後對我點點頭，便在桌的一旁坐下了。

我暗罵他來的不是時候，心想他一定有什麼事，索性等他走了再說吧，便隨手從桌上拿起本書來，亂翻着。見他的鬼，他也在那兒翻起書來了！我看看加麗亞，希望她設法把他支出去。

加麗亞看看我，又看看他，格格地笑起來了，說道：「真妙，你們怎麼上我這兒演啞劇來了！」

我不由地笑了，他也笑了。

「咱們打牌吧！」加麗亞打破僵局說，「賭倒茶的！輸了的人給贏了的倒茶！」

我急得了不得，哪有心思打牌！可又不甘心出去讓那傢伙在這兒——我很後悔以前竟沒想到上宿舍來找加麗亞，他一定常常來的！——就跟他們打起牌來。鬼知道怎麼搞的，一上去我就輸，還要給他倒茶，而且一點也看不出加麗亞對我比對他更親熱些，到第三盤，我把牌一推說：「我不玩了，困得很！」

「別喪氣嘛！」加麗亞半玩笑地說，「人們都說賭場上失意，情場上得意呀！」

我覺着加麗亞這話大有深意，立刻渾身都舒暢起來，用勝利者的眼色掃了掃藍棉襖，說：「好，打！」

可是外邊也響熄燈鈴了。

我戀戀不捨地抱着我的塑像走出屋，加麗亞送我們出去，悄悄對我說：「你回去看看塑像的肚子裡有什麼東西！」

「調皮鬼！」我說完，輕飄飄地向宿舍走去，我等不及回去看，走到一盞路燈下就把紙匣打開了，伸進手一摸，摸出一張紙條，上邊寫道：

「人還像，只是不知他的心是怎麼樣的！星期天下午三點，我去北海，你來不？」

一股暖流從心底沖上腦袋，我呼吸都困難起來！一時高興，便抽出筆來在一邊寫道：「加麗亞，加麗亞，你就要看到我的心了！」

苦苦地思索了好幾天，決定最後一次試試妻子，看還有沒有「和平解決」的希望。若實在沒有，那就讓她恨我好了，也許那樣更好些！若叫她帶着懷念離開我，對她說來就更難忍受，對我說來，也會加深良心上的自責。

星期六的夜晚到來了。

天冷得出奇，北風吱吱亂吼，馬路上冷冷落落，偶有幾個行人，也把頭躲在大衣領裡邊。懸在街正中鋼絲上的電燈瘋了似的亂搖着。

我到家裡，妻已先回來了，正在火爐上煮什麼，滿屋都是甜味。她一隻手拿着筷子，兩眼直瞪瞪地瞅着火苗。見我進來，她問道：「外邊冷吧？」

我隨便答應着，把塑像放在桌上。她湊到桌前，打開紙匣一看，便叫道：「好！」端詳了一陣，又說：「可惜這人的技術不高，塑得有些走樣了。」

我板着臉說：「藝術是要誇張一些的，你不懂！」

「幹什麼單單誇張這頂皮帽和圍巾。看！帽子還歪着，」她笑道，「好好的人，弄得像個資產階級大少爺。」

我說：「我本來就不是無產階級出身，請原諒。」

「你不用兇，」她笑道，「我今後反正不跟你吵架了！真下了決心！」

我覺得她真的有點和平常不一樣，暗暗感到有些蹊蹺，但又不好意思再板着臉，便假笑道：「不吵了，哭起來還不比吵架更煩人？」

「也不哭了，傻瓜才吵架和哭！」她微笑着説，「我想明白了，那樣能解決問題嘛？不能！只表現自己軟弱無能，反正兩人要過下去的，幹嗎不找個能解決問題的辦法，光衝動毫無用處！」

「她是打算一輩子不與我分開了？」我暗想着，有點失措，脱掉大衣後，便拉了張椅子在一旁坐下，心裡一邊想主意，一邊説些沒用的話應付她，省得她發現我心不在，又傷心。

我問她：「煮什麼？」

「酸楂醬，最近我……」她笑笑説，「我想吃，你不愛吃嗎？煮好，咱們一人裝一罐帶到機關去吃。」

我不感興趣地説：「算了吧，罐子不好刷。」

「我來刷。」

我便不再説話了，她也不像平常那樣追問我為什麼不説話，只一邊攪鍋裡的酸楂，一邊對着火苗出神。我覺得她有些異樣，但沒心情去關懷。坐了會兒，我説睏了，便先睡下。

睡到半夜，一翻身，我覺出床在輕輕地顫抖，注意了一下，聽到她在被底下抽泣。

「討厭，和這種人一起生活就是啞巴也會發脾氣！」我心想，不願理她，扭過身去。

過了半天，她還不停，我忍不住了，回過頭來喊道：「你有什麼委屈的，説出來好不好，只是哭！別人老遠回家來就是聽你哭的？」

她不回話，哭得更響了。我覺着再在她身旁躺下去，渾身要煩躁得炸裂，便一撩被子，披上大衣下了床，擰開燈，從桌上抽出一本小説來，坐在火爐旁看書。眼睛看着書上的字，腦子裡卻想着其他事。我對自己説：「看來只有離婚才能從這種痛苦裡解脱出來了，這算什麼生活？每星期六都這樣度過！科長光知道講大道理，讓他來過兩天這樣的生活看！……」

過了許久，我覺得又冷又睏，她也安靜下來了。我才又回到床上去躺下，一邊蓋被，一邊生氣說：「你考慮一下，這屋子並不是只有你一個人，你只顧耍脾氣，別人怎麼忍受？我們都是平等的人，我又沒有壓迫你。」

她沉默着。我躺了一會兒，就睡着了。

第二天我睜開眼，她已在地下縫東西。爐子周圍烤着我昨晚脱下的內衣，乾淨的衣服放在我枕邊。我心裡鄙視地說：「真是一個不直爽的人，心裡明明對我不滿，表面上還這樣做！加麗亞決不會這樣。」

我一邊穿衣服，淡淡地問：「縫什麼呢？」

她頭也不抬，說：「手套，你的！」

「歇一會兒吧，我打算買呢！」

「我知道你不會戴它，但既做了，就做完吧！」她忽然口氣轉為凄然地說，「什麼都應該有始有終不是？」

我走下地，見她兩眼紅腫得厲害，便說：「你瞧，昨晚你自己說的，再也不哭了，結果倒哭得更厲害了！」

「你放心好了，今後再不叫你看見眼淚。」說完，她輕輕嘆了口氣。

我訕訕地找些話來問她，她回答得很平靜。我想：「她平靜下來了，該找機會攤牌了。」

吃飯時，她突然説道：「我今天下午有事要回去！」

我說：「正好，我下午三點有個會。」

她隱隱地冷笑了下說：「碰得真巧！不過我下個星期不一定回來了。」

我說：「那——我去看你好嗎？」

她冷笑道：「不必啦，我們那兒同志也多得很，這個家，也確實叫人痛心……」說着，她又對着窗發起愣來。

望着她那委屈、痛心的神色，我也很難過，心想「快刀斬亂蔴，一下子了啦吧！」便把口氣放得極緩和地說：

「我問你一句話，你不要動感情，冷靜地、理智地考慮一下再回答我好不好？」

她震動了一下，隨即平靜下來，兩眼瞅着地說：「你說吧！」

「你是個好同志，我也愛你，可是，你考慮一下，你跟我性格相投嗎，共同生活下去會有真正的幸福嗎？你不要生氣，你冷靜下來想想……」

「我知道你要提這問題了！」她似乎胸有成竹地說，「我先問你一個問題好不？」

「好！」

「你坦白地說，你最不滿意我的是什麼？」

我臉紅起來結結巴巴地說：「咱們個性不同，我常使你痛苦，我也很慚愧……」

「不必拐彎！」她臉色蒼白的直視着我說，「我們到底共同生活了許久，互相還是知道些根底！什麼個性不同，我們開始不是相處得挺好嗎？我替你說好了，我年紀比你大，我長得不漂亮……」

我忙解釋：「你……」

「不用解釋，不用擔心我會受不住，我用不着人憐恤的！」

我急道：「你別誤會，我早說了，我只是提個問題，叫你別衝動……」

「沒有什麼誤會，我又不是孩子！」她頓住，眼睛一轉，落下兩顆淚來，她急忙轉過身去，背對着我問，「我只問你，當初我說我年紀比你大，要你認真考慮，你為什麼說考慮好了？……說什麼，全怨我自己沒出息……」

「你別急眼！」我說，「我只是問問，又沒提離婚！」

「你怕負責任，怕我懷恨你，不敢提！」她轉過身來，冷靜地說道，「沒關係，我主動提出來好了！我並不是要求好壞有個丈夫！我要的是真正的愛情：兩人這樣敷衍下去都沒好處！以前我一直存着個重新和好的希望，現在我明白沒希望了，不會拖的！」她說，從椅子上提起手提包，頭也不回地走出門去，又回身輕輕地把門推上，就好像平常回去一樣，一點暴怒的痕迹都沒有。

我麻木了似的望着門，驟然間堆上了一大堆問題在眼前：橋拆了，她的心傷透了，再也沒有合好的希望了！可是，我面前的路真的像平日想像的那麼美嗎？會不會再想回來又回不來呢？加麗亞萬一……天哪，我本以為一解決了和她分離的問題，事情就會單純下來，我的腦子會安靜下來，哪知道，反倒更複雜了，更亂了！這屋子擠得人喘不出氣來，我得出去，趕快去找加麗亞，可是她說的三點鐘在北海等我，現在才十一點。錶啊，你怎麼不走了？

我披上大衣，鎖上門，走到了街上。外邊風小了，雪花大片大片的往下落着，我不坐三輪，也不坐電車，昏頭昏腦的在街上亂走，從隆福寺走到東安市場，又從東安市場走到王府井南口，一路上我什麼也沒看見。有好幾次我被三輪工人從馬路上推開，他們還指着臉挖苦我，我不跟他計較，也不生氣，只隨着旁人走去。

好容易到了兩點半。我跳上一輛三輪，拍着車廂喊：「北海，快！」他要撐篷，我說，「敞着痛快。」三輪在雪地上飛馳起來，我卻急得恨不能跳下去自己跑。雪越下越大了。金黃色的故宮屋頂全變成了銀色的。已經分不出哪是御河，哪是白玉石的河岸。我不停地擦着臉上的雪水，望着北海前門。

終於看到了啊！

加麗亞像朵艷麗的花站在白雪中，她穿着一件紫紅色的呢大衣，白色鑲紅邊的氈靴。我大聲喊道：「加麗亞——」她提起一隻黃黑兩色的毛手套，跳着喊起我的名字。車還沒站穩，我就跳了下來，我握着她的手覺着有千言萬語要馬上傾瀉給她。

「瞧我選的這塊地方怎樣？」她閃着長睫毛，凍得紅紅的臉上堆着微笑，「北海的雪景，多美呀！咱們上後山去玩，堆雪人，嗯？不要走橋上，從冰上滑過去！」

我倆手拉着手在冰上邊走邊溜。

我拉着她，心中打着腹稿，準備盡量「藝術」地把事情說給她。她呢，大聲地笑着，跟我談雪，談梅花，談鳥，就是不問關於我的「心」的事。

我耐不住了，上岸時，一邊小心地扶着她，一邊笑道：「你不是要看我的心嗎？我帶來了！」

「啊？」她疑問地看看我，隨即笑起來，「那就掏出來看看。」

「我和愛人離婚了。」說完，我打了個冷戰，緊張地望着她的臉色。

「真的？」她停住了腳，思索了一下，說，「既然離了，我說句話也沒妨礙了，本來我就覺得你結婚早了些，尿布、奶瓶、火爐、家庭……唉呀呀！這些俗事會把任何一個天才的想像力全磨光的！愛情本來是詩，可是一弄這些，哪裡還有詩？」

我有些茫然地看着她，不知說什麼好！

「還有，理想的愛人要慢慢發現啊！」她甩甩頭髮，笑道，「不結婚時，你有愛五億五千九百九十九萬人的權利，和被他們愛的權利！一結婚，完了，只能守着那一個人，老早把自己縛在一個人身上，再碰到理想的人時，後悔也來不及了！」

「加麗亞，別淨說這些！」我靠近她說，「我假如沒有新的愛情來補償，馬上會瘋的！」

她笑道：「你現在自由了，愛誰不可以？」

我鼓足了勇氣說：「我愛你！」

她歪了歪頭，從地上拾起一塊濕漉漉的石子，朝松樹上的烏鴉投過去，烏鴉「啞！啞！」地叫着。她回過頭來說：「我沒權利不准人家愛我，可有一樣，你不要一翻臉，又去給我提意見，說是加麗亞害了你！」

我急道：「加麗亞，我說的是真話，你明白我現在是處在什麼樣的地位上！」

「唔？」她住了嘴，看了看我的臉色，馬上收住了笑容，咬着嘴唇看了一會兒自己的腳尖，抬起頭來時，又換成了平日的神色，無所謂地說，「你想叫我嫁給你？嗯？」

我吃驚了，她怎麼真像心裡沒有這件事似的，我説：「你該明白我的心！」

她臉上現出得意的神色，兩頰更紅了，她説：「坦白地説，我從來還沒有考慮過出嫁這件事，它距離我還遠得很呢！我跟你説過，我不輕易離開姑娘的地位！請你原諒！」

「啊？」我像頭頂被人砸了一石頭，兩腿軟了下來，我氣喘着説：「加麗亞，我為你才離的婚，你怎麼……」

「什麼？」她叫一聲，想了一想立刻指着臉跺着腳哭道，「你嚇我，你把你離婚的罪往我身上加，威脅我嫁給你！我不怕的！啊，我怎麼辦哪，所有的人都欺侮我！」

她哭着，也不顧憐惜衣服，背靠着樹搖起來。

我走上去，撫着她的肩哀求地説：「加麗亞，加——」

「走開，走開，知人知面不知心，我把你當哥哥，你卻暗算我！跟我談這樣的話，誰讓你離婚來？你這樣説出去，大家更抓住打擊我的藉口了，設計院我呆不下去了……」

「加麗亞，冷靜一點，加麗亞——」

「走，走，你不走我走！」她推開我，回身就跑。我追着她，拚命地喊道：「加麗亞、加麗亞！」

正好有兩個人從山後轉過來，一見我們這情景，驚住了。我臉一紅對加麗亞喊道：「你放心吧！我並不像你想像的那麼卑鄙。」離開了加麗亞，自己朝山上走去。

我兩隻腳機械的，走啊，走啊，走個不停，恨不能一拳把身邊的東西全毀了，一邊走着，一邊覺得自己腳下的雪地在往下陷，馬上就要把我跌進深坑裡去了。

我怎麼了？我鬧了些什麼？這一切是真的，還只是我腦子裡想像的？

我覺得兩腿沉重得抬不起來，走進一個亭子裡坐下了。我靠着亭柱，想清理一下腦子裡的一團亂絲，但我清理不出來，想來想去只有兩句話：「老婆走了！加麗亞並不愛我！只剩下我自己了！」

天暗下來了。霧仍無聲地往下飄着，公園裡寂靜得不見一個人影，西邊的大樓上，冒出稀稀的黑煙來。隱約地聽到了園外街上的熙攘聲和看到電車的火花。冷，冷得渾身發抖。我無可奈何地走出園門，僱了輛三輪，回到家裡去。

屋門鎖着，我想起這屋門是我自己鎖上的。接着，從我結婚時起，在這屋裡發生的一切都又重新湧上了我的眼前，不知為什麼我把自己擺在我愛人的地位上去想，我假定我是她，天天想她，一到星期六早早地回來把一切準備好站在門口風地裡等候她，等久了，打個電話問問，可是得到的回答卻是怒斥和冷淡……我這才第一次看到了自己那冷酷的面目。怎麼搞的，我是這樣一個無情的、狠毒的自私小人啊！她竟忍受住了！

我的眼圈濕了，我恨不得立即找到她，向她訴說一切，讓她隨便怎樣懲處我！我不要她饒恕，我在道德上犯了罪，我傷害了她！

門鎖着，我不願開門，怕看到屋裡的情景自己會忍不住！我踉踉蹌蹌地離開家，往機關走！

「全是加麗亞，這個狠毒的人！」我走着，咬牙說。但是，一個反對的聲音在我腦子裡問道：「機關裡人有的是，有結了婚的，也有沒結婚的，為什麼只有你被她害成了這樣？」

於是，我和加麗亞的初次見面，我們的交談、散步……都重新湧到眼前來了。我這才第一次冷靜地重聽了我倆每一句「有詩意」的談話！重見了「有情感」的每一次來往，我發起燒來了，多卑鄙呀，什麼「詩意」，不就是「調情」吆？什麼情感，不是自我「陶醉」吆？這不明明是我那些已不知不覺淡下去了的「趣味」又被加麗亞喚出來，蒙上了自己的眼！被資產階級感情趣味弄昏了頭的人啊！你雖然和愛人結婚很久，但你並沒認識到她的真正可愛處，因為，原來並沒完全愛她最值得愛的地方……

日常同志們對我的批判，科長說的話，又都像石子似的重新打在我的心坎上。

想這些做什麼，現在什麼都沒用了，遲了。

我以後的日子怎麼過呢？永遠沉陷在孤寂的，悔恨的心情中吆？我才二十多歲呀！啊！我原來不是都很正常，未來的生活也看得清清楚楚的吆！我怎麼把自己從正常生活的軌道拋出來了呢？

…………

被腳下的石頭絆了一下，我清醒了過來，看到前邊已是機關的大門了。看到這個大門，我更加清楚地明白了今天發生的一切，原來一切都結束了，只剩下我一個暴露出原形的、沒有人同情的「小人」了。妻心寒到那種程度，不會回來的；加麗亞只擔心着我會對她有什麼不利，自然也不會再理睬我！同志們呢，同志們……我的眼又模糊了。

「×同志，您的東西！」門房老李認出我，老遠就喊起來。我擦擦淚走上去，他從屋裡拿出個布包來給我，說，「您愛人四點多鐘時送來的，她說忙着去趕火車，沒工夫等你回來了。」

「趕火車？」我渾身戰慄了一下，手忙腳亂地解開了包裹，沒防備從裡邊滾出一個玻璃瓶來，落在地上摔碎了，濺得滿地都是果醬。包裡是今早上換下來的衣服。中間夾着一封信。我抽出來，頭一眼看見的是加麗亞塞在我的塑像中的那個便條，我挺奇怪，趕緊看那封長信。

……………

我難過極了，心裡亂得很，唯一的希望是你耐心的把它看完。

昨天上午，我去醫院檢查身體，醫生給我賀喜，說我懷上了小孩子。當時，我立刻想起了我們最近的生活情形。我們在一起共同生活得不好，這樣下去，對不起我們自己當初的願望，更對不起這沒出世的小寶寶！我想，我是有責任的，我在感情上要求你的多，在思想上關心你、體貼你的少……在醫院，我就下了決心，今後不再哭鬧了，要耐心地和你商量，幫助你分清是非！

可是，還沒等我把這一切告訴你，我收拾屋子時，無意中發現了這個紙條！我以前只風聞你和另一個女孩子在感情上有些不正常，但真沒想到竟發展到這地步，這對我的打擊太大了！我傷心極了，慌張極了，苦苦地想了一夜，我又替孩子傷心，他有什麼罪過，一生下來就碰到這樣難堪的處境，這全是我們的不好，我們不配做父母。

當你剛才提出離婚的問題時，我就抱着「乾脆利落」、不要你憐恤的心情回答你的。但回答之後，我難過了，甚至有些後悔了，我在屋裡不能呆下去了，我不願在你面前表現出軟弱，我走了出來。

明天我開始休假，我本打算在家住些天，現在，我覺得一個人住在那間屋裡是一種不堪忍受的折磨，我決定立刻回天津家裡去！咱們分居一個時期，也可以更冷靜地考慮問題！

我不知你愛的另一個人是誰？我雖不滿意她，但我決不毀謗她，我只希望你想一想，一個不尊重別人幸福的人，她會給你帶來幸福嗎？

親愛的（讓我還這麼叫你吧！），我愛你，我真擔心你會走上錯路——在這些地方你是那麼叫人不放心，你最近在各方面都有變化，在愛情上的變化只是思想意識變化的一部分反映，我過去沒有嚴格地提醒你注意這些，現在又沒有機會來提醒你了！你自己也該注意一下才好！也許，你看見這些話會更對我反感了！不要以為，我是用這些威脅你要你不離開我！不，雖然我愛你（甚至覺得現在比以往更需要你的愛情），我一想到和你分開就瘋了似的渾身戰慄，可是如果你不再愛我，不願再重建我們的愛情，我決不祈求你憐恤！

算了吧，話是說不完的！

……　……

我看完一遍，沒有懂她說了些什麼，又急急地看了一遍，才模糊的覺得她還在愛我，還可以饒恕我。我急忙跑出機關大門，跳上一輛過路的三輪喊道：「快，快！上東站！」

門房老李在後邊喊：「同志，你的東西，你的……」

技術員講着，講着，發現聽的人一點動靜都沒有，問道：「怎麼？都睡了？」

「沒有，沒有。」

「你說下去呀！」

「唔！」他安慰地吁了口氣。想了想說，「完了，你們知道的，我沒有離婚！」

聽的人說：「你到車站找着她沒有，回來以後又怎麼樣？事還多呢，怎麼完了？」

講故事的人說：「回來後，為了重建我們的愛情，兩人也還費了好大力氣的，不過，那要講起來就太長了，明天還上班呢！」

沉默一會兒，他笑了聲：「最好星期天你們上我家去做客吧！耳聞不如一見啊！」

（原載《文學月刊》1956 年第 9 期）

陸文夫

陸文夫（1928— ），江蘇泰興人。作家。著有短篇小說集《榮譽》、《二遇周泰》、《小巷深處》、《特別法庭》、《小巷人物誌》一、二集，中篇小說《美食家》，長篇小說《人之窩》等。

# 小巷深處

## 一

蘇州，這古老的城市，現在是熟睡了。她安靜地躺在運河的懷抱裡，像銀色河床中的一朵睡蓮。那不太明亮的街燈，照着秋風中的白楊，婆娑的樹影在石子馬路上舞動，使街道也佈滿了朦朧的睡意。

城市的東北角，在深邃而鋪着石板的小巷裡，有間屋子裡的燈還亮着。燈光下有個姑娘坐在書桌旁，手托着下巴在凝思。她的鼻梁高高的，眼睛烏黑發光，長睫毛；兩條髮辮，從太陽穴上面垂下來，攏到後頸處又併為一條，直拖到腰際，在兩條辮子合併的地方，隨便結着一條花手帕。

在這條巷子裡，很少有人知道這姑娘是做什麼的，鄰居們只知道她每天讀書到深夜。只有郵遞員知道她叫徐文霞，是某紗廠的工人，因為郵遞員常送些寫得漂亮的信件給她，而她每接到這種信件時便要皺起眉頭，甚至當着郵遞員的面便撕得粉碎。

徐文霞看着桌上的小代數，怎樣也看不下去，感到一陣陣的煩惱。這些日子，心中常常湧起少女特有的煩惱，每當這種煩惱泛起時，便帶來了恐懼和怨恨，那一段使她羞恥、屈辱和流淚的回憶就在眼前升起。

是秋雨連綿的黃昏，是寒風凜冽的冬夜吧，閶門外那些旅館旁的馬路上、屋角邊、陰暗的弄堂口，閒蕩着一些打扮得十分妖艷的姑娘。她們有的蜷縮着坐在石頭上；有的依在牆壁上，兩手交叉在胸前，故意把那假乳房壓得高高的，嘴角上隨便叼着煙卷，眯着眼睛看着旅館的大門和路上的行人。每當一個人走過時，她們便嬌聲嬌氣地喊起來：

「去吧，屋裡去吧。」

「不要臉，婊子，臭貨！」傳來了行人的謾罵。

這罵聲立即引起她們一陣鬨笑，於是回敬對方一連串下流的咒罵：

「壽頭，豬羅，赤佬……」

在這一群姑娘中，也混雜着徐文霞，那時她被老鴇叫做阿四妹。她還是十六歲的孩子，瘦削而敷滿白粉的臉，映着燈光更顯得慘白。這些都是七八年前的事了，徐文霞一想起心就顫抖。

一九五二年，政府把所有的妓女都收進了婦女生產教養院。徐文霞度過了終身難忘的一年，治病、訴苦、學習生產技能。她記不清母親是什麼樣子，也不知道母愛的滋味，人間的幸福就莫過如此吧，最大的幸福就是在陽光下抬着頭做個正直的人！

那一年以後，徐文霞便進了勤大紗廠。廠長見她年輕，又生着一副伶俐相，說：「別織布吧，學電氣去，那裡需要靈巧的手。」

生活在徐文霞面前放出綺麗的光彩。尊敬、榮譽、愛撫的眼光，一齊向她投過來。她什麼時候體驗過做人的尊嚴呢！她深藏着自己的經歷，好在幾次調動工作之後，已無人知道這點了，黨總支書記雖然知道的，也不願提起這些，使她感到屈辱。沒人提，那就讓它過去吧，像噩夢般地消逝吧。

愛情呢，家庭的幸福呢？徐文霞不敢想。她也怕人誇耀自己的愛人，怕人提起從前的苦難，更怕小姊妹翻準備出嫁的衣箱。她漸漸地孤獨起來，在寂靜無聲的夜晚，常蒙着被頭流淚，無事時不願有人在身邊。於是，她便在這條古老的巷子裡住下來，這裡沒人打擾她，只是偶然門外有鞋敲打着石板發出空洞的迴響。她拚命地讀書，伴着書度過長夜，忘掉一切。只是那些曾玩弄過她的臭男人不肯放鬆她，常寫信來求婚，徐文霞接到這些信時便引起一陣悵惘，後來索性不看便撕掉：「誰能和做過妓女的人有真正的愛情，別嚐這杯苦酒吧！」

徐文霞站起來，在房間裡走動，把所有的雜念都趕掉，翻開小代數，嘆了口氣，自語道：

「把工作讓給我，把愛情讓給別人吧！」

徐文霞重新埋進書本，努力探索難解的方程式。一會兒，字母便在眼前舞動，扭曲着，糊成一片黑。她拉拉眼皮，想喚回注意力。可能是天氣燥熱吧，她伸手推開玻璃窗。窗外起着小風，樹葉兒沙沙地響着，夜氣和秋聲那樣催人入眠，徐文霞更加煩躁了。

徐文霞為啥煩躁，只有她自己知道，那個大學畢業的技術員張俊的影子，如今還在眼前晃動。他年輕，方方的臉放着紅光，老是帶着笑容和她談話，跑到她身邊來找點什麼，卻又漲紅着臉無聲地走開了。徐文霞知道為着這件事煩惱，卻故意不肯承認，用這種辦法，她擊退過好幾次愛情的干擾。今天怎麼搞的呢，說不想又偏去想：「他今天為什麼到我這裡來呢？光是輕輕地敲了一下門，隔半天又敲了一次，想進來，又不想進來的樣子。他的臉那麼紅幹嗎，別這樣紅吧，同志！難道我這個人還能譏諷人嗎？唉，他為什麼不講話，他挺會說話的，今天倒結結巴巴的，盡翻我的書看，還看得很有趣呢！這些書他不是都讀過嗎？他要幫我補習代數，還要教我物理。昏啦，我竟答應了他，要是他懷着什麼心思，我可怎得了啊！」徐文霞平靜的心被攪亂了，全部「防線」都崩潰了，她不理睬那許多對她含着深情的眼光，撕掉好些向她吐露愛情的信件，卻無法逃避張俊那純真的孩子般的眼睛。她收不住奔馳起來的思想，一會兒充滿了幸福，幸福得心向外膨脹，一會兒充滿了恐懼，感到這事是那麼可怕。各種矛盾的心情，痛苦地絞縊着她，悲慘的往事又顯明起來，她伏在桌上抽泣着，肩膀在柔和的燈光下抖動。

窗外下起雨來，簷漏水滴在石板上，像傾敘着說不完的閒話。

## 二

時間從秋天到了冬天，徐文霞心裡卻像開滿了春花。

一下班，張俊便到徐文霞的房間裡來了。他坐在徐文霞的對面，眼不轉睛地看着她。看得徐文霞臉紅心跳起來，忙說：

「來吧，抓緊時間。」

張俊笑着，打開課本。他不僅講，還表演，不知又從哪裡找來許多生動的譬喻。這一點，張俊自己也不明白，在徐文霞面前，他的智慧像流不完的河水。

徐文霞開始做習題時，張俊便坐到另一張桌上做自己的功課。這時候，房間裡靜極了，只有筆在紙上唰唰地響。張俊一伏到書桌上，就兩三小時不動身。徐文霞深怕他過度疲勞，便走過去拉拉他的耳朵，搔搔他的後腦。張俊嚷起來：

「好，你又破壞學習。」

徐文霞格格地笑着，便坐下來。不一會兒，她又向張俊手裡塞進一隻蘋果。張俊把蘋果放在桌子上，先不去動，過了一會兒，拿起來看看，然後便到徐文霞的口袋裡摸小刀。

「好，這次是你破壞學習。」

「蘋果是你送給我的！」

這一騷動，兩個人都學不下去了，便收起書本，海闊天空地談起來。張俊老是愛談將來，一開口便是「五年以後」的理想：

「到那時候我是工程師，你是技術員……」

「我也能做技術員嗎？」

「只要你學習時不調皮。」張俊調皮的眼光望着她，「那時我們還在一起工作，機器出了毛病，我和你一起修，我滿臉都是機器油，嘿，你會不認識我哩！」

「你掉在染缸裡我也認識。」

「要是世界上有這麼一對，他們一起工作，一道回家，星期天一起上街買東西，該多好啊！」

徐文霞被說得心直跳，臉上飛紅，故意裝作不明白地說：「那是人家的事情，你談它做啥。」

徐文霞好像浸在一缸溫水裡，她第一次感到愛情給人幸福和激動。

實在沒話談了，他們便挽着手到街頭散步。蘇州街上的夜晚，空氣是很清新的，行人又那麼稀少。他們盡揀沒人的地方走，踩着法國梧桐的落葉，沙沙的怪舒服。徐文霞老愛把那些枯葉踢得四處飛揚。到底走多少路，他們並不計較，總是看到北寺塔，看到那高大巍峨的黑影時便回頭。

張俊每天到徐文霞這裡來，實在忙了，睡覺之前也一定來說一聲：「睡吧！文霞，明天見。」

徐文霞也習慣了，等到十點半張俊還不來，她便睡下等他。果然聽着門上的鑰匙響，張俊走進來，用手在她的被頭上拍兩下：「睡吧！文霞……」然後她才能真的安詳地熟睡了。

在愛情的海洋裡，徐文霞本來已經絕望了，卻忽然碰着救命圈，她拚命地抓着，深怕滑掉。夜裡，她常常夢見張俊鐵青着臉，指着她的鼻子罵：「我把你當塊白璧，原來你做過妓女，不要臉的東西，從此一刀兩斷！」徐文霞哭着，拉着張俊：「不要怪我呀，舊社會逼的……」張俊理也不理，手一甩，走出門去。徐文霞猛撲過去，撲了個空。醒來卻睡在床上，渾身出着冷汗，索性痛哭起來，淚水濕了枕頭，人還在抽泣。

徐文霞再也睡不着了，多少苦痛都來折磨她，尋思道：「怎麼辦哩，老是這樣下去嗎？萬一我的過去給張俊知道呢！告訴他吧。不，他不會原諒我，像他這樣的人，多少純潔的姑娘會愛上他，怎能要做過妓女的人呢？不能講，千萬不能講啊！」徐文霞用力絞着胸前的襯衣，打開床頭的電燈，她恐懼，她怕。她不能失去張俊，不能沒有張俊的愛情。

三

初冬晴朗的早晨，天暖和得出奇。蘇州人都蹓進了那些古老的花園去度過他們的假日。

徐文霞穿着鵝黃色閃着白花的綢棉襖，這棉襖似乎有點短窄，可是卻把她束得更苗條而伶俐。辮子好像更長了，齊到棉襖的下襬，給人一種修長而又秀麗的感覺。她左手拎一隻黃草提包，和張俊慢慢地走進了留園，在幽靜曲折的小道上，徐文霞的硬底皮鞋，咯咯地叩打着鵝卵石。小道的兩旁，是堆得奇巧的假山石，瘦削的太湖石到處聳立着，安排得均勻適中。晚開的菊花還是那麼挺秀，不時從太湖石的洞眼中冒出一枝來。徐文霞的眼睛像清水裡的一點黑油，滴溜溜地轉動着，心曠神怡。

他們在清澈的小石潭中看了金魚，又轉過聳峙的石峰，前面出現了一座小樓。

「上樓去吧。」徐文霞眼睛柔和發亮地望着他。

張俊拉着她的手卻向假山上爬。

「咦，上樓多好！」徐文霞跌跌蹌蹌地，爬到山頂直喘氣，「我叫你上樓，你偏要上山！」

「已經上樓啦，還怪人。」

徐文霞向前一看，真的上了樓，原來假山又當樓梯，使人在欣賞山景中不知不覺地登了樓，免去爬樓梯那枯燥的步行。徐文霞忍不住笑起來，停會兒又嘆氣說：

「俊，你看造花園的人多靈巧啊，人總是費盡心機，想把生活弄得美好一些。」

「走吧，說這些空話做啥。」

他們穿着曲折的回廊，徐文霞心中有些憂傷，說：「唉，空話，要是明白了造園人的苦心，你就會同情他，同情他那美好的願望。」

張俊心一悸動，看着徐文霞憂傷的眼色，忙說：

「你怎麼啦，文霞，想起什麼了吧？」

「不，沒有什麼。」

「那你為什麼不高興呢？」

「高興哩，能和你在一起，總是高興的。」徐文霞強笑了一下，「走吧，你看前面又是什麼地方？」

他們走進了一個滿月形的洞門，眼前出現了一片鄉村景色。豆棚瓜架豎立着，翻開的黑土散發着芬芳。他們在牽滿了葫蘆藤的花架下散步，看那繁星一樣墜在枯藤上的小葫蘆。

張俊沉默着，忽然一副莊重的神色說：

「文霞，你說心裡話，你覺得我這人怎樣？」

「怎麼說呢，我這一世，要找第二個人，恐怕……再也……」

張俊興奮極了，滿臉放着光彩，快活地說：

「這麼說，文霞，我們結婚……」

徐文霞陡然一震動，喜悅夾雜着恐怖向她奔襲過來。她臉色有些蒼白，嘴唇邊微微抖動，半晌才說：

「走吧，我們向前。」

張俊興奮的話說個不完：

「文霞，人生的道路是漫長的，在這條路上，兩個人攜着手，齊奔自己的理想；一個疲乏，另一個扶着她；一個勝利了，另一個祝賀他。你説，還有爬不過的高山，渡不過的大河嗎！」

徐文霞感動得幾乎掉下眼淚來，有這樣的一個人，伴着一生，不正是自己的夢想嗎！可是，她卻懷疑地望着張俊，想到：「要是你知道我的過去，你還能說這些話嗎？」她痛苦地低下頭，忙說：「走吧。」

在那邊，出現了一座土山，山上長滿了楓樹，早霜把楓葉染紅了，紅得像清晨的朝霞。在半山腰的石櫈上，坐着個人。這人背朝着徐文霞，拉起大衣領子曬太陽。徐文霞咯咯的皮鞋聲，引起了他的注意，便回過頭來，露出一張扁平的臉，像一張繃緊了的鼓皮，在鼓皮的兩條裂縫中間，滴溜溜的眼睛盯着徐文霞。等徐文霞發現這人時，已到了跟前，這人也跟着站起來，恭恭敬敬地說：

「你好呀四妹，你還在蘇州嗎？」

「你！你……也在這裡玩嗎。再見！俊，到山頂上去看看吧。」徐文霞拉着張俊的手，一溜煙奔上了山峰。她神色慌亂，喘着氣，腿肚在抖，眼皮跳動，渾身直打寒噤。

張俊望着那個人，見他已懶洋洋地下山了，就說：

「那人是誰，怎麼叫你四妹？」

徐文霞哆嗦着：「沒有什麼，一個熟人，四妹是我的小名。」她呆了一下，「回去吧，這裡很冷，沒啥玩頭。」

張俊看着徐文霞奇怪的神色，心裡疑惑着，忐忑不安地走出了園門。

## 四

門上，輕輕地敲了一下。半晌，又輕輕地敲了一下。

徐文霞的臉色從驚疑變成喜悅，她敏捷地從床上跳起來：「冒失鬼，又忘了帶鑰匙呢！」

徐文霞慢慢地拉開門，想猛地衝出去嚇張俊一下。忽然，有個扁平的臉在眼前出現了。徐文霞一驚，一陣涼氣從腳下傳遍全身，暗自吃驚道：「朱國魂！就是那天在留園碰到的朱國魂。」徐文霞愣住了，不知道把門關上呢還是放他進來。

朱國魂微笑着，向巷子的兩端看了一眼，不等什麼邀請，很快地折進門來，跟着把門關上，恭恭敬敬地叫了聲「徐小姐」。

聽到喊徐小姐，徐文霞更加驚惶地想：「都知道啦，這個鬼。」她強力使自己鎮靜，不露出一點張皇的神色，冷冷地問：

「這幾年在哪裡得意呀，朱經理？」

「嘿嘿，沒有什麼。前幾年政府說我破壞了市場，把我勞動改造了兩年。徐小姐，聽說你這兩年很抖呀！」朱國魂努力想說點兒新腔，不小心又露出了這句老話。

「現在談不到抖不抖。」徐文霞感到一陣噁心。

朱國魂向房間裡打量着，一時不講話。徐文霞也戒備着，不知道他下一步會要出什麼花腔。她看着這張扁平臉，眼睛裡藏着屈辱和憤怒。就是這個投機商，解放前她還是一個十六歲純潔的少女的時候，他是第一次曾那樣殘酷地侮辱過她，把她的身子盡力地摧殘。現在他想幹什麼呢？他不講話，伸長着脖子挨過來，咧着那個圓圈圈似的嘴直喘氣。徐文霞向後讓着，真想伸手給這張扁平臉一記耳光，可是她忍耐着。從碰到他的那天起，她就怕這個人，總覺得有把柄落在這人手裡。

朱國魂突然用解放前的那副流氓腔調說：

「嘻嘻，阿四妹，你真有兩手，竟給你搭上張俊那小子。一表人材呀！咳，有苗頭。不過當心噢，過去的那段事得瞞得緊點，露了風可就炸啦！」朱國魂眏着他那小眼睛，又意味深長地說，「你放心，我不會公開我們解放前那段交情，你們的好事我總得要成全，對不對？」

徐文霞手足發涼，極力保持着的鎮靜消失乾淨，脱口說出心裡話：

「你怎麼曉得這樣清楚！」

「唉，買賣人嘛，打探消息的本事還有點哩！」

徐文霞滿臉煞白，一瞬轉了很多念頭：痛罵他一頓，轟他出去，拉他到派出所。這些都容易辦到，可是要給張俊知道呢，要是這惡棍加油添醋地告訴張俊呢……她不敢想，頭昏眩起來。她狠狠地望着對方，那張扁平臉在眼前無限制地伸長，擴大，成了極其可怕的怪相。

「你要怎麼樣呢，朱經理，大家都是明白人，有什麼裡子翻出來看看。」

「咳，談不上怎麼樣，這又不是解放前。不過，我現在擺着個小攤，短點本。想問你借一點，大家心裡有數嘛，互相幫忙。」

徐文霞下意識地伸出微抖的手，摸出一疊鈔票放在桌子上。

朱國魂站起來，一疊聲地説謝謝。他把大拇指放在唇邊上擦了點唾沫，熟練地一數，又笑嘻嘻地放在桌子上，說：

「徐小姐，這二十塊錢不能派什麼用場。要是你身邊不便，我改日再來拜訪。」

徐文霞緊咬着牙，臉漲得發紫。她把半個月的工資狠命地摔在地板上，轉身撲到枕頭上，哽咽不成聲地哭着。

## 五

冬天漸漸擺出冷酷的面貌，連日颳着西北風，雪花飛飛揚揚地飄落下來。

徐文霞呆坐着，面容消瘦了，眼睛也無光了。她看雪花撲打到玻璃窗上，化成水珠，像眼淚似的流下來。透過這掛滿眼淚的玻璃窗，看到外面大團的雪花飛舞着，使天空變成白濛濛的一片。

床頭鬧鐘嘀嗒嘀嗒地響，永遠那樣平穩。徐文霞又向鐘看了一眼：

「咦，他怎麼還不來！」

「朱國魂大概把我的一切告訴他啦！」徐文霞的心像懸在蛛絲上，快掉下來，卻又懸蕩着：他愛的人原來做過妓女啊！他還有臉見人嗎？他哪裡還能來呢？

「滴鈴鈴！」鬧鐘突然響起來。徐文霞一驚，以為是門鈴響，她手捺着那跳得突突的胸脯。她怕朱國魂又來糾纏，又怕張俊來撞上朱國魂。她想：「朱國魂不會輕易地放我，這條毒蛇，不把血吸乾了是不會吃肉的。」

張俊進來了，跺着腳，抖掉雨衣上的雪，臉凍得通紅，嘴裡噴出白氣。他滿臉是笑地說：

「文霞，多大的雪，你出去看看哩，好幾年不下這樣大的雪啦！」

徐文霞飛奔過去吻着他：「怎麼現在才來，最近怎麼常來得這樣遲呀？」

「是你心理作用，我還不是和過去一樣，下班就來看你！文霞，別亂猜，無論怎樣，我總不會離開你。」

徐文霞緊緊地摟着他：「別離開我，俊，別丟掉我呀！不，就是丟掉我，我也不會怨你。」

張俊揚起了眉毛，不明白地望着徐文霞，心想道：「她近來消瘦了，眼眶裡含着淚水，心中埋藏着什麼痛苦呢，不肯說，又不准問。唉，親愛的姑娘！」他的唇邊動了兩下，想問什麼又忍住了，只說：「結婚吧！文霞，結了婚我們會天天在一起的。」

徐文霞低頭沉默着。突然，她又無聲地哭了起來，伏在張俊的懷裡揩眼淚。

張俊撫摸着她的頭髮，又憐惜又着急：「別難過，文霞，我是用真誠的心待你的，為什麼你對我忽然又不信任了呢？」張俊拍拍徐文霞，安慰她一會兒，才說：「還有個會等我去，你先看看複習題，晚上我再來講新課。」

徐文霞恍恍惚惚地想：「走啦，又走啦！最近他總是這樣匆匆忙忙的，好吧，結局快到了，到了，總有一天會到的，不如早些吧！」她哪有心思複習小代數呀，不知不覺又去打開箱子，把新大衣穿起來，新皮鞋穿上，圍好那紅色的圍巾，對着鏡子旋轉了幾下，然後嘆了口氣，又一件件脫下來。她自己也不相信，這些東西竟是他買來的，準備結婚的。她幻想着這一天，卻又不相信會有這一天。近幾天張俊不在時，她便獨自翻弄這些衣服，玩賞着，作出各種美妙的想像，交織成光彩奪目的生活圖畫。越是痛苦失望的時候，她越是愛想這些。

驀地，朱國魂撞了進來，皮笑肉不笑地說：

「你好呀，徐小姐，準備結婚啦，我討杯喜酒吃。」

徐文霞一看見他，所有的幻想都破滅了，她發怒地把衣裳都塞進箱子裡。全是這個人，一切幸福與歡笑都被這個人砸得粉碎，她怒睜着眼睛問：「你又來做什麼？」

「上次承你借了點小本錢，可是……又光啦。」

「怎麼，我是你的債戶？」徐文霞立起來，眼睛都氣紅了，恨不得燃起一場大火，把這個人燒成灰燼。

「何必這樣動火呢，徐小姐，有美酒大家嚐嚐，一個人吃光了是要醉的。」

徐文霞所有的怒火都升起了：「跟這個畜生拚了吧。」可是回頭看看那亂七八糟的衣箱，心又軟下來，手顫抖地摸出二十塊錢。

朱國魂沒料到第二次勒索竟這麼容易，不禁向她看了一眼，發現她近幾年竟長得如此苗條而又多姿，高高的胸脯，滾圓的肩膀，渾身發散着青春誘人的氣息。他的心動起來了，升起一種邪惡的念頭，扁平的臉上充滿了血，打個哈哈說：

「今晚我睡在這裡。」

「叭叭！」兩下清脆的耳光聲。

朱國魂猛地向後一跳，手捂着面頰。他仍微笑着說：

「咳，裝什麼正經呀，你和我又不是第一次！」

徐文霞猛撲過去，像一頭發怒了的獅子。所有的痛苦、屈辱和憤怒一齊迸發出來了，她用力捶打着朱國魂。朱國魂還是嘻嘻地笑着說：「看哪，欺侮人呀，但是我原諒你，打是親來罵是愛！」徐文霞更氣得臉都白了，什麼也不顧，一口咬住朱國魂的膀子。朱國魂真的痛得跳起來了，隨手拎起一張方櫈子，想了一下，又輕輕地放下來，放下臉來說：

「別這麼神氣，我只要寫封信給張俊，告訴他你是幹什麼的，過去和我曾有過那麼……」

徐文霞奪過方櫈猛力擲過去。朱國魂知道再鬧下去不好，轉身溜出門去。方櫈子「轟隆」一聲撞在板壁上，把四鄰都驚動了。

## 六

徐文霞站在張俊的宿舍門口，頭髮蓬亂着，臉色發青，眼睛裡充滿絕望的光芒：「去，告訴他，出醜讓我一個人，痛苦由我承當。」心裡雖這麼想，腳下卻不肯移動，彷彿門檻裡面有條深淵，跨進一步就無法挽救。

張俊洗完臉，端了滿滿的一盆肥皂水，正要用力向門外一潑，忽見門外有人，連忙收住，水在地板上潑了一大攤。

「是你！文霞。」張俊驚叫起來，看見徐文霞這副樣子，更是驚慌。他忙拉着她的手坐到床上：「發生什麼事啦文霞，快告訴我，快！」

徐文霞癡呆着，眼睛直愣愣地看着張俊，眼淚一滴追一滴的落在地上。

「什麼事，文霞？」張俊搖着她的肩膀，「快說吧！看你氣成這個樣子，唉，急死人啦！」

徐文霞還是僵坐着，突然一轉身，撲到張俊床上，只是泣不成聲地哭着。張俊心亂極了：「別哭，有話說呀，別哭啦，給人家聽見了笑話。」

徐文霞不停地哭着，讓眼淚來訴說她的身世、痛苦和屈辱。一直哭了十多分鐘，才覺得塞在心頭的東西疏通了，慢慢地平靜下來，深深地吸了口氣，坦率地訴說着自身的遭遇。曾經有多少個夜晚啊，她把這些話在胸中深深地埋藏着，讓自己獨自忍受着這痛苦。

張俊開始被徐文霞的敘述弄得不知所措，只吃驚地張着眼睛，但是後來他像聽到一個不平的故事一樣，怒不可遏地從床上跳起來：「那個壞蛋在哪裡，豈有此理，現在竟敢做這種事，我去找他！」

「別去吧，俊，派出所會找他的，不要為我的事情再鬧得你也沒臉見人。我對不起你，你一片真心待我，我卻把我的身世對你瞞了這麼長時間。別罵我，俊，我是怕你……」

「別哭吧，文霞。」

「我知道你不會再愛一個曾經做過妓女的女孩子，我為什麼要拖住你呢，拖住你來分擔我的羞恥和痛苦！我要離開蘇州，請求組織調我到上海去工作。今後希望你和我仍做個知己的朋友吧……」徐文霞說不下去了，又伏倒在床上哭起來。

張俊沉默着，混亂得說不出一句說來。心裡打翻了五味瓶，說不出是什麼滋味。

徐文霞揩乾了眼淚，漸漸平靜下來，想站起來走了，卻沒有一點力氣。又過了一會兒，她像一個出征的戰士，一切想好之後，帶着一副毅然的神色離開了張俊的屋子，走上了她的征途。

張俊仍一人在屋子裡呆立着，不知怎樣處理這件事才好，腦子什麼也不能思索……

夜深了，冷得要命，大半個月亮架在屋簷上，像冰做的，露水在寂靜中凝成了濃霜。

在那條深邃而鋪着石板的小巷裡，張俊在徘徊。他遠遠望着徐文霞那個亮着燈的窗戶，每次要到窗戶跟前又退回來：「怎樣說呢，向她說些什麼呢？」他想得出，那盞燈下坐着個少女，這少女是善良的化身，她無論怎樣也不能和妓女這名詞聯繫起來。他知道她在痛苦中，由於她屈辱的過去而無法生活下去，他的心又軟下來：「不能怪她呀，在那個黑暗的時代裡，一個軟弱的孤兒，能做得了什麼主呢！」

要是作為一個普通女孩的不幸，毫無疑問，張俊是會同情的，而且馬上就能諒解。可是，這是徐文霞，是個要伴着自己一生的姑娘。他躊躇着，在巷子裡一趟又一趟地走着，似乎下決心要數出地上的石頭。許多事情在眼前起伏，他想起和徐文霞相處的那些充滿了幸福和幻想的日子，在這些日子裡，人就變得聰明，而且對一切事情充滿了信心。這些都是一個姑娘帶來的，這姑娘掙扎出了苦海，向自己獻出了一顆純潔的心。她忍受着那許多痛苦來愛自己，又那麼嚮往着美好的未來而不斷地努力。張俊突然一轉，奔跑着到徐文霞的門前，一摸口袋，又忘了帶鑰匙，便捏起拳頭拚命地敲門。

那性急的擂門聲，在空寂的小巷子裡，引起了不平凡的迴響。

（原載《萌芽》1956 年第 10 期）

**劉紹棠**

劉紹棠（1936—1997），北京通縣人。作家。著有短篇小說集《青枝綠葉》，中篇小說集《運河的槳聲》、《豆棚柳巷》、《煙村四五家》，長篇小說《地火》、《春草》、《狼煙》、《京門臉子》、《敬柳亭說書》、《豆棚瓜架雨如絲》，散文集《鄉土與創作》、《鄉土文學四十年》等。

# 田野落霞

## 一

入夜了，五月的原野寧靜下來，但是起了微微的風。代理區委書記劉秋果，已經關着門在屋裡走了一個鐘頭，這時他猛地收住腳，推開了窗戶，探出頭去，只見那白玉盤似的圓月，慢悠悠地從東南天角的山根下升起來，高高的夜空，幾顆銀亮銀亮的星子，像是從水裡剛撈出來似的閃動和冰冷。他解開制服上身的鈕扣，一股夜風猛地直衝進他的胸膛，他激靈靈打了個冷戰，長長地吐了口氣，像是把滿腹的鬱悶呼了出來。

他沒有關上窗戶，扭過身來，把辦公桌上的煤油燈點着了，青幽幽的燈光，照在他那蒼白的臉上，照見他那深陷的像籠罩着一層煙霧似的大眼睛，兩條漂亮的黑眉毛愁苦地緊鎖在一起，嘴巴死死地閉着，風吹進屋來，他那投映在白牆上的清瘦的身影，就像一棵小白楊樹在夜風裡搖曳。

劉秋果又頹然地坐在藤椅上，兩手抱着頭，伏在桌上昏昏茫茫地思索起來。

窗外，晃動着幾個歪歪扭扭的身影，有低低地嬉笑的聲音。

「這回就要分出公母來了！」

「二虎相爭，必有一傷！」

劉秋果激怒地一拍桌子，霍地跳起來，那幾個老油條趕緊溜了，於是他重又閉上窗，把燈捻暗了，繼續走着，

走着。……

他對副書記高金海的容忍已經夠了！

正月新春，社會主義大風暴席捲整個運河平原，區委書記俞山松被調任縣委副書記，意想不到的，劉秋果被派做代理區委書記，同時還仍然兼管拖拉機站。當時只講定代理三個月，但是現在已經超過一個多月了，卻沒有聽說派人，而撤區的消息已經傳來。

副書記高金海為這個職位已經鑽營很久，他的老上級副縣長張震武也替他四處奔走，但是在縣委書記那裡碰了一鼻子灰。於是，劉秋果從到任的第一天起，嫉妒和暗鬥就包圍了他。

高金海拉攏了一批老油條，專挑劉秋果的毛病，給劉秋果小鞋穿。比如，劉秋果喜歡深夜看書，他們就提出要節約行政開支，逼得劉秋果只好自動提出，他的用油由他自己買；劉秋果愛刮臉，衣服常換常洗，腳下穿的是皮鞋，又因為曾經得過肋膜炎，他把區委會辦公室的一把藤椅搬到屋裡用，屋裡又掛了一張油畫，於是他們便四處揚言，說劉秋果追求享受，生活很不刻苦；劉秋果不喜歡拿父母老婆開玩笑，又常勸別人多多讀書，於是他們便說劉秋果擺知識分子臭架子，鼓勵教條主義風氣；劉秋果的愛人是讀過高中的城市姑娘，在拖拉機站任秘書，兩個人常常在太陽落山，晚霞燃起的時候，到田野和河邊去散步，小夫妻相倚相靠，非常親熱，於是他們就散佈謠言：劉秋果陰陽兩面，外表上是無產階級面孔，骨子裡卻完全是骯髒的小資產階級情感……

劉秋果忍受着這些對他個人的人身攻擊，默默地不說一句闢謠和辯駁的話，但是在工作裡，他不肯讓一步，於是他跟高金海的關係就一天天更加惡化了。

今天，高金海所闖的禍，成為一根導火線，他們的爭吵總爆發了。

高金海以地委機關報特約通訊員的資格，寫了一篇完全是克裡空的通訊，他把自己負責的沿河一帶村莊的打井數目字，提高了百分之五十，大肆吹噓自己，並且暗暗諷刺劉秋果是小腳女人，老牛破車；由於害怕編輯部會下鄉調查，他便騎着自行車去四處督陣。

但是白杜梨樹村卻只打了三眼井，連計劃數字的百分之二十都沒達到，白杜梨樹村的老頭反對打井，他們說，從他們落生到現在，六七十年只見過澇，沒見過旱，白杜梨樹村的土地躺在運河母親的懷抱裡，奶總是吃不完的。

高金海暴跳如雷，硬拉着杜主任，喊來幾個打井老把式，狠狠地訓斥一頓以後，便到田野上去勘察。這幾個老頭一面是對打井心懷不滿，一面也是因為地脈和位置都不合適，從黎明一直蹓到太陽升起來，也沒確定一個地方。高金海氣壞了，便親自在田野上按照灌溉區劃配置起來，到晌午，二十眼井的位置都確定了。

燈籠火把，披星戴月的，第二天傍晌就挖成三眼，但是井壁卻沙沙作響，高金海心裡也發慌了，便又把那些老頭叫來，這些老頭看了兩眼，便搖頭說一定得坍。高金海不相信，給他們腰上拴了一根繩子，強迫他們下井，只聽「轟隆！」一聲，三眼井全坍了，大家趕緊扯繩子，其中一個老頭因為搶救稍晚，腿被砸斷。

劉秋果聽到這個消息，馬上趕到現場，命令立刻送到縣醫院，讓高金海跟他回區委會，於是他們爆發了一場空前的爭吵。

「你有什麼資格教訓我？我為革命流過血，拚過腦袋，你不過就是一張農業機械化學院畢業的文憑，我入黨的時候，你還在喊蔣大總統萬歲！」

高金海一腳踢開門，衝了出去，跨上自行車就跑了。

劉秋果沒去追趕他，他關着門在屋裡踱着，苦惱地思索着所發生的一切，同時等候縣醫院的電話……

這時，辦公桌上的電話猛地丁零零響起來，劉秋果一陣心驚肉跳，他抄起聽筒，呼吸很緊促了。

「你是秋果嗎？」一個清脆悅耳的女人的聲音。

「啊，岳櫻，是你！」劉秋果長出一口氣，這電話是他愛人從六里外的拖拉機站打來的。

「你不是說今晚回家睡，怎麼還不回來？」岳櫻嬌嗔地責問道。

「明晚回去吧。」

「今晚要複習俄文，這是你規定的制度呀！」岳櫻很不高興地說。

「發生了一件重要的事，不能回去了。」

「什麼重要的事？」

「一件很慘痛很頭疼的事。」

「如果不需要保密的話，你跟我談談。」

「我……」劉秋果一擰眉毛，咬了咬牙，「我得去找高金海，跟他冷靜地談一談！」說完，他把聽筒掛上了。

劉秋果的手還沒收回來，電話鈴又緊驟地響了。

「是劉書記嗎？」一個哭哭泣泣的女孩子的聲音。

「小楊大夫嗎？」這小楊大夫是區衛生所的醫生，剛從醫士學校畢業一年，劉秋果派她護送白杜梨樹村那老頭到縣醫院去的。「那老頭的情況怎麼樣？」劉秋果急不可待地問道。

「劉書記，截肢了！」聽筒裡，傳來小楊大夫的哭聲。

「什麼？」劉秋果大叫一聲，「一定要保住他的腿，請你們院長接電話！」

「是院長親自動的手術，」小楊大夫痛哭着說，「院長說他已經竭盡全力，但是只能保住一條腿。」

「唉，這……」劉秋果就像被割下一條子肉，他把聽筒一扔，抱頭倒在藤椅上。

「劉書記，劉書記！喂，喂！……」小楊大夫在電話筒裡嘶啞地呼喊。

劉秋果瘋了似的跳起來，他沒掛上那一聲聲呼喚的電話，衝出門，騎上車到百丈溪村高金海的家去。

這時，已經是夜晚十點鐘。

## 二

五月的夜晚是溫暖的，又是冰涼的。劉秋果騎着自行車，沿着運河河畔的小路奔跑。帶着一股微微魚腥氣的河風，柔軟地吹拂着他，果園裡的蘋果花開了，月光照着，像是十冬臘月凝聚枝頭的殘雪，發散着冰冷的清香味，月夜是朦朧的，村莊和樹林似見不見，夜風在田野上像是一對對情人在低低細語，沒有別的聲音，殘春的夜晚是那麼恬靜、安逸。

劉秋果在百丈溪村頭停下了，他站在一棵白杜梨樹下，呼吸了一口杜梨樹花那酸甜酸甜的香氣。前面就是高金海的家，秫秸編的籬笆和柴門，閃閃發亮，屋裡黑洞洞的沒有聲音，只有天井鴨圈裡的二十幾隻鴨子，耐不住夜寒，呷呷地擁擠着叫了兩聲，一團團的白色在窩裡蠕動着。

劉秋果只來過三五次，那是為了調解他們夫婦間的吵架而來的，但是他以後堅決不肯再給他們做調停人了，高金海那疑神疑鬼的眼色，和高金海老婆楊紅桃那憂鬱和火熱的一雙眼睛，都使他很不自在。

他把怦怦猛跳的心鎮定下來，看了看手腕上的錶，「十點四十了！」他又沉吟了很久，才下定決心叫門。

「誰呀！」一個聲音微微沙啞的女人在屋裡問道。

「大嫂，驚動了你，老高在家嗎？」

那女人沒有答話，只聽屋門吱呀一響，她已經走到院裡，劉秋果簡直後悔自己的莽撞到來，現在想走也走不脫了。

門開了，楊紅桃驚喜地叫了一聲：「劉書記，是你呀！」

「老高回來沒有？」劉秋果尷尬地問道。

「外面挺涼的，進屋裡來吧！」楊紅桃笑嘻嘻地說。

「大嫂，沒什麼事，我只是問……」

但是楊紅桃把他的自行車搶過來，搬進門檻裡，劉秋果只好硬着頭皮跟在她後面，楊紅桃插上門，就一直奔進屋裡，點上了燈，劉秋果的心全涼了，高金海一定沒在家。

「進屋來暖暖吧！」楊紅桃向他招手。

「老高回來沒有？」劉秋果站在院裡一動不動。

「你看你，難道他不在家，你就不能在我這裡坐一坐嗎？」楊紅桃不高興地說。

劉秋果又只得走進屋來，昏暗的燈光裡，楊紅桃披散着長長的頭髮，穿着緊身小紅夾襖，給他沏茶。

「大嫂，我不渴。」

「那我給你做點飯吃。」

「不，我吃過了！」劉秋果坐在炕沿上，就像屁股下坐着一堆蒺藜狗子，一副愁眉苦臉，無可奈何的樣子。

「噢，你還封建哪，嘻嘻！」楊紅桃突然怪罪地瞟了劉秋果一眼，但忍不住又撲哧笑了，「從抗日戰爭八路軍游擊隊到運河起，這間屋子不知道招待過多少咱們的人，十幾年，不說上萬，也得有幾千吧！我沒想到什麼不方便，習慣了。」

「喔，」劉秋果好像輕鬆一些了，「我是來找老高的……」

「我知道你不是來找我的！」楊紅桃俏皮地開了個玩笑，但馬上就嚴肅起來，「出什麼事了吧？」

「是呀！老高他闖了禍，我們倆又吵了嘴……」

「是不是在白杜梨樹村打井，砸折了一個老頭的腿？」楊紅桃攏了攏滑到眼前的頭髮，問道：

「就是！」劉秋果懊喪地站起來，「可是老高卻死不認錯，我得去找他！」

「不用跑瞎道，你找不着他！」楊紅桃忽然冷冷地說。

「怎麼？」

「他躲到一個安樂窩裡去了。」

「那……那我就到那裡去找他！」劉秋果固執地說。

「不要去！」楊紅桃張開胳臂攔住劉秋果。

「這是怎麼回事？」劉秋果迷惘地望着楊紅桃那一陣陣泛紅的臉。

「你今晚住下吧，我想跟你談談。」楊紅桃的聲音突然變得那麼遙遠、微弱，像是一個口乾舌焦，全身無力的夜行人，向人求援的聲音。

「不行！我得回去。」劉秋果嚇得連連搖手。

「我可沒有什麼壞念頭！」楊紅桃暴怒地叫了起來，那張美麗的臉像白菜葉子似的青白，「論年歲，我是你的老大姐，我知道自己的身份；論覺悟，我是個十二年黨齡的黨員，我知道黨的紀律。可是你這個區委書記，為什麼就這樣愛胡思亂想，為什麼不想聽聽一個多災多難的黨員的知心話？」

劉秋果被問得張口結舌，他搓着手，又坐下來，吶吶地說：「我是怕老高……」

「他算什麼東西！」楊紅桃破口罵道，「搞破鞋鑽狗洞的壞蛋！」

「你這話……」

「咱們還是平心靜氣地談吧！」楊紅桃臉色一陣微紅，慚愧地笑了，「我是個急性子，從小人家就管我叫山喜鵲，出了嫁，人家又管我叫野媳婦，可是這都是過去的事了，很遠很遠以前的事了。」

她忽然閉住了嘴，悽慘的眼光投向掛在牆壁的一張照片上，劉秋果的眼睛追隨着望去，那是一個英武的游擊隊員的放大相片，鑲着一個雕花的鏡框。

「他是誰？」劉秋果輕聲問道。

「我那個死鬼男人，」楊紅桃悲傷地長嘆了口氣，「我的第一個男人不是高金海，那時候誰瞧得上他！我的男人是黑臉包龍柏司令手下的騎兵連長，在運河這一帶雷一樣的響呢！」楊紅桃說到這裡止住了，她是在壓下心頭的激動。

「他是一九四五年死的，」楊紅桃再一次深情地望了那牆上的相片一眼，沉思地接着說下去，「包司令讓國民黨給謀害了，我那個死鬼鬧個人行動，獨自藏着槍進城去刺殺假談判的國民黨專員，只打死了兩個衛兵，他被抓住了，鍘在城裡的十字街頭，到今天我進城都不敢從那裡走。」

「後來呢，就跟老高結了婚？」劉秋果插嘴問道。

「我守了五年寡，」楊紅桃搖搖頭說，「兵荒馬亂的年頭，我也沒想到過改嫁，就像替我那死鬼戰鬥似的，我沒告訴你，我擔任過了幾年的黨支部書記呢。」

「知道，」劉秋果點點頭，「我很為你關在家裡惋惜呢。」

「我後悔嫁給高金海！」楊紅桃咬着她那潔白的牙齒，「現在的縣委第一副書記陸寒江，過去是我那死鬼騎兵連的指導員，後來他在這一帶領導護地鬥爭，我們常在一塊，他喜歡過我呢！不過我因為他總批判我那死鬼無組織無紀律，不應該採取什麼個人英雄主義的恐怖行動，我就討厭他，對他挺冷冰，就這麼拉倒了。到一九五二年，我得罪了那時候的區委書記張震武，被撤銷了黨支部書記職務，我有冤沒處訴，就心灰意懶了……」

「這個我倒沒聽說！」劉秋果吸了一口氣。

「現在張震武已經是副縣長，可是我至今也不服罪，他是公報私仇！」楊紅桃的眼眶裡滿是淚花，「張震武到我們百丈溪來，總是在酒鋪包飯，不把飯派到各家去，我娘這個老太太，也是共產黨員，就看不上眼，跑去騙他說請他吃餃子，他高高興興地來了，可是一進門，卻是榆錢炒豆腐渣，他火了，說是故意耍笑他，我娘也急了，就罵他剛打下江山就忘了本，共產黨員要都像他這樣，革命就會跟闖王進京一樣下場，坐十八天皇上就得垮台，問得他說不出話，只好悶着頭吃了半碗，抓起帽子，又到酒鋪去了。後來我又常常反對他那種官老爺架子，他對我們娘兒倆算記恨在心裡了，雞蛋裡挑骨，專找我的毛病，因為我堅決不同意強迫徵購我們村的漁船，跟他大吵了一回，他說我是破壞黨的決議，一聲令下，就把我的黨支部書記職務撤銷了……」

「這不合法啊！」劉秋果憤慨地說，「你應該向上級黨委申訴。」

「我氣病了，整整病了一個春天，」楊紅桃無限悲酸地說，「我娘產生了退坡思想，也影響了我，生活又挺困難。這時候高金海來了，他原是我死鬼騎兵連的排長，在我們家躲過掃蕩，養過傷，吃過住過，現在回來當區委副書記。見着熟人該多親哪！他給我還了藥賬，又跟我獻殷勤，我一時糊塗，心就動了，我娘不同意，可是我沒聽她的話，就這樣嫁給了高金海，你看，一個人離開了黨……」楊紅桃低下頭，抹了兩把眼淚，又掏出手帕擦乾流出的鼻涕。

劉秋果激動地站起來，弓着腰，在屋裡走着。

「高金海本想玩膩了就散夥的，因為我跟他拚命，他才不得不娶了我。於是他又嫌我不能養孩子，又嫌我什麼性格不溫柔，我不受他欺侮，就跟他吵，他索性不再回家來，偷偷在外邊搞破鞋。後來被俞山松同志知道了，狠狠地整了他一頓，他才不敢再鬧，可是仍然不回家住，也不給家裡錢，我娘病倒在炕上，因為沒錢吃藥，又氣又恨，就眼瞧着死了……」楊紅桃說着說着，泣不成聲。

「別難過，別難過，會好起來的！」劉秋果無力地安慰着。

「我一個人勞動一個人吃飯，跟他已經沒關係了，」楊紅桃又悲切地說下去，「合作化大風暴來了，人們已經忘了我，我沒有出頭露面，就這麼孤苦伶仃地過日子。可是高金海等俞山松同志走後，就像野狗解開了鏈子，又找了姘頭。」

「我怎麼不知道？」劉秋果又大吃了一驚。

「區裡有一批高金海的心腹，他們會遮蓋你的眼睛，他們因為你資格淺，合夥欺侮你，這我聽高金海說過！」楊紅桃憤恨地說，「今晚高金海一定是到青流村去了，住在他的姘頭家裡，是個富農的女兒，才十八歲，可是他已經三十六歲了呀！」

「這算什麼人？」

「你說，我應該不應該跟他離婚呢？」楊紅桃懇切地問道。

「這……」劉秋果一時手忙腳亂了，馬上回不出話。

「比如我是你的姐姐，你該怎麼說呢？」楊紅桃哀怨地、憂傷地望着劉秋果。

「我支持你！」劉秋果猛地感到自己這種怕負責任的態度真可恥，於是堅定地回答這個無限信賴自己的女人。

「人們會不會把我看做是壞女人呢？」楊紅桃羞怒地低下頭說，「死了丈夫，嫁了人，嫁了人又離婚，離了婚我還想找到真心實意的人。」

「不會的，不會的，你為什麼也有這種封建思想呢？」

「唉，你不懂得做女人的苦處，女人要比男人想得多，也難得多呀！」楊紅桃眨動着她那長長的睫毛，眼淚忍不住簌簌流下來。

窗外，一顆流星歪歪扭扭地划下來，河流輕輕地撞擊着陡峭的河岸，隔岸的村莊，一隻雄雞叫了全運河灘的第一聲。

「楊大姐，」劉秋果的眼睛閃閃發光，望着這個不幸的女人那慘白的臉，「你應該堅強起來，拿出你過去的氣魄，不要讓人們忘了你！你受的冤屈，黨會弄明白的。」

「謝謝你，你睡吧！真對不住，跟你亂扯了半夜。」楊紅桃抱歉地苦笑了笑，哽咽地說了一聲，就跑了出去。

「你到哪兒去？」劉秋果問道。

「我到那屋去睡。」

劉秋果關上了門，吹熄了燈，月光流瀉進來，他不能入睡。

楊紅桃靠住秫秸籬笆，迷惘地望着在月亮下閃閃發亮的河流，朦朧的田野，聽着一隻喪偶的布穀鳥那悽厲的哀啼，忽然一股悲酸疼遍全身，她雙手捧着臉，肩膀一抽一縮的，她無聲地哭了起來。

## 三

黎明前，月亮轉到運河西岸的樹林背後去了，原野濃黑起來，閃閃發亮的河流，已經模糊不清，只聽見那輕輕的喧鬧的聲音，樹林像一個個挺立不動的黑影，猛地，一個清亮婉轉的啼叫，呼喚黎明的蘸雀從天空掠過，楊紅桃抬起頭，朝霞從東山腳下的深谷裡燃燒起來了。

楊紅桃舒展了一下酸痛的身體，長長地吐了一口胸頭的悶氣，然後輕輕地走到屋簷下。劉秋果還睡得很甜，她怕驚動他，躡手躡腳地挑起水桶，慢慢地抬開柴門，快步到河邊去了。

她走下運河高岸，脫了鞋，挽起褲腿，蹚進潺潺作響的河流裡，一股電流似的寒冷，刺疼她的皮膚，通遍全身，她哆哆嗦嗦地打了個冷戰，然後彎下腰，洗起臉，她噓着氣，睏盹完全消失了。

「你今天怎麼起得這麼早？」陡岸上，一個發劈的聲音問道。

楊紅桃仰起臉，陡岸的老龍腰河柳下，站着高金海，她汲滿桶，上了岸，盯着那滿是眼屎，佈滿血絲的眼睛，問道：「你昨晚到哪兒浪蕩去了？」

「我住在區裡啦！」高金海打了個大哈欠，伸了個長長的懶腰。

「瞎說！」楊紅桃喝道：「劉秋果同志深更半夜來找你，說你跟他吵了架，一賭氣走了，你怎麼會住在區裡？」

高金海驚嚇得揉揉眼睛，急迫地問道：「告訴我，他都跟你調查了些什麼，快說！」

「你去問他吧！他就在家裡。」楊紅桃冷冷地說。

「怎麼，你留他住下了？」高金海朝後跳了一步，上下打量着楊紅桃。

「這有什麼，人家黑燈瞎火地找你來，撲了個空，能讓人嗆着夜寒回去嗎？」楊紅桃鎮靜地瞪着他。

「他住在哪屋？」高金海又搶到楊紅桃面前，嘴裡噴着發臭的酒氣。

「我那屋。」楊紅桃理直氣壯地回答。

「你呢？」

「我沒睡。」

「胡說！是你勾引他佔我的炕頭來了！」高金海撒腿就奔家裡跑。

「站住！不許你胡鬧！」楊紅桃扔下水桶，喊嚷着跟在後面。

高金海已經跑進院裡，他反手把柴門抬上了，一直闖進屋裡，劉秋果被腳步聲驚醒，從炕上忙坐起來，一見高金海那喪門神似的樣子，也有些發慌。

「打擾你的好夢！」高金海咬得牙齒咯咯響。

「我是來找你的，你跑到哪兒去了？」劉秋果壓住心跳，硬使自己鎮定下來。

「找我來了？」高金海惡狠狠地一聲冷笑，「可找到我老婆的被窩裡來了？」

「你這叫什麼話？」劉秋果血湧上臉，「你說這話難道不害羞？你污辱了同志，也污辱了你自己！」

「是你污辱了我！」高金海嘶啞地喊叫，「你給我戴上這頂綠帽子，我還有什麼臉見人？你欺人太甚啦！」

「你看着我的眼睛！」劉秋果跳下炕，面對着高金海。

「不許動手！」

院裡撲通一聲，楊紅桃從籬笆上跳進來。

「你看你還像個共產黨員嗎？」楊紅桃指着高金海的鼻子，厲色地數落道，「搖搖晃晃，滿嘴的燒酒味，回到家又不問青紅皂白，蠻橫不講理地大吵大鬧，讓鄉親們聽見，你還顧不顧影響？」

「你不用拿這套大原則遮羞臉，你們穿一條褲子，早編好蒙哄我的話！」高金海齜着牙，跳着腳喊。

「老高，希望你冷靜一點！」劉秋果憋着滿肚子火，說道。

「誰受了這種污辱也不能冷靜！」高金海要起賴皮，完全不想說正經的。

「呸！」楊紅桃照地上啐了一口吐沫，「你這個沒人心的傢伙，你在外面拈花惹草，又來給我臉抹黑，我問你，你昨晚是不是住在青流村的姘頭家裡了？」

高金海惱羞成怒，擰着眉毛，嘴裡噴濺着吐沫星子，叫道：「我知道你們倆做成的活局子！我不吃這一套，咱們到區委會說去！」說着，他不顧楊紅桃跟劉秋果的拉扯，跌跌撞撞地跑了出去。

「我正想把問題提到區委會議上去！」劉秋果也要跟着出去，但是楊紅桃拉住了他。

「劉書記，讓你受這樣的冤枉，我真難受……」楊紅桃痛苦地說。

「沒什麼，大姐！」劉秋果拿開她那冰冷的手。

「我也要到區裡去，我要揭穿他這個卑鄙的壞蛋！」楊紅桃緊握着拳頭，眼裡的淚花晶瑩發光。

劉秋果沒說什麼，就騎上車走了，但是走到河邊，又轉了回來，嚴肅、沉重地對楊紅桃說：「楊大姐，你不要去，這不好，辛苦你一趟，到拖拉機站去告訴我愛人。」

這一天，區委會沉浸在神秘的、令人窒息的空氣裡，高金海四處浪蕩，跟這個咬咬耳朵，跟那個拍拍肩膀，又跟所有在家的區委委員做了個別談話，大家懷着恐懼而又好奇的心情，等待着夜晚的到來。

黃昏，楊紅桃經過激烈的思想鬥爭，才動身到拖拉機站去。拖拉機站坐落在運河灘的荒野上，四處是黑壓壓的叢林，綠漆柵欄包圍着幾列紅房子，黑夜，尤其是沒有月亮的黑夜，紅房子的電燈亮了，就像行駛在運河原野上的一隻大船。

楊紅桃見到了劉秋果的愛人岳櫻，岳櫻還像個未成年的少女，微微黧黑的臉蛋，一雙黑溜溜的大眼睛，長長的，不停地眨動着的睫毛，兩條粗粗的辮子甩在背後，穿着一雙舊皮鞋，熨得很平整的舊藍制服褲子，上身是褪了色的格子襯衫，套着一件花毛衣，她驚訝地把楊紅桃讓到她的屋裡。

他們的房間裡，非常整潔和明亮，靠後牆是他們夫婦睡的床，鋪着一床大花床單，兩床碎花的棉被和一對喜鵲登枝的軟枕頭，臨窗有一張書桌，一個裝得滿滿的書架。岳櫻讓楊紅桃坐在床邊，楊紅桃怕坐髒了好漂亮的大花床單，只是靠床邊站着，岳櫻便強按她坐下來，笑了笑，就請她談。……

岳櫻眼睛睜得大大的，聽着楊紅桃的話，她咬緊了那薄薄的嘴唇，微黑的臉蛋一陣明一陣暗，眼睛被淚水模糊了。

「真陰險，真卑鄙！」岳櫻激怒地站起身。

「岳櫻同志，你相信……」楊紅桃害怕地瞧着這個氣怒的小姑娘。

「秋果不是那種人！」岳櫻看了一眼掛在床頭的他倆的合影，「高金海放這個骯髒可恥的煙霧彈，想遮掩他違犯黨的政策的錯誤，真無恥！」

「岳櫻同志，我對不起你們！」楊紅桃哭了。

「大姐，這不能怪你，」岳櫻走過來，用熱毛巾給她擦臉，「可是你為什麼不離開高金海呢？對於這樣一個靈魂發臭的人，你還有什麼可留戀的呢？」

「岳櫻同志，你是個幸福的人，你不知道我這個受苦受難的人的心呀！」楊紅桃抽抽泣泣地說。

岳櫻束手無策了，她一隻手按着楊紅桃的肩膀，沉思地凝視着窗外的原野，她忽然摟住楊紅桃，說道：「大姐，你才三十五歲，你振作起來吧！一點也不晚。你應該記住，你是個老黨員。秋果跟我都會幫助你，好大姐！」

楊紅桃癡呆呆地聽着，點點頭：「對……我記住你的話！」說着，她便推門跑了出去。

原野上颳起雄勁的風，呼呼地吼叫，綠柵欄外的白楊樹上，一群喜鵲扎煞着羽毛飛起來，盤旋着繞樹幾遭，又落在枝頭。

一股風從楊紅桃沒有掩實的門縫裡鑽進來，岳櫻打了個冷戰，從衣架上抓起一條圍巾和一件棉大衣，熄了燈，鎖了門，奔跑着到區委會去。

區委會的宿舍都熄燈了，岳櫻打着手電走到裡面去，突然「嘩啦啦！」一聲響，像是桌椅被踢翻了。

門被撞歪了，高金海狂怒地跳到院裡，揮動着胳臂大叫：「這是陷害，我也要向縣委提出報告的！」他瘋了似的跑走了。

會議室裡並沒有回聲，椅子一陣亂響過後，燈熄了，區委委員一個個默默地走出來。岳櫻躲在黑暗的角落裡。最後，等大家都出院了，劉秋果才獨自一個走出黑洞洞的會議室，站在台階上，一動不動。

「秋果！」岳櫻撲過去。

劉秋果低低地說了聲：「你來了！」就伸開胳臂讓岳櫻給他圍上圍巾和穿上棉大衣。

「走吧！」岳櫻心疼地拉住他的袖子，走了出去。

在寒冷的風裡，岳櫻緊緊地偎着劉秋果，一聲不響地走着，靜靜地聽着他們那合拍的腳步聲。

「我現在才知道，鬥爭並不是我入黨時所想像的那麼浪漫！」劉秋果聲音低沉地說。

岳櫻只是更靠緊他，像是要把她的熱，輸送到他的身體裡。

「不如做助教，或是當研究生了，那時候想得太美妙，太不現實了！」

「你……」岳櫻抓住他那冰冷僵硬的手指。

「不，只是有這麼一股逆流在流動，要把它壓回去，壓回去，鬥爭並不是那麼浪漫！」

## 四

十天後，劉秋果跟高金海接到縣委會的電話，要他倆第二天到縣裡來，高金海同時還接到一張傳票，法院要他明天出庭，審理楊紅桃提出的離婚案。

這天下午，高金海忽然不見了，他神不知鬼不覺地回到百丈溪村，偷偷地蹲在楊紅桃院後的河岸下面，一會兒，那群鴨子搖搖擺擺地來了，他嘴裡低低地叫着，等鴨群下了河，他非常巧妙地抓住兩隻最肥的，鴨子連叫都沒叫出一聲，就被他裝在自行車袋裡，又在河邊用兩張一角錢的新票，騙買了一個光屁股小男孩的三隻野鴨，於是他跨上車，過了河，順着公路奔縣城去。

高金海進了城，已經是萬家燈火了。他到食品公司買了兩瓶杏花村汾酒，馬不停蹄，就急忙到城東南角的副縣長張震武家去。

這是一個顯得很荒涼的大院子。因為張震武有七個挨肩的兒子，這七個寶貝兒子一個比一個矮半頭，一個比一個更頑皮搗蛋，在集體宿舍裡，他們常常打碎玻璃，隨地大小便，或是擰開自來水龍頭，鬧得水流成河，所以不得不在外面租了一所房子，把他們攆了出去。

高金海在門口下了車，掏出手帕擦了擦前額上的汗，喘了口氣，便用大拇指去按電鈴。

「誰呀？」一個粗啞的聲音問道。

「見張縣長的。」

門栓嘩啦一響，大門張開了，一個挽着袖子，雙手濕漉漉的，肥胖的保姆站在門口。

「你是幹什麼的？」這個胖保姆的口氣非常盛氣凌人。

「見張縣長！」高金海的態度也相當傲慢。

「張縣長晚上不會客！」這位胖保姆顯然是要給高金海一個下馬威。

「告訴你，張縣長誰都不見，也得見我！」高金海指着自己的鼻子賣字號。

這時，院裡正房的竹簾啪嗒一聲響，一個大喇叭嗓子吆喝道：「馬嫂，跟誰吵吵鬧鬧的哪？」

「是我，是金海！」高金海連忙搶着回答。

「啊呀呀！哪一股香風把你吹來了，好久不見，看不起我這個老上司啦！有兩個月沒登我的門檻啦！」

隨着這大喇叭似的聲音之後，一個又高又大，挺着突出的大肚子的胖子，拖着一雙木屐走出來，高金海急忙閃過馬嫂，奔上前去，「啪！」兩個狠狠地握住了手，馬嫂嚇得趕緊溜到廂房去了。

他倆走進屋裡去，張震武一眼看見高金海手中提着的鴨子和酒瓶，哈哈大笑：「好小子，你來行賄啦！」

「看你說的，」高金海的臉一下子漲紅了，「我是順便帶點野味來看你，今晚又要住在你這裡，吃飯給飯錢，住店給店錢！」

「馬嫂！」張震武興奮地高聲叫道，「先別洗衣服了，把這幾隻鴨子下竈！」

裡屋「哇！」地一聲，剛剛餵奶睡熟的小兒子被驚醒了。

「你把聲音放輕點！」他老婆抱怨道。

「我早就想吃野鴨子，想得做夢都吧唧嘴！」張震武壓低嗓門，得意地搖搖頭。

「你已經吃過了，兩大碗飯呢！」他老婆在屋裡提醒他。

「這沒關係，要發揮肚皮的積極性麼，哈哈哈哈！」張震武笑着咳嗽着，那肚皮都抖動起來。

屋裡的小兒子又被嚇醒了，他老婆無可奈何地嘆了口氣，哼着催眠曲，哄孩子入睡。

三杯熱酒下肚，張震武脱掉襯衫，只穿一件背心，亂舞着筷子，一面從嘴裡吐出碎骨頭，一面打開了話匣子。

「不用想逃避責任，毫無疑問的，你犯了個嚴重的錯誤！」張震武猛地站起身，在屋裡踱起來。

「我……」高金海不滿地扔下筷子。

「別跟我狡辯！」張震武瞪着眼睛威脅道，「你必須正視錯誤，接受教訓！」説着，他又坐下來，連着吃了幾塊鴨肉，灌了兩盅酒，然後舒舒服服地長出了一口氣。

「我該怎麼辦呢？」高金海有些驚慌。

「虛心接受批評，深刻檢討錯誤！」張震武打開抽屜櫃，拿出兩份打字的材料，「這裡一份是劉秋果的報告，一份是你的報告。你看人家這個大學畢業生，寫得文詞流利，口氣委婉，有事實，有分析，有批判，有檢討，小葱拌豆腐，一清二白！你再看看你的，胡扯一氣，態度蠻橫，説什麼劉秋果跟你老婆睡過覺，你簡直是自己把自己塗抹成一個小丑，打官司靠狀紙，你是非輸不可。」

「其他的縣委委員有什麼意見，你知道不知道？」高金海嚇得亂了手腳。

「周書記到省城去了，省委大概是批准了他的請求，讓他要筆桿子去寫長篇小説，他不在倒是你的幸運，周書記是大學生出身，對知識分子從來都是偏向的。」張震武説到這裡，突然把聲音拉長了，放慢了，「至於兩位副書記大人，雖然跟我一樣，是泥腿子出身，但是對你卻一向不大喜歡，而對劉秋果這個大學畢業生，倒是相當的寵愛，這大概是為了沾點知識分子氣，好抬高身份吧！唐縣長剛剛到任，什麼情況都不大了解，只能隨大流。別的縣委委員我沒跟他們談過，不過可以肯定，整個情況對你非常不利！」

「我怎麼辦呢？」高金海現在才感到籠罩在頭上的重重陰影。

「還是那句話：虛心接受批評，深刻檢討錯誤！」張震武點了一支煙，用一根火柴剔着牙，「你跟劉秋果都將列席會議，你必須態度謙虛，對你這份強詞奪理的報告，要加以嚴厲的自我批評，你寫了什麼聲明之類的東西沒有？」

「沒……」高金海已經明白他寫出的那個充滿謾罵、要挾言詞的聲明大為不妙，心想必須連夜重寫。

「那就寫一個吧！和和氣氣，老老實實的，我將儘量使你不受處分，只提議把你調動一下工作。調到我的身邊來搞商業，這是現代化流線型的工作。我們要學會做買賣，列寧説的！」張震武仰躺在佈滿尿漬的沙發上，噴着煙圈。

「好，寫就寫一個吧！」高金海説：「我也要預先通知你，楊紅桃對你一直懷恨在心，不知道什麼時候會反咬一口呢！」

「這個女潑皮！我處分她，完全是為了維護黨的組織紀律的尊嚴。」張震武不以為然地翹着二郎腿，冷笑道，「我真不明白，你當初為什麼接管這個剩貨！」

「我讓鬼迷了心竅！」高金海搔着頭皮，在屋裡來回踱着，但是心裡卻像吞了塊鉛，沉重得很，他踩滅了香煙頭，打了個哈欠，「天不早了，睡吧！」

張震武看了看手錶，把煙頭一扔，説道：「可不是，十二點五十了，早晨六點半還要聽政治經濟學講課，又得遲到了！」説着，他又提高嗓子叫道，「馬嫂，客房收拾好了嗎？」

「收拾好啦！」

屋裡，孩子又被驚醒，哇哇地嚎起來，他老婆又無可奈何地抱怨道：「你把聲音放低點！」

高金海到客房裡，鎖上房門，把原來的聲明書用火柴燒着了，便一支接一支地吸起煙，到後半夜，忽然文興大發，掏出筆來，伏在桌上，只聽一片沙沙磨紙聲，直寫到窗紙發白。他四肢無力地朝床上一仰，閉上了眼睛，只覺得天旋地轉，兩眼飛着金星，一陣陣心驚肉跳，想要嘔吐，他恍恍惚惚地似睡非睡，忽然被一個令人毛骨聳然的聲音驚醒，他睜眼一看，原來是張震武在房簷下大刮舌頭，手錶的時針早已經過八點了。

## 五

劉秋果整整失眠一夜，黎明時他起來，便到田野和河邊上去，那混合着泥土、樹木和野花的香味的清新空氣，刺激得他的頭腦清涼清涼的，沁人肺腑的晨風，像是一股淙淙作響的溪流，流過他的發焦的心，金色的太陽漸漸露出山頭，河邊的向日葵面向着東方。

劉秋果到達縣委會，直奔縣委第一副書記陸寒江的辦公室，他走到門外，聽見屋裡有一個婦女哭哭泣泣的聲音，他趕忙收住了腳。

「一個共產黨員，在政治上鬆了勁，黨性在他身上漸漸消失，那他就成了一個活着的死人！」陸寒江的聲音很嚴厲，但是也微微流露出一點感傷的味道，「你跟你死去的丈夫，都缺少理智，腦袋一發熱，做出追悔不及的事來，他違反黨的鬥爭策略，結果丟了命，你在婚姻上，受了騙。」

那女人哭得更痛心了，她哽哽咽咽地說：「你現在罵我也晚了！……」

「是晚了，我後悔當初沒有狠狠罵你一頓！」陸寒江的聲音非常低沉，「我聽到你嫁給高金海，難過了很長一段日子，那時候我還沒有愛人，而現在已經做了父親。離開高金海吧！不過，儘管離了婚，如果你不讓過去那勇敢、大膽、粗獷、潑辣的楊紅桃復活，仍然是醉生夢死！」

「我聽你的話，除了你肯這樣罵我，天下還有誰呢？」那女人抽抽搭搭地說。

劉秋果忽然想起楊紅桃跟他說過的故事，趕忙扭轉身，他剛拐過甬路的松牆，迎面，年輕的縣委第二副書記俞山松，手裡拿着一捲報紙走來了。

「老兄，這下子可要三堂會審你了！」俞山松沒等劉秋果打招呼，就笑着跑過來。

「你好！」劉秋果伸過手去，臉很紅地說道。

「走，到老陸屋去！」俞山松親熱地扯着劉秋果的胳臂。

楊紅桃正在洗臉，陸寒江皺着眉頭吸煙，見他們進來，臉忽然一紅。

「楊大姐，你來了！」俞山松笑道。

楊紅桃連忙回過頭，那兩隻眼可真像熟爛的紅桃子，她悽苦地一笑：「俞書記，你好。」

「本來想請你列席會議，可惜你還要去打官司，不然會更徹底地揭穿高金海的本相！」俞山松說。

楊紅桃把手巾擰開搭在繩上，慌慌張張地說道：「俞書記，劉書記，老陸……陸書記，我得到法院去了。」

陸寒江也跟了出去，到甬路松牆外，他低聲對楊紅桃說：「從法院回來到我家去吧，看看我的孩子，還有我愛人。」

楊紅桃扭過臉去，咬住嘴唇，含混地說了一聲：「我去……」就快步走了。

陸寒江陰鬱地回到屋裡，俞山松劈頭把一張報紙扔給他：「看看高金海厚顏無恥的自我吹噓吧！」

陸寒江慢騰騰地把報紙展開了，從頭到尾細細地看了一遍，他抬起頭，問劉秋果道：「他這篇通訊所報道的情況和數字，你們區委會審查核對過沒有？」

「沒有！」劉秋果痛苦地說：「高金海做事向來不告訴我，我對他也一向和平共處，在給縣委的報告裡，我已經提出請求處分。」

「處分完了怎麼辦呢？」俞山松的嘴角掠過一抹嘲諷的笑影，「去當助教，去做研究生。」

「這……」劉秋果一驚：「你怎麼知道我想過？」

「因為千層籬笆也得透風！」俞山松的眼光逼視着他。

「想過……」劉秋果低下頭，「不過自己已經把它否定了。」

下午五點鐘，楊紅桃挺着胸脯第一個從法院裡走出來，跟着，臉色蠟黃的高金海也走出法院門口。他從口袋裡摸出一支煙，羅鍋着腰點着了，忽然看見楊紅桃的後影閃進了一家食品店裡，便跟蹤過去。只見楊紅桃買了一盒點心，又走進百貨公司，買了一個洋娃娃。這更引起高金海的獵奇心，他一直隔着幾步距離，尾隨着楊紅桃身後，直到看見楊紅桃走進陸寒江家門口，他才咬着牙，啐口吐沫，轉回身。

高金海回到張震武家聽候消息，六點鐘，張震武搖擺着一身肥肉，怒氣沖沖地回來了。

「怎麼樣？」高金海走出來，低聲問道。

「給你個嚴重警告！」張震武臉上像蒙了一層灰。

「到底還是給了處分！」高金海沉下臉，不高興地嘟噥道。

「都是俞山松鬧的！」張震武氣惱地叫道，「他姓俞的有什麼了不起？小白臉，憑着兩片子嘴，看了幾本什麼辯證論唯物法的書，就連升三級。我要向黨中央打報告。我當過了運河的區委書記，他才接我的後任，提拔幹部重才不重資，這會傷老革命者的心！」

「我的工作呢？」高金海膽怯地問道。

「根據我的提議，派你去做縣供銷社的第二副主任！」張震武不耐煩地解開衣服，「馬嫂，打洗臉水來！」

高金海感到很沒意思，無聊地坐了一會兒，抓起帽子，說道：「我走了！」

「再住一天吧！」張震武的腦袋塗滿肥皂沫，大喊道。

但是高金海已經把車推出門檻了。

楊紅桃走進陸寒江家的院裡，一個老太太正在做飯，楊紅桃説明來意，被讓進屋裡。

「您是寒江的母親嗎？」楊紅桃問道。

「對。您……」老太太疑惑地望着這個陌生的女人。

「我跟寒江十幾年前就認識，我死去的男人是寒江的老戰友。」

楊紅桃的眼睛投在白牆的一幅照片上，老太太端坐在中央，懷抱着一個胖胖的男孩，背後站着陸寒江和一個二十六七歲的女人，那女人剪髮，重眉毛，大眼睛，雙眼皮，上身穿的是掐腰的花棉襖，下身是一條藍呢制服褲，顯得那麼文靜，和藹可親。

「您的兒媳婦在哪兒工作？」楊紅桃問道。

「在小學裡當校長。」

「多好的人品哪！」楊紅桃想知道老太太對兒媳的評價，故意引老太太説話。

「人品好，心眼更好，」老太太笑着眯着眼，「我不是娶來個兒媳婦，是接來個親閨女，我們寒江過去一直不想結婚，聽説還是我那兒媳婦主動性強呢！」

「啊！」楊紅桃的心疼起來，她急忙站起身，「大娘，牆上那張照片有小尺寸的嗎？」

「有，還有一張四寸的。」

「把它給了我吧！」楊紅桃説，「我給孩子買了一盒點心跟一個洋娃娃，您別笑話。我得走了！」

「你再稍稍等一等吧，六點鐘寒江就會回來，孩子就由他媽順路從託兒所帶回來。」老太太説。

「不啦！」

楊紅桃把那張照片揣在懷裡，跑了出去，一股熱辣辣的眼淚模糊了眼睛，她什麼也聽不清，什麼也看不見，像是奔跑在迷霧裡，她到汽車站，正趕上最後的一班車。

車到百丈溪村站，已經黃昏了，楊紅桃下了車，金紅色的晚霞濃重地塗染着西山的樹林，她走到河邊，感到很累，於是她在河邊的一塊飲馬石上坐下來，彎下腰去，手捧着喝了幾口河水。

對岸有兩個人，靠得緊緊的，沿着河邊的小道，慢慢地走着，晚霞給田野、樹林和河面鍍上了一層赤金色，田野顯得更廣闊，樹林顯得更高大，河流的聲音更喧響。從背景，楊紅桃看出是劉秋果和岳櫻，這一定是岳櫻到車站接劉秋果，於是無限悵惘湧上心頭，她閉上了眼睛。

「怎麼，想接我回去再睡一回嗎？」一個惡毒的聲音在耳邊響起。

楊紅桃打了個冷戰，霍地跳了起來，劉秋果和岳櫻的影子已經不見了，面前站着的是高金海。

「不要臉！」楊紅桃氣得發喘，許久才從胸膛迸出這句話。

「為了你這個臭娘兒們，我送掉了一半前程，我一輩子也忘不了你！」高金海惡狠狠地說。

「我也不會忘記你這個惡魔！」楊紅桃握緊兩隻拳頭，像是在荒原上抗擊猛撲上來的餓狼似的，「我會看得見你的下場的！」

高金海像躲閃熊熊燒起的野火似的，向後倒退了一步，跌了一屁股泥，爬起來，狼狽地騎上車，奔青流村渡口去了。

楊紅桃高傲地站在飲馬石上，彩色斑斕的晚霞籠罩着她，在她的腳下，是終點，也是開端。

1956 年金色的 10 月

（原載《新港》1957 年第 3 期）

## 宗璞

宗璞（1928— ），祖籍河南唐河，生於北平。女，作家。原名馮鍾璞，筆名宗璞。著有小說集《三生石》、《風廬故事》，長篇小說《南渡記》、《東藏記》，散文集《鐵簫人語》、《三松堂漫記》、《風廬綴墨》、《宗璞散文選集》，童話集《風廬童話》等。另有四卷本《宗璞文集》出版。

# 紅豆

天氣陰沉沉的，雪花成團地飛舞着。本來是荒涼的冬天的世界，鋪滿了潔白柔軟的雪，彷彿顯得豐富了，溫暖了。江玫手裡提着一隻小箱子，在X大學的校園中一條彎曲的小道上走着。路旁的假山，還在老地方。紫藤蘿架也還是若隱若現的躲在假山背後。還有那被同學戲稱為阿木林的楓樹林子，這時每株樹上都積滿了白雪，真是「忽如一夜春風來，千樹萬樹梨花開」了。雪花迎面撲來，江玫覺得又清爽又輕快。她想起六年以前，自己走着這條路，離開學校，走上革命的工作崗位時的情景，她那薄薄的嘴唇邊，浮出一個微笑。腳下不覺愈走愈快，那以前住過四年的西樓，也愈走愈近了。

江玫走進了西樓的大門，放下了手中的箱子，把頭上紫紅色的圍巾解下來，抖着上面的雪花。樓裡一點聲音也沒有，靜悄悄的，江玫知道這樓已做了單身女教職員宿舍，比從前是學生宿舍時，自然不同。只見那間門房，從前是工友老趙住的地方，門前掛着一個牌子，寫着「傳達室」三個字。

「有人麼？」江玫環顧着這熟悉的建築，還是那寬大的樓梯，還是那陰暗的通道，吊着一盞大燈。只是牆邊佈告牌上貼着「今晚團員大會」的佈告，又是工會基層選舉的通知，用紅紙寫着，顯得喜氣洋洋的。

「誰呀？」一個蒼老的聲音從傳達室裡發出來。傳達室門開了，一個穿着幹部服的整潔的老頭兒，站在門口。

「老趙！」江玫叫了一聲，又高興又驚奇，跑過去一把拖住了他。「你還在這兒！」

「是江玫？」老趙幾乎不相信自己昏花的老眼，揉了揉眼睛，仔細看着江玫。「是江玫！打前兒個總務處就通知我，說黨委會新來了個幹部，叫給預備一間房，還說這幹部還是咱們學校的學生呢，我可再也沒想到是你！你離開學校六年啦，可一點沒變樣，真怪，現時的年輕人，怎麼再也長不老哇！走！領你上你屋裡去，可真湊巧，那就是你當學生時住的那間房！」

老趙絮絮叨叨領着江玫上樓。江玫撫着樓梯欄杆，好像又接觸到了六年以前的大學生生活。

這間房間還是老樣子，只是少了一張床，多了些別的傢具。窗外可以看到阿木林，還有阿木林後面的小湖，在那裡，夏天時，是要長滿荷花的。江玫四面看着，眼光落到牆上嵌着的一個耶穌受難像上。那十字架的顏色，顯然深了許多。

好像是有一個看不見的拳頭，重重地打了江玫一下。江玫覺得一陣頭昏，問老趙：「這個東西怎麼還在這兒？」

「本來說要取下來，破除迷信，好些房間都取下來了。後來又說是藝術品讓留着，有幾間屋子就留下了。」

「為什麼要留下？為什麼要留下這一間的？」江玫怔怔地看着那十字架，一歪身坐在還沒有鋪好的床上。

「那也是湊巧唄！」老趙把桌上的一塊破抹布撿在手裡。「這屋子我都給收拾好啦，你歸置歸置，休息休息。我給你張羅點開水去。」

老趙走了。江玫站起身來，伸手想去摸那十字架，卻又像怕觸到使人疼痛的傷口似的，伸出手又縮回手，怔了一會兒，後來才用力一掀耶穌的右手，那十字架好像一扇門一樣打開了。牆上露出一個小洞。江玫踮着腳尖往裡看，原來被冷風吹得緋紅的臉色刷地一下變得慘白。她低聲自語：「還在！」遂用兩個手指，箝出了一個小小的有象牙托子的黑絲絨盒子。

江玫坐在床邊，用發顫的手揭開了盒蓋。盒中露出來血點兒似的兩粒紅豆，鑲在一個銀絲編成的指環上，沒有耀眼的光芒，但是色澤十分勻靜而且鮮亮。時間沒有給它們留下一點痕迹。

江玫知道這裡面有多少歡樂和悲哀。她拿起這兩粒紅豆，往事像一層煙霧從心上升了起來——

那已經是八年以前的事了。那時江玫剛二十歲，上大學二年級。那正是一九四八年，那動盪的翻天覆地的一年，那激動、興奮，流了不少眼淚，決定了人生的道路的一年。

在這一年以前，江玫的生活像是山巖間平靜的小溪流，一年到頭潺潺地流着，很少波浪。她生長於小康之家，父親做過大學教授，後來做了幾年官。在江玫五歲時，有一天，他到辦公室去，就再沒有回來過。江玫只記得自己被送到舅母家去住了一個月，回家時，看見母親如畫的臉龐消瘦了，眼睛顯得驚人的大，看去至少老了十年。據說父親是患了急性腸炎去世了。以後，江玫上了小學上中學，上了中學上大學。日寇入侵的那段水深火熱的日子，江玫也在母親的盡力遮蔽下較平靜地度過。在中學時，有一些密友常常整夜嘰嘰喳喳地談着知心話。上大學後，因為大家都是上課來，下課走，不參加什麼活動的人簡直連同班同學也不認識，只認識自己的同屋。江玫白天上課彈琴，晚上坐圖書館看參考書，禮拜六就回家。母親從擺着夾竹桃的台階上走下來迎接她，生活就像那粉紅色的夾竹桃一樣與世隔絕。

一九四八年春天，新年剛過去，新的學期開始了。那也是這樣一個下雪天，濃密的雪花安安靜靜地下着。江玫從練琴室裡走出來，哼着剛彈過的調子。那雪花使她感到非常新鮮，她那年輕的心充滿了歡樂。她走在兩排粉裝玉琢的短松牆之間，簡直想去彈動那雪白的樹枝，讓整個世界都跳起舞來。她伸出了右手，自己馬上覺得不好意思，連忙縮了回來，掠了掠鬢髮，按了按母親從箱子底下找出來的一個舊式髮夾。髮夾是黑白兩色發亮的小珠串成的，還托着兩粒紅豆，她的新同屋蕭素說好看，硬給她戴在頭上的。

在這寂靜的道路上，一個青年人正急速地向練琴室走來。他身材修長，穿着灰綢長袍，罩着藍布長衫，半低着頭，眼睛看着自己前面三尺的地方，世界對於他，彷彿並不存在。也許是江玟身上活潑的氣氛，臉上鮮亮的顏色攪亂了他，他抬起頭來看了她一眼。江玟看見他有着一張清秀的象牙色的臉，輪廓分明，長長的眼睛，有一種迷惘的做夢的神氣。江玟想，這人雖然抬起頭來，但是一定沒有看見我。不知為什麼，這個念頭，使她覺得很遺憾。

晚上，江玟躺在床上，久久不能入睡。許多片斷在她腦中閃過。她想着母親，那和她相依為命的老母親，這一生歡樂是多麼少。好像有什麼隱秘的悲哀在過早地染白她那一頭豐盛的頭髮。她非常嫌惡那些做官的和有錢的人，江玟也從她那裡承襲了一種清高的氣息。那與世隔絕的清高，江玟想想，忽然好笑了起來。

江玟自己知道，覺得那種清高好笑是因為想到蕭素的緣故。蕭素是江玟這一學期的新同屋。同屋不久，可是兩人已經成為很要好的朋友。蕭素說江玟像是從另一個世界來的，清高這個詞兒也是蕭素說的，她還說：「當然，這也有好處也有不好處。」這些，江玟並不完全了解。只不知為什麼，亂七八糟的一些片斷都在腦海中浮現出來。

這屋子多麼空！蕭素還不回來。江玟很想看見她那白中透紅的胖胖的面孔，她總是給人安慰、知識和力量。學物理的人總是聰明的，而且她已經四年級了，江玟想。但是在蕭素身上，好像還不只是學物理和上到大學四年級，她還有着更豐富的東西，江玟還想不出是什麼。

正亂想着，蕭素推門進來了。

「哦！小鳥兒！還沒有睡！」小鳥兒是蕭素給江玟起的綽號。

「睡不着。真希望你快點回來。」

「為什麼睡不着？」蕭素帶回來一個大蘿蔔，切了一片給江玟。

「等着吃蘿蔔，——還等着你給講點什麼。」江玟望着蕭素坦白率真的臉，又想起了母親。上禮拜她帶蕭素回家去，母親真喜歡蕭素，要江玟多聽蕭姐姐的話。

「我會講什麼？你是幼稚園？要聽故事？吶，給你本小書看看。」江玫接過那本小書，書面上寫着《方生未死之間》。

兩人靜靜地讀起書來了。這本書很快就把江玫帶進了一個新的天地。它描寫着中國人民受的苦難，在血和淚中，大家在為一種新的生活——真正的豐衣足食，真正的自由——奮鬥，這種生活，是大家所需要的。

「大家？——」江玫把書抱在胸前，沉思起來。江玫的二十年的日子，可以説全是在那粉紅色的夾竹桃後面度過的。但她和母親一樣，憎惡權勢，憎惡金錢。母親有時會流着淚説：「大家都該過好日子，誰也不該屈死。」母親的「大家」在這本小書裡具體化了。是的，要為了大家。

「蕭素，」江玫靠在枕上説，「我這簡單的人，有時也曾想過人活着是為了什麼，但想不通。你和你的書使我明白了一些道理。」

「你還會明白得更多。」蕭素熱切地望着她。「你真善良——你讓我忘記剛才的一場氣了，剛剛我為我們班上的齊虹真發火——」

「齊虹？他是誰？」

「就是那個常去彈琴，老像在做夢似的那個齊虹，真是自私自利的人，什麼都不能讓他關心。」

蕭素又拿起書來看了。

江玫也拿起書來，但她覺得那清秀的象牙色的臉，不時在她眼前晃動。

雪不再下了。堅硬的冰已經逐漸變軟。江玫身上的黑皮大衣換成了灰呢子的，配上她習慣用的紅色的圍巾，洋溢着春天的氣息。她跟着蕭素，生活漸漸忙起來。她參加了「大家唱」歌詠團和「新詩社」。她多麼喜歡那「你來我來他來她來大家一齊來唱歌」的熱情的聲音。她因為《黃河大合唱》剛開始時萬馬奔騰的鼓聲興奮得透不過氣來。她讀着艾青、田間的詩，自己也悄悄寫着什麼「飛翔，飛翔，飛向自由的地方」的句子。「小鳥」成了大家對她的愛稱。她和蕭素也更接近，每天早上一醒來，先要叫一聲「素姐」。

她還是天天去彈琴，天天碰見齊虹，可是從沒有說過話。本來總在那短松夾道的路上碰見他。後來常在樓梯上碰見他，後來江玫彈完了琴出來時，總看見他站在樓梯欄杆旁，彷彿站了很久了似的，臉上的神氣總是那樣漠然。

有一天天氣暖洋洋的，微風吹來，絲毫不覺得冷，確實是春天來了。江玫在練琴室裡練習貝多芬的《月光曲》，總彈也彈不會，老要出錯，心裡煩躁起來，沒到時間就不彈了。她走出琴室，一眼就看見齊虹站在那裡。他的神色非常柔和，劈頭就問：

「怎麼不彈了？」

「彈不會。」江玫多少帶了幾分詫異。

「你大概太注意手指的動作了。不要多想它，只記着調子，自然會彈出來。」

他在鋼琴旁邊坐下了，冰冷的琴鍵在他的彈奏下發出了那樣柔軟熱情的聲音。換上別的人，臉上一定會帶上一種迷醉的表情，可是齊虹神采飛揚，目光清澈，彷彿現實這時才在他眼前打開似的。

「這是怎麼樣的人？」江玫問着自己，「學物理，彈一手好鋼琴，那神色多麼奇怪。」

齊虹停住了，站起來，看着倚在琴邊的江玫，微微一笑。

「你沒有聽？」

「不，我聽了。」江玫分辯道，「我在想——」想什麼，她自己也不知道。

「我送你回去，好嗎？」

「你不練琴？」

「不想練。你看天氣多麼好！」

就這樣，他們開始了第一次的散步，就這樣，他們散步，散步，看到迎春花染黃了柔軟的嫩枝，看到亭亭的荷葉鋪滿了池塘。他們曾迷失在荷花清遠的微香裡，也曾迷失在桂花濃郁的甜香裡，然後又是雪花飛舞的冬天。哦！那雪花，那陰暗的下雪天！

齊虹送她回去，一路上談着音樂，齊虹說：「我真喜歡貝多芬，他真偉大，豐富，又那樣樸實。每一個音符上都充滿了詩意。」

江玫懂得他的「詩意」含有一種廣義的意思。她的眼睛很快地表露了她這種懂得。

齊虹接着說：「你也是喜歡貝多芬的。不是嗎？據說蕭邦最不喜歡貝多芬，簡直不能容忍他的音樂。」

「可我也喜歡蕭邦。」江玫說。

「我也喜歡。那甜蜜的憂愁——人和人之間是有很多相同的也有很多不同的東西——」那漠然的表情又來到他的臉上，「物理和音樂能把我帶到一個真正的世界去，科學的、美的世界，不像咱們活着的這個世界，這樣空虛，這樣紊亂，這樣醜惡！」

他送她到西樓，冷淡地點了點頭就離開了，根本沒有問她的姓名。江玫又一次感到有些遺憾。晚上，江玫從圖書館裡出來，在月光中走回宿舍。身後有一個聲音輕輕喚她：「江玫！」

「哦！是齊虹。」她回頭看見那修長的身影。

「你怎麼知道我的名字？」齊虹問。月光照出他臉上熱切的神氣。

「你怎麼知道我的名字？」江玫反問。她覺得自己好像認識齊虹很久了，齊虹的問題可以不必回答。

「我生來就知道。」齊虹輕輕地說。

兩人都不再說話。月光把他們的影子投在地上。

以後，江玫出來時，只要是一個人，就總會聽到溫柔的一聲「江玫」。他們愈來愈熟。不知從什麼時候起，從圖書館到西樓的路就無限度地延長了。走啊，走啊，總是走不到宿舍。江玫並不追究路為什麼這樣長，她甚至希望路更長一些，好讓她和齊虹無止境地談着貝多芬和蕭邦，談着蘇東坡和李商隱，談着濟慈和勃朗寧。他們都很喜歡蘇東坡的那首《江城子》：「十年生死兩茫茫，不思量，自難忘。千里孤墳，無處話淒涼。」他們幻想着十年的時間會在他們身上留下怎樣的痕迹。他們談時間，空間，也談論人生的道理——

齊虹說：「人活着就是為了自由。自由，這兩個字實在好極了。自就是自己，自由就是什麼都由自己，自己愛做什麼就做什麼。這解釋好嗎？」

他的語氣有些像開玩笑，其實他是認真的。

「可是我在書裡看見，認識必然才是自由。」江玫那幾天正在看《大眾哲學》。「人也不能只為自己，一個人怎麼活？」

「呀！」齊虹笑道，「我倒忘了，你的同屋就是蕭素。」

「我們非常要好。」

因為看到路旁的榆葉梅，齊虹說用「熱鬧」兩字形容這種花最好。江玫很讚賞這兩個字，就把自由問題擱下了。江玫隱約覺得，在某些方面，她和齊虹的看法永遠也不會一致。可是她並沒有去多想這個，她只喜歡和他在一起，遏止不住地願和他在一起。

一個禮拜天，江玫第一次沒有回家。她和齊虹商量好去頤和園。春天的頤和園真是花團錦簇，充滿了生命的氣息。來往的人都脱去了臃腫的冬裝，顯得那樣輕盈可愛。江玫和齊虹沿着昆明湖畔向南走去，那邊簡直沒有什麼人，只有和暖的春風和他們作伴。綠得發亮的垂柳直向他們擺手。他們一路讚嘆着春天，讚嘆着生命，走到玉帶橋旁邊。

「這水多麼清澈，多麼豐滿啊。」江玫滿心歡喜地向橋洞下面跑去。她笑着想要摸一摸那湖水。齊虹幾步就追上了她，正好在最低的一層石階上把她抱住。

「你呀！你再走一步就掉到水裡去了！」齊虹掠着她額前的短髮，「我救了你的命，知道麼？小姑娘，你是我的。」

「我是你的。」江玫覺得世界上什麼都不存在了。她靠在齊虹胸前，覺得這樣撼人的幸福滲透了他們。在她靈魂深處洶湧起伏着潮水似的柔情，把她和齊虹一起融化。

齊虹抬起了她的臉：「你哭了？」

「是的。我不知為什麼，為什麼這樣激動——」

齊虹也激動地望着她，在清澈的豐滿的春天的水面上，映出了一雙倒影。

齊虹喃喃地說：「我第一次看見你，就是那個下雪天，你記得麼？我看見了你，當時就下了決心，一定要永遠和你在一起，就像你頭上的那兩粒紅豆，永遠在一起，就像你那長長的雙眉和你那雙會笑的眼睛，永遠在一起。」

「我還以為你沒有看見我——」

「誰能不看見你！你像太陽一樣發着光，誰能不看見你！」齊虹的語氣是這樣熱烈，他的臉上真的散發出溫暖的光輝。

他們循着沒有人迹的長堤走去，因為沒有別人而感到自由和高興。江玫抬起她那雙會笑的眼睛，悄聲說：「齊虹，咱們最好去住在一個沒有人的島上，四面是茫茫的大海，只有你是唯一的人——」

齊虹快樂地喊了一聲，用手圍住她的腰。「那我真願意！我恨人類！只除了你！」

對於江玫來說，正是由於深切的愛，才想到這樣的念頭，她不懂齊虹為什麼要聯想到恨，未免有些詫異地望着他。她在齊虹光亮的眼睛裡感到了熱情，但在熱情後面卻有一些冰冷的東西，使她發抖。

齊虹注意到她的神色，改了話題：

「冷嗎？我的小姑娘？」

「我只是奇怪，你怎麼能恨——」

「你甜蜜的愛，就是珍寶，我不屑把處境和帝王對調。」齊虹順口唸着莎士比亞的兩句詩，他確是真心的。可是江玫聽來，覺得他對那兩句詩的情感，更多於對她自己。她並沒有多計較，只說是真有些冷，柔順地在他手臂中，靠得更緊一些。

江玫的溫柔的衰弱的母親不大喜歡齊虹。江玫問她：「他怎麼不好？他哪裡不好？」母親憂愁地微笑着，說他是聰明極了，也稱得起漂亮，但作為一個人，他似乎少些什麼，究竟少些什麼，母親也說不出。在江玫充滿愛情的心靈裡，本來有着一個奇怪的空隙，這是任何在戀愛中的女孩子所不會感到的。而在江玫，這空隙是那樣尖銳，那樣明顯，使她在夜裡痛苦得不能入睡。她想馬上看見他，聽他不斷地訴說他的愛情。但那空隙，是無論怎樣的訴說也填不滿的罷。母親的話更增加了江玫心上的陰影，更何況還有蕭素。

紅五月裡，真是熱鬧非凡。每天晚上都有晚會。五月五日，是詩歌朗誦會。最後一個朗誦節目是艾青的《火把》。江玫擔任其中的唐尼。她本來是再也不肯去朗誦詩的，她正好是屬於一聽朗誦詩就渾身起雞皮疙瘩的那種人。蕭素只問了她兩句話：「喜歡這首詩不？」「喜歡。」「願意多有一些人知道它不？」「願意。」「那好了。你去唸罷。」江玫拂不過她，最後還是站到台上來了。她聽到自己清越的聲音飄在黑壓壓的人群上，又落在他們心裡。她覺得自己就是舉着火把遊行的唐尼，感覺到一種完全新的東西、陌生的東西。而蕭素正像是指導着唐尼的李茵。她愈唸愈激動，臉上泛着紅暈。她覺得自己在和上千的人共同呼吸，自己的情感和上千的人一同起落。「黑夜從這裡逃遁了，哭泣在遙遠的荒原。」那雄壯的齊誦好像是一種無窮的力量，推着她，使她想要奔跑，奔跑……

回到房間裡，她對蕭素說：「我今天忽然懂得了大夥兒在一起的意思，那就是大家有一樣的認識，一樣的希望，愛同樣的東西，也恨同樣的東西。」

蕭素直看着她，問道：「你和齊虹有一樣的認識，一樣的期望麼？」

江玫很怪肖素這時提到齊虹，打斷了她那些體會，她那雙會笑的眼睛嚴肅起來：「我真不知道怎樣告訴你，我和齊虹，照我看，有很多地方，是永遠也不會一致的。」

蕭素也嚴肅地說：「本來是不會一致。小鳥兒，你是一個好女孩子，雖然天地窄小，卻純潔善良。齊虹憎恨人，他認為無論什麼人彼此都是互相利用。他有的是瘋狂的佔有的愛，事實上他愛的還是自己。我和他已經同學四年——」

「你怎麼能這樣說他！我愛他！我告訴你我愛他！」江玫早忘了她和齊虹之間的分歧，覺得有一團火在胸中燒，她斬釘截鐵地說，砰的一聲關上房門，到走廊裡去了。

「回來！回來。」第一聲是嚴厲的，第二聲是溫柔的。蕭素打開房門，看見她站在走廊裡，眼睛像星星般亮。

「你這禮拜天回家嗎？有點事要你做。」

江玫是從不拒絕蕭素的任何要求的。她隱約覺得蕭素正在為一個偉大的事業做着工作，蕭素的生活是和千百萬人聯繫在一起的，非常熾熱，似乎連石頭也能溫暖。她望着蕭素，慢慢走了回來。

「什麼事？交給我辦好了。」

「你不回家麼？」

「原來想回去看看。聽說麵粉已經漲到三百萬一袋了。前幾天《大公報》登了幾首小詩，有一點稿費，想去送給母親。」江玫一下子覺得疲倦得要命，坐在椅子上。

蕭素本來想說「不食人間煙火的江玫也知道關心物價了」，又一想，就沒有說。只說：

「這裡有幾篇壁報稿子，禮拜一要出，你來把它們修改一遍，文字上弄通順些，抄寫清楚。我明天進城，可以把錢送給伯母。」她把稿子遞給江玫，關心地看着她，說：「過兩天，咱們還要好好談一談。」

禮拜天，江玫吃過早飯就坐在桌旁看那些稿子。為什麼這些短短的、文字並不怎麼通順的文章這樣有説服力？要民主反飢餓，像鐘聲一樣在江玫耳邊敲着。參加新詩朗誦會的興奮心情又升起來了。《火把》中的唐尼的形象彷彿正站在窗簾上。

有人敲門。

「江玫！」是齊虹的聲音。

江玫轉過頭去，正是齊虹站在門口，一臉溫柔的笑意，在看着江玫。

「哦！你來了！」

「昨天晚上到你家裡去了，伯母説你沒有回來。我連家也沒有回，就回學校來了。」他走上來握住江玫的手。一提起齊虹的家，江玫眼前就浮現出富麗堂皇的大廳，老銀行家在數着銀元，叮叮噹噹響，這和江玫手上的那些文章很不調和。甚至齊虹，這溫文爾雅的齊虹，也和它們很不調和，但江玫看見他，還是很高興的。

「在幹什麼？要出壁報麼？聽説你還朗誦詩？你怎麼？也參加民主運動了？我的女詩人！」

江玫不太喜歡他那説話的語氣，頷首要他坐下。

「我是來找你出去玩的。你看天氣多麼好！轉眼就是夏天了。我來接你到『絕域』去做春季大掃除。」

「絕域」是他們兩個都喜歡的一個童話「潘波得」中的神仙領域。他們的愛情就建築在這些並不存在的童話、終究要萎謝的花朵、要散的雲、會缺的月上面。

「今天不行呀，齊虹。」江玫抱歉地説。抽回了自己的手，理了理放在桌上的稿子。「蕭素要我——」

「蕭素！又是蕭素！你怎麼這麼聽她的話！」齊虹不耐煩地説。

「她的話對麼！」

「可是你知道我多麼想和你在一起，去聽那新生的小蟬的叫喚，去看那新長出來的小小的荷葉——我想要怎樣，就要做到！」齊虹臉上溫柔的笑意不見了，好像江玫是他的一本書，或者一件儀器。

江玫驚詫地望着他。

「也許，你還會去參加遊行罷！你真傻透了！就知道一個蕭素！」忿怒的陰雲使他的臉變得很兇惡。但他馬上又換上一副溫和的腔調，「跟我去吧，我的小姑娘。」

江玫咬着自己的嘴唇，幾乎咬出血來。

門外有人叫：「小鳥兒！江玫！快來看看這幅漫畫，合適不合適。」

江玫想要出去。齊虹卻站在桌前不放她走。江玫繞到桌子這邊，齊虹也繞了過來，照舊攔住她。江玫又急又氣，怎麼推他也推不動，不一會兒，江玫的頭髮散亂，那紅豆髮夾落在地上，馬上就被齊虹那穿着兩色鑲皮鞋的腳踩碎了，滿地散着黑白兩色的小珠。江玫覺得自己整個的靈魂正像那個髮夾一樣給壓碎了。她再沒有一點力氣，屈辱地伏在桌子上哭起來。

齊虹需要的正是這樣的哭泣。他撿起那兩粒紅豆，極其體貼地撫着她的肩：「原諒我，原諒我！我太任性，我只是說不出的要和你在一起，我需要你——」

「別哭了，別哭了，我的小姑娘。」齊虹真的着急起來，「我再也不惹你生氣了，再也不——再也不——」

江玫覺得這一切真沒意思。她很快就抬起頭來，擦乾了眼淚。她看出來壁報是編不成了，但她也下定決心不跟他出去，只呆呆地坐着，望着窗外。

「好了，好了，不要生氣。我來做個盒子把這兩粒紅豆裝起來罷。做個紀念，以後絕不會再惹你。咱們該把這兩粒紅豆藏在哪兒？」

以後，這兩粒紅豆就被裝在一個精緻的盒子裡面，放在耶穌像後面的小洞裡了。那小洞是齊虹偶然發現的。江玫睡在床上看見耶穌的像，總覺得他太累，因為他負荷着那麼多人世間的痛苦。

這一次爭吵以後，齊虹和江玫並不是再也不，而是把爭吵、哭泣，變成了他們愛情中的一部分。他們每次見面總有一陣風波，有時大有時小，但如有一天不見面，不看到聽到對方的音容笑貌，在他們卻又是受不了的事。他們的愛情正像鴉片煙一樣，使人不幸，而又斷絕不了。江玫一天天地消瘦了，蒼白了，母親望着她忍不住哭。齊虹臉上那種漠不關心的神氣消失了，換上的是提心吊膽的急躁和憂愁。因為他對人生不信任，他對愛情也不信任，他監視着愛情，監視着幸福，監視着江玫——

就在這個時候，江玫也一天天明白了許多事。她知道少數人剝削多數人的制度該被打倒。她那善良的少女的心，希望大家都過好的生活。而且物價的飛漲正影響着江玫那平靜溫暖的小天地。母親存着一些積蓄的那家銀行忽然關了門。江玫和母親一下子變成舅舅的負擔了。江玫是決不願意成為別人的負擔的。她渴望着新的生活，新的社會秩序。共產黨在她心裡，已經成為一盞導向幸福自由的燈，燈光雖還模糊，但畢竟是看得見的了。

也就在這時候，江玫的母親原有的貧血症愈來愈嚴重，醫生說必須加緊治療，每天注射肝精針，再拖下去的話，後果不堪設想。但是這一筆醫藥費用籌辦起來談何容易！舅舅已經是自顧不暇了，難道還去麻煩他？本來和齊虹一提也可以，但是江玫決不願求他。江玫只自己發愁，夜裡睡不着覺。

蕭素很快就看出來江玫有心事。一盤問，江玫就一五一十告訴了她。

「那可不能拖下去。」蕭素立刻說，她那白白的臉上的神色總是那樣果斷。「我輸血給她！小鳥兒，你看，我這樣胖！」她含笑彎起了手臂。

江玫感動地抱住了她：「不行，蕭素。你和我的血型一樣，和母親不一樣，不能輸血。」

「那怎麼辦？我們總得想辦法去籌一筆款子。」

第三天晚上，蕭素興高采烈地衝進房間。一進來就喊：「江玫！快看！」江玫吃驚地看她，她大笑着，揚起了一疊鈔票。

「素！哪裡來的？你怎麼這樣有本事？」江玫也笑了，笑得那樣放心。這種笑，是齊虹極想要聽而聽不到的。

「你別管，明天快拿去給伯母治病吧。」蕭素眨眨眼睛，故作神秘地說。

「非要知道不可！不然我不安心！」

「別說了。我要睡覺了。」蕭素笑過了，一下子顯得很是疲倦。她脫去了樸素的藍外套，只穿着短袖竹布旗袍，坐在床邊上。

江玫上下打量她，忽然看見她的臂彎裡貼着一塊橡皮膏。江玫過去拉起她的手，看看橡皮膏，又看看她的臉。

「有什麼好打量的？」蕭素微笑着抽回了手，蓋上了被。

「你——抽了血？」

蕭素滿不在乎地說：「我賣了血。不只我一個人，還有幾個夥伴。」

人常常會在一剎那間，也許只是因為一個眼神一個手勢，傷透了心，破壞了友誼。人也常常會在一剎那間，也許就因為手臂上的一點針孔，建立了死生不渝的感情。江玫這時什麼話也說不出來。她一下子跪在床邊，用兩隻手遮住了臉。

禮拜六，江玫一定要蕭素自己送錢去給母親。蕭素答應了和江玫一道回家，江玫也答應了蕭素不告訴母親錢的來源。兩人歡歡喜喜回家去了。到了家，江玫才發現母親已經病倒在床，這幾天飯都是舅母那邊送過來的。她站在衰老病弱的母親床邊，一陣心酸，眼淚奪眶而出。蕭素也拿出了手絹。但她不只是看見這一位母親躺在床上，她還看見千百萬個母親形銷骨立心神破碎地被壓倒在地下。

這一晚，兩人自己做了麵，端在母親床邊一同吃了。母親因為高興，精神也好了起來。她吃過了麵，笑着問：「我真是病得老了，今天你舅母來，問我有火沒有，我聽成有狗沒有。直告訴她從前咱們養了一隻狗，名叫斐斐——」蕭素和江玫聽了笑得不得了。江玫正笑着，想起了齊虹。她想：這種生活和感情是齊虹永遠不會懂的。她也沒有一點告訴給他的慾望。

六月，反對美國扶植日本的運動達到了高潮。江玫比以前更關心當前的政治局勢。她感到美國正在籌謀着什麼壞主意。很明顯，扶植壓迫中國人民八年之久的日本，在每一個中國人心上都會引起抑止不住的忿怒。

有一天，蕭素和江玫坐在窗前，讀着當時美駐華大使司徒雷登在報上發表的聲明，一面讀一面生氣。聲明中說：「如使日人成為飢餓不安之人民，則日人亦將續為和平之威脅，此種情形適為共產主義所需。如吾人誠意為一般之利益計，必須消滅鼓勵共產主義之因素。」這很可以看清楚美國的目的究竟何在了。讀完報紙，江玫忿忿地說：

「要不要共產主義，是我們自己的事！」

蕭素微笑道：「你知道共產主義是什麼？」

江玫坦率地說：「我不知道。不過我想那種生活總不會比現在壞。那時的人，都像你一樣——」

蕭素又笑道：「現在哪裡不夠好？你吃着大米飯，穿的花布旗袍，還壞麼？」

江玫輕倚着蕭素，一面想，一面說：「這個人吃人的社會，不只在物質上，也在精神上。」她出了一會兒神，又說，「蕭素，要知道，我是多麼寂寞呵。」

蕭素撫着她的肩，說：「人生的道路，本來不是平坦的。要和壞人鬥爭，也要和自己鬥爭——」以後江玫在最困難的時候，總會想起這幾句話。

六月九日，北京學生舉行反美扶日大遊行，江玫也參加了。

那天早上，窗外還黑得像老鴉的翅膀，江玫就起來收拾醫藥包，她是救護隊的。她看看蕭素空了一夜的床，又看看救護包上的紅十字，心想蕭素這一夜不知忙得怎樣了，也許今天就會用這包裡的繃帶紗布來救護她罷。不知為什麼，江玫特別為蕭素和幾個社團裡的同學擔心，江玫摸摸碘酒和紅藥水的藥瓶，心中又興奮，又不安。

「小鳥兒快走呀！」同學在門外叫起來了。

她們跑到操場上，夏天的太陽剛在東柳村那邊村莊的屋頂上射出一片紅光。蕭素正在人叢裡，她分明是一夜沒有睡，胖胖的面龐有些蒼白，但精神還是那樣好。她看見江玫和同學們跑來，臉上閃過一個嘉許的微笑。

「江玫！」

「蕭素！」江玫悄悄地塞給她一個大蘋果，那是齊虹昨天送來的。對於齊虹不斷向西樓運來的各式各樣的禮物，江玫只偶爾接受一點水果和糖食。

長長的隊伍出發了，舉着各種標語，沉默地走在郊外的大道上，愈走天愈亮，愈走路愈分明，一個男同學問江玫：「藥包重嗎？我代你拿。」江玫微笑，說：「一個兵士的槍，能讓人家代他揹着嗎？」那男同學也微笑，看着她穿着白襯衫藍長褲紅背心的雄赳赳的樣子，問：「你永遠都要做一個兵？」江玫嚴肅地睜大眼睛，略微一想，她回答：

「是的，永遠。」

隊伍七點鐘就到了西直門，可是城門關了，進不去。人群中有人喊着：「不開城門，決不回校！」有的喊着：「大家衝呵，衝進去！」一時群情激昂，人聲嘈雜，那些標語牌子忽高忽低地起伏着。蕭素在隊伍裡跑來跑去叫着：「別嚷！別亂！已經去交涉了。」江玫忽然很希望自己是一個手執拂塵的仙女，用拂塵一指，城門馬上便開——自己這樣想想，又覺得好笑，還是等蕭素他們交涉，蕭素比仙女有用得多。

果然到九點鐘時，城門開了，隊伍湧進城去，正遇到城裡幾個大學的同學擁在門前迎接他們。「同學們，你好！」「兄弟們，你好！」熱情的呼聲，此起彼落，江玫覺得淚水已沖到了眼睛裡，她連忙低下頭，看着自己的鞋尖。

遊行開始了，大家一步步地走着，一聲聲地喊着。「反對美國扶植日本！」「要自由！」「要獨立！」口號像炸彈一樣在空中炸了開來，路旁有些軍警臉上帶着驚慌的神色，江玫幾乎來不及想喊了什麼，只覺得每一步路每一聲喊都使大家更接近光明——

隊伍走過了西四西單天安門，繞南池子到北京大學的民主廣場。走過天安門的時候，江玫望着那雄偉的建築，心裡升起一種憐憫而又慚愧的心情。天安門在不肖的子孫手裡，蒙受了多少恥辱。江玫覺得那剝落的紅牆也在盼望着：新的社會快點來，讓中華民族站起來，讓天安門也站起來！

在民主廣場舉行了群眾大會，有幾個教授講演。也許是累了，也許是別的原因，江玫覺得思想很不集中，那種興奮和激動已經過去了。她惦記着那黃昏籠罩了的初夏的校園，惦記着自己住的西樓，說得更確切些，她是惦記着在西樓窗下徘徊的那個年輕人。天知道他會急成什麼樣子，會發多麼大的脾氣，會做出怎樣的事來！她把肩上挎的藥包緊了一緊，感覺到一陣頭昏。

蕭素走過來，低聲問：「你不舒服麼？」

「沒有，一點都沒有！」江玫連忙振起了精神。自己暗暗責罵自己，在這樣的場合，偏會想到他！

大隊回到學校時，燈光已經綴滿校園。江玫回到房間裡，兩腿再也抬不起來，像是綁上了兩塊大石頭。這時有人敲門，江玫心中一緊，感到一場風暴就要發生了，她靠在床欄杆上，默默地啜着熱水。門開了，進來的是老趙。他的眉頭皺得打了結，手裡拿着一個破碎的糖盒子，往桌上一放說：

「哎喲江小姐！可真不得了啦！我活了這麼大年紀也沒見過脾氣這麼火暴的人！你們這位齊先生別是用公雞血餵大的吧？他要死了，准得下冰凍地獄把人鎮涼了才行，要不然連閻王殿都給燒啦！」

「什麼『你們齊先生』？別這麼說。他怎麼了？你快說呀！」江玫放下了手中的杯子。

「今兒個下午他來找您，我說江小姐遊行去了。他一聽，就把他帶來的這盒糖扔到大門外台階上了，像是扔球似的！盒子破了，糖都滾了出來，我看這盒糖呀，值一袋麵的錢，心裡怪捨不得，我說，『齊先生，江小姐不在，你給東西留下得了，幹嗎發這麼大的火呀？』他一聽更急了，一張臉煞紅煞白，抄起門房的一個茶杯就摔在玻璃窗上，嘩啦！你瞧瞧這滿地的玻璃碴子！我看他是有點兒瘋病！摔完了拔腿就走，還扔在台階上三百萬的票子，那是讓我們修玻璃買茶杯？您說是不是？」

「別說了。」江玫無力地揮手。「就補塊玻璃買個茶杯罷。」

「這糖，我看怪可惜了兒的，給您撿了來了。」

「你帶回家去，那不是我的，我不要。」

這時蕭素已經進來了，把這一段話都聽了去。她一回來就洗臉洗腳，都收拾好了就伏在桌上寫什麼。而江玫還靠在床欄杆上，一動也不動。

蕭素停下筆來：「你幹什麼？小鳥兒！你這樣會毀了自己的。看出來了沒有？齊虹的靈魂深處是自私殘暴和野蠻，幹嗎要折磨自己？結束了吧，你那愛情！真的到我們中間來，我們都歡迎你，愛你——」蕭素走過來，用兩臂圍着江玫的肩。

「可是，齊虹——」江玫沒有完全明白蕭素在說什麼。

「什麼齊虹！忘掉他！」蕭素幾乎是生氣地喊了起來，「你是個好孩子，好心腸，又聰明能幹，可是這愛情會毒死你！忘掉他！答應我！小鳥兒。」

江玫還從沒有想到要忘掉齊虹。他不知怎麼就闖入了她的生命，她也永不會知道該如何把他趕出去。她遲鈍地說：「忘掉他——忘掉他——我死了，就自然會忘掉。」

蕭素真生她的氣：「怎麼這樣說話！好好兒要說到死！我可想活呢，而且要活得有價值！」她說着，顏色有些悽然。

「怎麼了？素姐！」細心而體貼的江玫一眼就看出有什麼不平常的事。對蕭素的關心一下子把自己的痛苦沖了開去。

蕭素望着窗外，想了一會兒，說：「危險得很。小鳥兒。我離開你以後，你還是要走我們的路，是不是？千萬不要跟着齊虹走，他真會毀了你的。」

「離開我？」江玫一把抱住了蕭素。「離開我？為什麼！我要跟你在一起！」

「我要畢業了呀，家裡要我回湖南去教書。」肖素似真似假地回答。她是湖南人，父親是個中學教員。

「畢業？」

「是畢業呀。」

可是蕭素並沒有能畢業，當然也沒有回湖南去教書。她去參加畢業考試的最後一項科目，就沒有回來。

同學們跑來告訴江玫時，江玫正在為「英國小說選讀」這一門課寫讀書報告，讀的書是英國女作家艾米莉·勃朗特的《呼嘯山莊》。江玫和齊虹常常談論這本書。齊虹對這本書有那麼多精闢的見解，了解得那樣透徹，他真該是最懂得人生、最熱愛人生的，但是竟不然——

蕭素被捕的消息一下子就把江玫從《呼嘯山莊》裡拉出來了。江玫跳起來奪門而出，不顧那精心寫作的讀書報告撒得滿地。好些同學跟她一起跑出了西樓，一直跑到學校門口，只看見一條筆直的馬路，空蕩蕩的，望不到頭。路邊的洋槐發散着淡淡的香氣。江玫手扶着一顆洋槐樹，連聲問：「在哪兒？在哪兒？」一個同學痛心地說：「早裝上悶子車，這會子到了警察局了。」江玫覺得天旋地轉，兩腿再沒有一點力氣，一下子就坐在地上了。大家都擁上來看她，有的同學過來攙扶她。

「你怎麼了？」

「打起精神來，江玫！」

大家嘁嘁喳喳在說着。是誰忿忿的聲音特別響：「流血，流血，逮捕，更教人睜開了眼睛！」

「是呀！」江玫心裡說，「逮走一個蕭素，會讓更多的人都長成蕭素。」

江玫弄不清楚人群怎樣就散開了，而且自己卻靠在齊虹的手臂上，緩緩走着。

齊虹對她說：「我們系裡那些進步同學嚷嚷着江玫暈倒了，我就明白是為了那蕭素的緣故，連忙趕來。」

「對了。你們不是一起考理論物理嗎？聽說她是在課堂上被抓走的。」江玫這時多麼希望談談蕭素。

「是在考試時被抓走的。你看，幹那些民主活動，有什麼好下場！你還要跟着她跑！我勸你多少次——」

「什麼！你說什麼！」江玫叫了起來，她那會笑的眼睛射出了火光。「你！你真是沒有心肝！」她把齊虹扶着她的手臂用力一推，自己向宿舍跑去了。跑得那麼快，好像後面有什麼妖魔鬼怪在追着她。

她好容易跑到自己房間，一下子撲在床上，半天喘不過氣來。這時齊虹的手又輕輕放在她肩上了。齊虹非常吃驚，他不懂江玫為什麼會發這麼大的脾氣，他屈着一膝伏在床前說：

「我又惹了你嗎？玫！我不過忌妒着蕭素罷了，你太關心她了。你把我放在什麼地方？我常常恨她，真的，我覺得就是她在分開咱們倆——」

「不是她分開我們，是我們自己的道路不一樣。」江玫抽咽着說。

「什麼？為什麼不一樣？我們有些看法不同，我們常常打架，我的脾氣，確實不好。不過，那有什麼關係，反正我只知道，沒有你就不行。我還沒有告訴你，玫，我家裡因為近來局勢緊張，預備搬到美國去，他們要我也到美國去留學。」

「你！到美國去？」江玫猛然坐了起來。

「是的。還有你，玫。我已經和父親說到了你，雖然你從來都拒絕到我家裡去，他們對你都很熟悉。我常給他們看你的相片。」齊虹得意地拿出他隨身攜帶的小皮夾子，那裡面裝着江玫的一張照片，是齊虹從她家裡偷去的。那是江玫十七歲時照的，一雙彎彎的充滿了笑意的眼睛，還有那深色的嘴唇微微翹起，像是在和誰賭氣。「我對他們說，你是一首最美的詩，一支最美的樂曲——」若是說起讚美江玫的話來，那是誰也比不上齊虹的。

「不要說了。」江玫辛酸地止住了他。「不管是什麼，可不能把你留在你的祖國呵。」

「可是你是要和我一塊去的，玫，你可以接着唸大學，我們要永遠在一起，沒有任何東西能分開我們。」

「不要說了，不要說了。」這是江玫唯一能說的話。

心上的重壓逼得江玫走投無路。她真怕看蕭素留下的那張空床，那白被單刺得她眼睛發痛。沒有到禮拜六，她就回家去了。那晚正停電，母親坐在搖曳的燭光下面縫着什麼，在陰影裡，她顯得那樣蒼老而且衰弱，江玫心裡一陣發痛，無聲地喚着「心愛的母親，可憐的母親」，眼淚不由自主地流了下來。

「玫兒！」母親丟了手中的活計。

「媽媽！蕭素被捉走了。」

「她被捉走了？」母親對女兒的好朋友是熟悉的。她也深深愛着那坦率純樸的姑娘，但她對這個消息竟有些漠然，她好像沒有知覺似的沉默着，坐在陰影裡。

「蕭素被捉走了。」江玫又重複了一遍。她眼前彷彿看見一個殷紅的圓圓的面孔。

「早想得到呵。」母親喃喃地說。

江玫把手中的書包扔到桌上，跑過來抱住母親的兩腿。「您知道？」

「我不知道，但我想得到。」母親嘆了一口氣，用她枯瘦的手遮住自己的臉，停了一下，才說：「我一直沒有告訴你。我想着，沒有父親的日子，對我的小女兒來說，已經夠受的了，怎能再加上別的緣故，讓你的日子更沉重。——要知道你的父親，十五年前，也是這樣不明不白地就再沒有回來。他從來也沒有害過什麼腸炎胃炎，只是那些人說他思想有毛病。他脾氣倔，不會應酬人，還有些別的什麼道理，我不懂，說不明白。他反正沒有殺人放火，可我們就這樣糊裡糊塗地再也看不見他了——」母親說着，失聲痛哭起來。

原來父親並不是死於什麼腸炎！無怪母親常常說不該有一個人屈死。屈死。屈死！父親正是屈死的！江玫幾乎要叫出來。她也放聲哭了，母親撫着她的頭，眼淚澆濕了她的頭髮——

從父親死後，江玫只看見母親無言流淚，還從沒有看見她這樣激動過。衰弱的母親，心底埋藏了多少悲痛和仇恨！江玫覺得母親的眼淚滴落在她頭上，這眼淚使得她平靜下來了。是的，難道還該要這屈死人的社會麼？彷徨掙扎的痛苦離開了她，彷彿有一種大力量支持着她走自己選擇的路。她把母親粗糙的手擱在自己被淚水浸濕的臉頰上，低聲喚着：「父親——我的父親——」

門輕輕開了，燭光把齊虹的修長的影子投在牆上，母親吃驚地轉過頭去。江玫知道是齊虹，仍埋着頭不做聲。齊虹應酬地喚了一聲「伯母」，便對江玫說：

「你怎麼今天回家來了？我到處找你找不着。」

江玫沒有理他，抬頭告訴母親：「他要到美國去。」

「是要和江玫一塊兒去，伯母。」齊虹搶着加了一句。

「孩子，你會去嗎？」母親用顫抖的手摸着女兒的頭。

「您說呢？媽媽。」江玫抱住母親的雙膝，抬起了滿是淚痕的臉。

「我放心你。」

「您同意她去了？伯母？」人總是照自己所期待的那樣理解別人的話，齊虹驚喜萬分地走過來。

「母親放心我自己做決定。她知道我不會去。」江玫站起來，直望着齊虹那張清秀的象牙色的臉。齊虹渾身上下都滴着水，好像他是游過一條大河來到她家似的。

可是齊虹自己一點不覺得淋濕了，他只看見江玫滿臉淚痕，連忙拿出手帕來給她擦，一面說：「咱們別再鬧彆扭了，玫，老打架，有什麼意思？」

「是下雨了嗎？」母親包起她的活計，「你們商量吧，玫兒，記住你的父親。」

「我不知道下雨了沒有。」齊虹心不在焉地回答。他沒有看見江玫的母親已經走出房去，他的眼睛一刻都沒有離開江玫。

江玫呆呆地瞪着他，盡他拭去了臉上的淚，嘆了一口氣，説：

「看來竟不能不分手了。我們的愛情還沒有能讓我們捨棄自己的一生。」

「我們一定會過得非常舒適而且快活——為什麼提到捨棄，為什麼提到分手？」齊虹狂熱地吻着他最熟悉的那有着粉紅色指甲的小手。

「那你留下來！」江玫還是呆呆地看着他。

「我留下來？我的小姑娘，要我跟着你滿街貼標語，到處去遊行麼？我們是特殊的人，難道要我丢了我的物理和音樂，我的生活方式，跟着什麼群眾瞎跑一氣，扔開智慧，去找愚蠢！傻心眼的小姑娘，你還根本不懂生活，你再長大一點，就不會這樣天真了。」

「傻心眼？人總還是傻點好！」

「你一定得跟我走！」

「跟你走，什麼都扔了。扔開我的祖國，我的道路，扔開我的母親，還扔開我的父親！」江玫的聲音細若遊絲，她自己都聽不見自己在説什麼。説到父親兩字，她的聲音猛然大起來，自己也吃了一驚。

「可是你有我。玫！」齊虹用責備的語氣説。他看見江玫眼睛裡閃耀一種亮得奇怪的火光，不覺放鬆了江玫的手。緊接着一陣遏止不住的渴望和激怒，使他抓住了江玫的肩膀。他壓低了聲音，一字一字地説：「我恨不得殺了你，把你裝在棺材裡帶走。」

江玫回答說：「我寧願聽說你死了，不願知道你活得不像個人。」

風呼嘯着，雨滴急速地落着。疾風驟雨，一陣比一陣緊，忽然嘩啦一聲響，是什麼東西摔碎了。齊虹把江玫摟在胸前，藉着閃電的慘白的光輝，看見窗外階上的夾竹桃被風颳到了階下。江玫心裡又是一陣疼痛，她覺得自己的愛情，正像那粉碎了的花盆一樣，像那被吹落的花朵一樣，永遠不能再重新完整起來，永遠不能再重新開在枝頭。

這種愛情，就像碎玻璃一樣割着人。齊虹和江玫，雖然都把話說得那樣決絕，卻還是形影相隨。花池畔，樹林中，不斷地增添着他們新的足迹。他們也還是不斷地爭吵——流淚。

十月裡東北局勢緊張，解放軍排山倒海地壓來，解放了好幾個城市。當時蔣介石提出的方針是：「維持東北，確保華北，肅清華中。」雖然對華北是確保，但華北的「貴人」們還是紛紛南遷。齊虹的家在秋初就全部飛南京轉滬赴美了，只有齊虹一個人留在北平。他告訴家裡說論文還有點尾巴沒寫好，拿不到畢業文憑，而實際上，他還在等着江玫回心轉意。他根本不相信江玫可能不跟他走。他，齊虹，這樣的齊虹，又在發瘋地愛着的齊虹！在那執拗的江玫面前，他不只一次想，若真能把她包紮起來帶走該有多好！他臉上的神色愈來愈焦愁，緊張，眼神透露着一種兇惡。這些都常在黑夜裡震盪着江玫的夢。

江玫的夢現在已不是那種透明的、顏色非常鮮亮的少女的夢了。局勢的變化，蕭素的被捕，齊虹的愛，以及自己的複雜的感情，使她多懂了許多事。在抗議「七五」事件（國民黨屠殺東北來的青年學生）的遊行裡，她已經不再當救護隊，而打着「反剿民，要活命，要請願」的大標語走在隊伍的前列了。她領頭喊着「為死者伸冤，為生者請命」的口號，她奇怪自己的聲音竟會這樣響。她想到，在死者裡面有她的父親；在生者裡面有母親、蕭素和她自己。她渴望着把青春貢獻給為了整個人類解放的事業，她渴望着生活來一次翻天覆地的變動。

後來據蕭素說，（蕭素在解放後出獄，在廣播電台做播音員，向全世界廣播北京的聲音。）那時的地下組織原打算發展江玫參加地下民主青年聯盟的，只是她和齊虹的感情，讓人鬧不清她究竟愛什麼，憎惡什麼，就擱下來了。江玫聽説這話，只輕輕嘆了口氣。

一九四八年冬天，北平已經到了解放前夕。城裡流傳着這樣的民謠：「家家掛紅燈，迎接毛澤東。」連最沉得住氣的反動官員們、大亨們也都紛紛逃走了。齊虹家裡幾乎是一天一封電報催他走，並且代他訂了飛機座位。那時江玫的中心工作是和同學們一起討論怎樣應「變」，宣傳護校。她為即將來到的解放，感到興奮，好像等待着一件期待已久的親人的禮物，滿懷着感情，幻想解放後的日子。而同時，她和齊虹那注定了的無可挽回的分別嚙咬着她的心。她覺得自己的心一面在開着花，同時又在萎縮。

一天，齊虹進城去了，直到晚上還沒有露面。江玫坐在圖書館裡，一頁書也沒有看，進來一個人她就抬頭，可是直到電燈關了，齊虹還是不見。她忽然想，很可能他已經走了。走了，永遠再也見不到他了。可是江玫一定還要再看他一眼，最後一眼！「齊虹！齊虹！」江玫幾乎要叫出來，叫得全圖書館都聽見。她連忙緊咬着嘴唇，快步走出了圖書館。

那是那一年冬天的第一個下雪天。路上的雪還沒有上凍，燈光照在雪花上，閃閃刺人的眼。江玫一直向北樓走去，她想看一看那正對着一棵白楊樹梢的窗子，有沒有燈光。那個房間她從沒有去過，可是那窗口她卻十分熟悉。齊虹常對她講窗口的白楊樹葉的沙沙聲怎樣伴着他度過多少不眠的夜。透過飛舞着的迷亂的雪花，她一下子就找到那棵白楊樹，而那白楊樹梢的窗口，漆黑一片，沒有燈光。

江玫的心沉了下去。她兩腿發軟，站在北樓前，一動不動。

也許他從城裡回來太累，已經去睡了？也許他還沒有回來？江玫快步走進了北樓，走到齊虹的房間，她敲門又推門，門是鎖着的。

「難道再見不着他了？真見不着他了！」江玫走出北樓，心裡在大聲哭泣。她完全沒有看見新詩社的一個同學從她身邊走過，也沒有聽見人家在喚着「小鳥兒」。

好容易走到西樓，江玫真是一點力氣都沒有了。她想找個地方靠一靠再上樓，一眼看見自己房間裡有燈光。那房間，自從蕭素被抓去以後，是那樣空，那樣冷，晚上進去總是黑洞洞的。這時竟點着燈，這燈光溫暖了江玫，她三步兩步跑上去，在門外就叫着「虹！」

果然是齊虹在房間裡等她，滿臉的焦急使他看上去蒼老了許多。他一看見江玫，連忙迎上來握着她的手，疲倦地、也多少有些安心地說：「你到底回來了！我以為我再也見不着你了。」

江玫沒有回答。她怕自己會把剛才那一番焦急向他傾吐，會讓他明白她多離不開他。而他卻就要走了，永遠地走了。

「明天一早的飛機，今晚就要去機場。」齊虹焦躁地說，「一切都已經定了，怎麼樣？咱們就得分別麼？」

「分別？——永遠不能再見你——」江玫看着那耶穌受難的像，她彷彿看見那像後的兩粒紅豆。

「完全可以不分別，永不分別！玫！只要你說一聲同我一道走，我的小姑娘。」

「不行。」

「不行！你就不能為我犧牲一點！你說過只願意跟我在一起！」

「你自己呢？」江玫的目光這樣說。

「我麼！我走的路是對的。我絕不能忍受看見我愛的人去過那種什麼『人民』的生活！你該跟着我！你知道麼！我從來沒有這樣求過人！玫！你聽我說！」

「不行。」

「真的不行麼？你就像看見一個臨死的人而不肯去救他一樣，可他一死去就再也不會活轉來了。再也不會活了！走開的人永遠也不會再回來。你會後悔的，玫！我的玫！」他用力搖着江玫的肩。

「我不後悔。」

齊虹看着她的眼睛，還是那亮着奇怪的火光。他嘆了一口氣，「好，那麼，送我下樓罷。」

江玫溫柔地代他繫好圍巾，拉好了大衣領子，一言不發，送他下樓。

紛飛的雪花在無邊的夜裡飄蕩，夜，是那樣靜，那樣靜。他們一出樓門，馬上開過來一輛小汽車。從車裡跳出一個魁梧的司機。齊虹對司機搖搖手，把江玫領到路燈下，看着她，搖頭，說：「我原來預備搶你走的。你知道麼？你看，我預備了車，飛機票也買好了。不過，我看了出來，那樣做，你會恨我一輩子。你會的，不是麼？」他拿出一張飛機票，也許他還希望江玫會忽然同意跟他走，遲疑了一下，然後把它撕成幾瓣。碎紙片混在飛舞的雪花中，不見了。「再見！我的玫。我的女詩人！我的女革命家！」他最後幾句話，語氣非常尖刻。江玫看見他的臉因為痛苦而變了形，他的眼睛紅腫，嘴唇出血，臉上充滿了煩躁和不安。江玫忽然想起，第一次看見他時，他臉上那種漠不關心，什麼都看不見的神氣。

江玫想說點什麼，但說不出來，好像有千把刀子插在喉頭。她心裡想：「我要撐過這一分鐘，無論如何要撐過這一分鐘。」她覺得齊虹冰涼的嘴唇落在她的額上，然後汽車響了起來。周圍只剩了一片白，天旋地轉的白，淹沒了一切的白——

她最後對齊虹說的一句話就是「我不後悔」。

江玫果然沒有後悔。那時稱她革命家是一種諷刺，這時她已經真的成長為一個好的黨的工作者了。解放後又漸漸健康起來的母親驕傲地對人說：「她父親有這樣一個女兒，死得也不算冤了。」

雪還在下着。江玫手裡握着的紅豆已經被淚水滴濕了。

「江玫！小鳥兒！」老趙在外面喊着。「有多少人來看你啦！史書記，老馬，鄭先生，王同志，還有小耗子——」

一陣笑語聲打斷了老趙不倫不類的通報。江玫剛流過淚的眼睛早已又充滿了笑意。她把紅豆和盒子放在一旁，從床邊站了起來。

1956 年 12 月

（原載《人民文學》1957 年第 7 期）

**李國文**

李國文（1930— ），上海市人，原籍江蘇鹽城。作家。著有短篇小說集《第一杯苦酒》、《危樓紀事》、《沒意思的故事》，長篇小說《冬天裡的春天》、《花園街五號》等。

# 改選

按照工會法的規定，這一屆工會委員會已經任滿了，如果再不改選的話，除非工會法有了新的章程，否則再拖下去，會員也不能同意的。於是委員們忙碌起來，工會主席起草一年來的工作總結，為了使這報告精彩生動，讓人聽了不打瞌睡，不溜號，他向各個委員提出了「兩化一板」的要求：

「你們提供的材料是我報告的基礎，工作概況要條理化，成績要數字化，特別需要的是生動的樣板。」

你也許沒有聽過「樣板」這個怪字眼吧？它是流行在工會幹部口頭的時髦名詞，涵義和「典型」很相近，究竟典出何處？我請教過有四五十年工齡的老郝，他厭惡地皺起眉頭：「誰知這屁字眼打哪兒來的！許是『協和語』吧？」

委員們都在為「兩化一板」着忙，本來冷落的廠工會，這時像停久了的鐘擺，不知誰撥弄一下，滴答滴答地走動起來，顯得少見的生氣。人們路過工會的窗口，都不禁探頭張望，擔心裡邊別要是出了什麼事？「兩化」倒是容易的，「一板」卻為難了，委員們既沒有藝術提煉的才能，又不像到人事科、勞動工資科、廠長室、合理化委員會照抄材料和數字那麼方便。但是主席卻像產婦進入臨產期那樣，孩子沒有出世，已經琢磨得出他的聲音笑貌；他彷彿看到了在會員大會宣讀這篇作品的結果，得到了全體會員的歡迎和信任，一致贊成他們繼續連任下去。

主席把委員們找來匯報「兩化一板」材料，每個人的臉色都沉甸甸的，連通訊員也是愁眉不展，他瞪着一堆久已不用的髒茶杯發愁，一時怎能洗刷出來？這時主席發言了：「來全了咱們就湊吧！咦？老郝哪？怎麼又不見他？」

通訊員搶着回答：「我通知他了，他說打發完死人就回來。」他巴不得主席說聲「找」，那他拔腿飛跑，就可以丟下茶杯不管了。

「什麼死人？」

「鉚工車間的老吳頭老死了。我們老郝給看的板子，選的地皮，這陣子正大出殯哪！主席，我去把他找來？」

大概考慮到把出殯隊伍的頭腦、葬禮的主持人抽走的話，得罪了死者倒不用怕的，反正他也不會提意見了，冒犯了群眾那可是划不來的，何況目前正是改選期間，於是通訊員只得低頭沖洗茶杯去了。

「同志們！要緊是樣板！」他不滿意委員們匯報的材料，「數目字你們不給我，我也能搞到的。現在我這報告缺的是樣板，難道我們工會委員會幹了一年，沒有一塊樣板？……」主席說得激昂慷慨，急得用手直彈桌子，爆起一陣浮土，嗆得委員們直打噴嚏……

大家一陣沉默……

「板子倒是有的，我看中一副好板子，娘的，就是不給我。」幸虧老郝講這話時是在出殯隊伍裡，否則那得了「樣板」狂的主席，一定會抓住他緊緊不放的。

老郝拄了根拐棍，走在出殯隊伍的前面，和他並排走着的，是死者的老伴，沒有成年的兒子，和一些有着三四十年工齡的老頭，他們頭頂都禿光光的，步伐遲緩，神態莊嚴，震懾得瞧熱鬧的人屏息斂神。跟着是十六人的抬棺大隊，二十來人的挖墓大隊。這些老郝眼中的年輕人，額頭也已皺紋纍纍，經過時間的磨煉，飽嚐了生活的艱辛以後，性格穩定了，開始變得踏踏實實，步伐沉穩起來。他們的後面，是拖得很長的群眾隊伍，並不需要特別組織，只要老郝帶着頭的，而且送的是一個善良的死者，人們就自覺地除下帽子，排到隊伍裡去。沒有靈幡，沒有花圈，沒有旗幟，沒有哀樂，只是默默行進中的送葬隊伍，這對一個樸實的老工人來說，那是再合適不過的葬禮了。

老郝輕聲地回顧左右說：「我在製材廠給他們一頓教訓，老吳鉚了一輩子鉚釘，就連你這廠房架子也有他的心血，難道不該攤副好板子，他死活不給，這柏木的也是硬對付來的。」

到得墓地，墓穴早挖好了，吆喝着把棺材鬆綁輕輕放下去，開頭幾鏟子土是由死者的親人、老郝和老工友們填上的，隨後那些年輕人才一擁而上，掄起那開動機器、揮鐵錘的臂膀，一眨眼工夫從平地聳起新的墳山。老郝照例講講話結束葬禮，他的墓前演說從來沒有準備過，而且永遠講得動聽，甚至連死者的行狀也不需要特別記憶，他們共同生活了半輩子，熟悉得連手心紋路都清楚的。講到最後，老郝嘆了口氣，惋惜地：「唉！又死了一個好手藝人，老吳那雙手可是寶貝啊！他拿起鉚槍來，比姑娘用繡花針還靈巧。他鉚的活過上千年萬載，也找不出半點毛病。可是眼下有些心盛的娃娃，昨天還穿着開襠褲呢，今天剛滿師，就想爬到別人頭上撒尿。」老郝用眼掃了那站在圈子外邊的真正年輕人，他們幾乎沒有勇氣正視老郝的眼光，都扭過頭去。「學學這位死去的老爺子吧！他是活到老，學到老，孩子們，這話不能錯的。」

他送那老伴和孤兒回家，在他們家用拐棍這兒點點，那兒戳戳，提出一連串的問題：「米、麵還存着多少？煤和劈柴還有沒有？房子漏不漏？孩子上學多少學費？念書的出息怎樣？……」那老伴兒哭哭啼啼地回答，孩子倒還鎮靜，給他娘補充着。

老郝看到最後說：「好吧！將來讓孩子進廠補個學徒，把他爹的手藝傳下去。你嘛哭夠了也就算了，人老了總得死，你我也不免要走這條道的。可是你活着，就得打活着的主意，好生把孩子教養成人，死鬼也就心安啦！」剛止住哭的老伴，這時又哽咽起來。走出門老郝回頭說：「燒煤眼看過不了冬，明天我着人給送來。」

每逢他打發走一個老朋友，兩腿就增加一兩分不自在，翻過鐵路道口，累得他差點癱瘓了。他記起工會找他開會；記起那頭痛的「兩化一板」：「橫豎也是遲到，他們能寬待我老頭的。」他索性在路基旁坐下歇腳。

一個沒腳虎的小孩，剛學會走路，他那蹣跚的腳步和這患風濕症的老人差不多，在向路基爬過來。這時雖然沒有火車，老郝依然顧不得一切搶前抱了過來，任憑孩子掙扎哭喊，他也不放鬆一點。他氣得罵道：「娘的，這是誰家的孩子？要讓火車碰傷壓壞，該到工會哭啦鬧啦！」

一個婆娘聽到聲音喊着走來：「誰欺侮我們家寶貝兒？」

「我，是我！」他憤憤地把孩子朝地上一蹾，蹾得孩子哇地哭了。要是別人，那婆娘性子早發作了；可是認出了是老郝，臉上堆笑：「麻煩您老人家，給我們看孩子，謝謝您啦！」

「哼！」他揮了揮拐棍，「你這是什麼做媽媽的？放孩子滿處亂跑。現在我是渾身不得勁，要有力氣，用這好好揍你一頓，就該知道怎麼帶孩子啦！」那婆娘在他背後伸了伸舌頭，抱着孩子走開了。

等老郝趕到工會，會早就散了。只剩下主席一個人，埋頭在寫他那篇傑作，臉憋得通紅，老郝也沒敢打擾他，躡手躡腳地坐在旁邊等待。他對於提起筆來，正在動腦筋做文章的人，永遠懷着敬畏的心情，哪怕他的孫女伏在燈下做功課，他也喜歡在旁邊靜坐觀看，和她同享創造的煩惱和愉快。可是主席這篇文章太難寫了，他幾乎在折磨自己：一會兒抓撓頭髮；一會兒擰自己的鼻子；一會兒咬鋼筆桿；一會兒拍打腦袋，青筋暴起老高，最後把筆一扔呻吟地：「嗐！樣板，樣板，沒有樣板什麼都完了！」

老郝同情地嘆了口氣，主席轉過身，驚訝得眼睛都吊到額頭上去：「老郝你怎麼搞的？多咱工會開會，你也沒有痛快地參加過，不是遲到就是早退；不是張三叫就是李四喊，你是工會的委員，還是大家的勤務員？」

老郝怯生生地回答：「我不是來了嗎？」

「好！那就聽聽你的匯報，兩化一板，要緊的是樣板！」

老郝抖抖索索地打口袋裡掏出個本子，污穢得跟抹布差不多，他顛三倒四地尋找，也找不到煞費苦心準備的

「兩化一板」，急得他兩腮直哆嗦，偏偏那些滑膩的紙張不聽話，在手指頭間滑來滑去。

「在哪兒？老郝！」主席斜着眼瞪他。

「這……這……我……」

主席真的動氣了，委員們都存心來欺侮他似的，誰也沒有給他找來合適的材料，老郝更是荒唐，連句話都說不上來，他正言厲色地說：「老郝，你讓我給會員報告什麼？就報告你一年來送了幾個死人？……」

「我幹了什麼，大夥也全一目了然，你要讓我說，腦袋不管事了。嗐，這本子上我求人寫着的，娘的，都給揣亂了……」

一個指揮偌大送葬隊伍的頭腦；講話做事那麼威風凜凜的人物，怎麼在這個年齡比他兒子還小的人面前，變得軟弱、衰老、可憐？老郝不是一下子把勇氣全部挫折了的。他雖然是個基層工會幹部，但是幾年來整個工會颳來颳去的風，可把這老漢颳糊塗了。

起初他當工會主席，那份熱心腸待人是極好的，親暱的管他叫「我們老好」，開玩笑的稱呼他是「老好子」。一切要都是這樣順順當當就好了，然而不幸的事情來臨了。

……他捧着紙片，站在講台上，結結巴巴地唸着，動員參加反動道會門的工友趕快登記。這還是現在的主席，當時是工會幹事草擬的文稿，哪怕最蹩腳的「公文程式」、「尺牘大全」，也要比這篇講稿有感情、有血肉得多。老郝念了一長串前綴詞句以後，本來文化不高的他，被這文字遊戲攪得頭昏腦脹，底下的詞句沒有來得及看清，嘴裡竟滑出了這樣的話，想收回也來不及了。

「同志們！嗯……我們，大家，一齊，參加，反動，道會——」會場裡哄動起來，老郝站在嗡嗡的人群面前手足失措，他慌忙補充一句：「嗳，嗳，我們大家，一齊參加，一貫道！」喧囂聲更大了，好久不能平息。

笑得最厲害的是青年男女，還有坐在主席台位置上的幾個幹部，好久，還捂着嘴偷偷地樂。

「嗐！兩回我都把反對落掉了！照稿子唸我是不行的。」老郝差點急出了眼淚。

「不行！我得檢討，這是政治上的原則錯誤，立場問題！」不久，老郝就改做副主席了。

「副主席也沒啥！橫豎我是個黨員，什麼工作也是黨讓我做的，怎麼能挑肥揀瘦？」依舊是原來模樣，整天馬不停蹄地轉着，除了有些頑皮的學徒，封了他一陣「點傳師」，這些閒話也像露水見不得太陽似的雲消霧散了。

恰巧那年春天下起纏綿的梅雨，年久失修的老工房都漏了，只要天稍一放晴，老工房到處掛起濕了的被窩床褥，像一片五花斑駁的萬國旗，耀人眼目。

房產科正在按計劃給廠長、科長維修住宅，也不管工友們半夜裡睡不好覺，大盆小罐地接雨水，結果弄得個個熬紅了眼，上班也打不起精神來。

「老郝呢？他怎麼不見啦？」

「不能躲起來的，這事他不管誰出頭？」

老郝倒真的沒躲，正在和房產科長磨嘴唇呢，他滿身泥濘氣鼓鼓地坐着等科長解決。科長埋在圈椅裡：「行了！你是工會幹部，知道什麼叫計劃性？計劃就是法律，廠長他也不能破壞。漏這點雨就受不了，解放前怎麼過來的？那時候坍的坍、倒的倒，讓大夥將就點吧！」

「虧你說得出口，你還是個黨員哪！」老郝啪嗒啪嗒地走出去，一路在地板上留下了泥湯。他到處走遍，想盡了一切辦法，最後逼得他只好打把洋傘，光着腳丫子，站在廠長房門口，和他講道理。這回倒真的是脾氣發作，氣得他直哆嗦——

「別人要是拖着不管，我不生氣。你是廠長，你不該這樣對待！開會、研究、考慮！那得到驢年馬月！」

廠長站在門廊裡，躲閃着颳來的風雨：「老郝，你進來好好談。」

「不，不，你多咱不答應解決，我不進去也不走，老工房有多少戶像我這樣挨淋！」廠長軟勸硬說不行，只得下命令維修工程停工，趕緊去老工房堵漏子，他才滿意地走了。

雖然他在黨內受到批評，不應該這樣對待領導，而且他挨了淋，風濕症又發作了，但他看到那麼多笑臉，腿痛和批評全不在乎。腿總歸好了，依然走馬燈似的忙着。

反對工會經濟主義傾向的這陣風，千里迢迢地颳來了，風尾巴一掃，小磨房就陷在風雨飄搖的局面當中。這使老郝真的擔驚受怕起來。每天上班前花上幾文錢，喝上碗熱豆漿，省得家裡妻小清早起來忙活，這是老郝放在心裡許久的想法。湊巧工廠附近的小磨房關張，他建議廠裡盤下，並且花了點錢改建一下。「難道這就是經濟主義？當初誰也沒有反對。」老郝弄不通這點，獨自納悶。

小磨房開張的那些日子，熱氣騰騰的豆漿，大家喝得美滋滋的。工友們歡迎、幹部們高興、上級也誇讚。建立小磨房的功績，工會自然得總結的，青年團也寫了一份，行政認為有責任跟着上報了，份份材料都寫得天花亂墜，但哪份材料也沒提到老郝的名字。他找材料修房，買牲口，請石匠鍛磨這些事，都不知記到誰的賬上去了，老郝無所謂地笑笑，只要大家有漿喝，根本就不去計較的。

然而風是颳來了。

「誰的經濟主義？」在小磨房裡有人探討起來。一位曾經總結過小磨房，把它比做天仙妙境的人，拭去粘在嘴唇上的漿皮子，「這得工會老郝負全責，都是他一人張羅的。我早就看出不對頭，既然能夠搞小磨房，發展下去粉坊、菜園子不也可以？」他很為自己能提高到「政策水平」認識問題，而洋洋自得。四周的工友惶恐地瞧着他，人們擔心着別把小磨房封閉了，但是終於沒有撤銷，因為熱漿不僅工友愛喝，就連那些「事後諸葛亮」們也並不討厭的。現在的工會主席，那時的宣傳委員代老郝寫了篇檢討，也沒徵得他同意給報上去，後來老郝給免去了副主席的職務，擔任勞保委員，他很知足也很高興：「小磨房沒關張這就行啦。我就是這樣的材料，賣我的老命對付着幹吧！」

他上任第一件事，就是修建休養所，老郝忘記一切不愉快的事情，每天起早貪黑地幹，尋工尋料，勘測地皮，忙得不亦樂乎。他像泥瓦匠工頭，渾身塵土僕僕，終於挑中了小樹林的一塊地方，那裡靠廠子很近，原是舊社會打算給廠長蓋洋房的，地基現成。人們路過那兒，停住腳：「老好，這是幹什麼？」

「蓋休養所，讓大家享享福！」

「老好，你真好！」人們讚美着走開了，可他的心卻沉浸在這種幸福裡，他覺得為人們做這一件件好事，就越來越接近人們盼望的時代。他舒服，痛快，有力地揮舞鎬頭，遠遠看，他像是個壯實的年輕小伙。

現在的主席，那時已經是副主席了，正是少年得志的時候，玲瓏剔透，彷彿每個細胞都在跳舞似的。在一次什麼會議上，有位廠裡的負責幹部，認為把休養所蓋在小樹林，不若修在太陽溝好：「那兒我去過一趟，風景美，空氣好，真是有山有水……」我們這位主席最善於察言觀色、領會上級意圖的了，趕緊讓老郝停工，到太陽溝另找新址。

老郝獨自領着工友在這披荆斬棘，誰也不來過問，早預感到情況有些不妙。然而太陽溝的建議他卻斷然拒絕：

「不行，我想過，二十來里地，又在荒山裡，太不方便。」

「真是難以貫徹領導意圖！」主席暗地想着，然後說，「每年夏天小伙子成群結隊去玩，就說明那兒好，滿山遍野的柿子樹、棗樹、梨樹，還有草地，那太陽溝游起泳來多帶勁！」

「不行！那兒鬧狼！」還是不同意。

「嘿！工人階級會怕狼？笑話！」他不想再和這頑固的老頭說下去，「這是組織決定，你就執行吧！」

休養所落成以後，特地先組織了幹部去休養，還沒有過三天，且不說往山裡運送給養是何等困難，汽車開不進去，要用騾子往山腰馱；休養員原想在太陽溝裡嬉水作樂，老鄉們派出代表抗議，說這吃喝用水萬萬作踐不得的。恐怖的是到了夜裡，狼嗥聲使人久久不能入睡，還要隨時提防狼群的襲擊。於是有人說自己健康完全恢復，無需耽誤寶貴的床位，申請提前出所；也有不怕狼而留下的，那些大抵是部隊出身的幹部，好久沒有過槍癮，趁此機會施展一下身手。

以後誰休養回來，就彷彿虎口脱生，人們都開玩笑地圍上去祝賀：「恭喜恭喜！活着回來了！」

而當反對工會只抓生產，忽略生活的風颭來的時候，人們把老郝和休養所連在一起：「為什麼把休養所蓋在深山裡？」

「讓我們修行出家？」

「叫我們餵狼？」

想不到幹部也責備他：「你是工會勞保委員，為什麼不起監督作用？」七嘴八舌弄得老郝沒法應付，一發急更是説不出個整句子，他成了把好事辦壞的「樣板」。不久工會改選，偏偏他沒有落選，因為這底細不久就拆穿了，人們相信老郝絕不會辦這「缺德」事。只好讓他掛上個委員的名，不再給他什麼具體分工，這可把老郝苦惱了些日子：「我真是越幹越寒心啦！」但是他在人們的心中得到溫暖，大家越來越尊敬他、親近他、信任他，在好多工友的心目中，老郝就是工會，工會就是老郝，有事都來找他，現在成了「不管部大臣」，倒顯得比先前更忙，工會裡整天也見不到他的影子。

經歷了這可算坎坷的路程，他老了。背駝了，腰彎了，僅剩下的數莖頭髮，也如銀絲般的白，但是他的心沒有衰老，仍如先前那樣激情澎湃。不知為什麼，碰上這些常常在當面或事後指責他的人，他就變得緘默、拘謹，甚至惶恐起來。

主席還在等待着他的答覆，絲毫沒有憐憫的心意，老郝低聲地求着：「明天不晚吧？豁出一夜不睡，也把『兩化一板』找到。」

主席沉吟了一會，點了點頭：「好吧！」老郝如同犯人聽到釋放令似的，慌忙拄起拐棍預備回家，他的孫女早就在桌旁，等着爺爺幫她做功課了。但是未及跨出門坎，主席又叫住他：「老郝同志，你等等，咱倆一路走，我有件事想和你談談。」這是頭一回的新鮮事，他用戒備的眼光注視着主席的行動，預感到一場風暴到臨了。

「老郝同志，本來想明天談的，我想你是個黨員，同事這麼多年，我也知道你的性格，你喜歡痛痛快快——」

「你說吧！」

「隨着形勢發展，工會工作也需要向前走，老郝同志，你是老工會工作者了——」

老郝不耐煩地截斷他：「什麼事儘管說好了，不用扯東扯西給我啞謎猜！」這種口吻使人想起當年老郝是主席，而現在的主席卻是工會幹事的時代。也許老郝的語氣觸怒了他，他用一種冷冷的調子說：「這次候選人的名單，我們研究以後，決定不提你了。明天晚上選舉，你的意見怎麼樣？」

「把我給免了，你們？」

從他的臉上，老郝看到他嘴裡沒說出的話：「你老了，不中用了，該退休啦！別擋着別人的路，別不識時務弄個更難堪的下場。」他兩條腿彷彿是借來似的，不聽他支配，好容易掙扎到了家，剛推開門，癱瘓無力的他，撲通倒在門坎上，小孫女恐懼地叫着：「爺爺！爺爺！」他昏厥過去了。

第二天他沒有能進廠，汽笛聲白白地吼了半天，他內心感到有些歉疚，這是他解放後頭一回缺勤，那回雨淋患風濕症，他還堅持上班了。想到人不免要走去的道路，他居然頹唐起來，跟老伴討了點燒酒，紅着臉不好意思地抿了半盅，但是他放下了：「怎麼？想死了？不，不！」他掙扎起來，拄着拐棍，扶着孫女進廠去了。

「爺爺，你還能活多大？」

「起碼也得一百歲，孩子！越活越甜啊！」他們走進廠子，走進禮堂。他抱着孫女在邊門的角落裡坐下，聽主席正在淋灕盡致地發揮高論。也許主席講得太快了，只在人們耳朵裡留下「板……板……板……」的聲音。跟着是財務委員和經費審查委員的報告，那一連串數目字，只是講給麥克風聽的，沒有一個會員注意他講的是千是萬，既然你上台了，就得讓你講完罷了，我們的聽眾是最有禮貌的了，從來也不把蹩腳的演說者哄下台去。

神聖的選舉開始了。

主席再一次徵求對候選人名單的意見，頓時場內鴉雀無聲，這是不妙的徵兆，主席心裡想：「這名單在小組醞釀時，缺乏説服動員，看這勁頭兒夠嗆。」

「同志們還有沒有意見？」會場裡的空氣沉悶得令人窒息。「要沒有意見，這名單就先用舉手的方法通過了！」

「等一下！」一個瘦小枯乾的老工友站起，「為什麼這回沒有了我們老好？」

坐在後邊的老郝給震驚了一下。

主席連忙解釋：「隨着新的工作開展——」

另一個粗魯的聲音打斷他：「直截了當説吧！老郝犯了什麼錯誤？有人説該死的休養所是老郝蓋的，可這餿主意不是他出的，我賭咒發誓，他原先打算蓋在小樹林的。」

主席台上交頭接耳地議論。

小孫女覺得她爺爺在哆嗦，但是這激烈的場面吸引了她，她也顧不得了。

主席走到台口，大聲地講話，這時全場像一堆乾草着火似的，噼噼啪啪地到處冒火星。「同志們！同志們！個別人的意見可以——」有人筆挺地舉起手，主席讓他發言。

「誰在漏雨的時候找人來修房子？誰整年馬不停蹄地為別人忙着？誰在人家為難的時候伸過手來？是誰？像這樣的人，不配做工會幹部？」他憤憤地坐下，把椅子弄得軋軋響。

有人站起：「老吳頭死了，你去了嗎？你還是主席！」這厲害的責詢弄得主席怪狼狽的。

主席台上召開了臨時委員會，會場裡完全像開了鍋的水，猛烈地翻滾起來，有人打開了窗子，透進了初春的寒風。

小孫女覺得她爺爺平靜了，不過這會抱得她更緊些，使得她沒法扭回頭去看爺爺的臉……

主席走到腳燈前，擺手讓大家安靜，他幾乎是喊叫：「同志們！候選人名單不進行表決了，現在各車間來領選票，票已經印好了，同志們如果選郝魁山同志或別的同志，劃掉其中任何一位……」

會場裡又是一番紛亂，紅色的票箱抬到場子中間。

「郝字是赤字幫個耳朵，魁字是鬼幫個斗，山是山水的山……」擴音器也無濟於事，從來也沒有像今天這樣熱鬧，人們都不願離開，偏等看了選舉結果才走。

選舉計票人，選舉監票人，又亂哄哄地喧囂了一頓，被推選出來的人尷尬地走到票箱跟前，開始進行工作。

三千四百二十三張票。計算機從會計科取了來，噼里啪啦地搖着。擴音器放着唱片，嗚嗽嗚嗽地聽不清唱的是什麼。

人們簇擁着走來走去，小孫女已經失去了興趣，她倒在爺爺的懷裡睡着了，那是靠邊門幽暗的角落，誰也沒有在意。

真是手忙腳亂，又添了五把算盤，算盤珠子跳動着，郝魁山的選票在往上升，二千九百、三千一百、三千三百……三千四百零五。覆核了一遍，計算機和算盤的數字完全符合，這消息不用擴音器，一眨眼全場每個角落都傳遍了。

主席宣佈選舉結果：「第一名郝魁山同志，得票數為三千四百零五，第二名……」沒等他說完，雷動的掌聲淹沒了他的聲音。

「安靜！安靜！」

誰也不聽他的，掌聲有節奏地響起，在後面的老郝，不知道是高興還是痛苦，萎然地垂下了頭。

「我們老好哪？讓他出來講話……」

「靜，靜！」主席敲着話筒，「靜，靜一下，同志們！今天這個會開得成功！請靜一靜，這是一次發揚民主的樣板……」

「老好在哪？老好！老好！他來了嗎？」人們都四處搜尋。小孫女驚醒過來，用背頂着她的爺爺，她爺爺像熟睡了似的紋絲不動。

「爺爺！爺爺！」她掙脱了她爺爺的僵硬的胳膊，回頭看見他兩眼木呆呆地瞪着，發僵的嘴唇在流着口涎，她恐懼地大叫起來。

老郝死了！

他靜靜地在人群的聲浪裡死去的。

全場沉靜下來，靜得連窗簾簌簌的飄響都聽得見，寒風帶來了春的氣息，人們飽飽地呼吸着。想起了孜孜不息的老郝，腦海裡波瀾起伏，一個個眼睛都潤濕了，雖然人們抑制着感情，懷念他的、感激他的人，都禁不住地嘘唏起來；就是那些對他抱愧的人，心頭也是不很平靜的。

按照工會法的規定，改選是在超過人數三分之二的會員中舉行的。這次選舉是有效的。新的工會委員會就要工作了。

（原載《人民文學》1957年第7期）

## 茹志鵑

茹志鵑（1925—1998），祖籍浙江杭州，生於上海。女，作家。著有短篇小説集《高高的白楊樹》、《靜靜的產院》、《出山》。另有短篇小説《剪輯錯了的故事》、《草原上的小路》、《兒女情》等。

# 百合花

一九四六年的中秋。

這天打海岸的部隊決定晚上總攻。我們文工團創作室的幾個同志，就由主攻團的團長分派到各個戰鬥連去幫助工作。大概因為我是個女同志吧！團長對我抓了半天後腦勺，最後才叫一個通訊員送我到前沿包紮所去。

包紮所就包紮所吧！反正不叫我進保險箱就行。我揹上背包，跟通訊員走了。

早上下過一陣小雨，現在雖放了晴，路上還是滑得很，兩邊地裡的秋莊稼，卻給雨水沖洗得青翠水綠，珠爍晶瑩。空氣裡也帶有一股清鮮濕潤的香味。要不是敵人的冷炮，在間歇地盲目地轟響着，我真以為我們是去趕集的呢！

通訊員撒開大步，一直走在我前面。一開始他就把我撂下幾丈遠。我的腳爛了，路又滑，怎麼努力也趕不上他。我想喊他等等我，卻又怕他笑我膽小害怕；不叫他，我又真怕一個人摸不到那個包所紮。我開始對這個通訊員生起氣來。

哎！說也怪，他背後好像長了眼睛似的，倒自動在路邊站下了。但臉還是朝着前面。沒看我一眼。等我緊走慢趕地快要走近他時，他又噔噔噔地自個向前走了，一下又把我摔下幾丈遠。我實在沒力氣趕了，索性一個人在後面慢慢晃。不過這一次還好，他沒讓我撂得太遠，但也不讓我走近，總和我保持着丈把遠的距離。我走快，他在前面大踏步向前；我走慢，他在前面就搖搖擺擺。奇怪的是，我從沒見他回頭看我一次，我不禁對這通訊員發生了興趣。

剛才在團部我沒注意看他，現在從背後看去，只看到他是高挑挑的個子，塊頭不大，但從他那副厚實實的肩膀看來，是個挺棒的小伙子，他穿了一身洗淡了的黃軍裝，綁腿直打到膝蓋上。肩上的步槍筒裡，稀疏地插了幾根樹枝，這要說是偽裝，倒不如算作裝飾點綴。

沒有趕上他，但雙腿脹痛得像火燒似的。我向他提出了休息一會兒後，自己便在做田界的石頭上坐了下來。他也在遠遠的一塊石頭上坐下，把槍橫擱在腿上，背向着我，好像沒我這個人似的。憑經驗，我曉得這一定又因為我是個女同志的緣故。女同志下連隊，就有這些困難。我着惱地帶着一種反抗情緒走過去，面對着他坐下來。這時，我看見他那張十分年輕稚氣的圓臉，頂多有十八歲。他見我挨他坐下，立即張皇起來，好像他身邊埋下了一顆定時炸彈，局促不安，掉過臉去不好，不掉過去又不行，想站起來又不好意思。我拚命忍住笑，隨便地問他是哪裡人。他沒回答，臉漲得像個關公，訥訥半晌，才說清自己是天目山人。原來他還是我的同鄉呢！

「在家時你幹什麼？」

「幫人拖毛竹。」

我朝他寬寬的兩肩望了一下，立即在我眼前出現了一片綠霧似的竹海，海中間，一條窄窄的石級山道，盤旋而上。一個肩膀寬寬的小伙，肩上墊了一塊老藍布，扛了幾枝青竹，竹梢長長地拖在他後面，颳打得石級嘩嘩作響……這是我多麼熟悉的故鄉生活啊！我立刻對這位同鄉，越加親熱起來。我又問：

「你多大了？」

「十九。」

「參加革命幾年了？」

「二年。」

「你怎麼參加革命的？」我問到這裡自己覺得這不像是談話，倒有些像審訊。不過我還是禁不住地要問。

「大軍北撤時[1]我自己跟來的。」

「家裡還有什麼人呢？」

「娘，爹，弟弟妹妹，還有一個姑姑也住在我家裡。」

「你還沒娶媳婦吧？」

「……」他飛紅了臉，更加忸怩起來，兩隻手不停地數摸着腰皮帶上的扣眼。半晌他才低下了頭，憨憨地笑了一下，搖了搖頭。我還想問他有沒有對象，但看到他這樣子，只得把嘴裡的話，又咽了下去。

兩人悶坐了一會，他開始抬頭看看天，又掉過來掃了我一眼，意思是在催我動身。

當我站起來要走的時候，我看見他摘了帽子，偷偷地在用毛巾拭汗。這是我的不是，人家走路都沒出一滴汗，為了我跟他說話，卻害他出了這一頭大汗，這都怪我了。

我們到包紮所，已是下午兩點鐘了。這裡離前沿有三里路，包紮所設在一個小學裡，大小六個房子組成品字形，中間一塊空地長了許多野草，顯然，小學已有多時不開課了。我們到時屋裡已有幾個衛生員在弄着紗布棉花，滿地上都是用磚頭墊起來的門板，算作病床。

我們剛到不久，來了一個鄉幹部，他眼睛熬得通紅，用一片硬拍紙插在額前的破氈帽下，低低地遮在眼睛前面

---

① 1945年日本鬼子投降後，共產黨為了全國人民實現和平的願望，和國民黨進行和平談判，並忍痛撤出江南。但時隔不久，國民黨竟背信撕毀「雙十」協定，又向我中原、蘇中等解放區大舉進攻。

擋光。他一肩揹槍，一肩掛了一桿秤；左手挎了一籃雞蛋，右手提了一口大鍋，呼哧呼哧地走來。他一邊放東西，一邊對我們又抱歉又訴苦，一邊還喘息地喝着水，同時還從懷裡掏出一包飯團來嚼着。我只見他迅速地做着這一切。他說的什麼我就沒大聽清。好像是說什麼被子的事，要我們自己去借。我問清了衛生員，原來因為部隊上的被子還沒發下來，但傷員流了血，非常怕冷，所以就得向老百姓去借。哪怕有一二十條棉絮也好。我這時正愁工作插不上手，便自告奮勇討了這件差事，怕來不及就順便也請了我那位同鄉，請他幫我動員幾家再走。他躊躇了一下，便和我一起去了。

我們先到附近一個村子，進村後他向東，我往西，分頭去動員。不一會，我已寫了三張借條出去，借到兩條棉絮，一條被子，手裡抱得滿滿的，心裡十分高興，正準備送回去再來借時，看見通訊員從對面走來，兩手還是空空的。

「怎麼，沒借到？」我覺得這裡老百姓覺悟高，又很開通，怎麼會沒有借到呢？我有點驚奇地問。

「女同志，你去借吧！……老百姓死封建。」

「哪一家？你帶我去。」我估計一定是他說話不對，說崩了。借不到被子事小，得罪了老百姓影響可不好。我叫他帶我去看看。但他執拗地低着頭，像釘在地上似的，不肯挪步。我走近他，低聲地把群眾影響的話對他說了。他聽了，果然就鬆鬆爽爽地帶我走了。

我們走進老鄉的院子裡，只見堂屋裡靜靜的，裡面一間房門上，垂着一塊藍布紅額的門簾，門框兩邊還貼着鮮紅的對聯。我們只得站在外面向裡「大姐、大嫂」地喊，喊了幾聲，不見有人應，但響動是有了。一會兒，門簾一挑，露出一個年輕媳婦來。這媳婦長得很好看，高高的鼻樑，彎彎的眉，額前一綹蓬鬆鬆的劉海。穿的雖是粗布，倒都是新的。我看她頭上已硬翹翹的挽了髻，便大嫂長大嫂短地向她道歉，說剛才這個同志來，說話不好別見怪等等。她聽着，臉扭向裡面，儘咬着嘴唇笑。我說完了，她也不做聲，還是低頭咬着嘴唇，好像忍了一肚子的笑料沒笑完。這一來，我倒有些尷尬了，下面的話怎麼説呢！我看通訊員站在一邊，眼睛一眨不眨的看着我，好像在看連長做示範動作似的。我只好硬了頭皮，訕訕地向她開口借被子了，接着還對她説了一遍共產黨的部隊打仗是為了老百姓的道理。這一次，她不笑了，一邊聽着，一邊不斷向房裡瞅着。我説完了，她看看我，看看通訊員，好像在掂量我剛才那些話的斤兩。半晌，她轉身進去抱被子了。

通訊員乘這機會，頗不服氣地對我説道：

「我剛才也是説的這幾句話，她就是不借，你看怪吧！」

我趕忙白了他一眼，不叫他再説。可是來不及了，那個媳婦抱了被子，已經在房門口了。被子一拿出來，我方才明白她剛才為什麼不肯借的道理了。這原來是一條裡外全新的新花被子，被面是假洋緞的，棗紅底，上面撒滿白色百合花。她好像是在故意氣通訊員，把被子朝我面前一送，説：「抱去吧。」

我手裡已捧滿了被子，就一努嘴，叫通訊員來拿。沒想到他竟揚起臉，裝作沒看見。我只好開口叫他，他這才繃了臉，垂着眼皮，上去接過被子，慌慌張張地轉身就走。不想他一步還沒有走出去，就聽見「嘶」的一聲，衣服掛住了門鉤，在肩膀處，剮下一片布來，口子撕得不小。那媳婦一面笑着，一面趕忙找針拿線，要給他縫上。通訊員卻高低不肯，夾了被子就走。

剛走出門不遠，就有人告訴我們，剛才那位年輕媳婦，是剛過門三天的新娘子，這條被子就是她唯一的嫁妝。我聽了，心裡便有些過意不去，通訊員也皺起了眉，默默地看着手裡的被子。我想他聽了這樣的話一定會有同感吧！果然，他一邊走，一邊跟我嘟噥起來了。

「我們不了解情況，把人家結婚被子也借來了，多不合適呀！……」我忍不住想給他開個玩笑，便故作嚴肅地説：

「是呀！也許她為了這條被子，在做姑娘時，不知起早熬夜，多幹了多少零活，才積起了做被子的錢，或許她曾為了這條花被，睡不着覺呢。可是還有人罵她死封建……」

他聽到這裡，突然站住腳，呆了一會兒，說：

「那！……那我們送回去吧！」

「已經借來了，再送回去，倒叫她多心。」我看他那副認真、為難的樣子，又好笑，又覺得可愛。不知怎麼的，我已從心底愛上了這個傻乎乎的小同鄉。

他聽我這麼說，也似乎有理，考慮了一下，便下了決心似的說：

「好，算了。用了給她好好洗洗。」他決定以後，就把我抱着的被子，統統抓過去，左一條、右一條地披掛在自己肩上，大踏步地走了。

回到包紮所以後，我就讓他回團部去。他精神頓時活潑起來了，向我敬了禮就跑了。走不幾步，他又想起了什麼，在自己掛包裡掏了一陣，摸出兩個饅頭，朝我揚了揚，順手放在路邊石頭上，說：

「給你開飯啦！」說完就腳不點地的走了。我走過去拿起那兩個乾硬的饅頭，看見他揹的槍筒裡不知在什麼時候又多了一枝野菊花，跟那些樹枝一起，在他耳邊抖抖地顫動着。

他已走遠了，但還見他肩上剮下來的布片，在風裡一飄一飄。我真後悔沒給他縫上再走。現在，至少他要裸露一晚上的肩膀了。

包紮所的工作人員很少。鄉幹部動員了幾個婦女，幫我們打水，燒鍋，做些零碎活。那位新媳婦也來了，她還是那樣，笑眯眯地抿着嘴，偶然從眼角上看我一眼，但她時不時地東張西望，好像在找什麼。後來她到底問我說：

「那位同志弟到哪裡去了？」我告訴她同志弟不是這裡的，他現在到前沿去了。她不好意思地笑了一下說：「剛才借被子，他可受我的氣了！」說完又抿了嘴笑着，動手把借來的幾十條被子、棉絮，整整齊齊地分鋪在門板上、桌子上（兩張課桌拼起來，就是一張床）。我看見她把自己那條白百合花的新被，鋪在外面屋簷下的一塊門板上。

天黑了，天邊湧起一輪滿月。我們的總攻還沒發起。敵人照例是忌怕夜晚的，在地上燒起一堆堆的野火，又盲目地轟炸，照明彈也一個接一個地升起，好像在月亮下面點了無數盞的汽油燈，把地面的一切都赤裸裸地暴露出來了。在這樣一個「白夜」裡來攻擊，有多困難，要付出多大的代價啊！我連那一輪皎潔的月亮，也憎惡起來了。

鄉幹部又來了，慰勞了我們幾個家做的乾菜月餅。原來今天是中秋節了。

啊，中秋節，在我的故鄉，現在一定又是家家門前放一張竹茶几，上面供一副香燭，幾碟瓜果月餅。孩子們急切地盼那炷香快些焚盡，好早些分攤給月亮娘娘享用過的東西，他們在茶几旁邊跳着唱着：「月亮堂堂，敲鑼買糖……」或是唱着：「月亮嬤嬤，照你照我……」我想到這裡，又想起我那個小同鄉，那個拖毛竹的小伙，也許幾年以前，他還唱過這些歌吧！……我咬了一口美味的家做月餅，想起那個小同鄉大概現在正趴在工事裡，也許在團指揮所，或者是在那些彎彎曲曲的交通溝裡走着哩！

一會兒，我們的炮響了，天空劃過幾顆紅色的信號彈，攻擊開始了。不久，斷斷續續地有幾個傷員下來，包紮所的空氣立即緊張起來。

我拿着小本子，去登記他們的姓名、單位，輕傷的問問，重傷地就得拉開他們的符號，或是翻看他們的衣襟。我拉開一個重彩號的符號時，「通訊員」三個字使我突然打了個寒戰，心跳起來。我定了下神才看到符號上寫着×營的字樣。啊！不是，我的同鄉他是團部的通訊員。但我又莫名其妙地想問問誰，戰地上會不會漏掉傷員。通訊員在戰鬥時，除了送信，還幹什麼？——我不知道自己為什麼要問這些沒意思的問題。

戰鬥開始後的幾十分鐘裡，一切順利，傷員一次次帶下來的消息，都是我們突破第一道鹿砦，第二道鐵絲網，佔領敵人前沿工事打進街了。但到這裡，消息忽然停頓了，下來的傷員，只是簡單地回答說：「在打。」或是「在街上巷戰。」但從他們滿身泥濘，極度疲乏的神色上，甚至從那些似乎剛從泥裡掘出來的擔架上，大家明白，前面正在進行着一場什麼樣的戰鬥。

包紮所的擔架不夠了，好幾個重彩號不能及時送後方醫院，耽擱下來。我不能解除他們任何痛苦，只得帶着那些婦女，給他們拭臉洗手，能吃得的餵他們吃一點，帶着背包的，就給他們換一件乾淨衣裳，有些還得解開他們的衣服，給他們拭洗身上的污泥血迹。

做這種工作，我當然沒什麼，可那些婦女又羞又怕，就是放不開手來，大家都要搶着去燒鍋，特別是那新媳婦。我跟她說了半天，她才紅了臉，同意了。不過只答應做我的下手。

前面的槍聲，已響得稀落了。感覺上似乎天快亮了，其實還只是半夜。外邊月亮很明，也比平日懸得高。前面又下來一個重傷員。屋裡舖位都滿了，我就把這位重傷員安排在屋檐下的那塊門板上。擔架員把傷員抬上門板，但還圍在床邊不肯走。一個上了年紀的擔架員，大概把我當做醫生了，一把抓住我的膀子說：「大夫，你可無論如何要想辦法治好這位同志呀！你治好他，我……我們全體擔架隊員給你掛匾！……」他說話的時候，我發現其他的幾個擔架員也都睜大了眼盯着我，似乎我點一點頭，這傷員就立即會好了似的。我心想給他們解釋一下，只見新媳婦端着水站在床前，短促地「啊！」了一聲。我急撥開他們上前一看，我看見了一張十分年輕稚氣的圓臉，原來棕紅的臉色，現已變得灰黃。他安詳地合着眼，軍裝的肩頭上，露着那個大洞，一片布還掛在那裡。

「這都是為了我們……」那個擔架員負罪地說道，「我們十多副擔架擠在一個小巷子裡，準備往前運動，這位同志走在我們後面，可誰知道狗日的反動派不知從哪個屋頂上撂下顆手榴彈來，手榴彈就在我們人縫裡冒着煙亂轉，這時這位同志叫我們快趴下，他自己就一下撲在那個東西上了……」

新媳婦又短促地「啊！」了一聲。我強忍着眼淚，給那些擔架員說了些話，打發他們走了。我回轉身看見新媳婦已輕輕移過一盞油燈，解開他的衣服，她剛才那種忸怩羞澀已經完全消失，只是莊嚴而虔誠地給他拭着身子，這位高大而又年輕的小通訊員無聲地躺在那裡……我猛然醒悟地跳起身，磕磕絆絆地跑去找醫生，等我和醫生拿了針藥趕來，新媳婦正側着身子坐在他旁邊。

她低着頭，正一針一針地在縫他衣肩上那個破洞。醫生聽了聽通訊員的心臟，默默地站起身說：「不用打針了。」我過去一摸，果然手都冰冷了。新媳婦卻像什麼也沒看見，什麼也沒聽到，依然拿着針，細細地、密密地縫着那個破洞。我實在看不下去了，低聲地說：

「不要縫了。」她卻對我異樣地瞟了一眼，低下頭，還是一針一針地縫。我想拉開她，我想推開這沉重的氛圍，我想看見他坐起來，看見他羞澀的笑。但我無意中碰到了身邊一個什麼東西，伸手一摸，是他給我開的飯，兩個乾硬的饅頭……

衛生員讓人抬了一口棺材來，動手揭掉他身上的被子，要把他放進棺材去。新媳婦這時臉發白，劈手奪過被子，狠狠地瞪了他們一眼。自己動手把半條被子平展展地鋪在棺材底，半條蓋在他身上。衛生員為難地說：「被子……是借老百姓的。」

「是我的——」她氣洶洶地嚷了半句，就扭過臉去。在月光下，我看見她眼裡晶瑩發亮，我也看見那條棗紅底色上撒滿白色百合花的被子，這象徵純潔與感情的花，蓋上了這位平常的、拖毛竹的青年人的臉。

1958 年 3 月

（原載《延河》1958 年第 4 期）

# 賣酒女

徐懷中

徐懷中（1929—　），河北邯鄲人。作家。著有中短篇小說集《沒有翅膀的天使》，中篇小說《地上的長虹》，長篇小說《我們播種愛情》等。另有《徐懷中代表作》出版。

## 上

你們沒有到過皆東吧！皆東是雲南邊境一個小小的街市。地方很偏僻，可景致挺好：一邊依山，一邊臨江，寨子四周是綠葱葱的香蕉林。早晨，江面上蕩起薄霧，好像誰在天上扯起一層輕紗。每逢雙日，傣族婦女便成隊成排，挑着竹簍到皆東來趕街。她們的筒裙又窄又長，走起路來飄飄擺擺，在薄霧籠罩下，似見不見，很容易使人產生一種如入仙境的感覺。

皆東街口上，有棵大青樹，樹下擺了幾家甜酒攤。甜酒，你們都是知道的，四川話叫做醪糟。要是想吃得講究點，揭鍋前打進兩個雞蛋。本地賣甜酒的全是女人。在這些年輕女人當中，有一個名叫刀含夢。一般地說，傣族女子都是身材勻稱，臉盤兒漂亮的。刀含夢也沒有什麼了不起的地方，但她卻特別引人注目。常常有這種情形：她的酒攤上已經擠滿了顧客，人們仍然要往那兒擠，好像她的鍋碗瓢勺都是吸鐵石做成的，可以把幾十步開外的人一古腦兒吸過去。是刀含夢的甜酒格外有味道些？不！是她招待格外殷勤些？更不！隨便誰來，她總是待理不理的，眼皮抬都不捨得抬一下。看神氣，就像她心裡在說：「愛吃就吃，不愛吃就走！」不過，她的顧客們都很有耐性，他們不走，也不急，安安靜靜地看着女掌櫃，等啊，等啊！遲來的人往往空等一場，好容易輪到自己名下，甜酒煞鍋了。但他們離去時，並不顯得過於掃興，甚至還帶幾分心滿意足呢。然而，另外一些酒攤上，則常是冷冷落落，幾乎沒人光顧。那幾個賣酒女人早已在暗暗咒罵刀含夢了，她們總是鄙棄地說：「還不是沾她沒有出嫁的便宜，賣不脫的芒果，遲早得爛在自家筐子裡！」

當地是時興早婚的。刀含夢已經不是小姑娘了，緊身罩衫和藍布筒裙，都要包不住她那豐滿的身體了，可是還沒有嫁出去。雖然每年都有幾個冒失鬼撞上門來，但都碰得頭破血流。有人還謀算過來搶婚——這是當地風俗允許的，也沒能得手。女方本人不樂意，那就是勞天動地也不成。於是就造成了這種情勢：多少青年人，像鷹一樣從高空注視着這賣酒女，只能圍着目標兜兜圈子，沒有膽量俯衝下去。

刀含夢沒有別的親人，只有媽。母女倆住在寨子外邊一座獨立的小竹樓裡，孤苦伶仃，相依為命。她九歲時，媽得了癱病，倒在床上再沒有起來。從那天，她就挑起了媽媽的甜酒擔子。至今，不知道過了多少日月，不知經了多少風雨。而她的生活卻像一潭死水，從來沒有激起過一絲兒波動。她習慣了孤獨、寂寞。傣族姑娘都是喜歌善舞的，但誰也沒見刀含夢唱過跳過，連口弦她也不曾觸動過的。她對一切一切都十分淡漠，好像她從來聽不見周圍有什麼聲音，看不見周圍有什麼動靜，她也沒有任何向往慾念。除了侍候媽，就知道不聲不響地做酒，然後不聲不響去賣酒。她甚至從不曾留心過自己已經二十一歲了。

現在，我應當對你們講到另一個人了。

在皆東，駐有一個公費醫療隊，說是醫療隊，其實只有一位助理醫生和兩個看護。那時雲南解放不久，到處都需要大量幹部，像皆東這樣偏僻的去處，一時是來不及配備整齊的。助理醫生叫趙啟明，是軍隊轉業幹部，衛生員出身，沒受過專門教育，但在此地他簡直是了不起的人物。他從南寨被接到北寨，從河東被請到河西。這家女人突然斷了奶，要來找他；那家的水牛不吃草了，也來找他。常有這種情形，他一邊急急忙忙出診，一邊連聲叫苦說：

「乖乖！隔行如隔山呀！這事怎麼也找到我頭上來了呢。」可是，不找他找誰？在皆東，除開這位醫助，能夠去病消災的，就只有緬寺裡的佛了。本地人不只把趙啟明當作一個萬能的佛來崇敬，同時，還把他當作可親可近的朋友。誰家裡婚嫁迎娶，總忘不了請他去做客。以至於誰家兩口子打了架，也總要來找他去評理。趙啟明從寨子裡走過，大人小孩都會從窗口探出頭來招呼：「趙大夫！上我家竹樓上坐坐吧！」

每逢星期天，助理醫生照例要到街口大青樹下查看一番。賣甜酒的女人們遠遠見他來了，又是擦碗，又是抹勺子，並連忙驅走鍋邊上的蒼蠅，看來，她們真有幾分怕他呢！這倒不是他會耍什麼脾氣，只是他常常當着顧客們的面，指責她們這兒太髒、那兒太髒，並三番五次向顧客們講述蒼蠅的危害。聽了他的話，人們會當真相信，在這兒吃一碗甜酒非病倒不可。這就夠她們受的了。然而，刀含夢卻不在乎這個，橫豎她攤子上的客人趕都趕不退的。她對這位助理醫生的指責，一向不加理睬，最多默默地苦笑一下，算是表示她聽見了。有一次，趙啟明揀出一個不乾淨的碗，說：「這個要不得，你得涮涮！」刀含夢沒做聲，把那個碗接過去，盛上甜酒，有意舉在顧客們面前。立刻就有幾隻手同時伸了過來。於是引起了一陣鬨笑，簡直讓助理醫生下不來台。

這天，趙啟明又到大青樹下來了。他發現刀含夢擺酒攤的地方空着，不禁覺着鬆快了些。說實在的，和這個賣酒的女子打交道，很有些傷腦筋呢！但，當他走開時，總覺心裡有樁事放不下。是什麼呢？他對自己承認，是不放心，想要知道刀含夢今天為什麼沒有來。他打聽另外幾個賣甜酒的女人，她們說不曉得。算了！管這些閒事做什麼，於是轉身走去。可是，他抬起頭，透過一叢木瓜樹，望見了那座獨立的小竹屋——那是刀含夢的家。怎麼會到這兒來了呢？也好，既然來了，就進去看看吧！

推開門，迎面撲來一股又悶熱又難聞的氣息。只見刀含夢仰臥在地蓆上，臉燒得像團火，嘴角腫起許多水泡，很明顯，她在忍受難以忍受的痛苦。患癱病的媽媽守在女兒的身旁，眼淚汪汪。助理醫生哪裡還能怠慢，連忙從皮掛包裡取出聽診器——這是他的習慣，只要一出門總得揹上皮掛包——但是，他受到了意想不到的打擊：母女倆直直地凝視着醫生，他從她們的目光中，察覺出了惶恐、戒備以至仇視。當他試圖再向前接近時，只見刀含夢支撐着身體坐起來，冷冷地說：「做什麼！你要做什麼？」老婦人也接上道：「走吧！求你快走吧！我們用不着誰來可憐。」

的確，刀含夢母女對醫生是懷有敵意的。在她們心目中，醫生這行業和土匪、騙子沒有什麼兩樣。

還是在刀含夢不記事的時候，爸爸得了重病。媽先去求佛，花了好多錢呀！可是病總不見輕。當時，皆東正巧來了個漢人大夫，在街上撐起個布棚，擺開藥攤子，說是什麼病都能治，媽媽就去請他。大夫給病人號過脈，搖搖頭，說：「預備喪事吧！」媽媽哭起來，千求萬告，最後，大夫才答應試試看，為了隨時應付意外，她把大夫請到自己家裡住。他在這兒住了將近一個月，箱子裡減少了幾針藥，但卻填滿了鈔票——這裡包括病人家多年的積累，以及賣掉了唯一的那塊稻田。然而，當病人真正臨危時，大夫卻忽然不見了，他那隻輕便的藥箱子也不見了。埋葬事宜還沒有完結，風言風語已經傳遍了皆東，說病人活生生是給氣死的。因為他的老婆受了漢人大夫的欺侮……

趙啟明不知道他為什麼會受到這樣的對待，也來不及答話。他把兩個護士找來，以強硬方式給病人做了檢查，是惡性瘧疾。以後的事，你們可以想得到的，助理醫生盡了自己所能，來救治這個賣酒女。為了防備不測，他夜晚就住在老婦人唸經的小間裡，和病人只隔一道篾牆，他可以清楚地聽到她的呼吸。只要她輕微地呻吟一下，他便過來照應她。他常常守她守到後半夜，兩眼熬得像熟了的桃子。本來，上級已確定調趙啟明去內地專科學校進修，派來替換他的人也已經到了。但他沒有走。直到他認為病人已經穩住了神，才離開皆東。

## 下

兩年以後，趙啟明又到皆東來了。衛生部門組織了一個有關惡性瘧疾的考察隊——在皆東一帶，這種可怕的傳染病已蔓延多年了——因為他熟悉情況，所以讓他提前結束學習，來參加這項工作。

從前，由省城到邊地，要騎牲口走一個來月。現在修了公路，只消四天就可以到達。不過，因為山區工程比較艱巨，還差二十多公里沒能直通皆東。這天，考察隊就在公路終點一個景頗族山莊上投宿，準備第二天步行趕到目的地。好客的景頗人，熱情地接待了考察隊，他們爭先恐後把木屋打掃乾淨，好讓客人們樂意住到自己家裡去。

趙啟明借宿的那家，女主人在幾天前剛生過孩子，還沒起床。她聽說考察隊要到皆東去，立刻就要丈夫把一個小包交給趙啟明。裡面有米麵餑餑、葵花子，還有些什麼在山裡人看來是十分稀貴的小吃食。說要麻煩他帶到皆東，送給衛生院的李淑惠同志。提到李淑惠這個名字，景頗人顯然是又敬仰又感激的。那景頗男子隨即對趙啟明講起了他們是怎樣和李淑惠相識的。

——他的女人已經倒在鋪草上一天一夜了，疼得直叫喚，要死要活，就是生不下來。本寨子上的邊防軍知道了這事，就往河對岸大寨子上搖了個電話。皆東衛生院派來一個山區流動醫療隊，正好在前一天趕到此地。接話的是醫療隊隊長李淑惠，她答應很快就來。但，過了很久還不見到。景頗人帶起雨傘，想去催請一下。到了河邊，他才醒悟到，原來是由於夜來一場大雨，河水漫了槽，根本沒法過來了。這條小河，平時幾乎是乾枯的，抬腿就可以邁得過，一旦山洪暴發，兩岸就只好斷絕來往。這可怎麼辦呀！景頗人快要急瘋了，沿着河岸上下亂轉。忽然，他發現浪頭把一堆什麼東西推上了岸。走近看，原來是個女人。她臉色慘白，頭髮還浸在河水裡一飄一散的，兩臂死死抱住一扇竹門。竹門已經在河裡撞爛了，因為綁着兩根木杆，所以沒有散掉。很明白，算她幸運，正巧被沖到回水灣裡，才靠了岸，要不然，那就很難說了。景頗人連忙把她抱上岸，見她腰間束着一個包裹，這包裹用油布纏裹了好幾層。解開來，是個小手提箱。看見箱上的紅十字，景頗人不禁叫出聲來，這準定是醫療隊的女隊長了，她在電話上答應過到這來的。於是，他把她揹回自己竹樓上。過了一陣，女人甦醒過來，她見身旁圍了許多景頗人，一時弄不明白發生了什麼事。她定了定神，醒悟了，隨即就問這是哪一個寨子，又問這是誰家。她嘴唇抖動，講話很吃力，上言不接下語。但人們明白她的意思，回答說，這就是產婦家。她立刻就要站起來，由於衰弱不支，幾乎栽倒。然而，她還是站起來了，並且不言不語地開始了接生工作。一個鐘頭以後，嬰兒落地了。是雙胞胎——一對男孩！在場的鄰人們都很高興，做父母的就更別提了。親手把這對雙生子接到世界上來的女隊長，卻顯得比任何人都更激動。她一手抱一個，看樣子，想要把他們舉到天上去。她的心境是誰都可以想見的，她懂得，難產會使大人和沒出世的孩子一同喪命。為了挽救兩條人命，她不顧自己死活，冒險搶過河來。然而現在證明，她救了的不是兩條，而是三條人命。這怎麼叫她不激動呢！可是，精神一鬆弛下來，她便再也支持不住了，一下子就暈倒在地上。這時，人們才注意到，她渾身被碰得青一塊、紅一塊，還從她肚子裡壓出很多泥湯子水來。

聽了景頗人講的故事，趙啟明很興奮。一來，他得知皆東已開辦了衛生院，這是他早兩年就想要辦的。二來，他也很為那位女醫療隊長——他的同行感到驕傲。他欣然答應，親自把景頗人的禮物送給李淑惠。

考察隊到了皆東，衛生院幾乎全體人員都跑出來迎接。趙啟明遇見第一個跟他握手的女醫生，就問：「哪位是李淑惠同志？」對方回答說：「就是我。」趙啟明重新打量打量這位年輕的女醫生，重又跟她握握手。隨後，很鄭重地把那一份禮物交給她。女醫生接受了禮物，但顯得有些莫名其妙。他說明道：「這是那家景頗人送你的，就是得了一對雙胞胎的那家。他們還說過幾天來看望你呢。」女醫生笑了起來，說：「不！他們弄錯了！」

原來是這麼一回事——那天，李淑惠正在給一個重病的女孩子打針，忽然小寨來電話，說有個景頗女人難產。既是難產，那必須由她親自走一趟了。於是她回了電話，應許很快就去。但沒料到，那女孩注射後沒見效，反倒有些惡化了。因此，李淑惠不能脱身。正為難時，有個接生員請求讓她去，她是一個新手，沒有應付過難產情況。可是，別的人都派出去了，李淑惠只得允許她去。當天，河水意外暴漲，斷了路，接生員憑着一扇竹門過了河——好險呀！差一點給滾滾的山洪吞掉。她勉強打起精神，接完生，便暈倒了，昏昏迷迷躺了一夜。第二天水落了，當地駐軍有輛馬車要到皆東送給養，把她帶回了衛生院，直到第三天清早才完全甦醒過來。

女醫生解釋過了，把那份禮物還給趙啟明，說：「還是由你親自交給接生員吧！」說畢，叫過一個護士，吩咐說：「你帶這位同志去找找刀含夢！」唔！是她呀！趙啟明不禁愣怔了一下，這是他再也想不到的。剛才，從街口大青樹下路過時，他還向甜酒攤那兒留意了一下，想看看他的病人刀含夢。現在，他暗自為這種想法抱愧了。可不是嗎，為什麼只有在甜酒市上才能見到她呢！

……刀含夢病好後，隨即來到衛生院，請求留她在這兒掃地、做飯、洗衣裳。因為她害病時用了很多藥，出不起錢，想要做活抵償。院長一聽笑了，說明她可以免付醫療費。後來，衛生院開辦收生訓練班，院長想起了刀含夢，親自上門來，邀請她參加學習。刀含夢當時並沒有弄明白訓練班是怎麼一回事，但她卻滿口應承了。她想：人家救了你一命，給人家做些事是理當的呀！

刀含夢在訓練班學習收生期間，常常獨自待在那兒，一雙水汪汪的大眼睛凝視着地下出神。她竭力搜尋着對於趙啟明的記憶。但是，只覺得模模糊糊，甚至他的面孔也記得不那麼真切。以前，她壓根兒沒有認真理會過他。病時倒是常在一處，但她多半又是處在神志不清的境況中。不過，有一個印象，對她卻是異常深刻的：助理醫生每次來，總是先把手按在她額前，那手很大，冰涼冰涼的，拿開時總要順勢理理她的鬢髮。記得這一種情景，刀含夢的心就不由地跳蕩起來。她想啊，想啊！一連串的想象，又美好，又虛幻。人家說，不愛講話的人最善於幻想，一點也不假。一次，她去擔水，水桶沒舀滿就停止了，因為她偶然記起，曾在這河邊遇見過助理醫生，他許是趕着要去給誰瞧病，走得很快，皮掛包在背後擺呀擺的。她在河邊出了半天神，把家裡等着燒水煮飯的事忘得一乾二淨，直到聽到小竹屋裡媽媽叫喚自己的名字，才從甜蜜的夢中驚醒，挑起水桶跑回家來，刀含夢也沒有忘掉，那次助理醫生要她把碗刷洗乾淨，她偏要用那髒碗賣甜酒，引得顧客們鬨笑一場。她責怪自己，那時候怎麼那麼傻，那麼蠢呀！刀含夢也常常提醒自己，你跟那個有能耐的醫生之間距離太遠了，你能指望他把一個賣酒婆娘看在眼裡嗎？這是沒邊沒沿的事。想到這，刀含夢就傷心不已。她還記起，他離開皆東時，講都沒跟她講一聲。如今兩年了，沒有他的一絲兒音信，她多麼想見到他呀！她認定永遠也不會見到他了。

護士把趙啟明領到一所新蓋的大院裡，這是小學校，教室裡正在上課。隔着玻璃看去，從黑板上寫的字和畫的圖，他知道是在講生理衛生課。再看那女教師，穿着傣族姑娘的束身罩衫，卻是剪髮，戴一頂制服帽。當那年輕的女教師無意中側轉臉時，趙啟明才認出來，就是她！

依着那個護士，就敲門進去，把刀含夢喚出來。但趙啟明不許可，他悄悄推門進去，坐在最後一排的空位上。刀含夢沒有發現增添了一個學生，她照常講下去。趙啟明驚奇着，這哪裡還是大青樹下的那個賣酒女，簡直是從師範學校畢業出來的一位相當老練的女教師。下課鈴響了。當刀含夢夾着課本走出教室時，趙啟明迎了上去。那女子見到助理醫生，怔住了，不禁退縮了一步。這對她太突然，太意外了！她慌了，她怕，好一陣沒說出話。過後她才清醒過來，凝望着助理醫生，怯怯地說：「你回來了！」

他們一同走出小學校。趙啟明已經把受人之託的事忘得一乾二淨，他提着景頗人那份禮物，和刀含夢並肩默默地出了街口。到了僻靜處，刀含夢悄聲問道：「前年，你走的時候，怎麼不做聲？」趙啟明低低回答說：「那天，我到你們家去了，正趕上你在睡。我本想叫醒你的，可是，我想，我想跟你說什麼呢？想不出來要跟你說什麼，就沒有叫醒你。」

言談間，已經順小道進入密密蔥蔥的香蕉林，除了蟬兒在香蕉葉上不住聲地叫喚，四外什麼聲音也聽不見了，真靜呀！這時他們才意識到，他們是盲目地在走，並不明確要往哪兒去，於是同時止住了步。刀含夢低下頭來，雙手捧住自己發燒的面頰，說：「走！到我們家去吧，我讓媽給你做甜酒吃！」

1958 年 2 月於北京

（原載《人民文學》1958 年第 4 期）

# 山那面人家

**周立波**

周立波（1908—1979），湖南益陽人。作家。著有短篇小說集《鐵門裡》、《禾場上》，短篇小說《湘江一夜》，長篇小說《暴風驟雨》、《山鄉巨變》、《鐵水奔流》等。

踏着山邊月映出來的樹影，我們去參加山那面一家人家的婚禮。

我們為什麼要去參加婚禮呢？如果有人這樣問，下邊是我們的回答：有的時候，人是高興參加婚禮的，為的是看着別人的幸福，增加自己的歡喜。

有一群姑娘在我們的前頭走着。姑娘成了堆，總是愛笑。她們嘻嘻哈哈地笑個不斷綫。有一位索性蹲在路邊上，一面含笑罵人家，一面用手揉着自己笑痛了的小肚子。她們為什麼笑呢？我不曉得。對於姑娘們，我了解不多。問過一位了解姑娘的專家，承他相告：「她們笑，就是因為想要笑。」我覺得這句話很有學問。但又有人告訴我：「姑娘們笑，雖說不明白具體的原因，總之，青春，健康，無掛無礙的農業社裡的生活，她們勞動過的肥美的、翡青的田野，和男人同工同酬的滿意的工分，以及這迷離的月色，清淡的花香，朦朧的、或是確實的愛情的感覺，無一不是她們快活的源泉。」

我想這話也似乎有理。

翻過山頂，望見新郎的家了。那是一個大瓦屋的兩間小橫屋。大門上掛着一個小小的古舊的紅燈。姑娘們蜂擁進去了。按照傳統，到了辦喜事的人家，她們有種流傳很久的特權。從前，我們這一帶的黃花姑娘們，在同伴新婚的初夜，總要偷偷跑到新房的窗子外面、板壁下邊去聽壁腳，要是聽到類似這樣的私房話：「喂，困着了嗎？」她們就會跑開去，哈哈大笑；第二天，還要笑幾回。但也有可能，她們什麼也聽不到。有經驗的、也曾聽過人家壁腳的新人，在這幸福的頭一天夜裡，可能半句話也不說，使窗外的人們失望地走開。

走在我們前頭的那一群姑娘，急急忙忙跑進門去了，她們也是來聽壁腳的嗎？

我在山裡摘了幾枝茶子花，準備送給新貴人和新娘子。到了門口，我們才看見，木門框子的兩邊，貼着一幅大紅紙對聯，紅燈影裡，顯出八個端正的字樣：

歌聲載道
喜氣盈門

我們走進門，一個青皮後生子滿臉堆笑，趕出來歡迎。他是新郎鄒麥秋，農業社的保管員。他生得矮矮墩墩，眉清目秀，好多的人都說他老實，但也有少數的人說他不老實，那理由是新娘很漂亮，而漂亮的姑娘，據說是不愛老實的男人的。誰知道呢，看看新娘子再說。

把茶子花獻給了新郎，我們往新房走去。那裡的木格窗子上糊上了皮紙，當中貼着個紅紙剪的大喜字，四角是玲瓏精巧的窗花，有鯉魚、蘭草，還有兩隻美麗的花瓶，花瓶旁邊是兩隻壯豬。

我們攀開門簾子，進了新娘房。姑娘們早在，還是在輕聲地笑，在講悄悄話。我們才落座，她們一鬨出去了。門外是一路的笑聲。

等清靜一點，我們才過細地端詳房間。四圍坐着好多人，新娘和送親娘子坐在床邊上。送親娘子就是新娘的嫂嫂。她把一個三歲伢子帶來了，正在教他唱：

三歲伢子穿紅鞋，
搖搖擺擺上學來，

先生莫打我，

回去吃口汁子①又來。

我偷眼看了看新娘卜翠蓮。她不蠻漂亮，但也不醜，臉模子，衣架子，都還過得去，由此可見，新郎是個又老實又不老實的角色。房間裡的人都在看新娘。她很大方，一點也沒有害羞的樣子。她從嫂嫂懷裡接過姪兒來，搔他胳肢，逗起他笑，隨即抱出房間去，撒了一泡尿，又抱了回來，從我身邊擦過去，留下一陣淡淡的香氣。

人們把一盞玻璃罩子煤油燈點起，昏黃的燈光照亮了房裡的陳設。床是舊床，帳子也不新；一個繡花的紅緞子帳簷子也半新不舊。全部鋪蓋，只有兩隻枕頭是新的。

窗前一張舊的紅漆書桌上，擺了一對插蠟燭的錫燭台，還有兩面長方小鏡子，此外是貼了紅紙剪的喜字的瓷壺和瓷碗。在這一切擺設裡頭最出色的是一對細瓷半裸的羅漢。他們挺着胖大的肚子，在哈哈大笑。他們為什麼笑呢？既是和尚，應該早已看破紅塵，相信色即是空了，為什麼要來參加人家的婚禮，並且這樣歡喜呢？

新房裡，坐在板欖上談笑的人們中有鄉長、社長、社裡的獸醫和他的堂客。鄉長是個一本正經的男子，聽見人家講笑話，他不笑，自己的話引得人笑了，他也不笑。他非常忙，對於婚禮，本不想參加，但是鄒麥秋是社裡的幹部，又是鄰居，他不好不來。一跨進門，鄒家翁媽迎上來說道：

「鄉長來得好，我們正缺一個為首主事的。」意思是要他主婚。

當了主婚人，他只得不走，坐在新娘房裡抽煙，談講，等待儀式的開始。

社長也是個忙人，每天至少要開兩個會，談三次話，又要勞動；到夜裡，回去遲了，還要挨堂客的罵。任勞任怨，他是夠辛苦的了。但這一對人的結合，他不得不來。鄒麥秋是他得力的助手，他來道賀，也來幫忙，還有一個

① 汁子：奶汁。

並不宣佈的目的，就是要來監督他們的開銷。他支給鄰家五塊錢現款，叫他們連茶飯，帶紅紙燭，帶一切花銷，就用這一些，免得變成超支戶。

來客當中，只有獸醫的話多。他天南地北，扯了一陣，話題轉到婚姻制度上。

「包辦也好，免得自己去操心。」獸醫說。他的漂亮堂客是包辦來的，他很滿意。他的臉是酒糟臉，紅通通的，還有個疤子，要不靠包辦，很難討到這樣的堂客。

「當然是自由好嘛。」社長的堂客是包辦來的，時常罵他，引起他對包辦婚姻的不滿。

「社長是對的，包辦不如自由好。」鄉長站在社長這一邊，「有首民歌，單道舊式婚姻的痛苦。」

「你唸一唸。」社長催他。

舊式婚姻不自由，
女的哭來男的愁，
哭得長江漲了水，
愁得青山白了頭。

「那也沒有這樣的厲害。」社長笑笑說。

「我們不哭也不愁。」獸醫得意地看看他堂客。

「你是瞎子狗吃屎，瞎碰上的。」鄉長說，「提起哭，我倒想起津市那邊的風俗。」鄉長低頭吸口煙，沒有馬上說下去。

「什麼風俗？」社長催問。

「那邊興哭嫁，嫁女的人家，臨時要請好多人來哭，闊的請好幾十個。」

「請來的人不會哭，怎麼辦？」獸醫發問。

「就是要請會哭的人嘛。在津市，有種專門替人哭嫁的男女，他們是幹這行業的專家，哭起來，一數一落，有板有眼，好像唱歌，好聽極了。」

窗外爆發一陣姑娘們的笑聲，好久不見的她們，原來已經在練習聽壁腳了。新房裡的人，連新娘在內，都笑了，鄉長照例沒有笑。沒有笑的，還有獸醫的堂客。她皺起了眉毛。

「你怎麼樣了？」獸醫連忙低頭小聲問。

「腦殼有點昏，心裡像要嘔。」漂亮堂客說。

「有喜了吧？」鄉長說。

「找郎中沒有？」送親娘子問。

「她還要找？夜夜跟郎中睡一床。」社長笑笑說。

「看你這個老不正經的，還當社長呢。」獸醫堂客說。

外邊有人說：「都佈置好了，請到堂屋去。」大家擁到了堂屋，送親娘子抱着孩子，跟在新人的背後。姑娘們也都進來了。她們倚在板壁上，肩挨着肩，手拉着手，看着新娘子，咬一會耳朵，又低低地笑一陣。

堂屋上首放着飯桶、籮筐和曬簟，這些都是農業社裡的東西。正當中的長方桌上，擺起兩支點亮的紅燭，燭光裡，還可以清楚地看見兩隻插了茶子花枝的瓷瓶。靠裡邊牆上掛一面五星紅旗，貼一張毛主席肖像。

儀式開始了，主婚人就位，帶領大家，向國旗和毛主席行了一個禮，又唸了縣長的證書，略講了幾句，退到一邊，和社長坐在一條高櫈上。司儀姑娘宣佈下面一項是來賓演說。不知道是哪個排定的程序，把大家最感興趣的一宗——新娘子講話放在末尾，人們只好懷着焦急的心情來聽來賓的演說。

被邀上去演講的本來是社長，但是他說：

「還是叫新娘子講吧。我們結婚快二十年了，新婚是什麼味兒，都忘記了，有什麼說的？」

大家都笑了，接着是一陣鼓掌。掌聲裡，人們一看，走到桌邊準備說話的，不是新娘，而是酒糟臉上有個疤子的獸醫。他咬字道白，先從解放前後國內的形勢談起，慢慢吞吞地，帶着不少的術語，把詞鋒轉到了國際形勢。聽到這裡，鄉長小聲地跟社長說道：

「我還約了一個人談話，要先走一步，你在這裡主持一下子。」

「我也有事，要走。」

「你不能走，都走了不好。」鄉長說罷，向鄒家翁媽抱歉似的點點頭，起身走了。社長只得留下來，聽了一會兒，實在忍不住，就跟旁邊一個辦社幹部說：

「人家結個婚，跟國際國內的形勢有什麼關係？」

「你不曉得呀，這叫八股；才講兩股，下邊還長呀。」辦社幹部說。

隔了半點鐘，掌聲又起，新娘子已經上去，獸醫不見了。髮辮紮着紅絨繩子的新人，雖說大方，臉也通紅了。她說：

「各位同志，各位父老，今天晚上，我快活極了，高興極了。」

姑娘們哧哧地笑着，口說「快活極了，高興極了」的新娘，卻沒有笑容，緊張極了。她接着講道：

「我們是一年以前結婚的。」

大家起初愣住了，以後笑起來，但過了一陣，平靜地一想，知道她由於興奮，把訂婚說做了結婚。新娘子又說：

「今天我們結婚了，我高興極了。」她從新藍制服口袋裡掏出一本紅封面的小冊子，攤給大家看一看，「我把勞動手冊帶來了。今年我有兩千工分了。」

「真不兒戲。」一個青皮後生子失聲叫好。

「真是乖孩子。」一個十幾歲的後生子這樣地說。他忘了自己真是個孩子。

「這才是真正的嫁妝。」老社長也不禁嘆服。

「我不是來吃閒飯依靠人的，我是過來勞動的。我在社裡一定要好好生產，和他比賽。」

「好呀，把鄒家裡比下去吧。」一個青皮後生子笑着拍手。

「我的話完了。」新娘子滿臉通紅，跑了下來。

「沒有了嗎？」有人還想聽。

「說得太少了。」有人還嫌不過癮。

「送親娘子，請。」司儀姑娘說。

送親娘子摟着三歲的孩子，站起來說：

「我沒學習，不會講話。」說完就坐下去了，臉也漲得鮮紅。

「要新郎公講講，敢不敢比？」有人提議。

「新郎公呢？」

「沒有影子了。」有人發現。

「跑了。」有人斷定。

「跑了？為什麼？」

「跑到哪裡去了？」

「太不像話，這叫什麼新郎公？」

「他一定是怕比賽。」

「快去找去，太不像話了，人家那邊的送親娘子還在這裡。」社長說。

好幾十個人點着火把，擰亮手電，分幾路往山裡、塅裡、小溪邊、水塘邊，到處去尋找。社長領頭，尋到山裡的一路，看見儲藏紅薯的地窖露出了燈光。

「你在這裡呀，你這個傢伙……」一個後生子差點要罵他。

「你為什麼開溜？怕比賽嗎？」老社長問他。

鄒麥秋提着一盞小方燈，從地窖裡爬了出來，拍拍身上的泥土，抬抬眉毛，平靜地，用低沉的聲音說道：

「我與其坐冷板櫈，聽那些牛郎中空口說白話，不如趁空來看看我們社裡的紅薯種，看爛了沒有？」

「你呀，算是一個好的保管員，可不是一位好的新郎公。不怕愛人多心嗎？」社長的話，一半是誇獎，一半是責備。

把新郎送回去以後，我們先後告辭了。踏着山邊斜月映出的樹影，我們各自回家去了。同路來的姑娘們還沒有動身。

飄滿茶子花香的一陣陣初冬月夜的微風，送來姑娘們一陣陣歡快的、放縱的笑鬧聲。她們一定開始在聽壁腳了，或者已經有了收穫吧？

（原載《人民文學》1958年第11期）

馬烽

馬烽（1922—　），山西孝義人。作家。筆名閆志吾、孔華聯。著有短篇小說集《村仇》、《太陽剛剛出山》、《三年早知道》，長篇小說《呂梁英雄傳》（與西戎合作），長篇紀實文學《劉胡蘭》等。另有《馬烽小說選》出版。

# 我的第一個上級

去年夏天，我在省水利學校畢業以後，很快就被分配到這個縣來工作。當時，心裡覺得很不平靜，說不來是興奮，還是緊張。大約初次走上工作崗位的青年學生，都有過這種心情。

那次，我是騎着自行車，帶着行李趕來「上任」的。我所以不搭汽車，目的是要做一次長途鍛煉。今後要在農村工作了，沒有這種本領還行？那天，我天不明就動身走，到達縣城的時候，已經快晌午了。一進城就碰了件不順氣的事：我騎着自行車正往前走，迎面來了個老頭，這真是個怪人。天氣這麼熱，正是三伏時候，街上所有的人都穿着單衣服，有的只穿着個汗背心；而他卻披着件夾衣，下身穿着條黑棉褲，褲腳還是扎住的，頭上又戴了頂大草帽。這不知道是嫌熱，還是怕冷？他低着頭，駝着背，倒背着手，邁着八字步朝我走過來。我早就響起了車鈴，他連頭都沒有抬一下，仍然慢吞吞地在街心邁八字步。直到相離只有幾尺遠的時候，他才抬起頭來看了一眼，向右邊挪了兩步。可是，已經晚了。因為我見他不讓路，本打算從右邊繞過他去，誰知他也往右邊躲，正好碰上。「說時遲，那時快」，猛然一下就把他撞倒，我也從車上跌下來了。我走的又累又餓，剛才他不讓路就窩着一肚火，這一下更火了。我爬起來邊扶自行車，邊大聲吼道：「你就不長着耳朵？聽不見鈴響？」我說了這麼一句沒禮貌的話，當時就有點後悔，他並不是不讓路，只是遲了點。再說他被自行車撞倒，心裡還能痛快？我想他決不會和我善罷甘休，看來是非吵一架不可了。誰知完全出乎我意料之外，他撿起草帽，一邊慢慢往起爬，一邊和和平平地說道：「你也別發火，我也不要生氣。反正都跌倒了，各人爬起來走吧！」這時我才看清了他的面孔，原來不是什麼老頭，看樣子頂多不過四十歲。四方臉，光頭，面色蒼白，臉上沒有一點生氣的意思。他站起來看了我一眼，拍了拍身上的土，照舊背起手，低着頭，邁着八字步走了，好像根本沒和我發生任何糾葛一樣。我被他這種冷淡的態度，弄得不知該怎麼好了。一直望到他拐進另一條街，我才推上自行車繼續往前走，心裡不由得說：這可真是個怪人。

那天，我一到縣委組織部，馬上就把工作確定了。組織部要我暫時先到防汛指揮部去協助工作。我二話沒說就去了。

防汛指揮部就在組織部這個院子裡，佔着一間大南房。接待我的是一個歲數和我差不多的小伙子。他自我介紹道：「我叫秦永昌。以後你就叫我老秦吧。叫小秦也可以，隨你的便。」接着又指指這間房子說：「這就是咱們辦公的地方，也是宿舍，也是會客室……這叫綜合利用。」看起來小秦是個性格很開朗的人，也是個熱情的人。他邊說邊就幫我鋪床、整理東西，一轉身又打來了洗臉水，還端來半個大西瓜。沒過了一個鐘頭，我們就像朋友一樣熟悉了。

午睡起來以後，小秦給我簡單介紹了一下工作情況：防汛指揮部是個臨時組織，總指揮是縣委第一書記，副總指揮是農建局田副局長，其他各股的負責人，也都是各單位負責幹部兼任的。說來說去，實際上專職搞這個工作的只有他一個人，而他也是臨時從水利科調來的。我問小秦：「具體業務誰領導？」小秦說：「田副局長。走，我先引你去見見他。」說着站起身來就往外走。我也只好跟着他去。

農建局就在縣委會斜對門，是一座普通的四合院。田副局長住在東房裡。我們進去的時候，見田副局長蹲在椅子上，低着頭，好像在寫讀書筆記。旁邊放着一本翻開的《毛澤東選集》，字裡行間劃了許多圈圈道道。小秦說：

「老田，組織部給咱們調來個同志。」他連頭都沒抬，只說了句：「好嘛！」小秦忙又向他介紹道：「這是彭傑同志。水利學校剛畢業的洋學生。」這時他才放下筆，抬起頭來望了我一眼，我一看到他的面孔，不由得吃了一驚。這可真是「無巧不成書」，原來我的這位「頂頭上司」，就是上午被我在街上撞到的那個人，我想起那句沒禮貌的話，心裡覺得很不好意思。

小秦在這裡好像是主人一樣，他搬了個椅子讓我坐，又從暖水瓶裡給我倒了一杯水，隨手又去整理桌子上亂七八糟的書報。老田蹲在椅子上沒動，向我簡單地說了說應該做的工作：他要我先熟悉一下全縣的河流渠道，然後再到幾個重點村去跑跑。他講話的聲音很低，很慢，好像沒有吃飽飯一樣。談完工作，他忽然向我說道：「剛才我就看你有點面熟，好像見過。唔，對，是見過。」小秦搶着問道：「在哪裡見過？」我覺得我的臉刷一下紅了。不知該怎麼說好了。幸好這時進來一個幹部，給老田送來一份公文，要他簽字，這才算救了我的駕。

我們回到辦公室以後，小秦又追問我什麼時候和老田認識的。我只好把上午撞車的事給他說了一遍。小秦說：「沒啥，老田根本就不會計較這些事，你別多心。」我說：「當時我確實是有點生氣。我搖了半天車鈴，他連頭都沒抬一下。」小秦笑着說：「你搖鈴管啥用，就是打炮他也不一定理你，他就是那麼個疲性子人！」接着他給我講了一件老田的故事。他說：「有一次老田下鄉去了，獨個住在一間房子裡。半夜裡起了大風，忽然房頂上「咔嚓」一聲巨響，把他驚醒了。他躺在被窩裡動都沒動，拿手電向屋頂照了照，只見房樑快要折斷了，好像馬上就要倒塌的樣子。他看了看，自言自語地說：「我就不信等不到明天！」翻了個身，又睡着了。

我聽完，差點笑出眼淚來。我說這是小秦編造的，他沒敢肯定確有其事，只是笑着說：「信不信由你，僅供參考。」

我來了還不到一個星期，和老田的接觸還不多，他只來過我們辦公室兩次，我和小秦去給他匯報過一次各地防汛工作的準備情況。但就從這些接觸當中，我覺着他確實是個疲疲沓沓的人。走起路來總是低着頭，背着手，慢慢地邁着八字步；講起話來總是少氣無力；處理問題總是沒緊沒慢拖拖拉拉，好像什麼事都不能使他激動。我遇到這麼個倒霉上級，心裡真有點惱火。不過，他交代給我的工作，我還是盡力去做了。

這期間，我的主要任務是熟悉情況，同時也要幫助小秦督促各鄉進行防汛的準備工作。我把全縣的河流渠道圖看了好多遍，讀了好多有關洪水的資料。全縣境內，總共有三條河流，都是由西向東，由山區流向平川。說是河流，實際上都是乾的。根據資料看，解放以來，只有一九五四年八月間，發過一次特大洪水。以後，幾年都是平安無事。我想今年大約也不會發生什麼問題，因為眼看汛期就快過去了，還沒有一點音訊。誰知就在我來到這裡的第九天夜裡，山洪爆發了。

那天白天，晴空萬里，氣象預報也沒講有暴雨。只是傍晚時候，西邊有一片濃雲。晚上十點多鐘的時候，小秦已經躺下了，我坐在燈下正給他讀一篇小說。忽然電話鈴響了，我忙扔下書本抓起了耳機。電話是張家溝水委會打來的，說永安河發山洪了，估計有一百多個流量。我聽完吃了一驚，因為從資料上還沒發現這條河有過這麼大的洪水，一九五四年也只不過是七十個流量。我放下耳機，忙把這個消息告給小秦。我們正在分頭給沿河各村打電話的時候，另一個電話鈴響了。是安樂莊打來的。這可真是個使人吃驚的消息，簡直把我嚇慌了。我扔下耳機說了句：「安樂莊決口了！」匆匆忙忙就往外跑，我得趕快把這消息告給老田。總指揮到地委開會去了，只有去找他商量辦法了。我一口氣跑到農建局，推開他的房門，就撞了進去。他已經睡下了，燈還沒熄。我一進門就大聲喊道：「老田，快起，永安河發洪水！安樂莊決口了！」他一隻手撐着床，支起半個身子來問道：「安樂莊什麼地方決口了？」我告他說在汽車路東，決口有四丈多寬。我想他一定會馬上起來穿衣服，跟我到指揮部去。誰知他聽完，反而躺下了，平平淡淡地說：「沒甚要緊，這只是下游幾個村少澆點地。」當時我又急又氣地說道：「你知道有多麼大流量？一百多個！」他不緊不慢地說：「那更沒辦法！反正堵也堵不住。任由它流吧。」我聽他這麼說，真想撲上去把他拉起來，狠狠地揍他一頓。這算什麼防汛副總指揮？簡直疲沓的太不像話了。

正在這時，小秦慌慌急急跑來了，一進門就大聲說：「三岔河也發洪了！」他的話音剛落，老田就像中了電似地「呼」一下坐了起來，睜大眼睛急問道：「多大流量？」小秦說電話是三岔鄉秘書打的，他弄不清流量，只說水已經漫到龍王廟背後了。老田說：「那至少有九十個。」他一面急忙穿衣服，一面向我們說：「趕快通知海門村、田家莊，全體上堤。快！」我和小秦扭身就往回跑。

我跑回辦公室的時候，只見房裡有好些人：新調來的郝書記，縣委辦公室王主任，兵役局牛局長，另外還有農村工作部的幾個幹事。很顯然這是小秦通知他們的。他們有的在打電話，有的正圍着河流渠道圖爭論什麼。人們的臉色都很嚴肅，屋子裡的空氣非常緊張。他們一見我兩個進來，都急着問道：「老田來了沒有？」小秦說：「就來！」我忙去給海門村打電話。剛把電話打完，老田已經來了，一手提着根棍子，一手拿着件雨衣，雖然還是那身穿戴，但神氣全變了。精神抖擻，滿面紅光，臉上的表情又嚴肅又冷靜。他大踏步跑進來，把手裡的東西扔在床上，衝着兵役局牛局長說：「馬上把城關基幹民兵集合起來，帶到東會南堤上去，你親自去！」牛局長像是接到了將軍的命令，什麼話也沒有講，應了聲「是」，轉身就走了。老田又向辦公室王主任說：「趕快把汽車開到門口。」然後他就抓起耳機來給各村打電話。

大家都悄悄地望着他，屋子裡只有他一個人說話的聲音。他大聲地對着耳機喊道：「電話局，馬上接杜村，上舍，古城……杜村，你是誰？……我是老田。聽着，把三支渠的閘撥開一孔……什麼？已經全拔開了？我就怕你們來這麼一手，馬上閘住兩孔……渠道是去年冬天新修的，怎麼能一下放那麼大的水？出了亂子怎麼辦？……不要擔心澆不了多少地，後半夜有大水。你把閘口把守好吧！」他放下這個耳機，馬上又抓起另一個，詳細的指示上舍和古城：要防守哪段河堤，開哪個支渠閘，閉哪個支渠閘，先往哪個水庫蓄，後往哪個水庫蓄……我聽他這麼講，忙把河流渠道圖鋪在他面前的桌子上。他根本沒看一眼，繼續講他的。他連哪條斗渠應當如何，哪條澇渠應當怎樣都講了出來。他對這些渠道的熟悉程度，簡直使人吃驚，好像在數自己的手指頭一樣。

老田打完電話，擦了擦頭上的汗水，對王主任說：「老王，你和小秦在這裡守電話。郝書記，你們去睡覺吧。」回頭對我說：「咱倆到海門去，恐怕那裡南堤要出問題。」我說：「南堤很結實，是北堤單薄一些。」前天我才去了海門一趟，這點我知道的很清楚。他說：「你不看外邊刮着東北風？」他這麼一講，我才想起剛才出去的時候，外邊確實是起風了。不過我根本沒注意風的方向。這時王主任對老田說：「你身體不好，我去吧，你在家指揮。」老田說：「你去不抵事！」說着拿上棍子和雨衣就往外走。我拿了件棉襖也跟了出來。吉普車早已停在大門口了。我們上了車，老田說：「到海門去，開快點。」車子馬上就開動了。

這天晚上，老田的這種變化，給我留下了很強烈的印象。洪水一來，他完全變成另一個人了。我真沒有想到他這麼果斷，自信心這麼強！但也有些事使我迷惑不解：兩條河都發了洪水，安樂莊還決了口，他一點都不着急，也沒採取任何措施；而三岔河只有九十多個流量，為什麼就急成那個樣子？我知道三岔河以往是條害河，可是近幾年築了不少分洪工程。去年冬天還修了好幾個平地水庫。下游河道也很寬，可以通過二百個流量。難道九十個流量就值得這麼大驚小怪嗎？他說後半夜有大水，根據是什麼呢？

在車上，我向他提出了這些問題。他反問道：「永安河坡度比例多少？」我說：「千分之五十。」他又問道：「上游來水面積有多大？」我說：「九平方里左右。」這些數字我早背熟了。他聽完我的回答說：「對，這就是永安河的特點。坡度大，洪水來源少。別看來勢猛，頂多四個鐘頭河裡就乾了，四個鐘頭能把口子堵住？再說，不堵危害也不大，安樂莊汽車路東種的都是高稈作物，過一下水也淹不死。水從那裡漫下去就入了豐收渠，正好澆他們村北的老旱地。」我忙又問道：「三岔河後半夜真的會有大水？」他說：「沒錯，這九十個水量是正溝的水，南溝北溝山上覆蓋多，水下來要慢一些，至少要差三個鐘頭。可不就在後半夜。」停了一下又說：「這條河愈往下游坡度愈小，到海門夾沙畛一帶，只留下千分之一了！你想想，水量大，泄洪慢，這不要命？真要命！」他說完沉默了，顯然是在為海門擔心事。我也沒有再說什麼，心裡忽然想起了一件事來：我初來那天，小秦給我介紹情況的時候，曾經說過老田是縣裡的「土」水利專家，當時我沒有在意，後來看到他是那麼個樣子，我只當小秦開玩笑。現在我才明白，小秦講的是正經話，就憑這幾手，老田確實也夠得上個專家。

縣城距海門有二十多里路，汽車開到離海門還有三里多的時候，老田要司機把車停下來。他說：「前邊二支渠已經有水了，你返回去吧！」司機只好把車刹住，我也只好隨他下了車。

天上月黑星稀。我們迎着東北風往前走。老田拄着棍子在前邊引路，我緊緊跟在他後面。他走的飛快，我幾乎是小跑才能追得上。走到二支渠上，渠裡果然有水了。我們涉水過去，沒進海門村，順小路直奔南堤。通過一片高粱地，遠遠就看到堤堰上有許多燈籠晃來晃去。隱隱約約還可以聽到嘈雜的人聲和水的吼聲。老田步子更快了，我氣喘吁吁地跟着他奔跑。爬上南堤的時候，只見河裡的水已經漫到平台上來了。堤堰上到處堆着一捆一捆的蘆蓆、椽子、沙袋……人們有的在搬運器材，有的在抬土培堤。人來人往，亂哄哄。我們穿過人群，順堤往東走了一段，就到了防汛指揮所。這是一間泥土小房，房周圍也堆着好多防汛器材。我們進去的時候，只見屋裡擠滿了人，鄉黨委翟書記，海門村和田家莊的支書、社主任都在裡邊。一個個都是愁眉不展。有些人在拚命抽煙，滿屋子烏煙瘴氣。我們在門口站了半天，誰也沒有理睬。這時從門外進來個年輕姑娘，身上揹着個帶紅十字的背包，看樣子是醫生，她忽然發現了我們，驚喜地喊道：「啊，老田！」她這麼一叫喊，把全屋人都驚動了。人們都站起來，亂紛紛地喊道：

「老田來了？」

「知道你要來的！」

「你可來了……」

人們臉上的愁雲消散了，語音中充滿深厚的情感。看得出來，大家對老田十分信賴。好像只要老田一來，洪水再大也沒啥了不起。

老田問了問防汛器材準備的情況，搶險隊組織了多少人，又問河水上漲的速度。翟書記說：「一個鐘頭以前還是半河槽水，剛才一下子就漫到陽台上。」老田沉思了一下說：「這是北溝的水下來了。待一會還要猛漲，趕快把席子敷到堤上，看樣子風不會停。」他剛說完，就有幾個人跑出去了。

老田滿屋子掃了一眼說：「怎麼老姜頭沒來？」海門支書老靳說：「剛才覺得不要緊，就沒叫他。」老田生氣地說：「不怕一萬，只怕萬一。」說完隨手拿起了電話耳機。老靳說電話線斷了，正在派人修理。老田扔下耳機說：「你馬上回村去把他請來。」回頭又對我說：「你也跟他去，給牛局長打個電話，要他馬上把席子敷到堤上，要特別注意王家墳那一段。」我聽他吩咐完，連忙就跟老靳走出來。

我們從堤堰上走過去的時候，只見人們正在匆匆忙忙往堤上敷席子，有兩個人在互相低聲談論：

「老田一來，這就不怕啦！」

「不怕啦？沒危險老田來幹甚？」

「你別提心吊膽，老姜頭沒來！」

我低聲問老靳，老姜頭究竟是個什麼人。他說：「堵決口的行家。反正找他來就沒好事！」他嘆了口氣又說：「要真的決了口，南邊這七個村，都得灌了老鼠窩！」我聽了，心裡也覺得很沉重。我告他說，明年就沒關係了，秋後要在三岔河上游修水庫，我在縣上看到過這個計劃。

我們下了渠道，一口氣就跑到海門村。老靳去找老姜頭，我忙到社裡打電話。過了不多一會，老靳扶着個白鬍子老漢進來了。他給我介紹說這就是老姜頭。看樣子老姜頭有七十多歲，走起路來一搖一晃，好像隨時都可能摔倒。老靳要備牲口送他，他說：「你有事前頭先走吧，我後邊慢慢來。萬一要出險，也在後半夜哩！」我也說：「老靳，你先走吧，我照護老大伯。」老靳匆匆忙忙走了。我便扶着老姜頭，慢慢往堤上走。

路上老姜頭問我道：「老田病怎麼樣？好了嗎？」我反問道：「什麼病？」因為我根本不知道老田有病。老姜頭說：「你不知道啊！他腿疼得要命，去年冬天連炕都下不來了。叫什麼？……對了，關節炎！」

怪不得老田平常走路慢慢吞吞，怪不得這麼熱的天還穿着棉褲。我忽然想起他下了汽車以後走的那麼快，心裡說：「這不知道忍受了多大的痛苦啊！」

老姜頭是個很愛講話的人。他告我說：老田的關節炎是一九五四年得的。那年秋天，雨多洪大，這一帶都淹了。老田淋着雨渡着水指揮各村防汛排澇，一連在水裡泡了七天七夜。等洪水過去之後，他的兩條腿都被水浸得浮腫了。老姜頭讚嘆地說：「真是個幹家！比他爹還強！」接着他就給我講起了老田的歷史：

原來老田的家，就住在離海門村二里的田家莊。他爹活着的時候，和老姜頭是最好的朋友，是這一帶有名的水手頭。從前，每逢決了堤，總是他們幾個人負責堵。那時候，雖然縣上在這裡設有「河務委員會」，可是那些老爺們除了摟錢，什麼都不管。每年老百姓不知道要出多少河務捐款，但河堤經常是破破爛爛，多少發點洪水就決口，一年至少要決一兩次。有時候，一次就開兩三個口子。每逢洪水下來，那些老爺們不要說上堤，早夾着尾巴跑了。結果，老百姓花上錢，還是要自己去堵。

老田十來歲的時候，就跟着他爹和老姜頭在堤上幹事，這人膽大、心細，有股鑽勁。二十來歲的時候，就成了這一帶的紅人。解放後，縣上提拔他當了水利技術員，後來又入了黨，工作勁頭更大了，整天起來東跑西顛，領導各村挖河、開渠……一九五三年在專署訓練班學習了幾個月，本事更高了。現在全縣一些大的水利工程，都是他親手設計的。

我們談談說說，不知不覺已經走到南堤。老姜頭不讓從堤上走，要從莊稼地裡繞到指揮所去，我問他為什麼？他笑道說：「人們要看到我來，一定覺得不吉利。」我只好扶着他繞到指揮所那間小屋裡。

屋裡冷冷清清，只有老田和那個年輕女醫生在。只聽老田對她說：「桂蘭，你就在這裡守電話，不要亂跑，天塌了也不準離開！」看樣子電話已經修通了。老田說完，一扭身看到了我們，忙親熱地和老姜頭打招呼。老姜頭說：「怎麼？今晚上熬不過去？」老田皺着眉頭說：「風太大，危險啊！大叔，你先上炕躺躺吧，需要的時候再叫你。我要到東邊看看去。」說完就往外走。我也跟着他走出了屋門。

河裡的水比我離開時候又漲了好多，雖然離堤頂還差一公尺左右，可是風浪很大，風擁着浪花不斷向堤上猛撲，「刷——」撲上來，「嘩——」退回去。接着又撲上來，又退回去。要不是堤幫上敷着席子，無論如何也招架不住這麼沖刷。我和老田走了不長一段路，鞋襪全被濺上來的水花潑濕了。正走着，忽然前面傳來「哇——」一聲巨吼，接着就響起了緊急的鑼聲。

很明顯，前邊決口了。

我沒等老田吩咐，靈機一動轉身就去指揮所叫老姜頭。路上只見搶險隊的人們扛着器材，提着汽燈，叫喊着都朝響鑼的地方奔跑。我跑到指揮所門口，老姜頭正從屋裡出來，他大聲問我道：「哪裡？哪裡？」我向東指了指，他急忙就走，我忙過去扶他，他甩開我的胳膊，大踏步向前飛跑。我真弄不明白，為什麼他的腿腳忽然變得那麼靈敏了？

出了險的地方，燈火通明，人聲嘈雜，人們奔跑着，喊叫着，來來往往運送沙袋。大家見老姜頭來了，忙往兩邊讓路。我們走到前邊，只見河堤決開有兩丈多寬，洪水翻滾着浪花向外奔流，發出一種可怕的吼聲。我從來還沒有見過這樣的陣勢，簡直嚇得不知如何是好了。

老田站在那裡正指揮人們往決口處填沙袋，他背對着我們，看不見他臉上的表情，但從他的動作和說話的聲音中，可以感覺到他沒有一點驚慌的成份，反而顯得更加沉着，更加冷靜。

決口處流水太急，沙袋扔下去馬上就給沖跑了。而且堤堰在繼續傾塌，決口愈來愈大。對面翟書記和老靳也在領着人們填沙袋，但也不起作用。

老姜頭來了什麼話也沒說，悄悄地站在那裡觀察水勢，他看了好大一陣，這才大聲叫道：「停下來！」老田忙轉過身來，望着老姜頭說：「怎麼？要下樁？」老姜頭說：「是，不過先要護好斷頭。」老田說：「你吩咐吧！」回頭對我說：「快去給縣上報警……告訴他們，我們一定能堵住！一定要堵住！」他的語氣是那樣的堅決，那樣自信。我二話沒說，穿過雜亂的人群，就又跑到了小屋裡。

當我打完電話返回來的時候，這裡已經變得很有秩序了。人們排成兩行站在堤上，陸續不斷地往前傳遞木樁、蘆席、沙袋等各種器材。我從堤邊上繞到前邊，只見已打下去五根木樁，貼着木樁沙袋也已填出水面。老姜頭站在那裡紋絲不動，吆着號子，正指點人們打第六根樁。老田領着一些人，繼續填沙袋。對面，翟書記也在指揮人們打樁。打樁聲、號子聲、水聲、風聲攪混在一起，給人一種又緊張、又嚴肅的感覺。

堵口工程進行的很順利。決口慢慢在縮小，到夜裡三點多鐘的時候，只留下丈多寬了，眼看很快就可合龍閉氣。可是，這時候水也更猛更急。木樁剛打下去一半，就被沖走了，一連沖走四五根。最後一次，連幾個打樁的小伙子帶老姜頭，一下子都沖到水裡了。幸虧他們腰裡都拴着保險繩，沒沖走多遠，就被眾人七手八腳的拉上岸來。

老姜頭全身是水，臉色灰白，冷得直打哆嗦。他一爬上堤堰，就氣喘吁吁地對老田說：「堵不住啦！我是沒有這個本事了！」站在跟前的一些人聽老姜頭這麼說，都慌了。老姜頭接着又向老田央求道：「趁早讓人們回去吧！早點守住護村堰。要不，村子也得完蛋！」這一下，大家更慌了，議論紛紛，有些人轉身就想跑。

這時只聽老田大聲喝道：「別動！誰敢挪動一步，馬上把誰填到水裡！」他的臉色鐵青，眉眼惱的怕人，語氣十分堅決。大家都嚇呆了，立時鴉雀無聲。老田像隻猛虎一樣轉臉對老姜頭吼道：「非堵住不可！你再胡說八道惑亂人心，我先把你填到水裡！你要敢離開這裡一步，我馬上把你推下去！」老姜頭也給嚇住了，蹲在那裡一句話也沒敢說。老田又向決口那頭喊道：「老翟，馬上組織人，下水堵！」接着就聽到翟書記用廣播筒喊道：「會水的共產黨員、共青團員們，站出來準備下水。」

這裡，老田一面叫喊讓後面的人趕快往前運沙袋、木樁；一面把身上的筆記本、水筆都掏出來。看樣子，他要親自下水了。我忙說：「老田，你有關節炎，你不能下水！」老田瞪了我一眼，隨即把手裡的東西遞給我，轉身向眾人喊道：「會水的，跟着我來！」只聽人群中亂紛紛地說：「老田下水了！」「咱們還愣着幹嗎？」馬上就有五六個壯小伙子跑到他身邊，接着又跑出來幾個，又是幾個……人們一個個手挽手連成一串。老田領着頭下水了，渾濁的河水立時沒到他們的腰裡，很快就沒到胸口。老田拉着長長的隊伍往前走，湍急的河水沖得人們東倒西歪，但人們仍然不顧一切地往前走。對面翟書記挽着一串人下到河裡了，掙扎着往這邊移動。老田和翟書記一次又一次想靠攏拉起手來，但一次又一次被巨浪打開了。老田一連被水沖倒三次，他爬起來跌倒，跌倒爬起，繼續掙扎着前進。堤上的人都急得要命，都替他們提心吊膽，可是誰也沒有辦法。

蹲在地上的老姜頭，猛一下站了起來，向堤上的人喊道：「快！抬一根長電線桿來！」電線桿很快就抬來了，他指揮人們把電線桿橫卡到決口上，又向水裡喊道：「快，扶住桿子走！」老田和翟書記靠着電線桿，終於挽到一起了。水裡的人也都一個個緊挨着，靠在了電線桿上。這時，堤上又有很多人呼喊着手挽手下到水裡。轉眼間，決口上就排滿了一層又一層的人，結成了一條沖不斷的堤。

大股的洪水終於被攔住了。可是風浪也更加兇猛起來。一個巨浪接着一個巨浪，照他們劈頭蓋頂反撲。當巨浪撲上來的時候，所有的人都被吞沒了；當巨浪退下去的時候，無數的頭才又露出水面。他們吐掉嘴裡的泥漿，大聲地喘口氣，準備着迎接再一次的衝擊……

我們在堤上的人也緊張極了。老姜頭大聲地吆喝號子，指揮人們繼續打樁；我和另一些人把傳遞上來的沙袋匆忙往決口處填。風浪繼續不斷地反撲，站在水中的人們繼續堅持着。時間一點一點過去了。一根根木樁打下去，一袋袋沙土傳過來。決口逐漸在縮小，沙袋堤逐漸在增高……

天色愈來愈黑暗，氣候愈來愈冷。我站在岸上穿着棉衣還冷的打戰，站在水裡的人可想而知了。我看見他們一個個都是緊咬着牙關，忍受着風浪和寒冷的襲擊。老田站在那裡紋絲不動，嘴裡不住地喊着：「下定決心，不怕犧牲，排除萬難，去爭取勝利！」像是在鼓動別人，又像是在鼓動自己。

黎明時候，決口終於合龍閉氣了。洪水只好順着河槽奔流。當老姜頭喊出「合龍了！」的時候，人們都興高采烈地歡呼起來。水裡的人也叫喊着爬上堤堰。一個個滿身泥水，冷得直哆嗦，他們身上臉上都是泥漿，像是泥塑的一樣，但都在咧開嘴傻笑。堤上立刻燒起幾堆大火，讓他們烘烤。這時我發現水裡還站着一個人，我忙過去端詳了半天，才認出原來是老田。只見他閉着兩眼，咬着牙關，兩手緊抓着電線桿，身子趴在沙袋上一動也不動。我一看這樣子，嚇得大聲亂叫：「救人啊！救老田啊！」翟書記、老姜頭和其他一些人，急忙都跑過來，大家七手八腳才把老田拉上堤堰。他已經人事不省了。兩條腿彎曲得像兩張弓，鼻子裡只有一點微微的氣息。我們慌忙把他抬到指揮所小屋裡，翟書記忙讓人去綁擔架，接着又給縣上打電話，要汽車馬上來。我們給老田把濕衣服剝下來，老姜頭含着兩眶熱淚，脱下自己的夾襖，輕輕地蓋在老田身上。我也連忙脱下棉襖，蓋在他腿上。接着從門外遞進來一件又一件的乾衣服，這些衣服都是人們剛從自己身上脱下來的。我向門外看了看，門口站滿了人，都在關心地打問老田的消息。

桂蘭匆忙給老田打了兩針，又用松節油擦他的兩腿，這時我才發現他的兩個膝蓋完全紅腫了，小腿上佈滿了一楞一塊的青筋疙瘩。

過了半個多小時，老田漸漸緩過氣來了，他斷斷續續地說：「下定……決心……不怕……犧牲……」老姜頭趴在他耳邊大聲呼喚。老田慢慢睜開眼看了看，說道：「大叔，我罵你了，我……」老姜頭哭着說：「孩子，別說這話，你罵得對……」

擔架已經綁好了，不知誰還跑回村裡去拿來兩床被子，我們把老田安置在擔架上，人們就搶着來抬。當我們出了小房走到堤上的時候，太陽已經出山了，風早已停止，河水緩緩地流着。堤上的人們都用一種感激的眼光望着擔架。我們過了二支渠，汽車早已等在那裡，我們把老田抬上汽車，就一直開到縣立醫院……

兩個月之後，老田出院了，我這一次又是在街上碰到他了。他還是那個樣子：駝着背，低着頭，背着手，邁着八字步。只是步子邁得更慢了，背更駝了。我遠遠地望着他走過來，心裡有一種說不出的情感。我知道走過來的並不是什麼怪人，而是我的第一個上級。他是一個普普通通的領導幹部，同時也是一個值得受人尊敬的人。

（原載《人民文學》1959 年第 6 期）

陳翔鶴

陳翔鶴（1901—1969），四川成都人。作家。筆名陳祥和。著有短篇小說集《不安定的靈魂》、《獨身者》、《鷹爪李三及其他》，中篇小說《寫在冬空》等。另有《陳翔鶴選集》出版。

# 陶淵明寫《挽歌》

## 一

在六朝時候，宋文帝元嘉四年，陶淵明已經滿過六十二歲，快達六十三歲的高齡了。近三四年來，由於田地接連豐收，今年又是一個平年，陶淵明家裡的生活似乎比以前要好過一些。尤其是在去年顏延之被朝廷任命去做始安郡太守，路過潯陽時，給他留下了二萬錢，對他生活也不無小補。雖說陶淵明叫兒子把錢全拿去寄存到鎮上的幾家酒店，記在賬上，以便隨時取酒來喝，其實那個經營家務的小兒子阿通，卻並未照辦，只送了半數前去，其餘的便添辦了些油鹽和別的家常日用物。這種情形，陶淵明當然知道，不過在向來不以錢財為意的陶淵明看來，這也算不得什麼，因此並不再加過問。

在身體健康方面，雖說陶淵明自四十一歲歸田以後，即「躬耕自資，遂抱羸疾」，但在六十歲以前，他卻仍然不斷地參加部分勞動。只是當他滿過六十歲之後，他才把鋤頭交給兒子，說：「不成不成，手腳骨頭都鬆了，使用不得力，這些事只好交給你們來作了！」此後即很少自己動手，只於早晚間負手到田壠間去看看桑蔴禾黍，一面溫習溫習自己心愛的詩篇。

這一年潯陽的秋天，來得似乎比哪年都早；每到早晚間，八月裡的瑟瑟秋風便使人倍加有畏縮之感。這一天早晨，天剛一放亮，陶淵明便起來了。昨夜他在床上翻騰了一整夜。昨天在廬山東林寺給他的不愉快的印象實在太深了，這不能不逼使他去思考一些問題。因為他去廬山，本來是想同慧遠法師談談，同時也想在廟裡住上三五天，靜靜腦筋，換換空氣。卻不料一到東林寺，就遇見那裡正在大辦法事，來燒香的人真有如穿梭一般，進進出出，十分鬧雜。而尤其令他不愉快的，便是那盤腿打坐在大雄寶殿正中的慧遠和尚的那種近於傲慢、淡漠而又裝腔作勢的態度。這與他平時的為人是完全兩樣的。他頭戴毘盧帽，身披緋色羅袈裟，前後左右還圍着有一大群年輕俊美的小和尚，手中各持着銅唾盂、白玉柄麈尾、紫絲布巾帨等類的東西，儼然是另一種達官貴人的派頭。只見他半閉着眼睛，兩手合十，一任香客們在他座前四禮八拜，臉上紋絲不動，連一點表情都沒有；真不知他是在睡覺呢還是在閉目養神。法會一會兒正式開始了，首先由僧徒們高聲唪誦一通《無量壽佛經》，然後又由劉遺民來大唸一遍他自己作的所謂「發願文」，次即是由白蓮社中的社友們一齊向慧遠和尚頂禮膜拜；然後又由會眾大聲宣揚一陣「南無阿彌陀佛，觀世音菩薩，大勢至菩薩」的佛號，便算散會。這時他才微微地動了一下眼皮，在鐘鼓齊鳴中，喃喃唸道：「揭諦揭諦，波羅揭諦，波羅僧揭諦，菩提薩婆訶！」唸畢這種神秘而又令人難懂的咒語之後，他什麼也沒有說，便下得座來起身入內了。對於那些匍匐在地面上的會眾，連正眼都不曾看一眼，更不用說和氣地來同大家打個招呼了！這種毫不理會大家的態度，給陶淵明以一種大有「我慢」之概的印象。而這種「我慢」，又正是慧遠本人對陶淵明所時常提起，認為是違反佛理的。

「淵明公，你看這個唸佛法會怎樣？」到禪堂裡坐下喝茶時，劉遺民對他這樣問道。還不等他回答，周續之接着便說：「真正是名山勝會，世間少有啊！我看淵明公還是加入我們白蓮社的好。慧遠法師不是說你加入之後，還是特許可以喝酒嗎？」「對，對！還是加入的好。『潯是三隱』中有兩位都已經加入，淵明公再一加入，那便算是全數了！」只聽得張野、張銓、宗炳、雷次宗等陶淵明儒學中的朋友，當時所謂知名人士的，都一齊異口同聲地來勸說。「讓我再想想看。人生本來就很短促，並且活着也多不容易啊！在我個人想，又何必用敲鐘敲鼓來增加它的麻煩呢？」陶淵明邊說邊立起身來，打算出去。「你不坐坐，吃過午齋，去同法師談談再走嗎？」大家齊聲說。「不用啦，今天人多，他也很忙，改天再來。」陶淵明記得自己昨天正是這樣起身回家的。

雖說「背負爐峰（香爐峰），簩帶瀑布」的東林寺離陶淵明的住處柴桑山的栗里只不過二十多里地，可是陶淵明這次走起來卻覺得比往常任何一次都吃力。他停停走走地一直到將近黃昏時候才回到了家。在喝過一碗稀粥之後，他便上床睡覺了。他一方面雖然覺得自己腿酸腰疼，疲乏不堪，但一方面想睡卻又睡不着。而更可惡的是那種「鐺、鐺、鐺、鐺」的東林寺的鐘聲，於朦朧半睡中，還不住陰一下陽一下地在他耳邊鳴響。「看來東林寺以後是不能再去啦，這些和尚真作孽，總是想拿敲鐘敲鼓來嚇唬人。最可笑的還有劉遺民、周續之那一班人，平時連朝廷的征闢也都不應，可是一見了慧遠和尚就那樣的磕頭禮拜，五體投地！是不是這可以說明，他們對於生死道理還有所未達呢？死，死了便了，一死百了，又算得個什麼？哪值得那樣敲鐘敲鼓地大驚小怪！佛家說超脫，道家說羽化，其實這些都是自己仍舊有解脱不了的東西。」陶淵明就像這樣地想着想着，直翻騰了一整夜。

二

此刻，陶淵明是坐在他茅屋前面過道間的靠背胡床上面了。這還是他大兒子阿舒十多年前，在修蓋這所草屋時替他出的主意：即是把房簷盡量放得寬些，簡直有堂屋一般的寬，目的是好招待來拜訪的客人。不想這樣一來，陶淵明卻得到受用了。因為他近年來除了愛在床上躺躺之外，就喜歡斜倚在這過道間的胡床上，有時讀讀書，想想詩，望望南山，聽聽松濤和想想心事；有時也同來找他談天的鄰居們研究研究收成，話話桑蔴；如果當家釀黍酒新熟時，就同他們和和融融、喜笑顏開地喝上幾杯。

昨天夜晚剛下過一點小雨。屋檐下的幾棵柳樹，雖然在中秋的微寒裡已經不再茁長了，而且葉子已有點發黃，但早晨鄉間的空氣還是那般清新，簡直分辨不出哪是籬邊黃菊的芬芳，哪是田野間殘稻的穀香。陶淵明情不自禁地深深呼吸了幾口長氣。他因昨晚不曾睡好，雖然覺得頭有些發暈、口有些發苦、腰也有些發痛，但這一派遠遠近近的山光樹影，薄霧流雲，仍不能不使這位飽經憂患的老詩人，很自然地想要去停止一切不愉快的思考，好讓自己安靜一下。但秋天清晨的寒氣又使得陶淵明不得不把身上的灰布單袍往緊裡裹了一裹。「真正是秋天了呀！『良辰在何許，凝霜霑衣襟。』阮嗣宗的《詠懷詩》可真正做得不錯。還有呢，『感物懷殷憂，悄悄令心悲，多言焉所告，繁辭將訴誰。』像這樣的好詩，恐怕只有他一人才能寫得出來啦。我的詩似乎可以不必再寫了，只消讀讀他的《詠懷詩》也滿夠味的。」陶淵明不自禁地想起了他平時最心愛的阮詩來。他唸着，唸着，輕輕地頻頻地搖着頭，好像是要把那些使人瑟縮的秋氣趕跑似的。

就在這時候，一個身穿白布小褂，青布褲子的小孩，一蹦一跳地從後面跑出來了。這個孩子八歲左右，皮膚黑黑的，全身胖乎乎的。「呀，我知道，我知道，爺爺昨天又去廬山來着。總不帶我去，我不答應。」他邊說邊撲到陶淵明的懷裡來，用手去摸摸陶淵明的灰白鬍子。「你走得動嗎？我去的時候還是西頭的王家叔叔用籃輿抬我去的，回來自己走，可就不行啦，二十多里地就一直走到天黑。」陶淵明邊說邊抓住孫兒的兩隻小手，不讓他去弄亂他的鬍鬚。「我走得動，走得動，等下一回，你一定要帶我去，我跟着你籃輿走，一大步一大步地跨。」「小牛，你等不到。以後恐怕我就不會再去廬山啦。哎，不會再去啦！」「幹什麼不？我就一個人也要去。廬山真好玩兒。我就喜歡摸小和尚的腦袋。我摸他們，他們也摸我。上回我還同他們捉蜻蜓來着。真好玩兒。」「嗯……」陶淵明覺得對孩子簡直無理可說，便只得這樣嗯了一聲。

「哎，小牛，快下來！我不告訴過你，爺爺乘不起你嗎？還是那樣不聽話！」這時那個陶淵明的小兒媳婦已托着一個茶盤走了出來。她約有三十歲左右，身體壯健，足穿草履，身着青衣，髮髻綰得高高的，眉目間頗帶一點秀氣。她一面嚷着，將茶盤放到矮矮的小白木几上，便動手去拉那個淘氣的小孩。「不要緊，還乘得起，就讓他這樣吧！」陶淵明摸着小孫兒頭上的兩個丫角愛撫地說，同時又抬起頭去望了兒媳婦一眼，在他黑瘦清秀的方臉上不覺已露出了一點笑容。「這是南山上剛才摘下來的秋茶，昨天夜晚才炒好，請爺爺嚐嚐，看可合口味？」她恭順地說了，隨即斟出一杯碧綠的茶水遞給陶淵明。「給我喝，給我喝……」孩子又在撒嬌了。「好，好。我們大家都喝。媳婦，你辛苦，也來喝上一杯。」陶淵明一面給孩子喝茶一面要媳婦再去取個杯子。「我不忙。昨天爺爺那樣晚才回來，可把您累着了？要早知道您在廟裡只坐一會兒就走，那便不該把籃輿打發回來了，老年人哪裡走得了這樣多的路！」「不，不，還可以。阿通呢，下田去了嗎？」「哪裡，他還睡着呢。稻子一收上坡，他就該睡懶覺啦。有事嗎？我去喊他。」「沒事，沒事，讓他睡着吧。年輕人能睡得着覺總是好的。」陶淵明說到這裡蹙起眉，輕輕嘆了一口氣，看來他又是覺得腰有些發痛了。

這個媳婦仍然在陶淵明身邊站着沒有走，似乎尚有所待。陶淵明又抬起頭來疑問地望了她一眼。「昨天下午爹來啦，他還等了你老人家半天呢。」她關心地說。「找我可有事情？」「他把您的詩稿都拿走了。」聽到這裡，陶淵明在心內不禁也為之一驚。他間歇了一會兒才又追問：「他這是什麼意思，拿去做什麼用呢？」「據他老人家說，他找到一個什麼字寫得不錯的書手，打算把您的詩拿去重抄一遍，裝訂起來，以留作傳家之寶。等再過兩天，我一定去把稿子要回來……本來嘛，我就有點不大放心，怕有遺失。」她說罷將頭低了下去，彷彿做了一件什麼錯事似的。「哦，原來這樣！那就讓它去吧。當然，如果把稿子失掉了也是可惜的。」「不，過兩天我一定自己去要回來！」「好媳婦，你又何必這樣性急呢，等過些時候再說吧。稿子又不比可以吃得的東西，你還怕些什麼！」「哎，我本來就不願意給的，可是他老人家執意要拿去，真是叫人為難。」「給了就算了吧。不用去管它。寫着玩的東西，本來就不值得什麼，哪用得着這樣擔心！」陶淵明說畢，又望了兒媳一眼，同時有一種暖乎乎的感覺襲上心來。他簡直沒想到在自己的家裡，竟有人會這樣地珍視他的詩篇。隨着，這個少婦便拿起一個竹耙，走到籬笆外面去了。

至於說到對這位小兒媳婦的選擇，陶淵明起初還是有所考慮的，因為新娘的父親龐迭之曾經做過江州刺史劉弘的後軍功曹，家裡又廣有田產，他恐怕她過得門來不能吃苦安貧。何況阿通又有一種粗聲粗氣的戇脾氣。可是他的那個以愛管閒事著名的故人龐通之，卻竭力向他擔保說：「行！我說行就行，難道我自己的親姪女兒都不了解？她唸的《列女傳》、《論語》、《詩經》，都還是我一手教出來的呢。姑娘是個不多言多語的好姑娘，平時又很喜歡詩，你的許多詩她都能背得過來……固然，老頭兒有些俗氣、討厭，貪財好名。不過我們娶的是姑娘，而不是那個老頭兒。」

過門後，問題果然出來了。首先是大哥阿舒的老婆對新娘感情不好，不肯再管家；等龐家姑娘動手管家了，她又嫌別人管得不好，太費；接着就吵着要分家（陶淵明的其他三個兒子，因為小孩多，早就自立門戶了）；這時龐迭之也出來說了話。於是，平素就很不喜歡生活關係鬧得複雜的陶淵明，才決定讓他們各自東西，而自己仍同阿通夫婦一同過日子。所幸他所租得龐迭之的三十多畝田，近三四年來收成也還不錯，而阿通在莊稼上又是一個全把式，孩子也只有小牛一個，再加上陶淵明和兒媳婦兩個幫着薅薅鋤鋤，他們的日子總算勤巴苦做地度過去了。

陶淵明是從三十歲起就開始過獨身生活的。他的兩個妻室都早已前後亡故，只有那個「夫耕於前，妻鋤於後」的繼室翟氏，他對她始終保持着一種優美和崇高的柔情。而阿通又正是翟氏所生的（老二、老三、老四也都與阿通同母），因此他對於這個有點戇脾氣的小兒子便更加愛惜，不願同他離開。一個獨身生活過得太久的人，常常是有許多怪脾氣的。比如說，不大注意室內清潔，不許別人動用他的東西之類，陶淵明也不例外。可是這種獨身漢的生活習慣，到他五十六歲的那年，卻被一場嚴重的痢疾破除了。這時陶淵明病倒床上，看看已入危境，於是這個龐家姑娘才不避嫌疑，大膽地前去看護他，親自替他換洗衣衾，侍奉湯藥。等到病慢慢好了，這個少婦才真正成為這一家之主。而陶淵明也才重新感到有人照顧他生活的家庭之樂。

近幾年來，陶淵明又一連遇見了一些就連他自己也不大能理解的事情——那即是他不懂得為什麼如像本州（江州）刺史那樣的大官兒總愛來同他攀親論友。首先是刺史王弘，接着又是刺史檀道濟。而最使他不高興的便要數檀道濟來拜訪的那一次了。他帶有許多兵馬前來，吆吆喝喝，簡直把一個栗里村鬧得天翻地覆；老鄉們家家關門閉戶，一直等他走了以後才敢探出頭來。

陶淵明對於這個一州之長，自然是待之以禮。而檀刺史呢，在他高談闊論了一陣什麼賢者處世應當「天下無道則隱，有道則至」之後，竟至又說起打算要送他幾百斛粳米和多少口豬羊這類的話來了。這使得「逃祿歸耕」、一向不肯輕易接受人錢財的陶淵明，不禁覺得登時兩頰有些發燒起來。因此他才拱了拱手，斷然決然地說：「這決不敢當，決不敢當，粳米豬羊之類一定不能接受！我陶潛（這是他在劉裕奪取了晉朝政權以後所取的新名字）哪裡夠得上稱什麼『賢者』呢！這並不是我故意裝腔作勢，只是由於個人的夙願，不敢妄與那些借歸隱為高，一心取得高官厚祿的『賢者』高攀，如此而已！」話不投機半句多。知道談不下去了，於是這個聰明的檀刺史便拿出赳赳武夫的派頭，立起身來大聲地說：「到州裡來坐坐吧。我一定大張筵席的招待你！」「好，再見，改天一定來拜訪。」這樣才結束了這次頗為不愉快的會談。事過之後，陶淵明又不得不再三去向鄰里們解釋，說檀刺史是他自己來的，而不是由於他的招請。「真正對不起得很，驚動了大家，惹起這許多麻煩。」「還好，還好，幸喜那些兵大爺們沒有去捉我們的雞鴨。」一個老鄉說。「近幾年來，催收賦稅的衙役們好像對我們都要客氣得多啦，想來是沾了你老人家的光！」另一個深諳世故的老人說。「哎，老鄰居，我們都已經是白髮蒼蒼的老人了啊，哪裡還禁得起這樣的吵鬧。我不圖別的，只希望那些豪門大官兒們不要再到這兒來，讓我們安安靜靜地過日子就求之不得啦！看來詩還是做不得的，謅了幾句詩，就會引起一些無聊的人前來麻煩！」像這樣，陶淵明才算結束了他的「善後工作」。

## 三

就在從廬山回來第二天的當晚，經過一整天躺着休息之後，陶淵明的心情似乎已經平靜得多了，腰雖然還有點疼，但頭卻已經不再發暈了。到用晚飯的時候，陶淵明又看見他兒媳端出兩大盤風雞和糟魚來。「嘿，了不起，哪裡來的這許多好東西？」陶淵明驚疑而又奇怪地問。「還不是爹帶來的。兩邊都是老人家，真是收下不好，不收下也不好。」因為這個摸熟了陶淵明脾氣的聰敏兒媳婦知道，如果公公一不高興，他是連筷子也都不會去動的，於是她才這樣惴惴然地解釋說，同時更藉着燈光去窺探陶淵明的臉色。近些年來，特別是在有了孫兒小牛以後，陶淵明對於兒媳的神態不覺已經變得柔和、溫存得多了，有時還可以說有意去揣摩和投合她的心意。「總是這樣時常的道謝他老人家。好，有了好菜，我們大家都來喝上幾杯。阿通，你用大碗喝我的菊花酒，我喝糯米酒。媳婦兒也不能不喝。只有一個人喝酒就太沒意思啦！」陶淵明的這種興致，顯然是為了要投合他兒媳的心意。

他們父、子、兒媳三個圍着一張黑漆矮飯桌，席地坐下了。阿通平時不大愛開口，但喝起酒來，正同他種莊稼一樣是個能手。他大口大口地喝着，在他曬得黧黑的圓臉上，也不時露出一種開朗的笑容來。

「你爸爸老啦，下不得田啦。不知道現在家裡可還有什麼困難沒有？你大哥三哥孩子多，想來一定是有困難的。你爸爸沒本領，脾氣又怪，不能夠去升官發財，讓你們弟兄書都讀得很少，阿通尤其識字不多，這不能不算是我當爸爸的人的一種不到之處！」在喝過兩杯之後，陶淵明不禁又發起平日所時常愛發的感慨來了。「幹嗎爸爸總愛說這一些，讀書有個屁用！你看顏延之叔叔做了一輩子官，到頭還不充軍似的到始安郡去做了什麼太守。依我看，還是地不哄人，你挖多少鋤就能有多少鋤的收成！我就不喜歡讀書，也不喜歡讀書人。大哥因為多讀了幾句書，說起話來就總有些酸溜溜的，讓人家聽不懂。我不高興和他說話，好多人都不高興和他說話。」阿通說罷，大大地喝了一口酒，咂了一咂嘴，又用他粗大的手掌去把嘴唇抹了一下。

「爸爸說話，你好好地聽着不好嗎？」那個知書識禮的媳婦正想制止丈夫的說話。

「不，不。他說得對，說得很對！顏延之是個好人，就是名利心重，官癮大了點。上回他來，還同我吵架呢。他把自己詩寫得不好歸罪於公務太忙，沒有時間去推敲。其實哪裡是這樣。他一天到晚都在同什麼廬陵王、豫章公這一些人搞在一起，侍宴啦，陪乘啦，應詔賦詩啦，俗務縈心，患得患失，哪還有什麼詩情畫意？沒有詩情，又哪裡來得好詩！你看，我所認為好的他的那幾首《五君詠》，還不是他官做得不如意的時候寫的。除此之外，可就不大高明啦。不過他人總是個好人，講義氣，重朋友，一喝起酒來，便把什麼俗情都忘卻了。這不能不說他是頗懂得一點酒中真味的。哎，人一老了，就淨愛去想些莫名其妙的事情，說不定他從始安郡回來，就不大可能再看見我了！」陶淵明用手理了理鬍鬚，又滿滿地乾了一杯。「因此，在這兩天，我很想把那幾首《挽歌》和那篇《自祭文》寫完，好留給如像顏延之那樣的故友們看看。」言下似乎不勝感慨。

「爸爸昨天上廬山見着那個慧遠和尚沒有？你不說要在那裡住上兩天嗎，幹嗎當天就回來了呢？」龐家姑娘擔心地問。

「見是見着啦，只是沒有得着機會說話。他們正在做什麼唸佛法會。這位大法師，就喜歡裝腔作勢，淨拿些什麼『三界不安猶如火宅』，生啦死啦的大道理來嚇唬人。我就不喜歡聽這些。」

「『未知生，焉知死？』還是孔老夫子說得對呀。」兒媳婦又在運用她的《論語》知識了。其實這一句也正是陶淵明所時常引用的。

「簡直烏七八糟，可惡得很！其實，眼睛裡恐怕還是在望着那幾個大錢上！」阿通在喝過兩大碗酒之後，話也多起來了。

「話不能那樣說。慧遠和尚倒是戒律很嚴，不愛錢財的。我所看重他的就在於三件事情：第一，他寫過五篇《沙門不敬王者論》，而且又博通六經，更懂得老莊的道理，講起經來也還不是那樣乾巴巴的；第二，他不許可那個架子很大、拿富貴來驕人的謝靈運加入白蓮社；第三，他竟敢去同那個殺人不眨眼的賊頭兒盧循『歡然道舊』，一點也不怕得附逆之罪的名聲。這些都是要有點膽量、修養、本領的人才能做得到的。不過我同他究竟還是兩路人。關於生死的看法，我同他就有很大的不同，當然我平時也不是不去思考這些。但說來說去還是二十多年前我在《歸去來兮辭》裡面說過的那兩句話：『聊乘化以歸盡，樂乎天命復奚疑』。慧遠和尚再想同我辯論也辯論不出個什麼道理來。他寫過一篇《形盡神不滅論》，我也寫過三首《形影神》詩來回答他。我主要的意見就在『縱浪大化中，不喜亦不懼。應盡便須盡，無復獨多慮。』這四句當中。盡，就是完結。凡事有頭就有尾，有開頭就得有個完結。這不是很自然的嗎？何況人活在世上又多麼的不容易啊。即以咱們家裡的事來作個比喻吧，你們死過兩個母親，一個堂叔叔（敬遠），一個堂姑姑（程氏妹），在我四十四歲的時候大火又燒掉了我們的房子，簡直燒得個精光，在這段時間，幾乎大半要靠向別人借貸口糧過日子。你們弟兄也挨過飢、受過苦。像這樣，沒個完結，行嗎？從反面講，再以你爹為例吧，好媳婦，你說說看，如果每個人都像你爹那樣，養得肥胖肥胖的，終日忙着見官見府，買田置地，沒個了結，恐怕也不見得就行吧？」陶淵明說罷便不自禁哈哈地大笑了起來，在他黑瘦的臉上不覺泛起了一層薄薄的酒暈。接着陶淵明又說：「我講個笑話給你聽好嗎？這還是前兩天羊松齡告訴我的，可能是出於他自己的瞎編。不過也真有趣，這很能說明一些道理，說明佛家道理的不大能說得通。」

「爸爸，講，講吧，我就愛聽爸爸講笑話。」

「好多人都說爸爸講的笑話有意思。」

阿通和他的媳婦都異口同聲地要求着。

「那就說一個吧。據說，有個寒門素士去找一位有名的和尚談道。那和尚愛理不理的，待他非常傲慢。碰巧一個大官兒到廟裡來了，而那個老和尚接待他時，卻亦步亦趨非常謙恭。等到官兒走了之後，這士子便責問他，為什麼接待客人竟會有兩種不同的面孔？老和尚就用禪語來回答說，『接是不接，不接是接！』這個士子聽了實在不勝其憤，於是就在他禿頭上狠狠揍了幾巴掌，說，『打是不打，不打是打！』打過後便飄然而去了。你們說有意思沒意思？……」陶淵明講完後，大家都哄堂地笑了起來。阿通笑得更加痛快，接連說：「該打，該打，打得好，打得好！」這時陶淵明早已經有些醉意闌珊了，他立起身來，而那個龐家姑娘就趕忙上前去攙扶着他，把他送入室內。

## 四

依照陶淵明平時的生活習慣，他總是愛在睡醒一覺之後又動手去做點事情，或者就斜靠在床上去想想在白天他所不大能弄得明白的事情；他這種愛躺在床上沉思默想的習慣，簡直可以說已經成為幾十年來的頑固習慣了。

今天夜晚，因為大家酒都喝得很高興，風雞和糟魚的味道又很不錯，所以隔壁阿通夫婦以及那個早就睡着了的小牛孫兒都睡得很香。等陶淵明一覺醒來，估計時間只不過三更左右。他感覺這幾間草房似乎比任何時候都要顯得清靜，清靜得幾乎連窗外飛蟲的展翅聲全都可以聽得出來。同時，那桌上的一盞黯淡的菜油燈也更襯托出這秋夜的蕭索和靜寂。秋夜是那樣的靜，靜得簡直有些令人難受。他半夜起身來，把燈芯撥亮了一下。本來打算下得床來，將自己早已打好腹稿的三首《挽歌》和那篇《自祭文》用紙筆記了下來的，可是從牛肋巴的窗孔間所吹進來的陣陣秋風，卻使他接連打了兩個噴嚏。同時他又感覺自己四肢無力，實在站立不起來。「果然人一到秋天便大大的不同了啊。腳軟，站不起來，這不正表明我所有的時候不會太多了麼？」他心裡這樣的嘀咕着，於是便放棄了要下床去動紙筆的念頭，決定只斜靠在床上，依舊去思索他那不知思索過多少遍了的詩篇。

他從「有生必有死，早終非命促」起，在心內一直默唸到「親戚或余悲，他人亦已歌」止，本來這三首詩寫到這裡，他認為便可完結了的，可是廬山法會的鐘鼓齊鳴，慧遠和尚在會上的那種淡漠自傲和專門拿死來嚇唬人的情景，驀地又在他的腦子裡閃現出來了。「嗨，不能夠這樣就算完結，還得同慧遠辯論下去。再在這篇詩裡面表示一下我對於生死大事的最終看法吧！」於是他在詩的末尾又加上了「死去何所道，托體同山阿」這兩句。「『死去何所道，托體同山阿。』不錯，死又算得個什麼！人死了，還不是與山阿草木同歸於朽。不想那個賭棍劉裕竟會當了皇帝，而能征慣戰的劉牢之反而被背叛朝廷的桓玄破棺戮屍。活在這種爾虞我詐、你砍我殺的社會裡，眼前的事情實在是無聊之極；一旦死去，歸之自然，真是沒有什麼值得留戀的！……『死去何所道，托體同山阿』，好，這首詩，就該這樣結束，不必再作什麼添改的啦。」

陶淵明結束了《輓歌》之後，在他心裡又默默地去唸詠他那篇《自祭文》。這篇東西，因為醞釀時間相當的久，所以在他反覆地吟誦了幾遍，卻仍然不曾發現有什麼需得改動的地方。只是當他唸到「……匪貴前譽，孰重後歌，人生實難，死之如何？嗚呼哀哉！」這最後五句時，一種濕漉漉、熱乎乎的東西便不自覺地漫到了他的眼睫間來。這時他引為感慨的不僅是眼前的生活，而且還有他整個艱難坎坷的一生。

「『人生實難，死之如何』！難道這不是我對於生死一事的素常看法嗎？哎，腳都站不起來，老了，看來是真正的老了啊！凡事得有個結束。明天得叫龐家兒媳婦回娘家去，請那位書手將我的詩稿多抄兩份，好撿一份送給顏延之。他上回送我的二萬錢，數目可真不算少呀。他不肯輕易送人，我也不是那種輕易收下贈物的人。」

想到這裡，窗外的雄雞，拍了拍翅膀，已高聲啼唱起來了。

（原載《人民文學》1961年第11期）

## 陳映真

陳映真（1942—　），台灣竹南人。本名陳永善。作家。著有短篇小説集《將軍族》、《第一件差事》、《夜行貨車》、《華盛頓大樓》（第一部）等。另有《陳映真選集》出版。

# 將軍族

在十二月裡，這真是個好天氣。特別在出殯的日子，太陽那麼絢爛地普照着，使喪家的人們也蒙上了一層隱秘的喜氣了。有一支中音的薩士風在輕輕地吹奏着很東洋風的《荒城之月》。它聽來感傷，但也和這天氣一樣地，有一種浪漫的悦樂之感。他為高個子修好了伸縮管，瘪起嘴將喇叭朝着地下試吹了三個音，於是抬起來對着大街很富於溫情地和着《荒城之月》。然後他忽然地停住了，他只吹了三個音。他睜大了本來細眯着的眼，他便這樣地在伸縮的方向看了伊。

高個子伸着手，將伸縮管喇叭接了去。高個子説：

「行了，行了。謝謝，謝謝。」

這樣地説着，高個子若有所思地將喇叭夾在腋下，一手掏出一支皺得像蚯蚓一般的煙伸到他的眼前，差一點碰到了他的鼻子。他後退了一步，猛力地搖着頭，瘪着嘴做出一個笑容。不過這樣的笑容，和他要預備吹奏時的表情，是頗難於區別的。高個子便咬那煙，用手扶直了它，劃了一支洋火燒紅了一端，巴嘰巴嘰地抽了起來。他坐在一條長木櫈上，心在很異樣地悸動着。沒有看見伊，已經有五年了吧。但他卻能一眼便認出伊來。伊站在陽光裡，將身子的重量放在左腿上，讓臀部向左邊畫着十分優美的曼陀鈴琴的弧。還是那樣的站法呵。然而如今伊變得很婷婷了。很多年前，伊也曾這樣地站在他的面前。那時他們都在康樂隊裡，幾乎每天都在大卡車的顛簸中到處表演。

「三角臉，唱個歌好嗎？」伊說。聲音沙啞，彷彿鴨子。

他猛然地回過頭來，看見伊便是那樣的站着，抱着一隻吉他琴。伊那時又瘦又小，在月光中，尤其顯得好笑。

「很夜了，唱什麼歌！」

然而伊只顧站着，那樣的站着。他拍了拍沙灘，伊便很和順地坐在他的旁邊。月亮在海水中碎成許多閃閃的魚鱗。

「那麼說故事吧。」

「囉唆！」

「說一個就好。」伊說着，脱掉拖鞋，裸着的腳丫子便像蟋蟀似地釘進沙裡去。

「十五六歲了，聽什麼故事！」

「說一個你們家裡的故事。你們大陸上的故事。」

伊仰着頭，月光很柔和地敷在伊的乾枯的小臉上，使伊發育得很不好的身體，看來又笨又拙。他摸了摸他的已經開始有些發禿的頭。他編扯過許多馬賊、內戰、死刑的故事。不過那並不是用來迷住像伊這樣的貌寢的女子的呵。他看着那些梳着長長的頭髮的女隊員們張着小嘴，聽得入神，真是賞心樂事。然而，除了聽故事，伊們總是跟年輕的樂師泡着。這使他寂寞得很。樂師們常常這樣地說：

「我們的三角臉，才真是柳下惠哩！」

而他便總是笑笑，紅着那張確乎有些三角形的臉。

他接過吉他琴，撩撥了一組和弦。琴聲在夜空中琤琮着。漁火在極遠的地方又明又滅。他正苦於懷鄉，說什麼「家裡的」故事呢？

「講一個故事。講一個猴子的故事。」他說，太息着。

他於是想起了一個故事。那是寫在一本日本的小畫冊上的故事。在淪陷給日本的東北，他的姊姊曾說給他聽過。他只看着五彩的小插畫，一個猴子被賣給馬戲團，備嘗辛酸，歷經苦楚。有一個月圓的夜，猴子想起了森林裡的老家，想起了爸爸、媽媽、哥哥、姊姊……

伊坐在那裡，抱着腿，很安靜地哭着。他慌了起來，囁嚅地說：

「開玩笑，怎麼的了！」

伊站了起來。瘦棱棱的，彷彿一具着衣的骷髏。伊站了一會兒，逐漸地把重心放在左腿上，就是那樣。

就是那樣地。然而，於今伊卻穿着一套稍微嫌小了一些的制服。藍的底子，到處鑲滾着金黃的花紋。十二月的陽光浴着伊，使那怵目得很的藍色，看來柔和了些。伊的戴着太陽眼鏡的臉，比起往時要豐腴了許多。伊正專心地注視着在天空中畫着橢圓的鴿子們。一支紅旗在向它們招搖。他原可也走進陽光裡，叫伊：

「小瘦丫頭兒！」

而伊也會用伊的有沙啞的嗓門叫起來的吧。但他只是坐在那兒，望着伊。伊再也不是個「小瘦丫頭兒」了。他覺得自己果然已在蒼老着，像舊了的鼓，綴綴補補了的銅號那樣，又醜陋、又凄涼。在康樂隊裡的那麼些年，他才逐漸接近四十。然而一年一年地過着，倒也尚不識老去的滋味。不知道那些女孩兒們和樂師們，都是已把他當作叔伯之輩了。然而他還只是笑笑。不是不服老，卻是因着心身兩面，一直都是放浪如素的緣故。他真正的開始覺得老，還正是那個晚上呢。

記得很清楚：那時對着那樣的站着的、並且那樣輕輕地淌淚的伊，始而惶惑，繼而憐惜，終而油然地生了一種老邁的心情。想起來，他是從未有過這樣的感覺的。從那個霎時起，他的心才改變成為一個有了年紀的人的心了。

這樣的心情，便立刻使他穩重自在。他接着說：

「開玩笑，這是怎麼的了，小瘦ㄚ頭兒！」

伊沒有回答。伊努力地壓抑着，也終於沒有了哭聲。月亮真是美麗，那樣靜悄悄地照明着長長的沙灘、碉堡和幾棟營房，叫人實在弄不明白：何以造物要將這麼美好的時刻，秘密地在闃無一人的夜更裡展露呢？他撿起吉他琴，任意地撥了幾個和弦。他小心地、討好地、輕輕地唱着：

——王老七，養小雞，

嘰咯嘰咯嘰……

伊便不止地笑了起來。伊轉過身來，用一隻無肉的腿，向他輕輕地踢起一片細沙。伊忽然地又一個轉身，擤了很多的鼻涕。他的心因着伊的活潑，像午後的花朵兒那樣綻然地盛開起來。他唱着：

王老七……

伊揩好了鼻涕，盤腿坐在他的面前。伊說：

「有煙麼？」

他趕忙搜了搜口袋，遞過一支雪白的紙煙，為伊點上火。打火機發着殷紅的火光，照着伊的鼻端。頭一次他發現伊有一隻很好的鼻子，瘦削、結實，且因留着一些鼻水，彷彿有些涼意。伊深深地吸了一口，低下頭，用夾住煙的右手支着頤。左手在沙地上歪歪斜斜地畫着許多小圓圈。伊說：

「三角臉，我講個事情你聽。」

說着，白白的煙從伊的低着的頭，裊裊地飄了上來。他說：

「好呀，好呀。」

「哭一哭，好多了。」

「我講的是猴子，又不是你。」

「差不多——」

「哦，你是猴子啦，小瘦丫頭兒！」

「差不多。月亮也差不多。」

「嗯。」

「唉，唉！這月亮。我一吃飽飯就不對。原來月亮大了，我又想家了。」

「像我吧，連家都沒有呢。」

「有家。有家是有家啦，有什麼用呢？」

伊說着，以臀部為軸，轉了一個半圓。伊對着那黃得發紅的大的月亮慢慢地抽着紙煙。煙燒得「絲絲」作響。伊掠了掠伊的頭髮，忽然說：

「三角臉。」

「呵。」他說，「很夜了，少胡思亂想。我何嘗不想家嗎？」

他於是站了起來。他用衣袖擦了擦吉他琴上的夜露，一根根放鬆了琴弦。伊依舊坐着，很小心地抽着一截煙屁股，然後一彈，一條火紅的細弧在沙地上碎成萬點星火。

「我想家，也恨家裡。」伊說，「你會這樣嗎？你不會。」

「小瘦丫頭兒，」他說，將琴的胴體抬到肩上，彷彿扛着一枝槍。他說：「小瘦丫頭，過去的事，想它做什麼？我要像你，想，想！那我一天也不要活了！」

伊霍然地站立起來，拍着身上的沙粒。伊張着嘴巴打起哈欠來。眨了眨眼，伊看着他，低聲地說：

「三角臉，你事情見得多。」伊停了一下，說，「可是你是斷斷不知道：一個人被賣出去，是什麼滋味。」

「我知道。」他猛然地說，睜大了眼睛。伊看着他的微禿的，果然有些兒三角形的臉，不禁笑了起來。

「就好像我們鄉下的豬、牛那樣的被賣掉了。兩萬五，賣給他兩年。」伊說。

伊將手插進口袋裡，聳起板板的小肩膀，背向着他，又逐漸地把重心移到左腿上。伊的右腿便在那裡輕輕地踢着沙子，彷彿一隻小馬兒。

「帶走的那一天，我一滴眼淚也沒有。我娘躲在房裡哭，哭得好響，故意讓我聽到。我就是一滴眼淚也沒有。哼！」

「小瘦丫頭！」他低聲說。

伊轉身望着他，看見他的臉很憂戚地歪扭着，伊便笑了起來：

「三角臉，你知道！你知道個屁呢！」

說着，伊又躬着身子，擤了一把鼻涕。伊說：

「夜了。睡覺了。」

他們於是向招待所走去。月光照着很滑稽的人影，也照着兩行孤獨的腳印。伊將手伸進他的臂彎裡，瞌睡地張大了嘴打着哈欠。他的臂彎感覺到伊的很瘦小的胸。但他的心卻充滿另外一種溫暖。臨分手的時候，他說：

「要是那時我走了之後，老婆有了女兒，大約也就是你這個年紀吧。」

伊扮了一個鬼臉，蹣跚地走向女隊員的房間去。月在東方斜着，分外的圓了。

鑼鼓隊開始了作業了。密密的脆皮鼓伴着撼人的銅鑼，逐漸使這靜謐的午後擾騷了起來。他拉低了帽子，站立了起來。他看見伊的左手一晃，在右腋裡夾住一根銀光閃爍的指揮棒。指揮棒的小銅球也隨着那樣一晃，有如馬嘶一般地輕響起來。伊還是個指揮的呢！

許多也是穿着藍制服的少女樂手們都集合攏了。伊們開始吹奏着把節拍拉慢了一倍的《馬撒，永眠黃泉下》的曲子。曲子在震耳欲聾的鑼鼓聲的夾縫裡，悠然地飛揚着。混合着時歇時起的孝子賢孫們的哭聲，和這麼絢然的陽光交織起來，便構成了人生、人死的喜劇了。他們的樂隊也合攏了。於是像湊熱鬧似的，也隨而奏吹起來了。高個子很神氣地伸縮着他的管樂器，很富於情感地吹着《遊子吟》。也是將節拍拉長了一倍，彷彿什麼曲子都能當安魂曲似的——只要拉慢節拍子，全行的。他把小喇叭湊在嘴上，然而他並不在真吹。他只是做着樣子罷了。他看着伊頗為神氣地指揮着，金黃的流蘇隨着棒子風舞着。不一會他便發覺了伊的指揮和樂聲相差約有半拍。他這才記得伊是個輕度的音盲。

是的，伊是個音盲。所以伊在康樂隊裡，並不曾是個歌手。可是伊能跳很好的舞，而且也是個很好的女小丑，用一個紅漆的破乒乓球，蓋住伊唯一美麗的地方——鼻子，瘦板板地站在台上，於是台下捲起一片笑聲。伊於是又眨了眨木然的眼，台下便又是一陣笑謔。伊在台上固然不唱歌，在台下也難得開口唱唱的。然而一旦不幸伊一下高興起來，便要咿咿呀呀地唱上好幾小時，把一支好好的歌，唱得支離破碎，喑啞不成曲調。

有一個早晨，伊忽然輕輕地唱起一支歌來。繼而一支接着一支，唱得十分起勁。他在隔壁的房間修着樂器，無可奈何地聽着那麼折磨人的歌聲。伊唱着說：

這綠島像一隻船，

在月夜裡飄呀飄……

唱過一遍，停了一會兒，便又從頭唱起。一次比一次溫柔，充滿情感。忽然間，伊說：

「三角臉！」

他沒有回答。伊輕輕地敲了敲三夾板的牆壁，說：

「喂，三角臉！」

「哎！」

「我家離綠島很近。」
「神經病。」
「我家在台東。」
「……」
「他×的，好幾年沒回去了！」
「什麼？」
「我好幾年沒回去了！」
「你還說一句什麼？」
伊停了一會，忽然吃吃地笑了起來。伊輕輕地嘆了一口氣，說：
「三角臉。」
「囉唆！」
「有沒有香煙？」
他站起來，從夾克口袋摸了一根紙煙，拋過三夾板給伊。他聽見劃火柴的聲音。一縷青煙從伊的房間飄越過來，從他的小窗子飛逸而去。
「買了我的人把我帶到花蓮，」伊說，吐着嘴唇上的煙絲。伊接着說，「我說：我賣笑不賣身。他說不行，我便逃了。」
他停住手裡的工作，躺在床上。天花板因漏雨而有些發霉了。他輕聲說：
「原來你還是個逃犯哩！」
「怎麼樣？」伊大叫着說，「怎麼樣，報警去嗎？呵？」
他笑了起來。

「早上收到家裡的信，」伊說，「說為了我的逃走，家裡要賣掉那麼幾小塊田賠償。」

「呵，呵呵。」

「活該，」伊說，「活該，活該！」

他們於是都沉默起來。他坐起身子來，搓着手上的銅銹。剛修好的小喇叭躺在桌子上，在窗口的光線裡靜悄悄地閃耀着白色的光。不知道怎樣地，他覺得沉重起來，隔了一會兒，伊低聲說：

「三角臉。」

他咽了一口氣，忙說：

「哎。」

「三角臉，過兩天我回家去。」

他細眯着眼望着窗外。忽然睜開眼睛，站立起來，囁囁地說：

「小瘦丫頭兒！」

他聽見伊有些自暴自棄地呻吟了一聲，似乎在伸懶腰的樣子。伊說：

「田不賣，已經活不好了，田賣了，更活不好了。賣不到我，妹妹就完了。」

他走到桌旁，拿起小喇叭，用衣角擦拭着它。銅管子逐漸發亮了，生着紅的、紫的圈圈。他想了想，木然地說：

「小瘦丫頭兒。」

「嗯。」

「小瘦丫頭兒，聽我說：如果有人借錢給你還債，行嗎？」

伊沉吟了一會，忽然笑了起來。

「誰借錢給我？」伊說，「兩萬五咧！誰借給我，你嗎？」

他等待伊笑完了，說：

「行嗎？」

「行，行。」伊說，敲着三夾板的壁，「行呀！你借給我，我就做你的老婆。」

他的臉紅了起來，彷彿伊就在他的面前那樣，伊笑得喘不過氣來，捺着肚子，扶着床板。伊說：

「別不好意思，三角臉。我知道你在壁板上挖了個小洞，看我睡覺。」

伊於是又爆笑起來。他在隔房裡低下頭，耳朵漲成豬肝那樣的赭色。他無聲地說：

「小瘦丫頭兒……你不懂得我。」

那一晚，他始終不能成眠。第二天的深夜，他潛入伊的房間，在伊的枕頭邊留下三萬元的存摺，悄悄地離隊出走了。一路上，他明明知道絕不是心疼着那些退伍金的，卻不知道為什麼不住地流着眼淚。

幾支曲子吹過去了。現在伊又站到陽光裡。伊輕輕地脱下制帽，從袖卷中拉出手絹揩着臉，然後扶了扶太陽鏡，有些許傲然地環視着幾個圍觀的人。高個子挨近他，用癢癢的聲音說：

「看看那指揮的，挺好的一個女的呀！」

說着，便歪着嘴，挖着鼻子。他沒有做聲，而終於很輕地笑了笑。但即使是這樣輕的笑臉，都皺起滿臉的波紋來。伊留着一頭烏油油的頭髮，高高地梳着一個小髻。臉上多長了肉，把伊的本來便很好的鼻子，襯託得尤其的精神了。他想着：一個生長，一個枯萎，才不過是五年先後的事！空氣逐漸有些溫熱起來。鴿子們停在相對峙的三個屋頂上，憑那個養鴿的怎麼樣搖撼着紅旗，都不起飛了。它們只是斜着頭，愣愣地看着旗子，又拍了拍翅膀，而依舊只是依偎着停在那裡。紙銀的灰在離地不高的地方打着卷、飛揚着。他站在那兒，忽然看見伊面向着他。從那張戴着太陽鏡的臉，他很難於確定伊是否看見了他。他有些青蒼起來，手也有些抖索了。他看着伊也木然地站在那裡，張着嘴。然後他看見伊向這邊走來。他低下頭，緊緊地抱着喇叭。

他感覺到一個藍色的影子挨近他，遲疑了一會，便同他並立着靠在牆上，他的眼睛有些發熱了，然而他只是低彎着頭。

「請問——」伊說。

「……」

「是你嗎？」伊說，「是你嗎？三角臉，是……」伊哽咽起來，「是你，是你。」

他聽着伊哽咽的聲音，便忽然沉着起來，就像海灘上的那夜一般。他低聲說：

「小瘦丫頭兒，你這小瘦丫頭兒！」

他抬起頭來，看見伊用絹子捂着鼻子、嘴。他看見伊那樣的抑住自己，便知道伊果然的成長了。伊望着他，笑着。他沒有看見這樣的笑，怕也有十數年了。那年打完仗回到家，他的母親便曾類似這樣地笑過。忽然一陣振翼之聲響起，鴿子們又飛翔起來了，斜斜地劃着圈子。他們都望着那些鴿子，沉默起來，過了一會，他說：

「一直在看着你當指揮，神氣得很呢！」

伊笑了笑，他看着伊的臉，太陽鏡下面沾着一小滴淚珠兒，很精細地閃耀着。他笑着說：

「還是那樣好哭嗎？」

「好多了。」伊說着，低下了頭。

他們又沉默了一會，都望着越劃越遠的鴿子們的圈圈兒。他夾着喇叭，說：

「我們走，談談話。」

他們並着肩走過愕然着的高個子。他說：

「我去了馬上來。」

「呵呵。」高個子說。

伊走得很婷婷然，然而他卻有些傴僂了，他們走完一棟走廊，走過一家小戲院，一排宿舍，又過了一座小石橋。一片田野迎着他們，很多的麻雀聚棲在高壓線上。離開了充滿香火和紙銀的氣味，他們覺得空氣是格外的清新舒爽了。不同的作物將田野塗成不同深淺的綠色的小方塊。他們站住了好一會，都沉默着。一種從不曾有過的幸福的感覺漲滿了他的胸膈。伊忽然地把手伸到他的臂彎裡，他們便慢慢地走上一條小坡堤。伊低聲地說：

「三角臉。」

「嗯。」

「你老了。」

他摸了摸禿了大半的、尖尖的頭，抓着，便笑了起來。他說：

「老了，老了。」

「才不過四五年。」

「才不過四五年。可是一個日出，一個日落呀！」

「三角臉——」

「在康樂隊裡的時候，日子還蠻好呢，」他緊緊地夾着伊的手，另一隻手一晃一晃地玩着小喇叭。他接着說，「走了以後，在外頭混，我才真正懂得一個賣給人的人的滋味。」

他們忽然噤着。他為自己的失言惱怒地瘪着鬆弛的臉。然而伊依然抱着他的手。伊低下頭，看着兩隻蹉着的腳。過了一會兒，伊說：

「三角臉——」

他垂頭喪氣，沉默不語。

「三角臉，給我一根煙。」伊說。

他為伊點上煙，雙雙坐了下來。伊吸了一陣，說：

「我終於真找到你了。」

他坐在那兒，搓着雙手，想着些什麼。他抬起頭來，看看伊，輕輕地說：

「找我，找我做什麼？」他激動起來了，「還我錢是不是？……我可曾說錯了話麼？」

伊從太陽鏡裡望着他的苦惱的臉，便忽而將自己的制帽蓋在他的禿頭上。伊端詳了一番，便自得其樂地笑了起來。

「不要弄成那樣的臉吧，否則你這樣子倒真像個將軍呢！」

伊說着，扶了扶眼鏡。

「我不該說那句話。我老了，我該死。」

「瞎說。我找你，要來賠罪的。」伊又說。

「那天我看到你的銀行存摺，哭了一整天。他們說我吃了你的虧，你跑掉了。」伊笑了起來，他也笑了。

「我真沒料到你是真好的人。」伊說，「那時你老了，找不上別人。我又小又醜，好欺負。三角臉。你不要生氣，我當時老防着你呢！」

他的臉很吃力地紅了起來。他不是對伊沒有過慾情的。他和別的隊員一樣，一向是個狂嫖濫賭的獨身漢。對於這樣的人，慾情與美貌之間，並沒有必然的關係的。伊接着說：

「我拿了你的錢回家，不料並不能息事。他們又帶我到花蓮。他們帶我去見一個大胖子，大胖子用很尖很細的嗓子問我話。我一聽他的口音同你一樣，就很高興。我對他說，『我賣笑，不賣身。』」

「大胖子吃吃地笑了。不久他們弄瞎了我的左眼。」

他搶去伊的太陽鏡，看見伊的左眼瞼收縮地閉着。伊伸手要回眼鏡，四平八穩地又戴了上去。伊說：

「然而我一點也沒有怨恨。我早已決定這一生不論怎樣也要活下來再見你一面。還錢是其次，我要告訴你我終於領會了。我掙夠給他們的數目，又積了三萬元。兩個月前才加入樂社裡，不料就在這兒找到你了。」

「小瘦丫頭！」他說。

「我說過我要做你老婆，」伊說，笑了一陣，「可惜我的身子已經不乾淨，不行了。」

「下一輩子吧！」他說，「我這副皮囊比你的還要惡臭不堪的。」

遠遠地響起了一片喧天的樂聲。他看了看表，正是喪家出殯的時候。伊說：

「正對，下一輩子吧。那時我們都像嬰兒那麼乾淨。」

他們於是站了起來，沿着坡堤向深處走去。過不一會，他吹起《王者進行曲》，吹得興起，便在堤上踏着正步，左右搖晃。伊大聲地笑着，取回制帽戴上，揮舞着銀色的指揮棒，走在他的前面，也走着正步。年輕的農夫和村童們在田野向他們招手，向他們歡呼着，兩隻三隻的狗，也在四處吠了起來。太陽斜了的時候，他們的歡樂影子在長長的坡堤的那邊消失了。

第二天早晨，人們在蔗田裡發現一對屍首。男女都穿着樂隊的制服，雙手都交握於胸前。指揮棒和小喇叭很整齊地放置在腳前，閃閃發光，他們看來安詳、滑稽，卻另有一種滑稽中的威嚴。

一個騎着單車的高大的農夫，於圍睹的人群裡看過了死屍後，在路上對另一個挑着水肥的矮小的農夫說：

「兩個人躺得直挺挺地，規規矩矩，就像兩位大將軍呢！」

於是高大的和矮小的農夫都笑起來了。

發表於1964年1月

（選自《台灣小說選》，人民文學出版社1979年12月版。）

白先勇

白先勇（1937—　），生於廣西桂林，1948年到香港，1952年赴台灣，現旅居美國。作家，教授。著有短篇小說集《寂寞的十七歲》、《紐約客》、《台北人》，長篇小說《孽子》等。

# 永遠的尹雪艷

## 一

尹雪艷總也不老。十幾年前那一班在上海百樂門舞廳替她捧場的五陵年少，有些天平開了頂，有些兩鬢添了霜；有些來台灣降成了鐵廠、水泥廠、人造纖維廠的閒顧問，但也有少數卻升成了銀行的董事長、機關裡的大主管。不管人事怎麼變遷，尹雪艷永遠是尹雪艷，在台北仍舊穿着她那一身蟬翼紗的素白旗袍，一徑那麼淺淺地笑着，連眼角兒也不肯皺一下。

尹雪艷着實迷人。但誰也沒能道出她真正迷人的地方。尹雪艷從來不愛擦胭抹粉，有時最多在嘴唇上點些似有似無的蜜絲佛陀；尹雪艷也不愛穿紅戴綠，天時炎熱，一個夏天，她都渾身銀白，淨扮的了不得。不錯，尹雪艷是有一身雪白的肌膚，細挑的身材，容長的臉蛋兒配着一副俏麗恬淨的眉眼子，但是這些都不是尹雪艷出奇的地方。見過尹雪艷的人都這麼說：也不知是何道理，無論尹雪艷一舉手、一投足，總有一份世人不及的風情。別人伸個腰、蹙一下眉，難看，但是尹雪艷做起來，卻又別有一番嫵媚了。尹雪艷也不多言、不多語，緊要的場合插上幾句蘇州腔的上海話，又中聽、又熨帖。有些荷包不足的舞客，攀不上叫尹雪艷的台子，但是他們卻去百樂門坐坐，觀覲尹雪艷的風采，聽她講幾句吳儂軟語，心裡也是舒服的。尹雪艷在舞池裡，微仰着頭，輕擺着腰，一徑是那麼不慌不忙地起舞着；即使跳着快狐步，尹雪艷從來也沒有失過分寸，仍舊顯得那麼輕盈，像一球隨風飄蕩的柳絮，腳下沒有扎根似的。尹雪艷有她自己的旋律。尹雪艷有她自己的拍子。絕不因外界的遷異，影響到她的均衡。

尹雪艷迷人的地方實在講不清，數不盡。但是有一點卻大大增加了她的神秘。尹雪艷名氣大了，難免招忌，她同行的姊妹淘醋心重的就到處嘈起說：尹雪艷的八字帶着重煞，犯了白虎，沾上的人，輕者家敗，重者人亡。誰知道就是為着尹雪艷享了重煞的聲譽，上海洋場的男士們都對她增加了十分的興味。生活悠閒了，家當豐沃了，就不免想冒險，去闖闖這顆紅遍了黃浦灘的煞星兒。上海棉紗財閥王家的少老闆王貴生就是其中探險者之一。天天開着嶄新的凱迪拉克，在百樂門門口候着尹雪艷轉完台子，兩人一同上國際飯店二十四樓的屋頂花園去共進華美的宵夜。望着天上的月亮及燦爛的星斗，王貴生說，如果用他家的金條兒能夠搭成一道天梯，他願意爬上天空去把那彎月牙掐下來，插在尹雪艷的雲鬢上。尹雪艷吟吟地笑着，總也不出聲，伸出她那蘭花般細巧的手，慢條斯理地將一枚枚塗着俄國烏魚子的小月牙兒餅拈到嘴裡去。

王貴生拚命地投資，不擇手段地賺錢，想把原來的財富堆成三倍四倍，將尹雪艷身邊那批富有逐鹿者一一擊倒，然後用鑽石瑪瑙串成一根鏈子，套在尹雪艷的脖子上，把她牽回家去。當王貴生犯上官商勾結的重罪，下獄槍斃的那一天，尹雪艷在百樂門停了一宵，算是對王貴生誌了哀。

最後贏得尹雪艷的卻是上海金融界一位熱可炙手的洪處長。洪處長休掉了前妻，拋棄了三個兒女，答應了尹雪艷十個條件；於是尹雪艷變成了洪夫人，住在上海法租界一幢從日本人手中接收過來的華貴花園洋房裡。兩三個月的工夫，尹雪艷便像一株晚開的玉梨花，在上海上流社會的場合中以壓倒群芳的姿態綻發起來。

尹雪艷着實有壓場的本領。每當盛宴華筵，無論在場的貴人名媛穿着紫貂，還是圍着火狸，當尹雪艷披着她那件翻領束腰的銀狐大氅，像一陣三月的微風，輕盈盈地閃進來時，全場的人都好像給這陣風熏中了一般，總是情不自禁地向她迎過來。尹雪艷在人堆子裡，像個冰雪化成的精靈，冷艷逼人，踏着風一般的步子，看得那些紳士以及仕女們的眼睛都一齊冒出火來。這就是尹雪艷：在兆豐夜總會的舞廳裡，在蘭心劇院的過道上，以及在霞飛路上一幢幢侯門官府的客堂中，一身銀白，歪靠在沙發椅上，嘴角一徑掛着那流吟吟淺笑，把場合中許多銀行界的經理、協理、紗廠的老闆、小開以及一些新貴和他們的夫人們，都拘到跟前來。

可是洪處長的八字到底軟了些，沒能抵得尹雪艷的重煞。一年丟官，兩年破產，到了台北來連個閒職也沒撈上。尹雪艷離開洪處長時還算有良心，除了自己的家當外，只帶走一個從上海跟來的名廚師及兩個蘇州娘姨。

## 二

尹雪艷的新公館落在仁愛路四段的高級住宅區裡，是一幢嶄新的西式洋房，有個十分寬敞的客廳，容得下兩三桌酒席。尹雪艷對她的新公館倒是刻意經營過一番。客廳的傢具是一色桃花心紅木桌椅。幾張老式大靠背的沙發，塞滿了黑絲面子鴛鴦戲水的湘繡靠枕，人一坐下去就陷進了一半，倚在柔軟的絲枕上，十分舒適。到過尹公館的人，都稱讚尹雪艷的客廳佈置妥帖，叫人坐着不肯動身。打麻將有特別設備的麻將間，麻將桌、麻將燈都設計得十分精巧。有些客人喜歡挖花，尹雪艷還特別騰出一間有隔音設備的房間，挖花的客人可以關在裡面恣意唱和。冬天有暖爐，夏天有冷氣，坐在尹公館裡，很容易忘記外面台北市的陰寒及溽暑。客廳案頭的古玩花瓶，四時都供着鮮花。尹雪艷對於花道十分講究，中山北路的玫瑰花店常年都送來上選的鮮貨。整個夏天，尹雪艷的客廳中都細細地透着一股又甜又膩的晚香玉。

尹雪艷的新公館很快地便成為她舊雨新知的聚會所。老朋友來到時，談談老話，大家都有一腔懷古的幽情，想一會兒當年，在尹雪艷面前發發牢騷，好像尹雪艷便是上海百樂門時代永恆的象徵，京滬繁華的佐證一般。

「阿媛，看看乾爹的頭髮都白光嘍！儂還像枝萬年青一式，愈來愈年青！」

吳經理在上海當過銀行的總經理，是百樂門的座上常客，來到台北賦閒，在一家鐵工廠掛個顧問的名義。見到尹雪艷，他總愛拉着她半開玩笑而又不免帶點自憐的口吻這樣説。吳經理的頭髮確實全白了，而且患着嚴重的風濕，走起路來，十分蹣跚，眼睛又害沙眼，眼毛倒插，常年淌着眼淚，眼圈已經開始潰爛，露出粉紅的肉來。冬天時候，尹雪艷總把客廳裡那架電暖爐移到吳經理的腳跟前，親自奉上一盅鐵觀音，笑吟吟地説道：

「哪裡的話，乾爹才是老當益壯呢！」

吳經理心中熨帖了，恢復了不少自信，眨着他那爛掉了睫毛的老花眼，在尹公館裡，當眾票了一齣「坐宮」，以蒼涼沙啞的嗓子唱出：

我好比淺水龍，
被困在沙灘。

尹雪艷有迷男人的功夫，也有迷女人的功夫。跟尹雪艷結交的那班太太們，打從上海起，就背地數落她。當尹雪艷平步青雲時，這起太太們氣不忿，説道：「憑你怎麼爬，左不過是個貨腰娘。」當尹雪艷的靠山相好遭到厄運的時候，她們就嘆氣道：命是逃不過的，煞氣重的娘兒們到底沾惹不得。可是十幾年來這起太太們一個也捨不得離開尹雪艷，到了台北都一窩蜂似的聚到尹雪艷的公館裡，她們不得不承認尹雪艷實在有她動人的地方。尹雪艷在台北的洪祥綢緞莊打得出七五折，在小花園裡挑得出最登樣的繡花鞋兒，紅樓的紹興戲碼，尹雪艷最在行，吳燕麗唱《孟麗君》的時候，尹雪艷可以拿得到免費的前座戲票，論起西門町的京滬小吃，尹雪艷又是無一不精了。於是這起太太們，由尹雪艷領隊，逛西門町、看紹興戲、坐在三六九裡吃桂花湯糰，往往把十幾年來不如意的事兒一古腦兒抛掉，好像尹雪艷周身都透着上海大千世界榮華的麝香一般，燻得這起往事滄桑的中年婦人都進入半醉的狀態，而不由自主都津津樂道起上海五香齋的蟹黃麵來。這起太太們常常容易鬧情緒。尹雪艷對於她們都一一施以廣泛的同情，她總耐心地聆聽她們的怨艾及委屈，必要時說幾句安撫的話，把她們焦躁的脾氣一一熨平。

「輸呀，輸得精光才好呢！反正家裡有老牛馬墊背，我不輸，也有旁人替我輸！」

每逢宋太太搓麻將輸了錢時就向尹雪艷帶着酸意抱怨道。宋太太在台灣得了婦女更年期的癡肥症，體重暴增到一百八十多磅，形態十分臃腫，走多了路，會犯氣喘。宋太太的心酸話較多，因為她先生宋協理有了外遇，對她頗為冷落，而且對方又是一個身段苗條的小酒女。十幾年前宋太太在上海的社交場合出過一陣風頭，因此她對以往的日子特別嚮往。尹雪艷自然是宋太太傾訴衷腸的適當人選，因為只有她才能體會宋太太那種今昔之感。有時講到傷心處，宋太太會禁不住掩面而泣。

「宋家阿姐，『人無千日好，花無百日紅』，誰又能保得住一輩子享榮華，受富貴呢？」

於是尹雪艷便遞過熱毛巾給宋太太揩面，憐憫地勸說道。宋太太不肯認命，總要抽抽搭搭地怨懟一番：

「我就不信我的命又要比別人差些！像儂吧，尹家妹妹，儂一輩子是不必發愁的，自然有人會來幫襯儂。」

## 三

尹雪艷確實不必發愁，尹公館門前的車馬從來也未曾斷過。老朋友固然把尹公館當做世外桃源，一般新知也在尹公館找到別處稀有的吸引力。尹雪艷公館一向維持它的氣派。尹雪艷從來不肯把它降低於上海霞飛路的排場。出入的人士，縱然有些是過了時的，但是他們有他們的身份，有他們的派頭，因此一進到尹公館，大家都覺得自己重要，即使是十幾年前作廢了的頭銜，經過尹雪艷嬌聲親切地稱呼起來，也如同受過誥封一般，心理上恢復了不少的優越感。至於一般新知，尹公館更是建立社交的好所在了。

當然，最吸引人的，還是尹雪艷本身。尹雪艷是一個最稱職的主人。每一位客人，不分尊卑老幼，她都招呼得妥妥帖帖。一進到尹公館，坐在客廳中那些鋪滿黑絲面椅墊的沙發上，大家都有一種賓至如歸，樂不思蜀的親切之感。因此，做會總在尹公館開標，請生日酒總在尹公館開席，即使沒有名堂的日子，大家也立一個名目，湊到尹公館成一個牌局。一年裡，倒有大半的日子，尹公館裡總是高朋滿座。

尹雪艷本人極少下場，逢到這些日期，她總預先替客人們安排好牌局；有時兩桌，有時三桌。她對每位客人的牌品及癖性都摸得清清楚楚，因此牌搭子總配得十分理想，從來沒有傷過和氣。尹雪艷本人督導着兩個頭乾臉淨的蘇州娘姨在旁邊招呼着。午點的寧波年糕或者湖州粿子。晚飯是尹公館上海名廚的京滬小菜：金銀腿、貴妃雞、熗蝦、醉蟹——尹雪艷親自設計了一個轉動的菜牌，天天轉出一桌桌精緻的筵席來。到了下半夜，兩個娘姨便捧上雪白噴了明星花露水的冰面巾，讓大戰方酣的客人們揩面醒腦，然後便是一碗雞湯銀絲麵作了宵夜。客人們擲下的桌面十分慷慨，每次總上兩三千。贏了錢的客人固然值得興奮，即使輸了錢的客人也是心甘情願。在尹公館裡吃了玩了，末了還由尹雪艷差人叫好計程車，一一送回家去。

當牌局進展激烈的當兒，尹雪艷便換上輕裝，周旋在幾個牌桌之間，踏着她那風一般的步子，輕盈盈地來回巡視着，像個通身銀白的女祭司，替那些作戰的人們祈禱和祭祀。

「阿媛，乾爹又快輸脫底嘍！」

每到敗北階段，吳經理就眨着他那爛掉了睫毛的眼睛，向尹雪艷發出討救的哀號。

「還早呢，乾爹，下四圈就該你摸清一色了。」

尹雪艷把個黑絲椅墊枕到吳經理害了風濕症的背脊上，憐恤地安慰着這個命運乖謬的老人。

「尹小姐，你是看到的。今晚我可沒打錯一張牌，手氣就那麼背！」

女客人那邊也經常向尹雪艷發出乞憐的呼籲，有時宋太太輸急了，也顧不得身份，就抓起兩顆骰子啐道：

「咗！咗！咗！勿要面孔的東西，看你霉到什麼辰光！」

尹雪艷也照倒過去，用着充滿同情的語調，安撫她們一番。這個時候，尹雪艷的話就如同神諭一般令人敬畏。在麻將桌上，一個人的命運往往不受抑制，客人們都討尹雪艷的口采來恢復信心及加強鬥志。尹雪艷站在一旁，叼着金嘴子的三個九，徐徐地噴着煙圈，以悲天憫人的眼光看着她這一群得意的、失意的、老年的、壯年的、曾經叱咤風雲的、曾經風華絕代的客人們，狂熱地互相廝殺，互相宰割。

## 四

新來的客人中，有一位叫徐壯圖的中年男士，是上海交通大學的畢業生；生得品貌堂堂，高高的個兒，結實的身體，穿着剪裁合度的西裝，顯得分外英挺。徐壯圖是台北市新興的實業巨子，隨着台北市的工業化，許多大企業應運而生，徐壯圖頭腦靈活，具有豐富的現代化工商管理的知識，才是四十出頭，便出任一家大水泥公司的經理。徐壯圖有位賢惠的太太及兩個可愛的孩子。家庭美滿，事業充滿前途，徐壯圖成為一個雄心勃勃的企業家。

徐壯圖第一次進入尹公館是在一個慶生酒會上。尹雪艷替吳經理做六十大壽，徐壯圖是吳經理的外甥，也就隨着吳經理來到尹雪艷的公館。

那天尹雪艷着實裝飾了一番，穿着一襲月白短袖的織錦旗袍，襟上一排香妃色的大盤扣；腳上也是月白緞子的軟底繡花鞋，鞋尖卻點着兩瓣肉色的海棠葉兒。為了討喜氣，尹雪艷破例地在右鬢簪上一朵酒杯大血紅的鬱金香，而耳朵上卻吊着一對寸把長的銀墜子。客廳裡的壽堂也佈置得喜氣洋洋。案上全換上才鉸下的晚香玉，徐壯圖一踏進去，就嗅到一陣沁人腦肺的甜香。

「阿媛，乾爹替儂帶來頂頂體面的一位客人。」吳經理穿着一身嶄新的紡綢長衫，佝着背，笑呵呵地把徐壯圖介紹給尹雪艷道，然後指着尹雪艷説：

「我這位乾小姐呀，實在孝順不過。我這個老朽三災五難的還要趕着替我做生。我思忖：我現在又不在職，又不問世，這把老骨頭天天還要給觸霉頭的風濕症來折磨。管他折福也罷，今朝我且大模大樣地生受了乾小姐這場壽酒再講。我這位外甥，年輕有為，難得放縱一回，今朝也來跟我們這群老朽一道開心開心。阿媛是最妥當的主人家，我把壯圖交把儂，儂好好地招待招待他吧。」

「徐先生是稀客，又是乾爹的令戚，自然要跟別人不同一點。」尹雪艷笑吟吟地答道，發上那朵血紅的郁金香顫巍巍地抖動着。

徐壯圖果然受到尹雪艷特別的款待。在席上，尹雪艷坐在徐壯圖旁邊一徑殷勤地向他勸酒讓菜，然後歪向他低聲說道：

「徐先生，這道是我們大師傅的拿手，你嚐嚐，比外面館子做得如何？」

用完席後，尹雪艷親自盛上一碗冰凍杏仁豆腐捧給徐壯圖，上面卻放着兩顆鮮紅的櫻桃。用完席成上牌局的時候，尹雪艷經常走到徐壯圖背後看他打牌。徐壯圖的牌張不熟，時常發錯張子。才是八圈，徐壯圖已經輸掉一半籌碼，有一輪，徐壯圖正當發出一張梅花五筒的時候，突然尹雪艷從後面欠過身伸出她那細巧的手把徐壯圖的手背按住說道：

「徐先生，這張牌是打不得的。」

那一盤徐壯圖便和了一副「滿園花」，一下子就把輸出去的籌碼贏回了大半。客人中有一個開玩笑抗議道：

「尹小姐，你怎麼不來替我也點點張子，瞧瞧我也輸完啦。」

「人家徐先生頭一趟到我們家，當然不好意思讓他吃了虧回去的嘍。」徐壯圖回過頭看到尹雪艷朝着他滿面堆着笑容，一對銀耳墜子吊在她烏黑的髮腳下來回地浪蕩着。

客廳中的晚香玉到了半夜，吐出一蓬蓬的濃香來。席間徐壯圖喝了不少熱花雕，加上牌桌上和了那盤「滿園花」的亢奮，臨走時他已經有些微醺的感覺了。

「尹小姐，全得你的指教，要不然今晚的麻將一定全盤敗北了。」

尹雪艷送徐壯圖出大門時，徐壯圖感激地對尹雪艷說道。尹雪艷站在門框裡，一身白色的衣衫，雙手合抱在胸前，像一尊觀世音，朝着徐壯圖笑吟吟地答道：

「哪裡的話，隔日徐先生來白相，我們再一道研究研究麻將經。」

隔了兩日，果然徐壯圖又來到了尹公館，向尹雪艷討教麻將的訣竅。

## 五

徐壯圖太太坐在家中的籐椅上，呆望着大門，兩腮一天天削瘦，眼睛凹成了兩個深坑。

當徐太太的乾媽吳家阿婆來探望她的時候，她牽着徐太太的手失驚叫道：

「哎呀，我的乾小姐，才是個把月沒見着，怎麼你就瘦脱了形？」

吳家阿婆是一個六十來歲的婦人，碩壯的身材，沒有半根白髮，一雙放大的小腳，仍舊行走如飛。吳家阿婆曾經上四川青城山去聽過道，拜了上面白雲觀裡一位道行高深的法師做師父。這位老法師因為看上吳家阿婆天資稟異，飛升時便把衣鉢傳給了她。吳家阿婆在台北家中設了一個法堂，中央供着她老師父的神像。神像下面懸着八尺見方黃綾一幅。據吳家阿婆説，她老師父常在這幅黃綾上顯靈，向她授予機宜，因此吳家阿婆可以預卜凶吉，消災除禍。吳家阿婆的信徒頗眾，大多是中年婦女，有些頗有社會地位。經濟環境不虞匱乏，這些太太們的心靈難免感到空虛。於是每月初一十五，她們便停止一天麻將，或者標會的聚會，成群結隊來到吳家阿婆的法堂上，虔誠地唸經叩拜，佈施散財，救濟貧困，以求自身或家人的安寧。有些有疑難大症，有些有家庭糾紛，吳家阿婆一律慷慨施以許諾，答應在老法師靈前替她們祈求神助。

「我的太太，我看你的氣色竟是不好呢！」吳家阿婆仔細端詳了徐太太一番，搖頭嘆息。徐太太低首俯面忍不住傷心哭泣，向吳家阿婆道出了許多衷腸話來。

「親媽，你老人家是看到的，」徐太太流着淚斷斷續續地訴說道，「我們徐先生和我結婚這麼久，別說破臉，連句重話都向來沒有過。我們徐先生是個爭強好勝的人。他一向都這麼說：『男人的心五分倒有三分應該放在事業上。』來台灣熬了這十來年，好不容易盼着他們水泥公司發達起來，他才出了頭，我看他每天為公事在外面忙着應酬，我心裡只有暗暗着急。事業不事業倒在其次，求祈他身體康寧，我們母子再苦些也是情願的。誰知道打上月起，我們徐先生竟好像變了一個人似的。經常兩晚三晚不回家。我問一聲，他就摔碗砸筷，脾氣暴得了不得。前天連兩個孩子都挨了一頓狠打。有人傳話給我，聽說是我們徐先生外面有了人，而且人家還是個有頭有臉的人物。親媽，我這個本本份份的人哪裡經過這些事情？人還撐得住不走樣？」

「乾小姐，」吳家阿婆拍了一下巴掌說道，「你不提呢，我也就不說了。你知道我是最怕兜攬是非的人。你叫了我聲親媽，我當然也就向着你些。你知道那個胖婆兒宋太太呀，她先生宋協理搞上個什麼『五月花』的小酒女。她跑到我那裡一把鼻涕一把眼淚要我替她求求老師父。我拿她先生的八字來一算，果然沖犯了東西。宋太太在老師父靈前許了重願，我替她唸了十二本經，現在她男人不是乖乖地回去了！後來我就勸宋太太：『整天少和那些狐狸精似的女人窮混，唸經做善事要緊！』宋太太就一五一十地把你們徐先生的事情原原本本數了給我聽。那個尹雪艷呀，你以為她是個什麼好東西？她沒有兩下，就能攏得住這些人！連你們徐先生那麼個正人君子她都有本事抓得牢。這種事情歷史上是有的：褒姒、妲己、飛燕、太真——這起禍水！你以為都是真人嗎？妖孽！凡是到了亂世，這些妖孽都紛紛下凡，擾亂人間。那個尹雪艷還不知道是個什麼東西變的呢！我看你呀，總得變個法兒替你們徐先生消了這場災難才好。」

「親媽，」徐太太忍不住又哭了起來，「你曉得我們徐先生不是那種沒有良心的男人。每次他在外面逗留了回來，他嘴裡雖然不說，我曉得他心裡是過意不去的。有時他一個人悶坐着猛抽煙，頭筋疊暴起來，樣子真嚇人。我又不敢去勸解他，只有乾着急。這幾天他更是着了魔一般，回來嚷着說公司裡人人都尋他晦氣。他和那些工人也使脾氣，昨天還把人家開除了幾個。我勸他說犯不着和那些粗人計較，他連我也呵斥了一頓。他的行徑反常得很，真不由得不叫人擔心哪！」

「就是說呀！」吳家阿婆點頭說道，「怕是你們徐先生也犯着了什麼吧？你且把他的八字遞給我，回去我替他測一測。」

徐太太把徐壯圖的八字抄給了吳家阿婆說道：

「親媽，全托你老人家的福了。」

「放心，」吳家阿婆臨走時說道，「我們老師父最是法力無邊，能夠替人排難解厄的。」

然而老師父的法力並沒有能夠拯救徐壯圖。有一天，正當徐壯圖向一個工人拍起桌子喝罵的時候，那個工人突然發了狂，一把扁鑽從徐壯圖前胸刺穿到後胸。

六

徐壯圖的治喪委員會吳經理當了總幹事。因為連日奔忙，風濕又弄犯了，他在極樂殯儀館穿出穿進的時候，一徑拄着拐杖，十分蹣跚。開吊的那一天靈堂就設在殯儀館裡。一時親戚友好的花圈喪幛白簇簇的一直排到殯儀館的門口來。水泥公司同仁挽的卻是「痛失英才」四個大字。來祭吊的人從早上九點鐘起開始絡繹不絕。徐太太早已哭成了癡人，一身麻衣喪服帶着兩個孩子，跪在靈前答謝。吳家阿婆卻率領了十二個道士，身着法衣，手執拂塵，在靈堂後面的法壇打解冤洗業醮。此外並有僧尼十數人在唸經超度，拜大悲懺。

正午時候，來祭吊的人早擠滿了一堂，正當眾人熙攘之際，突然人群裡起了一陣騷動，接着全堂靜寂下來，一片肅穆。原來尹雪艷不知什麼時候卻像一陣風一般地閃了進來。尹雪艷仍舊一身素白打扮，臉上未施脂粉，輕盈盈地走到管事台前，不慌不忙地提起毛筆，在簽名簿上一揮而就地簽上了名，然後款款地步到靈堂中央，客人們都倏地分開兩邊，讓尹雪艷走到靈台跟前，尹雪艷凝着神，斂着容，朝着徐壯圖的遺像深深地鞠了三個躬。這時在場的親友大家都呆如木雞。有些顯得驚訝，有些卻是忿忿，也有些滿臉惶惑，可是大家都好似被一股潛力鎮住了，未敢輕舉妄動。這次徐壯圖的慘死，徐太太那一邊有些親戚遷怒於尹雪艷，他們都沒有料到尹雪艷居然有這個膽量闖進徐家的靈堂來。場合過分緊張突兀，一時大家都有點手足無措。尹雪艷行完禮後，卻走到徐太太面前，伸出手撫摸了一下兩個孩子的頭，然後莊重地和徐太太握了一握手。正當眾人面面相覷的當兒，尹雪艷卻踏着她那風一般的步子走出了極樂殯儀館。一時靈堂裡一陣大亂，徐太太突然跪倒在地，昏厥了過去，吳家阿婆趕緊丟掉拂塵，搶身過去，將徐太太抱到後堂去。

當晚，尹雪艷的公館裡又成上了牌局，有些牌搭子是白天在徐壯圖祭悼會後約好的。吳經理又帶了兩位新客人來。一位是南國紡織廠新上任的余經理；另一位是大華企業公司的周董事長。這晚吳經理的手氣卻出了奇迹，一連串地在和滿貫。吳經理不停地笑着叫着，眼淚從他爛掉了睫毛的血紅眼圈一滴滴淌下來。到了第十二圈，有一盤吳經理突然雙手亂舞大叫起來：

「阿媛，快來！快來！『四喜臨門』！這真是百年難見的怪牌。東、南、西、北——全齊了，外帶自摸雙！人家說和了大四喜，兆頭不祥。我倒霉了一輩子，和了這副怪牌，從此否極泰來。阿媛，阿媛，儂看看這副牌可愛不可愛？有趣不有趣？」

吳經理喊着笑着把麻將撒滿了一桌子。尹雪艷站到吳經理身邊，輕輕地按着吳經理的肩膀，笑吟吟地說道：

「乾爹，快打起精神多和兩盤。回頭贏了余經理及周董事長他們的錢，我來吃你的紅！」

1965 年春

（選自《台灣小説選》，人民文學出版社 1979 年 12 月版。）

林海音

林海音（1919—2001），台灣苗栗縣人。女，作家。著有短篇小說集《城南舊事》、《燭芯》，長篇小說《曉雲》、《春雨麗日》等。

# 五鳳連心記

非常懷念天津小白樓益翔綢緞莊的蘄先生（或者是金先生，也許是秦先生）。他穿着蘿蔔絲的羊皮袍，外頭罩着織貢呢大褂。當他說話時——說着說着就把袖子口不經心地挽起來——嶄新的藍條白絨小褂的袖口就露出來啦！他打着天津衛腔，並且用手指着堂兄阿烈：

「您啦記着。先買五隻大母雞，放在咱們家裡，再養活五天。這五天嘛，天天餵五頓就行啦，餵的是嗎呢？您啦聽着……五兩……上騾馬市西鶴年堂買去；五兩……要新鮮的；五兩……上……買去，就提天津小白樓益翔莊老蘄……」

堂兄阿烈沒聽清楚，我也沒聽清楚，總而言之，我們一家人都沒聽清楚。

「什麼？什麼？什麼？」我們一連串地問。

「您啦，別着急，我再從頭兒說……」

媽媽確實在着急，因為四妹病了些日子了。她漸漸地黃黃瘦瘦下來，總是一點精氣神兒也沒有，一個人待在榆樹底下的小板櫈兒上。沒什麼可玩的，她就俯下身子來滿地撿從樹上落下來的榆錢兒，從嫩綠色的撿到黃了乾了的。現在冬天已經來了，她更不好了，還是坐在小板櫈上，在廊檐底下曬那早晨照進來的太陽。如果她要有舉動或說話，也都是顫顫悠悠的。

就在這時候，靳先生來了。據說，他叫開了門，就對王媽說：

「勞駕您哪！我打聽打聽，這家住的是？——」靳先生非常和氣地探詢着。

「姓林，林太太。」王媽很乾脆地回答。

「咦，是林太太。我是天津小白樓益翔綢緞莊姓靳。林太太天津有個認識的……」

「是呀，有個原先在這兒待的老姐妹兒宋媽在天津。」再沒王媽爽直的啦，連那口直心快的宋媽都比不上她。

「對啦，是交代我說姓宋來着。」

「宋媽眼下還在蘇太太家使喚着哪？」她倒向靳先生打聽起來了。

「是啦，蘇太太常上我們櫃上買料子，就這麼提起的啦！我在櫃上多年了，自小跟着我們老掌櫃的，也學了點岐黃之術，咱們老掌櫃的看病全是為修好……」

靳先生還沒說完呢，王媽就樂開了：

「那敢情好，俺們這兒四小姐可不就病了些日子啦！」

接着，靳先生就被引進來，王媽居功，彷彿這位靳先生是她介紹的，沒有宋媽什麼事了，王媽介紹靳先生說：

「人家靳先生醫道兒可高了，老掌櫃的沒傳授給別人，就算靳先生得了這一傳。四小姐快讓靳先生給號號脈吧！」

五歲的四小姐，蠟黃着臉，很困難地從廊檐的小板櫈兒站起來，兩隻眼睛汪着淚，她一定很害怕，更顫悠了。

靳先生看四妹進來了，心疼得什麼似的，握着她的小手兒，觀望她的氣色，緊抿着嘴，輕搖着頭，若有所思，不勝太息：

「不輕，這個症候兒！」

我們屏息站在一旁，心情當然沉重，王媽更是表情深刻，長長地「唉」了一聲，打破這暫時的寂靜。

靳先生一邊給四妹號脈，一面點頭沉思，還對自己不斷地「嗯」「嗯」着，我們想是他號出什麼來了。

我們一家人的眼睛都盯住靳先生，希望他給四妹看出一些道理來，這一陣子，四妹中醫西醫可也給看過不少了。

然後靳先生放下了四妹的手，心情沉重似的說：「太虛了！」

媽媽緊蹙着眉頭，我們也都不敢言語，四妹睜着驚奇的眼睛。

「這病有多少時候兒啦？」

「將近半年了。」媽媽回答。

王媽不甘心，她對媽媽倚老賣老地說：

「我看這就得打這孩子六個月說起。哪兒興六個月的孩子就餵抻條炸醬麵的？」她毫不客氣地責備起母親來了，「孩子的奶媽沒奶了，您也不留神，就讓她餵孩子吃炸醬麵？」

媽沒分辯什麼，誰讓她生了這麼多孩子照顧不過來呢！不過當四妹的奶媽餵四妹吃炸醬麵的那個時候，並沒有王媽呀，她那時還不知在哪家給人使喚着哪！她怎麼知道的？難道是我說的？也許，是我那時親眼看見四妹「提溜」一下把一根麵條吸進嘴裡去的。奶媽因此被解僱了。

靳先生說，要看看這孩子該怎麼個治法兒，他要試驗一種東西，他說：

「這麼着，我再給四小姐扎扎看，要是扎出來流的是黃水，就不礙事。」

「那麼壞的現象是怎麼樣呢？」堂兄阿烈問。

「那就是流綠水嘍！」

可怕的綠水！我們真擔心，當靳先生從身上掏出一個小包包來的時候，我們幾個小孩不由得圍上來看。小包包裡是一根極細小的針，不是針，簡直是一根金屬的絲。

他讓四妹趴到沙發上，四妹哭了，她害怕，又不敢抵抗，因為一向她都那麼軟弱的。但是靳先生真好，哄着四妹說：

「不礙事，小姑娘，病好了，跟媽媽到天津找蘇大媽，找你們的老宋媽玩兒去。」

「我們叫蘇伯母。」弟弟馬上提出更正。

「噢，蘇伯母，對對對，找蘇伯母玩兒去。」

我們漸漸對靳先生有了好感，都擠到沙發旁去看四妹。但是靳先生卻和藹地笑笑說：

「別擠在我跟前呀！我會扎錯了地方呀！」

我們只好都退到一邊。四妹的小棉襖被掀開了，靳先生撫按着四妹的瘦脊背，彷彿在數她的排骨。這時媽媽和堂兄阿烈走上前去，要看看靳先生怎麼個扎法，同時也要安慰四妹，因為她正在可憐地嚶嚶地哭泣。好了，靳先生按呀按的，大概按到一節頂合適的脊樑骨上了。他把細小的針剛比在那骨節上，忽然想起什麼來了，他對阿烈哥說：

「您啦給我找個小碟子來吧！」

阿烈哥趕忙跑去廚房拿碟子去了。靳先生再次把針比在那骨節上，他又想起了什麼，對媽媽說：

「您啦給擰個濕手巾來，要熱的才好。」

媽媽又趕快去找熱手巾去了。這時只見靳先生兩手在四妹的脊背上摸弄着，老遠的，我們也看不見。等到阿烈哥的小碟子取來，靳先生驚喜地輕喊着：

「您啦看，有辦法兒啦，是黃水兒咧！」

說着，他就接過碟子，從那根細針上，果然擠出幾滴黃水到碟子裡。媽媽的熱手巾也來了。於是小碟子裡的幾滴黃水，被傳給屋裡的每個人看了。

媽媽的眉頭也展開了，她並且奇怪而又高興地對阿烈哥說：

「原來我們中國祖傳的方法也和西醫一樣，可以抽脊髓水的！」

但是靳先生否認這些，他連忙擺手說：

「這可不能像西醫的抽脊髓水呀！咱們不能做那事，林太太，您啦知道嗎？脊髓水是從腦子裡下來的，可抽不得呀！那就是腦汁呀，可怎麼能抽哪！」

靳先生說着又接過熱手巾來，在四妹的背上輕輕地敷按着，就是他抽那黃水的地方。然後靳先生非常輕鬆了，當然，我們大家也都輕鬆了許多，因為他說四妹的病是可以治療的，因為流的是黃水，不是綠水。幸虧不是可怕的綠水！

接着，就是關於那五隻大母雞了。

靳先生嗽嗽嗓子，很嚴肅地問：

「您啦嫌不嫌麻煩？」

「麻煩？不嫌麻煩。」媽媽和阿烈哥同時回答。

「那就好，我告訴您啦一帖膏藥方，自己熬，我們老掌櫃的就憑這帖膏藥方，治了不知多少疑難大症。您啦知道，前門大街鮮魚口上裕豐家老掌櫃的小孫子兒，大前年個，就跟您啦這四小姐同樣兒毛病兒。就貼了兩帖，現在好了，孫悟空似的，花果山水簾洞都能去咧……」

花果山，水簾洞，我們都知道，所以我跟二妹、三妹、弟弟都笑了。我們想，如果四妹好了，真像孫猴兒似的，到處亂跑，簡直不能想像那是個什麼樣子，所以我們笑了。

我們再聽靳先生說：

「這帖膏藥，就是熬起來麻煩點兒，不是我給我們老掌櫃的淨說好話，要是想發財，誰願意把祖傳的方子滿處告訴人？可是我們老掌櫃的就說了：做嗎要自己秘着不告訴人呢？那麼您啦仔細聽着記着：先買五隻大母雞，放在家裡養活五天……買五兩……買五兩……五兩……」

五兩這五兩那，記不住啦，於是阿烈哥說：

「我用筆記下來。」

阿烈哥去拿來了筆墨紙硯，一本正經地在筆記老掌櫃的救人無數的那帖膏藥的製法。

「……好啦您記着，五兩鮮蓮子，五兩……都預備齊了。五隻大母雞宰了，雞肚子都掏出來，小心着。那五副雞心，小心地摘下來，裡邊洗淘乾淨了。鮮蓮子，剝皮不剝心……連着那五兩……五兩……還有雞心……」

阿烈哥出汗了，也許屋裡爐火太旺，也許是他記不下來急的。他苦笑着，斜着頭，日本話也迸出來了：

「大變難ツイネ」

靳先生聽不懂日本話，誤會了，他正經地說：

「你說嗎？無關係？太有關係啦？一分兒，一點兒，也不能差呀！」

「好，我再來寫。」阿烈哥重新振作起來。

好了，阿烈哥又接下去寫，可是他不斷地自己給自己打岔，停下來問：

「五兩鮮蓮子，怎麼？怎麼樣留住那蓮子心？是不是就是綠綠的那個東西？」

「雞心呢？剝下來，剪一個口，蓮子怎麼樣？塞進去？」

媽媽也打岔，她說：

「好啦，你接着寫吧，這地方我記住啦！」

彷彿是整個寫好了，但是阿烈哥嘖嘖的搖頭嘆氣，表示不信任自己。而這時靳先生為了慎重起見，他竟考起阿烈哥來了：

「這麼着，您啦講一遍我聽聽。因為一點兒都不能馬虎。」

於是阿烈哥開始重述這一帖膏藥的做法了。頭幾句他還講得不錯，當然啦，那幾句要是叫我講我也會，我在學校背書頭幾句總背得流利的。但是慢慢地阿烈哥結巴起來了，有的地方是他寫得不清楚，有的地方他竟給前後顛倒了。比如說，雞心還沒有摘下來呢，他就把蓮子心塞進去，那怎麼能行呢？所以靳先生直搖頭，媽也責備他，媽說：

「蓮子還沒有剝皮哪，就塞進雞心裡！」

我也忍不住了：

「摘雞心的時候，要小心雞肝上的苦膽，不要弄破了。」

「真是，你還沒有英子清楚哪！」媽着急地說，「好啦！這點我記住啦，再往下說給靳先生聽吧！」

阿烈哥又往下說了，但仍是那樣，丟三落四，該煮不煮，該熬不熬。靳先生深深地嘆口氣，又不斷地思索着，他是在給我們想什麼好辦法，看怎麼樣才能使阿烈哥記得更好些。忽然，他說：

「要不然——」但是他又停住不說了。媽是多麼盼望他有好辦法啊！所以眼睛直望着靳先生，聽候他的吩咐。

「要不然，這樣好了，」靳先生終於下了決心，「我這兒有兩帖現成的膏，是老掌櫃的替人做的，要我帶給鼓樓老劉家的，——讓我想想，能不能先匀給你們……」

「那太好了。」媽媽急得想揪住靳先生，「該多少錢由我們來出。」

「那倒不是錢不錢的事，」靳先生就不願意提到錢，「我們老掌櫃一年到頭，捨還不知道捨多少呢！」

「當然，」媽媽很是抱歉，「老掌櫃的應當捨給貧苦的人家，我們，我們就算請老掌櫃的代替我們做的就是啦！」

「那沒話說，蘇太太是我們櫃上的老主顧了。我是想，匀給您啦這兩帖，再給老劉家做的話——」靳先生又在猶豫，盤算，「好啦，好啦，沒關係啦！這兩帖五鳳連心膏就先給四小姐吧！」

「什麼？五鳳連心膏？」阿烈哥問。

「是啊，這膏藥，」靳先生從皮袍裡掏出這兩帖膏藥來，「就是五鳳連心膏。五鳳，您啦不明白？就是這五隻母雞，連心哪，蓮子，連着雞心做成的呀！」

「噢！——」媽媽和阿烈哥都明白了，他們微笑着，念叨着，在欣賞這名稱的美，「五鳳連心，五鳳連心……」

「媽，什麼叫五鳳連心哪？」我聽他們在唸這名字，覺得非常好聽。

「五鳳嘛——」阿烈哥向我玩笑地說，「就是你們姐妹五個呀！連心嘛，就是你們的心要連在一起，不要今天你跟我吵呀！明天我跟你打呀！大家和和氣氣的，就不會生病啦！」

「你胡謅！」我不相信，但是我們時常吵來吵去倒是真的。現在只有可憐的四妹沒有本事跟我們吵了。

靳先生的這副膏藥做得非常講究，特製的油紙的細長的口袋裡，剛好放進一副兩帖。抽出來是嶄新的深紅色膏藥帖。靳先生把它在手掌心上啪啪地甩打了兩下，發出結實有力的聲音。他又提在空中抖落了兩下，才遞給母親，並且囑咐說：

「要貼的時候，先放在小炭火上融化，記住，小炭火，大煤球爐子可不行哪！」

總而言之，這是一副費盡人力的膏藥，做起來要多麻煩。可是媽媽還不知足呢，她接過來以後竟問靳先生：

「還有沒有？我乾脆一回多買兩副好啦！」

「啊……」靳先生連忙大擺手，「這是看在蘇太太的大面了啦，老掌櫃的可輕易不替人做的呀！」

「可是，要是我們貼着好的話，再上哪兒找去呢？」

靳先生瞪大了眼睛：「您說嗎？一副兩帖就得好啦！還要兩副做嗎？」

「可是，我還沒問一副買多少錢哪！」媽媽說着，就要去五斗櫃拿錢了。

「我們不是做買賣的啦！我們不能賣的呀！要買，那就還給我好了！」靳先生急了。

媽媽怎麼肯放手呢！她緊捏着那兩帖紅膏藥，苦笑着說：

「不是，靳先生，您誤會我的意思啦，咱們北京人興吃藥不給錢嗎？要不成了罵人了嗎？我是說，這副膏藥，是老掌櫃的花了多少錢買的藥料，就算是替我買的，我不得給錢嗎？」

這一席話，總算把靳先生說服了，所以他笑了：

「你啦這麼一說，還不大離兒了。一副五鳳連心膏，我知道老掌櫃的都得用上十五塊大洋的材料。」

「十五塊大洋！」媽顯得有一點點驚奇，但隨即展開了禮貌的笑容，「我去拿。」媽到裡間去了。好像去裡間五斗櫃的抽屜裡拿十五塊大洋的時間，不該有這麼長，好一會兒，只聽見媽在叫阿烈哥。

阿烈哥進去了，又一會兒，才出來，有些不好意思地對靳先生說：

「靳先生，我不知道該怎麼說才好，家裡現在只剩九塊現洋了，我伯母說，請您等一等，她到附近一個朋友家去借一下。」

「那不要緊，千萬不要出去借！再說，我也忙得很，還要走幾家，我北京來一趟，就得替我們老掌櫃的趕個十家八家的。」靳先生很痛快地說。

「那麼，請您把地址留下，我下午就給您補送過去。」阿烈哥說。

靳先生哈哈大笑：「我住天津小白樓，愛送，你給我送去吧！坐火車來回去給我送六塊錢？這是嗎話兒？」

既然這麼說，媽媽就很難為情地把一疊花花大白洋拿出來，當着靳先生的面數給他。但是，當媽媽數到一半的時候，忽然驚叫了一聲：「哎呀！」媽的臉紅了，「這怎麼說的呢！我糊塗了，把這塊假洋錢也混到裡頭了！」

靳先生可是和藹地說：「沒有關係，馬馬虎虎！」

「那可怎麼好呢！本來就差六塊不夠，這麼一來，可差了七塊啦！那怎麼好意思呢！唉，嘖，唉！」媽又嘆氣又跺腳。嘆氣是為了對不起靳先生，跺腳是為了又因此想起這塊假洋錢的來源：那是媽媽的一位打牌朋友的一次不道德的行為，使媽媽贏了一塊假洋錢。我還記得有一次請同學星期天去看電影，跟媽媽要錢，媽媽叫我自己到五斗櫃去拿一塊錢，我竟拿了這塊假洋錢，到了中央電影院，搶着買票請同學，就被賣票窗口很不客氣地給打了退票，結果請客變成被請，還弄得羞愧得不得了。用假洋錢，是多麼可恥的事啊！現在這塊假洋錢又混在真洋錢裡面，給媽媽丟臉了。

「是誰？是不是你把這塊錢給放在一塊兒的？」媽媽好像沒法挽回她的羞慚，竟看中了我。

「我？」我怎麼能承擔這？所以我也紅着臉跟媽媽急了，「我天天上學，都是只拿銅子兒，我又沒動您的洋錢！」

靳先生大概急着要走，他直說：「沒關係，這值不得什麼，就都給了我吧，省着放在你們家裡禍害！」

靳先生接過那一疊雪白大洋錢了。洋錢遞到他手裡以後，他就熟練地用這一手把洋錢向另一手溜滑下去，有清脆的好聽的一串洋錢聲，但是其中彷彿陷了一個什麼東西，聲音不對勁兒了一下，因此靳先生說：

「可不是，真是個假洋錢。」

然後，他就從其中揀出那個和別的一般無二的假洋錢，用兩個手指輕輕地捏着它，放在嘴邊用力地吹了一下那洋錢邊，趕忙送到自己的耳邊側頭聽了聽：

「就是嘛，假洋錢吹了一點兒聲音也沒有，我告訴您啦一個訣竅，真的洋錢這麼吹一下，您啦聽聽，可就能發出嗡——的聲音兒來啦！」說着他又抽出一個真的來照樣吹了一下。

其實媽早就知道吹洋錢分真假的法子啦，可是，她們打起牌來就大方着哪！誰贏了錢，還接過來一塊塊地吹，那多小氣呀！而且，不但如此，一塊錢換四十六吊銅子兒，要是輸主拿洋錢出來找的話，還得客客氣氣的，大大方方的，按五十吊找給人家哪！媽就是由於一位太太輸給媽四吊錢，她硬是收進一塊假洋錢，還找給人家四十六吊錢的！她怎麼不生氣！

好了，靳先生要走了。他戴起了他那頂三塊瓦的皮帽，放下挽起的袖口，拍打拍打袍子前身，——非常乾淨利落的一個大男人。他臨走又對媽媽說：

「貼了這兩帖準得換了一個小姑娘，到那時候，可給我們老掌櫃的傳名就行了嘛！」

媽高興得什麼似的，鞠躬哈腰的，接過來那個油紙口袋，然後放在花架子上那盆梅花的旁邊。花盆架子高，我們不至於跑去拿，我們姐妹兄弟實在太多啦，而且都這麼隨便，愛動什麼就動什麼，自從爸爸死去以後，媽媽更管不了我們了。

媽媽和阿烈哥送靳先生到大門口去了。其實，我每次和媽媽到瑞蚨祥買布去，那裡的夥計都是客客氣氣把我們送到門口，現在怎麼啦，老王媽說的，拿頭兒大改變啦，媽竟送布店的夥計送到大門口去了。

只有我們姐妹幾個在屋裡了，我問四妹：

「怎麼樣，他給你扎針痛不痛？」

四妹搖搖頭：「一點兒也不。」

「不痛你幹嗎哭得那麼傷心？」二妹不服氣。

「我害怕。」四妹顫顫悠悠地說。

扎針怎麼會不痛呢？我也覺得很納悶，而且居然有那麼好幾滴的黃水滴下來，真奇怪，真不懂。

這時二妹跑到花架子那裡去了，伸手去動那個油紙袋。

「大姐，你看二姐！」四妹告狀，那是她的膏藥，當然她關心。

可是那個油紙口袋實在很誘惑人，尤其是那兩帖膏藥。二妹拿了下來，我們就圍着來看。我們都知道，每帖膏藥是闔着的，很不容易揭開，總得放在火上烤軟了，尤其是在這冬天，靳先生不是也告訴媽說用炭火烤一烤嗎？講究真叫多。但是，二妹竟一下子把這帖膏藥揭開了！醬紅色的膏子，我拿過來聞一聞，很有點兒香味兒，像什麼？我遞到二妹的鼻子尖上去。二妹使勁抽着鼻子聞：

「像山楂糕的味兒！」

弟弟也搶過去看：

「明明是信遠齋的酸梅糕！」

這時，媽媽和阿烈哥進來了，一看我們在動兩帖膏藥，急了：

「哎呀！別動！別動！」

「媽，你看看，到底是山楂糕，還是酸梅糕？」

媽很生氣，氣我們亂動東西，但是當她推開我們拿過那帖被揭開的膏藥時，她也不免皺起了眉頭：

「嗯？……」

「您聞聞。」我説。

媽果然拿到鼻頭上聞了聞，她又「嗯？——」了一聲，遞給阿烈哥。阿烈哥一看，聞一聞，也斜起頭皺了眉：

「嗯？——」了一長聲。

這時小小的五妹出聲了：「媽，這個——」

五妹高高地舉起她的手，手裡不知捏着一個什麼小東西。

媽低下頭來接過五妹手裡的東西，是什麼？大家的眼睛全集中在那個小玩意兒上。

「好像一個雞苦膽，是嘛，是個雞苦膽！」還是媽媽懂得多，「你從哪兒撿來的？」

「那裡。」五妹指着沙發旁，那正是四妹剛才趴在那裡接受扎針的地方，「那個人扔在那裡的。」

「嗯——」媽再研究一下，「可不是，裡面還有點黃水，可不就是黃水。你看見那個人——靳先生，扔的？」

五妹點點頭。

「那你當時怎麼不言語？」媽倒責備起五妹來了，「唉！不知怎麼，我後來覺得有點兒不對勁兒似的。」

「我也是覺得有什麼不對，可是——」阿烈哥説。

「我也是。」我說。

「你也是，他也是，怎麼早不講話呢？」

喲！媽倒賴起我們來了。

媽兩手拿着那帖膏藥，一開一合的，又仔細地研究。

「也許——」媽猶豫着，「也許五鳳連心膏就是這麼樣的？」

「可是剛才那個人說的做法兒裡，也沒有酸梅或者山楂當藥料，怎麼會有那股子味兒呢？」阿烈哥哥說。

「是嘛！應當是雞湯味兒的！」二妹還開心呢。

「少說廢話吧！」媽喝止二妹，「阿烈，你去，追到街上去看看，那個——那個姓靳的走遠了沒有，把他叫回來。」

我看現在大家都改變口氣了，不願叫靳先生了。

阿烈哥說：「早走過三條街了吧，我上哪兒追去，算了吧！」

這時老王媽進來了，她高高興興地問：

「怎麼說呀，給開了點兒什麼藥了嗎？」

「這個——」媽把膏藥遞給王媽，「你看吧，這叫什麼膏藥？王媽，你一定懂，你是常年貼膏藥的人。」

可不是，王媽現在手指頭的裂縫上，還粘着一小塊黑凍瘡膏呢。她的背上、腰上、肚臍眼兒上，經常都是什麼狗皮膏、追風膏的。

王媽把那帖膏藥接過去了，她也開一個合一下，研究那膏藥的黏性。

「這是膏藥嗎？」王媽也懷疑起來了。

接着媽告訴王媽給他錢的經過，王媽竟又倚老賣老地說：

「唉！您怎麼不跟他還還價呢？同仁堂的狗皮膏才多少錢一副？他要多少您就給多少？要照我看，您就應當還價給他一塊錢一副還不行！」

「王媽，你真糊塗，這不是還價兒的事呀！」媽媽說。

「要是真還價一塊錢就好了，那就把那塊假洋錢給他算了！」二妹又多嘴。

媽聽了倒笑了，大笑起來，好像剛才的事情都算不得什麼了：

「想想也怪可笑的，他連真帶假把我的錢全摟了去了！還用了個雞苦膽裝了幾滴黃水嚇唬我。不過，——阿烈，寫封信到天津問問宋媽吧！也許真是他們介紹來的呢，那麼這副膏藥還是可以貼的。」

媽還在希望那可能性呢！所以，那副山楂膏，不，那副五鳳連心膏，媽仍是鄭重地把它裝進油紙口袋裡，放到抽屜裡去，一面又對王媽說：

「可是這位靳先生，人倒是挺和氣的。」

「他穿得很講究嘛，他的皮袍也是很新的，也許他是一個真正的靳先生，我們不要沒弄清楚，就隨便說人家的壞話吧！」阿烈哥竟一本正經地發表議論了。因此弄得我們簡直不知道靳先生和他的五鳳連心膏到底是應該信任呢，還是不可信任呢。

不過他的和藹的態度、淵博的醫藥常識、動聽的口才，真是使我們欽佩，使我們感動呢！

給天津宋媽的問詢信寄出去了，我們靜等着回音。五鳳連心膏，當然媽媽暫時是不敢給四妹貼的。但是在這寒冷的三九天裡，我們的膏藥專家老王媽，可又貼上了膏藥，並且在那個大雪後的星期天早上，她硬是渾身骨頭節兒發酸，走路都不利落了。因此媽派遣我和二妹去買早點，指定要買西草廠拐角第二家的燒餅麻花，再順便到斜對面那家羊肉床子，買一斤半切羊肉，為的是在這下雪天吃涮羊肉最為美妙。如果可能的話，媽媽又派遣我們，不妨多走兩步，到鐵門兒帶些醬菜來。我們很高興地答應了，因為手裡拿一筆錢像大人一樣，可以東買西買，是最開心的事，而且這幾處都相距不遠，是在一條路線上的。

西草廠是我們這一帶住家的生活物品供應區，尤其是東口這一帶，油鹽店、豬肉櫃、羊肉床、燒餅舖、洋貨店、鐘錶舖、當舖、首飾樓、香臘店、棉花店、冥衣舖，太齊全了，因此那也是一個小小的熱鬧區，從早到晚。

聽說油炸鬼這個名稱，是由於那些工作的人，在半夜就起來炸的緣故，但它是多麼的香脆可口。當那小小的圓圈被夾進剛出爐的芝蔴醬燒餅裡，再用兩個手掌一壓，油炸鬼發出了被壓碎的清脆的聲音，就不由得引起了口涎。正當賣燒餅的把我們買的十個油炸鬼，穿進一根馬藺的時候，我們的面前來了一個男人。

這個男人，他牽了一頭小毛驢，驢背上馱着一袋白麵。因此這個男人的衣服也都沾滿了麵粉。他穿的是一身大粗藍布的大厚棉襖棉褲，頭上戴了一頂小氈帽。從那氈帽裡露出一小截疊摺了的黃紙頭。通常，那都是一張茶葉紙。鄉下人是很節省的，他們進城來做一批什麼買賣，賺了錢，最大的享受也不過是到茶館沏一壺熱茶喝喝。但是面前這個滿身滿臉麵粉撲撲的男人，他是一個鄉下人嗎？

最初我並沒有看見他的正面，我只聽見他對打燒餅的人說：

「要吃，還是吃伏地麵。我說的不算，你立刻地弄點兒嚐嚐就知道了！」

他的聲音帶點怯口，很像王媽的丈夫啦、宋媽的丈夫啦，他們那種鄉下人，什麼京東的、京北的，我也分辨不出來的那種怯口就是了。

打燒餅的說：「可不是嘛！別瞧我們這兒堆了半屋子洋白麵，我們總是寧可吃伏地麵，噴兒香。——到底算什麼錢哪？」

他們算多少錢，我沒注意，因為我這時也在給錢，但是等我和二妹各拿了燒餅、麻花預備離開的時候，那個鄉下人轉過臉來了。

「瞧！」二妹推了我一下。

「嗯？」我也幾乎是同時地。

好一個面熟的臉孔，他是誰？我最近還看見的，是王媽的丈夫？不是。那麼是誰呢？

這個人面對着我和二妹，竟向我們微笑了一下，他的笑容更看着眼熟了，但是他隨即收斂了笑容，又轉過臉去了。我們拿了包好的燒餅麻花，向西草廠走下去，可是我和二妹仍忍不住回過頭去看那個鄉下人。

「想起來了，」二妹向我瞪大了眼睛，「是那個那個給四妹看病的那個——」

「得了吧！」我馬上推翻二妹，「那個人是講天津話的，而且也不穿這種衣服！」

我雖然這麼說了，但是不得不承認他們的確就是一個人。不過，給四妹看病的，賣伏地麵的；說天津話的，說怯口話的；穿蘿蔔絲羊皮袍的，穿大粗布棉襖的，怎麼可能會是同一個人呢？

我對二妹說：「咱們趕快買了羊肉，再回來看。」

但是等我們買來羊肉走回到燒餅店，小毛驢兒沒影兒了，鄉下人沒影了，門口卻圍了一堆人，我們剛預備走過去，只聽那一堆人裡有人喊：

「什麼伏地麵，上頭有一層，底下全是——全是什麼玩意兒呀！豆腐渣似的！」

又有一個人喊：「上當啦，上當啦！他還找了一塊假洋錢呢……」

聽到假洋錢，我和二妹不禁拉緊了手。這時又聽說：

「追追看。」

「早沒影兒啦！我在打燒餅，哪兒顧得看真的假的哪！」

我和二妹不知怎麼，聽見假洋錢，倒像我們犯了法，怕被人認出來似的。我心也跳，臉也熱，一直往家裡跑，跑進了家門，我們倆停下來喘氣，我說：

「我聽見假洋錢，怕死啦！」

「我還不是！」二妹說。但隨後我們都笑了，好像進了家門就平安了，就什麼都不怕了。

當我們進到屋裡的時候，阿烈哥正在唸一封信給媽媽聽。我們倆同時喊：

「媽，我們看見那個——那個給四妹看病的人了。」

「在哪裡？」

於是我們倆你一嘴我一舌的，把小毛驢、伏地麵、鄉下人的故事講給媽媽聽。媽聽了以後很肯定地說：

「你們看的一點兒也不錯，我想。他這樣人會說好多樣兒的話，會當好多樣兒的人，才能騙好多樣兒的錢。」

接着，阿烈哥說，天津的蘇伯母來了信，說宋媽已經回順義縣老家生孩子去了，小白樓沒有什麼益翔綢緞莊，她們也不認識什麼會看病的靳先生，而且也不知道四妹病了。但她倒願意介紹媽媽帶四妹到西四羊市大街的中央醫院去看病，不要再信什麼邪門歪道的玩意兒了！

事情已經過去這麼多年了，四妹也在轉過年的春天死去，她的兩隻最美麗的大眼睛，給我們留下永遠的印象。提起靳先生，我們並不生氣，後來的許多年，一直到現在，他也還是我們回憶中不可磨滅的人物。他和我們共處了足足有兩小時，這兩小時竟是個永恆。我們認識了一個多才多藝的男人，雖然我們不知道他究竟姓什麼，到底是哪裡人。可是在那兩小時中，他確實給了我們點兒什麼，他使我們在失望中忽然有了新的希望，他給我們安慰，他是那麼和藹。他還能使我們對他感覺歉意（關於那塊假洋錢），也表現出我們雖然用了假洋錢，但我們是誠實的人。

因此，無論什麼時候，我們想起了靳先生，談到他，我們都要笑一陣的。這麼說來，對於那八塊花花大白洋錢，究竟也不能算是個太大的損失吧！

**蔣子龍**

蔣子龍（1941— ），河北滄縣人。作家。著有短篇小說《機電局長的一天》、《三個起重工》、《一個工廠秘書的日記》、《拜年》，中篇小說《開拓者》、《赤橙黃綠青藍紫》、《燕趙悲歌》，長篇小說《蛇神》、《子午流星》、《空洞》等。另有八卷本《蔣子龍文集》出版。

# 喬廠長上任記

「時間和數字是冷酷無情的，像兩條鞭子，懸在我們的背上。

「先講時間。如果說國家實現現代化的時間是二十三年，那麼咱們這個給國家提供機電設備的廠子，自身的現代化必須在八到十年內完成。否則，炊事員和職工一同進食堂，是不能按時開飯的。

「再看數字。日本日立公司電機廠，五千五百人，年產一千二百萬千瓦；咱們廠，八千九百人，年產一百二十萬千瓦。這說明什麼？要求我們幹什麼？

「前天有個叫高島的日本人，聽我講咱們廠的年產量，他晃腦袋，說我保密！當時我的臉臊成了猴腚，兩隻拳頭攥出了水。不是要揍人家，而是想揍自己。你們還有臉笑！當時要看見你們笑，我就揍你們。

「其實，時間和數字是有生命、有感情的，只要你掏出心來追求它，它就屬於你。」

——摘自廠長喬光樸的發言記錄

# 出山

黨委擴大會一上來就卡了殼，這在機電工業局的會議室裡不多見，特別是在局長霍大道主持的會上更不多見。但今天的沉悶似乎不是那種乾燥的、令人沮喪的寂靜，而是一種大雨前的悶熱、雷電前的沉寂。算算吧，「四人幫」倒台兩年了，七八年又過去了六個月，電機廠已經兩年零六個月沒完成任務了。再一再二不能再三，全局都快要被它拖垮了。必須徹底解決，派硬手去。派誰？機電局閒着的幹部不少，但頂戧的不多。願意上來的人不少，願意下去，特別是願意到大難雜亂的大戶頭廠去的人不多。

會議要討論的內容兩天前已經通知到各委員了，霍大道知道委員們都有準備好的話，只等頭一炮打響，後邊就會萬炮齊鳴。他卻絲毫不動聲色，他從來不親自動手去點第一炮，而是讓炮手準備好了自己燃響，更不在冷場時賠着笑臉絮絮叨叨地啟發誘導。他透徹人肺腑的目光，時而收攏合目沉思，時而又放縱開來，輕輕掃過每一個人的臉。

有一張臉漸漸吸引住霍大道的目光。這是一張有着礦石般顏色和獵人般粗獷特徵的臉：石岸般突出的眉弓，餓虎般深藏的雙眼；顴骨略高的雙頰，肌厚肉重的闊臉；這一切簡直就是力量的化身，他是機電局電器公司經理喬光樸，正從副局長徐進亭的煙盒裡抽出一支香煙在手裡擺弄着。自從十多年前在「牛棚」裡一咬牙戒了煙，從未開過戒，只是留下一個毛病，每逢開會苦苦思索或心情激動的時候，喜歡找別人要一支煙在手裡玩弄，間或放到鼻子上去嗅一嗅。彷彿沒有這支煙他的思想就不能集中，他一雙火力十足的眼睛不看別人，只盯住手裡的香煙，飽滿的嘴唇鐵閘一般緊閉着，裡面堅硬的牙齒卻在不斷地咬着牙幫骨，左頰上的肌肉鼓起一道道梭子。霍大道極不易覺察地笑了，他不僅估計到第一炮很快就要炸響，而且對今天會議的結果似乎也有了七分把握。

果然，喬光樸手裡那支珍貴的「鬱金香」牌香煙不知什麼時候變成一堆碎煙絲。他伸手又去抓徐進亭的煙盒，徐進亭擋住了他的手：「得啦，光樸，你又不吸，這不是白白糟蹋嗎。要不一開會抽煙的人都躲你遠遠的。」

有幾個人嘲弄地笑了。

喬光樸沒抬眼皮，用平穩的顯然是經過深思熟慮的口吻說：「別人不說我先說，請局黨委考慮，讓我到重型電機廠去。」

這低沉的聲調在有些委員的心裡不啻是爆炸了一顆手榴彈。徐副局長更是驚詫地捣出一支香煙主動地丟給喬光樸：「光樸，你是真的，還是開玩笑？」

是啊，他的請求太出人意外了，因為他現在佔的位子太好了。「公司經理」——上有局長，下有廠長，能進能退，可攻可守。形勢穩定可進到局一級，出了問題可上推下卸，躲在二道門內轉發一下原則號令。願幹者可以多勞，不願幹者也可少幹，全無憑據；權力不小，責任不大，待遇不低，費心血不多。這是許多老幹部夢寐以求而又得不到手的「美缺」。喬光樸放着輕車熟路不走，明知現在基層的經最不好唸，為什麼偏要下去呢？

喬光樸抬起眼睛，閃電似地掃過全場，最後和霍大道那穿透一切的目光相遇了，倏地這兩對目光碰出了心裡的火花，一剎那等於交換了千言萬語。喬光樸仍是用緩慢平穩的語氣說：「我願立軍令狀。喬光樸，現年五十六歲，身體基本健康，血壓有一點高，但無妨大局。我去後如果電機廠仍不能完成國家計劃，我請求撤銷我黨內外一切職務。到幹校和石敢去養雞餵鴨。」

這傢伙，話說得太滿、太絕。這無疑是一些眼下最忌諱的語言。當語言中充滿了虛妄和垃圾，稍負一點責的幹部就喜歡說一些漂亮的多義詞，讓人從哪個方面都可以解釋。什麼事情還沒有幹，就先從四面八方留下退卻的路。

因此，喬光樸的「軍令狀」比它本身所包含的內容更叫霍大道高興。他激賞地抬起眼睛，心裡想，這位大爺就是給他一座山也能背走，正像俗話說的，他像腳後跟一樣可靠，你儘管相信他好了。就問：「你還有什麼要求？」

喬光樸：「我要帶石敢一塊去，他當黨委書記，我當廠長。」

會議室裡又炸了。徐副局長小聲地衝他嘟囔：「我的老天，你剛才扔了個手榴彈，現在又撂原子彈，後邊是不是還有中子彈？你成心想炸毀我們的神經？」

喬光樸不回答，腮幫子上的肌肉又鼓起一道道肉棱子，他又在咬牙幫骨。

有人說：「你這是一廂情願，石敢同意去嗎？」

喬光樸：「我已經派車到幹校去接他，就是拖也要把他拖來。至於他幹不幹的問題，我的意見他幹也得幹，他不幹也得幹。而且——」他把目光轉向霍大道，「只要黨委正式做決議，我想他是會服從的。我對別人的安排也有這個意見，可以聽取本人的意見和要求，但也不能完全由個人說了算。黨對任何一個黨員，不管他是哪一個級別的幹部，都有指揮調動權。」

他說完看看手錶，像事先約好的一樣，石敢就在這時候進來了。猛一看，這簡直就是一位老農民。但從他走進機電局大樓、走進肅穆的會議室仍然態度安詳，就可知這是一位經過陣勢，以前常到這個地方來的人。他身材短小，動作遲鈍。彷彿他一切鋒芒全被這極平常的外貌給遮掩住了。鬥爭的風浪明顯地在他身上留下了滌蕩的痕迹。雖然剛交六十歲，但他的臉已被深深的皺紋切破了，像個胡桃核。看上去要比實際年齡大得多。他對一切熱烈的問候和眼光只用點頭回答，他臉上的神色既不熱情，也不冷淡，倒有些像路人般的木然無情。他像個啞巴，似乎比啞巴更啞，啞巴見了熟人還要呀呀咿咿地叫喊幾聲，以示親熱；他的雙唇閉得鐵緊，好像生怕從裡邊發出聲音來。他沒有在霍大道指給他的位子上坐下，好像不明白局黨委開會為什麼把他找來，隨時準備離開這兒。

喬光樸站起來：「霍局長，我先和老石談一談。」

霍大道點點頭。喬光樸抓住石敢的胳膊，半擁半推地向外走。石敢瘦小的身材叫喬光樸魁偉的體架一襯，就像大人拉着一個孩子。他倆來到霍大道的辦公室，雙雙坐在沙發上，喬光樸望着自己的老搭檔，心裡突然翻起一股難言的痛楚。

一九五八年，喬光樸從蘇聯學習回國，被派到重型電機廠當廠長，石敢是黨委書記。兩個人把電機廠搞成了一朵花。石敢是個詼諧多智的鼓動家，他的好多話在「文化大革命」中被人揪住了辮子，在「牛棚」裡常對喬光樸說：「舌頭是惹禍的根苗，是思想無法藏住的一條尾巴，我早晚要把這塊多餘的肉咬掉。」他站在批判台上對造反派叫他回答問題更是惱火，不回答吧態度不好，回答吧更加倍激起批判者的憤怒，他曾想要是沒有舌頭就不會有這樣的麻煩了。而和他常常一起挨鬥的喬光樸，卻想出了對付批鬥的「精神轉移法」。剛一上台挨鬥時，喬光樸也和石敢一樣，非常注意聽批判者的發言，越聽越氣，常常汗流浹背，毛髮倒豎，一場批判會下來筋骨酥軟，累得像攤泥。挨鬥的次數一多，時間一長就油了。喬光樸酷愛京劇，往台上一站，別人的批判發言一開始，他心裡的鑼鼓也開場了，默唱自己喜愛的京劇唱段，以轉移自己的注意力。此法果然有效，不管是幾個小時的批鬥會，不管是「冰棍式」，還是「噴氣式」，他全能應付裕如。甚至有時候還能觸景生情，一見批判台搭在露天，就來一段「我正在城樓觀山景，耳聽得城外亂紛紛……」。他得意洋洋地把自己的經驗傳授給石敢，勸他的夥伴不要老是那麼認真，暗憋暗氣地老是詛咒本來無罪的舌頭。無奈石敢不喜好京劇，喬光樸行之有效的辦法對他卻無效。六七年秋天一次批判會，台子高高搭在兩輛重型翻斗汽車上，散會時石敢一腳踩空，筆直地摔下台，腿腳沒傷，舌頭果真咬掉了一半。他忍住疼沒吭聲，血灌滿了嘴就咽下去。等到被人發現時已無法再找回那半個舌頭。從那天起，兩個老夥伴就分開了。石敢成了半啞巴，公共場合從來不說話。治好傷就到機電局幹校勞動，局裡幾次要給他安排工作，他藉口是殘廢人不上來。「四人幫」倒台的消息公佈以後，他到市裡喝了一通酒，晚上又回幹校了，說捨不得那大小「三軍」。他在幹校管着上百隻雞，幾十隻鴨，還有一群羊，人稱「三軍司令」。他表示後半輩子不再離開農村。今天一早，喬光樸派親近的人藉口有重要會議把他叫來了。

喬光樸把自己的打算，立「軍令狀」的前後過程全部告訴了石敢，充滿希望地等着老伙伴給他一個全力支持的回答。

石敢卻是長時間的不吭聲，探究的、陌生的目光冷冷地盯着喬光樸，使喬光樸很不自在。老朋友對他的疏遠和不信任叫他心打寒戰。石敢到底說話了，語言低沉而又含混不清。喬光樸費勁地聽着：

「你何苦要拉一個墊背的？我不去。」

喬光樸急了：「老石，難道你躲在幹校不出山，真的是像別人傳說的那樣，是由於怕了，是『怕死的楊五郎上山當了和尚』？」

石敢臉上的肌肉顫抖了一下，但毫不想辯解地點點頭，認賬了。這使喬光樸急切地從沙發上跳起來替他的朋友否認：「不，不，你不是那種人！你唬別人行，唬不了我。」

「我只有半個舌……舌頭，而且剩下的這半個如果牙齒夠得着也想把它咬下去。」

「不，你是有兩個舌頭的人，一個能指揮我，在關鍵的時候常常能給我別的人所不能給的幫助；另一個舌頭又能說服群眾服從我。你是我碰到過的最好的黨委書記，我要回廠你不跟我去不行！」

「咳！」石敢眼裡閃過一絲痛苦的暗流，「我是個殘廢人，不會幫你的忙，只會拖你的手腳。」

「石敢，你少來點感傷情調好不好，你對我來說，重要的不是舌頭，你有頭腦，有經驗，有魄力，還有最重要的——你我多年合作的感情。我只要你坐在辦公室裡動動手指，或到關鍵時候給我個眼神，提醒我一下，你只管坐鎮就行。」

石敢還是搖頭：「我思想殘廢了，我已經消耗完了。」

「胡說！」喬光樸見好說不行，真要惱了，「你明明是個大活人，呼出碳氣，吸進氧氣，還在進行血液循環，怎說是消耗完了？在活人身上難道能發生精力消耗完的事嗎？掉個舌頭尖思想就算殘廢啦？」

「我指熱情的細胞消耗完了。」

「嗯？」喬光樸一把將石敢從沙發上拉起來，槍口似的雙眼瞄準石敢的瞳孔，「你敢再重複一遍你的話嗎？當初你咬下舌頭吐掉的時候，難道把黨性、生命連同對事業的信心和責任感也一塊吐掉了？」

石敢躲開了喬光樸的目光，他碰上了一面無情的能照見靈魂的鏡子，他看見自己的靈魂變得這樣卑微，感到吃驚，甚至不願意承認。

喬光樸用嘲諷的口吻，像是自言自語地說：「這真是一種諷刺，『四化』的目標中央已經確立，道路也打開了，現在就需要有人帶着隊伍衝上去。瞧瞧我們這些區局級、縣團級幹部都是什麼精神狀態吧，有的裝聾作啞，甚至被點將點到頭上，還推三阻四。我真納悶，在我們這些級別不算小的幹部身上，究竟還有沒有普通黨員的責任感？我不過像個戰士一樣，聽到首長說有任務就要搶着去完成，這本來是極平常的事，現在卻成了出風頭的英雄。誰知道呢，也許人家還把我當成了傻瓜哩！」

石敢又一次被刺疼了，他的肩頭抖動了一下。喬光樸看見了，誠懇地說：「老石，你非跟我去不行，我就是用繩子拖也得把你拖去。」

「咳，大個子……」石敢嘆了口氣，用了他對喬光樸最親熱的稱呼。這聲「大個子」叫得喬光樸發冷的心突地又熱起來了。石敢立刻又恢復了那種冷漠的神情：「我可以答應你，只要你以後不後悔。不過醜話說在前邊。咱們訂個君子協定，什麼時候你討厭我了，就放我回幹校。」

當他們兩個回到會議室的時候，委員們也就這個問題形成了決議。霍大道對石敢說：「老喬明天到任，你可以晚幾天，休息一下，身體哪兒不適到醫院檢查一下。」

石敢點點頭走了。

霍大道對喬光樸說：「剛才議論到幹部安排問題，你還沒有走，就有人盯上了你的位子。」他把目光又轉向委員們，「你們是不是還有別人寫的條子，或是受了人家的託付？我看今天徹底公開一下，把別人託你們的事都擺到桌面上來，大家一塊議一議。」

大家面面相覷，他們都知道霍大道的脾氣，他叫你拿到桌面上來，你若不拿，往後在私下是決不能再向他提這些事了。徐進亭先說：「電機廠的冀申提出身體不好，希望能到公司裡去。」接着別的委員也都說出了曾託付過自己的人。

霍大道的目光像錐子一樣，氣色森嚴，語氣裡帶着不想掩飾的憤怒：「什麼時候我們黨的人事安排改為由個人私下活動了呢？什麼時候黨員的工作崗位分成了『肥缺』、『美缺』和『廢缺』、『苦缺』了呢？毛遂自薦自古就有，喬光樸也是毛遂自薦，但和這些人的自薦是完全不同的兩種性質。冀申同志在電機廠沒搞好，卻毫不愧疚的想到公司當經理，我不相信搞不好一個廠的人能搞好一個公司。如果把託你們的人的要求都滿足，我們機電局只好安排十五個副局長，下屬六個公司，每個公司也只好安排十到十五個正副經理，恐怕還不一定都滿意。身體不好在基層幹不了到機關就能幹好，機關是療養院？還是說在機關幹好幹壞沒關係？有病不能工作的可以離職養病，名號要掛在組織處，不能佔着茅坑不屙屎。寧可虛位待人，不可濫任命誤黨誤國。我欣賞光樸同志立的『軍令狀』，這個辦法要推行，往後像我們這樣的領導幹部也不能幹不幹一個樣。有功的要升、要賞，有過的要罰、要降！有人在一個單位玩不轉了就託人找關係，一走了之。這就助長幹部身在曹營心在漢，騎着馬找馬。難怪工人反映，廠長都不想在一個廠裡幹一輩子，好則訂個三年計劃，少則是一年規劃，打一槍換一個地方，這怎麼能把工廠搞好！」

徐進亭問：「冀申原是電機廠一把手，老喬和石敢一去不把他調出來怎麼安排？」

霍大道說：「當副廠長嘛。幹好了可以升，幹不好還降，直降到他能夠勝任的職位止。當然，這是我個人的意見，大家還可以討論。」

徐進亭悄悄對喬光樸說：「這下你去了以後就更難弄了。」

喬光樸聳聳肩膀沒吭聲，那眼光分明在說：「我根本就沒想到電機廠去會有輕鬆的事。」

## 上任

### 一

機電局黨委擴大會散後，喬光樸向電器公司副經理做了交接，回到家已是晚上了。屋裡有一股嗆鼻的潮味，他把門窗全部打開。想沏杯茶，暖瓶是空的，就吞了幾口冷開水。坐在書桌前，從一摞書的最底下拿出一本《金屬學》，在書頁裡抽出一張照片。照片是在莫斯科的紅場上照的，背景是列寧墓。前面並肩站着兩個人，喬光樸穿淺色西裝，偉美瀟灑，顯得很年輕，臉上的神色卻有些不安。他旁邊那個嫵媚秀麗的姑娘則神情快樂，正側臉用迷人的目光望着喬光樸，甜甜地笑着。彷彿她胸中的幸福盛不下，從嘴邊漫了出來。喬光樸凝視着照片，突然閉住眼，低下頭，兩手用力掐住太陽穴。照片從他手指間滑落在桌面上——

一九五七年，喬光樸在蘇聯學習的最後一年，到列寧格勒電力工廠擔任助理廠長。女留學生童貞正在這個廠搞畢業設計，她很快被喬光樸吸引住了。喬光樸英目鋭氣，智深勇沉，精通業務，抓起生產來彷彿每個汗毛孔裡都是心眼，渾身是膽。他的性格本身就和恐懼、懷疑、阿諛奉承、互相戒備這些東西時常發生衝突，童貞最討厭的也正是這些玩藝，她簡直迷上這個比自己大十多歲的男人了。在異國他鄉同胞相遇分外親熱，喬光樸像對待小妹妹，甚至是像對待小孩一樣關心她，保護她。她需要的卻是他的另一種關懷，她嫉妒他渴念妻子時的那種神情。

喬光樸先回國，五八年底童貞才畢業歸來。重型電機廠剛建成正需要工程技術人員，她又來到喬光樸的身邊。

一直在她家長大的外甥郗望北，是電機廠的學徒工，一次很偶然的機會，他發現了小老姨對廠長的特殊感情。這個小伙子性格倔強，有薦主意，恨上了廠長，認為廠長騙了他老姨。他雖比老姨還小十多歲，卻儼然以老姨的保護人的身份處處留心，盡量阻擋童貞和喬光樸單獨會面。當時有不少人追求童貞，她一概拒之門外，矢志不嫁。這使郗望北更憎恨喬光樸，他認定喬光樸搞女人也像搞生產一樣有辦法，害了自己老姨的一生。

七年過去了，「文化大革命」一開始，郗望北成為一派造反組織的頭頭，專打喬光樸。他給喬光樸的「走資派」帽子上面又扣上「老流氓」、「道德敗壞分子」的帽子，但不細究，不深批，免得傷害自己的老姨。可是他的隊員們對這種花花綠綠的事很感興趣，捕風捉影，編出很多情節，反倒深深地傷害了童貞。在童貞眼裡，喬光樸是搞現代化大生產難得的人材，過去一直威信很高，現在卻名譽掃地。犯路線錯誤的人群眾批而不恨，犯品質錯誤的人群眾最厭惡。可在那種時候又怎能把真相向群眾說清呢？童貞覺得這都是由於自己的緣故，使喬光樸比別的走資派吃了更多的苦頭，她給喬光樸寫了一封信，想一死了事。細心的郗望北早就留了這個心眼，沒讓童貞死成。這使喬光樸覺得一下子同時欠下了兩個女人的債。

喬光樸的妻子在大學當宣傳部長，雖然聽到了關於他和童貞的議論，但絲毫也不懷疑自己的丈夫，直到六八年初不清不白地死在「牛棚」裡，她從未懷疑過喬光樸的忠誠。喬光樸為此悔恨不已，曾對着妻子的遺像坦白承認，他在童貞大膽的表白面前確實動搖過，心裡有時也很喜歡她。他表示從此不再搭理童貞。當最小的一個孩子考上大學離開他以後，他一個人守着幾間空房子，過着苦行僧式的生活，似乎是有意折磨自己，向死去的妻子表明他對她和兒女感情的純潔無瑕和忠貞不渝……

可是，下午在公司裡交接完工作，喬光樸神差鬼使給童貞打了個電話，約她今晚到家裡來。過後他很為自己的行動吃驚，責問自己：這是什麼意思呢？如果自己不再回廠，事情也許永遠就這樣過去了。現在叫他倆該怎樣相處？十年前廠子裡的人給他倆的頭上潑了那麼多髒水啊！他這才突然發現，他認為早被他從心裡挖走的童貞，卻原來還在他心裡佔着一個位置。他沒有在痛苦的思索裡理出頭緒，他不想再觸摸這些複雜而又微妙的感情的琴弦了。得振作一下，明天回廠還有許多問題要考慮。忽然，覺得有什麼東西落到頭上，他抬起頭，心裡猛地一縮——童貞正依着他的膀子站着，淚眼模糊地望着那張照片。滴落到他頭上的，無疑就是她的眼淚。他站起身抓住她的手：「童貞，童貞……」

童貞身子一顫，從喬光樸發燙的大手裡抽出自己的手，轉過身去，擦乾眼角，極力控制住自己。童貞的變化使喬光樸驚呆了。她才四十多歲，頭上已有了白髮：過去她的一雙亮眼燃燒着大膽而熱情的光芒，敢於火辣辣地長久地盯着他，現在她的眼神是溫潤的、綿軟的，裡面透出來的愁苦多於快樂。喬光樸的心裡隱隱發痛。這個在業務上很有才氣的女工程師，她本來可以成為國家很缺少的機電設備專家，現在從她身上再也看不見那個充滿理想、朝氣蓬勃的小姑娘的影子了。使她衰老這麼快的原因，難道只是歲月嗎？

兩人都有點不大自然，喬光樸很想說一句既得體又親熱的話來打破僵局：「童貞，你為什麼不結婚？」這根本不是他想要說的意思，連聲音也不像他自己的。

童貞不滿地反問：「你說呢？」

喬光樸懊喪地一揮手，他從來不說這樣沒味道的話。突然把頭一擺，走近童貞：「我幹嗎要裝假。童貞，我們結婚吧，明天，或者後天，怎麼樣？」

童貞等這句話等了快二十年了，可今天聽到了這句話，卻又感到慌亂和突然。她輕輕地說：「你事先一點信也不透，為什麼這麼急？」

喬光樸一經捅破了這層紙，就又恢復了他那熱烈而堅定的性格：「我們頭髮都白了，你還說急？我們又不需要什麼準備，請幾個朋友一吃一喝一宣佈就行了。」

童貞臉上泛起一陣幸福的光亮，顯得年輕了，喃喃地說：「我的心你是知道的，隨你決定吧。」

喬光樸又抓起童貞的手，高興地說：「就這樣定，明天我先回廠上任，通知親友，後天結婚。」

童貞一驚：「回廠？」

「對，今天上午局黨委會決議，石敢和我一塊回去，還是老搭檔。」

「不，不！」童貞說不清是反對還是害怕。她早盼着喬光樸答應和她結婚，然後調到一個群眾不知道她倆情況的新單位去，和所愛的人安度晚年。喬光樸突然提到要回廠，電機廠的人聽到他倆結婚的消息會怎樣議論？童貞一想到能強姦人的靈魂、把刀尖捅到人心裡將人致死的群眾輿論，簡直渾身打顫。況且郗望北現在是電機廠副廠長，他和喬光樸這一對冤家怎麼在一塊共事？她憂心忡忡地問：「你在公司不是挺好嗎，為什麼偏要回廠？」

喬光樸興致勃勃地說：「搞好電器公司我並不要怎麼費勁，也許正因為我的勁使不出來我才感到不過癮。我對在公司裡領導大集體、小集體企業，組織中小型廠的生產興趣不大，我不喜歡搞針頭線腦。」

「怎麼，你還是帶着大幹一番的計劃，回廠收拾爛攤子嗎？」

「不錯，我對電機廠是有感情的。像電機廠這樣的企業如果老是一副爛攤子，國家的現代化將成為畫餅。我們搞的這一行是現代化的發動機，而大型骨幹企業又是國家的台柱子。搞好了有功，不比打江山的功小；搞不好有罪，也不比叛黨賣國的罪小。過去打仗也好，現在搞工業也好，我都不喜歡站在旁邊打邊鼓，而喜歡當主角，不管我將演的是喜劇還是悲劇。趁現在精力還達得到，趕緊抓撓幾年。我想叫自己的一輩子有始有終，虎頭豹尾更好，至少要虎頭虎尾。我們這一撥的人虎頭蛇尾的太多了。」

是驚？是喜？是不安？童貞感慨萬端。以前她愛上喬光樸，正是愛他對事業的熱愛，以及在工作上表現出來的才能和男子漢特有的雄偉頑強的性格。現在的喬光樸還是以前她愛的那個人，但她卻希望他離開他眷戀的事業。難道她愛不上戰場的英雄，離開駿馬的騎手？她像是自言自語地說：「沒見過五十多歲的人還這麼雄心勃勃。」

「雄心是不取決於年歲的，正像青春不一定就屬於黑髮人，也不見得會隨着白髮而消失。」喬光樸從童貞的眼睛裡看出她衰老的不光是外表，還有她那棵正在壯年的心苗，她也害上了正在流行的政治衰老症。看來精神上的膽怯給人造成的不幸，比估計到的還要多。這使他突然意識到自己的責任。他幾乎用小伙子般的熱情抱住童貞的雙肩，熱烈地說：「喂，工程師同志，你以前在我耳邊説個沒完的那些計劃，什麼先搞六十萬千瓦的，再搞一百萬的、一百五十萬的，製造國家第一台百萬千瓦原子能發電站的設備，我們一定要攬過來，你都忘了？」

童貞心房裡那顆工程師的心熱起來。

喬光樸繼續說：「我們必須摸準世界上最先進國家機電工業發展的脈搏。在五十年代、六十年代，我們是面對世界工業的整個棋盤來走我們電機廠這顆棋子的，那時各種資料全能看得到，心裡有底，知道怎樣才能擠進世界先進行列。現在我心裡沒有數，你要幫助我。結婚後每天晚上教我一個小時的外語，怎麼樣？」

她勇敢地、深情地迎着他的目光點點頭。在他身邊她覺得可靠、安全，連自己似乎也變得堅強而充滿了信心。

她笑着說：「真奇怪，那麼多磨難，還沒有把你的鋭氣磨掉。」

他哈哈一笑：「本性難移。對於精神萎縮症或者叫政治衰老症也和生其它的病一樣道理，體壯人欺病，體弱病欺人。這幾年在公司裡我可養胖了，精力貯存得太多了。」他狡黠地望望童貞，正利用自己特殊的地位，不放過能夠給這個嬌小的女人打氣的機會。他說：「至於説到磨難，這是我們的福氣，我們恰好生活在兩個時代交替的時候。歷史有它的階段，人活一輩子也有他的階段，在人生一些重大關頭，要敢於充分大膽地正視自己的心願。俗話説，石頭是刀的朋友，障礙是意志的朋友。」

他要她陪他一塊到廠裡去轉轉，童貞不大願意。他用開玩笑的口吻說：「你以前罵過我什麼話？噢，對，你説我在感情上是粗線條的。現在就讓我這個粗線條的人來談談愛情。愛情，是一種勇敢而強烈的感情。你以前既是那麼大膽地追求過它，當它來了的時候就用不着怕它，更用不着隱瞞它以欺騙自己、苦惱自己。我真怕你像在政治上一樣也來個愛情衰老病。趁着我還沒有上任，我們還有時間談談情説説愛。」

她臉紅了：「胡說，愛情的綠苗在一個女人的心裡是永遠不會衰老的。」做姑娘時的勇氣又回到她的身上，她熱烈地吻了他一下。

在去廠的路上，她卻說服他先不能結婚。她藉口說這件事對於她是終生第一次也是最後一次，而且她為這一天比別的女人付出了更多的代價，她要好好準備一下。喬光樸同意了。當然，童貞推延婚期的真正原因根本不是這些。

## 二

兩個人走進電機廠，先拐進了離廠門口最近的八車間。喬光樸只想在上任前冷眼看看工廠的情況。走進了熟悉的車間，他渾身的每一個筋骨眼彷彿都往外漲勁，甚至有一股想親手摸摸搖把的衝動。他首先想起了「十二把尖刀」。十年前他當廠長時，每一道工序都培養出一兩個尖子，全廠共有十二個人，一開表彰先進的大會，這「十二把尖刀」都坐在頭一排的金交椅上。童貞告訴他說：「你的尖刀們都離開了生產第一線，什麼輕省幹什麼去了。有的看倉庫、守大門，有的當檢驗員，還有一個當了車間頭頭。有四把刀在批判大會上不是當面控訴你用物質刺激腐蝕他們，你真的一點不記仇？」

喬光樸一揮手：「咳，記仇是弱者的表現。當時批判我的時候，全廠人都舉過拳頭，呼過口號，要記仇我還回廠幹什麼？如果那十二個人不行了，我必須另磨尖刀。技術上不出尖子不行，產品不搞出名牌貨不行！」

喬光樸一邊聽童貞介紹情況，一邊突然自在地在機床的森林裡穿行。他在車間裡這樣蹓躂，用行家的眼光打量着這些心愛的機器設備，如果再看到生產狀況良好，那對他就是最好的享受了。比任何一對情人在河邊公園散步所感到的滋味還要甘美。

外行看熱鬧，內行看門道，喬光樸在一個青年工人的機床前停住了，那小伙子幹活不管不顧，把加工好的葉片隨便往地上一丟，嘴裡還哼着一支流行的外國歌曲。喬光樸拾起他加工好的零件檢查着，大部分都有磕碰。他盯住小伙子，壓住火氣說：「別唱了。」

工人不認識他，流氣地朝童貞擠擠眼，聲音更大了：「哎呀媽媽，請你不要對我生氣，年輕人就是這樣沒出息。」

「別唱了！」喬光樸帶命令的口吻，還有那威嚴的目光使小伙子一慌，猛然停住了歌聲。

「你是車工還是撿破爛的？你學過操作規程嗎？懂得什麼叫磕碰嗎？」

小伙子顯然也不是省油的燈，可是被喬光樸行家的口吻，凜然的氣派給鎮住了。喬光樸找童貞要了一條白手絹，在機床上一抹，手絹立刻成黑的了。喬光樸槍口似的目光直瞄着小伙子的腦門子：「你就是這樣保養設備的？把這個手絹掛在你的床子上，直到下一次我來檢查用白毛巾從你床子上擦不下塵土來，再把這條手絹換成白毛巾。」這時已經有一大群車工不知出了什麼事圍過來看熱鬧，喬光樸對大夥說：「明天我叫設備科給每台機床上掛一條白毛巾，以後檢查你們的床子護養情況如何就用白毛巾說話。」

人群裡有老工人，認出了喬光樸，悄悄吐吐舌頭。那個小伙子臉漲得通紅，窘得一句話也沒有了，慌亂地把那個黑乎乎的手絹掛在一個不常用的閘把上。這又引起了喬光樸的注意，他看到那個閘把上蓋滿油灰，似乎從來沒有被碰過。他問那個小伙子：「這個閘把是幹什麼用的？」

「不知道。」

「這上邊不是有說明。」

「這是外文，看不懂。」

「你在這個床子上幹了幾年啦？」

「六年。」

「這麼說，六年你沒動過這個閘把？」

小伙子點點頭。喬光樸左頰上的肌肉又鼓起一道道梭子，他問別的車工：「你們誰能把這個閘把的用處告訴他？」

車工們不知是真的不知道，還是怕說出來使自己的同伴更難堪，因此都沒吱聲。

喬光樸對童貞說：「工程師，請你告訴他吧。」

童貞也想緩和一下氣氛，走過來給那個小伙子講解英文說明，告訴他那個閘把是給機床打油的，每天操作前都要捺幾下。

喬光樸又問：「你叫什麼名字？」

「杜兵。」

「杜兵，幹活哼小調，六年不給機床膏油，還是鬼怪式操作法的發明者。嗯，我不會忘記你的大名的。」喬光樸的口氣由挖苦突然改為嚴厲的命令，「告訴你們車間主任，這台床子停止使用，立即進行檢修保養。我是新來的廠長。」

他倆一轉身，聽到背後有人小聲議論：「小杜，你今年算碰上辣的了，他就是咱廠過去的老廠長。」

「真是行家一伸手便知有沒有！」

喬光樸直到走出八車間，還憤憤地對童貞說：「有這些大爺，就是把世界上最尖端的設備買進來也不行！」

童貞說：「你以為杜兵是廠裡最壞的工人嗎？」

「嗯？」喬光樸看看她，「可氣的是他這樣幹了六年竟沒有人發現。可見咱們的管理到了什麼水平，一粗二鬆三馬虎。你這位主任工程師也算臉上有光啦。」

「什麼？」童貞不滿地說，「你們當廠長的不抓管理，倒埋怨下邊。我是不在其位不謀其政。」

「在其位就謀其政嗎？不見得。」

他倆一邊說着話，走進七車間，一台從德國進口的二百六鏜床正試車，撥擋試車的是個很年輕的德國人。外國人到中國來還加夜班，這引起了喬光樸的注意。童貞告訴他，鏜床的電器部分在安裝中出了問題，西德的西門子電子公司派他來解決。這個小伙子叫台爾，只有二十三歲，第一次到東方來，就先飛到日本玩了幾天。結果來到我們廠時晚了七天，怕我們向公司裡告發他，就特別賣勁。他臨來時向公司講七到十天解決我們的問題，現在還不到三天就處理完了，只等試車了。他的特點就是專、精。下班會玩，玩起來膽子大得很；上班會幹，真能幹；工作態度也很好。

「二十三歲就派到國外獨當一面。」喬光樸看了一會台爾工作，叫童貞把七車間值班主任找了來，不容對方寒暄，就直截了當佈置任務：「把你們車間三十歲以下的青年工人都招呼到這兒來，看看這個台爾是怎麼工作的。也叫台爾講講他的身世，聽聽他二十三歲怎麼就把技術學得這麼精。在他臨走之前，我還準備讓他給全廠青年工人講一次。」

值班主任笑笑，沒有詢問喬光樸以什麼身份下這樣的指示，就轉身去執行。

喬光樸覺得身後有人竊竊私語，他轉過身去，原來是八車間的工人聽說剛才批評杜兵的就是老廠長，都追出來想瞧瞧他。喬光樸走過去對他們說：「我有什麼好值得看的，你們去看看那個二十三歲的西德電子專家，看看他是怎麼幹活的。」他叫一個面孔比較熟的人回八車間把青年都叫來，特別不要忘了那個鬼怪式——杜兵。

喬光樸佈置完，見一個老工人拉他的衣袖，把他拉在一個清靜的地方，嗚嚕嗚嚕地對他說：「你想拿外國人做你的尖刀？」

天吶，這是石敢。他不知從哪兒搞來一身工作服，還戴頂舊藍布工作帽，簡直就是個極普通的老工人。喬光樸又驚又喜。石敢還是過去的石敢，別看他一開始不答應，一旦答應下來就會全力以赴。這不也是不等上任就憋不住先跑到廠裡來了。

石敢的臉色是陰沉的，他心裡正後悔。他的確是在廠子裡轉了一圈，而且憑他的半條舌頭，用最節省的語言，和幾個不認識他的人談了話。人家還以為他正害着嚴重的牙疼病，他卻摸到了喬光樸所不能摸到的情況。電機廠工人思想混亂，很大一部分人失去了過去崇拜的偶像，一下子連信仰也失去了，連民族自尊心、社會主義的自豪感都沒有了，還有什麼比群眾在思想上一片散沙更可怕的呢？這些年，工人受了欺騙、愚弄和呵斥，從肉體到靈魂都退化了。而且電機廠的幹部幾乎是三套班子，十年前的一批，「文化大革命」起來的一批，冀申到廠後又搞了一套自己的班子。老人心裡有氣，新人肚裡也不平靜，石敢擔心這種衝突會變成為黨內新的鬥爭的震心。等着他和喬光樸的豈止是個爛攤子，還是一個政治鬥爭的漩渦。往後又得在一夕數驚的局面中過日子了。

石敢對自己很惱火，眼花繚亂的政治戰教會了他許多東西，他很少在人前顯得激動和失去控制，他對嘩眾取寵和慷慨激昂之類甚為反感。他曾給自己的感情塗上了一層油漆，自信能抗住一切刺激。為什麼上午喬光樸一番真摯的表白就打動了自己的感情呢？豈不知陪他回廠既害自己又害他，喬光樸永遠不是個政治家。這不，還沒上任就先幹上了！他本想不和喬光樸再說什麼話，可是看見童貞站在喬光樸身邊，心裡一震，禁不住想提醒他的朋友。他小聲說：「你們兩個至少半年內不許結婚。」

「為什麼？」喬光樸不明白石敢為什麼先提出這個問題。

石敢簡單地告訴他，關於他們回廠的消息已經在電機廠傳遍了，而且有人說喬光樸回廠的目的就是為了和童貞結婚。喬光樸暴躁地說：「那好，他們越這樣說，我越這樣幹。明天晚上在大禮堂舉行婚禮，你當我們的證婚人。」

石敢扭頭就走，喬光樸拉住他。他說：「你叫我提醒你，我提醒你又不聽。」

喬光樸咬着牙幫骨半天才說：「好吧，這畢竟是私事，我可以讓步。你說，上午局黨委剛開完會，為什麼下午廠裡就知道了？」

「這有什麼奇怪，小道快於大道，文件證實謠傳。現在廠裡正開着緊急黨委會，我的這根可惡的政治神經提醒我，這個會不和我們回廠無關。」石敢說完又有點後悔，他不該把猜測告訴喬光樸。感情真是坑害人的東西，石敢發覺他跟着喬大個子越陷越深了。

喬光樸心裡一激靈，拉着石敢，又招呼了一聲童貞，三個人走出七車間，來到辦公樓前。一樓的會議室裡燈光通明，門窗大開，一團團煙霧從窗口飄出來。有人大聲發言，好像是在討論明天電機廠就要開展一場大會戰。這可叫喬光樸着急了，他叫石敢和童貞等一會，自己跑到門口傳達室給霍大道打了個電話。回來後拉着石敢和童貞走進了會議室。

## 三

電機廠的頭頭們很感意外，冀申尖銳的目光盯住童貞，童貞趕緊扭開頭，真想退出去。冀申佯裝什麼也不知道似地說：「什麼風把你們二位吹來了？」

喬光樸大聲說：「到廠子來看看，聽說你們正開會研究生產就進來想聽聽。」

「好，太好了。」冀申瘦骨嶙峋的面孔富於感情，卻又像一張複雜的地形圖那樣變化萬端，令人很難琢磨透。他向兩個不速之客解釋：「今天的黨委會討論兩項內容，一項是根據群眾一再要求，副廠長郗望北同志從明天起停職清理。第二項是研究明天的大會戰。這一段時間我抓運動多了點，生產有點顧不過來，但是我們黨委的同志有信心，會戰一打響被動局面就會扭轉。大家還可以再談具體一點。老喬、老石是電機廠的老領導，一定會幫着我們出些好主意。」

冀申風度老練，從容不迫，他就是要叫喬光樸、石敢看看他主持黨委會的水平。下午，當他在電話裡聽到局黨委會決議的時候，猛然醒悟當初他主動要到機電局來是失算了。

這個人確實像他常跟群眾表白的那樣，受「四人幫」迫害十年之久，但十年間他並沒有在市委幹校勞動，而是當副校長。早在幹校作為新生事物剛籌建的時候，冀申作為市「文革」接待站的聯絡員就看出了台風的中心是平靜的。別看幹校裡集中了各種不吃香的老幹部，反而是最安全的，也是最有發展的，在幹校是可以臥薪嘗膽的。他利用自己副校長的地位，和許多身份重要的人拉上了關係。這些市委的重要幹部以前也許是很難接近的，現在卻變成了他的學員，他只要在吃住上、勞動上、請銷假上稍微多給點方便，老頭子們就很感激他了。加上他很善於處理人事關係，博得了很多人的好感。現在這些人大都已官復原職，因而他也就四面八方都有關係，在全市是個有特殊神通的人了。

兩年前，冀申又看準了機電局在國家現代化中所佔的重要地位。他一直是搞組織的，缺乏搞工業的經驗，就要求先到電機廠幹兩年。一方面摸點經驗，另外「大廠廠長」這塊牌子在國家工作重點轉移到經濟建設上來以後一定是非常用得着的。而後再到公司、到局，到局裡就有出國的機會，一出國那天地就寬了。這兩年在電機廠，他也不是不賣力氣。但他在政治上太神通、太敏感了，反而妨害了行動。他每天翻着報刊、文件提口號，搞中心，開展運動，領導生產。並且有一種特殊的猜謎的酷好，能從報刊文件的字裡行間唸出另外的意思。他對中央文件又信又不全信，再根據謠言、猜測、小道消息和自己的豐富想像，審時度勢，決定自己的工作態度。這必然在行動上遲緩，遇到棘手的問題就採取虛偽的態度。詭譎多詐，處理一切事情都把個人的安全、自己的利益放在第一位。工廠是很實際的，矛盾都很具體，他怎麼能抓出成效？在別的單位也許還能對付一氣，在機電局，在霍大道眼皮底下卻混不過去了。

但是，他相信生活不是憑命運，也不是趕機會，而是需要智慧和鬥爭的無情邏輯！因此他要採取大會戰孤注一擲。大會戰一搞起來熱熱鬧鬧，總會見點效果，生產一回昇，他借台階就可以離開電機廠。同時在他交印之前把郗望北拿下去，在郗望北和喬光樸這一對老冤家、新仇人之間埋下一根引信，將來他不愁沒有戲看。如果喬光樸也沒有把電機廠搞好，就證明冀申並不是沒有本事。然而，他擺的陣勢，石敢從政治上嗅出來了，喬光樸用企業家的眼光從管理的角度也看出了問題。

電機廠的頭頭們心裡都在猜測喬光樸和石敢深夜進廠的來意，沒有人再關心本來就不太感興趣的大會戰了。冀申見勢不妙，想趕緊結束會議，造成既定事實。他清清嗓子，想拍板定案。局長霍大道又一步走了進來。會場上又是一陣驚奇的唏噓聲。

霍大道沒有客套話，簡單地問了幾句黨委會所討論的內容，就單刀直入地宣佈了局黨委的決議。最後還補充了一項任命：「鑒於你們廠林總工程師長期病休不能上班，任命童貞同志為電機廠副總工程師。同時提請局黨委批准，童貞同志為電機廠黨委常委。」

童貞完全沒有想到對她的這項任命，心裡很不安。她不明白喬光樸為什麼一點信也沒透。

冀申不管多麼善於應付，這個打擊也來得太快了。霍大道簡直是霹靂閃電，連對手考慮退卻的時間都不給。他極力克制着，並且在臉上堆着笑說：「服從局黨委的決定，喬、石二位同志是工業戰線上的大將，這回真是百聞不如一見。好了，明天我向二位交接工作，對今天大家討論的兩項決定，你二位有什麼意見？」

石敢不僅不說話，連眼也眯了起來，因為眼睛也是泄露思想上機密的窗口。

喬光樸卻不客氣地說：「關於郗望北同志停職清理，我不了解情況。」他不禁掃了一眼坐在屋角上的郗望北，意外地碰上了對方挑戰的目光。他不容自己分心，趕緊說完他認為必須表態的問題：「至於要搞大會戰，老冀，聽說你有冠心病，你能不能用短跑的速度從辦公大樓的一樓跑到七樓，上下跑五個來回？」

冀申不知他是什麼意思，漠然一笑沒有作答。

喬光樸接着說：「我們廠就像一個患高血壓冠心病的病人，搞那種跳樓梯式的大會戰是會送命的。我不是反對真正必要的大會戰。而我們廠現在根本不具備搞大會戰的條件，在技術上、管理上、物質上、思想上都沒有做好準備，盲目搞會戰，只好拼設備，拼材料，拼人力，最後拼出一堆不合格的產品。完不成任務，靠月月搞會戰突擊，從來就不是搞工業的辦法。」

他的話引起了委員們的共鳴，他們也正在猜謎，不明白冀申明知要來新廠長，為什麼反而突然熱心地要搞大會戰。可是冀申嘴邊掛着冷笑，正衝着他點火抽煙，似乎有話要說。

本來只想表個態就算的喬光樸，見冀申的神色，把話鋒一轉，尖銳地說：「這幾年，我沒有看過真正的好戲，不知道我們國家在文藝界是不是出了偉大的導演；但在工業界，我知道是出現了一批政治導演。哪一個單位都有這樣的導演，一有運動，工作一碰到難題，就召集群眾大會，做報告，來一陣動員，然後遊行，呼口號，搞聲討，搞突擊，一會這，一會那，把工廠當舞台，把工人當演員，任意調度。這些同志充其量不過是個吃黨飯的平庸的政工幹部，而不是真正熱心搞社會主義現代化的企業家。用這種導演的辦法抓生產最容易，最省力，但遺害無窮。這樣的導演，我們一個星期，甚至一個早上就可以培養出幾十個，要培養一個真正的廠長、車間主任、工段長卻要好幾年時間。靠大轟大嗡搞一通政治動員，靠熱熱鬧鬧搞幾場大會戰，是搞不好現代化的。我們搞政治運動有很多專家，口號具體，計劃詳盡，措施有力。但搞經濟建設、管理工廠卻只會籠統佈置，拿不出具體有效的方法……」

喬光樸正說在興頭上，突然感到旁邊似有一道弧光在他臉上一爍一閃，他稍一偏頭，猛然醒悟了，這是石敢提醒他住嘴的目光。他趕緊止住話頭，改口說：「話扯遠了，就此打住。最後順便告訴大夥一聲，我和童貞已經結婚了，兩個多小時以前剛舉行完婚禮，老石是我們的證婚人。因為都是老頭子、老婆子了，也沒有驚動大夥，喜酒後補。」

今天電機廠這個黨委會可真是又「驚」又「喜」，驚和喜又全在意料之外，還沒宣佈散會，委員們就不住地向喬光樸和童貞開玩笑。

童貞、石敢和郗望北這三個不同身份的人，卻都被喬光樸這最後幾句話氣炸了。童貞氣呼呼第一個走出會議室，對喬光樸連看都不看一眼，照直奔廠大門口。

唯有霍大道，似乎早料到了喬光樸會有這一手，並且看出了童貞臉色的變化，趁着剛散會的亂勁，捅捅喬光樸，示意他去追童貞。喬光樸一出門，霍大道笑着向大家擺擺手，攔住了要出門去逗新娘的人，大聲說：「老喬耍滑頭，喜酒沒有後補的道理，我們今天晚上就去喝兩杯怎麼樣？……」

喬光樸追上來拉住童貞。童貞氣得渾身打顫，聲音都變了：「你都胡說些什麼？你知道明天廠裡的人會說我們什麼閒話？」

喬光樸說：「我要的正是這個效果。就是要造成既定事實，一下子把臉皮撕破，你可以免除後顧之憂，潑下身子抓工作。不然，你老是嘀嘀咕咕，怕人說這，怕人說那。跟我在一塊走，人家看你一眼，你也會多心，你越疑神疑鬼，鬼越纏你，閒話就永遠沒個完，我們倆老是謠言家們的新聞人物。一個是廠長，一個是總工程師，弄成這種關係還怎麼相互合作？現在光明正大地告訴大夥，我們就是夫妻。如果有誰願意說閒話，叫他們說上三個月，往後連他們自己也覺得沒味了。這是我在會上臨時決定的，沒法跟你商量。」

燈光映照着童貞晶亮的眼睛，在她眼睛的深處似乎正有一道火光在緩緩燃燒。她已經沒有多大氣了。不管是作為副總工程師的童貞，還是作為女人的童貞，今天都是她生命沸騰的時刻，是她產生力量的時刻。

剛才還是怒氣沖沖的石敢也跟着霍大道追上來了，他搶先一步握住童貞的手，衝着她點點頭。似乎是以證婚人的身份祝願她幸福。

童貞被感動了。

霍大道身後跟着兩個電機廠黨委的女委員。他對她們說：「你們二位坐我的車陪新娘到她娘家，收拾一下東西，換換衣服，然後送她到自己的新家。我們在新郎家裡等你們。」

女委員問：「你們還要鬧洞房？」

霍大道說：「也可能要鬧一鬧，反正喜糖少不了要吃幾塊的。」

大家笑了。

喬光樸和童貞感激地望着霍局長，也情不自禁地笑了。

## 主角

### 一

你設想吧，當舞台的大幕拉開，緊鑼密鼓，音樂驟起，主角威風凜凜地走出台來，卻一聲不吭，既不說，也不唱，劇場裡會是一種什麼局面呢？

現在重型電機廠就是這種狀況。喬光樸上任半個月了，什麼令也沒下，什麼事也沒幹，既沒召開各種應該召開的會議，也沒有認真在辦公室坐一坐。這是怎麼回事？他以前當廠長可不是這種作風，喬光樸也不是這種脾氣。

他整天在下邊轉，你要找也找不到；你不找他，他也許突然在你眼前冒了出來。按照生產流程一道工序一道工序地摸，正着摸完，倒着摸。誰也猜不透他的心氣。更奇怪的是他對廠長的領導權完全放棄了，幾十個職能科室完全放任自流，對各車間的領導也不管不問。誰愛怎麼幹就怎麼幹，電機廠簡直成了沒頭的蒼蠅，生產直線跌下來。

機電局調度處的人戧不住勁了，幾次三番催促霍大道趕緊到電機廠去坐陣。誰知霍大道無動於衷，催急了，他反而批評說：「你們咋呼什麼，老虎往後坐屁股，是為了向前猛撲。連這個道理都不懂？」

本來被喬光樸留在上邊坐鎮的石敢，終於也坐不住了。他把喬光樸找來，問：「怎麼樣？有眉目沒有？」

「有了！」喬光樸胸有成竹地說，「咱們廠像個得了多種疾病的病人，你下這味藥，對這一種病有利，對那一種病就有害。不抓準了病情，真不敢動大手術。」

石敢警惕地看看喬光樸，從他的神色上看出來這傢伙的確是下了決心啦。石敢對電機廠的現狀很擔心，可是對喬光樸下狠心給電機廠做大手術，也不放心。

喬光樸卻頗有點得意地說：「我這半個月撂挑子下去，還有一個很重要的收穫：咱們廠的幹部隊伍和工人隊伍並不像你估計的那樣。憂國憂民之士不少，有人找到我提建議，有人還跟我吵架，說我辜負了他們的希望。亂世出英雄，不這麼亂一下，真摸不出頭緒，也分不出好壞人。我已經選好了幾個人。」說着，眯起了雙眼，他彷彿已經看見電機廠明天就要大翻個兒。

石敢突然問起了一個和工廠完全不相干的問題：「今天是你的生日？」

「生日？什麼生日？」喬光樸腦子一時沒轉過來，他翻翻辦公桌上的台曆，忽然記起來了，「對，今天是我的生日。你怎麼記得？」

「有人向我打聽。你是不是要請客收禮。」

「扯淡。你要去當然會管你酒喝。」

石敢搖搖頭。

喬光樸回到家，童貞已經把飯做好，酒瓶、酒杯也在桌子上都擺好了。女人畢竟是女人，雖然剛結婚不久，童貞卻記住了喬光樸的生日。喬光樸很高興，坐下就要吃，童貞笑着攔住了他的筷子：「我通知了望北，等他來了咱們就吃。」

「你沒通知別人吧？」

「沒有。」童貞是想借這個機會使喬光樸和郗望北坐在一塊，和緩兩人之間的關係。

喬光樸理解童貞的苦心，但對這做法不大以為然，他認為在酒席筵上建立不了真正的信任和友誼。他心裡也根本沒有把對方整過自己的事看得太重，倒是覺得，郗望北對過去那些事的記憶比他反倒更深刻。

郗望北還沒有來，卻來了幾個廠裡的老中層幹部。喬光樸和童貞一面往屋裡讓客，一面感到很意外。這幾個人都是十幾年前在科室、車間當頭頭的，現在有的還是，有的已經不是了。

他們一進門就嬉笑着說：「老廠長，給你拜壽來了。」

喬光樸說：「別搞這一套，你們想喝酒我有，什麼拜壽不拜壽。這是誰告訴你們的？」

其中一個禿頭頂的人，過去是行政科長，弦外有音地說：「老廠長，別看你把我們忘了，我們可沒忘了你。」

「誰說我把你們忘了？」

「還說沒忘，從你回廠那一天起我們就盼着，盼了半個月啦，什麼也沒盼到。你看鍋爐廠的劉廠長，回廠的當天晚上，就把老中層幹部們全請到樓上，又吃又喝，不在喝多少酒、吃多少飯，而是出出心裡的這口悶氣。第二天全部恢復原職。這廠長才叫真夠意思，也算對得起老部下。」

喬光樸心裡煩了，但這是在自己家裡，他盡力克制着。反問：「『四人幫』打倒快兩年多了，你們的氣還沒出來？」

他們說：「『四人幫』倒了，還有幫四人呢。說停職，還沒停一個月又要復職……」

不早不晚就在這時候郗望北進來了，那幾個人的話頭立刻打住了。郗望北聽到了他們說的話，但滿不在乎地和喬光樸點點頭，就在那幫人的對面坐下了。這哪是來拜壽，一場辯論的架式算拉開了。童貞急忙找了一個話題，把郗望北拉到另一間屋裡去。

那幾個人互相使使眼色也站了起來，還是那個禿頂的行政科長說：「看來這滿桌酒菜並不是為我們預備的，要不『火箭幹部』解脫那麼快，原來已經和老廠長和解了。還是多少沾點親戚好啊！」

他們說完就要告辭。童貞怕把關係搞僵，一定留他們吃飯。喬光樸一肚子火氣，並不挽留，反而冷冷地說：

「你們跑這一趟的目的還沒有達到，就這麼兩手空空的回去了？」

「表示了我們的心意，目的已經達到了。」那幾個人心裡感到不安，禿頂人好像是他們的打頭人，趕緊替那幾個人解釋。

「老王，你們不是想官復原職，或者最好再升一兩級嗎？」喬光樸盯着禿頂人，尖銳地說，「別着急，咱們廠幹部不是太多，而是太少，我是指真正精明能幹的幹部，真正能把一個工段、一個車間搞好，能把咱們廠搞好的幹部。從明天起全廠開始考核，你們既然來了，就把一些題目向你們透一透。你們都是老同志了，也應該懂得這些，比如：什麼是均衡生產？什麼是有節奏的生產？為什麼要搞標準化、系列化、通用化？現代化的工廠應該怎麼佈置？你那個車間應該怎麼佈置？有什麼新工藝、新技術？……」

那幾個人真有點懵了，有些東西他們甚至連聽都沒有聽見過。更叫他們驚奇的是喬光樸不僅要考核工人，對幹部還要進行考核。有人小聲嘟囔說：「這辦法可夠新鮮的。」

「這有什麼新鮮的，不管工人還是幹部，往後光靠混飯吃不行！」喬光樸說，「告訴他們，我也一肚子氣，甚至比你們的氣還大，廠子弄成這副樣子能不氣！但氣要用在這上面。」

他說完擺擺手，送走那幾個人，回到桌前坐下來，陪郗望北喝酒。喝的是悶酒，吃的是啞菜，誰的心裡都不痛快。童貞乾着急，也只能說幾句不鹹不淡的家常話。一直到酒喝完，童貞給他們盛飯的時候，喬光樸才問郗望北：「讓你停職並不是現在這一屆黨委決定的，為什麼老石找你談，宣佈解脫，趕快工作，你還不幹？」

郗望北說：「我要求黨委向全廠職工說清楚，根據什麼讓我停職清理？現在不是都調查完了嗎，我一沒搞過打砸槍，二和『四人幫』沒有任何個人聯繫，憑什麼整我？就根據我曾經當過造反派的頭頭？就根據我曾批判過走資派？就因為我是個所謂的新幹部？就憑一些人編笆造模的議論？」

喬光樸看到郗望北揮動着筷子如此激動，嘴角閃過一絲冷笑。心想：「你現在也知道這種滋味了，當初你不也是根據編笆造模的議論來整別人。」

郗望北看出了喬光樸的心思，轉口說：「喬廠長，我要求下車間勞動。」

「嗯？」喬光樸感到意外，他認為新幹部這時候都不願意下去，怕被別人說成是由於和「四人幫」有牽連而倒台了。郗望北倒有勇氣自己要求下去，不管是真是假，先試試他。就說：「你有這種氣魄就好，我同意。本來，作為領導和這領導的名義、權力，都不是一張任命通知書所能給予的，而是要靠自己的智慧、經驗、才能和膽識到工作中去贏得。世界上有許多飛得高的東西，有的是憑自己的翅膀飛上去的，有的是被一陣風帶上去的。你往後不要再指望這種風了。」

郗望北冷冷一笑：「我不知道帶我上來的是什麼風，我只知道我若會投機的話，就不會有今天的被停職。我參加工作二十年，從學徒工當到生產組長，管過一個車間的生產，三十九歲當副廠長，一下子就成了『火箭幹部』。其實火箭這個東西並不壞，要把衛星和飛船送上宇宙空間就得靠火箭一截頂替一截地燃燒。搞現代化也似乎是少不了火箭的。豈不知連外國的總統有不少也是一步登天的『火箭幹部』。我現在寧願坐火箭再下去，我不像有些人，佔了個位子就想一直佔到死，別人一旦頂替了他就認為別人爬得太快了，大逆不道了。官癮大小不取決於年齡。事實是當過官的比沒當過官的權力慾和官癮也許更大些。」

這樣談話太尖銳了，簡直就是吃飯前那場談話的繼續。老的埋怨喬光樸袒護新的，新的又把喬光樸當老的來攻。童貞生怕喬光樸的脾氣炸了，一個勁地勸菜，想沖淡他們間的緊張氣氛。但是喬光樸只是仔細玩味郗望北的話，並沒有發火。

郗望北言猶未盡。他知道喬光樸的脾氣是吃軟不吃硬，但你要真是個鬆軟貨，永遠也不會得到他的尊敬，他頂多是可憐你。只有硬漢子才能贏得喬光樸的信任，他想以硬碰硬碰到底，接着說：「中國到什麼時候才不搞形而上學？『文化大革命』把老幹部一律打倒，現在一邊大談這種懷疑一切的教訓，一邊又想把新幹部全部一勺燴了。當然，新幹部中有『四人幫』分子，那能佔多大比例？大多數還不是緊跟黨的中心工作，這個運動跟得緊，下個運動就成了犧牲品。照這樣看來還是滑頭好，什麼事不幹最安全。運動一來，班組長以上幹部都受審批，工廠、車間、班組都搞一朝天子一朝臣，把精力都用在整人上，搞起工作來相互掣肘。長此以往，現代化的口號喊得再響，中央再着急，也是白搭。」

「得了，理論家，我們國家倒霉就倒在批判家多、空談家多，而實幹家和無名英雄又太少。隨便什麼場合也少不了誇誇其談的評論家。」喬光樸嘴上這麼說，但郗望北表現出來的這股情緒卻引起了他的注意。他原以為老幹部心裡有些氣是理所當然的，原來新幹部肚裡也有氣。這兩股氣要是對幹起來那就了不得。這引起了喬光樸的警惕。

## 二

第二天，喬光樸開始動手了。

他首先把九千多名職工一下子推上了大考核、大評議的比賽場。通過考核評議，不管是幹部還是工人，在業務上稀鬆二五眼的，出工不出力、出力不出汗的，佔着茅坑不屙屎的，溜奸滑蹭的，全成了編餘人員。留下的都一個蘿蔔頂一個坑，兵是精兵，將是強將。這樣，整頓一個車間就上來一個車間，電機廠勞動生產率立刻提高了一大截。群眾中那種懶洋洋、好壞不分的鬆鬆垮垮勁兒，一下子變成了有對比、有競爭的熱烈緊張氣氛。

工人們覺得喬光樸那雙很有神采的眼睛裡裝滿了經驗，現在已經習慣於服從他，甚至他一開口就服從。因為大夥相信他，他的確一次也沒有辜負大夥的信任。他説一不二，敢拍板也敢負責，許了願必還。他説擴建幼兒園，一座別緻的幼兒園小樓已經竣工。他説全面完成任務就實行物質獎勵，八月份電機廠工人第一次接到了獎金。黃玉輝小組提前十天完成任務，他寫去一封表揚信，裡面附了一百五十元錢。凡是那些技術上有一套，生產上肯賣勁，總之是正兒八經的工人，都說喬光樸是再好沒有的廠長了，可是被編餘的人呢，卻恨死了他。因為誰也沒想到，喬光樸竟想起了那麼一個「絕主意」——把編餘的組成了一個服務大隊。

誰找道路，誰就會發現道路。喬光樸潑辣大膽，勇於實踐和另闢蹊徑。他把廠裡從農村召用來搞基建和運輸的一千多長期「臨時工」全部辭掉，代之以服務大隊。他派得力的財務科長李幹去當大隊長，從辭掉臨時工省下的錢裡拿出一部分作為給服務大隊的獎勵。編餘的人在經濟收入上並沒有減少，可是有一些小青年卻認為栽了跟頭，沒臉見人。特別是八車間的鬼怪式車工杜兵，被編餘後女朋友跟他散了夥，他對喬光樸真有動刀子的心了。

在這條道路上喬光樸為自己樹立的「仇敵」何止幾個「杜兵」。一批被群眾評下來成了「編餘」的中層幹部惱了。他們找到廠部，要求對廠長也進行考核。由於考核評判小組組長是童貞，怕他們兩口子通氣，還提出立刻就考。誰知喬光樸高興得很，當即帶着幾個副廠長來到了大禮堂。一聽說考廠長，下班的工人都來看新鮮，把大禮堂擠滿了。任何人都可以提問題，從廠長的職責到現代化工廠的管理，喬光樸滔滔不絕，始終沒有被問住。倒是冀申完全被考垮了，甚至對工人的一些基本常識都搞不清，當場就被工人們稱為「編餘廠長」。這下可把冀申氣炸了，他雖然控制着在考場上沒有發作出來，可是心裡認為這一切全是喬光樸安排好了來捉弄他的。

當生產副廠長，冀申本來就不勝任，而他對這種助手的地位卻又很不習慣，簡直不能忍受喬光樸對他的發號施令，尤其是在車間裡當着工人的面。現在，經過考核，嫉妒和怨恨使他真的站到了反對喬光樸的那些被編餘的人一邊，由助手變為敵手了。他那青筋暴露的前額，陰氣撲人的眼睛，彷彿是廠裡一切禍水的根源。生產上一出事準和他有關，但又抓不住他大的把柄。喬光樸得從四面八方防備他，還得在四面八方給他堵漏洞。這怎麼受得了？

喬光樸決定不叫冀申負責生產了，調他去搞基建。搞基建的服務大隊像個火藥桶，冀申一去非爆炸不可。喬光樸沒有從政治角度考慮，石敢替他想到了。可是，喬光樸不僅沒有聽從石敢的勸告，反而又出人意料地調上來郗望北頂替冀申。郗望北是憋着一股勁下到二車間的，正是這股勁頭贏得了喬光樸的好感。誰幹得好讓誰幹，喬光樸毫不猶疑地跨過個人恩怨的障礙，使自己過去的冤家成了今天的助手。但是，正像石敢所預料的，冀申抓基建沒有幾天，服務大隊裡對喬光樸不滿的那些人，開始活躍起來，甚至放出風，要把喬光樸再次打倒。

千奇百怪的矛盾，五花八門的問題，把喬光樸團團困在中間。他處理問題時拳打腳踢，這些矛盾回敬他時，也免不了會拳打腳踢。但眼下使他最焦心的並不是服務大隊要把他打倒，而是明年的生產準備。明年他想把電機廠的產量數字搞到二百萬千瓦，而電力部門並不歡迎他這個計劃，倒滿心希望能從國外多進口一些。還有燃料、材料、鍛件的協作等等都不落實，因此喬光樸決定親自出馬去打一場外交戰。

如果說喬光樸在自己的廠內還從來沒有打過大敗仗，這回出去搞外交，卻是大敗而歸。他沒有料到他的新里程上還有這麼多的「雪山草地」，他不知道他的宏偉計劃和現實之間還隔着一條組織混亂和作風腐敗的鴻溝。廠內的「仇敵」他不在乎，可是廠外的「戰友」不跟他合作卻使他束手無策。他要求協作廠及早提供大的轉子鍛件，而且越多越好，但人家不受他指揮，不買他的賬。要燃料也好，要材料也好，他不懂得這都是求人的事，協作的背後必須有心照不宣的互通有無，在計劃的後面還得有暗地的交易。他這次出去總算長了一條見識：現在當一個廠長重要的不是懂不懂金屬學、材料力學，而是看他是不是精通「關係學」，喬光樸恰恰這門學問成績最差。他一向認為會處關係的人，大都成就不大。他這次出差的成果，恰好為自己的理論得了反證。

而他還不知道，當他十天後掃興回來的時候，在他的工廠裡，又有什麼窩火的事在等着他呢！

## 三

喬光樸回廠先去找石敢。石敢一見是他進了門，慌忙把桌上的一堆材料塞到抽屜裡。喬光樸心思全掛在廠裡的生產上，沒有在意。但和石敢還沒有說上幾句話，服務大隊隊長李幹急匆匆推門進來，一見喬光樸，又驚又喜：

「哎呀，廠長，你可回來了！」

「出了什麼事？」喬光樸急問。

「咱們不是要增建宿舍大樓嗎，生產隊不讓動工。郗望北被社員圍住了，很可能還要挨兩下打。」

「市規劃局已經批准，我們已經交完錢啦。」

「生產隊提出額外再要五台拖拉機。」

「又是這一套！」喬光樸惱怒地喊起來，「我們是搞電機的，往哪兒去弄拖拉機！」

「冀副廠長以前答應的。」

「扯淡！老冀呢，找他去。」

「他調走了。把服務大隊攪了個亂七八糟，拔腳就走了。」李幹不滿地說。

「嗯？」喬光樸看看石敢。

石敢點點頭：「三天前，上午和我打了個招呼，下午就到外貿局上任去了，走的上層路線，並沒有徵求我們黨委的意見。他的人事關係、工資關係還留在我們廠裡。」

「叫他把關係轉走，我們廠不能白養這樣不幹活的人。」喬光樸朝李幹一揮手，「走，咱倆去看看。」

喬光樸和李幹坐車去生產隊，在半路就碰上了郗望北騎着自行車正往廠裡趕。李幹喊住了他：「望北，怎麼樣？」

「解決完了。」郗望北答了一聲，騎上車又跑，好像有什麼急事在等着他。

李幹衝郗望北讚賞地點點頭：「真行，有一套辦法。」他叫司機開車追上郗望北，腦袋探出車外喊，「你跑這麼急，有什麼事？喬廠長回來了。」

郗望北停下自行車，向坐在吉普車裡的喬光樸打了招呼，說：「一車間下線出了問題。」

鄒望北把自行車交給李幹，跳上吉普車奔一車間。李幹在後邊大聲喊：「喬廠長，我找你還有事沒説完哩！」

是啊，事兒總是不斷的，快到年底了，最緊張也最容易出事。可這會兒喬光樸最擔心是一車間出問題影響全廠的任務。

他和鄒望北走進一車間下線工段，只見車間主任正跟副總工程師童貞一個勁講好話。童貞以她特有的鎮靜和執拗搖着頭。車間主任漸漸耐不住性子了。這種女人，真是從來沒見過。她不喊不叫，臉上甚至還掛着甜蜜的笑容，說話溫柔好聽，可就是在技術問題上一點也不讓步。不管你跟她發多大火，她總是那副溫柔可親的樣子，但最後你還得按她的意見辦。

車間主任正在氣頭上，一眼看見喬光樸，以為能治住這個女人的人來了，忙迎上去，搶了個原告：「喬廠長，我們計劃提前八天完成全年任務，明年一開始就來個開門紅。可是這個十萬千瓦發電機的下部線圈擊穿率只超過百分之一，童總就非叫我們返工不可。您當然知道，百分之一根本不算什麼，上半年我們的線圈超過百分之二十、三十，也都走了。」

喬光樸問：「擊穿率超過的原因找到了嗎？」

車間主任：「還沒有。」

童貞接過來說：「不，找到了，我已經向你說過兩次了，是下線時掉進灰塵，再加鞋子踩髒。叫你們搭個塑料棚，把發電機罩起來。工人下線時要換上乾淨衣服，在線圈上鋪橡皮，腳不直接踩線圈。可你們嫌麻煩！」

「噢。嫌麻煩。搞廢品省事，可是國家就麻煩了。」喬光樸看看車間主任，嘲諷地說，「為什麼要文明生產，什麼是質量管理制度，你在考試的時候答得不錯呀。原來說是說，做是做呀！好吧，徹底返工。扣除你和給這個電機下線的工人的獎金。」

車間主任愣了。

童貞趕緊求情：「老喬，他們就是返工也能完成任務，不應該扣他們的獎金。」

「這不是你的職責！」喬光樸看也不看童貞，冷冷地說，「因返工而造成的時間和材料的損失呢？」說完他頭也不回地拉着郗望北走出了車間。

車間主任苦笑着對童貞說：「服務大隊的人反他，我們拚命保他，你看他對我們也是這麼狠。」

童貞一句話沒說。對技術問題，她一絲不苟，對這種事情，她插不上手。她所能做的，只是設法寬慰車間主任的心。

## 四

童貞知道喬光樸心情不好，就買了四張《秦香蓮》的京劇票，晚上拉着郗望北夫婦一起去看戲。郗望北還沒有回家，他們只好把票子留下，先拉上外甥媳婦去了戲院。

三個人要進戲院門口的時候，李幹不知從什麼地方鑽出來。喬光樸一見他那樣子，知道有事，便叫童貞她們先進場，自己跟着李幹來到戲院後面一個清靜的地方。站定以後，喬光樸問：「什麼事？」

他態度沉着，眼睛裡似有一種因挫折而激出來的威光。李幹見廠長這副樣子，像吞了定心丸，緊張的情緒也緩和下來了。說：「服務大隊有人要鬧事。」

「誰？」

「杜兵挑頭，行政科刷下來的王禿子在後邊使勁，他們叫嚷冀申也支持他們。杜兵三天沒上班，和市里那批靜坐示威的人可能掛上鉤了。今天下午，他回廠和幾個人嘀咕了一陣子，寫了幾張大字報，說是要貼到市委去，還要到市委門口去絕食。」

喬光樸看看精明能幹的李幹，問：「你有點害怕了？」

李幹說：「我不怕他們。他們的矛頭主要是朝你來的。」

喬光樸笑了：「那些你別管，你就嚴格按制度辦事。無故不上班的按曠工論處。不願幹的、想退職的悉聽尊便。」一個領導，要比被他領導的人堅強。喬光樸的態度鼓舞了李幹，他也笑了：「你散戲回家的道上要留神。我走了。」

喬光樸回到劇場剛坐下，催促觀眾安靜的鈴聲就響了。像踩着鈴聲一樣，又進來幾個很有身份的人，坐在他們前一排的正中間座位上，冀申竟也在其中。他那靈活鋭利的目光，顯然在剛進場的時候就已經看見這幾個人了。他回過頭來，先衝童貞點點頭，然後親熱地向喬光樸伸出手說：「你回來啦？收穫怎麼樣？你這常勝將軍親自出馬，必定會馬到成功。」

喬光樸討厭在公共場合故意旁若無人的高聲談笑，只是搖搖頭沒吭聲。

冀申帶着一副俯就的樣子，望着喬光樸說：「以後有事到外貿局，一定去找我，千萬不要客氣。」

喬光樸覺得嗓子眼裡像吞了只蒼蠅。在人類感情方面，最叫人受不了的就是得意之色。而喬光樸現在從冀申臉上看到的正是這種神色。他怎麼也想不通冀申這種得意之情是從哪兒來的。是無緣無故的高昇？還是譏笑他喬光樸的吃力不討好？

冀申的確感到了自己現在比喬光樸地位優越，正像幾個月前他感到喬光樸比自己地位優越一樣。他曾對喬光樸是那樣的嫉妒過，但是如果今天讓他和喬光樸掉換一下，讓他付出喬光樸那樣的代價去換取電機廠生產面貌的改觀，他是不幹的。他認為一個人把身家性命押在一場運動上，在政治上是犯忌的，一旦中央政策有變，自己就會成為犧牲品。搞現代化也是一場運動，喬光樸把命都放在這上面了，等於把自己推到了危險的懸崖上，隨時都有再被摔下去的可能。電機廠反他的火藥似乎已經點着了。冀申選這個時候離電機廠，很為自己在政治上的遠見卓識得意。今晚在這個場合看見了喬光樸，使他十分得意的心情上又加了十分。他悠然自得地看着戲，間或向身邊的人發上幾句議論。

可是坐在他後邊的喬光樸，卻無論怎樣強制自己集中精神，也看不明白台上在演什麼。他正琢磨找個什麼藉口離開這兒，又不至於傷那兩個女人的心。郗望北在服務員手電光的引導下坐在了喬光樸的身邊。童貞小聲問他為什麼來晚了，他的妻子問他吃飯沒有，他哼哼嘰嘰只點點頭。他坐了一會，斜眼瞄瞄喬光樸，輕聲說：「廠長，您還坐得下去嗎？咱們別在這兒受罪了！」

喬光樸一搖腦袋，兩個人離開了座位。他們來到劇場前廳，童貞追了出去。郗望北趕忙解釋：「我來找喬廠長談出差的事。喬廠長到機械部獲得了我們廠可能得到的最大的支持，又到電力部攬了不少大機組。下面就是材料、燃料和各關係戶的協作問題。這些問題光靠寫在紙面上的合同、部裡的文件和喬廠長的果斷都是不能解決的。解決這些是副廠長的本份。」

喬光樸沒有料到郗望北會自願請行，自己出去都沒辦法，不好叫副手再出去。而且，他能辦來嗎？郗望北顯然是看出了喬光樸的難處和疑慮。這一點使他心裡很不舒服。

童貞問：「這麼倉促？明天就走嗎？」

「剛才徵得黨委書記的同意，已經叫人去買車票了，也許連夜出發呢。」郗望北望着童貞，實際是說給喬光樸聽。他知道喬光樸對他出去並不抱信心，又說：「喬廠長作為領導大型企業的廠長，眼下有一個致命的弱點，不了解人的關係的變化。現在人與人之間的關係不同於戰爭年代，不同於五八年，也不同於『文化大革命』剛開始的那兩年。歷史在變，人也在變。連外國資本家都懂得人事關係的複雜難處，工業發展到一定程度，就大量搞自動化，使用機器人。機器人有個最大的優點，就是沒有血肉，沒有感情，但有鐵的紀律，鐵的原則。人的優點和缺點全在於有思想感情。有好的思想感情，也有壞的，比如偷懶耍滑、投機取巧、走後門等等。掌握人的思想感情是世界上最複雜的一門科學。」他突然把目光轉向喬光樸，「您精通現代化企業的管理，把您的鐵腕、精力要用在廠內。有重大問題要到局裡、部裡去，您可以親自出馬，您的牌子硬，説話比我們頂用。和兄弟廠、區社隊、街道這些關係戶打交道，應交給副廠長和科長們。這也可以留有餘地，即使下邊人捅了婁子，您還可以出來收場。什麼事都親自出頭，廠長在外邊頂了牛叫下邊人怎麼辦？霍局長不是三令五申，提倡重大任務要敢立軍令狀嗎，我這次出去也可以立軍令狀。但有一條，我反正要達到咱們的目的，不違犯國家法律，至於用什麼辦法，您最好別干涉。」

喬光樸左頰上的肉梭子跳動起來，用譏諷的目光瞧着郗望北，沒有説話。

這下把郗望北激惱了：「如果有一天社會風氣改變了，您可以為我現在辦的事狠狠處罰我，我非常樂於接受。但是社會風氣一天不改，您就沒有權利嘲笑我的理論和實踐。因為這一套現在能解決問題。」

「你可以去試一試。」喬光樸説，「但不許你再鼓吹那一套，而且每幹一件事總要先發表一通理論。我生平最討厭編造真理的人。」他要童貞繼續陪外甥媳婦看戲，自己去找石敢了。

童貞同情地望着丈夫的背影，喬光樸不失常態，腳步堅定有力。她知道他時常把自己的痛苦和弱點掩藏起來，一個人悄悄地治療，甚至在她面前也不表示沮喪和無能。有人堅強是因為被自尊心所強制，喬光樸卻是被肩上的擔子所強制的。電機廠好不容易搞成這個樣子，如果他一退坡，立刻就會垮下來，他沒有權利在這種時候表示軟弱和膽怯。

郗望北卻望着喬光樸的背影笑了。

童貞憂慮地説：「我一聽到你們倆談話就擔心，生怕你們會吵起來。」

「不會的。」郗望北親切地扶住童貞的胳膊説，「老姨，我説點使您高興的話吧，喬廠長是目前咱們國家裡不可多得的好廠長。您不見咱們廠好多幹部都在學他的樣子，學他的鐵腕，甚至學他説話的腔調。在這樣的廠長手下是會幹出成績來的。我不能説喜歡他，可是他整頓廠子的魄力使我折服。他這套作風，在五八年以前的廠長們身上並不稀少，現在卻非常珍貴了。他對我也有一股強大的吸引力，不過我在拚命抵抗，不想完全向他投降。他瞧不起窩囊廢。」

他看看手錶：「哎呀，我得趕緊走了。說實話，給他這樣的廠長當副手，也是真辛苦。」說完匆匆走了。

## 五

石敢在燈下仔細地研究着一封封控告信，這些信有的是直接寫給廠黨委的，有的是從市委和中央轉來的。他的心情是複雜的，有惱怒，有驚怕，也有愧疚。控告信告的全是喬光樸，不僅沒有一句控告他這個黨委書記的話，甚至把他當做了喬光樸大搞夫妻店，破壞民主，獨斷專行的一個犧牲品。說喬光樸把他當成了聾子耳朵——擺設，在政治上把他搞成了活啞巴。這本來是他平時慣於裝聾作啞的成績，他應該慶幸自己在政治上的老謀深算。但現在他卻異常憎恨自己，他開脫了自己卻加重了老喬的罪過，這是他沒有料到的。他算一個什麼人呢？況且這幾個月他的心叫喬光樸燎得已經活泛了。他的感情和理智一直在進行鬥爭，而且是感情佔上風的時候多，在幾個重要問題上他不僅是默許，甚至是暗地支持了喬光樸。他想如果幹部都像老喬，而不像他石敢，如果工廠都像現在電機廠這麼搞，國家也許能很快搞成個樣子；黨也許能返老還童，機體很快康復起來。可是這些控告信又像一頓冰雹似地擼頭蓋臉砸下來，可能將要被砸死的是喬光樸，但是卻首先狠狠地砸傷了石敢那顆已經創傷纍纍的心。他真不知道怎樣對付這些控告信，他生怕杜兵這些人和社會上那些正在鬧事的人串聯起來，釀成亂子。

石敢注意力全集中在控告信上，聽見外面有人喊他，開開門見是霍大道，趕緊讓進屋。

霍大道看看屋子：「老喬沒在你這兒？」

「他沒來。」

「嗯？」霍大道端起石敢給他沏的茶喝了一口，「我聽說他回來了，吃過飯就去看他，碰了鎖，我估計他會到你這兒來。」

「他們兩口子看戲去了。」石敢說。

「噢，那我就在這兒等吧，今天晚上不管有多好的戲，他也不會看下去。可惜童貞的一片苦心。」霍大道輕輕笑了。

石敢表示懷疑地説：「他可是戲迷。」

「你要不信，咱倆打賭。」霍大道今晚上的情緒非常好，好像根本沒注意石敢那愁眉苦臉的樣子。又自言自語地説：「他真正迷的是他的專業、他的工廠。」

霍大道掃了一眼石敢桌上的那一堆控告信，好像不經意似的隨便問道：「他都知道了嗎？」

石敢搖搖頭。

「出差的收穫怎麼樣，心情還可以嗎？」

石敢又搖搖頭。剛想說什麼，門忽然開了，喬光樸走進來。

霍大道突然哈哈大笑，使勁拍了一下石敢的肩膀。

這下把喬光樸笑傻了。石敢趕緊收藏控告信。這一回他的神情引起了喬光樸的注意。喬光樸走過去抓起一張紙看起來。

霍大道向石敢示意：「都給他看看吧。」

心裡並不暢快的喬光樸，看完一封封控告信，暴怒地把桌子一拍：「混蛋，流氓！」

他急促地在屋裡走着，左額上的肌肉不住地顫抖。突然，嘴裡咯嘣一聲，一個下槽牙碎成了兩半。他沒有吱聲，把掉下來的半塊牙齒吐掉。他走到霍大道跟前，霍大道悠閒而專心地看報，沒有看他。他問石敢：「你打算怎麼辦？」

石敢掃一眼喬光樸說：「現在你可以離開這個廠子，今年的任務肯定能完成，你完全可以回局交令。我一個人留下來，風波不平我不走。」

喬光樸吼起來：「你說什麼？叫我溜？電機廠還要不要？」

「你這個人還要不要？你要再完蛋了，要傷一大批人的心，往後誰還幹！」石敢實際也是說給霍大道聽。

霍大道靜靜看着他們倆，就是不吭聲。

喬光樸怒不可遏，在屋裡來回蹓躂，嘴裡嚷着：「我不怕這一套，我當一天廠長，就得這麼幹！」

石敢終於忍不住走到霍大道跟前說：「霍局長，你說怎麼辦？」

霍大道淡淡地說：「幾封控告信就把你嚇成這個樣子。不過你還夠朋友，挺講義氣，讓老喬先撤，你為他兩肋插刀頂上一陣子，然後兩人一塊上山。嗯，真不錯。石敢同志大有進步了。」

石敢的臉騰一下紅了。

霍大道含笑對喬光樸說：「老喬，你回電機廠這半年，有條很大的功績，就是把一個啞巴飼養員培養成了國家的十二級幹部。石敢現在變化很大了，說話多了，以前需要別人綁上拖着去上任，現在自己又想當書記又想兼廠長。老石同志，你別臉紅，我說的是實話。你現在開始有點像個黨委書記了。不過有件事我還得批評你，冀申調動，不符合組織手續，沒有通過局黨委，你為什麼放他走？」

石敢臉一紅一白，這麼大老頭子了，他還沒吃過這樣的批評。

霍大道站起來走到喬光樸身邊，透澈肺腑的目光，久久地盯住對方：「怎麼把牙都咬碎了，不值得。在我們民族的老俗話中，我喜愛這一句：寧叫人打死，不叫人嚇死！請問：你的精力怎麼分配？」

「百分之四十用在廠內正事上，百分之五十用去應付扯皮，百分之十應付挨罵、挨批。」喬光樸不假思索地說。

「太浪費了。百分之八十要用在廠裡的正事上，百分之二十用來研究世界機電工業發展狀態。」霍大道突然態度異常嚴肅起來，「老喬，搞現代化並不單純是個技術問題，還要得罪人。不幹事才最保險，但那是真正的犯罪。什麼誤解呀，委屈呀，誣告呀，咒罵呀，譏笑呀，悉聽尊便。我在台上，就當主角，都得聽我這麼幹。我們要的是實現現代化的『時間和數字』，這才是人民根本的和長遠的利益所在。眼下不過是開場，好戲還在後頭呢！」

霍大道見兩個人的臉色越來越開朗，繼續說：「昨天我接到部長的電話，他對你在電機廠的搞法很感興趣，還叫我告訴你，不妨把手腳再放開一點，各種辦法都可以試一試，積累點經驗，存點問題，明年春天我們到國外去轉一圈。中國現代化這個題目還得我們中國人自己做，但考察一下先進國家的做法還是有好處的……」

三個人坐下，一邊喝着茶，一邊談起來，越談興致越高。霍大道突然對喬光樸說：「聽說你學黑頭學的不錯，來兩口叫咱們聽聽。」

「行。」喬光樸毫不客氣，喝了一口水，把臉稍微一側，用很有點裘派的味道唱起來：

包龍圖，打坐在開封府！

……

（原載《人民文學》1979年第7期）

**高曉聲**

高曉聲（1928—1999），江蘇武進人。作家。著有系列短篇小說《漏斗户主》、《陳奐生上城》、《陳奐生轉業》、《陳奐生包產》，詩集《王善人》等。另有《79小說集》、《高曉聲小說集》出版。

# 陳奐生上城

## 一

「漏斗戶主[①]」陳奐生，今日悠悠上城來。

一次寒潮剛過，天氣已經好轉，輕風微微吹，太陽暖烘烘，陳奐生肚裡吃得飽，身上穿得新，手裡提着一個裝滿東西的乾乾淨淨的旅行包，也許是氣力大，也許是包兒輕，簡直像拎了束燈草，晃蕩晃蕩，全不放在心上。他個兒又高、腿兒又長，上城三十里，經不起他幾晃蕩；往常挑了重擔都不乘車，今天等於是空身，自更不用說；何況太陽還高，到城嫌早，他盡量放慢腳步，一路如遊春看風光。

他到城裡去幹啥？他到城裡去做買賣。稻子收好了，麥壠種完了，公糧餘糧賣掉了，口糧柴草分到了，乘這個空當，出門活動活動，賺幾個活錢買零碎。自由市場開放了，他又不投機倒把，賣一點農副產品，冠冕堂皇。

① 漏斗戶主：係作者寫的另一篇小說《漏斗戶主》主人公陳奐生的外號。漏斗戶，意指常年負債的窮苦人家。

他去賣什麼？賣油繩[①]。自家的麵粉，自家的油，自己動手做成的。今天做好今天賣，格啦嘣脆，又香又酥，比店裡的新鮮，比店裡的好吃，這旅行包裡裝的盡是它；還用小塑料袋包裝好，有五根一袋的，有十根一袋的，又好看，又乾淨。一共六斤，賣完了，穩賺三元錢。

賺了錢打算幹什麼？打算買一頂簇新的、刮刮叫的帽子。說真話，從三歲以後，四十五年來，沒買過帽子。解放前是窮，買不起；解放後是正當青年，用不着；「文化大革命」以來，肚子吃不飽，顧不上穿戴，雖說年紀到把，也怕腦後風了。正在無可奈何，幸虧有人送了他一頂「漏斗戶主」帽，也就只得戴上，橫豎不要錢。七八年決分以後，帽子不翼而飛，當時只覺得頭上輕鬆，竟不曾想到冷。今年好像變嬌了，上兩趟寒流來，就縮頭縮頸，傷風打噴嚏，日子好過，非買一頂帽子不行。好在這也不是大事情，現在活路大，這幾個錢，上一趟城就賺到了。

陳奐生真是無憂無慮，他的精神面貌和去年大不相同了。他是過慣苦日子的，現在開始好起來，又相信會越來越好，他還不滿意麼？他滿意透了。他身上有了肉，臉上有了笑；有時候半夜裡醒過來，想到囤裡有米、櫥裡有衣，總算像家人家了，就興致勃勃睡不着，禁不住要把老婆推醒了陪他聊天講閒話。

提到講話，就觸到了陳奐生的短處，對着老婆，他還常能說說，對着別人，往往默默無言。他並非不想說，實在是無可說。別人能說東道西，扯三拉四，他非常羨慕。他不知道別人怎麼會碰到那麼多新鮮事兒，怎麼會想得出那麼多特別的主意，怎麼會具備那麼多離奇的經歷，怎麼會記牢那麼多怪異的故事，又怎麼會講得那麼動聽。他毫無辦法，簡直犯了死症毛病，他從來不會打聽什麼，上一趟街，回來只會說「今天街上人多」或「人少」、「豬行裡有豬」、「青菜賤得賣不掉」……之類的話。他的經歷又和村上大多數人一樣，既不特別，又是別人一目了然的，講起來無非是「小時候娘常打我的屁股，爹倒不兇」、「也算上了四年學，早忘光了」、「三九年大旱，斷了河底，

① 油繩：一種油煎的麵食。

大家捉魚吃」、「四九年改朝換代，共產黨打敗了國民黨」、「成親以後，養了一個兒子、一個小女……」索然無味，等於不說。他又看不懂書；看戲聽故事，又記不牢。看了《三打白骨精》，老婆要他講，他也只會說：「孫行者最兇，都是他打死的。」老婆不滿足，又問白骨精是誰，他就說：「是妖怪變的。」還是兒子巧，聲明「白骨精不是妖怪變的，是白骨精變成的妖怪。」才算沒有錯到底。他又想不出新鮮花樣來，比如種田，只會講「種麥要用鋤頭抨碎泥塊」、「莳秧一蔸莳六棵」……誰也不要聽。再如這賣油繩的行當，也根本不是他發明的，好些人已經做過一陣了，怎樣用料？怎樣加工？怎樣包裝？什麼價錢？多少利潤？什麼地方、什麼時間買客多、銷路好？都是向大家學來的經驗。如果他再向大家誇耀，豈不成了笑話！甚至刻薄些的人還會吊他的背筋：「嘜！連『漏斗戶主』也有油、糧賣油繩了，還當新聞哩！」還是不開口也罷。

如今，為了這點，他總覺得比別人矮一頭。黃昏空閒時，人們聚攏來聊天，他總只聽不說，別人講話也總不朝他看，因為知道他不會答話，所以就像等於沒有他這個人。他只好自卑，他只有羨慕。他不知道世界上有「精神生活」這一個名詞，但是生活好轉以後，他渴望過精神生活。哪裡有聽的，他愛去聽，哪裡有演的，他愛去看，沒聽沒看，他就覺得沒趣。有一次大家閒談，一個問題專家出了個題目：「在本大隊你最佩服哪一個？」他忍不住也答了腔，說：「陸龍飛最狠。」人家問：「一個說書的，狠什麼？」他說：「就為他能說書，我佩服他一張嘴。」引得眾人哈哈大笑。

於是，他又慚愧了，覺得自己總是不會說，又被人家笑，還是不說為好。他總想，要是能碰到一件大家都不曾經過的事情，講給大家聽聽就好了，就神氣了。

## 二

當然，陳奐生的這個念頭，無關大局，往往蹲在離腦門三四寸的地方，不大跳出來，只是在尷尬時冒一冒尖，讓自己存個希望罷了。比如現在上城賣油繩，想着的就只是新帽子。

儘管放慢腳步，走到縣城的時候，還只下午六點不到。他不忙做生意，先就着茶攤，出一分錢買了杯熱茶，啃了隨身帶着當晚餐的幾塊僵餅，填飽了肚子，然後向火車站走去。一路遊街看店，遇上百貨公司，就彎進去偵察有沒有他想買的帽子，要多少價錢？三爿店查下來，他找到了滿意的一種。這時候突然一拍屁股，想到沒有帶錢。原先只想賣了油繩賺了利潤再買帽子，沒想到油繩未賣之前商店就要打烊；那麼，等到賺了錢，這帽子就得明天才能買了。可自己根本不會在城裡住夜，一無親，二無眷，從來是連夜回去的，這一趟分明就買不成，還得光着頭凍幾天。

受了這點挫折，心情不挺愉快，一路走來，便覺得頭上涼颼颼，更加懊惱起來。到火車站時，已過八點了。時間還早，但既然來了，也就選了一塊地方，敞開包裹，亮出商品，擺出攤子來。這時車站上人數不少，但陳奐生知道難得會有顧客，因為這些都是吃飽了晚飯來候車的，不會買他的油繩，除非小孩嘴饞吵不過，大人才會買。只有火車上下車的旅客到了，生意才會忙起來。他知道九點四十分、十點半，各有一班車到站，這油繩到那時候才能賣掉，因為時近半夜，店攤收歇，能買到吃的地方不多，旅客又餓了，自然爭着買。如果十點半賣不掉，十一點二十分還有一班車，不過太晏了，陳奐生寧可剩點回去也不想等，免得一夜不得睡，須知跑回去也是三十里啊。

果然不錯，這些經驗很靈，十點半以後，陳奐生的油繩就已經賣光了。下車的旅客一擁而上，七手八腳，伸手來拿，把陳奐生搞得昏頭昏腦，賣完一算賬，竟少了三角錢。因為頭昏，怕算錯了，再認真算了一遍，還是缺三角。看來是哪個貪小利拿了油繩未付款。他嘆了一口氣，自認晦氣。本來他也曉得，人家買他的油繩，是不能向公家報銷的，那要吃而不肯私人掏腰包的，就會要一點魔術；所以他總是特別當心，可還是丟失了，真是雙拳不敵四手，兩眼難顧八方。只好認了吧，橫豎三塊錢賺頭，還是有的。

他又嘆了口氣，想動身凱旋回府。誰知一站起來，雙腿發軟，兩膝打顫，竟是渾身無力。他不覺大吃一驚，莫非生病了嗎？剛才做生意，精神緊張，不曾覺得，現在心定下來，才感渾身不適，原先喉嚨嘶啞，以為是討價還價喊啞的，現在連口腔上爿都像冒煙，鼻氣火熱；一摸額頭，果然滾燙，一陣陣冷風吹得頭皮好不難受。他毫無辦法，只想先找杯熱茶解渴。那時茶攤已無，想起車站上有個茶水供應地方，便強撐着移步過去。到了那裡，打開龍頭，熱水倒有，只是找不到茶杯。原來現在講究衛生，旅客大都自帶茶缸，車站上落得省勁，就把杯子節約掉了。陳奐生也顧不得衛生不衛生，雙手捧起龍頭裡流下的水就喝。那水倒也有點燙，但陳奐生此時手上的熱度也高，還忍得住，喝了幾口，算是好過一點。但想到回家，竟是千難萬難；平常時候，那三十里路，好像經不起腳板一顛，現在看來，真如隔了十萬八千里，實難登程。他只得找個位置坐下，耐性受難。覺得此番遭遇，完全錯在忘記了帶錢先買帽子，才受涼發病。一着走錯，滿盤皆輸；弄得上不上、下不下，進不得、退不得，卡在這兒，真叫尷尬。萬一嚴重起來，此地舉目無親，耽誤就醫吃藥，豈不要送掉老命！可又一想，他陳奐生是個堂堂男子漢，一生乾淨，問心無愧，死了也口眼不閉；活在世上多種幾年田，有益無害，完全應該提供寬裕的時間，沒有任何匆忙的必要。想到這裡，陳奐生高興起來，他嘴巴乾燥，笑不出聲，只是兩個嘴角，向左右同時嘻開，露出一個微笑。那扶在椅上的右手，輕輕提了起來，像聽到了美妙的樂曲似的，在右腿上賞心地拍了一拍，鬆鬆地吐出口氣，便一頭橫躺在椅子上臥倒了。

三

一覺醒來，天光已經大亮，陳奐生體肢癱軟，頭腦不清，眼皮發沉，喉嚨癢癢地咳了幾聲；他懶得睜眼，翻了一個身便又想睡。誰知此身一翻，竟渾身顫了幾顫，一顆心像被線穿着吊了幾吊，牽肚掛腸。他用手一摸，身下賊軟；連忙一個翻身，低頭望去，證實自己猜得一點不錯，是睡在一張棕綳大床上。陳奐生吃了一驚，連忙平躺端正，閉起眼睛，要弄清楚怎麼會到這裡來的。他好像有點印象，一時又糊塗難記，只得細細琢磨，好不容易才想出了縣委吳書記和他的汽車，一下子理出頭緒，把一串細關節脈都拉了出來。

原來陳奐生這一年真交了好運，逢到急難，總有救星。他發高燒昏睡不久，候車室門口就開來一部吉普車，載來了縣委書記吳楚。他是要乘十二點一刻那班車到省裡去參加明天的會議。到火車站時，剛只十一點四十分，吳楚也就不忙，在候車室徒步起來，那司機一向要等吳楚進了站台才走，免得他臨時有事找不到人，這次也照例陪着。因為是半夜，候車室旅客不多，吳楚轉過半圈，就發現了睡着的陳奐生。吳楚不禁笑了起來，他今秋在陳奐生的生產隊裡蹲了兩個月，一眼就認出他來，心想這老實肯幹的忠厚人，怎麼在這兒睡着了？若要乘車，豈不誤事。便走去推醒他；推了一推，又發現那屁股底下，墊着個癟包，心想壞了，莫非東西被偷了？就着緊推他，竟也不醒。這吳楚原和農民玩慣了的，一時調皮起來，就去捏他的鼻子；一摸到皮膚熱辣辣，才曉得他病倒了，連忙把他扶起，總算把他弄醒了。

這些事情，陳奐生當然不曉得。現在能想起來的，是自己看到吳書記之後，就一把抓牢，聽到吳書記問他：「你生病了嗎？」他點點頭。吳書記問他：「你怎麼到這裡來的？」他就去摸了摸旅行包。吳書記問他：「包裡的東西呢？」他就笑了一笑。當時他說了什麼？究竟有沒有說？他都不記得了；只記得吳書記好像已經完全明白了他的意思，便和駕駛員一同扶他上了車，車子開了一段路，叫開了一家門（機關門診室），扶他下車進去，見到了一個穿白衣服的人，曉得是醫生了。那醫生替他診斷片刻，向吳書記笑着說了幾句（重感冒，不要緊），倒過半杯水，讓他吃了幾片藥，又包了一點放在他口袋裡，也不曾索錢，便代替吳書記把他扶上了車，還關照說：「我這兒沒有床，住招待所吧，安排清靜一點的地方睡一夜就好了。」車子又開動，又聽吳書記說：「還有十三分鐘了，先送我上車站，再送他上招待所，給他一個單獨房間，就說是我的朋友……」

陳奐生想到這裡，聽見自己的心撲撲跳得比打鐘還響，合上的眼皮，流出晶瑩的淚珠，在眼角膛裡停留片刻，便一條線掛下來了。這個吳書記真是大好人，竟看得起他陳奐生，把他當朋友，一旦有難，能挺身而出，拔刀相助，救了他一條性命，實在難得。

陳奐生想，他和吳楚之間，其實也談不上交情，不過認識罷了。要說有什麼私人交往，平生只有一次。記得秋天吳楚在大隊蹲點，有一天突然闖到他家來吃了一頓便飯，聽那話音，像是特地來體驗體驗「漏斗戶」的生活改善到什麼程度的。還帶來了一斤塊塊糖，給孩子們吃。細算起來，等於兩頓半飯錢。那還算什麼交情呢！說來說去，是吳書記做了官不曾忘記老百姓。

陳奐生想罷，心頭暖烘烘，眼淚熱辣辣，在被口上拭了拭，便睜開眼來細細打量這住的地方，卻又吃了一驚。原來這房裡的一切，都新堂堂、亮鋥鋥，平頂(天花板)白得耀眼，四周的牆，用青漆漆了一人高，再往上就刷刷白，地板暗紅閃光，照出人影子來；紫檀色五斗櫥，嫩黃色寫字台，更有兩張出奇的矮櫈，比太師椅還大，裡外包着皮，也叫不出它的名字來。再看床上，墊的是花床單，蓋的是新被子，雪白的被底，嶄新的綢面，刮刮叫三層新①。陳奐生不由自主地立刻在被窩裡縮成一團，他知道自己身上(特別是腳)不大乾淨，生怕弄髒了被子……隨即悄悄起身，悄悄穿好了衣服，不敢弄出一點聲音來，好像做了偷兒，被人發現就會抓住似的。他下了床，把鞋子拎在手裡，光着腳跑出去；又眷顧着那兩張大皮椅，走近去摸一摸，輕輕捺了捺，知道裡邊有彈簧，卻不敢坐，怕壓癟了彈不飽。然後才真的悄悄開門，走出去了。

到了走廊裡，腳底已凍得冰冷，一瞧別人是穿了鞋走路的，知道不礙，也套上了鞋。心想吳書記照顧得太好了，這哪兒是我該住的地方！一向聽說招待所的住宿費貴，我又沒處報銷，這樣好的房間，不知要多少錢，鬧不好，一夜天把頂帽子錢住掉了，才算不來呢。

---

① 三層新：被面、被裡、被絮都是新的。

他心裡不安，趕忙要弄清楚。橫豎他要走了，去付了錢吧。

他走到門口櫃台外，朝裡面正在看報的大姑娘說：「同志，算賬。」

「幾號房間？」那大姑娘戀着報紙說，並未看他。

「幾號不知道。我住在最東那一間。」

那姑娘連忙丟了報紙，朝他看看，甜甜地笑着說：「是吳書記汽車送來的？你身體好了嗎？」

「不要緊，我要回去了。」

「何必急，你和吳書記是老戰友嗎？你現在在哪裡工作？……」大姑娘一面軟款款地尋話說，一面就把開好的發票交給他。笑得甜極了。陳奐生看看她，真是絕色！

但是，接到發票，低頭一看，陳奐生便像給火鉗燙着了手。他認識那幾個字，卻不肯相信。「多少？」他忍不住問，渾身燥熱起來。

「五元。」

「一夜天？」他冒汗了。

「是一夜五元。」

陳奐生的心，忐忑忐忑大跳。「我的天！」他想，「我還怕睏掉一頂帽子，誰知竟要兩頂！」

「你的病還沒有好，還正在出汗呢！」大姑娘驚怪地說。

千不該，萬不該，陳奐生竟說了一句這樣的外行話：「我是半夜裡來的呀！」

大姑娘立刻看出他不是一個人物，她不笑了，話也不甜了，像菜刀剁着砧板似的篤篤響着說：「不管你什麼時候來，橫豎到今午十二點為止，都收一天錢。」這還是客氣的，沒有嘲笑他，是看了吳書記的面子。

陳奐生看着那冷若冰霜的臉，知道自己說錯了話，得罪了人，哪裡還敢再開口，只得抖着手伸進袋裡去摸鈔票，然後細細數了三遍，數定了五元；交給大姑娘時，那外面一張人民幣，已經半濕了，盡是汗。

這時大姑娘已在看報，見遞來的鈔票太零碎，更皺了眉頭。但她還有點涵養，並不曾說什麼，收進去了。

陳奐生出了大價錢，不曾討得大姑娘歡喜，心裡也有點忿忿然。本想一走了之，想到旅行包還丟在房間裡，就又回過來。

推開房間，看看照出人影的地板，又站住猶豫：「脫不脫鞋？」一轉念，忿忿想道：「出了五塊錢呢！」再也不怕弄髒，大搖大擺走了進去，往彈簧太師椅上一坐：「管它，坐癟了不關我事，出了五元錢呢。」

他餓了，摸摸袋裡還剩一塊僵餅，拿出來啃了一口，看見了熱水瓶，便去倒一杯開水和着餅吃。回頭看剛才坐的皮櫈，竟沒有癟，便故意立直身子，撲通坐下去……試了三次，也沒有壞，才相信果然是好傢伙。便安心坐着啃餅，覺得很舒服。頭腦清爽，熱度退盡了，分明是剛才出了一身大汗的功勞。他是個看得穿的人，這時就有了興頭，想道：「這等於出晦氣錢——譬如買藥吃掉！」

啃完餅，想想又肉痛起來，究竟是五元錢哪！他昨晚上在百貨店看中的帽子，實實在在是二元五一頂，為什麼睡一夜要出兩頂帽錢呢？連沈萬山[1]都要住窮的；他一個農業社員，去年工分單價七角，睏一夜做七天還要倒貼一角，這不是開了大玩笑！從昨半夜到現在，總共不過七八個鐘頭，幾乎一個鐘頭要做一天工，貴死人！真是陰錯陽差，他這副骨頭能在那種床上躺屍嗎！現在別的便宜拾不着，大姑娘說可以住到十二點，那就再睏吧，睏到足十二點走，這也是撈着多少算多少。對，就是這個主意。

這陳奐生確是個向前看的人，認準了自然就幹，但剛才出了汗，吃了東西，臉上嘴上，都不愜意，想找塊毛巾洗臉，卻沒有。心一橫，便把提花枕巾撈起來幹擦了一陣，然後衣服也不脫，就蓋上被頭睏了，這一次再也不怕弄

① **沈萬山：民間傳說裡的大富翁。**

髒了什麼，他出了五元錢呢。——即使房間弄成了豬圈，也不值！

可是他睡不着，他想起了吳書記。這個好人，大概只想到關心他，不曾想到他這個人經不起這樣高級的關心。不過人家忙着趕火車，哪能想得周全！千怪萬怪，只怪自己不曾先買帽子，才傷了風，才走不動，才碰着吳書記，才住招待所，才把油繩的利潤搞光，連本錢也蝕掉一塊多……那麼，帽子還買不買呢？他一狠心：買，不買還要倒霉的！

想到油繩，又覺得肚皮餓了。那一塊僵餅，本來就填不飽，可惜昨夜生意太好，油繩全賣光了，能剩幾袋倒好；現在懊悔已晚，再在這床上睏下去，會越來越餓，身上沒有糧票，中飯到哪裡去吃！到時候餓得走不動，難道再在這兒住一夜嗎？他慌了，兩腳一踹，把被頭踢開，拎了旅行包，開門就走。此地雖好，不是久戀之所，雖然還剩得有二三個鐘頭，又帶不走，忍痛放棄算了。

他出得門來，再無別的念頭，直奔百貨公司，把剩下來的油繩本錢，買了一頂帽子，立即戴在頭上，飄然而去。

一路上看看野景，倒也容易走過；眼看離家不遠，忽然想到這次出門，連本搭利，幾乎全部搞光，馬上要見老婆，交不出賬，少不得又要受氣，得想個主意對付她。怎麼說呢？就說輸掉了；不對，自己從不賭。就說吃掉了；不對，自己從不死吃。就說被扒掉了；不對，自己不當心，照樣挨罵。就說做好事救濟了別人；不對，自己都要別人救濟。就說送給一個大姑娘了；不對，老婆要犯疑……那怎麼辦？

陳奐生自問自答，左思右想，總是不妥。忽然心裡一亮，拍着大腿，高興地叫道：「有了。」他想到此趟上城，有此一番動人的經歷，這五塊錢花得值透。他總算有點自豪的東西可以講講了。試問，全大隊的幹部、社員，有誰坐過吳書記的汽車？有誰住過五元錢一夜的高級房間？他可要講給大家聽聽，看誰還能說他沒有什麼講的！看誰還能說他沒見過世面？看誰還能瞧不起他，唔……他精神陡增，頓時好像高大了許多。老婆已不在他眼裡了；他有辦法對付，只要一提到吳書記，說這五塊錢還是吳書記看得起他，才讓他用掉的，老婆保證服貼。哈，人總有得意的時候，他僅僅花了五塊錢就買到了精神的滿足，真是拾到了非常的便宜貨。他愉快地划着快步，像一陣清風蕩到了家門……

果然，從此以後，陳奐生的身份顯著提高了，不但村上的人要聽他講，連大隊幹部對他的態度也友好得多；而且，上街的時候，背後也常有人指點着他告訴別人說：「他坐過吳書記的汽車。」或者「他住過五塊錢一夜的高級房間。」……公社農機廠的採購員有一次碰着他，也拍拍他的肩胛說：「我就沒有那個運氣，三天兩頭住招待所，也住不進那樣的房間。」

從此，陳奐生一直很神氣，做起事來，更比以前有勁得多了。

（原載《人民文學》1980年第2期）

張弦

張弦（1934—1997），浙江杭州人。作家。著有短篇小說《記憶》、《舞台》、《污點》、《未亡人》、《掙不斷的紅絲線》、《熱雨》，中篇小說《青春鏞》（後改名為《苦難的青春》）等。

# 被愛情遺忘的角落

## 一

儘管已經跨入了二十世紀七十年代的最後一年，在天堂公社的青年們心目中，愛情，還是個陌生的、神秘的、羞於出口的字眼。所以，在公社禮堂召開的「反對買辦婚姻」大會上，當報告人——新來的團委書記大聲地說出了這個名詞的時候，聽眾都不約而同地一愣。接着，小伙子們調皮地相互擠擠眼，「呵呵呵」放聲大笑起來；姑娘們則急忙垂下頭，緋紅了臉，吃吃地笑着，並偷偷地交換個羞澀的眼光。

只有牆角邊靠窗坐着的長得很秀氣的姑娘——天堂大隊九小隊團小組長沈荒妹，沒有笑。她面色蒼白，一雙憂鬱的大眼睛迷惘地凝望着窗外。好像什麼也沒聽見，一切都與她無關。但突然間，她的睫毛抖動起來，竭力擺脫那顆沾濕了它的晶瑩的東西。——「愛情」這個她所不理解的詞兒，此刻是如此強烈地激動着她這顆少女的心。她感到羞辱，感到哀傷，還感到一種難言的惶恐。她想起了她的姐姐，使她永遠怨恨而又永遠懷念的姐姐存妮。唉！如果生活裡沒有小豹子，沒有發生那一件事，一切該多麼好！姐姐一定會並排坐在她的身旁，毫無顧忌地男孩子般地大笑。散會後，會用粗壯的臂膀摟着她，一塊兒到供銷店挑上兩支橘紅色的花線，回家繡枕頭……

在五個姐妹中，存妮是最幸運的。她趕在一九五五年家鄉的豐收之後來到世上。滿月那天，家裡不費力地辦了一桌酒。年輕的父親沈山旺抱起小花被裹着的寶貝，興奮地說：

「……我把菱花送到接生站，抽空到信用社去存上了錢，再回來時，毛娃兒就落地了！頭生這麼快，這麼順當，誰也想不到哩！有人說起名叫個順妮吧，我想，我們這樣的窮莊稼漢，開天闢地頭一遭兒進銀行存錢！這時候生下了她，該叫她存妮。等她長大，日子不定有多好呢！」

他發自內心的快樂，感染了每一個前來賀喜的人。當時，他是「靠山莊合作社」的副社長，樂觀、能幹，渾身都是天不怕地不怕的勇氣和力量。山坡上那一片經他嫁接的山梨，第一次結果就是個豐收。小麥和玉米除去公糧還自給有餘。二十幾戶人家的小村，人人都同他一樣快樂，同他一樣充滿信心地憧憬着美好的未來。

等到五年以後，荒妹出世時，景況就大不相同了。「靠山莊合作社」已改成天堂公社天堂大隊九小隊。「天堂」這個好聽的名字，是縣委書記親自起的。取意於「共產主義是天堂，人民公社是橋樑」。那時候，包括隊長沈山旺在內的所有社員，都深信進「天堂」不過咫尺之遙，只需毫不痛惜地把集體的山梨樹，連同每家房前屋後的白果、板栗統統鋸倒，連夜送到公社興辦的煉鋼廠。彷彿一旦那奇妙的，呼呼叫着的土爐子裡噴出了燦爛的鋼花，那麼，他們就輕鬆地步過「橋樑」，進入共產主義了。但結果卻是那堆使幾萬擔樹木成為灰燼的鐵疙瘩，除了牢牢地佔住農田之外，沒有任何效用。而小麥、玉米又由於乾旱，連種子也沒有收回；鋸倒梨樹栽下的山芋，長得同存妮的手指頭差不多粗細。菱花懷着快生的孩子從外地討飯回來，沈山旺已經因「攻擊大辦鋼鐵」被撤了職。他望着呱呱墜地的孱弱的第二個女兒，浮腫的臉上露出了苦笑：「唉，誰叫她趕上這荒年呢？真是個荒妹子呵！……」

也許是得力於懷胎和哺乳時的營養吧，存妮終於潑潑辣辣地長大了。真是吃樹葉也長肉，喝涼水也長勁。十六歲的生日還沒過，她已經發育成了健壯、豐滿的大姑娘了。一條桑木扁擔，代替了又一連生下三個妹妹的多病的媽媽，幫助父親挑起了家庭的重擔。一年一度最苦的活——給國營林場挑松毛下山，她的工分在婦女中數第三。每天天不亮下地，頂着星星回來，吞下一鉢子山芋或者玉米糊，頭一挨枕邊就睡着了。儘管年下分紅時，家裡的超支數字總是有增無減，連一分錢的現款也拿不到手，但她總是樂呵呵地不知道什麼叫愁。高興起來，還摟着荒妹，用豐滿的胸脯緊貼着妹妹纖弱的身子，輕輕地哼一曲媽媽年輕時代唱的山歌。

生活中往往有一些蹊蹺的事，十分偶然卻有着明顯的根源；令人驚詫又實在平淡無奇。比如畸形者，多麼駭異的肢體也都可以找到生理學上的原因，只是因為人們的少見而多怪罷了。存妮和小豹子之間發生的事，就是這樣。

小豹子是村東家貴叔的獨生子，名叫小寶，和存妮同年。這個體格慓悍的小伙子，幹起活來有一股嚇死人的拼勁。有一次挑松毛，趕上一場冬雨，家貴嬸在前面滑了一跤，扁擔也撅折了。小寶過來扶起母親，把兩擔松毛併在一起，打了個赤膊，咬着牙，吭哧吭哧挑下了山。一過秤，三百零五斤！大家吃驚地說，小寶子真能拼，簡直是頭小豹子！就這樣喊出了名。

七四年的初春，隊上的幹部清早就到公社去批孔老夫子了，壯勞力全部上了水庫工地。保管員祥二爺留下存妮幫他整理倉庫。老頭兒一面指點着姑娘幹活，一面嘮叨着：

「幹部下來走一圈，手一指：『這兒！』這就開山劈石忙乎一年。山洪下來，嗵！沖個稀里嘩啦！明年幹部又來，手一指：『那兒』……也不看看風水地脈！」

「不是說『愚公移山』嗎？」存妮有口無心地搭訕說。

「移山能填飽肚子那也成！……來，把這堆先過篩，慢點，別撒了！……瞧這玉米，山梨樹根上長的，瘦巴巴的，誰知出得了芽不？」老人又抱怨起玉米種子來。

「不是說『以糧為綱』嗎？」姑娘仍有口無心地答着。心想，跟老頭兒幹活，雖然輕巧，卻遠不如在水庫和年輕夥伴一起挑土來得熱鬧。

這時，倉庫門口出現了個健壯的身影：「派點活我幹吧！祥二爺。」

「小豹子！」存妮高興地喊，「你不是昨天抬石頭扭了腳嗎？」

祥二爺說：「回家歇着吧！」

「歇着我難受。」小豹子憨厚地微笑說，「只要不挑擔子，幹點輕活礙不着！」說着，他抄起木鍁就幫存妮過篩。

祥二爺高興地蹲在一旁抽了支煙，想起要喊木匠來修犁頭，便交待幾句，走了。倒倉庫、篩種子這些活兒，在兩個勤快的十九歲的青年手裡，真不算一回事兒。不多久，種子裝進了蔴袋，山芋乾也在場上晾開。小豹子說了聲：「歇歇吧！」就把棉襖鋪在蔴袋上，躺了下來。

存妮擦擦汗，坐在對面的蔴袋上。她的棉襖也早脫了，穿着件葵綠色的毛線衣。這是母親的嫁妝。雖然已經拆洗過無數次，添織了幾種不同顏色的線，並且因為太小而緊繃在身上。但在九隊的青年姑娘中，仍不失是件令人羨慕的奢侈品。

小豹子凝視着她那被陽光照耀而顯得格外紅潤的臉龐，凝視她豐滿的胸脯，心中浮起一種異樣的、從未經驗過的癢絲絲的感覺。使他激動，又使他害怕。於是，他沒話找話地說：

「前天吳莊放電影，你沒去！」

「那麼老遠，我才不去呢！」她似乎為了躲開他那熱辣辣的目光，垂下頭說，一面摘去袖口上拖下來的線頭。

吳莊是鄰縣的一個大隊，上那裡要翻過兩座山。像小豹子那樣的年輕人也得走一個多鐘頭。它算不上是個富隊，去年十個工分只有三角八，但這已使天堂的社員嘖嘖稱羨了。青年們尤其嚮往的是，沿吳莊西邊的公路走，不到三十里，就是個火車站。去年春節，小豹子約了幾個伙伴到那裡去看火車。來回跑了半天，在車站等了兩個鐘頭，終於看到了穿過小站飛馳而去的草綠色客車而感到心滿意足。九隊的社員們幾乎都沒有這種眼福。至於乘火車，那只有外號叫瞎子的許會計才有過這樣令人羨慕的經歷。

「我也不想去！《地道戰》、《地雷戰》、《南征北戰》，看了八百次啦！每句話我都會背！……」小豹子伸了個懶腰，嘆着氣說，「不看，又幹啥呢？撲克牌打爛了，託人上公社供銷店開後門，到現在也沒買到！」除了看電影、打百分外，這裡的青年，勞動之餘再也沒事可幹了。隊裡訂了一份本省的報紙，也只有許瞎子開會時用得着。他總是把報上的「孔子曰」讀成「孔子日」，當然不會有人來糾正這位全隊唯一的知識分子。過去，這裡還興唱山歌，如今早已屬於「黃色」之列，不許唱了。

忽然，小豹子興奮地坐起來：「喂，聽許瞎子說，他以前看過外國電影。嗨，那才叫好看哪！」他嘖着嘴，又嗤地一聲笑了，「那上面，有……」

「有什麼？」存妮見他那副有滋有味的模樣，禁不住問。

「嘻嘻嘻……我不說。」小豹子紅着臉，獨自笑個不停。

「有什麼？說呀！」

「說了……你別罵！」

「你說呀。」

「有——」他又格格地笑，笑得彎了腰。存妮已經料想着他會說出什麼壞話來，伸手抓起一把土粒兒。果然，小豹子鼓足勇氣喊：「有男人女兒抱在一起親嘴兒！嘿嘿嘿……」

「呸！下流！」存妮頓時漲紅了臉，刷地把手中的土粒撒過去。

「真的，許瞎子說的！」小豹子躲閃着。

「不害臊！」又是一把撒過來。帶着玉米碎屑的土粒落在他肩膀上、頸項裡。他也還了手，一把土粒準確地落在存妮解開的領口上。姑娘繃起了臉，罵道：「該死的！你！……」

小豹子訕訕地笑着，脫了光脊樑，用襯衣揩抹着鐵疙瘩似的胸肌。存妮也噘着嘴開始脫毛衣，把粘在胸上的土粒抖出來。……剎那間，小豹子像觸電似的呆住了。兩眼直勾勾地瞪着，呼吸突然停止，一股熱血猛沖到他的頭上。

原來姑娘脫毛衣時掀起了襯衫，竟露出半截白皙的、豐美而有彈性的乳房。……

就像出澗的野豹一樣，小豹子猛撲上去。他完全失去了理智，不顧一切地緊緊摟住了她。姑娘大吃一驚，舉起胳膊來阻擋。可是，當那灼熱的、顫抖着的嘴唇一下子貼在自己濕潤的唇上時，她感到一陣神秘的眩暈，眼睛一閉，伸出的胳膊癱軟了。

一切反抗的企圖都在這一瞬間煙消雲散。一種原始的本能，烈火般地燃燒着這一對物質貧乏、精神荒蕪，而體魄卻十分強健的青年男女的血液。傳統的禮教、理性的尊嚴、違法的危險以及少女的羞恥心，一切的一切，此刻全都燒成了灰燼。……

## 二

瘦巴巴的玉米長出了稀疏的苗子。鋤過頭遍，十四歲的荒妹開始發現姐姐變了：她不再無憂無慮地大笑，常常一個人坐在床邊發呆，同她講話，好像一句也沒聽見；有時看見她臉色蒼白、低頭抹淚，有時卻又紅暈滿面地在獨自發笑。……最奇怪的是一天夜裡，荒妹一覺醒來，發現身邊姐姐的被窩是空的。第二天問她，她急得臉上紅一陣白一陣的，還硬說荒妹是做夢。

這一陣，媽媽的腰子病發了。爸爸忙着去吳莊的舅舅家借錢，張羅着請醫生。家裡亂糟糟的。她也顧不上注意存妮的變化。只有荒妹，在她稚嫩的心靈裡，隱隱地預感到將有一種可怕的禍事要落到姐姐的頭上。

禍事果然不可避免地來臨了。而且，它遠比荒妹所能想像的要可怕得多。

那是玉米長出半人高的時節，累了一天的社員，晚飯後聚集在隊部，聽許瞎子湊着煤油燈唸「孔子曰」。荒妹沒等開完會，早就溜回了家，照應三個妹妹睡下，自己也去睡了。但不一會就被一陣喧囂驚醒：吵嚷聲、哄笑聲、打罵聲、哭喊聲、詛咒聲、夾雜着幾乎全村的狗吠和山裡傳來的回聲，從來也沒有這樣熱鬧過。荒妹驚慌地捻亮了燈，可怕的喧囂越來越近，竟到了大門外面。突然，姐姐一頭衝進門來，衣衫不整、披頭散髮，撲倒在床上嚎啕大哭。接着，光着脊梁、兩手反綁着的小豹子，被民兵營長押進門來。在幾道雪亮的手電光照射下，荒妹看到他身上有一條條被樹枝抽打的血印。他直挺挺地跪下，羞愧難容，任憑臉色鐵青的父親刮他的嘴巴。母親這時已經癱坐在檻上，捂着臉嗚咽着。門外，黑壓壓地圍滿了幾乎全村的大人和小孩。七嘴八舌，詈罵、恥笑、奚落和感慨。……嚇得發抖的荒妹終於明白了：姐姐做了一件人世間最醜最醜的醜事！她忽然痛哭起來。她感到無比地羞恥、屈辱、怨恨和憤懣。最親愛的姐姐竟然給全家帶來了災難，也給她帶來了無法擺脫的不幸。那最初來臨的女性的自尊，在她幼弱的心靈上還沒有成型，因而也就格外地敏感，格外地容易挫傷。荒妹大聲地哭着，傷心的眼淚像決堤的河流。一面用自己也聽不清的含混的聲音，哼着：「不要臉！丟了全家的人！……不要臉，丟了全隊的人！……不要臉！不要臉！！……」

事情鬧騰到半夜。

後來，她昏昏地睡了。朦朧中，又聽到隊長驅散眾人的聲音、家貴叔家貴嬸向父母求情道歉的聲音、祥二爺勸慰和提醒的聲音：「千萬別難為孩子家，防備着她想不開！……」媽媽的責罵也漸漸變成了低聲的安慰。荒妹終於貼着淚水浸濕的枕頭睡去，又不斷地被噩夢所驚擾。在最後的一個噩夢中，她猛然聽到從遠處傳來兩聲急促的呼喊：

「救人哪！救人哪！……」

荒妹猛地跳了起來，東方已經大亮。床上不見存姐，也沒有了守着她的母親。她忽地爬起來，赤着腳就往外奔，跟着前面的人影跑到村邊的三畝塘前，啊！姐姐，已經被大夥兒七手八腳撈了上來，直挺挺躺在那裡。這麼快，這麼輕易地死了！

母親抱着姐姐嘶啞地哭嚎着，發瘋似地喊着。多少次被鄉親們拉起來，又癱倒在地上。父親呆坐在塘邊，失神地瞪着平靜的水面，一動也不動，彷彿是一截枯乾的樹樁。

朝霞映在存妮的濕漉漉的臉上，使她慘白的臉色恢復了紅潤。她，神情非常安詳，非常坦然，沒有一點痛苦、抗議、抱怨和不平。她為自己盲目的衝動付出了最高昂的代價，現在她已經洗淨了自己的恥辱和罪惡。固然，她的死是太沒有價值了。但是生活對她來說又有什麼值得留戀的呢？在縱身於死亡的深淵前，她還來得及想到的事，就是把身上那件葵綠色的破毛衣脱下來，掛在樹上。她把這個人間賜予她的唯一的財富留給了妹妹，帶着她的體溫和青春的芳馨。……

事情還沒有完。大約過了半個月吧，家貴叔家裡又傳出了淒涼的哀哭——兩個公安員把小豹子帶走了。全村又一次受到震動。他們從田野裡奔來，站在路旁，惶恐地、默默無言地注視着小豹子手腕上那一雙閃閃發光的東西。只有家貴夫婦一把眼淚一把鼻涕地跟在他們的獨生子後面。

「同志，同志！」沈山旺放下鋤頭追了上來。這位五十年代的隊長是見過點世面的。雖然女兒的死使他突然老了十年，而且對生活更冷漠了。但此刻，他的責任感使他不能沉默。他向公安員說：「同志，我們並沒有告他呀！」

公安員嚴峻地瞪他一眼，輕蔑地說：「去，去，去！什麼告不告！強姦致死人命犯！什麼告不告！……」

小豹子卻很鎮靜，抬着頭，兩眼茫然四顧。突然，他略一停步，就猛地飛奔起來，向對面的荒坡衝去。

「站住！往哪兒跑！」公安員喝着，連忙追了上去。

但是小豹子不顧一切地奔着，雜亂的腳步踏倒了荒草的荊叢。最後，他撲倒在存妮的那座新墳上，慟哭起來，兩手亂抓，指頭深深地摳進濕潤的黃土裡。公安員跑來喝了幾聲，他才止住淚。然後，直跪在墳前，恭恭敬敬地磕了三個頭。

## 三

散了會，荒妹懷着沉重的心情走出公社禮堂的大門。天堂公社是本縣的角落，天堂九隊又是角落的角落。她望了望低垂在松林裡的夕陽，擔心天黑以前趕不到家了，就斷然放棄去供銷社逛逛的計劃，從後街直穿麥田，快步奔小路上山。

「沈荒妹，等等！一塊兒走吧！」身後傳來團支部書記許榮樹的喊聲。他家住八隊，與九隊只隔着個三畝塘。荒妹當然很希望有人與她同行這段漫長的山路，冬天的傍晚，這山坳是十分荒涼的。但她不希望同路的是個小伙子，特別不希望是許榮樹。所以略微遲疑了一下，反而加快了腳步。在麥田盡頭榮樹趕上來時，她警惕地移開身去，使他倆之間保持四尺開外的距離。

存姐的死，絕不僅僅給她留下葵綠色的毛衣。在她的心靈上留下了無法擺脫的恥辱和恐懼。她過早地接過姐姐的桑木扁擔，纖弱的身體不勝重負地挑起家庭的擔子，稚嫩的心靈也不勝重負地承受着精神的重壓。她害怕和憎恨所有青年男子，見了他們絕不交談，遠而避之。她甚至鄙視那些對小伙子並不害怕和憎恨的女伴們。她成了一個難以接近的孤僻的姑娘。

但是，青春畢竟不可抗拒地來臨了。她臉上黃巴巴的氣色已經褪去，露出紅潤而透着柔和的光澤；眉毛長得濃密起來；枯澀的眼睛也變得黑白分明，水汪汪的了。她感到胸脯發脹，肩背漸漸豐滿，穿着姐姐那葵綠色的毛線衣，已經有點繃得難受了。她的心底常常升起一種新鮮的隱秘的喜悅。看見花開，覺得花兒是那麼美，不由地摘一朵戴在頭上；聽到鳥叫，也覺得鳥兒叫得那麼好聽，不由呆呆地聽上一會兒。什麼都變得美好了：樹葉、莊稼、野草以及草上的露珠……周圍的一切都使她激動。她常常偷偷地在媽媽那面破鏡子裡打量自己，甚至在塘邊挑水時，也忍不住對自己苗條的身影投以滿意的微笑。她開始同女伴們說笑，過年過節也讓她們挽着手一起逛一逛公社的供銷店。儘管對小伙子仍保持着警惕，但也漸漸感到他們並不是那麼討厭的了。……就在這時，許榮樹在她的生活中出現了。

還是她很小的時候，就認識了榮樹。那是她到設在八隊的小學上一年級，男孩子們欺侮了她，一個同存姐差不多年齡的高班男同學，跑來打抱不平，還用袖口擦掉了她的眼淚。後來因為媽媽生下了最小的妹妹，她二年級還沒上完就輟了學。當她揹着小妹妹在三畝塘附近割豬草時，榮樹看到了總是偷偷離開夥伴們，搶過她手上的鐮刀，飛快地割上一大抱，扔在她的筐裡，就急急走開。過了兩年，八隊傳來鑼鼓聲，荒妹帶着妹妹們去看，只見他穿着過大的新軍裝，戴着紅花，沿着三畝塘邊上的小路，去當兵了。

直到去年的一次團支部會上，她才又一次見到榮樹。他幾天前剛從部隊復員。進了大隊會議室的門，羞澀地向大家一瞥，就像荒妹她們那批剛入團的姑娘們一樣，悄悄在屋角坐下了。這時幾個同他相熟的活躍分子圍過來，硬要他講講戰鬥生活。只見他窘得滿臉通紅，忙靦腆地推辭着說：「當了幾年和平兵，又沒打過仗，說啥呀！……」全然沒有青年人心目中那種革命軍人的威武氣派。但不知為什麼，這卻引起了荒妹的好感，當選舉團支委進行表決，唸到許榮樹的名字時，她勇敢地把手舉得筆直，以此表達她真誠的願望。

到下一次的團支部活動時，新上任的支部書記許榮樹卻提出了他與眾不同的主張，並因此引起了曾當過民兵營長的黨支部副書記的不滿。

過去，天堂公社青年團的活動，除開會之外，只有一個內容：勞動。——事先準備了些積肥、抬石塊之類的重活，先開會，再幹活。這種無償的勞動往往進行到很晚。但榮樹破了這個規矩，他說：「青年人有自己的特點。我建議：今晚看電影！」大家乍一聽，愣了。接着便哄笑着鼓起掌來。他想得真周到，事先已經在公社附近一家工廠訂了票（他有個戰友復員到這家工廠），開了個短會，就領着大家出發了。小伙子和姑娘們三五成群，歡天喜地，笑語喧嘩，有人大膽地哼起了山歌，簡直像過節一樣。荒妹這才生平第一次坐在有靠背、有扶手的椅子上，舒舒服服地看了一場電影。而且當天夜裡，也是生平第一次，一個青年男子走進了她甜蜜的夢境。他有點像電影裡那個帶領青年修水庫的男主角，更像她的團支部書記。他憨厚地笑着，同她說了些什麼，離她很近。醒來時，月光照在她的床邊，溫柔而明淨。她的心裡，生平第一次泛起了一片甜絲絲的柔情。但又立即因此而感到惶恐。「這是怎麼回事？」她懊惱地想，「唉，唉！幸虧只是個夢！……」

然而當她擔任團小組長之後，榮樹就真的常來找她了。荒妹的態度一如既往地嚴肅而冷淡。從不請他進屋，一個門外，一個門裡，保持着四尺開外的距離。談的不過是通知開會之類的事，一問一答，公事公辦。講完，榮樹走了，荒妹總要裝出做事的樣子，到門外偷偷目送他遠去。她隱約希望他多談一會兒，進來坐一坐，談些別的。又害怕他這樣做。隨着接觸的增多，這種矛盾的心情越加發展起來。有一天，她回家晚了，小妹妹對她說：「榮樹哥來過啦！」正好母親也剛回來，忙問：「他又來幹什麼？」父親說：「他來找我的。問我嫁接山梨的事，幾年能結梨？一畝山地能收多少錢？我說，那不是資本主義的路嗎？他說，這不叫資本主義，報上就這麼講的！這孩子！……」

父親似乎不以為然地搖着頭，但荒妹卻覺察到他對這個青年是有好感的，心中暗暗感到高興。然而母親的臉色卻很難看，她皺着眉頭說：「他，可是個不大安份的人！……」

荒妹早就聽說過榮樹為限制社員養雞的事同八隊隊長（他的叔父）吵起來，有人說他太狂，不服從領導等等。但她從沒在意。今天母親這樣說，使她生起氣來。想分辯幾句，又看到母親狐疑的眼光總在盯住自己。只好悶悶地低頭吃飯，裝出毫不關心的樣子。晚飯後，母親在房裡對父親嘀嘀咕咕，她聽到門縫裡傳出了這樣一句：「已經有閒話啦！要當心她走上存妮的路！……」

荒妹只覺得心頭被紮了一刀似的，撲在床上哭了。她怨恨姐姐做了那種死了也洗刷不淨的醜事；怨恨媽媽不明白女兒的心；她更怨恨自己，為什麼竟然會喜歡一個小伙子？這是多麼不應該、多麼可恥呀！「不要臉！喜歡上了一個男人！……不要臉！！」她恨恨地罵自己，把臉深深地埋在被子裡，不讓傷心的哭聲傳出來。

她下定決心，從明天起，再不理睬他！有什麼事，讓他找副組長去！他會覺得奇怪，覺得委屈嗎？隨他去吧！誰讓他是個男人呢！……

過不了多久，她真的恨起榮樹來了。那是偶爾在隊部聽到許瞎子說：「榮樹這孩子真不知天高地厚，又跟副書記吵起來了！」有人問：「為了什麼？」許瞎子說：「哼！他要為小豹子伸冤呢！」

「什麼？！」荒妹大吃一驚，幾乎喊出聲來。小豹子被判刑，是自作自受，罪有應得，並不是什麼冤、假、錯案，翻不了的。——這幾乎是人們共同的看法。荒妹不可能有別的看法。由於姐姐的死，她只有對小豹子更多一份仇恨。可是榮樹，一個共產黨員，一個她所尊敬的團支部書記，怎麼會為小豹子這樣的壞人講話呢？他同情小豹子？還是得了家貴夫婦的什麼好處？……她氣得發抖，要去當面質問榮樹。但當她在三畝塘邊，看見榮樹憨笑着向她迎面走來時，那股勇氣又倏然消失了。那件事怎麼說得出口？又怎麼好對他說呀？於是忙轉過身，裝做到別的地方去，繞了個大圈子回到了家。接着，她又後悔起來。

就這樣，氣他、恨他、不睬他、害怕他，又不由自主地想念他……交替地變化着、矛盾着。這就是十九歲的農村姑娘的心。

如果把這說成是愛情，那麼，對於生活在別的地方的青年男女們，也許是難以理解的。但荒妹是在天堂九隊這個角落的角落裡。這裡的姑娘，在荒妹的這個年齡，也多半有過像榮樹和荒妹那樣隱秘的愛情、矛盾和痛苦。然而不久就會什麼都消失了，平靜了。——來了一位親戚或者什麼人，送了一件葵綠色或者玫紅色的毛線衣，進行一番大體相似的討價還價而達成協議。然後，在某一天，由這位親戚或者什麼人領來了一個小伙子，再陪同這相互不敢正視一眼的雙方一起去吳莊或者什麼地方，照一張合影相片。到了議定的日子，她就離開了父母，離開了這個角落……

這是一條這裡的人們習以為常並公認為正當的道路，卻被今天大會的報告人說成是「買辦婚姻」。他還說什麼

「愛情」！姐姐和小豹子，那叫「愛情」嗎？不，不！那是可恥的、違法的呀！那麼，難道還有什麼別的路嗎？——荒妹感到茫然。她不能不想到榮樹。此刻，他就在她的身後，默默地陪她同行。同來開會的女伴都去供銷社了。寂靜的山路上，只有他們倆。她聽到自己怦怦的心跳。

忽然，榮樹站住了腳，放眼四顧，用渾厚的嗓音唱起歌來：

我愛這藍色的海洋，

祖國的海疆多麼寬廣！……

荒妹嚇了一跳。但聽着聽着，熱情奔放的歌聲感染了她。不由自主回過頭，露出讚許的微笑。

「看着山上的這片松林，我想起了大海啦！想起了在軍艦上的日子！……」他自語似地微笑着說，「看着海，心裡就會覺得寬闊起來，要是鄉親們都能看看海，該多好呵！」

荒妹微笑地聽着。她的警惕在悄悄地喪失。

「荒妹，你去前街了嗎？集上賣雞蛋、賣蔬菜的，沒人攆了！知道嗎？農村政策要改啦！山坡地一定得退田還山，種梨樹。山旺大叔這位好把式又要發揮作用啦！先在你家自留地上栽起樹苗來！……」他說得很淩亂，也很興奮，「山旺嬸身體不好，可以砍些荊條在家編籃子，換點零花錢。你大妹妹明年可以出工了吧！兩個小妹妹可以放幾隻羊！……我有個戰友在公社當幹事，他告訴我，很快就要傳達中央的文件，要讓農民富裕起來！……你不信？」

他兩眼閃着樂觀的光芒，聲音像淙淙溪水，親切感人。荒妹沒有相信這些話。對於富裕起來，她從沒有抱過希望，甚至根本沒有想過。從她懂事以來，富裕之類的話總是同資本主義聯在一起遭受批判的。使她激動的是榮樹這樣清楚地知道她的家庭，並且這樣關心。他就是用這個來回答她的冷淡、戒備和懷恨的！她疚愧了，覺得臉上在發燒。……

「是啊！不富裕起來，一輩子過着窮日子，就什麼也談不上！」他深為感慨地搖搖頭，「就拿小豹子來說吧，能全怪他嗎？窮、落後、沒有知識、蠢！再加上老封建！老實八腳的小伙子，下了大牢！你姐姐，就更冤啦！……」

一聽他説起這個，姑娘頓時覺得受了羞辱。她憤憤地瞪他一眼，吼道：「不許你説這個！不許你説我姐姐！……」

她竭力忍住快要流出來的眼淚，猛地衝上山頂，放開大步向下奔去。弄得榮樹莫名其妙。

## 四

走近家門，天已經完全黑了。她的心情也漸漸平靜下來。小妹妹老遠就向她撲來。緊接着母親也迎了出來，臉上掛着喜氣洋洋的笑容。這使荒妹感到奇怪。貧困、操勞和多病的母親過早地衰老了。特別是姐姐的死，使她的臉上除了愁苦之外，只有木然的發愣的精神。發生了什麼值得她這樣高興的事？

「快，快去看看你的床！」母親幾乎笑出聲來。

床上放着一件簇新的毛線衣，天藍色的。在幽暗的煤油燈下發出誘人的光澤。

荒妹抓在手裡，還沒有來得及感受到它那輕柔和溫暖，就立即像觸了電似地甩開了。她吃驚地喊：「誰的？」

「你的！」母親正從鍋裡盛出熱氣騰騰的玉米粥。神采飛揚地瞟她一眼説，「你二舅媽送來的。……」

「二舅媽！？……」荒妹打了個寒噤，兩腿發軟，頹然坐在床沿，呆住了。二舅媽前不久來過，同母親嘀咕了老半天，一面不斷地上上下下打量着她。她當時就敏感到那眼光裡好像有什麼神秘的意味。果然，現在送了毛線衣來！

母親挨着她坐下，用難得的柔聲説：「是二舅他們吳莊三隊的，比你大三歲。他哥哥在北關火車站當工人，一月拿五十多塊！……」

荒妹感到冰冷的汗水在脊背上緩緩地爬。她渾身顫抖，耳邊「嗡嗡」直響，什麼也聽不清了。

「我不要！」她掙扎地喊，「不！我不要！」

她把毛線衣扔向母親，母親卻仍然微笑着拉住她說：「又不是現在就要你過門！端午節來見見面，送衣裳來。十六套！……訂了婚，再送五百塊現錢！」

「不，不，不！」一種恥辱感陡然升上荒妹的心。她感到窒息的恐怖。她不知該怎麼辦，只有讓委屈的淚水急速地流出來，只有憤憤甩開母親撫慰的手臂，跑開去。

門口，站着心情沉重的父親和三個睜大眼睛呆望着她的妹妹。她捂住臉，衝出了門，站在院子裡，依着塌了半截的豬圈的土牆，大聲地哭起來。

「怎麼啦？怎麼啦？」母親急急地跟出來，拉起她的手，「荒妹，你是個懂事的孩子。咱家有啥？媽有病，三個妹妹光知道張着嘴要吃。養豬沒飼料，餵了半年多，連本也沒撈回來！攢幾個雞蛋拎上街，挨人攆來攆去，心裡慌得像做了賊。去年分紅，又是超支，一分現錢也沒到手。我想給你買雙襪子都……」

母親也啜泣起來，數落着：「你姐姐不爭氣，這個家靠誰？房子明年再不翻蓋實在不行了。欠着債，哪有錢？二舅媽說，五百塊錢一到手，就……」

「錢，錢！」姑娘激動地喊，「你把女兒當東西賣！……」

母親頓時噎住了。她渾身無力，扶着半截土牆緩緩地坐倒在地上。「把女兒當東西賣！」這句話是那樣刺傷了她的心，又是那樣的熟悉！是誰在女兒一樣的年紀，含着女兒一樣的激憤喊過？是誰？——唉唉！不是別人，正是她自己呀！……

那是在土改工作隊進了吳莊的那個冬天，菱花去看歌劇《白毛女》的那天晚上，認識了憨厚、英俊的青年長工沈山旺。從那一刻起，她突然明白了平時唱的山歌裡「情郎」一詞的含義。十九歲的菱花不僅勇敢地參加了鬥地主的大會，而且勇敢地在夜晚去玉米地同她的情郎相會了。可是她原先是父母做主同北關鎮雜貨鋪的小老闆訂了婚的。男方聽到風聲送了五十塊銀元來，硬要年內成親。菱花大哭大鬧，公然承認她自己看中了靠山莊的窮小子，公然宣佈跟他進山裡去受苦，一輩子不回「老封建」的娘家門！把父母氣呆了，關起房門又罵又打。她哭着，鬧着，在地上滾着，把銀元拋灑一地。激憤地嚷：「你們，是要把女兒當東西賣呀！」

那是反封建的烈火已經把「父母之命、媒妁之言」連同地主的地契債據一起燒毀了的年代。宣傳婚姻法的掛圖在鄉政府門口貼着。舞台上的劉巧兒和同村的童養媳都是菱花的榜樣。憨厚、英俊的沈山旺捧着美好、幸福的前途在等待着她。菱花有的是衝破封建枷鎖的勇氣！

「他們，要把女兒當東西賣！」第二天，在剛剛粉刷一新的鄉公所裡，不需要任何別的，只憑她菱花這一句話！土改工作隊就含着鼓勵的微笑，發給她和山旺一人一張印着毛主席像的結婚證。……

萬萬想不到今天，時隔三十年的今天，女兒竟用這句話來罵自己了！

「這是怎麼回事？日子怎麼又過回頭了？……」她感到震驚而惶惑，慢慢抬起了頭，仰望着暮冬的夜空。幾顆寒星發出凄清、黯淡的光，諷嘲似地向她眏着眼。她彷彿忽然得到什麼啟示似地一顫，捶胸頓足痛哭起來。一面喃喃地自語：

「報應報應！這就叫報應呀！」

她乾枯的雙眼裡湧出了濃濁的淚。裡面飽含着心靈深處的苦恨。她恨荒妹，恨存妮，恨她們的父親。她恨自己的苦命，恨這塊她帶着青春和歡樂的憧憬來到的土地。這塊付出了大半生辛勤勞動、除了哀愁什麼也沒有給她的土地！……

荒妹反而鎮靜起來，勸慰母親說：「媽！公社街上，賣雞蛋、賣菜的沒人攆啦！你可以砍些荊條編土籃拿去賣。妹妹可以去放羊。山田改了種果樹，爹是個好把式！……要讓我們農民富裕起來！榮樹說的，中央有這個文件！……」

「文件，文件！今天這，明天那！見多啦！見多啦！俺們不照樣還是窮！荒妹，媽不願意叫你像媽這樣過一輩子呀！」母親抽泣着，也漸漸平靜起來，「孩子，你是個懂事的姑娘。媽看出來，榮樹對你有心，你也看着他中意。可你想想，吃不飽飯，這些都是空的喲！你媽悔不該當初……唉！如今得了報應啦！……」

風停了。媽媽衰弱的身子依着荒妹。母女倆無聲地呆坐着，各自沉浸在自己的心事之中。

「媽，你回去吧！」荒妹低聲說。她的眼睛向八隊的那一片村舍凝視着，探尋着其中的一間房子，「我還有點事！……」

然後，她倔強地向三畝塘的方向走去。剛才發生的事，使她突然聰明了，成熟了。一切成見，包括要為小豹子伸冤這樣使她強烈反感的事情，現在都覺得合理了。她相信榮樹是會講出他的道理來的。他知道得很多很多，甚至連大海都知道！那麼，他所深信不疑的要讓農民富裕起來的文件，荒妹又有什麼可懷疑的呢？他一定還會出個最好的主意，告訴她該怎麼辦！

三畝塘的水面上，吹來一陣輕柔的暖氣。這正是大地回春的第一絲信息吧！它無聲地撫慰着塘邊的枯草，悄悄地拭乾了急急走來的姑娘的淚。它終於真的來了嗎，來到這被愛情遺忘了的角落？

（原載《上海文學》1980 年第 1 期）

## 張賢亮

張賢亮（1936—　），江蘇盱眙人。作家。著有短篇小説《靈與肉》、《蕭爾布拉克》，中篇小説《綠化樹》、《男人的一半是女人》，長篇小説《男人的風格》、《感情的歷程》、《習慣死亡》、《我的菩提樹》等。

# 靈與肉

他是一個被富人遺棄的兒子……

——維克多．雨果《悲慘世界》

一

許靈均沒有想到還會見着父親。

這是一間陳設考究的客廳，在這家高級飯店的七樓。窗外，只有一片空漠的藍天，抹着疏疏落落的幾絲白雲。而在那兒，在那黃土高原的農場，窗口外就是綠色的和黃色的田野，開闊而充實。他到了這裡，就像忽然升到雲端一樣，有一種晃晃悠悠的感覺，再加上父親煙斗裡噴出的青煙像霧似地在室內飄浮，使眼前的一切更如同不可捉摸的幻覺了。可是，父親吸的還是那種包裝紙上印着印第安酋長頭像的煙斗絲，這種他小時候經常聞到的、略帶甜味的咖啡香氣，又從嗅覺上證實了這不是夢，而是的的確確的現實。

「過去的就讓它過去吧！」父親把手一揮。三十年代初期他在哈佛取得學士學位以後，一直保持着在肯布里季時的氣派。現在，他穿着一套花呢西服，蹺着腿坐在沙發上。「我一到大陸，就學會了一句政治術語，叫『向前看』。你還是快些準備出國吧！」

房裡的陳設和父親的衣着使他感到莫名的壓抑。他想，過去的是已經過去了，但又怎能忘記呢？

整整三十年了，也是這樣一個秋天，他捏着母親寫的地址，找到霞飛路上的一所花園洋房。陣雨過後，泛黃的樹葉更顯得憔悴，滴滴水珠從圍牆裡的法國梧桐上滴落下來。圍牆上拉着帶刺的鐵絲；大門也是鐵的，塗着嚴峻的灰色油漆。他揿了很長時間門鈴，鐵門上才打開一方小小的窗口。他認得這個門房，正是經常送信給父親的人。門房領着他，經過一條兩旁栽着冬青的水泥路，進到一幢兩層樓洋房裡的起居室。

那時，父親當然比現在年輕多了，穿着一件米黃色的羊毛坎肩，手肘倚在壁爐上，低着頭抽煙斗。壁爐前面的高背沙發上，坐着母親成天詛咒的那個女人。

「這就是那個孩子？」他聽見她問他的父親，「倒是挺像你的。來，過來！」

他沒有過去，但不由自主地瞥了她一眼。他記得他看見了一對明亮的眼睛和兩片塗得很紅的嘴唇。

「有什麼事？嗯？」父親抬起頭來。

「媽病了，她請你回去。」

「她總是有病，總是……」父親憤然離開壁爐，在地毯上來回走着。地毯是綠色的，上面織有白色的花紋。他的眼睛追蹤着父親的腳步，強忍住不讓淚水流出來。

「你跟你媽說，我等一下就回去。」父親終於站在他面前。但他知道這個答覆是不可靠的，母親在電話裡聽過不止一次了。他膽怯而固執地要求：「她要您現在就回去。」

「我知道，我知道……」父親把手搭在他肩膀上，輕輕地把他推向門口，「你先回去，坐我汽車回去。要是你媽病得厲害，叫她先去醫院。」父親送他到前廳，突然，又很溫存地摸着他的頭，囁嚅地說，「你要是再大一點就好了，你就懂得，懂得……你媽媽，很難和她相處。她是那樣那樣……」他揚起臉，看見父親蹙皺着眉，一隻手不住地擦着額頭，表現出一種軟弱的、痛苦的神情，反而有點可憐起父親來。

然而，當他坐在父親的克萊斯勒小汽車裡，在滾動着金黃落葉的法租界穿行的時候，他的淚水卻一下子湧出來了。一股屈辱、自憐、孤獨的情緒陡然襲來。誰也不可憐！只有自己才可憐！他沒有受過多少母親的愛撫，母親摩挲麻將的時候比摩挲他頭髮的時候多得多；他沒有受過多少父親的教誨，父親一回家，臉就是陰沉的、懊喪的、厭倦的，然後就和母親開始無休無止的爭吵。父親說他要是再大一點就好了，就能懂得……實際上，十一歲的他已經模模糊糊地懂得了一些：他母親最需要的是他父親的溫情，而父親最需要的卻是擺脱這個脾氣古怪的妻子。不論是他母親或父親，都不需要他！他，不過是一個美國留學生和一個地主小姐不自由的婚姻的產物而已。

後來，父親果然沒有回家。不久，當他母親知道父親帶着外室離開了大陸，沒幾天也就死在一家德國人開的醫院裡。

而正在這時，解放大軍開進了上海……

現在，經過了三十年漫長的歲月，經過歷史上任何三十年都從未容納過的那麼多變故，這個父親卻突然回來了，並且還要把他帶到國外去。整個事情是那麼不可思議，以致他都不能完全相信坐在他面前的是他的父親，坐在他父親面前的就是他自己。

剛剛，在父親的女秘書密司宋打開貯藏室給父親拿衣服的時候，他看見大大小小的箱子上貼滿了花花綠綠的旅館商標：洛杉磯的、東京的、曼谷的、香港的，還有美國環球航空公司印着波音747的橢圓形標籤。從這個小小的貯藏室裡掀開了一個廣闊的世界。而他呢，只不過是在三天前得到領導轉來的國際旅行社的通知，經過兩天兩夜汽車和火車的顛簸才到這裡的。他提來的灰色人造革提包放在長沙發的一角。這種提包在農場還算是比較「洋氣」

的，但一到這間客廳也好像忸怩起來，可憐巴巴地縮成一團。提包上面放着他的尼龍網袋，裡面裝着他的牙具和幾個在路上吃剩下來的茶葉蛋。他看着那幾個詫異得咧開了嘴的、畏縮地擠在一起的茶葉蛋，想起臨走那天晚上，秀芝還叫他多帶些茶葉蛋給父親吃，不禁苦笑了一下。

前天，秀芝一定要帶着清清到縣城的汽車站去送他。自他們結婚，他還沒有離開過農場，他這次遠行簡直成了他們小家庭的一次劃時代的壯舉。

「爸爸，北京在啥子地方？」

「北京在縣城的東北邊。」

「北京有好多好多縣城大嗎？」

「有好多好多縣城大。」

「有馬蘭花嗎？」

「沒有。」

「有沙棗子嗎？」

「沒有。」

「唉——」清清像大人似地長嘆一聲，用手托着下頦，顯得非常非常失望，她認為好地方是應該有馬蘭花和沙棗子的。

「傻丫頭，北京可是個大地方咧！」趕車的老趙逗她，「你爸爸這回可要遠走高飛囉！說不定要跟你爺爺出國哩。是不是，許老師？」

秀芝蜷着腿坐在老趙背後，向他微微一笑。她沒有說話，但僅僅這一笑，就表現了她的信賴和忠貞。她不能想像他會到別的國家去，就和清清不能想像北京有多大一樣。

車轍交錯的土路坎坷不平，牲口在上面顛躓地踏着碎步。路北邊是一片整齊的條田，路南邊，在霧靄朦朧的遠方，就是他原來放馬的草場。這裡的一切都像是有股磁性的吸力。是的，這裡的一草一木都能勾起他綿綿不盡的回憶，現在陡然感到更加親切。他知道三棵緊挨着的白楊後面，有一棵粗壯的沙棗樹。他下車折了一枝，幾個人在車上一顆顆地吃起來。這是西北特有的酸澀而略帶甜味的野果，六〇年饑荒的年代，他曾經靠這種野果度日。很多年沒有吃了，現在吃起來卻品出了一種特別令人留戀的鄉土味，怪不得清清要問北京有沒有沙棗呢！

「她爺爺保險沒有吃過沙棗！」秀芝把核吐到車外，笑着說。這是她發揮了最大的想像力來想像這個從國外回來的公公了。

其實並不需要想像，父子兩人是如此相似，就是秀芝在街上碰見公公也會認得出來的。兩個人都是細長的眼睛，線條纖細的、挺直的鼻樑，輪廓豐滿的嘴唇，甚至舉手抬足之間都表現出基因的痕迹。父親並不顯老，雖然膚色和兒子一樣黝黑，但那一定是在洛杉磯或是香港的海濱浴場上曬出來的，一點也不憔悴。父親仍然是那樣講究，那樣注意儀表，頭髮儘管花白卻一絲不亂，手背上雖然出現了老人斑，但指甲卻修剪得十分光潔。茶几上，在精緻的咖啡杯周圍，散亂地放着三B牌煙斗、摩洛哥羊皮的煙絲袋、金質打火機和鑲着鑽石的領針。

他怎麼會吃過沙棗呢！

二

「啊，這兒還能聽到丹尼．尼德門的《恆河上的月光》！」密司宋能說一口純正的普通話。她長得高大豐滿，身上散發出一股素馨花的香氣，一頭長長的黑髮被一條紫色的緞帶束在腦後，不時像馬尾一樣甩動着。「董事長，您看，北京人跳迪斯科比香港人還夠味，他們現在也現代化了！」

「任何人都抵禦不了享樂的誘惑。」父親像把一切都看透了的哲學家似地笑着。「他們現在也不承認自己是禁慾主義者了。」

吃完晚飯，父親和密司宋把他帶到舞廳。他沒有想到北京也有這樣的地方。小時候，他也曾跟父母到過上海的「梯斯」、「百樂門」和「法國夜總會」，現在應該像是舊地重遊。但是，當他看到在柔和的乳白色的燈光中，像男人一樣的女人和像女人一樣的男人在他身邊像月光中的幽靈似地遊蕩的時候，卻感到不安起來，就像一個觀眾突然被拉到舞台上去當演員一樣，他無法進入要他扮演的角色。剛才在餐廳裡，他看見有的菜只動了幾筷子就端了回去，竟從腸胃裡發出一陣痙攣似的反感。在他那兒，上縣城的國營食堂都要帶一個鋁製飯盒，把吃剩下的飯菜帶回家去。

大廳裡響着樂曲，有幾對男女跳起奇形怪狀的舞蹈。他們不是摟抱在一起，而是面對面像鬥雞一樣互相挑逗，前仰後合。這些人就這樣來消耗過剩的精力！他想起現在正在熱得發燙的稻田裡收割的人們。他們彎着腰，從右到左，又從左到右不停地擺動上肢。偶爾，他們抬起頭向遠遠的擔子嘶啞地喊着：「喂，水，水……」啊，要是他現在能夠躺在那一片綠蔭下，在汩汩的黃色的渠水邊，聞着飽含稻草和苜蓿香氣的微風，那該有多好……

「您會跳舞嗎？許先生。」忽然，他聽見密司宋在旁邊問他。他剛捕捉到的一點味兒馬上消失了。他掉過頭瞥了她一眼：她也有一對明亮的眼睛和兩片塗得很紅的嘴唇。

「不，不會。」他心不在焉地向她笑笑。他會放馬、會犁田、會收割、會揚場……為什麼他要會跳舞——跳眼前這樣的舞呢？

「你別為難他了，」父親笑着對密司宋說，「你看，汪經理來請你了。」

一個穿灰色西服的漂亮男子繞過桌子走來，笑嘻嘻地向密司宋一彎腰，兩人翩翩下了舞池。

「你還要考慮什麼呢？嗯？」父親又燃起煙斗，「你比我還清楚，共產黨的政策是經常變的，現在辦簽證還比較容易，以後怎麼樣，就很難說了。」

「我也有我所留戀的。」他轉過身來面對着父親。

「包括那些痛苦嗎？」父親意味深長地問。

「唯其有痛苦，幸福才更顯出它的價值。」

「嗯？」父親凝視着他，不解地聳了聳肩膀。

他心頭突然掠過一陣惆悵。這才想起父親也是屬於這個陌生的、不可理解的世界的。形體上的相似消除不了精神上的隔膜。他也像父親凝視他那樣望着父親，而兩個人的目光都不能透過對方的視網膜看到深處的東西。

「是還……還怨恨嗎？」最後，父親低下眼睛。

「不，完全不是！」他把手一揮。這個動作也完全像他父親。「正如您說的：過去的已經過去了。這完全是另外的事……」

舞曲變換了。這次是低沉的、緩慢的，像渠水經過長長的渠道。燈光好似暗淡了一些，他看不清舞池裡憧憧的人影。父親低下頭，用手不住地擦着額頭，又表現出那種軟弱的、痛苦的神情。「是呀，過去的是已經過去了。可是回想起來，還是痛苦的……不過，我的確很想念你，尤其到了現在……」

父親喃喃的低語配上這支比較典雅的舞曲，也使他動了感情。「是的，這我相信。」他沉思地說，「我也想念過你的。」

「是嗎？」父親抬起頭來。

是的。二十年前，在那個秋天的傍晚，月光穿過被大雨淋破窗紙的窗欞，灑在一群像一堆堆破布的人們身上。十幾個人睡在一間低矮的土坯房裡。他緊貼着牆根，帶着土城味的潮氣浸透了他的衣服。他冷得直打寒戰，乾脆從濕漉漉的稻草上爬起來。外面，泥濘的月光下像碎玻璃一樣閃光。到處是殘存的雨水。空氣裡瀰漫着腐敗的水腥氣。他找到馬圈。那裡還比較乾燥，馬糞尿蒸發出一股燻人的暖氣。馬、騾子、毛驢都在各自的槽頭上吭哧吭哧地嚼着乾草。他看到有一段馬槽前沒有拴牲口，就爬了進去，像初生的耶穌一樣睡在木頭馬槽裡。

月光斜射出來，在馬棚的山牆上劃出一條分開光與影的對角線。一匹匹牲口的頭垂在馬槽邊，像對着月亮朝拜似的。這時，他陡然感到非常淒愴，整個情景完全象徵性地指出了他孤獨的處境：人們拋棄了他，使他來和牲口為伍！

他哭了。狹窄的馬槽夾着他的身軀，正像生活從四面八方在壓迫他一樣。先是被父親遺棄。母親死了，舅舅把母親所有的東西都捲走，單單撇下了他。以後他搬到學校宿舍，靠人民助學金上學。共產黨收留了他，共產黨的學校教育了他。在五十年代那種開朗的氣氛中，雖然他具有一副在畸形的家庭中養成的孤僻、敏感和沉默寡言的性格，但也慢慢地溶化在一個大集體裡；和五十年代所有的中學生一樣，他對未來也有一個美麗的夢。畢業了，夢成了現實。他穿着藍布製服，夾着備課本，拿着粉筆走進教室。他有了自己的生活道路。但是，因為學校支部書記要完成抓右派的指標，就又把他推到父親那一邊去。好像肉體上的血緣關係必然決定階級的傳宗接代，他又成了資產階級一分子。過去，資產階級遺棄了他。只給他留下一個履歷表上的「資產」，後來，人們又遺棄了他，卻給他頭上戴了一頂資產階級右派的帽子。他成了被所有的人都遺棄了的人，流放到這個偏僻的農場來勞教。

一匹馬吃完了面前的乾草，順着馬槽向他這邊挪動過來。它儘着轠繩所能達到的距離，把嘴伸到他頭邊。他感到一股溫暖的鼻息噴在他的臉上。他看見一匹棕色馬掀動着肥厚的嘴唇在他頭邊尋找槽底的稻粒。一會兒，棕色馬也發現了他。但它並不驚懼，反而側過頭來用濕漉漉的鼻子嗅他的頭，用軟乎乎的嘴唇擦他的臉，這陣撫慰使他的心顫抖了。他突然抱着長長的、瘦骨嶙峋的馬頭痛哭失聲，把眼淚抹在它棕色的鬃毛上。然後，他跪爬在馬槽裡，拚命地把槽底的稻粒扒在一起，堆在棕色馬面前。

啊，父親，那時你在哪裡？

三

現在，這個父親終於回來了！

這不是夢，父親就睡在他隔壁；這不是夢，他自己也的的確確是睡在一張柔軟的席夢思床上。他摸着身下的床墊，和那硬邦邦的木頭馬槽多麼不同！月光透過薄紗窗帷，在地毯上、沙發上、床上投下一塊塊邊緣模糊的菱形方格。在朦朧的月光中，這一天獲得的印象這時又鮮明地呈現了出來，而他所得到的總的感覺，則是他完全不適應、不習慣這一切。父親回來了，但這卻是一個全然陌生的人。父親的回來不過是勾引起他痛苦的回憶，打破了他的平靜而已。

儘管已到秋天，但房間裡好像越來越悶熱。他索性掀開毛毯，翻身坐起來，扭亮枱燈，用漠然的眼光環顧四周。最後，他的目光落在自己的軀體上。他看到肌肉突起的胳膊，看到靜脈曲張的小腿肚，看到趾頭分得很開的雙腳，看到手掌、腳跟上發黃的繭子，他想起了下午父親對他的談話。

下午，喝完咖啡，父親支使開密司宋，對他談到公司在海外的發展，談到他的幾個異母弟的無能，談到對他和故土的思念。

「……有你在身邊，我能得到一點安慰。」父親說，「三十年前的事，我後來越來越覺得不安。我知道大陸上講究家庭出身，老搞階級鬥爭，你的日子不會好過，甚至以為你已經不在了，心裡總是惦記你。你小時候的模樣經常在我腦子裡出現。尤其是你生下來，你爺爺為你在南京外交部旁邊的華僑招待所設湯餅筵的那天，你在奶媽懷裡的樣子，我記得清清楚楚，就像是昨天一樣。那天，申新的榮家、先施的郭家、華紡的劉家、英美菸草公司的鄭家都從上海來了人。你知道，你是我們家的長房長孫……」

現在，當他在罩着淡綠色燈罩的燈光下，看着自己裸露着的強健的肌體的時候，他突然獲得了一個極其新奇的印象。因為他還是第一次從父親口裡聽到他記憶的史前時期——他兒時的情景，於是，過去的自己和現在的自己在腦海中形成了一個非常鮮明的對比。終於，他發現了他們父子之間隔膜的真正所在：他這個鐘鳴鼎食之家的長房長孫，曾經裹在錦緞的襁褓中，在紅燈綠酒之間被京滬一帶工商界大亨和他們的太太嘖嘖稱讚的人，已經變成了一個名副其實的勞動者了！而在這兩端之間的全部過程，是糅合着那麼多痛苦和歡欣的平凡的勞動！

他解除勞教以後，因為無家可歸，於是被留在農場放馬，成了一名放牧員。

清晨，太陽剛從楊樹林的梢上冒頭，銀白色的露珠還在草地上閃閃發光，他就把柵欄打開。牲口用肚皮抗着肚皮，用臀部抗着臀部爭先恐後地往草場跑。土百靈和呱呱雞發出快樂的和驚慌的叫聲從草叢中竄出。它們展開翅膀，斜掠過馬背，像箭一樣地向楊樹林射去。他騎在馬上，在被馬群踏出一道道深綠色痕迹的草地上馳騁，就像一下子撲到大自然的懷抱裡一樣。

草場上有一片沼澤，長滿細密的蘆葦。牲口分散在蘆葦叢中，用它們闊大而靈活的嘴唇嚼着嫩草。在沼澤外面，只聽見它們不停的噴鼻聲和嘩嘩的蹚水聲。他在土堆的斜坡上躺下，仰望天空，雪白的雲朵像人生一樣變化無窮。風擦過草尖，擦過沼澤的水面吹來，帶着清新的濕潤，帶着馬汗的氣味，帶着大自然的呼吸，從頭到腳摩挲遍他的全身，給了他一種極其親切的撫慰。他伸開手臂，把頭偏向胳肢窩，他能聞到自己的汗味，能聞到自己生命的氣息和大自然的氣息混在一起。這種心悅神怡的感覺是非常美妙的。它能引起他無邊的遐想，認為自己已經融化在曠野的風中；到處都有他，而他卻又失去了自己的獨特性。他的消沉，他的悲愴，他對命運的委屈情緒也隨着消失，而代之以對生命和自然的熱愛。

中午，馬匹一頭頭從蘆葦叢中蹚出來，帶着滾圓的肚皮，抖擻着鬃毛，甩動着尾巴驅趕馬虻和牛蠅。它們信賴地、親暱地聚在他周圍，用和善的大眼睛望着它們的牧人。有時，長着白色花斑的七號馬會繞過幾頭瘦乏的牲口，悄悄地蹓到瘸腿的一百號旁邊，用長着稀疏鬍鬚的嘴唇掀動它、戲弄它。一百號也不示弱，掉過屁股，用本來就沒有着地的瘸腿使勁地向後一彈。七號馬急速躲開，高昂起來，像一個頑皮的孩子玩丟手帕的遊戲一樣，在馬群中轉來轉去，濺起閃着銀光的水花。每在這個時候，他就要拿起長鞭，嚴厲地吆喝幾聲。於是，所有的馬都會豎起耳朵，並向七號馬投去責怪的眼光。七號馬也安靜下來，像一個受了呵斥的小學生似的，站在水深到膝的沼澤裡，掀起嘴唇，無聊地銼着長長的門牙。這時，他會感到他不是生活在一群牲口中間，而是像童話裡的王子，在他身邊的是一群通靈的神物。

在正午的陽光下，遠方，雲影在山腳下緩緩地移動；沼澤裡，一種叫「水牛」的水鳥也感到了炎熱，開始用嘴對着蘆根咕咕地鳴叫。這裡，不僅有風吹草低見牛羊的蒼茫，而且有青山綠水的纖麗。祖國，這樣一個抽象的概念，會濃縮在這個有限的空間，顯出他全部瑰麗的形體。他感到了滿足：生活，畢竟是美好的！大自然和勞動，給予了他許多在課堂裡得不到的東西。

有時，陣雨會向草場撲來。它先在山坡上垂下透明的、像黑紗織成的帷幕一樣的雨腳，把燦爛的陽光變成悅目的金黃色，灑在廣闊的草原上。然後，雨腳慢慢地隨風飄拂，向山坡下移動過來。不一會兒，豆大的雨點就斜射下來了。整個草原就騰起一陣白蒙蒙的煙霧。在這之前，他必須把馬群趕到林帶裡去。他騎在馬上，拿着長鞭，迎着雨頭風，敞開像翅膀一樣的衣襟，在馬群周圍奔馳，呵叱和指揮離群的馬兒。於是，他會感到自己軀體裡充滿着熱騰騰的力量，他不是渺小的和無用的；在和風、和雨、和集結起來的蚊蚋的搏鬥中，他逐漸恢復了對自己的信心。

各隊的放牧員只有在這種時候才能聚在一起。為他們避雨而設的窩棚，就像一葉扁舟似的停泊在白蒙蒙的雨霧中。窩棚裡涼爽潮濕，瀰漫着劣質煙草的青煙。他聽着放牧員們詼諧的對話和粗野的戲謔，驚奇他們對勞動、對生活並沒有他那麼多複雜的感情，他對自己的這種新體驗感到驚奇。原來他們本來就是樸實的，單純的；生活雖然艱苦，但始終是愉快而滿足的。他開始羨慕他們。

有一次，一個六十多歲的老放牧員問他：「人説你是右派，啥叫右派？」

他羞愧地低下頭，訥訥地説：「右派……右派就是犯了錯誤的人。」

「右派就是五七年那陣子説了點實話的人。」七隊的放牧員説，「那一年，整的是讀書人。」七隊的放牧員是個心直口快的漢子，平時愛開玩笑，人們都叫他「郭嗝子」。

「説實話叫啥『犯錯誤』，要都不説實話，天下就亂套了。」老放牧員抽着煙鍋，沉思地説，「話可説回來，還是勞動好，別當幹部。我快七十的人了，眼不花、耳不聾、腰不彎、吃炒豆子嘎嘣嘎嘣的……」

「所以你下輩子還得勞動！」「郭嗝子」笑着打斷他的話。

「下輩子勞動有啥不好？」老放牧員鄭重地説，「離了勞動，人都活不成，當官的當不成，唸書的也唸不成……」

這種簡短的、樸拙的、斷斷續續的話語，經常會像陣雨過後的彩虹一樣，在他心上激起一種美好的感情，使他渴望回到平凡的質樸中去，像他們一樣獲得那種愉快的滿足。

在長期的體力勞動中，在人和自然不斷地進行物質變換當中，他逐漸獲得了一種固定的生活習慣。習慣頑強地按照自己的模式來塑造他。久而久之，過去的一切就隱褪成了一場模糊的夢，又好似是從書上讀到的關於別人的故事。他的記憶，也被這種固定的生活習慣和以前截然不同的生活方式攔腰折斷了。那在大城市裡的生活變得虛幻起來，只有現在這一切才是實實在在的。最後，他就變成了適合於在這塊土地上生活，而且也只能在這塊土地上生活的人：他成了一名真正的放牧員！

到了「文化大革命」開始的那一年，人們也早已忘掉了他的過去，只是到了狂熱階段，才有人想起他還是個右派，需要把他拉出來示眾一番。可是，這時幾個隊的放牧員聚在窩棚裡經過一番商量，一口咬定坡下的草情不好，跟場部招呼了一聲，呼啦一下把牲口都趕到山坡上去。他當然得跟着去，因為沒有一個革命群眾願意放棄革命，來頂替他這個好幾個月不能回家的差使。放牧員們幫他把簡單的行李往馬背上一搭，騎上馬，晃悠晃悠地離開了鬧騰騰的是非之地。上了大路，放牧員們歡快地叫喊着：「去啵！咱們上山去，管他們媽嫁給誰！」他們此起彼伏地吹起尖厲的口哨，不斷地發出短促的吆喝聲，嘚嘚的馬蹄在大路上揚起團團黃色的塵霧。遠方，就是像翡翠一樣晶瑩閃光的山坡草場……這一天，他永遠當做一種極其特殊的溫情，是那樣深刻地留在他的記憶裡。

這裡有他的痛苦，也有他的歡樂，有他對人生各個方面的體驗，而他的歡樂離開了和痛苦的對比，則會變得黯然失色，毫無價值。

去年春天，他突然從山上的草場被叫回場部。他拿着草帽惴惴不安地走進掛着「政治處」牌子的辦公室。董副主任對他宣讀了一個文件，然後告訴他，過去把他錯劃成了右派，現在給他改正過來了，還要安排他到農場學校教書。董副主任的面孔莊重得毫無表情。一隻早來的蒼蠅在辦公室嗡嗡地飛來飛去，一會兒停在牆壁上，一會兒停在檔案櫃上。董副主任的眼睛隨它轉來轉去，手裡捏着本雜誌躍躍欲試。

「你去吧，到隔壁房裡找潘幹事拿調令，明天到學校報到。」蒼蠅終於落在辦公桌上，雜誌「啪」地一下，但蒼蠅卻狡猾地飛跑了，董副主任又失望地坐在椅子上。「以後可要好好幹了，再不能犯錯誤了。咹！」

他被這突然來臨的事震動了，以致就像受到電擊一般，精神處在半癡半呆的狀態之中。在認識上，他並不能完全理解這次改正在國家政治生活中的意義和對他本人生活的根本性改變；他過去甚至也沒有敢想像有這樣一天。但是在直覺上，他的幸福感在不斷地增長。一種純然的快樂情緒就像酒精在血管裡一樣，開始把半癡半呆轉化成興奮的暈眩。先是他的喉嚨發乾，然後全身輕微地顫抖，最後眼淚不能遏止地往外洶湧，並且從胸腔裡發出一陣低沉的、像山谷裡的回音一樣的哭聲。這副情景，使莊重得毫無表情的董副主任也感動了，竟向他伸出手來。他兩手捧着董副主任的手，這時，才開始對未來有了一個朦朧的希望。

從此以後，他又穿上了藍布製服，夾着備課本，拿着粉筆走進教室，重續了二十二年前那個美麗的夢。農場的職工都不富裕，孩子們大都穿得破破爛爛，教室裡混合着汗味、塵土味和乾燥的陽光味。孩子們在簡陋的課桌後面瞪大了天真的眼睛驚異地瞧着他，想不到一個放牲口的人成了他們的老師。可是不久，他就使孩子們信服了。他並沒有做出什麼特殊的貢獻；他甚至還沒有敢想像他就是在為社會主義服務，為「四化」服務，他認為那是英雄們的業績。他只是在自己的崗位上兢兢業業地盡到了他的責任。然而，就是這樣，他也受到了孩子們的尊敬。臨來北京的那個早晨，他看見孩子們一夥一夥地站在上學的小路上望着他乘坐的馬車。大概他們也聽說他找到了在外國的爸爸，要跟有錢的爸爸出國了吧。他們一個個都壓抑着惜別的衝動，帶着沮喪的神情，默默地目送他的馬車過了軍墾橋，過了白楊樹林，消失在荒地的那邊……

有時，放牧員們還會從十幾里外來看他。那位老放牧員現在已經八十出頭了，腿腳依然強健。他坐在坑上，捧起一本《現代漢語詞典》摩挲着：「還是有學問的人能，看這麼厚的書，這怕要看一輩子哩！」「這是字典，是查字的，」「郭㸆子」告訴他，「你真是，活糊塗了！」「是呀，活了一輩子，當了一輩子睜眼瞎，看電影連個名字都不認得，光看個人影兒動彈。」放牧員們感嘆着，在這嶄新的時代裡產生了對文化的需求。「幹啥都得有文化。上次我給牲口拿藥，差點把外用的餵了牲口。」「郭㸆子」說，「『老右』，你可是從咱們堆裡出來的。咱們這些人完了，咱們的孩子可託付你了……」「是呀，」老放牧員說，「你要是教得我那小孫孫能看這麼厚的書本本子，也不負咱們窮哥們在草場上滾出來的交情……」

這些毫無文采的語言，非常形象地說明了他工作的意義，使他對未來的希望更加明確起來。他在他們身上聞到馬汗味，聞到汁水飽滿的青草味，聞到濃烈的大自然的氣息；他們給他帶來那麼熟悉的、親切的感覺，和跟父親與密司宋在一起時所有的那種壓抑感迥然不同。

他在他們眼裡，在學生們眼裡，在和他一起工作的同志們眼裡看到了自己的價值。有什麼能比在別人眼裡看到自己的價值是寶貴的更幸福呢？

## 四

上午，他和密司宋跟父親逛王府井大街。他發覺他已經不適應城市生活了。這裡的地面鋪着水泥和瀝青，完全不像鄉村的土地，踏上去是那麼鬆軟濕潤；大街上川流不息地來往着互不相識的人，既熱鬧而又冷漠。而且，四處不停地響着的噪音，不一會兒就使他神經緊張得疲乏了。

在工藝品商店，父親開出了一張六百塊錢的支票，訂了一套工藝精細的景德鎮青花餐具。他卻在瓷器商店裡挑了一個兩塊多錢的泡菜罈子。罈子小巧玲瓏，轉圈用黃色和棕色的花紋組成古色古香的圖案，就和漢墓的出土文物一樣。這樣漂亮的家庭用具，是西北的小縣城裡沒有見過的。秀芝早就想有一個像樣的泡菜罈子，老是說她家鄉的泡菜罈如何如何好。現在家裡的一個，還是別人從陝西抱來的瓦製品，是秀芝花了好幾晚上給人納了五雙鞋底換來的，周圍早已滲出了鹽漬，白花花的，實在難看得很。

「您的太太一定很漂亮，」回到飯店，密司宋嫵媚地對他笑着說，「您這樣愛她，真叫人嫉妒哩！」她今天又換了衣服，紅黑相間的絲襯衫上罩了件淡紫色的開襟毛衣，下面配了一條灰色薄呢裙子。經秋天的陽光蒸烤，素馨花的香氣更濃烈了。

「婚姻總是一種條約和義務。」父親在一旁嘆了口氣，慢慢地攪動着杯裡的咖啡，也許是聯想到自己，仔細地斟酌着詞句說，「不管和妻子有沒有感情，都要把這個條約和義務恪守到底，不然就會使良心不安，引起痛苦的懊悔。這次我叫你出去，不單單是你一個人，你要把你妻子和孩子都帶上。」

「那麼，許先生，您談談您的羅曼史好嗎？」密司宋又說，「您的戀愛一定很動人。我不相信像您這樣英俊的男人沒有女人追求您。」

「我哪有什麼戀愛，」他像是抱歉地笑了笑，「我和我妻子結婚的時候還不認識，更談不上什麼羅曼史了。」

「啊！」密司宋頓時表示出一種誇張的驚奇，而父親也不解地聳了聳肩膀。

他想把他和秀芝結婚的經過詳細地告訴他們，但是這種反常的婚姻方式的背景卻是一場大災難，而這場大災難又是民族的恥辱。他怕告訴他們以後，反而會引起他們嘲笑那在他心中認為是神聖的東西。他躊躇地考慮着，默默地呷着咖啡。咖啡苦中有甜，而且甜和苦是不能分開的。二者混合在一起才形成了這種特殊的、令人興奮和引人入勝的香味。父親和密司宋能品出咖啡的妙處，但他們能理解生活的複雜性嗎？在那動亂的年代裡，婚姻也和生活的其他方面一樣，完全脫離了常軌，純粹靠盲目的偶然性來排列組合。他們只會從偶然性中看到荒謬的一面，不能體會到偶然性也會表現為一種奇特的命運，把完全意想不到的幸福突然賞賜給人。而且，越是在困苦的環境，這種突如其來的幸福就越是珍貴。他和秀芝奇特的結婚，後來在他們共同回憶時每次都會引起既悲涼又熱烈的感情，這怕是其他任何人難以理解的。

那是一九七二年春天的一個下午，他和往常一樣，給牲口飲了水，攔好馬圈，回到小屋。剛放下鞭子，「郭褊子」就闖進門來。

「喂，『老右』，你要老婆不要？」「郭褊子」興沖沖地說，「你要老婆，只要你開金口，晚上就給你送來。」

「那你就送來吧，」他笑着回答他。他以為「郭褊子」是在和他開玩笑。

「好！咱們君子一言。你準備準備。女方的證明已經有了，你這邊我剛跟你們書記說了。你們書記說只要你同意，他立刻開證明。好，我給你開了證明，回家路過場部就把證明交給政治處，轉回來就把人帶來，你今晚上就洞房花燭夜吧！」

天剛黑，他正坐在小板櫈上看《解放軍文藝》，就聽見外面一群孩子說：「『老右』的老婆來了！『老右』的老婆來了！」接着，門哐啷一聲，「郭𡃤子」又像下午那樣闖了進來。

「好了！我酒不喝你一口，水你總得賞一口吧？真夠嗆！一下午腳不沾地來回跑了三十里路。」他伸手從鉛桶裡舀了瓢井水，咕咚咕咚地喝光，然後用袖子一抹嘴，長長地「嗨」了一聲，才朝門外叫道：「喂！你怎麼不進來？進來，進來！這就是你的家。來認識認識，這就是我說的『老右』，大名叫許靈均。啥都好，就是窮點，可是越窮越光榮嘛！」

這時，他才看見門外的一群孩子面前真的站着個陌生的姑娘，穿着一件皺皺巴巴的灰上衣，拎着一個小白包袱，冷淡而又仔細地打量着這間佈滿灰塵和鍋煙的小土房，好像她真準備在這裡住下似的。

「這……這怎麼行！」他大吃了一驚，「你這個玩笑簡直開得太大了！」

「這怎麼不行？你別馬虎，」「郭𡃤子」從口袋裡掏出張紙，「啪」地一聲往炕沿上一拍，「證明都開來了。這可是法律，法律，你懂不懂？我可是跟政治處說你去放馬了，叫我代領的。你要是撒手不幹，就太不夠意思了。聽見嗎，『老右』？」

「這怎麼行？這怎麼行？……」他攤開雙手，連連反問「郭𡃤子」。姑娘可是進來了，坦然地坐在他剛剛坐的小板櫈上，好像他們兩人說的話與她無關一樣。

「怎麼行？你們兩口子的事來問我，我問誰去？」「郭𡃤子」又把「法律」放回炕上。「好了，好好過吧！明年有了胖小子，可別忘了請我喝喜酒。」他走到門口，又開兩手，像轟小雞一樣轟走孩子，「看啥？看啥？沒見過你們爹跟你們媽結婚？回去問問你們爹跟你們媽去！走、走、走！」

「郭𡃤子」就這樣一甩手走了。

在昏黃的燈光下，他悄悄地端詳姑娘。她並不漂亮，小小的翹鼻子周圍長着細細的雀斑，一頭黃色的、沒有光澤的頭髮，神情疲憊，面容憔悴。不知怎麼，他對她產生了深深的憐憫，於是倒了杯水放在木箱上說：「你喝吧，走了那麼遠路……」

她抬起頭，看到他誠摯的目光，默默地把一杯水喝完，體力好像恢復了一些，就跪上炕疊起了被子，然後拉過一條褲子，把膝蓋上磨爛的地方展在她的大腿上，解開自己拎來的小白包袱，拿出一小方藍布和針線，低着頭補綴了起來。她的動作有條不紊，而且有一股被壓抑的生氣。這股生氣好像不能在她自身表現出來，而只能在經過她手整理的東西上表現出來。外表委頓的她，把這間土房略加收拾，一切的一切都馬上光鮮起來。她靈巧的手指觸摸在被子、褥子、衣服等等上面，就像按在音階不同的琴鍵上面一樣，土房裡會響起一連串非常和諧的音符。

突然，他想起了那匹棕色馬，心裡頓時感到一陣酸楚的甜蜜。他覺得他不僅早就認識了她，而且等待了多年。一種從來沒有出現過的心蕩神怡的感覺襲倒了他，使他不能自制地跌坐在姑娘旁邊。他兩手捂着臉，既不敢相信他真的得到了幸福，擔心這件僥幸的事會給他帶來新的不幸，又極力想在手掌的黑暗中細細地享受這種新奇的感情。這時，姑娘停住了手中的針線。她的直覺告訴她：這是一個能依託終生的人。她對他竟沒有一點陌生的感覺，非常自然地把手輕輕地搭在他傴僂着的脊背上。於是，兩個人就坐在鋪着破蔴袋的炕沿上，一直唏噓地說到天明。

秀芝原來是四川人。那幾年，天府之國搞得連紅苕都吃不上，飢餓的農民不得不大量外流。姑娘們還比較好辦，在外地隨便找個對象就嫁了出去。一個村裡只要有一個姑娘在外地成了家，就一個一個提攜家鄉的姐姐妹妹。這樣，成串成串的姑娘就拎着她們可憐的小包袱離開巴山蜀水，闖出陽平關，越過秦嶺，穿過數不清的長長短短的隧道，往陝西、往甘肅、往青海、往寧夏、往新疆去奔她們的前程。家裡能緊得出錢的就買張車票，沒有錢的就一站一站偷乘火車。她們的小包袱裡只包着幾件補綴過的衣服、一面小圓鏡子和一把木梳，就靠這些裝備，她們把自己美麗的青春當做賭注，押在這個人生的賭場上，也許會贏來幸福，也許會輸個精光……

在靈均這個地區的農場，早就風行這種八分錢的婚姻。沒有結婚的小伙子和老光棍們，付不起娶當地姑娘的彩禮，就去求四川來的婦女。這些四川婦女都像是隨身帶着一沓子人事卡片，她們隨便想出一個，只要一封信回去，就召之即來，來之能婚。秀芝就是被召來的一個。她來找的是七隊一個開拖拉機的小伙子。但等她揣着大隊的證明，風塵僕僕地一站一站挪到這個農場，小伙子卻在三天前翻了車，不幸身亡了。她連火葬場都沒有去，也不必去，誰也不欠誰的情。她也不好意思到那一個同鄉家裡去，她知道那個同鄉也很困難，丈夫是個殘廢，結婚第二年就生了個孩子。她只得呆呆地坐在七隊的馬圈前面，像日晷似的看着自己慢慢移動的影子。

「郭蝙子」中午提着水壺回馬圈灌開水，知道了她的情況，就把一群馬扔在草場上，挨家挨戶地為她尋找出路。七隊現在只有三個單身漢了，他們一個一個到馬圈前面觀看了一番，可是這個身體乾瘦的矮個子姑娘引不起他們的興趣。最後，「郭蝙子」想起了已經有三十四五歲的靈均。

他就是這樣結的婚。這就是他的羅曼史！

「『老右』結婚了！」這在生產隊竟成了大事。這些疲於「抓革命」的人也樂於從派性糾纏中暫時解脱出來，全都對這個從來也不屬於哪一派的、對誰也沒有損害的、一直老老實實「促生產」的「右派分子」表示了同情。人畢竟是有人性的，他們在給靈均的溫暖中自己也悄悄地感到了溫暖，覺得自己還沒有在「損失最小最小」的革命中損失掉全部的人性。他們有的給他一口鍋，有的給他幾斤糧，有的給他幾尺布票……而且又由一個年輕的獸醫發起每家送五毛錢，給他湊出一筆安家的基金；甚至支部會議上也出現了自「文化大革命」以來從未出現過的統一：一致通過了一項決議——按制度給了他三天婚假。人，畢竟是美好的，即使在那黑暗的日月裡！

他們倆就靠人們施捨的這點同情開始建立自己的家庭。

秀芝原來是個樂觀的、勤快的女人。她只在家鄉坎上的小學讀過兩年書，不能對生活抒發出詩意的感受。她來的第二天晚上，放映隊在曬場上放映了《列寧在一九一八》。從此，華西里的一句台詞就成了她的口頭禪。「麵包會有的，牛奶也會有的。」她老是笑嘻嘻地這樣説。她生得細眉小眼，一笑起來，眼睛會眯成一條像月牙兒似的彎彎的細縫，再配上她那兩個小小的酒窩，倒也有一種特別的動人之處。

靈均放馬，白天不在家。她一個人在中午頂着烈日又和泥又掌模子，脫了一千多塊土坯。然後，把曬乾的土坯一車車拉回來，在他們門前圍起三面圍牆，在九百六十萬平方公里土地上，她突然劃出了十八平方米土地歸自己使用。她說：「在我們老家，家家門口都有樹，哪有出門就見天的吵！」於是，她又在野地裡刨了兩棵碗口粗的白楊樹，以驚人的力氣拖了回來，栽在院子的兩邊。院子圍好，她就養開了家禽。她養雞、養鴨、養鵝、養兔子，後來又餵了幾對鴿子，在人們中間博得了個「海陸空軍總司令」的外號。國營農場不許工人自己養豬，這是她最大的遺憾，她常躺在枕頭上對靈均說，她夢見她養的豬已經長得多大多大了。

他們所在的這個偏僻的農場，是像一潭死水似的地方，領導對正確的東西執行不力，對錯誤的東西貫徹得也不積極，儘管有「割資本主義尾巴」的壓力，但秀芝也能像一株頑強的小草一般，在石板縫中伸出自己的綠莖。她養的小動物們，就和在魔術師的箱子裡一樣，繁殖得飛快。「麵包會有的，牛奶也會有的。」果然，一年以後他們的生活就大變了樣。他們的工資雖然還是那樣微薄，但是已經能過上豐衣足食的生活了。秀芝真有逆轉社會發展規律的本領，在別人高喊向共產主義過渡的時候，她在他們家裡完成了自然經濟對商品經濟的復辟。一切都是從秀芝手裡生產出來的。她收工回來，雞、鴨、鵝、鴿子也都跟着她回來。清清揹在她背上，雞鴨鵝圍在她腳下，鴿子立在她肩頭；柴禾在爐膛裡燃着，水在鐵鍋裡燒着，她雖然沒有學過「運籌學」，可是就像千手觀音一樣，不慌不忙，先後有序，面面俱到。

這個吃紅苕長大的女人，不僅給他帶來了從來沒有享受過的家庭溫暖，並且使他生命的根鬚更深入地扎進這塊土地裡，而根鬚所汲取的營養就是他們自己的勞動。她和他的結合，更加強化了他對這塊土地的感情，使他更明晰地感覺到以勞動為主體的生活方式的單純、純潔和正當。他得到了他多年前所追求的那種愉快的滿足。

董副主任宣佈他的問題得到改正的那天，當他開好證明，又從財務科領出按政策規定給他補助的五百塊錢回到家，把經過原原本本告訴秀芝時，秀芝臉上也放出了奇異的光彩。她在圍裙上擦乾淨手，一張張地點着嶄新的鈔票。

「喂，秀芝，從今以後我們就和別人一樣了！」他在屋裡洗臉，朝小伙房裡的秀芝高興地叫道，「喂，秀芝，你怎麼不說話？你在幹什麼？」

「啷個搞起的喲！」秀芝笑着說，「我數都數不清囉！數了好幾遍。這麼多錢！」

「哎呀！你這個人真是……錢算得了什麼？值得高興的是，我在政治上獲得了新生……」

「啥子政治新生、政治新生！在我眼睛裡你還是個你吵過去說是右派，隔了大半輩子又說把你搞錯了；說是把你搞錯了，又叫你二天莫再犯錯誤，曉得搞的啥子名堂喲！到底是哪個莫再犯錯誤吵？我們過去啷個子過，二天還啷個子過。有了錢才能安逸。你莫吵我，讓我再好好數數。」

是的，比他小十五歲的秀芝從來沒有把他看得和別人有什麼不同，她永遠保持着莊稼人樸實的理智。什麼右派不右派，這個概念根本沒有進入她小小的腦袋。她只知道他是個好人，老實人，這就夠了。她在幹活的時候常跟別的婦女說：「我們清清她爹可是個老實巴交的下苦人，三腳踢不出個屁來，狼趕到屁股後頭都不着急。要是欺負這樣的人，真是作孽，二輩子都要背時！」

是的，秀芝愛錢，平時恨不能把一分錢鎳幣掰成兩半花。區區五百塊錢，也就使她大大地滿足了，使她的手指顫抖了，使她眼裡閃出喜悅的淚光。可是，當她知道他父親是個有錢的「外國資本家」時，卻沒有提一個錢字，只是叫他多帶些五香茶葉蛋去給父親吃。她常常對只有七歲的清清教育道：「錢只有自己掙來的花得才有意思，花得才心裡安逸。我買鹽的時候，我知道這是我賣雞蛋得來的錢；我買辣子的時候，我知道這是我割稻子得來的錢；我給你買本本的時候，我知道這是我加班打場得來的錢……」她沒有什麼抽象的理論，沒有什麼高深的哲理，然而這些樸素的、明白的、心安理得的話語，已經使他們家庭這個最小的成員也認識到：勞動是高貴的；只有勞動的報酬才能使人得到愉快的享受；由剝削或依賴得來的錢財是一種恥辱！

秀芝不會唱歌。清清滿月時，他們一家三口乘進縣城的卡車到全縣唯一的一家照相館去照了一張「全家福」。縣城的街上有賣冰棍的，拖長了嗓子喊着：「冰——棍！冰——棍！」以後，「冰——棍」就成了秀芝的催眠曲。她一面拍着清清，一面學西北人的口音輕輕地唱着：「冰——棍！冰——棍……」那單調的、悠遠的、而又如夢幻般甜蜜的歌聲，不僅把清清引入夢鄉，也使在一旁看書的他感到一種樸拙得近於原始的幸福，進入一種純粹的美的境界。

王府井大街上也有賣冰棍的，但是他們不喊，坐在舖子裡板着面孔，這多沒有意思！他思念那如夢幻般甜蜜的催眠曲，思念那抱着「麵包會有的，牛奶也會有的」樂觀精神的笑靨。

不，他不能呆在這裡。他要回去！那裡有他在患難時幫助過他的人們，而現在他們正在盼望着他的幫助；那裡有他汗水浸過的土地，現在他的汗水正在收割過的田野上晶瑩閃光；那裡有他相濡以沫的妻子和女兒；那裡有他的一切；那裡有他生命的根！

## 五

他終於回來了，終於又回到這熟悉的小小的縣城。汽車站前面橫着全縣唯一的柏油馬路，那上面仍然蒙着一層薄薄的黃塵，風一吹，就在商店、銀行和郵局門口打旋。馬路對面的那架彈花機仍然響着單調的嘣嘣聲，好像自他走後就沒有停過似的。汽車站門前仍然擁擠着賣醪糟的、賣油餅的、賣瓜子的農民；兩邊，仍然是東倒西歪的土房，有的門上還能看到古老的雕花門楣。那座新蓋的戲院仍然困在横七豎八的腳手架當中，一群工人還在它四周忙碌着。

但是，他一下車，就有一種像是從降落傘落到地面的感覺，他的腳又踏着實地了。他愛這裡的一切，連同她的瑕疵，就像他愛自己的生活，包括過去的痛苦一樣。

黃昏，他搭乘的馬車路過原來住的生產隊。殘陽正從西山上斜射過來，村莊和村莊裡的人們都罩在一片模糊的玫瑰色之中。只有秀芝栽的兩棵白楊樹高聳在一片土房子的屋頂上面，靜靜地，一點也不搖曳，彷彿正對他全神貫注地凝望着一樣。

牲口回來了，橫穿過土路，它們好像認出了他，呆呆地立在路兩旁，睜大眼睛望着他。馬車遠去了，它們才掉過頭，懶洋洋地向自己的圈棚踱去。

他的心裡泛起了一股溫暖的柔情。他想起臨回來之前父親和他的談話。那天晚上，父子兩人面對面地坐在沙發上。父親穿着絲質睡衣，傴僂着背，神情懊喪地抽着煙斗。

「這麼快就走嗎？」父親問他。

「是的，學校準備期中考試了。」

父親沉默了一會，又說：「這次我回來，看到了你，很高興。」父親雖然努力保持平靜，但下唇卻輕微地抖動着。「我發現你非常非常成熟了。這也許是你有堅定信念的緣故吧。這樣也好！人所追求的不過是信念。老實說，過去我也追求過，可是，宗教並不能給人什麼……」說到這裡，父親表示厭倦地揮了揮手，又繼續說下去，然而卻跳到另外一個題目上。「去年在巴黎，我看到一本英文版的《莫泊桑選集》，裡面有一篇一個國會議員和他早年生的兒子重逢的故事。那個兒子後來成了一個白癡。我看了，一晚上沒睡着覺。以後，我經常好像看到你一副凄慘的樣子站在我的面前，現在看到你這個樣子，我也放心了。你的確出乎我意外，你變得像一個，變得像一個……」變得像一個什麼，父親始終沒有想出一個恰當的概念，但是他從父親眼睛裡看到了欣慰的眼神。他覺得他們父子都對這次重逢和分別感到滿意，他們各自得到了各自需要的東西。父親在良心上得到了安慰；他在一個關鍵的時刻回顧了自己的半生，從而領悟到一點人生的意義。

太陽完全隱沒在西山後面了。她射出的幾束橘黃色的強光指向山頂的晚霞，又從晚霞上折射下來，散在山坡的草場上，山下的田野上和村莊上，最後變成了一片柔和的暮色。離學校越來越近了，遠遠地已經能看到那一片操場，就像一泓明淨的湖水處在泛黃的芨芨草灘中間。在晚風的吹拂下，他胸中的柔情也逐漸蕩漾開去，終於形成了一股暖流在他全身迴旋。他感到，父親說他有堅定的信念，並沒有真正理解他現在的精神狀態。任何理性上的認識，如果沒有感性作為基礎，就全部是空洞的。在某些方面，在某些時候，感情要比理念更重要。而他這二十多年來在人生的體驗中獲得的最寶貴的東西，正是勞動者的情感。想到這裡，他眼睛濡濕了。他是被自己感動了：他沒有白白走過那麼艱苦的道路。

他終於看到了學校。他家門口正站着幾個人向大路上這輛馬車眺望。秀芝圍的白布圍裙，在柔和而蒼茫的暮色中就像一點皎潔的星光。很快地，那裡人越聚越多，最後，他們看出了是他，全都向大路上奔跑。最前面的是一個穿紅衣裳的小女孩，她就像迸射出的一團火，飛也似地向他撲來。她越跑越近，越跑越近，越跑越近……

1980 年 7 月

（原載《朔方》1980 年第 9 期）

**劉以鬯**

劉以鬯（1918— ），浙江鎮海人，現居香港。作家。著有小說集《天堂與地獄》、《寺內》、《一九九七》、《春雨》，長篇小說《酒徒》、《陶瓷》等。另有《劉以鬯選集》、《劉以鬯中篇小說選》出版。

# 吵架

牆上有三枚釘。兩枚釘上沒有掛東西，一枚釘上掛着一個泥製的臉譜。那是閉着眼睛而臉孔搽得通紅的關羽，一派凜然不可侵犯的神氣，令人想起「過五關」「斬六將」的戲劇。另外兩個臉譜則掉在地上，破碎的泥塊，有紅有黑，無法辨認是誰的臉譜了。

天花板上的吊燈，車輪形，輪上裝着五盞小燈，兩盞已破。

茶几上有一隻破碎的玻璃杯。玻璃片與茶葉羼雜在一起。那是上好的龍井。

坐地燈倒在沙發上。燈的式樣很古老。用紅木雕成一條長龍。龍口繫着四條紅線，吊着六角形的燈罩。燈罩用紗綾紮成，紗綾上畫着八仙過海。在插燈的橫檔上，垂着一條紅色的流蘇。這座地燈雖已傾倒，依舊完整，燈罩內的燈泡沒有破。

杯櫃上面的那隻花瓶已破碎。這是古瓷，不易多得的窯變，花瓶裡的幾支劍蘭，橫七豎八散在杯櫃上。杯櫃是北歐出品，八尺長，三尺高，兩邊有抽屜，中間是兩扇玻璃門。這兩扇玻璃門亦已破碎。玻璃屑子散了一地。斜陽從窗外射入，照在地板上，使這些玻璃屑子閃閃如夏夜的螢火蟲。玻璃屑子鄰近有一隻竹籃。這竹籃竟是孔雀形的，馬來西亞的特產。竹籃旁邊是一本八月十八日出版的《時代雜誌》，封面上是插在月球上的美國旗與旗子周圍的許多腳印。這些腳印是太空人杭思朗的。月球塵土，像沙。也許這些塵土根本就是沙。月球沙與地球沙有着顯著的不同。不過，腳印卻沒有什麼分別。就在這本《時代雜誌》旁邊，散着一份被撕碎的日報。深水埗發生兇殺案。精工錶特約播映足球賽。小型巴士新例明起實施。利舞台公映《女性的秘密》。聘請女傭。梗房出租。「名人」棋賽第二局，高川壓倒林海峰。觀塘車禍。最後一次政府獎券兩周後在大會堂音樂廳攪珠。……撕碎的報紙堆中有一件襯衫，一件剪得稀爛襯衫的襯衫。這件稀爛襯衫的衣領有唇膏印。

餐桌上有一個沒有玻璃的照相架。照相架裡的照片已被取出。那是一張十二吋的雙人照，撕成兩邊，一邊是露齒而笑的男人；一邊是露齒而笑的女人。

靠近餐桌的那堵牆上，裝着兩盞紅木壁燈。與那盞坐地燈的式樣十分相似；燈罩也是用紗綾紮成的，不過，圖案不同：一盞壁燈的紗綾上畫着「嫦娥奔月」；一盞壁燈的紗綾上畫着「貴妃出浴」。畫着「嫦娥奔月」的壁燈已損壞，顯然是被熱水壺摔壞的。熱水壺破碎了，橫在餐桌上，瓶口的軟木塞在牆腳，壺內的水在破碎時大部已流出。壁燈周圍的牆上，有水漬。牆是髹着棗紅色的，與沙發套的顏色完全一樣。有了一攤水漬後，很難看。

除了牆壁上的水漬，鋪在餐桌的抽紗台布也濕了。這塊抽紗台布依舊四平八穩鋪在那裡，與這個房間的那份淩亂那份不安的氣氛，很不調和。

嘚啷啷啷……

電話鈴響了。沒有人接聽。這電話機沒有生命。電話機縱然傳過千言萬語，依舊沒有生命。在這個飯客廳裡，它還能發出聲響。它原是放在門邊小几上的。那小几翻倒後，電話機也跌在地板上。電線沒有斷。聽筒則擱在機上。

電視機放在牆角，沒有跌倒。破碎的熒光幕，使它失去原有的神奇。電視機上有一對日本小擺設。這小擺設是泥塑的，缺乏韌力，比玻璃還脆，着地就破碎不堪。電視機的腳架邊，有一隻日本的玩具鐘。鐘面是一隻貓臉，鐘擺滴答滴答搖動時，那一對圓圓的眼睛也會隨着聲音左右擺動。此刻鐘擺已停止搖動，一對貓眼直直地「凝視」着那一列鋼窗。這時候，從窗外射入來的陽光更加乏力。

嘚唧唧唧……

電話鈴又響。這是象徵生命的聲音，闖入凝固似的寧靜。一若太空人闖入闃寂的月球。

牆上掛着一幅油畫，這是一幅根據照片描出來的油畫。沒有藝術性。像廣告畫一樣，是媚俗的東西。畫上的一男一女：男的頭髮梳得光溜溜，穿着新郎禮服；女子化了個濃妝，穿着新娘禮服，打扮得千嬌百媚。與那張被撕成兩邊的照片一樣，男的露齒而笑；女的也露齒而笑。這油畫已被刀子割破。

刀子在地板上。

刀子的周圍是一大堆麻將牌與一大堆籌碼。麻將牌的顏色雖鮮艷，卻是通常習見的那一種，膠質，六七十元一副。麻將牌是應該放在麻將台上的，放在地板上，使原極凌亂的場面更加凌亂。這些麻將牌，不論「中」「發」「白」或「東」「南」「西」「北」都曾教人狂喜過；也怨懟過。當它們放在麻將台上時，它們控制人們的情感；使人們變成它們的奴隸。但是現在，它們已失去應有的驕矜與傲岸，亂七八糟地散在地板上，像一堆垃圾。

飯客廳的傢具、裝飾與擺設是中西合璧而古今共存的。北歐製的沙發旁邊，放一隻純東方色彩的紅木坐地燈。捷克出品的水晶煙碟之外，卻放着一隻古瓷的窯變。不和諧的配合，也許正是香港家庭的特徵。有些香港家庭在客廳的牆上掛着釘在十字架上的耶穌像之外，竟會在同一層樓中放一個觀音菩薩的神龕。在這個飯廳裡，這種矛盾雖不存在；強烈的對比還是有的。就在那一堆麻將牌旁邊，是一軸被撕碎了的山水畫。這幅山水，無款，有印，不落陳套，但紙色新鮮，不像真迹。與這幅山水相對的那堵牆上，掛着一幅米羅的複製品。這種複製品，花二三十塊錢就可以買到。如果這畫被刀子割掉了，決不會引起惋惜。它卻沒有被割破。兩幅畫，像古墳前的石頭人似的相對着，也許是屋主人故意的安排。屋主人企圖利用這種矛盾來製造一種特殊的氣氛；顯示香港人在東西文化的衝激中形成的情趣。

除了畫，還有一隻熱帶魚缸與一隻白瓷水盂。白瓷水盂栽着一株小盆松，原是放在杯櫃上的，作為一種裝飾，此刻則跌落在柚木地板上。盂已破，分成兩邊。小盆松則緊貼着牆腳線，距離破碎了的水盂，約五六尺。那隻熱帶魚缸的架子是鋁質的，充滿現代氣息，與那隻白瓷水盂放在同一個客廳裡，極不調和，情形有點像穿元寶領的婦人與穿迷你裙的少女在同一個場合出現。

熱帶魚缸原是放在另一隻紅木茶几上的。那茶几已跌倒，熱帶魚缸像一個受傷的士兵，傾斜地靠着沙發前邊的擱腳櫈。缸架是鋁質的，亮晶晶，雖然從茶几掉落在地上，也沒有受到損壞。問題是：魚缸已破，湯湯水水，流了一地。在那一塊濕漉漉的地板上，七八條形狀不同的熱帶魚，有大有小，躺在那裡，一動也不動。在死前，它們必然經過一番掙扎。

這飯客廳的凌亂，使原有的高華與雅致全部消失，加上這幾條失水魚，氣氛益發淒楚，所有的東西，都沒有生命。那七八條熱帶魚，有過生命而又失去，縱縱橫橫地躺在那裡。

電話鈴聲第三次大作。這聲音出現在這寂靜的地方，具有濃厚的恐怖意味，有如一個跌落水中而不會游泳的女人，正在大聲呼救。

與上次一樣，這嘹亮的電話鈴聲，像大聲呼救的女人得不到援救，沉入水中，復歸寧靜。

突然響起的電話鈴聲固然可怕；寧靜則更加恐怖。寧靜是沉重的，使這個敞開着窗子的房間有了窒塞的感覺。黯然的空虛，一切都已失卻重心，連夢也不敢闖入這雜亂而陰沉的現實。

那隻長沙發放着三隻沙發墊。沙發墊的套子也是棗紅色的，沒有圖案。除了這三隻沙發墊之外，沙發上亂七八糟堆着一些蘋果、葡萄、香蕉、水晶梨……有些葡萄顯然是撞牆而爛的。就在沙發後邊的牆壁上，葡萄汁的斑痕，紫色的，一條一條地往下淌，像血。

水果盤與煙碟一樣，也是水晶的，捷克出品。因撞牆而碎，玻璃塊與玻璃屑濺向四處。長沙發上玻璃塊最多，與那些水果羼雜在一起。

長沙發前有一隻長方形的茶几。

茶几上有一張字條，用朗臣打火機壓着。字條上潦潦草草寫着這樣幾句：

「我決定走了。你既已另外有了女人，就不必再找我了。阿媽的電話號碼你是知道的，如果你要我到律師樓去簽離婚書的話，隨時打電話給我。電飯煲裡有飯菜，只要開了掣，熱一熱，就可以吃的。」

1969 年 9 月 3 日寫

1980 年 8 月 23 日改

（選自《名作欣賞》1988 年第 1 期）

**汪曾祺**

汪曾祺（1920—1997），江蘇高郵人。作家。著有短篇小說集《邂逅集》、《羊舍的夜晚》、《晚飯花集》，散文集《蒲橋集》，文論集《晚翠文談》等。另有《汪曾祺全集》出版。

# 受戒

明海出家已經四年了。

他是十三歲來的。

這個地方的地名有點怪，叫庵趙莊。趙，是因為莊上大都姓趙。叫做莊，可是人家住得很分散，這裡兩三家，那裡兩三家。一出門，遠遠可以看到，走起來得走一會，因為沒有大路，都是彎彎曲曲的田埂。庵，是因為有一個庵。庵叫菩提庵，可是大家叫訛了，叫成荸薺庵。連庵裡的和尚也這樣叫。「寶剎何處？」——「荸薺庵。」庵本來是住尼姑的。「和尚廟」、「尼姑庵」嘛。可是荸薺庵住的是和尚。也許因為荸薺庵不大，大者為廟，小者為庵。

明海在家叫小明子。他是從小就確定要出家的。他的家鄉不叫「出家」，叫「當和尚」。他的家鄉出和尚。就像有的地方出劁豬的，有的地方出織席子的，有的地方出箍桶的，有的地方出彈棉花的，有的地方出畫匠，有的地方出婊子，他的家鄉出和尚。人家弟兄多，就派一個出去當和尚。當和尚也要通過關係，也有幫。這地方的和尚有的走得很遠。有到杭州靈隱寺的、上海靜安寺的、鎮江金山寺的、揚州天寧寺的。一般的就在本縣的寺廟。明海家田少，老大、老二、老三，就足夠種的了。他是老四。他七歲那年，他當和尚的舅舅回家，他爹、他娘和舅舅商議，決定叫他當和尚。他當時在旁邊，覺得這實在是在情在理，沒有理由反對。當和尚有很多好處。一是可以吃現成飯。哪個廟裡都是管飯的。二是可以攢錢。只要學會了放瑜伽焰口，拜梁皇懺，可以按例分到辛苦錢。積攢起來，將來還俗娶親也可以；不想還俗，買幾畝田也可以。當和尚也不容易，一要面如朗月，二要聲如鐘磬，三要聰明記性好。他舅舅給他相了相面，叫他前走幾步，後走幾步，又叫他喊了一聲趕牛打場的號子：「格當嘚——」，說是「明子準能當個好和尚，我包了！」要當和尚，得下點本——唸幾年書。哪有不認字的和尚呢！於是明子就開蒙入學，讀了《三字經》、《百家姓》、《四言雜字》、《幼學瓊林》、「上論、下論」、「上孟、下孟」，每天還寫一張仿。村裡都誇他字寫得好，很黑。

舅舅按照約定的日期又回了家，帶了一件他自己穿的和尚領的短衫，叫明子娘改小一點，給明子穿上。明子穿了這件和尚短衫，下身還是在家穿的紫花褲子，赤腳穿了一雙新布鞋，跟他爹、他娘磕了一個頭，就隨舅舅走了。

他上學時起了個學名，叫明海。舅舅說，不用改了。於是「明海」就從學名變成了法名。

過了一個湖。好大一個湖！穿過一個縣城。縣城真熱鬧：官鹽店，稅務局，肉舖裡掛着成邊的豬，一個驢子在磨芝麻，滿街都是小磨香油的香味，布店，賣茉莉粉、梳頭油的什麼齋，賣絨花的，賣絲線的，打把式賣膏藥的，吹糖人的，耍蛇的……他什麼都想看看。舅舅一個勁地推他：「快走！快走！」

到了一條河邊，有一隻船在等着他們。船上有一個五十來歲的瘦長瘦長的大伯，船頭蹲着一個跟明子差不多大的女孩子，在剝一個蓮蓬吃。明子和舅舅坐到艙裡，船就開了。

明子聽見有人跟他說話，是那個女孩子。

「是你要到荸薺庵當和尚嗎？」

明子點點頭。

「當和尚要燒戒疤嘔！你不怕？」

明子不知道怎麼回答，就含含糊糊地搖了搖頭。

「你叫什麼？」
「明海。」
「在家的時候？」
「叫明子。」
「明子！我叫小英子！我們是鄰居。我家挨着荸薺庵。——給你！」
小英子把吃剩下的半個蓮蓬扔給明海，小明子就剝開蓮蓬殼，一顆一顆吃起來。
大伯一槳一槳地划着，只聽見船槳撥水的聲音：
「嘩——許！嘩——許！」
…………
荸薺庵的地勢很好，在一片高地上。這一帶就數這片地高，當初建庵的人很會選地方，門前是一條河。門外是一片很大的打穀場。三面都是高大的柳樹。山門裡是一個穿堂。迎門供着彌勒佛。不知是哪一位名士撰寫了一副對聯：

大肚能容容天下難容之事
開顏一笑笑世間可笑之人

彌勒佛背後，是韋馱。過穿堂，是一個不小的天井，種着兩棵白果樹。天井兩邊各有三間廂房。走過天井，便是大殿，供着三世佛。佛像連龕才四尺來高。大殿東邊是方丈，西邊是庫房。大殿東側，有一個小小的六角門，白門綠字，刻着一副對聯：

一花一世界
三藐三菩提

進門有一個狹長的天井，幾塊假山石，幾盆花，有三間小房。

小和尚的日子清閒得很。一早起來，開山門，掃地。庵裡的地鋪的都是籮底方磚，好掃得很，給彌勒佛、韋馱燒一炷香，正殿的三世佛面前也燒一炷香、磕三個頭，唸三聲「南無阿彌陀佛」，敲三聲磬。這庵裡的和尚不興做什麼早課，晚課，明子這三聲磬就全都代替了。然後，挑水，餵豬。然後，等當家和尚，即明子的舅舅起來，教他唸經。

教唸經也跟教書一樣，師父面前一本經，徒弟面前一本經，師父唱一句，徒弟跟着唱一句。是唱哎。舅舅一邊唱，一邊還用手在桌上拍板。一板一眼，拍得很響，就跟教唱戲一樣。是跟教唱戲一樣，完全一樣哎。連用的名詞都一樣。舅舅說，唸經：一要板眼準，二要合工尺。說：當一個好和尚，得有條好嗓子。說：民國十年鬧大水，運河倒了堤，最後在清水潭合龍，因為大水淹死的人很多，放了一台大焰口，十三大師——十三個正座和尚，各大廟的方丈都來了，下面的和尚上百。誰當這個首座？推來推去，還是石橋——善因寺的方丈！他往上一坐，就跟地藏王菩薩一樣，這就不用說了；那一聲「開香贊」，圍看的上千人立時鴉雀無聲。說：嗓子要練，夏練三伏，冬練三九，要練丹田氣！說：要吃得苦中苦，方為人上人！說：和尚裡也有狀元、榜眼、探花！要用心，不要貪玩！舅舅這一番大法說得明海和尚實在是五體投地，於是就一板一眼地跟着舅舅唱起來：

「爐香乍爇——」

「爐香乍爇——」

「法界蒙熏——」

「法界蒙熏——」

「諸佛現金身……」

「諸佛現金身……」

……

等明海學完了早經，——他晚上臨睡前還要學一段，叫做晚經，——荸薺庵的師父們就都陸續起床了。

這庵裡人口簡單，一共六個人。連明海在內，五個和尚。

有一個老和尚，六十幾了，是舅舅的師叔，法名普照，但是知道的人很少，因為很少人叫他法名，都稱之為老和尚或老師父，明海叫他師爺爺。這是個很枯寂的人，一天關在房裡，就是那「一花一世界」裡。也看不見他唸佛，只是那麼一聲不響地坐着。他是吃齋的，過年時除外。

下面就是師兄弟三個，仁字排行：仁山、仁海、仁渡。庵裡庵外，有的稱他們為大師父、二師父；有的稱之為山師父、海師父。只有仁渡，沒有叫他「渡師父」的，因為聽起來不像話，大都直呼之為仁渡。他也只配如此，因為他還年輕，才二十多歲。

仁山，即明子的舅舅，是當家的。不叫「方丈」，也不叫「住持」，卻叫「當家的」，是很有道理的，因為他確確實實幹的是當家的職務。他屋裡擺的是一張賬桌，桌子上放的是賬簿和算盤。賬簿共有三本。一本是經賬，一本是租賬，一本是債賬。和尚要作法事，作法事要收錢，——要不，當和尚幹什麼？常做的法事是放焰口。正規的焰口是十個人。一個正座，一個敲鼓的，兩邊一邊四個。人少了，八個，一邊三個，也湊合了。荸薺庵只有四個和尚，要放整焰口就得和別的廟裡合夥。這樣的時候也有過。通常只是放半台焰口。一個正座、一個敲鼓，另外一邊一個。一來找別的廟裡合夥費事；二來這一帶放得起整焰口的人家也不多。有的時候，誰家死了人，就只請兩個，甚至一個和尚咕嚕咕嚕唸一通經，敲打幾聲法器就算完事。很多人家的經錢不是當時就給，往往要等秋後才還。這就得記賬。另外，和尚放焰口的辛苦錢不是一樣的。就像唱戲一樣，有份子。正座第一份。因為他要領唱，而且還要獨唱。當中有一大段「嘆骷髏」，別的和尚都放下法器休息，只有首座一個人有板有眼地慢聲吟唱。第二份是敲鼓的。你以為這容易呀？哼，單是一開頭的「發擂」，手上沒功夫就敲不出遲疾頓挫！其餘的，就一樣了。這也得記上：某月某日、誰家焰口半台，誰正座，誰敲鼓……省得到年底工結賬時賭咒罵娘。……這庵裡有幾十畝廟產，租給人種，到時候要收租。庵裡還放債。租、債一向倒很少虧欠，因為租佃借錢的人怕菩薩不高興。這三本賬就夠仁山忙的了。另外香燭燈火、油鹽「福食」這也得隨時記記賬呀。除了賬簿之外，山師父的方丈的牆上還掛着一塊水牌，上漆四個紅字：「勤筆免思」。

仁山所說當一個好和尚的三個條件，他自己其實一條也不具備。他的相貌只要用兩個字就說清楚了：黃，胖。聲音也不像鐘磬，倒像母豬。聰明麼？難說，打牌老輸。他在庵裡從不穿袈裟，連海青直裰也免了。經常是披着件短僧衣，袒露着一個黃色的肚子。下面是光腳趿拉着一雙僧鞋——新鞋他也是趿拉着。他一天就是這樣不衫不履地這裡走走，那裡走走，發出母豬一樣的聲音：「哞——哞——」。

二師父仁海。他是有老婆的。他老婆每年夏秋之間來住幾個月，因為庵裡涼快。庵裡有六個人，其中之一，就是這位和尚的家眷。仁山、仁渡叫她嫂子，明海叫她師娘。這兩口子都很愛乾淨，整天的洗涮。傍晚的時候，坐在天井裡乘涼。白天，悶在屋裡不出來。

三師父是個很聰明精幹的人。有時一筆賬大師兄扒了半天算盤也算不清，他眼珠子轉兩轉，早算得一清二楚。他打牌贏的時候多，二三十張牌落地，上下家手裡有些什麼牌，他就差不多都知道了。他打牌時，總有人愛在他後面看歪頭胡。誰家約他打牌，就說「想送兩個錢給你。」他不但經懺俱通（小廟的和尚能夠拜懺的不多），而且身懷絕技，會「飛鐃」。七月間有些地方做盂蘭會，在曠地上放大焰口，幾十個和尚，穿繡花袈裟，飛鐃。飛鐃就是把十多斤重的大鐃鈸飛起來。到了一定的時候，全部法器皆停，只幾十副大鐃緊張急促地敲起來。忽然起手，大鐃向半空中飛去，一面飛，一面旋轉。然後，又落下來，接住。接住不是平平常常地接住，有各種架勢，「犀牛望月」、「蘇秦揹劍」……這哪是唸經，這是要雜技。也算是地藏王菩薩愛看這個，但真正因此快樂起來的是人，尤其是婦女和孩子。這是年輕漂亮的和尚出風頭的機會。一場大焰口過後，也像一個好戲班子過後一樣，會有一個兩個大姑娘、小媳婦失蹤，——跟和尚跑了。他還會放「花焰口」。有的人家，親戚中多風流子弟，在不是很哀傷的佛事——如做冥壽時，就會提出放花焰口。所謂「花焰口」就是在正焰口之後，叫和尚唱小調，拉絲弦，吹管笛，敲鼓板，而且可以點唱。仁渡一個人可以唱一夜不重頭。仁渡前幾年一直在外面，近二年才常住在庵裡。據說他有相好的，而且不止一個。他平常可是很規矩，看到姑娘媳婦總是老老實實的，連一句玩笑話都不說，一句小調山歌都不唱。有一回，在打穀場上乘涼的時候，一夥人把他圍起來，非叫他唱兩個不可。他卻情不過，說：「好，唱一個。不唱家鄉的。家鄉的你們都熟。唱個安徽的。」

姐和小郎打大麥，
一轉子講得聽不得。
聽不得就聽不得，
打完了大麥打小麥。

唱完了，大家還嫌不夠，他就又唱了一個：

姐兒生得漂漂的，
兩個奶子翹翹的。
有心上去摸一把，
心裡有點跳跳的。
…………

這個庵裡無所謂清規，連這兩個字也沒人提起。

仁山吃水煙，連出門作法事也帶着他的水煙袋。

他們經常打牌。這是個打牌的好地方。把大殿上吃飯的方桌往門口一搭，斜放着，就是牌桌。桌子一放好，仁山就從他的方丈裡把籌碼拿出來，嘩啦一聲倒在桌上。鬥紙牌的時候多，搓麻將的時候少。牌客除了師兄弟三人，常來的是一個收鴨毛的，一個打兔子兼偷雞的，都是正經人。收鴨毛的擔一副竹筐，串鄉串鎮，拉長了沙啞的聲音喊叫：

「鴨毛賣錢——！」

偷雞的有一件傢什——銅蜻蜓。看準了一隻老母雞，把銅蜻蜓一丟，雞婆子上去就是一口，這一啄，銅蜻蜓的硬簧綳開，雞嘴撐住了，叫不出來了。正在這雞十分納悶的時候，上去一把薅住。

明子曾經跟這位正經人要過銅蜻蜓看看。他拿到小英子家門前試了一試，果然！小英子的娘知道了，罵明子：

「要死了！兒子！你怎麼到我家來玩銅蜻蜓了！」

小英子跑過來：

「給我！給我！」

她也試了試，真靈，一個黑母雞一下子就把嘴撐住，傻了眼了！

下雨陰天，這二位就光臨荸薺庵，消磨一天。

有時沒有外客，就把老師叔也拉出來，打牌的結局，大都是當家和尚氣得鼓鼓的：「×媽媽的！又輸了！下回不來了！」

他們吃肉不瞞人。年下也殺豬。殺豬就在大殿上。一切都和在家人一樣，開水、木桶、尖刀。捆豬的時候，豬也是沒命地叫。跟在家人不同的，是多一道儀式，要給即將升天的豬唸一道「往生咒」，並且總是老師叔唸，神情很莊重：

「……一切胎生、卵生、息生，來從虛空來，還歸虛空去。往生再世，皆當歡喜。南無阿彌陀佛！」

三師父仁渡一刀子下去，鮮紅的豬血就帶着很多沫子噴出來。

……

明子老往小英子家裡跑。

小英子的家像一個小島，三面都是河，西面有一條小路通到荸薺庵。獨門獨戶，島上只有這一家。島上有六棵大桑樹，夏天都結大桑椹，三棵結白的，三棵結紫的，一個菜園子，瓜豆蔬菜，四時不缺。院牆下半截是磚砌的，上半截是泥夯的。大門是桐油油過的，貼着一副萬年紅的春聯：

向陽門第春常在
積善人家慶有餘

門裡是一個很寬的院子，院子裡一邊是牛屋、碾棚，一邊是豬圈、雞窠，還有個關鴨子的柵欄。露天地放着一具石磨。正北面是住房，也是磚基土築，上面蓋的一半是瓦，一半是草。房子翻修了才三年，木料還露着白茬。正中是堂屋，家神菩薩的畫像上貼的金還沒有發黑。兩邊是臥房。隔扇窗上各嵌了一塊一尺見方的玻璃，明亮亮的，——這在鄉下是不多見的。房檐下一邊種着一棵石榴樹，一邊種着一棵梔子花，都齊房檐高了。夏天開了花，一紅一白，好看得很。梔子花香得沖鼻子。頂風的時候，在荸薺庵都聞得見。

這家人口不多。他家當然是姓趙。一共四口人：趙大伯、趙大娘，兩個女兒，大英子、小英子。老兩口沒有兒子。因為這些年人不得病，牛不生災，也沒有大旱大水鬧蝗蟲，日子過得很興旺。他們家自己有田，本來夠吃的了，又租種了庵上的十畝田。自己的田裡，一畝種了荸薺，——這一半是小英子的主意，她愛吃荸薺，一畝種了茨菰。家裡餵了一大群雞鴨，單是雞蛋鴨毛就夠一年的油鹽了。趙大伯是個能幹人。他是一個「全把式」，不但田裡場上樣樣精通，還會罩魚、洗磨、鑿䃺、修水庫、修船、砌牆、燒磚、箍桶、劈篾、絞蔴繩。他不咳嗽，不腰疼，結結實實，像一棵榆樹。人很和氣，一天不聲不響。趙大伯是一棵搖錢樹，趙大娘就是個聚寶盆。大娘精神得出奇。五十歲了，兩個眼睛還是清亮亮的。不論什麼時候，頭都是梳得滑溜溜的，身上衣服都是格掙掙的。像老頭子一樣，她一天不閒着。煮豬食、餵豬，醃鹹菜，——她醃的鹹蘿蔔幹非常好吃，舂粉子，磨小豆腐，編蓑衣，織籮筐。她還會剪花樣子。這裡嫁閨女，陪嫁妝，磁罈子、錫罐子，都要用梅紅紙剪出吉祥花樣，貼在上面，討個吉利，也才好看：「丹鳳朝陽」呀、「白頭到老」呀、「子孫萬代」呀、「福壽綿長」呀。二三十里的人家都來請她：「大娘，好日子是十六，你哪天去呀？」——「十五，我一大清早就來！」

「一定呀！」——「一定！一定！」

兩個女兒：長得跟她娘像一個模子裡托出來的。眼睛長得尤其像，白眼珠鴨蛋青，黑眼珠棋子黑，定神時如清水，閃動時像星星。渾身上下，頭是頭，腳是腳。頭髮滑溜溜的，衣服格掙掙的。——這裡的風俗，十五六歲的姑娘就都梳上頭了。這兩個丫頭，這一頭的好頭髮！通紅的髮根，雪白的簪子！娘女三個去趕集，一集的人都朝她們望。

姐妹倆長得很像，性格不同。大姑娘很文靜，話很少，像父親。小英子比她娘還會說，一天咭咭呱呱地不停。大姐說：

「你一天到晚咭咭呱呱——」

「像個喜鵲！」

「你自己說的！——吵得人心亂！」

「心亂？」

「心亂！」

「你心亂怪我呀！」

二姑娘話裡有話。大英子已經有了人家。小人她偷偷地看過，人很敦厚，也不難看，家道也殷實，她滿意。已經下過小定，日子還沒有定下來。她這二年，很少出房門，整天趕她的嫁妝。大裁大剪，她都會。挑花繡花，不如娘。她可又嫌娘出的樣子太老了。她到城裡看過新娘子，說人家現在繡的都是活花活草。這可把娘難住了。最後是喜鵲忽然一拍屁股：「我給你保舉一個人！」

這人是誰？是明子。明子唸「上孟下孟」的時候，不知怎麼得了半套《芥子園》，他喜歡得很。到了荸薺庵，他還常翻出來看，有時還把舊賬簿子翻過來，照着描。小英子說：

「他會畫！畫得跟活的一樣！」

小英子把明海請到家裡來，給他磨墨鋪紙，小和尚畫了幾張，大英子喜歡得了不得：

「就是這樣！就是這樣！這就可以亂孱！」——所謂「亂孱」是繡花的一種針法：繡了第一層，第二層的針腳插進第一層的針縫，這樣顏色就可由深到淡、不露痕迹，不像娘那一代繡的花是平針，深淺之間，界線分明，一道一道的。小英子就像個書僮，又像個參謀：

「畫一朵石榴花！」

「畫一朵梔子花！」

她把花掐來，明海就照着畫。

到後來，鳳仙花、石竹子、水蓼、淡竹葉、天竺果子、臘梅花，他都能畫。

大娘看着也喜歡，摟住明海的和尚頭：

「你真聰明！你給我當一個乾兒子吧！」

小英子捺住他的肩膀，說：

「快叫！快叫！」

小明子跪在地下磕了一個頭，從此就叫小英子的娘做乾娘。

大英子繡的三雙鞋，三十里方圓都傳遍了。很多姑娘都走路坐船來看。看完了，就說：「嘖嘖嘖，真好看！這哪是繡的，這是一朵鮮花！」她們就拏了紙來央求大娘求了小和尚來畫。有求畫帳檐的，有求畫門簾飄帶的，有求畫鞋頭花的。每回明子來畫花，小英子就給他做點好吃的，煮兩個雞蛋，蒸一碗芋頭，煎幾個藕糰子。

因為照顧姐姐趕嫁妝，田裡的零碎活小英子就全包了。她的幫手，是明子。

這地方的忙活是栽秧、車高田水、薅頭遍草，再就是割稻子、打場了。這幾茬重活，自己一家是忙不過來的。這地方興換工。排好了日期，幾家顧一家，輪流轉。不收工錢，但是吃好的。一天吃六頓，兩頭見肉，頓頓有酒。幹活時，敲着鑼鼓，唱着歌，熱鬧得很。其餘的時候，各顧各，不顯得緊張。

薅三遍草的時候，秧已經很高了，低下頭看不見人。一聽見非常脆亮的嗓子在一片濃綠裡唱：

梔子哎開花哎六瓣頭哎……

姐家哎門前哎一道橋哎……

明海就知道小英子在哪裡，三步兩式就趕到，趕到就低頭薅起草來。傍晚牽牛「打汪」，是明子的事。——水牛怕蚊子。這裡的習慣，牛卸了軛，飲了水，就牽到一口和好泥水的「汪」裡，由它自己打滾撲騰，弄得全身都是泥漿，這樣蚊子就咬不透了。低田上水，只要一掛十四軋的水車，兩個人車半天就夠了。明子和小英子就伏在車槓上，不緊不慢地踩着車軸上的拐子，輕輕地唱着明海向三師父學來的各處山歌。打場的時候，明子能替趙大伯一會，讓他回家吃飯。——趙家自己沒有場，每年都在荸薺庵外面的場上打穀子。他一揚鞭子，喊起了打場號子：

「格當嘚——」

這打場號子有音無字，可是九轉十三彎，比什麼山歌號子都好聽。趙大娘在家，聽見明子的號子，就側起耳朵：

「這孩子這條嗓子！」

連大英子也停下針線：

「真好聽！」

小英子非常驕傲地說：

「二十三省數第一！」

晚上，他們一起看場。——荸薺庵收來的租稻也曬在場上。他們並肩坐在一個石磙子上，聽青蛙打鼓，聽寒蛇唱歌，——這個地方以為螻蛄叫是蚯蚓叫，而且叫蚯蚓為「寒蛇」，聽紡紗婆子不停地紡紗，「唦——」，看螢火蟲飛來飛去，看天上的流星。

「呀！我忘了在褲帶上打一個結！」小英子說。

這裡的人相信，在流星掉下來的時候在褲帶上打一個結，心裡想什麼好事，就能如願。

…………

「㧟」荸薺，這是小英子最愛幹的生活。秋天過去了，地淨場光，荸薺的葉子枯了，——荸薺的筆直的小葱一樣的圓葉子裡是一格一格的，用手一捋，嗶嗶地響，小英子最愛捋着玩，——荸薺藏在爛泥裡。赤了腳，在涼浸浸滑溜溜的泥裡踩着，——哎，一個硬疙瘩！伸手下去，一個紅紫紅紫的荸薺。她自己愛幹這生活，還拉了明子一起去。她老是故意用自己的光腳去踩明子的腳。

她挎着一籃子荸薺回去了，在柔軟的田埂上留了一串腳印。明海看着她的腳印，傻了。五個小小的趾頭，腳掌平平的，腳跟細細的，腳弓部分缺了一塊。明海身上有一種從來沒有過的感覺，他覺得心裡癢癢的。這一串美麗的腳印把小和尚的心搞亂了。

…………

明子常搭趙家的船進城，給庵裡買香燭，買油鹽。閒時是趙大伯划船；忙時是小英子去，划船的是明子。

從庵趙莊到縣城，當中要經過一片很大的蘆花蕩子。蘆葦長得密密的，當中一條水路，四邊不見人。划到這裡，明子總是無端端地覺得心裡很緊張，他就使勁地划槳。

小英子喊起來：

「明子！明子！你怎麼啦？你發瘋啦？為什麼划得這麼快？」

……………

明海到善因寺去受戒。

「你真的要去燒戒疤呀？」

「真的。」

「好好的頭皮上燒八個洞，那不疼死啦？」

「咬咬牙。舅舅說這是當和尚的一大關，總要過的。」

「不受戒不行嗎？」

「不受戒的是野和尚。」

「受了戒有啥好處？」

「受了戒就可以到處雲遊，逢寺掛褡。」

「什麼叫『掛褡』？」

「就是在廟裡住。有齋就吃。」

「不把錢？」

「不把錢。有法事，還得先盡外來的師父。」

「怪不得都説『遠來的和尚會唸經』。就憑頭上這幾個戒疤？」

「還要有一份戒牒。」

「鬧半天，受戒就是領一張和尚的合格文憑呀！」

「就是！」

「我划船送你去。」

「好。」

小英子早早就把船划到荸薺庵門前。不知是什麼道理，她興奮得很。她充滿了好奇心，想去看看善因寺這座大廟，看看受戒是個啥樣子。

善因寺是全縣第一大廟，在東門外，面臨一條水很深的護城河，三面都是大樹，寺在樹林子裡，遠處只能隱隱約約看到一點金碧輝煌的屋頂，不知道有多大。樹上到處掛着「謹防惡犬」的牌子。這寺裡的狗出名的厲害。平常不大有人進去。放戒期間，任人遊看，惡狗都鎖起來了。

好大一座廟！廟門的門坎比小英子的肐膝都高。迎門矗着兩塊大牌，一邊一塊，一塊寫着斗大兩個大字：「放戒」，一塊是：「禁止喧嘩」。這廟裡果然是氣象莊嚴，到了這裡誰也不敢大聲咳嗽。明海自去報名辦事，小英子就到處看看。好傢伙，這哼哈二將、四大天王，有三丈多高，都是簇新的，才裝修了不久。天井有二畝地大，鋪着青石，種着蒼松翠柏。「大雄寶殿」，這才真是個「大殿」！一進去，涼颼颼的。到處都是金光耀眼。釋迦牟尼佛坐在一個蓮花座上。單是蓮座，就比小英子還高。抬起頭來也看不全他的臉，只看到一個微微閉着的嘴唇和胖墩墩的下巴。兩邊的兩根大紅蠟燭，一摟多粗。佛像前的大供桌上供着鮮花、絨花、絹花，還有珊瑚樹、玉如意、整棵的大象牙。香爐裡燒着檀香。小英子出了廟，聞着自己的衣服都是香的。掛了好些幡。這些幡不知是什麼緞子的，那麼厚重，繡的花真細。這麼大一口磬，裡頭能裝五擔水！這麼大一個木魚，有一頭牛大，漆得通紅的。她又去轉了轉羅漢堂，爬到千佛樓上看了看。真有一千個小佛！她還跟着一些人去看了看藏經樓。藏經樓沒有什麼看頭，都是經書！媽吔！逛了這麼一圈，腿都酸了。小英子想起還要給家裡打油，替姐姐配絲線，給娘買鞋面布，給自己買兩個墜圍裙飄帶的銀蝴蝶，給爹買旱煙，就出廟了。

等把事情辦齊，晌午了。她又到廟裡看了看，和尚正在吃粥。好大一個「膳堂」，坐得下八百個和尚。吃粥也有這樣多講究：正面法座上擺着兩個錫膽瓶，裡面插着紅絨花，後面盤膝坐着一個穿了大紅滿金繡袈裟的和尚，手裡拿了戒尺。這戒尺是要打人的。哪個和尚吃粥吃出了聲音，他下來就是一戒尺。不過他並不真的打人，只是做個樣子。真稀奇，那麼多的和尚吃粥，竟然不出一點聲音！她看見明子也坐在裡面，想跟他打個招呼又不好打。想了想，管他禁止不禁止喧嘩，就大聲喊了一句：「我走啦！」她看見明子目不斜視地微微點了點頭，就不管很多人都朝自己看，大搖大擺地走了。

第四天一大清早小英子就去看明子。她知道明子受戒是第三天半夜，——燒戒疤是不許人看的。她知道要請老剃頭師傅剃頭，要剃得橫摸順摸都摸不出頭髮茬子，要不然一燒，就會「走」了戒，燒成了一片。她知道是用棗泥子先點在頭皮上，然後用香頭子點着。她知道燒了戒疤就喝一碗蘑菇湯，讓它「發」，還不能躺下，要不停地走動，叫做「散戒」。這些都是明子告訴她的。明子是聽舅舅説的。

她一看，和尚真在那裡「散戒」，在城牆根底下的荒地裡。一個一個，穿着新海青，光光的頭皮上都有八個黑點子。——這黑疤掉了，才會露出白白的、圓圓的「戒疤」。和尚都笑嘻嘻的，好像很高興。她一眼就看見了明子。隔着一條護城河，就喊他：

「明子！」

「小英子！」

「你受了戒啦？」

「受了。」

「疼嗎？」

「疼。」

「現在還疼嗎？」

「現在疼過去了。」

「你哪天回去？」

「後天。」

「上午？下午？」

「下午。」

「我來接你！」

「好！」

…………

小英子把明海接上船。

小英子這天穿了一件細白夏布上衣，下邊是黑洋紗的褲子，赤腳穿了一雙龍鬚草的細草鞋，頭上一邊插着一朵梔子花，一邊插着一朵石榴花。她看見明子穿了新海青，裡面露出短褂子的白領子，就說：「把你那外面的一件脫了，你不熱呀！」

他們一人一把槳。小英子在中艙，明子扳艄，在船尾。

她一路問了明子很多話，好像一年沒有看見了。

她問，燒戒疤的時候，有人哭嗎？喊嗎？

明子說，沒有人哭。有個山東和尚罵人：

「俺日你奶奶！俺不燒了！」

她問善因寺的方丈石橋是相貌和聲音都很出眾嗎？

「是的。」

「說他的方丈比小姐的繡房還講究？」

「講究。什麼東西都是繡花的。」

「他屋裡很香？」

「很香。他燒的是伽楠香，貴得很。」

「聽說他會做詩，會畫畫，會寫字？」

「會。廟裡走廊兩頭的磚額上，都刻着他寫的大字。」

「他是有個小老婆嗎？」

「有一個。」

「才十幾歲？」

「聽說。」

「好看嗎？」

「都說好看。」

「你沒看見？」

「我怎麼會看見？我關在廟裡。」

明子告訴她，善因寺一個老和尚告訴他，寺裡有意選他當沙彌尾，不過還沒有定，要等主事的和尚商議。

「什麼叫『沙彌尾』？」

「放一堂戒，要選出一個沙彌頭，一個沙彌尾，沙彌頭要老成，要會唸很多經。沙彌尾要年輕，聰明，相貌好。」

「當了沙彌尾跟別的和尚有什麼不同？」

「沙彌頭，沙彌尾，將來都能當方丈。現在的方丈退居了，就當。石橋原來就是沙彌尾。」

「你當沙彌尾嗎？」

「這不一定哪。」

「你當方丈，管善因寺？管這麼大一個廟？！」

「還早吶！」

划了一氣，小英子說：「你不要當方丈！」

「好，不當。」

「你也不要當沙彌尾！」

「好。不當。」

又划了一氣，看見那一片蘆花蕩子了。

小英子忽然把槳放下，走到船尾，趴在明子的耳朵旁邊，小聲地說：

「我給你當老婆，你要不要？」

明子眼睛鼓得大大的。

「你說話呀！」

明子說：「嗯。」

「什麼叫『嗯』呀！要不要，要不要？」

明子大聲地說：「要！」

「你喊什麼！」

明子小小聲說：「要——！」

「快點划！」

英子跳到中艙，兩隻槳飛快地划起來，划進了蘆花蕩。

蘆花才吐新穗。紫灰色的蘆穗，發着銀光，軟軟的，滑溜溜的，像一串絲線。有的地方結了蒲棒，通紅的，像一枝一枝小蠟燭。青浮萍，紫浮萍。長腳蚊子，水蜘蛛。野菱角開着四瓣的小白花。驚起一隻青樁（一種水鳥），擦着蘆穗，噗嚕嚕嚕飛遠了。

…………

1980年8月12日，寫四十三年前的一個夢

（原載《北京文學》1980年第10期）

**張承志**

張承志（1948— ），原籍山東濟南，生於北京。回族。作家，學者。筆名張錄志。著有短篇小說《騎手為什麼歌唱母親》，中篇小說《黑駿馬》、《北方的河》，長篇小說《心靈史》、《金牧場》等。另有小說集《北方的河》、《奔馳的美神》、《張承志代表作》及大量散文作品出版。

# 大阪

從郵電局的綠漆窗口裡伸出一隻手臂，朝他拚命地揮舞着。

「喃依！jihder!嘿！jihder!」那郵遞員用生硬的烏梁海方言朝他吼着。——就這樣知道了那個消息。他茫然信馬走去時，已經聽不見僱來帶路的瘸老頭怎樣和那烏梁海人胡扯。遠山像一條刺目的閃爍銀霞。

他皺緊眉頭，心裡感到一片蒼涼。馬韁一下下地扯着他的手。

一個精光赤裸的小孩正在路邊厚厚的塵土裡爬着蠕動。細細的淡黃色粉末均勻地塗遍所有的小胳膊小腿，還有肚皮、屁股、臉蛋。他盯着那乾土堆裡玩得專心致志的土黃色肉體，「是男孩，」他想。這光潔的膚色和白亮炫目的遠山都頻頻向他閃着捉摸不定的光。

這是什麼信號呢？馬兒卻自顧自地走着。她的眼睛裡一定也閃着光或信號，也可能是淚光，她是挺軟弱的。

走過縣文化館。吳二餅站在台階上，正慢騰騰地擦着那副變色眼鏡。「真的上麼？小伙子？」他問。顯然聲音裡帶着點酸味兒。

「還有假的？咱爺們又不是你這號廢物！」嚮導李瘸子不屑地插嘴罵道。

「別吹啦，瘸子！」吳二餅戴上眼鏡，反唇相譏道，「你能。從青海，到新疆，咋連個老婆也沒混上？……」

他費勁地聽着。兩個傢伙的聲音極淡極遠，飄忽不定。jihder應當是信件，而不是電報。但又是走了他媽的四天的電報。電波總不會在哪裡排隊、等車、餵馬料吧？居然四天才到達目的地。

乾燥黃塵裡那裸着的小孩朝前爬着，強烈的陽光曬着那塗勻了一層粉末的小光屁股。馬喘着，牢牢跟定那小孩前行。再向前就是汽車站了：趕下午班車，明天能回到城裡。接着，坐火車需要七十多個小時。——也就是說，一共需要六天才能趕回她身旁。

這內陸亞洲的山前平原酷熱無比。大地不僅爆烤在白日之下，而且蒸騰着昨天和幾天前飽存的熱氣。馬無言地走着，嚮導老李跟在後面。汗水淌在胸脯上。電報，jihder。橫亙前方的天山遮斷了視線，像一線猙獰的銀色屏障。她此刻一定在流淚。一定那樣：默不出聲，任淚水在頰上流淌。單調的馬蹄音也隨着這一切，踏着枯燥的節奏，嚙咬着人心。

不管那烏梁海蒙古人怎樣稱呼電報，這該死的消息已經走了四天。而且他至少還要六天才能趕回去。十天，十天後她會怎樣呢？平安地度過這場劫難，還是死於大出血？

「流產。大出血。住院。能回來嗎？」這電報語言也和馬蹄聲、和傾瀉在大地上的白晃晃陽光、和這骯髒街鎮的呼吸，和一切保持着同樣的可憎節奏。踢踏，踢踏。馬耳朵一聳，一聳。樹葉子嘩啦，嘩啦。十天，十天。

「走喲，尕兄弟！」瘸老李催促着。光屁股的小孩兒在陽光裡蠕行。前方的天山像露着牙齒。他感到頭疼起來，似乎牙齦也腫起來了。毒陽狠狠地灼着他的臉，烤着他的心。他覺得心裡也燃起了一片毒火，那火苗燒得他要發瘋了。

這縣城的土街很長，他收着書，慢慢走着，一言不發。他緊張地想着什麼，汗流浹背。

耀眼的陽光下，那小孩還在土堆裡滾着，爬着，若有所思地。奇怪的孩子！他不覺被那赤裸的小小肉體吸引住了。

「大出血。能回來嗎？」這樣的電文一定會使郵電局的人投去驚奇的一瞥。十天以後，她會怎樣呢？難道她真的會從這世上消失麼？那可能消失的，難道真的能是她——那還在少年就結識了的、溫柔而真誠的她麼？

當他坐在西去列車的窗口時，曾默默地下決心要幹成件什麼事。他想到過那些當裝卸工和賣大碗茶的同學，想到那些在麻省理工學院已經讀到博士課程第二年的朋友，也想到過那些拆開了能燻死人的、文質彬彬的文痞。他們都似乎催着他到這兒來。

這條塵土飛揚的街一會兒就將走完。十天，這個冷冰冰的數字。他還什麼都沒幹成。而十天之後一切只會剩下結局。還有五千公里以上的路程。——不管結局怎樣，反正他已經決不可能跨越這十天和五千公里的時間和空間了！

那孩子在黃土粉末裡沐浴夠了，站起來朝前跑去，橫着穿過他面前的土街。

哦，這挺着鼓鼓的圓肚皮，逆着陽光奔跑的小崽子簡直就是一個玩弄大自然的、勝利的生靈。而自己的那一個卻——失敗了，夭亡了，悄無聲息地無影無蹤了。

她也是一樣。如果十天以後他捧着一個骨灰盒從地鐵車站裡走出來，那些大都市裡流水般湧來的姑娘們女人們照舊會快樂喧囂，向着他迸射出生的活力。就是這樣：弱者的悲哀分文不值。

「能回來嗎？」她真能選擇語彙。電報紙上這行打印的灰色字迹裡，既有她的心境，又有她的冷靜。馬兒走着，前面是銀行的高台階。

他慢慢地收着馬韁，手上青筋突起。馬兒站住了。讓艱辛奮鬥的弱者也得到一份成功，一份補償吧……他目不轉睛地盯着那白漆的銀行牌子。

「牽着馬。」他低聲吩咐嚮導。

當他從銀行大門裡走出來時，全部公款都已匯至大阪彼側的縣城。這是一種自帶憑證的匯寄方法。現在即使後悔也晚了。只有翻過那道銀色的、像大地猙獰尖牙般的大阪。

路過長途汽車站時，他閉上了眼。兩匹馬用力跺着堅硬的土路，甩着鬃走着。心頭那火苗變小了，開始持久地一舔一舔地燎着他。牙齦完全腫了起來，生理的反應居然這麼迅速。

他踢踢馬腹，兩騎馬奔跑起來。

前面那大阪冷漠地矗立着。

李瘸子愛吹牛。據他說，他精通各大山脈裡的每條道路，幾十年專給各路軍頭、諸色衙門當嚮導。

「你這匹馬，」他懷疑地盯着這瘸老漢胯下的那匹三歲雜毛紅馬。「這馬能上大阪？」

「行，行呢。」老頭不介意地應着，「那一年，我們的馬子全垮啦，走到賊疙瘩梁，有個莊戶。日他媽，門口絆着個馬子。我槍栓一拉——」

他厭惡地打斷了這老江湖：「你專門給盛世才的兵帶路？」

「還有老毛子俄羅斯。那年回回馬仲英進來，也掂摞子銀洋求咱。再後，幫咱解放軍幹過。再後——」

他不願再聽這青海老漢吹牛。馬放開大步，芨芨草叢刷刷擦過馬腿。松樹林子近了，白樺林子近了，大山四下圍合過來。那個光屁股的娃娃在陽光烤透的塵埃裡安靜地爬着，膚色像熟透的小麥。世界多豐富：鑽山鑽熟了也成了一種職業。這老頭為着每天兩塊五的工錢，騎上匹小馬就往冰山上爬，而且像去娶媳婦那麼癮頭十足。雪線稍稍上移了，大約在兩千米海拔以上。廣播說山口風力七級。山口就是大阪，在那道傳說是冰封的大阪前面，科學院的考察隊撤退了。

他只擔心瘸老李那匹粉雜毛的三歲馬。

「這馬是春天馴的?」他問。

「不慣!去年它才兩歲口,咱就把狗日的壓出來啦。」

他不快地說:「去年你騎的就是它?」

「哪!人家科學院一下就僱了好幾匹!又馱人又馱料。就是走個半截子。日他媽,工錢少掙十幾塊。」

他敏感地想,這回你騎個癩皮狗找我開心來啦,「快走!」他吩咐。

牙疼。用舌頭輕輕一舐,媽的,所有牙齒都鬆動了。他皺緊眉頭,陰沉地望着前面的深谷。潮悶的風從雲杉林子和密叢叢的草棵裡吹來,馬蹄踢動石塊,單調地響着。

你騎着個馬吔,我扛了個槍

諾們子兩個嘛——浪新疆

老李樂滋滋地甩開右鐙,彎過瘸腿在馬脖子上盤了個二郎腿。這小調八成是個青海的土匪調。「諾們子兩個」,他知道就是「我們倆」。可這歌調門很野,他感到山谷裡明顯地被這老頭嚎得變成了綠林世界。

「老李,」他喊道,「走快點!」

馬蹄重重地踏着石塊。山脈正緩緩向背後迂迴。蹄聲嗒嗒——離妻子,離夭亡的孩子,離電報或者jihder都愈來愈遠了。

「能回來嗎?能回來嗎?」他緊閉上乾裂的眼角。這已經是第二次了。

上一次是在婚後不久。

「怎麼辦?我們剛剛開始補習呵,生孩子時,正趕上結業考試……」她注視着他。

他心煩意亂地大口吸着煙,坐立不安。

「……而且，那會兒也正好是研究生考試的日期，你怎麼溫書呢……」她自言自語地和他商量着。

他一口煙嗆在肺裡，劇烈地咳起來。

「咱們不要了吧——不要了吧？」她扶住他，輕輕地問，奇怪的是，她像是在哄他。

他心亂如蔴，一拳猛砸在牆上。幾個指關節都沁出血滴。

生活，你對這一代人太苛刻了……「不，我們回家！回家！」他瘋狂地吼着，在婦科門診「男同志止步」的玻璃牌子下，他一把抓住她的手，轉身就走。

這是真實的麼？……其實這是一種懦弱的推託，把殘酷的選擇推給一個弱女子來作。只是那煩惱是真的，現實從四面八方壓來的煩惱。也許，這煩惱的氣氛混淆了夫妻雙方本質完全不同的心境。

他們太年輕了。當年輕的夫婦在社會的選擇面前掙扎的時候，他們還沒能體會諸如「父親」「母親」這些深沉的字眼兒。

「你知道麼，」從手術室出來時，她虛弱地倚着他的肩，緩慢地沿着醫院昏暗的樓道走着，「我們組裡的徐玲，想要孩子有好些年啦。我說我不要這個了，她說我不敢。哦——」她慘白的額上沁出細汗，露出一個疲倦的笑容。好像她終於攀過了一道冰大阪，很欣慰似的。「好啦，不怕那些考試啦——」她沉重地吐了一口氣，閉上了眼睛。她用手指撫弄着他結實的臂肌，「別煩，只要你心裡別煩，我就不怕。」她低柔地喃喃着，緩緩地走着。

也許她覺得很高興：熬過了這一場苦難，又能倚着這麼高大健壯的男子漢。

嚮導李老漢得意洋洋地甩着韁繩頭，指着山崖上的小路：「那一年，阿勒泰的哈薩反啦，盛世才派兵殺。走的就是這個道。」

牙疼得難忍，一跳一跳的，像是在跳膿。天山腹地的景觀應當是迷人的：黛色的流霧，翠鬱的松林。而現在充斥他視野的卻是一片鐵色。他盯着那些石砬子和斷岸，馬蹄無休無止地踏在那冰冷的鐵色之上。

「……一個哈薩丫頭子躲在水渠裡頭哩。媽的，老子正飲馬，馬子嚇得蹦高。」瘸老李還在吹着牛。這老漢每時每刻都在絮叨，癮頭十足地吹牛皮。為着幾壺酒錢，他美滋滋地朝大山裡鑽，騎着個小雜毛三歲馬。

這老頭一定沒有孩子。

「……後來，我給那丫頭子披了個軍服，扣上個軍帽子。趁黑，把她窩在艾比灘一個把兄弟家裡啦。」

「老李，生火煮茶吧，歇會兒。」

老漢從髒污的馬褡子裡摸出兩個又黑又硬的包穀饃。

他用力掰下一小塊。咬了一下，鬆動的牙根立即刺入牙齦。他痛得眯起了眼。從嘴裡掏出那塊烤饃，上面染着紅紅的血。

「後來呢老李？那哈薩克丫頭——」

老頭大嚼着，不經意地回答說：「她非不走嘛——咱還不拿上。咦，你吃呀！」

「不吃，不餓。」

「再說，那陣子，她只要一露頭，騎巡隊見了就是一刀，嘿，山上那死人哪——」

他截斷了話頭：「有娃娃麼？」

「……呃，養了一個，唔，尕小子。」老漢咽下了一大口。

這瘸老漢也有羅曼史。被搭救的哈薩克姑娘哭着抱住了他的瘸腿。牙齒會全爛掉的，現在已經不能吃東西了。

十天——已經不是十天，而是更多。一個骯髒而結實的光屁股小孩在爬着，他一定是在追着一隻螞蟻，他也一定是在一個蓬頭垢面的哈族女人身旁。也許年輕時代的李瘸子也站在旁邊。

他啜着茶水，一杯接一杯。現在只有喝水，要多喝水。他凝神望着前方的冰山，牙齦還在一跳一跳地疼。那冰山輕蔑地朝他閃着冷光。

「走吧，老李。」他站起來。

自從二十世紀初法國探險隊在敦煌發現了一份珍貴的唐代寫本卷子以來，這條空寂的山峽連同它中間的那道冰大阪，就成了歷史、考古、地理世界裡的響亮名字。

「你們為什麼撤回來了呢？」他曾經奇怪地問過科學院那幾位中年人。

「我們不會騎馬。」

「什麼？」

「我們不會騎馬，屁股疼得厲害。」

他愕然了。真不是一代人哪。不會騎馬，屁股疼。他們就這樣輕易地放棄了光榮。那份敦煌地理文書現在鎖在巴黎的博物館裡，而關於它描述的那古道上的種種，至今沒有一個中國人考察。

「我打算過冰大阪。」他對縣文化館的權威吳二餅說，「麻煩您幫我找找馬匹和嚮導。」

「你過不去，過不去。雪線還低呢。去年我都沒敢過。你不懂，山口風力七級。算啦，過不去。」這是縣境之內唯一的一個眼鏡。他看見鏡片裡反射着嫉妒的光和一種地頭蛇式的惱怒。「馬麼？馬匹困難哪！嚮導也難找——都搞包產啦，誰願意跟上你鑽大山？」那鏡片裡甚至閃射着快樂的得意的光。

他默默地把桌子上那杯白開水喝下去。

「那麼再見。我明天就上山。現在，和您辭行啦。」他站起來，冷冷地和那人握了握手。

多麼狂妄的口氣。簡直是銳氣逼人。而此刻，哪怕妻子喪亡的電報飛到身後的縣城，不管那烏梁海人怎樣再次把它稱為 jihder, 他也無從知道了。一步的勇敢，一次男性的證明，背後深埋着多少難言的犧牲吶。牙齒又疼起來了，頭暈。他摸出一包土黴素片，數也不數地吞了下去。

兩騎攀到了雪線以上。

「人哪，誰也有個山窮水盡，」老李又把二郎腿盤上了馬脖子，「那回在賊疙瘩梁，咱不是拿了那老回回一個馬子麼——後來，日他哥；有一回我領着兵上北道橋子浪。沙窩子邊邊上，嘿！兩個土匪綁了一夥淘金的客。順着跪了一溜，吭吭大刀掄着砍頭。」

「裡頭有那個人？」他問。

「哪咪呀！」老漢嚷出一句青海話，「——見了面就哭着磕頭。咱一說情，就留下他一個。你看：這傢伙賺不賺？給了咱個馬，落下了一條命。」老頭吹得唾沫星子亂濺。

走着，走着，馬喘着粗氣。

薄暮時，見到了一座哈薩克人的氈房。一個膚色黧黑的女人正在門口忙碌。夕陽染黃的山坡上散着羊群。那個女人驚訝地望着這兩個裝束奇怪的騎者。她的眼睛是標準突厥式的，深陷的雙眼皮俊目。「她也像這個哈薩克女人一樣，」他心裡想道，「在都市的險谷裡迎送生涯。」女人，為什麼也把她們驅趕到這種險惡的生涯裡來呢？難道這兒不是男人們拚鬥的世界麼。

「住下吧？這地場美得很！」瘸老漢問。

「離大阪還有多遠？」他猶豫了一下。

「嗨，遠得很，那狗日的冰大阪。那一年，盛世才的兵——」

突然，他看見一個小孩，一個光屁股的哈薩克小男孩，追着一條小花狗崽兒朝山坡跑去。金燦的斜陽照得那小小的肉體分外明亮。

「夠啦，接着走！」他猛地抽了馬一鞭。

「哎，急啥嘛！公家人，住幾天也不花自家的錢……哎，下馬，下馬呀。」

「快，走着說。」馬匹已經跑起來。

「走着說，」老漢急了，「走着還說啥！」

「天黑再住。再趕一程。」他頭也不回。

「哎呀你個尕娃娃！那年盛世才的兵——」

「老李，看看黃曆。別一嘴一個盛世才。」

「……」

他們不再頂嘴，默默地走着。黃昏的山谷清脆地迴響着倦乏的蹄音。山道陡峭起來。他們下了馬，牽着馬登上了一道山脊。

他吃驚地、用勁一把拽住了馬嚼子。

——山體在此分成幾脈，磅礴地朝四方滾滾而去。來路像一根線，縫在深谷崇山之中。層巒疊嶂移開了，正前方是一道明亮耀眼的冰嶺。

那冰嶺攔住了沒有阻擋的夕陽餘暉，閃爍着，靜臥着，冷酷地斜睨着這渺小的兩騎。

「狗日的，就是它。媽的大阪。」瘸子老李惡狠狠地嘟噥着。

天將黑的時候，在緊挨的大阪腳下的石崖旁發現了一個松枝石塊搭的窩棚。

「嘖嘖，美得很！」老漢打量着窩棚，贊不絕口。「貓下！就這兒貓下。」他嚷着，也許這裡比帳房人家更對他胃口。

水燒開了，老漢撒上一把磚茶末子。

他試着咬了一口饃，疼得嘴角又抽搐起來。「餓了麼？嘖嘖。」老頭子吃得噴香，用狡猾的眼神瞅着他。夜幕正在降臨。她如果——她一定正躺在醫院裡，在昏暗中睜大着眼睛，凝望着漆白的板壁。他用手指輕輕捻着烤饃塊，用茶水泡了一缸糊糊。篝火燒旺了，畢剝響着。烤焦的苞米饃塊沒有泡軟，他使勁嚼着，咽下一些鹹鹹的東西。篝火跳躍着，火苗黃得透明，像一個赤裸在炫目陽光下的小孩在舞蹈。

絆馬時，發生了衝突。

瘸子老李摸出一根細細的硬蔴繩，把馬的兩條前腿捆在一起，像捆一個賊。

「不行吧，老李，」他擔心地望着老頭，想起以前在軍馬場當牧工時的一些往事。「老李，馬腿會淤血呀，不行吧！」

「哪裡的話！嗨，就這個章法！」

「馬走了十來個鐘頭，這麼一捆，明天就瘸啦。」他勸道。

「管它！畜生麼！明天睡醒，狗日的在眼皮底下要緊！」

「你這是在盛世才隊伍上學下的章法？」他生氣了，惡意地問。

「哈，就是嘛！尕娃子！」老漢卻樂了，齜出一口黃板牙。

「明天馬瘸了，咱們也去搶兩匹換上？」他憤怒了。

「瘸不瘸，在它的命。人安生要緊。不行，真不行——回去哈薩帳房浪上兩天嘛。」

「解開馬腿。」他命令道。

「你——」老頭子也火了。

「解開！」他低低地喝道。

老頭雙手叉起腰，蔑視地打量着他：「你懂還是我懂？尕娃，老李咱五十六歲嘍！」

正在這時，那匹粉紅雜毛馬一下子摔倒在地，而那土匪式的蔴繩絆仍死勒在它腿上。小雜毛馬絕望地放鬆了肢體，呼呼地喘着。

他決心乘機壓住這江湖老頭：「看見了麼？論騎馬，你得喊我先生！」

老漢一掄鞭子，喊起來：「這麼個難伺候！媽的，咱回呀，不幹啦！」

「隨你的便！」他吼道，雙手攥成拳頭，「老子自己走！你卡不住老子的脖子！不信我就能死在這鬼大阪上！」

他狂怒地推開瘸老漢，劈手奪下馬韁，把自己騎的紅馬解下來。土匪！兵痞！老江湖油子！他拔下一束馬尾。大阪！大阪！萬惡的大阪！他用馬尾編着一根辮子。剎那間他看見了許多的人臉。吳二餅，「科學院」，還有別的一些。他用馬尾辮聯住兩條前腿絆。紅驃馬低頭吃草了，——它走不動，但又沒有勒疼。他飛快地幹着，一聲不吭。心裡那毒火吞噬了他。

老頭子獃獃地站着。濃暮中看不清他的臉色。瘦骨嶙峋的、蹺着一條瘸腿的身影，顯得可憐巴巴。他遲疑着，邁開瘸腿，一拐一拐地解開了那根硬蔴繩，小雜毛粉馬站起來了。他扣好皮絆，與紅驃馬聯上。他又一拐一拐地走開，抱來一捧松枝，添在快要熄滅的篝火上。——他順服了。

怒濤平息了，一絲羞恥浮了上來。為了馬，傷了人。而且是為了馬腿，傷了人心。但他又必須使這自行其是的老江湖就範。他抬起眼睛，夜空星漢燦爛。那些星星在凝望着他。妻子和夭折了的小生命也在凝望着他。

又是這種莫名的煩躁的發泄。上一次的煩躁是為了讓一個女人承擔一切。這一次是要對付一個瘸老頭。老李當然會順服的。他要掙你的錢。當嚮導一天兩塊五毛錢，你是公家的人麼……他慢慢地咬緊了牙關。三十二個牙齒的尖尖齒根一齊向腫脹潰爛的牙床刺進去。你用金錢的優勢壓服了一個窮人，一個老人，一個男人。星光下，青藍色的大阪一片朦朧。哦，為了越過這大阪，你已經不擇手段，不惜醜惡。萊辛説過，古代藝術家即使在表現痛苦時也避免醜，他們的法律是美的。他覺得，這位德國古典美學家的眼睛，似乎也在那永恆夜空的星群中注視着他，像注視着一個渺小的例子。他垂下了頭。鹹鹹的液體流向喉嚨。

篝火熄了，只剩下暗紅的灰燼。

兩人枕着馬鞍，裹着氈𧝞的皮襖睡下了。

天地一片漆黑。一股刺骨的寒氣無聲無息地浸入了膝蓋以下沒有蓋上的肢體。雙腿漸漸麻木了。

他一動不動地躺着，睜着眼睛。

李老漢似乎輕輕一動：大概也凍得睡不着。

「老李，抽根煙麼？」他側過臉去。

「嗯，不，咱……」

「喏，抽這個。我白天在馬背上捲的。」

嗤的一聲，火柴的亮光照亮了那張乾枯的臉。「這莫合煙……是伊犁的麼？」

「不，縣城買的。」

「怪。咱這爛縣城能出這號好煙？」

「不壞吧？真有點伊犁煙的味兒。」

「就是。好煙。」

兩個煙頭一閃一閃。紅光映亮兩人的嘴唇和鼻尖。他們小聲地談着。

「狗日的，真凍人。」

「老李，你常在大山裡睡麼？」

「嗯……不。日他哥，這鬼地方。」

「抽煙，接上一根。」他又摸出莫合煙。

「不，抽我的，孬娃。給——」

「冷哪，忘了帶上瓶酒。」

「狗日的，是忘啦。有瓶子古城大麯才美。」

「三台白酒也行啊。」他贊同地附和道。

「河南大褲襠的紅薯乾燒酒也行啊。」老頭嚮往地說。

兩個人都嘿嘿地笑了。

「尕娃子，我有個章法。」老頭來精神了。

「什麼章法』」他問。

「插筒子睡。你腳伸我懷裡，我腳伸你懷裡。就是——咱臭腳。」

「好！」他蹦起來，「插你老的筒子！」接着他又笑道，「不然，明天馬腿不瘸，人腿倒瘸了！」

「咱反正是瘸子。怕可惜了你城裡人。」老頭子狡猾地回答。

兩人調整了睡法。腳和膝蓋立即暖和過來。老漢放肆地把腳丫子踹到他胸前，惡臭陣陣襲來。他也痛快地伸直兩腿。滿心希望把腳伸到老漢鼻頭上去。

兩個旅人沉沉地睡熟了。

他夢見了一座冰雪砌成的大阪。夢見了兩匹聯着絆子吃草的馬。他看見了妻子。他走過去，想用雙臂使勁地摟住她。但她卻飄忽難即。他眼前閃過一道金黃色的電光，一個赤裸着胖乎乎屁股的小孩在正午的太陽地裡爬着。滿天的星斗都深不可測地望着他。妻子也用那星斗般的眼睛在望着他。不是每個女人，不是漂亮的女人和熱戀中的女人就能有這樣的眼神的。他好像揍了那當嚮導的瘸老漢。老漢哭了，又笑了。郵局的那個烏梁海人喊道：「jihder!」文化館門口，吳二餅慌張地跑來想攔住他。「能回來嗎？」他終於從妻子的眼神中看到了這句話。「大阪，大阪。」他在夢中沙啞地嘟噥着。

大阪，在探險家A．斯坦因爵士的地圖上寫為Daban或Dawan。幾乎中亞和蒙古的一切語言中都有這個語彙。已經很難判定它究竟是一個古老的漢語借詞，還是一個漢語對某種民族語的諧聲切意的譯寫。誰都知道，大阪是指翻越一道山脈的高高山口，是道路的頂點。

清晨，兩騎越過了松林，登上了植被稀疏的高海拔山頂地帶。

「老李，你常年在山裡跑，不想家麼？」

「啥家！吳二餅不是說麼，咱是光棍子。」

他想起老漢的浪漫故事：「咦，你不是娶了個哈族丫頭，還養了個兒子嗎」

「嗨！早跑了個球的啦！」老頭不耐煩地一甩鞭子，像轟了個蒼蠅。

石頭上有一處遊牧人的巖畫。一隻抽象派的巖羊。他取出筆記本、地圖和羅盤，臨摹着，他又問道：

「老婆兒子還能跑麼？」

「日他哥，一塊過了六七年，她家裡親戚鬧事，馬隊來了把她拿上跑啦。咱也沒敢聲張。」

「你也沒去看看她？」

「前些年，我給地質隊帶路，山裡見着她一次。媽的，一進帳房——」

他舉起手止住老漢。石頭裂隙中有尊殘破的石窟造像。他舉起照相機，按下快門。

「接着說呀，老李。」

「我一進門，她哇地他媽的就嚎開啦。」

馬匹汗水淋漓，停住了腳步。他們下了馬，朝上步行攀登。老漢一歪一拐地走着，說着。

「我吆喝她說，你嚎個啥，嚎得你男人回來准揍你。快燒些茶，咱喝了上路。她不聽，捂着臉，哇哇的嚎。狗日的，嚎得昏天黑地。」

「後來呢？」年輕人聽得很緊張。

「後來沒喝上茶。地質隊那些人說，別惹個民族矛盾。嘿，帳房外頭擠了不少人，偷聽哪……她男人回來准揍了她。」

年輕人問：「後來呢——再也沒見她？」

「沒。也不知她們上了哪處，是死是活。」瘸老漢擦了擦汗，想了一下，嘆了口氣：「唉，那丫頭，是個好丫頭。」

遠處那鞍形的冰大阪白雪皚皚。他想起了那雙凝視着的眼睛。哦，她也是個好丫頭。她現在也不知是死是活……現在他和老人心裡體會到的，可能是一樣的過來人的滋味。

他們默默地上了馬，穿上了皮襖。馬弓着背，在青灰色的緩坡上一步步走着。山風帶着尖銳的哨音掠過耳邊。他覺得頭暈得更厲害了。巉巖陡崖已低低沉向腳底，兩側山溝裡滿盛着白沙般的粉雪，明晃晃的。

在這片青色礫石的漫坡盡頭，就是那鞍形的大阪之頂。

他轉過身來，向老頭問道：

「兒子呢？也和他媽在一塊？」

「嗯。」老漢點點頭，「那回沒見上他。」

他失望地轉回身去。這時，一股寒氣逼人的風突然迎面衝來。他抬眼一望，前面是一道白色的山口。

他的心突然激烈地跳了起來。摸摸前額，有些發燙。

那快要伸手可觸的山頂突然傳來一聲呼喚，像是他逆境中的妻子發出的絕望叫聲。他突然無比強烈地仇恨起這兇險的巨大山脈，仇恨起這高踞在上的大阪和這強大地欺凌人類的大自然。剎那間他也記起了吳二餅和他熟知的那些文痞，記起了所有侮辱過他和侮辱過他熱愛的人們的人。他還記起了那製造又消滅了老李的家庭和使他沉默寡言的因素。腫起的牙齦一跳一湧地折磨着他，但他沒有向挎包裡去摸那些消炎藥。他使勁地咬着那些背叛的牙齒，任鹹鹹的血向嗓子裡流。他已難以壓抑一股衝動，一股野獸般的、想蹂躪這座冰雪大山的衝動。他想馳騁，想縱火焚燒，想喚來千軍萬馬踏平這海洋般的峰巒。他瘋狂地感到一種快樂，感到自己終於找到了什麼。他想呼喊，想喊來世上一切英雄好漢和一切專會向生活要光棍的壞種，在這裡和他一比高低。他想告訴無病呻吟的詩人和冒充高深的學者：這裡才是個夠味兒的戰場，才是個能揭露虛偽的、嚴酷的競爭之地。他的胸中正昇起着勇敢，昇起着男子漢的氣概。他想一步跨過這可怕的大阪，縱身飛下彼岸的綠洲，然後向那無援的女人飛奔。「能回來嗎？」她用了問號。她已經安心承受一切苦難，為他留下了向這座大阪衝擊的可能。「堅持住！」他默默地向她喊着，「等着我，堅持住！」他堅信只要邁過這最後一步她就能得救。但是——這裡海拔已近四千米，他不僅無法馳騁，甚至不能加快一步。他僵硬地屹立在馬背上，顏色鐵青的臉上，兩只血絲密佈的眼睛死死盯着前方那白色的、迷蒙的大阪。

馬匹喘着，拐着之字形，緩慢地向大阪頂端的分水線蠕動。其實，從遠處或從空中看去，那黑甲蟲似的兩個影子已經和那鞍形的山口融為一體了。

他在霎時間平靜了。

世界化成了斑斕的地圖。在分水線上，他同時看見了山脈兩側的，準噶爾和吐魯番兩大盆地。唐代敦煌文書描述的古道正靜靜地深嵌在彎曲的峽谷之底。山頂的一塊巨石上銘文剝落，旁邊堆着一匹驛馬的骸骨。大地崢嶸萬狀地傾斜着，向着南方的彼岸俯衝而去。這是從海拔四千米向海平面以下伸延的大地的俯衝。劇烈抖動的氣浪正從土魯番低地淡白色的中央地帶扶搖而起，化成長長一片海市蜃樓。在赤褐色的南側深澗裡，嵌着一條藍瑩瑩的冰川。

他從未見過如此雄壯的景觀。

大阪上的那條冰川藍得醉人。那千萬年積成的冰層水平地疊砌着，一層微白，一層淺綠，一層蔚藍。在強烈的紫外線照射下，冰川幻變出神奇的色彩，使這荒涼恐怖的莽蒼大山陡添了一份難測的情感。「大阪——」他失聲叫道。他想不到這大阪、這山脈、這自然和世界會用這樣的方式來安慰他。他久久勒着馬佇立着，任那強勁的山風粗野地推撞着他。

「他媽的，這大阪。老子的馬子累垮了！」拐子老李滿頭大汗，咒罵着走上山頂。那匹粉色的三歲馬渾身透濕，簌簌地打着顫。

「畜生！這麼個熊樣！」老漢惡煞般朝小馬怒吼着，「趴蛋啦？挨刀子啦？這號熊樣，能回來嗎？」

他顫抖了一下。「能回來嗎？」他聽見一個低柔的聲音。一個最後的聲音。他下了馬。豪邁和勇敢突然消逝了。他慢慢把照相機放進了挎包。「不能在山頂上冒充英雄，」他想。他把馬料倒在雨衣上，看着那匹精疲力竭的小馬嚼着。風捲着積雪，在冰川頂上堆起乳色的一層。這層層砌起的冰川裡不知葬着多少人的不幸。今天的這層雪會在夜裡結成新的一層冰。每天冰川上都結着新的冰。不要照相，哪怕為着已經粗現輪廓的論文。——留下些缺憾吧。

「喂，抽些煙吧，尕娃。」

「抽莫合煙——幫我捲一根粗的。」

「這王八大阪，真難走。」

「喏，老李，點上火。」

他吸着濃烈的莫合煙，望着冰川頂乳白色的積雪。今天的這一層裡埋着他夭亡的孩子。這一定也是一個在陽光中光彩照人的、赤裸着的小男孩。他在今天被父親葬到了這冰川之中。

他們休息了很久。粉色雜毛小馬吃飽了苞米粒子。馬褡子捆紮穩當。他們上了馬，走向古道的另一半路程。

你騎着個馬吔，我扛了個槍
諾們子兩個嘛——浪新疆

瘸老李又樂陶陶地唱起了那支野蠻的青海小調。馬蹄又在岩石上敲出單調的響聲。南來的驕陽燙着臉頰，他們走離了分水線。

古希臘的藝術家是對的，經過痛苦的美可以找到高尚的心靈。這一點，她已經做到了。她不會死，她只會得到更堅實的愛情。因為，她以一個女人的勇敢，早已越過了她的大阪。死去的兒子也做到了，他將在這永恆的冰川上化成一個灑滿陽光的勝利的小精靈。

下山道上，馬兒走得很快。他朝那冰川，朝大阪投去了告別的一瞥，然後不動聲色地追上了他的嚮導。

1982 年 7 月

（原載《上海文學》1982 年第 11 期）

## 鐵凝

鐵凝（1957— ），河北趙縣人。女，作家。著有短篇小說集《夜路》，中短篇小說集《午後懸崖》，中篇小說《麥秸垛》、《對面》、《沒有紐扣的紅襯衫》，散文集《女人的白夜》，長篇小說《玫瑰門》等。另有五卷本《鐵凝文集》出版。

# 哦，香雪

如果不是有人發明了火車，如果不是有人把鐵軌鋪進深山，你怎麼也不會發現台兒溝這個小村。它和它的十幾戶鄉親，一心一意掩藏在大山那深深的皺褶裡，從春到夏，從秋到冬，默默地接受着大山任意給予的溫存和粗暴。

然而，兩根纖細、閃亮的鐵軌延伸過來了。它勇敢地盤旋在山腰，又悄悄地試探着前進，彎彎曲曲，曲曲彎彎，終於繞到台兒溝腳下，然後鑽進幽暗的隧道，衝向又一道山梁，朝着神秘的遠方奔去。

不久，這條線正式營運，人們擠在村口，看見那綠色的長龍一路呼嘯，挾帶着來自山外的陌生、新鮮的清風，擦着台兒溝貧弱的脊背匆匆而過。它走得那樣急忙，連車輪碾軋鋼軌時發出的聲音好像都在說：不停不停，不停不停！是啊，它有什麼理由在台兒溝站腳呢，台兒溝有人要出遠門嗎？山外有人來台兒溝探親訪友嗎？還是這裡有石油貯存，有金礦埋藏？台兒溝，無論從哪方面講，都不具備挽留火車在它身邊留步的力量。

可是，記不清從什麼時候起，列車時刻表上，還是多了「台兒溝」這一站，也許乘車的旅客提出過要求，他們中有哪位說話算數的人和台兒溝沾親；也許是那個快樂的男乘務員發現台兒溝有一群十七八歲的漂亮姑娘，每逢列車疾駛而過，她們就成幫搭夥地站在村口，翹起下巴，貪婪、專注地仰望着火車。有人朝車廂指點，不時能聽見她們由於互相捶打而發出的一兩聲嬌嗔的尖叫。也許什麼都不為，就因為台兒溝太小了，小得叫人心疼，就是鋼筋鐵骨的巨龍在它面前也不能昂首闊步，也不能不停下來。總之，台兒溝上了列車時刻表，每晚七點鐘，由首都方向開往山西的這列火車在這裡停留一分鐘。

這短暫的一分鐘，攪亂了台兒溝以往的寧靜。從前，台兒溝人歷來是吃過晚飯就鑽被窩，他們彷彿是在同一時刻聽到了大山無聲的命令。於是，台兒溝那一小片石頭房子在同一時刻忽然完全靜止了，靜得那樣深沉、真切，好像在默默地向大山訴說着自己的虔誠。如今，台兒溝的姑娘們剛把晚飯端上桌就慌了神，她們心不在焉地胡亂吃幾口，扔下碗就開始梳妝打扮。她們洗淨蒙受了一天的黃土、風塵，露出粗糙、紅潤的面色，把頭髮梳得烏亮，然後就比賽着穿出最好的衣裳。有人換上過年時才穿的新鞋，有人還悄悄往臉上塗點胭脂。儘管火車到站時已經天黑，她們還是按照自己的心思，刻意斟酌着服飾和容貌。然後，她們就朝村口，朝火車經過的地方跑去。香雪總是第一個出門，隔壁的鳳嬌第二個就跟了出來。

七點鐘，火車喘息着向台兒溝滑過來，接着一陣空哐亂響，車身震顫一下，才停住不動了。姑娘們心跳着擁上前去，像看電影一樣，挨着窗口觀望。只有香雪躲在後邊，雙手緊緊捂着耳朵。看火車，她跑在最前邊；火車來了，她卻縮到最後去了。她有點害怕它那巨大的車頭，車頭那麼雄壯地噴吐着白霧，彷彿一口氣就能把台兒溝吸進肚裡。它那撼天動地的轟鳴也叫她感到恐懼。在它跟前，她簡直像一葉沒根的小草。

「香雪，過來呀！看！」鳳嬌拉過香雪，向一個婦女頭上指，她指的是那個婦女頭上別着的那一排排金圈圈。

「怎麼我看不見？」香雪微微眯着眼睛說。

「就是靠裡邊那個，那個大圓臉。看！還有手錶哪，比指甲蓋還小哩！」鳳嬌又有了新發現。

香雪不言不語地點着頭，她終於看見了婦女頭上的金圈圈和她腕上比指甲蓋還要小的手錶。但她也很快就發現了別的。「皮書包！」她指着行李架上一隻普通的棕色人造革學生書包，就是那種連小城市都隨處可見的學生書包。

儘管姑娘們對香雪的發現總是不感興趣，但她們還是圍了上來。

「喲，我的媽呀！你踩着我腳啦！」鳳嬌一聲尖叫，埋怨着擠上來的一位姑娘，她老是愛一驚一乍的。

「你咋呼什麼呀，是想叫那個小白臉和你搭話了吧？」被埋怨的姑娘也不示弱。

「我撕了你的嘴！」鳳嬌罵着，眼睛卻不由自主地朝第三節車廂的車門望去。

那個白白淨淨的年輕乘務員真下車來了。他身材高大，頭髮烏黑，説一口漂亮的北京話，也許因為這點，姑娘們私下裡都叫他「北京話」。「北京話」雙手抱住胳膊肘，和她們站得不遠不近地說：「喂，我說小姑娘們，別扒窗戶，危險！」

「喲，我們小，你就老了嗎？」大膽的鳳嬌回敬了一句。

姑娘們一陣大笑，不知誰還把鳳嬌往前一搡，弄得她差點撞在他身上。這一來反倒更壯了鳳嬌的膽：「喂，你們老呆在車上不頭暈？」她又問。

「房頂子上那個大刀片似的，那是幹什麼用的？」又一個姑娘問。她指的是車廂裡的電扇。

「燒水在哪兒？」

「開到沒路的地方怎麼辦？」

「你們城市裡一天吃幾頓飯？」香雪也緊跟在姑娘們後邊小聲問了一句。

「真沒治！」「北京話」陷在姑娘們的包圍圈裡，不知所措地嘟囔着。

快開車了，她們才讓出一條路，放他走。他一邊看錶，一邊朝車門跑去，跑到門口，又扭頭對她們說：「下次吧，下次告訴你們！」他的兩條長腿靈巧地向上一跨就上了車，接着一陣嘰里哐啷，綠色的車門就在姑娘們面前沉重地合上了。列車一頭扎進黑暗，把她們撇在冰冷的鐵軌旁邊，很久，她們還能感覺到它那越來越輕的震顫。

一切又恢復了寂靜，靜得叫人惆悵。姑娘們走回家去，路上總要為一點小事爭論不休：

「誰知道別在頭上的金圈圈是幾個？」

「八個。」

「九個。」

「不是！」

「就是！」

「鳳嬌，你說哪？」

「她呀，還在想『北京話』哪！」有人開起了鳳嬌的玩笑。

「去你的，誰說誰就想。」鳳嬌說着捏了一下香雪的手，意思是叫香雪幫腔。

香雪沒說話，慌得臉都紅了。她才十七歲，還沒學會怎樣在這種事上給人家幫腔。

「他的臉多白呀！」那個姑娘還在逗鳳嬌。

「白？還不是在那大綠屋裡捂的。叫他到咱台兒溝住幾天試試。」有人在黑影裡說。

「可不，城裡人就靠捂。要論白，叫他們和咱香雪比比。咱們香雪，天生一副好皮子，再照火車上那些閨女的樣兒，把頭髮燙成彎彎繞，嘖嘖！『真沒治。』鳳嬌姐，你說是不是？」

鳳嬌不接茬兒，鬆開了香雪的手。好像姑娘們真在貶低她的什麼人一樣，她心裡真有點替他抱不平呢。不知怎麼的，她認定他的臉絕不是捂白的，那是天生。

香雪又悄悄把手送到鳳嬌手心裡，她示意鳳嬌握住她的手，彷彿請求鳳嬌的寬恕，彷彿是她使鳳嬌受了委屈。

「鳳嬌，你啞巴啦？」還是那個姑娘。

「誰啞巴啦！誰像你們，專看人家臉黑臉白。你們喜歡，你們可跟上人家走啊！」鳳嬌的嘴很硬。

「我們不配！」

「你擔保人家沒有相好的？」

…………

不管在路上吵得怎樣厲害，分手時大家還是十分友好的，因為一個叫人興奮的念頭又在她們心中升起：明天，火車還要經過，她們還會有一個美妙的一分鐘。和它相比，鬧點小彆扭還算回事嗎？

哦，五彩繽紛的一分鐘，你飽含着台兒溝的姑娘們多少喜怒哀樂！

日久天長，這五彩繽紛的一分鐘，竟變得更加五彩繽紛起來。就在這一分鐘裡，她們開始挎上裝滿核桃、雞蛋、大棗的長方形柳條籃子，站在車窗下，抓緊時間跟旅客和和氣氣地做買賣。她們踮着腳尖，雙臂伸得直直的，把整筐的雞蛋、紅棗舉上窗口，換回台兒溝少見的掛麵、火柴，以及屬於姑娘們自己的髮卡、香皂。有時，有人還會冒着回家挨罵的風險，換回花色繁多的紗巾和能鬆能緊的尼龍襪。

鳳嬌好像是大家有意分配給那個「北京話」的，每次都是她提着籃子去找他。她和他做買賣故意磨磨蹭蹭，車快開時才把整籃的雞蛋塞給他。要是他先把雞蛋拿走，下次見面時再付錢，那就更夠意思了。如果他給她捎回一捆掛麵、兩塊紗巾，鳳嬌就一定抽出一斤掛麵還給他。她覺得，只有這樣才對得起和他的交往，她願意這種交往和一般的做買賣有所區別。有時她也想起姑娘們的話：「你擔保人家沒有相好的？」其實，有沒有相好的不關鳳嬌的事，她又沒想過跟他走。可她願意對他好，難道非得是相好的才能這麼做嗎？

香雪平時話不多，膽子又小，但做起買賣卻是姑娘中最順利的一個。旅客們愛買她的貨，因為她是那麼信任地瞧着你，那潔如水晶的眼睛告訴你，站在車窗下的這個女孩子還不知道什麼叫騙人。她還不知道怎麼講價錢，只說：「你看着給吧。」你望着她那潔淨得彷彿一分鐘前才誕生的面孔，望着她那柔軟得宛若紅緞子似的嘴唇，心中會升起一種美好的感情。你不忍心跟這樣的小姑娘耍滑頭，在她面前，再愛計較的人也會變得慷慨大度。

有時她也抓空兒向他們打聽外面的事，打聽北京的大學要不要台兒溝人，打聽什麼叫「配樂詩朗誦」(那是她偶然在同桌的一本書上看到的)。有一回她向一位戴眼鏡的中年婦女打聽能自動合上的鉛筆盒，還問到它的價錢。誰知沒等人家回話，車已經開動了。她追着它跑了好遠，當秋風和車輪的呼嘯一同在她耳邊鳴響時，她才停下腳步意識到，自己的行為是多麼可笑啊。

火車眨眼間就無影無蹤了。姑娘們圍住香雪，當她們知道她追火車的原因後，便覺得好笑起來。

「傻丫頭！」

「值不當的！」

她們像長者那樣拍着她的肩膀。

「都怪我磨蹭，問慢了。」香雪可不認為這是一件值不當的事，她只是埋怨自己沒抓緊時間。

「咳，你問什麼不行呀？」鳳嬌替香雪挎起籃子說。

「誰叫咱們香雪是學生呢。」也有人替香雪分辯。

也許就因為香雪是學生吧，是台兒溝唯一考上初中的人。

台兒溝沒有學校，香雪每天上學要到十五里以外的公社。儘管不愛說話是她的天性，但和台兒溝的姐妹們總是有話可說的。公社中學可就沒那麼多姐妹了，雖然女同學不少，但她們的言談舉止，一個眼神，一聲輕輕的笑，好像都是為了叫香雪意識到，她是小地方來的，窮地方來的。她們故意一遍又一遍地問她：「你們那兒一天吃幾頓飯？」她不明白她們的用意，每次都認真地回答：「兩頓。」然後又友好地瞧着她們反問道：「你們呢？」

「三頓！」她們每次都理直氣壯地回答。之後，又對香雪在這方面的遲鈍感到說不出的憐憫和氣惱。

「你上學怎麼不帶鉛筆盒呀？」她們又問。

「那不是嗎？」香雪指指桌角。

其實，她們早知道桌角那隻小木盒就是香雪的鉛筆盒，但她們還是做出吃驚的樣子。每到這時，香雪的同桌就把自己那隻寬大的泡沫塑料鉛筆盒擺弄得嗒嗒亂響。這是一隻可以自動合上的鉛筆盒，很久以後，香雪才知道它所以能自動合上，是因為鉛筆盒裡包藏着一塊不大不小的吸鐵石。香雪的小木盒呢，儘管那是當木匠的父親為她考上中學特意製作的，它在台兒溝還是獨一無二的呢。可在這兒，和同桌的鉛筆盒一比為什麼顯得這樣笨拙、陳舊？它在一陣嗒嗒聲中有幾分羞澀地畏縮在桌角上。

香雪的心再也不能平靜了，她好像忽然明白了同學們對於她的再三盤問，明白了台兒溝是多麼貧窮。她第一次意識到這是不光彩的，因為貧窮，同學們才敢一遍又一遍地盤問她。她盯住同桌那隻鉛筆盒，猜測它來自遙遠的大城市，猜測它的價錢肯定非同尋常。三十個雞蛋換得來嗎？還是四十個？五十個？這時她的心又忽地一沉：怎麼想起這些了？娘攢下雞蛋，不是為了叫她亂打主意啊！可是，為什麼那誘人的嗒嗒聲老是在耳邊響個沒完？

深秋，山風漸漸凜冽了，天也黑得越來越早。但香雪和她的姐妹們對於七點鐘的火車，是照等不誤的。她們可以穿起花棉襖了，鳳嬌頭上別起了淡粉色的有機玻璃髮卡，有些姑娘的辮梢還纏上了夾絲橡皮筋。那是她們用雞蛋、核桃從火車上換來的。她們做照火車上那些城裡姑娘的樣子把自己武裝起來，整齊地排列在鐵路旁，像是等待歡迎遠方的貴賓，又像是準備着接受檢閱。

火車停了，發出一陣沉重的嘆息，像是在抱怨台兒溝的寒冷。今天，它對台兒溝表現了少有的冷漠：車窗全部緊閉着，旅客在昏黃的燈光下喝茶、看報，沒有人向窗外瞥一眼。那些眼熟的、常跑這條線的人們，似乎也忘記了台兒溝的姑娘。

鳳嬌照例跑到第三節車廂去找她的「北京話」，香雪緊緊頭上的紫紅色線圍巾，把臂彎裡的籃子換了換手，也順着車身不停地跑着。她盡量高高地踮起腳尖，希望車廂裡的人能看見她的臉。車上一直沒有人發現她，她卻在一張堆滿食品的小桌上，發現了渴望已久的東西。它的出現，使她再也不想往前走了，她放下籃子，心跳着，雙手緊緊扒住窗框，認清了那真是一隻鉛筆盒，一隻裝有吸鐵石的自動鉛筆盒。它和她離得那樣近，如果不是隔着玻璃，她一伸手就可以摸到。

一位中年女乘務員走過來拉開了香雪。香雪挎起籃子站在遠處繼續觀察。當她斷定它屬於靠窗那位女學生模樣的姑娘時，就果斷地跑過去敲起了玻璃。女學生轉過臉來，看見香雪臂彎裡的籃子，抱歉地衝她擺了擺手，並沒有打開車窗的意思。不知怎麼的她就朝車門跑去，當她在門口站定時，還一把攥住了扶手。如果說跑的時候她還有點猶豫，那麼從車廂裡送出來的一陣陣溫馨的，火車特有的氣息卻堅定了她的信心，她學着「北京話」的樣子，輕巧地躍上了踏板。她打算以最快的速度跑進車廂，以最快的速度用雞蛋換回鉛筆盒。也許，她所以能夠在幾秒鐘內就決定上車，正是因為她擁有那麼多雞蛋吧，那是四十個。

香雪終於站在火車上了。她挽緊籃子，小心地朝車廂邁出了第一步。這時，車身忽然悸動了一下，接着，車門被人關上了。當她意識到眼前發生了什麼事時，列車已經緩緩地向台兒溝告別了。香雪撲到車門上，看見鳳嬌的臉在車下一晃。看來這不是夢，一切都是真的，她確實離開姐妹們，站在這既熟悉，又陌生的火車上了。她拍打着玻璃，衝鳳嬌叫喊着：「鳳嬌！我怎麼辦呀，我可怎麼辦呀！」

列車無情地載着香雪一路飛奔，台兒溝剎那間就被拋在後面了。下一站叫西山口，西山口離台兒溝三十里。

三十里，對於火車、汽車真的不算什麼，西山口在旅客們閒聊之中就到了。這裡上車的人不少，下車的只有一位旅客，那就是香雪。她胳膊上少了那隻籃子，她把它塞到那個女學生座位下面去了。

在車上，當她紅着臉告訴女學生，想用雞蛋和她換鉛筆盒時，女學生不知怎麼的也紅了臉。她一定要把鉛筆盒送給香雪，還說她住在學校吃食堂，雞蛋帶回去也沒法吃。她怕香雪不信，又指了指胸前的校徽，上面果真有「礦冶學院」幾個字。香雪卻覺着她在哄她，難道除了學校她就沒家嗎？香雪一面擺弄着鉛筆盒，一面想着主意。台兒溝再窮，她也從沒白拿過別人的東西。就在火車停頓前發出的幾秒鐘震顫裡，香雪還是猛然把籃子塞到女學生的座位下面，迅速離開了她。

車上，旅客們曾勸她在西山口住一夜再回台兒溝，熱情的「北京話」還告訴她，他愛人有個親戚就住在站上。香雪並沒有住，更不打算去找「北京話」的什麼親戚。他的話倒使她感到了委屈，她替鳳嬌委屈，替台兒溝委屈。她只是一心一意地想：趕快回去，明天理直氣壯地去上學，理直氣壯地打開書包，把「它」擺在桌上。車上的人既不了解火車的呼嘯曾經怎樣叫她像隻受驚的小鹿那樣不知所措，更不了解山裡的女孩子在大山和黑夜面前到底有多大本事。

列車很快就從西山口車站消失了。留給她的又是一片空曠。一陣寒風撲來，吸吮着她單薄的身體。她把滑到肩上的圍巾緊裹在頭上，縮起身子在鐵軌上坐下來。香雪感受過各種各樣的害怕，小時候她怕頭髮，身上沾着一根頭髮擇不下來，她會急得哭起來；長大了她怕晚上一個人到院子裡去，怕毛毛蟲，怕被人胳肢（鳳嬌最愛和她來這一手）。現在她害怕這陌生的西山口，害怕四周黑幽幽的大山，害怕叫人心跳的寂靜，當風吹響近處的小樹林時，她又害怕小樹林發出的窸窸窣窣的聲音。三十里，一路走回去，該路過多少大大小小的林子啊！

一輪滿月升起來了，照亮了寂靜的山谷、灰白的小路，照亮了秋日的敗草、粗糙的樹幹，還有一叢叢荊棘、怪石，還有漫山遍野那樹的隊伍，還有香雪手中那隻閃閃發光的小盒子。

她這才想到把它舉起來仔細端詳。她想，為什麼坐了一路火車，竟沒有拿出來好好看看？現在，在皎潔的月光下，她才看清了它是淡綠色的，盒蓋上有兩朵潔白的馬蹄蓮。她小心地把它打開，又學着同桌的樣子輕輕一拍盒蓋，「噠」的一聲，它便合得嚴嚴實實。她又打開盒蓋，覺得應該立刻裝點東西進去。她從兜裡摸出一隻盛擦臉油的小盒放進去，又合上了蓋子。只有這時，她才覺得這鉛筆盒真屬於她了，真的。她又想到了明天，明天上學時，她多麼盼望她們會再三盤問她啊！

她站了起來，忽然感到心裡很滿，風也柔和了許多。她發現月亮是這樣明淨，群山被月光籠罩着，像母親莊嚴、神聖的胸脯；那秋風吹乾的一樹樹核桃葉，捲起來像一樹樹金鈴鐺，她第一次聽清它們在夜晚，在風的慫恿下「嘩啷啷」地歌唱。她不再害怕了，在枕木上跨着大步，一直朝前走去。大山原來是這樣的！月亮原來是這樣的！核桃樹原來是這樣的！香雪走着，就像第一次認出養育她成人的山谷。台兒溝呢？不知怎麼的，她加快了腳步。她急着見到它，就像從來沒見過它那樣覺得新奇。台兒溝一定會是這樣的：那時台兒溝的姑娘不再央求別人，也用不着回答人家的再三盤問。火車上的漂亮小伙子都會求上門來，火車也會停得久一些，也許三分、四分，也許十分、八分。它會向台兒溝打開所有的門窗，要是再碰上今晚這種情況，誰都能從從容容地下車。

今晚台兒溝發生了什麼事？對了，火車拉走了香雪，為什麼現在她像鬧着玩兒似的去回憶呢？四十個雞蛋也沒有了，娘會怎麼說呢？爹不是盼望每天都有人家娶媳婦、聘閨女嗎？那時他才有幹不完的活兒，他才能光着紅銅似的脊梁，不分晝夜地打出那些躺櫃、碗櫥、板箱，掙回香雪的學費。想到這兒，香雪站住了，月光好像也黯淡下來。腳下的枕木變成一片模糊。回去怎麼說？她環視群山，群山沉默着；她又朝着近處的楊樹林張望，楊樹林窸窸窣窣地響着，並不真心告訴她應該怎麼做。是哪兒來的流水聲？她尋找着，發現離鐵軌幾米遠的地方，有一道淺淺的小溪。她走下鐵軌，在小溪旁邊蹲了下來，她想起小時候有一回和鳳嬌在河邊洗衣裳，碰見了一個換芝麻糖的老頭。鳳嬌勸香雪拿一件舊汗褂換幾塊糖吃，還教她對娘說，那件衣裳不小心叫河水給沖走了。香雪很想吃芝麻糖，可她到底沒換。她還記得，那老頭真心實意等了她半天呢。為什麼她會想起這件小事？也許現在應該騙娘吧，因為芝麻糖怎麼也不能和鉛筆盒的重要性相比。她要告訴娘，這是一個寶盒子，誰用上它，就能一切順心如意，就能上大學、坐上火車到處跑，就能要什麼有什麼，就再也不會被人盤問她們每天吃幾頓飯了。娘會相信的，因為香雪從來不騙人。

小溪的歌唱高昂起來了，它歡騰着向前奔跑，撞擊着水中的石塊，不時濺起一朵小小的浪花。香雪也要趕路了，她捧起溪水洗了把臉，又用沾着水的手抿光被風吹亂的頭髮。水很涼，但她覺得很精神。她告別了小溪，又回到了長長的鐵路上。

前邊又是什麼，是隧道，它愣在那裡，就像大山的一隻黑眼睛。香雪又站住了，但她沒有返回去，她想到懷裡的鉛筆盒，想到同學們驚羨的目光，那些目光好像就在隧道裡閃爍。她彎腰拔下一根枯草，將草莖插在小辮裡。娘告訴她，這樣可以「避邪」。然後她就朝隧道跑去。確切地說，是衝去。

香雪越走越熱了，她解下圍巾，把它搭在脖子上。她走出了多少里？不知道。儘管草叢裡的「紡織娘」、「油葫蘆」總在鳴叫着提醒她。台兒溝在哪兒？她向前望去，她看見迎面有一顆顆黑點在鐵軌上蠕動。再近一些她才看清，那是人，是迎着她走過來的人群。第一個是鳳嬌，鳳嬌身後是台兒溝的姐妹們。

香雪想快點跑過去，但腿為什麼變得異常沉重？她站在枕木上，回頭望着筆直的鐵軌，鐵軌在月亮的照耀下泛着清淡的光，它冷靜地記載着香雪的路程。她忽然覺得心頭一緊，不知怎麼就哭了起來，那是歡樂的淚水，滿足的淚水。面對嚴峻而又溫厚的大山，她心中升起一種從未有過的驕傲。她用手背抹淨眼淚，拿下插在辮子裡的那根草棍兒，然後舉起鉛筆盒，迎着對面的人群跑去。

山谷裡突然爆發了姑娘們歡樂的吶喊。她們叫着香雪的名字，聲音是那樣奔放、熱烈；她們笑着，笑得是那樣不加掩飾、無所顧忌。古老的群山終於被感動得顫慄了，它發出寬亮低沉的回音，和她們共同歡呼着。

哦，香雪！香雪！

（原載《青年文學》1982 年第 5 期）

**梁曉聲**

梁曉聲（1949—　），山東榮成人。作家。著有短篇小說集《天若有情》、《白樺樹皮燈罩》、《死神》，中篇小說集《人間煙火》，長篇小說《一個紅衛兵的自白》、《從復旦到北影》、《雪城》等。

# 這是一片神奇的土地

## 一

那是一片死寂的無邊的大澤，積年累月浮蓋着枯枝、敗葉、有毒的藻類。暗褐色的凝滯的水面，呈現着虛偽的平靜。水面下淤泥的深淵，漚爛了熊的骨骸、獵人的槍、墾荒隊的拖拉機……它在百里之內散發着死亡的氣息。人們叫它「鬼沼」。

我到北大荒後，聽了許多關於「鬼沼」的傳說：沒有月亮也沒有星星的深夜，荒原在靜謐的黑暗中沉睡的時候，可以看見那裡有綠熒熒的忽閃的「鬼火」飄動，可以聽到當年被「鬼沼」吞陷的熊的巨吼、獵人求救的槍聲和其他不幸遇難者們絕望悲慘的哀呼……還可以聽到一種怪異的鳥叫聲，那聲音彷彿一個女人在淒涼地哭嚎着：「多可憐、多可憐……」然而誰也沒有見過這種鳥什麼樣子。鄂倫春人把這種鳥叫做「收魂鳥」，說它們是大地之神變化的精靈，在深夜招收並撫慰那些喪命於「鬼沼」的人和動物的幽魂。「鬼火」是它們打的燈籠。

「鬼沼」像希臘神話傳說中令人恐怖的九頭惡龍，霸佔着它身後的萬頃沃土。一馬平川，只要春天播下種子，秋天便能收回千萬噸糧食。然而沒有人敢涉過「鬼沼」，去播下一粒種子。據說當年日本關東軍的一個大佐，對那片沃土發生了興趣，幻想在那裡創建個農場，將來做個大農場主，曾親自率領一個勘查小隊在冬季越過了「鬼沼」。他們如泥牛入海，一去未返。北大荒的老人們，有說他們被狼群吃掉了的，有說他們被零下四十多度的嚴寒凍死了的，有說他們給養不足餓死了的，有說他們被鄂倫春部落消滅了的，也有的說他們春天回返時，連人帶車陷沒在沼底……鄂倫春人把那萬頃沃土叫做「滿蓋荒原」。「滿蓋」是鄂倫春語魔王的意思。冬季他們偶爾也出現在那荒原上，但絕不獵殺那裡任何一隻動物，懼怕受到「滿蓋」的懲罰。

恐怖的「鬼沼」！神秘的「滿蓋荒原」！

我到北大荒的第三年冬季，我們連隊由十幾個知識青年組成了一支墾荒先遣小隊，向那裡進發了！

我們這個連隊，由於當初選點錯誤，耕地有限，低窪，麥收時一碰上雨季，收割機就陷在麥地裡，像一隻隻癱瘓的大蛤蟆，無法作業。因此，連年歉收。那一年更慘，連種子都沒有收回來。團裡決定解散我們這個連隊。全連二百多朝夕相處的知識青年，將被分插到各個兄弟連隊去。這意味着，我們不但不能向國家貢獻糧食，而且也養活不了自己了！我們剛到北大荒三年呀！許多人還要在戰天鬥地中大有作為呢！屯墾戍邊的信念還沒有動搖呢！艱苦創業的精神和熱情還沒有泯滅呢！

還有什麼能比團裡這個決定更令我們感到恥辱？！許多人聽老連長羞慚地宣布了決定後，當場哭了。副指導員李曉燕，首先站起來激烈地堅決地反對接受這個恥辱的「解散令」。

她說：「連隊絕不能解散！我們可以去開墾『滿蓋荒原』！我們離它最近，早就應該想到開墾它了！我們要把連隊重新建設在那裡！要在『滿蓋荒原』上留下第一行墾荒者的足迹！要向團裡提出保證，當年開荒！當年打糧！第二年建新點！我們立軍令狀！」

我們聽慣了甚至聽厭了副指導員在任何場面說出的豪言壯語。可她說出的這番話，是怎樣地激動了我們鼓舞了我們啊！我覺得那是她說出的最豪邁最有力量的話！許多人和我有同樣的看法。

團裡收回了已經下達的決定，接受了我們的軍令狀。

幾天之後，我們連隊的兩台最新的五十四馬力的拖拉機，披紅戴花，拽着趕製的木爬犁，在全連人的列隊送行下，駛向茫茫雪原。

希望、信賴、寄託、無言的叮囑，從一雙雙默默注視着我們的眼睛裡表達出來。我們每一個墾荒隊員都從這些眼睛裡體驗到了責任感。我們每一個人都哭了。

哦！我們這些年輕人！

我們是多麼珍重責任感啊！

我們是多麼容易激動和被感動啊！

第一輛爬犁裝載着糧食和行李。第二輛爬犁上搭着帳篷。我們十幾個墾荒隊員，一個緊挨一個地擠在帳篷裡。我坐在扣着的破臉盆上，用膝蓋夾着一本翻開的《虹南作戰史》。我猜想，它是我們這一行人唯一的精神食糧。不過我並不靠它充塞頭腦和思想。我兩眼注視着書頁上的鉛字，卻在回憶我所讀過的《戰爭與和平》、《約翰·克利斯朵夫》、《悲慘世界》、《紅與黑》……內心深處被書中人物的命運暗暗感動。

身旁坐着我妹妹，她懷裡抱着一個柳條編的小籠子，籠子裡關着一隻小松鼠。一路上，她一句話都沒有說，像個啞巴。她的臉色那麼蒼白，表情那麼呆滯，眼神那麼凄涼！我沒有兄弟也沒有姐姐，就只有這一個妹妹。我從小愛她，可是我當時可憐她又恨她，不久前她敗壞了自己的名譽，令我丟盡了臉。

對面坐着副指導員李曉燕，身旁坐着鐵匠王志剛。他黑，健壯魁梧，有一張線條粗獷的臉，給人一種意志堅定、力大無窮的堂堂男子漢的印象。他使人聯想到莎士比亞悲劇中的人物奧賽羅，因此獲得了一個「摩爾人」的綽號。他性格孤獨，為人正直，敢於主持公道，不喜歡出風頭，但一言一行都在知青中具有潛在的影響力。我嫉妒他在我們知青中那種無形的任何人不能匹敵的威信。他暗暗愛着我們的副指導員李曉燕。這一點許多男知青都知道，他自己也在大宿舍裡公開承認過。但卻沒有一個人敢在這一點上開他一句玩笑。我欽佩他公開承認愛情的勇氣和驚人的坦率。從那天起，我把他看成了我的對頭。因為我也暗暗地愛着我們的副指導員。他參加到我們這支墾荒隊，是副指導員指名道姓點的將。這尤其使我嫉妒極了！而更加使我嫉妒的是，李曉燕此刻竟將頭靠在他寬厚的肩膀上，似睡非睡地打盹！

我瞧着她，心中不禁又一次暗問自己：我為什麼會愛她？她身上究竟具有什麼吸引我的魅力？是因為她美麼？不錯，她美。她是個上海姑娘，有一張清秀嫵媚的臉，臉上的皮膚白淨，五官俊俏，一雙眼睛很大，很明亮。眉毛又細又長，和眼睛之間的距離略寬了些，這就使她的臉上永遠呈現了一種揚眉凝睇，驚詫不已的表情。自從我第一次見到她，就再也不能不注意她。她太自然地使我聯想到了意大利畫家包爾第尼的傑作《瑪爾波公爵夫人肖像》。我甚至不能判斷究竟是那幅肖像更酷似她，還是她更酷似那幅肖像。她的身材也很優美，修長，苗條，亭亭玉立。據說她是上海芭蕾舞學校小班的尖子學員，許多部隊文工團和地方文藝單位爭着招收過她，她都拒絕了，卻自願報名來到北大荒。我見過、接觸過、結識過的容貌美麗的姑娘，絕不僅只她一個。我不是那麼容易被姑娘們的外表美所迷惑、所傾倒、所動心的人。越是在美麗的姑娘們面前，我越會表現出一種孤傲的清高來。我的座右銘是：絕不輕率地做愛情的俘虜。那麼，是不是她那嚴肅莊重的性格引起了我的好感呢？也不。我更喜歡性格熱情爽朗的姑娘，我甚至認為她那種嚴肅和莊重是做作的虛偽的，我曾因此而極端地輕蔑過她。她一到北大荒就立下了誓言，為了自覺考驗自己扎根邊疆的堅定性，三年之內不探家。她對全連女青年提出倡議：不照鏡子、不抹香脂、不穿花衣服。她的倡議得到了一致的響應，是否真誠，大可懷疑。據女青年們透露，她經常深為自己的臉那麼白嫩而苦惱，夏天裡，曾偷偷地跑到小河邊，獨自躺在僻靜的河灘曝曬過，但卻只能使她的臉色白裡透紅，而不能進一步紅裡透黑。因此她故意在穿着方面比所有的姑娘更男性化，以彌補在「曬黑了皮膚才能煉紅了心」這一「接受再教育」標準上的先天不足。她還有意幹和男青年們同樣勞累的活兒，想使自己的體形改造得更符合「勞動者的美」。遺憾的是成效甚微，三年來雖然健壯了些，還是那麼修長、那麼苗條、那麼亭亭玉立，像一株挺拔的小白樺。她果真三年沒有探家。第一年裡她當上了排長，第二年裡她入了黨，第三年裡她當上了我們的副指導員，成了全團知識青年扎根邊疆的光榮榜樣。

就在第三年的夏季，團裡任命她為副指導員不久後的一天傍晚，我支着自製的簡易畫夾在河邊寫生，忽然聽到小河上游有人在輕輕地唱歌：

九九那個艷陽天那哎嗨喲，

十八歲的哥哥呀坐在小河邊……

這首歌當時是列入「黃色歌曲」一類，絕對禁止唱的。是哪一個姑娘在唱呢？她也太忘情太大意了！如果讓我們的副指導員聽到，少不了又要開展一場「思想意識領域內的鬥爭」。然而她唱得多好聽呵！嗓音那麼甜、那麼圓潤、那麼婉轉。我完全是出於好奇心，收起畫夾，悄悄地順着河沿朝上游尋聲覓去。在一株歪脖子老柳樹下，在一叢蒿草的掩蔽處，隔着小河我瞧見了唱歌的姑娘，竟是我們副指導員！她坐在河邊一塊光滑的大青石上，兩隻赤腳探入水中，褲筒捲在膝蓋以上，裸露着一段潔白的小腿。她正在洗衣服，那好聽的甜而圓潤的歌聲，就是她一邊洗衣服一邊唱出來的：

九九那個艷陽天那哎嗨喲，

十八歲的哥哥惦記着小英蓮……

我，癡癡地隔岸望着她，完全呆住了。

她三搓兩揉，一淘一漂，洗完了最後一件衣服，擰乾，從大青石上站起身，踏上河岸，踮着腳尖，小心翼翼地走過一片鵝卵石，將衣服晾在灌木枝椏上。由於她怕卵石硌腳，因此她的腳抬得高，放得輕，步子很碎，使她小心翼翼走的那幾步路，很像芭蕾舞《天鵝湖》裡的一段小天鵝舞。她晾好衣服，又以那樣的步子走回河邊，她隨手在河邊摘了幾朵野花，聞了聞，欣賞地玩弄了一會兒，左三朵右二朵，插進鬢髮裡了。她蹲下身去，久久地注視着水面。她在欣賞她自己！她在欣賞她的美！她對她自己欣賞了那麼久才緩緩地直起身。忽然，她輕盈地躍到那塊光滑平坦的大青石上，伸展雙臂，優美地旋轉了半圈，竟跳起節奏歡快熱情而急促的墨西哥民間舞來！

畫夾從我手中脱掉，掉進河裡，順水漂流！畫夾落水發出的輕微聲響，令她倏然停止了舞蹈，警覺地朝對岸看來，發現了我，便頓時僵立在大青石上。那姿態像一頭疑惑的小鹿，又像一隻受驚欲飛的仙鶴。

隔着小河，她望着我，我望着她。

我們都呆愣住了。

我首先恢復了常態，跳到河裡，把我的畫夾搶救到手，涉着淺淺的河水，裝出若無其事的樣子，蹚到了對岸。這時，她插在鬢髮裡的幾朵野花已經不見了，捲起的褲筒也放了下來。

「你，你到河邊幹什麼來了？」她主動問我，分明想在心理上先發制人，顯出非常自然的樣子，竭力掩飾着窘態，竭力保持一個莊重的姑娘在小伙子面前的矜持，竭力保持一個副指導員的尊嚴。然而，她卻沒有來得及扣上她那件洗白了的兵團服的衣扣，敞露出了短小而緊束的淺粉色的襯衣。那是一件雞心領的質地很薄的襯衣。我無意地瞥見了她那雪白的頸子，雪白的一部分前胸和同樣雪白而渾圓的肩膀，瞥見了她那在緊束的襯衣下高聳的雙乳的優美輪廓。我迅速地移開了目光。在那一瞬間我的心怦怦跳動，臉一陣火熱，我竟莫名其妙地產生了一種可恥的罪過感，我竟覺得我褻瀆了她、也褻瀆了我自己。雖然我可以對天發誓，那一瞬，我心裡絕沒有萌發一點點邪念，哪怕是一個小伙子對於一個動人的姑娘那種可以原諒的倏忽間的本能的衝動，而這種衝動，是上帝創造的亞當對夏娃也曾萌發過的。

她太敏感了！我的目光僅僅從她身上一掠而過，她就像接受了電子訊號的儀器，立刻下意識地用兩隻手掩上了衣襟，並且馬上轉過身去。當她再轉過身來的時候，站在我面前的，又是我所熟悉的一位副指導員了。她連外衣的領鈎都勾上了，只不過還赤着一雙腳。就連這雙赤腳，她也在使勁踩陷在河邊的泥沙裡去，用泥沙掩埋住。

她這些接連的舉動，令我感到受了莫大的侮辱！

我想找一句話打破這尷尬的局面，但說出口的卻是一句愚蠢之極的話：「你……太美了！」

「什麼？……」她的臉紅得像一朵彤雲。由於我的意外出現，使她從剛才那種自我陶醉的忘情境界之中，陷入眼前這種無法掩飾的窘迫地步，我頓感內疚，也從內心深處對她可憐起來。

「我……我是說，你剛才跳的那段舞，真美極了！如果我沒說錯的話，那該是一段墨西哥的民間舞吧？」

「跳墨西哥舞？我？！別開玩笑了，我不過是做了一套中學生廣播體操！」她偽裝出一種迷惑的模樣，用那麼嚴肅那麼認真的口氣加以解釋。

「這麼說，你也要否認你剛才唱過歌啦？」

「唱歌？我剛才是唱過歌的。這有什麼必要否認呢？」她臉上的表情，在偽裝的迷惑之外，又增添了偽裝的坦率。

一道清河水，一座虎頭山，

大寨就在那個山那邊……

她又唱了兩句，說：「我剛才就是唱這支歌，怎麼，你聽到了？……」

這時，她臉上的緋紅已消失，神態也變得自然了。

我感到她簡直是在把我當成一個瞎子一個聾子加以公然的愚弄！

我慍怒了，冷冷地說：「不！我聽到你唱的不是這支歌！你唱的是『十八歲的哥哥惦記着小英蓮』！」

「十八歲的哥哥？什麼小英蓮？你別瞎說！我聽都沒有聽到過這支歌！」她那兩條又細又長的眉毛揚了起來，使她本來有一種詫異表情的臉，顯出不但詫異而且驚愕的表情來。彷彿我當面說她是一個賊！

這麼富有魅力的動人的一張臉，幾次虛偽的變化的表情就浮現在這張臉上。

我驚怪地凝視着這張臉，在她面前僵立了。我對她再也無話可說。她在我眼中彷彿是埃及的獅身人面怪物斯芬克司（Sphinx），斯芬克司也要比她坦白！因為斯芬克司對所有的人都說同一句話：「猜不中我的謎，我將吃掉你！」斯芬克司也要比她知道羞恥！因為斯芬克司被俄狄浦斯猜中了謎語後，畢竟從巍峨的岩石上跳下去摔死了！而她，竟要使一個神經正常的人相信自己大白天活見鬼！

我幾乎是惡狠狠地對她說出這兩個字：「虛偽！」

我猛轉身，懷着對她似乎永遠也無法消除的鄙視，悻悻地大步走了。

「等等！」她叫住了我。

我站下，並沒有轉過身，但卻想象得出她是怎樣慌張急促地追到了我身後，也感覺到了她那惴惴不安的呼吸。

「你，你要匯報給連裡知道麼？……」她吶吶的語調中，帶着難於明言的苦苦哀求。

我心軟了，背對着她，搖搖頭，我走出很遠，情不自禁地回頭望了一下。她，她仍站在小河邊，像一尊石雕，一動也不動……

我沒有對任何人說過這件事。

我還不至於那麼卑劣！

從那以後，過每一次團組織生活，當她誨人不倦地對我們進行種種思想意識方面的教育時，一接觸我的目光，語調和神態就不自然起來……

這倒使我覺得有些對不住她了。

不久，我收到了母親病重的電報。連裡沒有批假，理由很簡單——正值夏收季節，我是康拜因手。其實我知道，主要的原因是，連長不相信這封電報的真實性。某些想父母想得厲害的知識青年或者他們的父母，曾用父母病重、病危，甚至病故之類的電報，使我們的連長上了好幾次當。連長是個典型的經驗主義者，對這樣的人，解釋和哀求都是沒有用的，效果只能適得其反。但我卻不能對這封電報無動於衷。我父親去世得早，母親是街道小五七廠的工人。她在困苦的生活中把我和妹妹拉扯大是多麼不容易？誰也不能比我更體諒她為我們兄妹操碎了的那顆心。如今我和妹妹都來到了北大荒，將她一個人孤苦伶仃地撇在了家裡。她是個剛強的女人，無論多麼想念我和妹妹，她都不會採取欺騙手段的……

我必須立刻回到母親身邊！

我在當天就悄悄地離開了連隊……

呵！我的母親！這一輩子受盡了生活的辛酸磨難的女人！她太剛強太愛她的孩子了！她明明已經病得奄奄待斃，自知將不久於人世了，卻只給她的兒子拍了一封「病重」的電報，她怕「病危」這樣嚴峻的字眼兒會驚嚇她的孩子。

母親活在人世的最後五天，我給予了她老人家一個兒子所能給予的最大限度的愛和孝心，也代替我的妹妹，報答她把我們帶到這個世界上來並撫養成人的恩情。

五天，短短的五天啊！無論我在這五天內給予她老人家多少愛多少孝心，那也只能僅僅算是一個兒子對母親的象徵性的報答啊！而這種報答卻成了永恆的抵消！

母親死前給我留下的最後一句話是：「照顧好你妹妹！她就你一個親人了！」

我帶着一顆悲哀得麻木的心回到了連隊。

回去當天，團支部按照連長的指示，討論給我這個「逃跑主義者」以什麼樣的處分。事先有人向我透露，要拿我當典型，殺雞給猴看；處分早已確定——開除團籍。討論不過是走個組織形式。

而我，卻根本對任何處分都無所謂了。

副指導員主持討論。我想，她這下子該稱心如意了！可以堂而皇之地對我實行報復了。我準備一言不發地聽她大發一通議論，一言不發地接受她對我的批判。

她讓我先談談對自己的錯誤的認識。

我，誰都不看，只漠然地喃喃說了一句：「我母親……死了……三天前……」說完這句話，便低下頭，用雙手捂住了臉。我憑感覺肯定，所有的人的目光都一下子投注到了我身上。

一刹那間，似乎每一個在場的人都停止了呼吸，寧靜得令人窒息，好像空氣都凝固了！許久許久，我聽到副指導員用極其低微的剛剛能使人聽到的聲音說了兩個字：「散會……」

她第一個起身離開了。

當我邁動機械的步子經過連部時，聽到裡面傳出了副指導員和連長激烈的爭吵聲，她對連長的「指示」從來是奉若神明的，我不禁停下了腳步。

「我是一連之長，難道沒有處分一個戰士的權利？！」是連長惱怒的四川口音。

「我是團支部書記，如何處分一個犯了錯誤的團員，這是團組織的權利！」副指導員的聲音也那麼激動。

「你這樣做，是袒護一個逃兵！」

「逃兵？他是從戰場上逃跑的嗎？他逃到黑龍江對岸去了嗎？你知道嗎？他母親已經死了！他在母親死後第三天就回到了連隊！……」

「哦！死了？……」

「連長！我也是一個知識青年，我也有老父老母，他們日夜思念我，我也日夜思念他們。要不是我受自己誓言的約束，我也想立刻就回到父母身邊去，但……我不能夠！我不同意開除他的團籍！連長！請你設身處地想一想！……」

我聽到了她的哭聲。

我站在連部外面，頓時淚如泉湧！

我心裡對她充滿了感激！不是因為她代替我辯護，而是因為她說的那句話：「我也是一個知識青年……」

這一句話，完全消除了在此之前我對她的種種誤解和偏見。憑這一句話，就足以令我心甘情願地去為她赴湯蹈火。

這句話，使我看到了一個姑娘高尚的本性！一顆富有同情的心！然而，又是她，親口告訴了我一件如雷轟頂的事，在兩天後……

「我們一塊兒走好嗎？」

收工之前，她接着我鋤完了最後一條漫長的田壟。當我們鋤碰鋤的時候，她對我說了上面那句話。這是三年來她第二次主動跟我說話。第一次，就是不久前在那條小河邊。她臉上陰沉的嚴峻的表情，令我產生了不祥的預感。

所有的人都扛着鋤頭列隊時，她又當眾大聲對我說了一句：「你留一步，我們一塊兒走！」男女青年，都用異樣的目光看着她，也看着我。

當他們走遠，她盯着我說：「我沒有得到你的同意，就把你妹妹調到我們連隊來了。」

「啊！她……她怎麼了？快告訴我！」

「在你回家期間，她……」

「說！」

「她做了一次人工流產……」

我的身子搖擺了一下，險些栽倒！

她上前一步，雙手扶住了我。

我粗暴地推開她，大吼：「你胡說！」

她踉蹌着倒退一步，恐懼地瞧着我，從顫抖的嘴唇間擠出兩個可怕的字：「真的。」

我覺得自己朝腳下的土地陷了進去！我想可怕地喊叫出什麼，卻似乎又有團東西堵住了喉嚨！我張大了嘴，只發出一種嘶啞的類似呻吟的聲音。我瞪大了眼睛怪異地看着她，她卻在我眼前模糊起來。

我突然發了瘋似的朝連隊飛跑……

那天夜裡，當大宿舍響着此起彼伏的鼾聲時，我將頭蒙在被子裡，咬着被角無聲地哭了一夜。我想起了母親彌留之際的叮囑，而我還沒有將母親的死告知妹妹，她卻做出了這種身敗名裂的事，還有臉調到我所在的連隊來，企圖得到我的庇護，不！我要嚴懲她，以一個哥哥的權力！替死去的母親！

第二天，我被副指導員叫到連部，在那裡見到了妹妹。我當時一定是惡魔附體了！我像兇猛的豹子一樣朝妹妹撲過去，雙手抓住她的頭髮，使勁把她的頭接連地朝土牆上撞、撞、撞……

「住手！」我聽到副指導員變了調的嗓音喝止，衝上前來掰我的手。

我對她大吼：「滾開！」

我折磨的是妹妹，但又像是我自己，我在這種歇斯底里的發作中感到了一種痛快。

「啪！」我臉上挨了一記狠狠的耳光。

我終於鬆開了手。

第二記耳光比第一記耳光更狠。

這兩記耳光頓時把我打清醒了，我不禁倒退數步，下意識地摸着火辣辣的臉頰。

妹妹，從始至終，一聲沒有吭，沒有呻吟，沒有叫喊，沒有哀求。被我抓得凌亂的頭髮，遮掩了她那張毫無血色的蒼白的臉，那張淚水漣漣的臉，那忍辱吞聲的深陷在眼窩中的大眼睛。

副指導員的臉色像妹妹的臉色一樣蒼白，她緊緊地把妹妹摟在懷裡，胸脯劇烈地起伏着，欲以命相搏地瞪着我。

「畜生！」

這是我第一次從她口中聽到的一句罵人話。

從那一天起，我愛上了她……

她現在就坐在我對面。搭着帳篷的爬犁，被疲倦的鐵牛拖着，在茫茫雪原上挺進……篷簾捲着，灌進來被西北風揚起的雪粉，我們凍得縮手縮腳，但誰也不想把帳篷簾放下來。從帳篷口望去，始終是白色……白色的大地，白色的山巒，白色的河，白色的林。「大煙泡颳起來了」，如萬千頭發了瘋的野牛齊頭奔突，示威地追逐在大爬犁後面。

副指導員默默環視着每一個人，自言自語地説：「誰來講個故事？要不就大家一塊兒唱支歌！」

沒有誰對她的提議做出任何反應。大家疲勞了。

副指導員把目光停在我臉上。

我清了一下嗓子，唱起了《兵團戰士之歌》：

兵團戰士，胸有朝陽，

一手拿槍，一手拿鎬……

沒有一個人隨聲附和，我只得唱了開頭兩句，便知趣地打住了。

這時，「摩爾人」王志剛吹起了口哨。他唱歌不行，口哨卻吹得相當好。令我暗吃一驚的是，他吹的竟是著名的俄羅斯民歌《三套馬車》，這個「摩爾人」！簡直不把副指導員的存在當成一回事。可他那口哨聲真令人着迷，像黑管，又像小號，節奏、曲調吹得準確無誤，流露出淡淡的感傷和深沉的憂鬱。

不知是誰，竟低聲和着口哨唱了起來，接着，第二個，第三個……終於，非常自然地形成了小合唱。

我的妹妹抬起頭，瞪大了黑眼睛，愕然的目光不安地瞧瞧這個，瞅瞅那個，又很快地垂下了頭。她暗暗發出一聲深長的嘆息，使我的心靈惻然一動。

我，面對面地注視着副指導員，猜想她立刻就會嚴肅地加以制止了！

她，卻無動於衷。頭，仍靠在「摩爾人」肩上。

她竟閉上了眼睛，裝出睡意朦朧的樣子。我發現，她放在腿側的手，分明在偷偷點着拍子！

我的自尊心被刺傷了，緊緊地咬住了嘴唇。

冰雪遮蓋着伏爾加河，

冰河上跑着三套車，

有人在唱着憂鬱的歌，

唱歌的是那……

夜幕悄悄降臨了，暴虐的「大煙泡」不知是自甘屈服，還是被全速挺進的拖拉機遠遠甩到了後面，荒原那麼沉靜！

黑暗完全替我們垂下了篷簾……

## 二

我們的拖拉機像遠遷的鄂倫春部落，在茫茫的雪原上奔駛了整整兩天兩夜。當我們打開地圖，一致確信拖拉機履帶已經碾在積雪覆蓋的「鬼沼」的冰面上時，正是荒原莊嚴而肅穆的黎明時分。

呵！「鬼沼」！它並非像傳説中那麼恐怖，也許因為它處在冬眠狀態，雪被罩住了它那猙獰的真實面目吧。我們看到了什麼？彷彿看到了世界最大的湖泊被冰結在眼前，「滿蓋荒原」——它平坦得令我們這批墾荒者難以置信，直鋪到遙遠的地平線。

「魔王！你在哪裡？你出來！」我們的一個夥伴大聲呼喊。

「魔王」沒有出現。

鐵匠王志剛突然朝不遠處一指：「你們看！」——一根從正中間劈開的圓木樁釘進土地，傾斜地立在那裡。我們都好奇地走了過去。副指導員拂掉木樁上的雪，我們看到了一塊木碑，纍纍斧痕粗糙砍平的劈面上，刀刻的字迹被風雨所侵蝕，只能依稀認出「死於此……」三個歪扭的字。

我相信，我們每個人當時都和我一樣，倒吸了一口冷氣。

「那裡，還有一個！」我的妹妹又發現了同樣的不祥之物，她第一個朝拖拉機退去。

副指導員低聲説：「我們走吧，別攪擾他們安息了。」

……

如果有人問我：「你在北大荒感到最艱苦的是什麼？」

我的回答是：「墾荒。」

如果有人問我：「你在北大荒感到最自豪的是什麼？」

我的回答還是：「墾荒。」

為了尋找有水源有林子的理想地點，我們的足迹幾乎踏遍了「滿蓋荒原」。我們發現了一條在地圖上沒有標出來的小河，它是「滿蓋荒原」上唯一潔淨的水源，被我們命名為「流浪者」。我們發現它之前，它像流浪漢在荒原上不知徘徊了多少歲月，現在我們在它身邊扎下了帳篷。

當冰雪消溶的時候，當「流浪者」唱起了《拉茲之歌》的時候，我們閃亮的犁頭劈進了「滿蓋荒原」的胸膛。若非墾荒者，誰能體會拖拉機翻起第一壟處女地時那種喜悅？這荒原上有那麼多的狼，光天化日之下，它們三五成群，大模大樣地尾隨在我們的拖拉機後面，捕食被犁頭翻出的肥大的土撥鼠。夜晚，它們就在我們的帳篷四周嗥叫。創業的艱苦，使墾荒隊的每一個小伙子都變成了聖徒。副指導員跟我的妹妹，和我們同住在一頂帳篷裡。一塊毯子分隔開了她們的狹小天地，毯子後面是神聖不可侵犯的「巴黎聖母院」。

一天深夜，我從睡夢中偶然醒了一次，卻沒有聽到拖拉機翻地的轟響。我一下子跳起，來不及多想，只穿着短褲，就闖進了「巴黎聖母院」，將副指導員從被窩裡捅了起來。

「你，你要幹什麼？！」

「拖拉機不響了！『摩爾人』在翻地！」

「啊！」副指導員順手就操起了步槍。

拖拉機不響，意味着「摩爾人」出了事。所有的人都驚醒了！正當大家要奔出帳篷，「摩爾人」從外面鑽了進來。馬燈光下，我們見他身上揹着一隻狼，兩手拽着狼的兩隻前爪，頭頂住狼脖子；那隻狼朝天張大着嘴，兩隻後腿抓在他的腰胯上。

「摩爾人」大聲説：「快動手！它還活着！」

我們各自操傢伙，棍棒齊下，將那隻狼在他背上打死了，好大的一隻白毛老蒼狼！

「摩爾人」一下子坐在地鋪上，喘息了半天，才説：「拴大犁的鋼絲繩斷了，我回來換鋼絲繩，這東西跟上了我，出其不意地將兩隻前爪搭在我肩上……」他的臉上、手上盡是血痕，棉衣被撕成碎片。他擰着眉脱下棉衣，裡面的絨衣和皮肉被狼的後爪抓得稀爛！

副指導員命令我的妹妹：「快，拿醫藥箱來！」

這時，我們才發現，她僅穿着襯衣襯褲，光着一雙腿。她也意識到了什麼，在我們的目光下一時顯得不知所措。隨即，她鎮定了下來，從容地說：「都瞪着我幹什麼？沒你們的事了，全睡覺去！」

大家都一個個順從地鑽進了被窩，我沒有。我將馬燈舉在「摩爾人」頭頂。

副指導員第一次那麼柔情地看了我一眼，一句話也沒有說，立刻從妹妹手中接過醫藥箱，替「摩爾人」小心翼翼地包紮傷處……

我妹妹是墾荒隊員的「內務大臣」，給我們做飯、洗衣服。從連隊帶來的凍菜吃光了，任何一種野菜還都沒有從荒原上生長出來。為了使我們能吃得稍微滿足點，她對剩下的兩袋麵粉發揮了充分的創造性：饅頭、發糕、花饈、烙餅；甜的、鹹的、又甜又鹹的、先蒸後烙的……

如果說我是因為副指導員而參加墾荒隊的，妹妹則是因為我才來到「滿蓋荒原」上的，我是她唯一的親人。我走到天邊地角，她會追隨我到天邊地角。我那麼兇狠地對待過她，她卻依然在心理上對我希求着蔭庇和保護。我表面上對她仍舊冰冷異常，可感情上早已徹底饒恕了她。

只有自己罪惡深重的人，才不肯饒恕別人。

何況她是我的妹妹，唯一的妹妹！

我有責任保護她。無論在那件可恥的事情發生之後或者之前，我對她盡到過一個哥哥的責任了嗎？沒有！到北大荒的第一天，當我們經過鹿場，她被鹿群迷住了，她請求我和她一塊兒留在鹿場。只要我願意，那是完全可以的，我卻沒有留在她身邊。為什麼？我不願和妹妹在一個連隊。我覺得她太嬌氣又太任性，同在一個連隊會給我添無盡的麻煩。為潔身自好，我逃避一個哥哥的責任，而在她成為輿論和道德嚴厲譴責的對象後，我首先想到的又是她敗壞了我的名聲。因此我憎恨她，不肯給予她半點憐憫和同情……

在「滿蓋荒原」上無數個不眠之夜裡，我內心進行着深刻的反省，我認識了自己的真實面目。我懺悔我是一個多麼自私的哥哥，一個多麼可鄙多麼卑劣的人！

有一天，當帳篷裡只有我和妹妹的時候，我叫了她一聲：「小妹！」她正在案板上揉麵，聽到我叫她，立刻抬起頭。她怔怔地望着我，臉上浮現出無比激動的表情，一雙黑眼睛裡頓時充滿了淚水。

「小妹，你還生我的氣嗎？」我輕輕走到她身邊。

淚水，大顆大顆的淚水，慢慢從她的黑眼睛裡淌出來，順着她蒼白的臉頰滴落到案板上，被她的雙手一下一下地揉進了麵糰裡。

「小妹！……」我的聲音哽咽了。

她倏地轉過身，撲在我身上，沾滿麵粉的雙手緊緊抱住我的脖子，頭偎在我懷裡，放聲大哭起來。

淚水從我眼中簌簌而落。

許久，她才止住了哭聲。她問我的第一句話是：「媽媽的病好了麼？」

我的心像被捅了一刀！

哦，母親！如果你在九泉之下聽到了妹妹這句話，肯定也會老淚縱橫的罷！

但願你聽不到這句話，但願你不再為你的兒女們傷心，可我又多麼希望你能夠聽到這句話呀！妹妹比我更愛您呵！

我沒有勇氣實告小妹，母親已不在人世了！她那脆弱的情感、脆弱的心靈是經不起重擊的。

我低聲回答小妹：「媽媽沒有生病，媽媽太想念太惦記我們了，我告訴她我們都很好，她就放心了。」

妹妹嘴角掛上了一絲笑容，一絲苦澀的笑容，幾天來的第一次笑，如果那種慘然的表情也能算是笑容的話。

「告訴我，那個人是誰？我要教訓他！」

妹妹堅決地搖了搖頭。

「你……愛他？……」

妹妹無語地點了一下頭。

「他呢？……他也愛你嗎？……」

妹妹又點了一下頭。

我注視着妹妹。她臉上呈現出一種天使般聖潔的表情，那是心靈的反射。我茫然了。

妹妹忽然肯定地問：「哥哥，你愛她？」

「誰？！……」

「副指導員。」

「你聽什麼人胡說的？」

「我看出來了。她……也挺喜歡你的！」

「真的？！……」我雙手緊緊抓住了妹妹的兩條胳膊。

「真的。」

「不，我知道她喜歡的是『摩爾人』！」

「她只是信任他，我也信任他，他是一個值得信任的人，任何一個姑娘都會信任像他那樣的人。但她喜歡的是你！她說你是個具有詩人氣質的小伙子，是個雪萊型的小伙子。她說她喜歡雪萊，不喜歡拜倫，雖然他們都是天才的詩人。她還說拜倫只能評定一個女性外表的美醜，而雪萊卻能窺察一個女性內心的善惡。她也知道你在愛她……」

妹妹突然住口了。

我們幾乎同時發現副指導員不知何時呆呆地站在帳篷門口，她顯然聽到了我和妹妹的談話內容。

「哎呀，我晾在河邊的衣服還沒收回來！」我找了個藉口逃出帳篷，在荒野上盲目地奔跑，我覺得「滿蓋荒原」成了世界上最美好的地方。

當天，吃過晚飯以後，我們又圍聚在帳篷裡，講起故事來，這成了我們精神生活的唯一方式。我們什麼故事都講：神、鬼、荒誕的、恐怖的、風趣的……我們每個人，包括副指導員在內，都擺脫了在連隊的種種束縛，真正成了「滿蓋荒原」上「頂天立地」的人。

副指導員娓娓動聽地講了希臘神話《奧德賽》中的一段故事：偉大的俄底修斯攻打下了特洛伊城以後，率領他手下的勇士們從海上返回家鄉伊塔克，結果被逆風吹到了一個孤島上。島上的居民專靠吃一種「忘憂果」度日，他們熱情地把「忘憂果」捐送給俄底修斯和他的勇士們吃。勇士們吃了「忘憂果」，完全被那種誘人的果實的甘美迷惑住了。他們忘記了自己的家鄉和父母，忘記了兄弟姐妹和妻子，忘記了一切朋友，竟無憂無慮地長久留在了孤島上……

我驚訝地發現，她講故事的水平超過我們所有的人，她並不繪聲繪色，只是娓娓道來。但那語調中流露出來的感情，是能夠打動到人的心靈深處的。

她講完了，我們都陷入沉思。只有妹妹嘆息了一聲，自言自語地說：「我真想獲得許多許多那種『忘憂果』……」

副指導員，又是和「摩爾人」坐在一起，又是那樣的將頭靠在他的肩上。大鐵爐子裡的火光，將她的臉映照得那麼紅。火光一閃一閃，她那張美麗的臉忽明忽暗，浮現着一種虛幻的憧憬和淡淡的愁思。

我不禁對她充滿了同情。如果不是三年前她立下了誓言束縛了她，她早該回家探家了，三年呵！她一定比我們每一個人都更加思念她的父母和親友。

我打開畫夾，說：「別動，『摩爾人』，我給你們畫張像！」我的本意是，要給她畫一張肖像。因為此時此刻的她，那麼美麗那麼楚楚動人，但我沒有勇氣坦白說出。「摩爾人」顯然錯誤地認為我的話是對他的當眾揶揄，他頂不能容忍的就是這個。所以，當副指導員下意識地將頭從他肩上移開時，他一把抓住了她的手，冷冷地盯着我，說：「別動！叫他畫，別掃他的興！」語勢中隱含着挑釁。副指導員，又順從地將頭靠在了他肩上，微微一笑，也注視着我。

我再沒說什麼，認真地畫了起來。我看她一眼，畫一筆，暗想，我一定要畫得十分像。我從來沒有畫得那麼好過，真的！最後一筆，我存心一頓，把筆尖頓折了。

「沒畫好！」我把畫夾遞給了副指導員。

大家都圍攏來欣賞，讚嘆：

「像！像極了！」

「嘿！沒看出來你還有招不露！什麼時候也給我畫一張？」

「咦，你就畫了我自己呀！」副指導員看了「摩爾人」一眼。

「我的筆尖斷了。」我臉上微微一紅。

副指導員拿着肖像端詳了一會兒，問：「送給我？」

「送給你！」我大膽地盯着她。

她垂下了眼瞼，說：「我會仔細保存它的。」

這時，「摩爾人」站了起來，一聲不響地鑽出了帳篷。從那一天起，他更加沉默寡言了……

然而，什麼都可以轉讓，唯獨愛情。

我要執著地追求，絕不棄她別愛，絕不……

## 三

第一場春雨降臨了。

我們開墾的烏油油的沃土，貪婪地吸吮着大自然母親的乳汁。人們都習慣把春天比做花枝招展的少女，可是當她在「滿蓋荒原」上旅行時，卻更像一位莊重的夫人，腳步懶散而從容，帶着唯一的顏色——淡綠，所到之處，漫不經心地隨意點染，畫出了綠的世界。

副指導員有一天昏倒在「流浪者」河邊，她病了。她接連兩天昏迷不醒。在昏迷中，她時時唸叨着兩個字：「麥種，麥種……」醫藥箱裡所有的藥，都不能減退她的高燒。第三天，她稍微清醒了一些，首先把妹妹喚到地鋪前，問：「還有多少糧食？」

妹妹回答：「只剩一點點了！」

她親切地環視着我們，微笑了，說：「夥計們，我代表連隊謝謝大家。我要建議黨支部，給大家都記一功，放進檔案裡。現在，這裡留下幾個人就夠了，其餘的全部回老連隊去，幫助老連隊遷移來……一定要趕在『鬼沼』開化之前！」她輕輕地拉着妹妹的一隻手，「你留下吧，沒有你在身邊，我會寂寞的。」

妹妹說：「副指導員，我留下！」

我說：「我也留下。」

「摩爾人」看着副指導員，問：「如果你同意，我也留下。」

副指導員默默地點了點頭。

「滿蓋荒原」上就留下了我們四個人。

一天，二天……四天過去了，連隊沒有到達。整整一個連隊，幾百口人，搬遷到這裡來不是一次簡單的行動，會有許許多多的困難。在這四天之內，「鬼沼」徹底開化了！「流浪者」河，這條我們在「滿蓋荒原」上信任的朋友河，它出賣了我們！它跟「鬼沼」卑鄙地聯合了起來，向我們示威！當我、妹妹、「摩爾人」第四天早晨走出帳篷時，都被驚懾得呆住了！清可見底的「流浪者」河，不知從哪裡匯集了那麼多水，隔夜之間變成了一匹脱韁的野馬，濁流湍急，打着漩渦，夾雜着雪坨、冰塊兒、枯枝斷樹，甩了一個直角彎，奔瀉而下，河水溢出河床，灌進沼地，「鬼沼」一片汪洋！

妹妹憂愁地說：「今天連隊再不到達，我們就一點吃的也沒有了。」

我和「摩爾人」同時看了她一眼，都沒說什麼。我們擔心着更嚴峻的事情——連隊將如何涉過「鬼沼」？

妹妹一聲不響地又鑽進帳篷裡去了，我和「摩爾人」也跟進帳篷，見她坐在副指導員的地鋪旁，瞧着昏迷中的副指導員垂淚。我們進來，她趕緊抹去眼淚站起來，拿上一把鐮刀和一個小土籃，說：「我去挖野菜。」

將近中午，妹妹的喊聲突然從遠處傳進帳篷：「哥哥，哥哥，快來呀！……」

我和「摩爾人」同時跳了起來，奔出帳篷，但見妹妹像一隻小獵犬，在追趕一頭弱小的麅子。她一揚手，將鐮刀飛拋出去，砍中了麅子後腿，麅子一頭栽倒。她猛撲上去，卻撲了個空。那小動物掙扎着跳了起來，帶着傷向沼地裡逃竄，妹妹跟在後面緊追不捨。小麅子在沼地邊沿停了一下，似乎還回頭看了她一眼，躍進了沼地，一拐一拐地向沼地深處逃去。

「站住！」

「小妹！」

我和「摩爾人」對妹妹大聲喊。

妹妹追到沼地邊，欲罷難捨，焦急地來回奔跑。她終於停住了，望着陷住四蹄寸步難移的麅子，遲疑了一下，小心翼翼地向「鬼沼」邁出了一步。

「回來！危險！……」「摩爾人」高吼一聲。我和他同時朝妹妹跑去。

妹妹回過頭來望了我們一眼，揮動了一下手臂，好像是在任性地說：「你們別管我！……」她跑進了「鬼沼」。

當我和「摩爾人」追到沼邊時，她已捕住了小麅子。她和那小動物在沼泥中撲鬥了幾下，一眨眼間，忽然深陷了下去，一下子被呑陷到胸部！還沒等我和「摩爾人」有所反應，沼澤中便只露出了她的一隻小手。那小手也只來得及在空中抓了幾下，倏忽間便從眼前消失了！

「哥哥！別過來……」她留在這世界上的最後一句話，擊響我的耳鼓！

「小妹！……」我發出一聲可怕叫喊，不顧一切地向沼澤衝去。

「摩爾人」兩條有力的手臂，從後面緊緊將我摟抱住了。我掙動了幾下，眼前一黑，昏倒在他懷裡。

當我醒來的時候，已經躺在帳篷裡了。妹妹的那隻小手像電影中的疊印鏡頭一樣，重複地在我眼前出現。我耳邊又響起了母親臨終的叮囑，淚水刷地一下子淌了出來。我硬撐起身，看見「摩爾人」那高大的身軀，一動也不動地佇立在帳篷外。慘白的月光照在大地上，將他的身影襯託得格外分明。「鬼沼」那邊，傳來了令人毛骨悚然的怪異的鳥叫，也許是「收魂鳥」將妹妹的魂靈收走了罷？我雖然並不迷信，但這種迷信的思想卻在我頭腦中閃過。我盯着「摩爾人」的身影，心中突然對他產生了強烈的憎恨！甚至思路狂亂起來。如果不是他摟抱住我，我相信我是一定可以救出妹妹的！對小妹的死他是有罪過的！

我站了起來，一步一步走出帳篷。「摩爾人」聽到我的腳步聲，緩緩地轉過身來。他駭然地瞪大了眼睛，也許他看到了我怒不可遏的狂亂的臉色，本能地朝後退了一步。

我霍然對他揚起了拳頭。

「你！……」他驚愕地朝後退了一步。

「我恨你！」我咬牙切齒地說出了這三個字。

他的目光，盯在我臉上，低沉地說：「如果是因為你的妹妹，那我有權替自己辯護。你以為我有一顆魔鬼的心嗎？你以為我就不為你妹妹的死難過嗎？如果當時我的生命能換取她，甘願躺在沼底的是我！如果你是因為她……」他朝帳篷裡看了一眼，「那你儘管動手！只要我活着，只要她還沒有宣佈做你的妻子，我就有權愛她，並且追求她！」

他的話，令我的雙手發抖了。好像為我的小妹誌哀，我垂下了頭。寧靜的夜晚，荒原顯得更加沉寂，連「收魂鳥」那種怪異的叫聲也聽不到了。

「摩爾人」注視了我一瞬間，慢慢朝我背轉了高大的身軀，朝荒原黝黑的深處走去，消失在黑夜的巨口中。

「你們吵嚷什麼？」

我扭回頭，見副指導員站在帳篷口。四天內，她病得虛弱不堪，如果她鬆開拽着帳篷簾的那雙手，一定會無力地癱軟在地。

我半天才從雙唇間擠出了一個字：「狼……」

「狼？……」她懷疑的目光久久地審視着我，追問，「你一定有什麼事情瞞着我！『摩爾人』呢？你妹妹呢？他們到哪兒去了？快告訴我，發生了什麼事？！」

「我妹妹……她、她、她死在『鬼沼』裡了！……」我雙手捂住臉，克制不住巨大的悲痛，失聲號啕了。

副指導員像被猛擊了一錘，發出短促的一聲「啊」，昏倒在帳篷口。

深夜，「摩爾人」還沒有回來，他到哪裡去了？在我缺乏理智地對待了他之後，他會不會也恨我呢？他還會回來跟我同住在一頂帳篷裡嗎？他會不會遭到什麼不幸呢？如果他真遭遇到了什麼不幸，那殺害他的就是我了……

我後悔極了，不安極了，我感到黑夜的漫長。我守護着昏迷中的副指導員，第一次體驗了在這廣袤無垠的荒原上，孤獨是一種多麼可怕的處境。我整夜沒有合眼。

黎明時，一陣急促的馬蹄聲由遠而近。我奔出帳篷，「摩爾人」已經在帳篷外跳下了馬背。

「馬?哪來的馬?……」我忘記了我們之間發生過的一切不愉快的事，親切地跟他說話。

他說：「前幾天，我曾在樹林中發現了被獵刀砍斷的樹枝，斷定這附近可能有鄂倫春獵人。昨天夜裡我找到了他們，向他們借了這匹馬。副指導員怎麼樣?」

「還是昏迷不醒。」

「鄂倫春獵手們說，可能染上了出血熱。」

「出血熱?!……」

我的心頓時冷卻了。我聽說過這種病，奪走一個人的生命，像秋風吹落一片樹葉。

「摩爾人」又說：「你立刻騎上這匹馬，順着我們的來路護送副指導員回去!你一定能迎到我們的連隊，副指導員就有救了!」他完全是命令的口氣。

「不!你護送她，我留在這裡!」

「我的身體太重，半路上非把這匹馬壓垮不可。它已經跑得夠累了!由此向西五十里，可以繞過『鬼沼』，你們沿沼地向西走吧!」

再爭執就是卑劣的虛偽。

「摩爾人」用行李繩將昏迷中的副指導員縛在我後背，扶我跨上了馬鞍。

「把槍帶上。」他把步槍遞給了我。

「你留下。」

「你帶上，以防萬一。」他將步槍掛在馬鞍上，拉着馬韁掉轉馬頭，用充滿信賴的目光看了我一眼，在馬屁股上猛擂了一拳。

那馬嘶叫一聲，撒開四蹄，朝西疾馳而去。

朝西雖然比朝東少繞三十里路，但卻要經過一片「塔頭」甸子。幸虧那馬是純種鄂倫春獵馬，在「塔頭」地裡也行走如飛。這種馬體形矮小，其貌不揚，但能吃苦耐勞，是獵人之友，是荒原上的駱駝。

繞過「鬼沼」，仍一路不停地踢着馬腹。那馬彷佛體諒我的心情，速度毫不懈慢。又疾馳了大約三十里路，我的棉褲被馬身上的汗濕透了。突然它打了幾個響鼻，四腿發抖，蹄步搖擺起來，它似乎還想全力奔馳，但前蹄卻跪倒了。我的雙腿剛剛離開馬鞍，在地上站穩，它便側身一臥，伸長了脖子——它徹底累垮了！馬腹忽起忽落，鼻孔噴出熱氣，嘴裡吐出白沫來。這有靈性的動物，在倒下時，也絕不用身子壓住騎者的腿，它那雙琉璃眼，歉意地悲哀地望着我。

「放下我，放下我！這是什麼地方？我們為什麼在這裡？你要把我揹到哪兒去？……」

副指導員從昏迷中清醒過來了，她在我背上掙動着被縛住的身子。

我解開繩子，將她輕輕放在地上，讓她的頭和肩靠在我的胸前。

我輕輕地對她說：「副指導員，我要護送你迎接連隊，你病得很嚴重！」

她喃喃地問：「我要死了，是麼？」

聽我所愛的人說出這種話，我如萬箭穿心，難受極了！我大聲回答她：「不，你不會死的！」

她吃力地微笑了一下：「我不怕死，真的。你忘了，我們的扎根誓言中，不是有這樣兩句話麼，『埋骨何須故土，荒原處處為家』。遺憾的是，我再有幾個月就可以回家探望我的爸爸媽媽了，我真想他們啊！他們想我，大概都想瘋了呢。我已經給他們寫了信，保證我們在『滿蓋荒原』上秋收之後……」

我嗚咽了，眼淚一滴一滴落在她臉上。

「別哭，」她輕輕握住了我的一隻手，「如果我真的死了，就把我埋在『鬼沼』旁，我要和你的妹妹做伴。她是個好姑娘，我喜歡她。我只有一點請求，在我的碑上，在我的名字前面，刻上『墾荒者』三個字……」一大滴淚水，從她的眼角慢慢淌了出來。

我緊緊摟抱着她，放聲大哭。

「你看，那是什麼？多像書上寫的那種忘憂果！你給我折一枝來，好麼？」她那雙美麗的大眼睛忽然閃亮閃亮的，盯着附近的什麼東西。

我順着她的目光，發現了一叢紫紅的尚未開放的達子香花。我將她靠在馬鞍上，站起身去折那叢達子香。待我折了一束花回到她身邊時，她已經閉上了眼睛。

她和那匹鄂倫春獵馬同時停止了呼吸！

大地在我腳下旋轉，藍天變成了黑色。

我擦乾了眼淚，將那束達子香別在她衣扣裡，跪了下去，在她漸漸消失着血色的雙唇上，長久地親吻着。我相信，她若有靈，是不會嗔怪我的。

我又揹起她，繼續朝前走。

這時，在地平線上，我看到了我們搬遷的連隊的帶狀的影子……

全連隊為副指導員默哀了許久許久。

每一個人都流出了真誠的眼淚。

…………

當我們全連隊的馬車、爬犁、拖拉機和團裡支援我們搬遷的卡車所組成的車隊行進到「鬼沼」前，冥冥的暮色開始在荒原上織成了幃幔。有人發現了一頂棉帽子，掛在傾斜的作為墳碑的木樁上，還壓着一塊石頭。我首先走過去取下那頂帽子，認出是「摩爾人」的狗皮帽。帽兜裡有一張紙，上面寫着這樣幾行字：「我探出了一條涉過『鬼沼』的路，以樹枝為標記，由此向東，一里遠處……」

當天晚上，我們將可能陷沒的車輛停在了原地，全連隊的人都平安地涉過了「鬼沼」。可是我們卻到處也找不見「摩爾人」。

第二天黎明，在「流浪者」河邊，發現了「摩爾人」的血迹斑斑的衣片，一柄大斧，三隻死狼……周圍的一切，都無聲地向我們作證，這裡曾進行過怎樣觸目驚心的人與獸的搏鬥！可以想見，強壯勇猛的「摩爾人」是怎樣拼搏盡了最後的氣力才倒下去的……

我們在悲痛的日子裡，開始在「滿蓋荒原」上播種。

按照副指導員的遺囑，我們將她埋葬在「鬼沼」旁。我們從百里外的駝峰山上運回了一塊大青石，連隊的老石匠將它鑿成了石碑，碑文上刻着：墾荒者李曉燕和她的戰友王志剛、梁珊珊長眠於此。

我們從駝峰山上伐下了上千棵義氣松，沿着「摩爾人」做的標記，在「鬼沼」上鋪了一條墾荒者之路。第二年，又有好幾個連隊建點在「滿蓋荒原」上。

「鬼沼」，它終於被征服了！

當我帶着墾荒者的勝利，在一個黃昏默默走到「墾荒者」墓前憑弔的時候，一個陌生的青年也在那裡。我發現墓碑上放着一束達子香花；那是妹妹生前最喜愛的花。

我立刻明白，他是妹妹生前所愛並愛過妹妹的那個人！

他臉上的表情令我深信，他是永遠也不會離開「滿蓋荒原」的了！

我們對望了一眼，他便掉頭緩緩離去了。

我沒有叫住他，沒有問他的姓名，甚至沒有想到問問他是哪一個城市的青年……

他是我們那一代中的一個，這一點足夠了。

我們經歷了北大荒的「大煙泡」，經歷了開墾這塊神奇的土地的無比艱辛和喜悅，從此，離開也罷，留下也罷，無論任何艱難困苦，都決不會在我們心上引起畏懼，都休想叫我們屈服……呵，北大荒！

（原載《北方文學》1982 年第 8 期）

**史鐵生**

史鐵生（1951— ），北京人。作家。著有短篇小說《命苦琴弦》、《奶奶的星星》、《老屋小記》，長篇小說《務虛筆記》，散文《我與地壇》，散文集《史鐵生》、《自言自語》等。

# 我的遙遠的清平灣

北方的黃牛一般分為蒙古牛和華北牛。華北牛中要數秦川牛和南陽牛最好，個兒大，肩峰很高，勁兒足。華北牛和蒙古牛雜交的牛更漂亮，犄角向前彎去，頂架也厲害，而且皮實、好養。對北方的黃牛，我多少懂一點。這麼說吧：現在要是有誰想買牛，我擔保能給他挑頭好的。看體形，看牙口，看精神兒，這誰都知道；光憑這些也許能挑到一頭不壞的，可未必能挑到一頭真正的好牛。關鍵是得看脾氣。拿根鞭子，一甩，「嗖」的一聲，好牛就會瞪圓了眼睛，左蹦右跳。這樣的牛幹起活來下死勁，走得歡。疲牛呢？聽見鞭子響準是把腰往下一塌，閉一下眼睛，忍了。這樣的牛，別要。

我插隊的時候餵過兩年牛，那是在陝北的一個小山村兒——清平灣。

我們那個地方雖然也還算是黃土高原，卻只有黃土，見不到真正的平坦的塬地了。由於洪水年年吞噬，塬地總在塌方，順着溝、渠、小河，流進了黃河。從洛川再往北，全是一座座黃的山峁或一道道黃的山梁，綿延不斷。樹很少，少到哪座山上有幾棵什麼樹，老鄉們都記得清清楚楚；只有打新窯或是做棺木的時候，才放倒一兩棵。碗口粗的柏樹就稀罕得不得了。要是誰能做上一口薄柏木板的棺材，大夥兒就都佩服，方圓幾十里內都會傳開。

在山上攔牛的時候，我常想，要是那一座座黃土山都是穀堆、麥垛，山坡上的胡蒿和溝壑裡的狼牙刺都是柏樹林，就好了。和我一起攔牛的老漢總是「吸溜吸溜」地抽着旱煙，笑笑，說：「那可就一股勁兒吃白饃饃了。老漢兒家、老婆兒家都睡一口好材。」

和我一起攔牛的老漢姓白。陝北話裡，「白」發「破」的音，我們都管他叫「破老漢」。也許還因為他窮吧，英語中的「Poor」就是「窮」的意思。或者還因為別的：那幾顆零零碎碎的牙，那幾根稀稀拉拉的鬍子，尤其是他的嗓子——他愛唱，可嗓子像破鑼。傍晚趕着牛回村的時候，最後一縷陽光照在崖畔上，紅的。破老漢用鐝把挑起一捆柴，扛着，一路走一路唱：「崖畔上開花崖畔上紅，受苦人[①]過得好光景……」聲音拉得很長，雖不洪亮，但顫巍巍的，悠揚。碰巧了，崖頂上探出兩個小腦瓜，豎着耳朵聽一陣，跑了；可能是狐狸，也可能是野羊。不過，要想靠打獵為生可不行，野獸很少。我們那地方突出的特點是窮，窮山窮水，「好光景」永遠是「受苦人」的一種盼望。天快黑的時候，進山尋野菜的孩子們也都回村了，大的拉着小的，小的扯着更小的，每人的臂彎裡都摟着個小籃兒，裝的苦菜、莧菜，或者小蒜、蘑菇……孩子們跟在牛群後面，「嘰嘰嘎嘎」地吵，爭搶着把牛糞撮回窯裡[②]去。

越是窮地方，農活也越重。春天播種；夏天收麥；秋天玉米、高粱、穀子都熟了，更忙；冬天打壩、修梯田，總不得閒。單說春種吧，往山上送糞全靠人挑。一擔糞六七十斤，一早上就得送四五趟；掙兩個工分，合六分錢。在北京，才夠買兩根冰棍兒的。那地方當然沒有冰棍兒，在山上幹活渴急了，什麼水都喝。天不亮，耕地的人們就扛着木犁、趕着牛上山了。太陽出來，已經耕完了幾垧地。火紅的太陽把牛和人的影子長長地印在山坡上，扶犁的

---

① 受苦人：莊稼人的意思。陝北方言。
② 窯裡：家裡之意。陝北方言。

後面跟着撒糞的，撒糞的後頭跟着點籽的，點籽的後頭是打土坷垃的，一行人慢慢地、有節奏地向前移動，隨着那悠長的吆牛聲。吆牛聲有時疲憊、悽婉；有時又歡快、詼諧，引動一片笑聲。那情景幾乎使我忘記自己是生活在哪個世紀，默默地想着人類遙遠而漫長的歷史。人類好像就是這麼走過來的。

清明節的時候我病倒了，腰腿疼得厲害。那時只以為是坐骨神經疼，或是腰肌勞損，沒想到會發展到現在這麼嚴重。陝北的清明前後愛颳風，天都是黃的。太陽白蒙蒙的。窯洞的窗紙被風沙打得「刷啦啦」響。我一個人躺在土炕上……

那天，隊長端來了一碗白饃……

陝北的風俗，清明節家家都蒸白饃，再窮也要蒸幾個。白饃被染得紅紅綠綠的，老鄉管那叫「zì chuí」。開始我們不知道是哪兩個字，也不知道什麼意思，跟着叫「紫錘」。後來才知道，是叫「子推」，是為了紀念春秋時期一個叫介子推的人的。破老漢說，那是個剛強的人，寧可被人燒死在山裡，也不出去做官。我沒有考證過，也不知史學家們對此作何評價。反正吃一頓白饃，清平灣的老老少少都很高興。尤其是孩子們，頭好幾天就喊着要吃子推饃饃了。春秋距今兩千多年了，陝北的文化很古老，就像黃河。譬如，陝北話中有好些很文的字眼：「喊」不說「喊」，要說「吶喊」；香菜，叫芫荽；「騙人」也不說「騙人」，叫做「玄謊」……連最沒文化的老婆兒也會用「醞釀」這詞兒。開社員會時，黑壓壓坐了一窯人，小油燈冒着黑煙，四下裡閃着煙袋鍋的紅光。支書唸完了文件，喊一聲：「不敢睡！大家討論個一下！」人群中於是息了鼾聲，不緊不慢地應着：「醞釀醞釀了再……」這「醞釀」二字使人想到那兒確是革命聖地，老鄉們還記得當年的好作風。可在我們插隊的那些年裡，「醞釀」不過是一種習慣了的口頭語罷了。鄉親們說「醞釀」的時候，心裡也明白：屎事不頂！可支書讓發言，大夥總得有個說的；支書也是難，其實那些政策條文早已經定了。最後，支書再喊一聲：「同意啊不？」大夥回答：「同意——」然後回窯睡覺。

那天，隊長把一碗「子推」放在炕沿上，讓我吃。他也坐在炕沿上，「吧嗒吧嗒」地抽煙。「子推」浮頭用的是頭兩茬麵，很白；裡頭都是黑麵，麩子全磨了進去。隊長看着我吃，不言語。臨走時，他吹吹煙鍋兒，說：「唉！『心兒』家不容易，離家遠。」「心兒」就是孩子的意思。

隊裡再開會時，隊長提議讓我餵牛。社員們都贊成。「年輕後生家，不敢讓腰腿坐下病，好好價把咱的牛餵上！」老老小小見了我都這麼說。在那個地方，擔糞、砍柴、挑水、清明磨豆腐、端午做涼粉、出蓏油、打窯洞……全靠自己動手。腰腿可是勞動的本錢；唯一能夠代替人力的牛簡直是寶貝。老鄉們把餵牛這樣的緊要工作交給我，我心裡很感動，嘴上卻說不出什麼。農民們不看嘴，看手。

我餵十頭，破老漢餵十頭，在同一個飼養場上。飼養場建在村子的最高處，一片平地，兩排牛棚，三眼堆放草料的破石窯。清平河水整日價「嘩啦嘩啦」的，水很淺，在村前拐了一個彎，形成了一個水潭。河灣的一邊是石崖，另一邊是一片開闊的河灘。夏天，村裡的孩子們光着屁股在河灘上折騰，往水潭裡「撲通撲通」地跳，有時候捉到一隻鱉，又笑又嚷，鬧翻了天。破老漢坐在飼養場前面的窯頂上看着，一袋接一袋地抽煙。「『心兒』家不曉得愁。」他說，然後就啞着個嗓子唱起來：「提起那家來，家有名，家住在綏德三十里鋪村……」破老漢是綏德人，年輕時打短工來到清平灣，就住下了。綏德出打短工的，出石匠，出說書的，那地方更窮。

綏德還出吹手。農曆年夕前後，坐在飼養場上，常能聽到那歡樂的嗩吶聲。那些吹手也有從米脂、佳縣來的，但多數是從綏德。他們到處串，隨便站在誰家窯前就吹上一陣。如果碰巧哪家要娶媳婦，他們就被請去，「嗚里哇啦」地吹一天，吃一天好飯。要是運氣不好，吹完了，就只能向人家要一點吃的或錢。或多或少，家家都給，破老漢尤其給得多。他說：「誰也有難下的時候。」原先，他也幹過那營生，吃是能吃飽，可是常要受凍，要是沒人請，夜裡就得住寒窯：「攬工人兒難，哎喲，攬工人兒難；正月裡上工十月裡滿，受的牛馬苦，吃的豬狗飯……」

他唱着，給牛添草。破老漢一肚子歌。

小時候就知道陝北民歌。到清平灣不久，幹活歇下的時候我們就請老鄉唱，大夥都説破老漢愛唱，也唱得好。「老漢的日子熬煎咧，人愁了才唱得好山歌。」確實，陝北的民歌多半都有一種憂傷的調子。但是，一唱起來，人就快活了。有時候趕着牛出村，破老漢憋細了嗓子唱《走西口》：「哥哥你走西口，小妹妹也難留，手拉着哥哥的手，送哥到大門口。走路你走大路，再不要走小路，大路上人馬多，來回解憂愁……」場院上的婆姨、女子們嘻嘻哈哈地衝我嚷：「讓老漢兒唱個《光棍哭妻》嘛，老漢兒唱得可美！」破老漢只作沒聽見，調子一轉，唱起了《女兒嫁》：「一更裡叮當響，小哥哥進了我的繡房，娘問女孩兒什麼響，西北風颳得門栓響嘛哎喲……」往下的歌詞就不宜言傳了。我和老漢趕着牛走出很遠了，還聽見婆姨、女子們在場院上罵。老漢衝我眨眨眼，撅一根柳條，趕着牛，唱一路。

破老漢只帶着個七八歲的小孫女過。那孩子小名兒叫「留小兒」。兩口人的飯常是她做。

把牛趕到山裡，正是晌午。太陽把黃土烤得發紅，要冒火似的。草叢裡不知名的小蟲子「嗞——嗞——」地叫。群山也顯得疲乏，無精打采地互相挨靠着。方圓十幾里內只有我和破老漢，只有我們的吆牛聲。哪兒有泉水，破老漢都知道；幾钁頭挖成一個小土坑，一會兒坑裡就積起了水。細珠子似的小氣泡一串串地往上冒，水很小，又涼又甜。「你看下我來，我也看下你……」老漢喝口水，抹抹嘴，扯着嗓子又唱一句。不知他又想起了什麼。

夏天攔牛可不輕閒，好草都長在田邊，離莊稼很近。我們東奔西跑地吆喝着、罵着。破老漢罵牛就像罵人，爹、娘、八輩祖宗，罵得那麼親熱。稍不留神，哪個狡猾的傢伙就會偷吃了田苗。最討厭的是破老漢餵的那頭老黑牛，稱得上是「老謀深算」。它能把野草和田苗分得一清二楚。它假裝吃着田邊的草，慢慢接近田苗，低着頭，眼睛卻溜着我。我看着它的時候，田苗離它再近它也不吃，一副廉潔奉公的樣兒；我剛一回頭，它就趁機啃倒一棵玉米或高粱，調頭便走。我識破了它的詭計，它再接近田苗時，假裝不看它，等它確信無虞把舌頭伸向禁區之際，我才大吼一聲。老傢伙趔趔趄趄地後退，既驚慌又愧悔，那樣子倒是有點可憐。

陝北的牛也是苦，有時候看着它們累得草也不想吃，「呼哧呼哧」喘粗氣，身子都跟着晃，我真害怕它們趴架。尤其是當那些牛爭搶着去舔地上滲出的鹽鹼的時候，真覺得造物主太不公平。我幾次想給它們買些鹽，但自己嘴又饞，家裡寄來的錢都買雞蛋吃了。

每天晚上，我和破老漢都要在飼養場上獃到十一二點，一遍遍給牛添草。草添得要勤，每次不能太多。留小兒跟在老漢身邊，寸步不離。她的小手絹裡總包兩塊紅薯或一把玉米粒。破老漢用牛吃剩下的草疙節打起一堆火，乾的「噼噼啪啪」響，濕的「嗞嗞」冒煙。火光照亮了飼養場，照着吃草的牛，四周的山顯得更高，黑魆魆的。留小兒把紅薯或者玉米埋在燒盡的草灰裡；如果是玉米，就得用樹枝撥來撥去，「啦」地一響，爆出了一個玉米花。那是山裡娃最好的零嘴兒了。

留小兒沒完沒了地問我北京的事。「真個是在窯裡看電影？」「不是窯，是電影院。」「前回你說是窯裡。」「噢，那是電視。一個方匣匣，和電影一樣。」她歪着頭想，大約想像不出，又問起別的。「啥時想吃肉，就吃？」「嗯。」「玄謊！」「真的。」「成天價想吃呢？」「那就成天價吃。」這些話她問過好多次了，也知道我怎麼回答，但還是問。「你說北京人都不愛吃白肉？」她覺得北京人不愛吃肥肉，很奇怪。她仰着小臉兒，望着天上的星星；北京的神秘，對她來說，不亞於那道銀河。

「山裡的娃娃什麼也解[1]不開。」破老漢說。破老漢是見過世面，他三七年就入了黨，跟隊伍一直打到廣州。他常常講起廣州：霓虹燈成宿點着、廣州人連蛇也吃、到處是高樓、樓裡有電梯……留小兒聽得覺也不睡。我

①　解：陝北方言中讀 hai 。

說：「城裡人也不懂得農村的事呢。」「城裡人解開個狗嗎？」留小兒問，格格地笑。她指的是我們剛到清平灣的時候，被狗追得滿村跑。「學生價連犍牛和生牛也解不開，」留小兒說着去摸摸正在吃草的牛，一邊數叨，「紅犍牛，猴①犍牛、花生牛……爺！老黑牛怕是難活②下了，不肯吃！」「它老了，熬了③。」老漢說。山裡的夜晚靜極了，只聽得見牛吃草的「沙沙」聲，蛐蛐叫，有時遠處還傳來狼嗥。破老漢有把破胡琴，「嗞嗞嘎嘎」地拉起來，唱：「一九頭上才立冬，闖王領兵下河東，幽州困住楊文廣，年太平，金花小姐領大兵……」把歷史唱了個顛三倒四。

留小兒最常問的還是天安門。「你常去天安門？」「常去。」「常能照着④毛主席？」「哪的來，我從來沒見過。」「咦？！他就盛⑤在天安門上，你去了會照不着？！」她大概以為毛主席總站在天安門上，像畫上畫的那樣。有一回她扒在我耳邊說：「你冬裡回北京把我引上行不？」我說：「就怕你爺爺不讓。」「你跟他說說嘛，他可相信你說的了。盤纏我有。」「你哪兒來的錢？」「賣雞蛋的錢，我爺爺不要，都給了我，讓我買褂褂兒的。」「多少？」「五塊！」「不夠。」「嘻——，我哄你，看，八塊半！」她掏出個小布包，打開，有兩張一塊的，其餘全是一毛、兩毛的。那些錢大半是我買了雞蛋給破老漢的。平時實在是餓得夠嗆，想解解饞，也就是買幾個雞蛋。我怎麼跟留小兒說呢？我真想冬天回家時把她帶上。可就在那年冬天，我病厲害了。

---

① 猴：小。
② 難活：病。
③ 熬：累。
④ 照着：望見。
⑤ 盛：住。

其實，餵牛沒什麼難的，用破老漢的話說，只要勤謹，肯操心就行。餵牛，苦不重①，就是熬人，夜裡得起來好幾趟，一年到頭睡不成個囫圇覺。冬天，半夜從熱被窩裡爬出來的滋味可不是好受的。尤其五更天給牛拌料，牛埋下頭吃得香，我坐在牛槽邊的青石板上能睡好幾覺。破老漢在我耳邊叨嘮：黑市的糧價又漲了、合作社來了花條絨、留小兒的襖爛得露了花……我「哼哼哈哈」地應着，剛夢見全聚德的烤鴨，又忽然掉進了什剎海的冰窟窿，打個冷顫醒了，破老漢還沒嘮叨完。「要不回窯睡去吧，二次料我給你拌上了。」老漢說。天上划過一道亮光，是流星。月亮也躲進了山谷。星星和山巒，不知是誰望着誰，或者誰忘了誰。「這營生不是後生家做的，後生家正是好睡覺的時候。」破老漢說，然後「唉，唉——」地發着感慨。我又迷迷糊糊地入了夢鄉。

碰上下雨下雪，我們倆就躲進牛棚。牛棚裡淨是糞尿，連打個盹的地方也沒有。那時候我的腿和腰就總酸疼。「倒運的天！」破老漢罵，然後對我說，「北京夠咋美，偏來這山溝溝裡做什麼嘛！」「您那時候怎麼沒留在廣州？」我隨便問。他抓抓那幾根黃鬍子，用煙鍋兒在煙荷包裡不停地剜，瞪着眼睛愣半天，說：「咋！讓你把我問着了，我也不曉尿咋價日鬼的。」然後又愣半天，似乎回憶着到底是什麼原因。「唉，尿毛擀不成個氈，山裡人當不成個官。」他說，「我那辰兒要是不回來，這辰兒也住上洋樓了，也把警衛員帶上了。山裡人憨着咧，只想打罷了仗就回家，哪搭兒也不勝窯裡好。尿！要不，我的留小兒這辰兒還愁穿不上個條絨襖兒？」

每回家裡給我寄錢來，破老漢總嚷着讓我請他抽紙煙。「行！」我說，「『牡丹』的怎麼樣？」「唏——，『黃金葉』的就拔尖了！」「可有個條件，」我湊到他耳邊，「得給『後溝裡的』送幾根去。」「憨娃娃！」他罵。「後溝裡的」指的是住在後溝裡的一個寡婦，比破老漢小十幾歲，村裡人都知道那寡婦對破老漢不錯。老漢抽着紙煙，望着遠處。我也唱一句：「你看下我來，我也看下你……」遞給他幾根紙煙，向後溝的方向示意。他不言傳，笑眯眯地不知

① 苦不重：活兒不重。

想着什麼。末了，他把幾根紙煙裝進煙荷包，說：「留小兒大了嫁到北京去呀！」說罷笑笑，知道那是不沾邊兒的事。

在後山上攔牛的時候，遠遠地望着後溝裡的那眼土窯洞，我問破老漢：「那婆姨怎麼樣？」「亮亮媽，人可好。」他說。我問：「那你幹嗎不跟她過？」「唏——，老了老了還……」他打岔。「算了吧！」我說，「那你夜裡常往她窯裡跑？」我其實是開玩笑。「咦！不敢瞎說！」他裝得一本正經。我詐他：「我都看見了，你還不承認！」他不言傳了，尷尬地笑着。其實我什麼也沒看見。

破老漢望着山腳下的那眼窯洞。窯前，亮亮媽正費力地劈着一疙瘩根根；一個男孩子幫着她劈，是亮亮。「我看你就把她娶了吧，她一個人也夠難的。再說，也就有人給你縫衣裳了。」「唉，丟下留小兒誰管？」「一搭裡過嘛！」「她的亮亮也嬌慣得危險[1]，留小兒要受氣呢。後媽總不頂親的。」「什麼後媽，留小兒得管她叫奶奶了。」「還不一樣？」山裡沒人，我們敞開了說，亮亮家的窯頂上冒起了炊煙。老漢呆呆地望着，一縷藍色的輕煙在山溝裡飄繞。小學校放學的鐘聲「當當」地敲響了。太陽下山了，收工的人們扛着鋤頭在暮靄中走。攔羊的也吆喝着羊群回村了，大羊喊，小羊叫，「咩咩」地響成一片。老漢還是呆呆地坐着，悶悶地抽煙。他分明是心動了，可又怕對不起留小兒。留小兒的大[2]死得慘，平時誰也不敢向破老漢問起這事，據說，老漢一想起就哭，自己打自己的嘴巴。聽說，都是因為破老漢捨不得給大夫多送些禮，把兒子的病給耽誤了；其實，送十來斤米或者麵就行。那些年月啊！

秋天，在山裡攔牛簡直是一種享受。莊稼都收完了，地裡光禿禿的，山窪、溝掌裡的荒草卻長得茂盛。把牛往溝裡一轟，可以躺在溝門上睡覺；或是把牛趕上山，在下山的路口上坐下，看書。秋山的色彩也不再那麼單調：半崖上小灌木的葉子紅了，杜梨樹的葉子黃了，酸棗棵子綴滿了珊瑚珠似的小酸棗……尤其是山坡上綻開了一叢叢野

① 危險：嚴重、厲害之意。

② 大：爹。

花，淡藍色的，一叢挨着一叢，霧蒙蒙的。灰色的小田鼠從黃土坷垃後面探頭探腦；野鴿子從懸崖上的洞裡鑽出來，「撲棱棱」飛上天；野雞「咕咕嘎嘎」地叫，時而出現在崖頂上，時而又鑽進了草叢……我很奇怪，生活那麼苦，竟然沒人捕食這些小動物。也許是因為沒有槍，也許是因為這些鳥太小也太少，不過多半還是因為別的。譬如：春天燕子飛來時，家家都把窗戶打開，希望燕子到窯裡來做窩；很多家窯裡都住着一窩燕兒，沒人傷害它們。誰要是說燕子的肉也能吃，老鄉們就會露出驚訝的神色，瞪你一眼：「咦！燕兒嘛！」彷彿那無異於褻瀆了神靈。

種完了麥子，牛就都閒下了，我和破老漢整天在山裡攔牛。老漢不閒着，把牛趕到地方，跟我交代幾句就不見了。有時忽然見他出現在半崖上，奮力地劈砍着一棵小灌木。吃的難，燒的也難，為了一把柴，常要爬上很高很陡的懸崖。老漢說，過去不是這樣，過去人少，山裡的好柴砍也砍不完，密密匝匝的，人也鑽不進去。老人們最懷戀的是紅軍剛到陝北的時候，打倒了地主，分了地，單幹。「才紅了[①]那辰兒，吃也有得吃，燒也有得燒，這咋會兒，做過啦[②]！」老鄉們都這麼說。真是，「這咋會兒」，迷信活動倒死灰復燃。有一回，傳說從黃河東來了神神，有些老鄉到十幾里外的一個破廟去禱告，許願。破老漢不去。我問他為什麼，他皺着眉頭不說，又哼哼起《山丹丹開花紅艷艷》。那是才紅了那辰兒的歌。過了半天，使勁磕磕煙袋鍋，嘆了口氣：「都是那號婆姨鬧的！」「哪號？」我有點明知故問。他用煙袋指指天，搖搖頭，撇撇嘴：「那號婆姨，我一照就曉得……」如此算來，破老漢反「四人幫」要比「四．五」運動早好幾年呢！

在山裡，有那些牛做伴，即便剩我一個人也並不寂寞。我半天半天地看着那些牛，它們的一舉一動都意味着什麼，我全懂。平時，牛不愛叫，只有奶着犢子的生牛才愛叫。太陽一偏西，奶着犢兒的生牛就急着要回村了，你要

① 才紅了：指紅軍剛到陝北。
② 做過啦：弄糟了。

是不讓它回，它就「哞——哞——」地叫個不停，急得團團轉，無心再吃草。有一回，我在山窪窪裡，睡着了，醒來太陽已經挨近了山頂。我和破老漢吆起牛回村，忽然發現少了一頭。山裡常有被雨水沖成的暗洞，牛踩上就會掉下去摔壞。破老漢先也一驚，但馬上看明白了，說：「沒麻搭，它想了兒，回去了。」我才發現，少了的是一頭奶犢兒的生牛。離村老遠，就聽見飼養場上一聲聲牛叫了，兒一聲，娘一聲，似乎一天不見，母子間有說不完的貼心話。牛不老[1]在母親肚子底下一下一下地撞，吃奶，母牛的目光充滿了溫柔、慈愛，神態那麼滿足、平靜。我喜歡那頭母牛，喜歡那隻牛不老。我最喜歡的一頭紅犍牛，高高的肩峰，腰長腿壯，單套也能拉得動大步犁。紅犍牛的犄角長得好，又粗又長，向前彎去；幾次碰上鄰村的牛群，它都把對方的首領頂得敗陣而逃。我總是多給它拌些料，犒勞它。但它不是首領。最討厭的還是那頭老黑牛，不僅老奸巨猾，而且專橫跋扈，雙套它也會氣喘吁吁，卻佔着首領的位置。遇到外「部落」的首領，它倒也勇敢，但不下兩個回合，便跑得比平時都快了。那頭老生牛就好，雖然比老黑牛還老，卻和藹得很，再小的牛衝它伸伸脖子，它也會耐心地為之舔毛……和牛在一起，也可謂其樂無窮了，不然怎麼辦呢？方圓十幾里內看不見一個人，全是山。偶爾有攔羊的從山樑上走過，衝我吶喊兩聲。黑色的山羊在陡峭的岩壁上走，如走平地，遠遠看去像是懸掛着的棋盤；白色的綿羊走在下邊，是白棋子。山溝裡有泉水，渴了就喝，熱了就脫個精光，洗一通。那生活倒是自由自在，就是常常餓肚子。

破老漢有個弟弟，我就是頂替了他餵牛的。據說那人奸猾，偷牛料；頭幾年還因為投機倒把坐過縣大獄。我倒不覺得那人有多壞，他不過是蒸了白饃跑到幾十里外的車站上去賣高價，從中賺出幾升玉米、高粱米。白麵自家捨不得吃。還說他捉了烏鴉，做熟了當雞賣，而且白饃裡也摻了假。破老漢看不上他弟弟，破老漢佩服的是老老實實的受苦人。

---

①牛不老：牛犢。

一陣山歌，破老漢擔着兩捆柴回來了。「餓了吧？」他問我。「我把你的乾糧吃了。」我説。「吃得下那號乾糧？」他似乎感到快慰。他「哼哼唉唉」地唱着，帶我到山背窪裡的一棵大杜梨樹下。「咋吃！」他説着爬上樹去。他那年已經五十六歲了，看上去還要老，可爬起樹來卻比我強。他站在樹上，把一杈杈結滿了杜梨的樹枝撅下來，扔給我。那果實是古銅色的，小指蓋兒大小，上面有黃色的碎斑點，酸極了，倒牙。老漢坐在樹杈上吃，又唱起來：「對面價溝裡流河水，橫山裡下來些游擊隊……」那是《信天遊》。老漢大約又想起了當年。他説他給劉志丹抬過棺材，守過靈。別人説他是吹牛。破老漢有時是好吹吹牛。「牽牛牛開花羊跑青，二月裡見罷到如今……」還是《信天遊》。我衝他喊：「不是夜來黑嘍[①]才見罷嗎？」「憨娃娃，你還不趕緊尋個婆姨？操心把『心兒』耽誤下！」他反唇相譏。「『後溝裡的』可會迷男人？」「咦！亮亮媽，人可好！」「這兩捆柴，敢是給亮亮媽砍的吧？」「誰情願要，誰扛去。」這話是真的，老漢窮，可不小氣。

有一回我半夜起來去餵牛，藉着一縷淡淡的月光，摸進草窯。剛要攬草，忽然從草堆裡站起兩個人來，嚇得我頭皮發麻，不禁喊了一聲，把那兩個人也嚇得夠嗆。一個歲數大些的連忙説：「別怕，我們是好人。」破老漢提着個馬燈跑了來，以為是有了狼。那兩個人是瞎子説書的，從綏德來。天黑了，就摸進草窯，睡了。破老漢把他們引回自家窯裡，端出剩乾糧讓他們吃。陝北有句民謠：「老鄉見老鄉，兩眼淚汪汪。」老漢和兩個瞎子長吁短嘆，嘮了一宿。

第二天晚上，破老漢操持着，全村人出錢請兩個瞎子説了一回書。書説得亂七八糟，李玉和也有，姜太公也有，一會是伍子胥一夜白了頭，一會又是主席語錄。窯頂上，院牆上，磨盤上，坐得全是人，都聽得入神。可説的是什麼，誰也含糊。人們聽的是那麼個調調兒。陝北的説書實際是唱，彈着三弦兒，艾艾怨怨地唱，如泣如訴，像

① 夜來黑嘍：昨天晚上。

是村前汩汩而流的清平河水。河水上跳動着月光。滿山的高粱、穀子被晚風吹得「沙沙」響。時不時傳來一陣響亮的驢叫。破老漢摟着留小兒坐在人堆裡，小聲跟着唱。亮亮媽帶着亮亮坐在窯頂上，穿得齊齊整整。留小兒在老漢懷裡睡着了，她本想是聽完了書再去飼養場上爆玉米花的，手裡攥着那個小手絹包兒。山村裡難得熱鬧那麼一回。

我倒寧願去看牛頂架，那實在也是一項有益的娛樂，給人一種力量的感受，一種拼搏的激勵。我對牛打架頗有研究。二十頭牛（主要是那十幾頭犍牛、公牛）都排了座次，當然不是以姓氏筆劃為序，但究竟根據什麼，我一開始也糊塗。我餵的那頭最壯的紅犍牛卻敬畏破老漢餵的那頭老黑牛。紅犍牛正是年輕力壯的時候，肩峰上的肌肉像一座小山，走起路來步履生風；而老黑牛卻已顯出龍鍾老態，也瘦，只剩下一副高大的骨架。然而，老黑牛卻是首領。遇上有哪頭母牛發了情，老黑牛便幾乎不吃不喝地看定在那母牛身旁，絕不允許其他同性接近。我幾次慫恿紅犍牛向它挑戰，然而只要老黑牛晃晃犄角，紅犍牛便慌忙躲開。我實在憎恨老黑牛的狂妄、專橫，又為紅犍牛的怯懦而生氣。後來我才知道，牛的排座次是根據每年一度的爭鬥，誰奪了魁，便在這一年中被尊崇為首領，享有「三宮六院」的特權，即便它在這一年中變得病弱或衰老，其他的牛也仍為它當年的威風所震懾，不敢貿然不恭。習慣勢力到處在起作用。可是，一開春就不同了，閒了一冬，十幾頭犍牛、公牛都積攢了氣力，是重新較量、爭魁的時候了。「男子漢」們各自權衡了對手和自己的實力，自然地推舉出一頭（有時是兩頭）體魄最大，實力最強的新秀，與前冠軍進行決賽。那年春天，我的紅犍牛正處在新秀的位置上，開始對老黑牛有所怠慢了。我悄悄促成它們的決鬥，把它們引到開闊的河灘上去（否則會有危險）。這事不能讓破老漢發覺，否則他會罵。一開始，紅犍牛仍有些膽怯，老黑牛尚有餘威。但也許是春天的母牛們都顯得愈發俊俏吧，紅犍牛終於受不住異性的吸引或是輕蔑，「哞——哞——」地叫着向老黑牛挑戰了。它們拉開了架勢，對峙着，用蹄子刨土，瞪紅了眼睛，慢慢地接近，接近……猛地扭打到一起。這時候需要的是力量，是勇氣。犄角的形狀起很大作用，倘是兩支粗長而向前彎去的角，便極有利，左右一晃就會頂到對方的虛弱處。然而，紅犍牛和老黑牛都長了這樣兩支角。這就要比機智了。前冠軍畢竟老朽了，過於相信自己的勢力和威風，新秀卻認真、敏捷。紅犍牛佔據了有利地形（站在高一些的地方比較有利），逼得老黑牛步步退卻，只剩招架之功。紅犍牛毫不鬆懈，瞧準機會把頭一低，一晃一衝，頂到了對方的脖子。老黑牛轉身敗走，紅犍牛追上去再給老首領的屁股上加一道失敗的標記。第一回合就此結束。這樣的較量通常是五局三勝制或九局五勝制。新秀連勝幾局，元老便自願到一旁回憶自己當年的矯勇去了。

為了這事，破老漢陰沉着臉給我看。我笑嘻嘻地遞過一根紙煙去。他抽着煙，望着老黑牛屁股上的傷痕，說，「它老了呀！它救過人的命……」

據說，有一年除夕夜裡，家家都在窯裡喝米酒、吃油饃，破老漢忽然聽見牛叫、狼嗥。他想起了一隻出生不久的牛不老，趕緊跑到牛棚。好傢伙，就見這黑牛把一隻狼頂在牆旮旯裡。黑牛的臉被狼抓得流着血，但它一動不動，把犄角牢牢地插進了狼的肚子。老漢打死了那隻狼，賣了狼皮，全村人抽了一回紙煙。

「不，不是這。」破老漢說，「那一年村裡的牛死的死，殺的殺（他沒說是哪年），快光了。全憑好歹留下來的這頭黑牛和那頭老生牛，村裡的牛才又多起來。全靠了它，要不全村人倒運吧！」破老漢摸摸老黑牛的犄角。他對它分外敬重。「這牛死了，可不敢吃它的肉，得埋了它。」破老漢說。

可是，老黑牛最終還是被人拖到河灘上殺了。那年冬天，老黑牛不小心踩上了山坡上的暗洞，摔斷了腿。牛被殺的時候要流淚，是真的。只有破老漢和我沒有吃它的肉。那天村裡處處飄着肉香。老漢呆坐在老黑牛空蕩蕩的槽前，只是一個勁抽煙。

我至今還記得這麼件事：有天夜裡，我幾次起來給牛添草，都發現老黑牛站着，不臥下。別的牛都累得早早地臥下睡了，只有它喘着粗氣，站着。我以為它病了，走進牛棚，摸摸它的耳朵，這才發現，在它肚皮底下臥着一隻牛犢。小牛犢正睡得香，響着均勻的鼾聲。牛棚很窄，各有各的「床位」，如果老黑牛臥下，就會把小牛犢壓壞。我把小牛犢趕開（它睡的是「自由床位」），老黑牛「撲通」一聲臥倒了。它看着我，我看着它。它一定是感激我了，它不知道誰應該感激它。

那年冬天我的腿忽然用不上勁兒了，回到北京不久，兩條腿都開始萎縮。

住在醫院裡的時候，一個從陝北回京探親的同學來看我，帶來了鄉親們捎給我的東西：小米、綠豆、紅棗兒、芝蔴……我認出了一個小手絹包兒，我知道那裡頭準是玉米花。

那個同學最後從兜裡摸出一張十斤的糧票，說是破老漢讓他捎給我的。糧票很破，漬透了油污，中間用一條白紙相連。

「我對他説這是陝西省通用的，在北京不能用，破老漢不信，說，『咦！你們北京就那麼高級？我賣了十斤好小米換來的，咋啦不能用？！』我只好帶給你。破老漢說你治病時會用得上。」

唔，我記得他兒子的病是怎麼耽誤了的，他以為北京也和那兒一樣。

十年過去了。前年留小兒來了趟北京，她真的自個兒攢夠了盤纏！她說這兩年農村的生活好多了，能吃飽，一年還能吃好多回肉。她說，黑肉[①]真的還是比白肉好吃些。

「清平河水還流嗎？」我糊里巴塗地這樣問。

「流哩嘛！」留小兒「格格」地笑。

「我那頭紅犍牛還活着嗎？」

「在哩！老下了。」

① 黑肉：瘦肉或精肉。白肉，肥肉。

我想像不出我那頭渾身是勁兒的紅犍牛老了會是什麼樣，大概跟老黑牛差不多吧，既專橫又慈愛……

留小兒給她爺爺買了把新二胡。自己想買台縫紉機，可是沒買到。

「你爺爺還愛唱嗎？」

「一天價瞎唱。」

「還唱《走西口》嗎？」

「唱。」

「《攬工調》呢？」

「什麼都唱。」

「不是愁了才唱嗎？」

「咦？！誰説？」

關於民歌產生的原因，還是請音樂家和美學家們去研究吧。我只是常常記起牛群在土地上舔食那些滲出的鹽的情景，於是就又想起破老漢那悠悠的山歌：「崖畔上開花崖畔上紅，受苦人過得好光景……」如今，「好光景」已不僅僅是「受苦人」的一種盼望了。老漢唱的本也不是崖畔上那一縷殘陽的紅光，而是長在崖畔上的一種野花，叫山丹丹，紅的，年年開。

哦，我的白老漢，我的牛群，我的遙遠的清平灣……

1982年

（原載《青年文學》1983年第1期）

## 烏熱爾圖

烏熱爾圖（1952— ），黑龍江甘南人，鄂溫克族。作家。著有短篇小說集《琥珀色的篝火》、《七叉犄角的公鹿》、《你讓我順水漂流》，散文隨筆集《沉默的播種者》等。另有《烏熱爾圖小說選》出版。

# 琥珀色的篝火

獵人尼庫和他的兒子，還有妻子塔列走在山路上。

尼庫高個兒頭。他那被九月的太陽曬得發黑的臉，拉得挺長，顯得很難看。秋卡頭髮蓬亂，牽着馴鹿，一竄一竄地跟在父親身後，幾乎在小跑。孩子的母親騎在一頭粗壯的馴鹿背上。弓着腰，垂着頭，用深綠色的頭巾包住額頭。還有兩頭馱着炊具和行裝的灰白色馴鹿，張着大嘴，晃着鋸掉了茸角的光禿禿的腦袋，顛着碎步，跟在最後。

現在是黃昏，林子裡傾斜的光線變成了玫瑰色。樹枝上的鳥兒扯着嗓門叫着，發出各種悅耳動聽的音調，可誰也沒有興趣理睬它們。

「爸爸！」

走在前面的尼庫扭過頭來，瞥了一眼兒子。

「太陽快下去了，還沒到呀？」

尼庫緊繃着臉，沒說什麼。他把目光投向妻子。他的妻子臉色蒼白，眼神暗淡無光。他皺起眉頭，心好像被什麼東西揪了一下。他步子邁得更大了，兩眼盯着前面淡褐色的山脊。

他們走得很快。走進又高又密的松林，尼庫收住腳步，低頭盯着一條野鹿走過的小徑。這樣的小徑常被人當成小路。小徑上果真留着一片雜亂的印迹，不知是什麼人走的腳印。這些足迹還很新鮮，被它踩倒的嫩草冒着葉漿，地面上幾片掀翻了的枯葉散發着濕乎乎的霉味。

「秋卡——過來！」尼庫呼喚着兒子。他聲音不高，嘴撇了一下，臉上的皺紋連在一起。

秋卡牽着馴鹿的韁繩，倚在一棵小樹上，真累乏了。聽到喊聲，他扶了扶被病痛折磨着的母親，晃着又瘦又窄的膀子，慢騰騰地走來。

「哪兒飛來這麼幾隻鳥兒？真他媽的笨透了！」尼庫低聲罵了一句，頓了頓腳，在地上吐了口痰，繼續朝前走去。

誰也沒有再說什麼。天快黑了，人太乏了。當跨過這片足迹的時候，塔列挺起精神，在馴鹿背上皺着眉頭朝下瞅了瞅。

太陽悄悄地溜走了，林子裡已經看不見它的影兒。他們來到小河邊。這是獵人常用的露營地。露營地是靠近河邊的一塊平地，平地中間有一堆殘灰。尼庫砍來一抱細軟的樹枝，鋪在潮濕的地面。秋卡把母親扶下馴鹿，扯過一張犴皮鋪在地上，讓母親躺在那裡。秋卡忙了起來。他卸下馴鹿的鞍具，找來舊木絆，給每頭馴鹿上妥蹄絆。然後，把它們攆進林子，讓馴鹿自己去找苔蘚和蘑菇吃。

樹枝上的鳥兒叫得真歡，這是幾隻喜歡熬夜的鳥兒。小河變得比白天還急躁，水流得嘩嘩響。天黑了。

篝火着了起來。尼庫盤腿坐在火邊，翻弄着木叉上的烤肉。吊鍋裡炖的肉粥咕咕地翻着氣泡。從他背後傳來塔列的咳嗽聲，伴隨着低沉的呻吟。

「我們吃飯吧，秋卡。」尼庫說。

他從身旁的皮馱袋裡取出三個小碗，兩個厚厚的烤餅，還有一包白糖。他抽出獵刀，把烤餅切成塊，攤在一張新剝的樺樹皮上。這張米黃色的樺樹皮成了乾淨的地桌。

「我……不想吃……一點也不餓。」塔列有氣無力地說。

「還是吃點好。」尼庫伸過粗硬的大手，在妻子額頭上摸了摸，臉色陰沉，很難看。

「我……真挺不住了，馴鹿……都騎不穩，身子骨像散了架……咳……尼庫，我胸口裡有什麼東西壞了，也許是爛了。」

「你累了，別瞎說。明天翻過前面的山脊，下午就能趕到公路。順當的話，晚上就住上醫院了。」

「醫院也……」她的聲音很低。

「上次你真不該從醫院跑回來。」

「在山上……我死了也不覺得難受……要不是怕你生氣，這次我真不想下山……我真要死的話，早晚也得埋在山上。」

「你老說死，死！真煩人。秋卡，吃飽了嗎？去把毛毯拿來。」

「你們一口都沒吃！」秋卡站起身，映着火光的嫩臉變得暗淡，兩片厚嘴唇噘了起來。

尼庫上下打量着站在眼前的十四歲的兒子。他臉上雖然帶着孩子氣，可從他的眼神，全身的骨架，已經看得出將來他會成為有力氣、有筋骨的獵手。尼庫操起獵刀割塊燻成暗紅色的烤肉，填在嘴裡，慢慢地嚼着。

秋卡雙手抱膝躺在火堆邊，小狗似的蜷臥在一塊厚毛的獐子皮上，身上蓋着毛毯睡着了。他眯着眼，半張着嘴，好像在夢裡也在為誰擔憂。

林子裡真靜。尼庫緊閉着嘴，兩眼直愣愣地盯着一個地方。塔列側身倚着什麼，半臥着，不時從她喉嚨裡發出一陣揪動人心的咳嗽聲。

「尼庫！」

「嗯。」

「你看星星，真多……天太晚了，你不想睡嗎？」她望着頭頂墨藍色的夜空。

「我，不想睡。你睡吧。」

他抽了一塊木柈，扔在火堆上，兩眼死死地盯着它，全身一動不動。這塊灰白色的木柈先是被暗紅的火炭燻烤，發出幾聲細微的脆裂聲。隔了一會兒，呼地一閃，木柈由下而上竄起幾縷淡紅的火苗。火苗開始的時候很弱，閃動了幾下，轉眼間變大了，變成一團明亮的，歡快的火。現在，他感到了這塊木柈發出的全部熱量，臉和手被它烤得熱乎乎的。他感到說不出的快慰，還有一股由遠而近，由近而遠的暖氣。可這一段時間太短暫了，短得真像一眨眼的功夫，那灼人的火光，透人心底的暖氣，減弱了，消失了。這塊木柈的全部熱量燃燒掉了。它裂成幾塊，變成淡黃色的火炭，無聲地跌落在火堆中。他看呆了，眼圈變得濕潤，抓起一塊烤肉，扔進火堆。烤肉冒了一縷細微的煙絲，眼看着燒成一團黑炭。他又把一塊烤餅扔在裡面，虔誠地望着，瞧着這堆有自己生命的火。

「尼庫！」

「哦。」

「你轉過臉來，我想再說幾句。」

「別說了，我不想聽。你說一句話，比喝一口水都費勁。」

「尼庫，你別這樣。我想……告訴你，今天我從你身後，瞅着你的背、你的胳膀、你的兩條腿，看你邁步，甩胳膊，我覺得心裡真好受。我……想起，你第一次在樺樹林裡親我，那時候我們真年輕。」

「塔列，你在說些什麼？」他扭頭瞅瞅自己的兒子，「你是不是在說胡話？」

「這不是胡話。昨天晚上，我是說了胡話。可現在不是。我……想起，你親我的時候，我的心是怎麼跳的，還想起，從那以後，讓我高興的事兒。咳——咳——尼庫，你那麼能幹，喝醉酒也不像別人那樣打自己的老婆。你多愛我呀！從你那次親我，誰也沒偷去我的心。它是你的。可我，我還是覺得對不起你。」她的聲音變得顫抖。

「算了。你說這些幹啥？我們都老了，老了，真老了！」

「一路上，我把這一生高興的事兒，都想起來了。」

「你別說了，好不好？」

「我知道你心煩。」

「我煩透了。塔列！」

「我知道為什麼？」

「為什麼？」

「為我。還為那些腳印！」

「你也看見了？那幾隻鳥兒，真是笨透了。離小路只有幾步遠，蹭着邊走過去，硬是沒看見。好的，看見他們沒準我會用柳枝抽一頓。」

「尼庫，你別那樣。到了他們的城裡，你也會迷路的。」

尼庫扭過頭去，盯着火，又垂下腦袋，神態十分苦惱。

「尼庫，你想去。可你怕我……」塔列打起精神瞧着丈夫。在這個世界她是最了解他的人。

「可他們是三個人呀！是三個嗎？那一陣兒，我頭暈，兩眼發花。」

「是三個人。這三個傢伙拖着腳後跟，像受傷的野豬，可能……還沒吃的，我在那兒瞧見他們的一攤屎，就像黑熊拉的。」

「你——去——吧！」

尼庫很煩躁，他站起身，彎腰抱起幾塊木柈，嘩地一聲，壓在火堆上，隨後一屁股坐在那裡，一句話也沒說。

火堆中響起木柴噼噼啪啪的爆裂聲。

「咳——咳——尼庫！我説話真費勁，心都跟着跳。你——去——吧。我知道你在等我這句話。」

尼庫轉過身來，凝視着妻子失去血色的臉。這張臉罩了一層橘黃色的火光。她年輕的時候多漂亮呵，他和她一起過了這麼多年，從來也沒覺得她難看。可現在，誰都感到自己老了，到了更加難離難捨的年紀了。他輕輕地撫摸着她那變得粗糙和鬆弛的臉，心裡的血變得熱乎乎的。他第一次這麼強烈地體會到生命的美好，還有殘存在心底的青春的氣息。他覺得這一切並沒有離開他。

「不要説這個好，那個好。你比誰都好……那你一定吃點東西。」他説。

「我吃。為了你，我也要吃一點。」

尼庫輕輕地推了推睡得正香的兒子。「秋卡，你醒醒。」

秋卡睡意正濃。他翻個身，蹬了蹬腿，睜開眼睛，一挺腰，坐了起來。陰森森的冷氣一吹，他打個哆嗦，急忙扯過毛毯裹在身上。

「秋卡，天亮你就把馴鹿趕回來。你聽——在那片林子裡，沒走遠。明早吃完東西就走，下午能到公路。堵一輛拉木頭的汽車，就説是尼庫的兒子，送媽媽下山看病，他們會把你們捎去的。」

「那你去哪兒？天這麼黑！」

「去看那三個人。你在路上沒看見他們的腳印？那是迷路了。」

孩子瞧着母親，神色不安。

「不怕，孩子。給爸爸裝點吃的。」塔列説。她的聲音變得又低又啞。

秋卡借着閃動的火光取出食品，裝在父親的背夾子裡。

「給你，斧子也得帶。」

尼庫站在火堆旁，挺直了身腰，默默地望着妻子和孩子。他覺得該走了，彎腰把背夾子搭在後背，左肩挎上獵槍，右手拎着砍刀。火光在他的臉上閃來閃去。

「把路指給他們，我就往回走。明天也許能攆上你們。」說完，他邁開雙腿，朝黑沉沉的林子裡走去。

秋卡裹着毛毯站在那裡，呆呆地望着父親黑黝黝的身影，這身影消失在一片昏暗中。他什麼也看不見了，眼前是一堵黑色的牆，還有，從高高的牆頂透出的幾塊深藍色的光斑。從那沒有邊沿的黑牆裡傳來一陣有節奏的砍樹標的聲音。漸漸地，聲音越去越遠了。

「這麼黑，爸爸怎麼看路？」秋卡站在那裡一動不動。

「是呀，這時候野鹿的眼睛也不管用，它們要靠鼻子和耳朵。你爸爸，現在得靠他的腦袋。睡吧，孩子。」說完，她按着胸脯咳嗽起來，全身像痙攣似的抽動。

在林子裡走夜路要比白天費力。尼庫正在橫穿黑幽幽的密林。他把一隻手臂探在臉前，防止乾硬的樹梢划傷眼睛。他認為眼睛是最值得保護的。天要放亮時，他走出很遠。他走的方向與公路正好相反。為此，他在心裡把三個迷路人又臭罵了一頓。

這一天真糟，太陽還沒升起來，就被厚厚的雲塊圍住了。天空中的烏雲翻騰起來，像一群松鼠在撕咬，追逐。尼庫在林子裡大步跑起來。他聞到了暴雨的氣息。

暴雨到來之前，他總算找到了那些腳印。他鬆了口氣，站在一棵樹幹下，任狂風吹拂自己發熱的胸脯。他琢磨着那些拖拖拉拉的足迹，揣想那幾個可憐的迷路人準是在繞一個山包轉圈。他知道，眼下，他們的處境很危險。

大雨潑下來了。林子裡原有的聲音消失了，只有大粒的雨珠噼噼啪啪地落在樹葉上、岩石上、河水裡，匯成氣勢無比的音響。雨越下越大。

尼庫走得更快了。他被淋得渾身精濕。使全身顫抖的冷氣，針刺般穿透胸脯，朝他的心底逼進。這樣冷颼颼的秋雨是能凍死人的。他的腦袋裡閃出迷路人的影子：絕望的，飢餓的，殭硬的。眼前出現的變幻不定的情景，鞭子似的抽打着他的脊背。

他覺得這一天特別長。雨勢弱下來的時候，他終於發現自己全力尋找的目標。三個迷路人蜷縮在一個陡峭的石壁下。鐵青的岩石用冰冷的爪子，抓住了他們的肉體。

他站在他們前面。這是三個穿着野外作業服的陌生人。看來，是從很遠的地方來的。也許為幹件大事兒，甘心來冒這麼大風險。他盯着一張年輕的臉，這還是個孩子。他那又厚又密的黑髮，被冰冷的雨水粘在一起，有幾綹垂在平滑的額頭上。手臂摟着這個年輕人的是戴着眼鏡的老頭兒。他額頭光禿，臉上的皺紋已經不少，還有一個中年人，好像在做夢，臉上掛着青紫的笑紋。

他喘了口長氣，甩了一把臉上的水珠，從肩上取下獵槍，倚放在一塊岩石上，把背夾子一甩，砰地扔在地上，身上那件濕淋淋的上衣，也被他嘩地一扯，抛在一旁。他湊上前去伸手摸了摸那一張張冰冷的臉，把手放在年輕人的嘴唇上。他感覺到一絲微弱的氣息。他用力扯了一把，覺得這個活着的血肉像具由軟變殭的新屍。他對準他的胸脯，猛捶一拳。年輕人哼了哼，聲音那麼微弱，眼神閃了閃，又被殭硬的眼皮遮住了。由於極度飢餓、疲乏引起的各種感覺，在他身上驟然消失了，一切都變得可以忍受，可以堅持。他解下背夾子上的斧頭，左右望了望。附近青紫色的冷霧中，有片被雨水沖洗得十分新鮮的松林。他搖晃着雙肩，邁着沉重的腳步，朝那裡走去。

他在林子裡四處尋找。他找到一棵枯死的松樹，這棵樹沒有枝杈、光禿禿的。他用斧背敲敲外表濕滑的樹幹，樹幹發出咚咚的聲音。他揮起鋒利的小斧，砍着樹幹的根部，樹被砍倒了。失去根基支撐的樹幹猛地摔在岩石上，攔腰斷成兩截，從斷裂處露出灰白的、乾硬的木質。他又在林子裡找了截碗口粗乾枯的柳木，挾在腋下。他把半截樹幹扛在右肩，拎着小斧朝回走去。

他幹得真猛。一會兒功夫，半截樹幹劈成一堆細長的木柈，木柈散發着松脂的清香。

他蹲在地上，抽出獵刀，削起那截柳木。柳木外表的濕皮被削掉了，露出裡面乾爽的木芯，木芯很快又削成了花瓣似的木屑。這一切他做得熟練，迅速。隨後，他從貼身衣兜裡掏出一個小巧的樺皮盒，打開木塞，抖出一盒火柴。嚓地一聲，微小的火花在那堆木屑上跳了一下，冒起一縷青煙。緊接着，木屑變成火團，發出呼呼的燃燒聲。他在火團上橫豎交叉壓了幾塊木柈。一堆篝火着了起來，火光是琥珀色的，很好看。在這滿是水氣、被暴雨糟踏的林子裡，用這麼短的時間生起一堆火，他覺得挺愉快。

他砍來樹枝，散鋪在火堆四周，把三個凍殭的迷路人拖到火堆邊。

他忙着，奔來奔去。帳篷終於搭成了，完全是鄂溫克式的。它圓錐形，尖頂，四周的圍子是用爬松枝排滿的。簡易帳篷裡的火很旺，熱氣逼人。

「媽的，我幹得不錯，真順當！」他對自己很滿意。「我還沒老，就是小伙子們這樣幹，也要累癱的。」他想。

他用最後一點力氣，把三個迷路人的濕乎乎的外衣脱掉，掛在火堆上面的枝杈上。從背夾子裡取出帶來的烤餅、烤肉，攤在火堆邊。他想，這些很快就會暖和過來的迷路人，會吃掉這些東西的。

他覺得再也支撐不住了，難以忍受的飢餓，極度的疲勞，使他頭暈、想吐、心慌。他還想幹點什麼，可失去頭腦支配的肉體，軟軟地癱在火堆邊。他仰起頭，望見樹梢間露出兩顆淺黃色的星星。好像有道閃電在他眼前划過。他想起病重的妻子，還有十四歲的兒子。他真想像不出他們是怎樣度過這場暴雨的。

「你們怎麼樣？塔——列！」

他用手臂支撐沉重的身體：「我要回去。回去，這就回去！」他命令自己。

太累了，腦袋越來越沉，全身鬆軟無力。他身子一歪，昏睡過去。

不知睡了多久，朦朧中他感到難以忍受的飢渴。腰、腿，全身各部位，針刺般痛疼。他醒了，聽見有人在耳邊悄聲細語。他睜開眼睛，天已經大亮。他眼前晃動着三個陌生人的面孔。他突然愣住了，仔細想想，想起了昨天發生的一切。

戴眼鏡的老漢坐在他身邊。臉蛋有了血色的年輕人，握着他的手，一會兒攥緊，一會兒放鬆。

「醒了，他醒了！」年輕人嚷起來。

「哦——」他喘口長氣。他嘴唇乾裂，心裡很不好受。

「您救了我們三個人的命！」戴眼鏡的老漢嘴唇在抖，眼眶濕了。

他坐起來，瞅瞅他們，沒説什麼。他覺得沒什麼可説的。不論哪一個鄂溫克人在林子裡遇見這種事兒，都會像他這樣幹的。只不過有的幹得順當，有的幹得不順當。他轉過臉去，朝火堆瞥了一眼。火已經變成一攤殘灰，木柈早已燒光。放在火堆邊的烤餅、烤肉，一塊也沒剩下。他覺得心裡不舒服。他太想吃東西了，哪怕是喝口水。他的眼神在這些陌生人臉上慢慢地滑過。那種不痛快的感覺消失了，他心裡又覺得很順暢。這是從大城市來的人呀！他們見過多少世面！現在，他們用這麼恭敬的眼光望着他——一個鄂溫克獵人。他發現自己被人推到一個尊貴的位置，這是難得的心靈裡的位置。這是第一次！多漂亮的第一次呵！他很滿意，很痛快，很高興。

「你們——好了？」他問。

「好了，好了。就是餓了兩天，身上還沒勁兒。」年輕人説。

「您是獵人？」戴眼鏡的老漢問。

他點點頭。

「鄂溫克獵人？」

他又點點頭，臉上露出笑容。

「你們——在這個山轉圈。」他提高了聲音，漢語講得生硬，「你們——住在帳篷——帆布的——在小河邊。我知道。」

「對，我們的帳篷是在小河邊。」

「你們——這樣走——那個樺樹林——穿過去——看見小河——順小河走。」

「往哪裡走？」

「順流水走——半天——半天就到了。」

「謝謝您！」

「真謝謝您！」

他站起身，肩膀晃了晃。他覺得腰、腿一夜之間變得十分殭硬。

「您餓了吧？」戴眼鏡的老漢問。「真對不起！你帶的餅和熟肉讓我們吃光了。」

「光了好——我去打獵。」他扛起獵槍，晃着雙肩，朝林子裡走去。

這次出獵很順利。走出不遠，在樺樹林裡他發現麅子的蹄印。這印迹新鮮，是剛走過去的。他放慢腳步，穿過樹叢，瞧見那隻麅子，它正在低頭吃草。槍響了，麅子身子一抖，朝前竄了兩步，栽倒在那裡。他走過去，抽出獵刀，剖開它的胸膛，掏空內臟。他幹得非常利落。三下兩下就弄妥了。他一屁股坐在地上，在草叢裡擦了擦手，用獵刀把新鮮的、熱乎乎的麅肝切成塊，用手抓着，大口大口地吃起來。他餓極了，吃得很香。他覺得肚子不空了，身上添了勁兒。出獵的鄂溫克人打到麅子，誰不先嚐新鮮的生麅肝。

他把獵物扛了回來。三個餓得發慌的迷路人，瞪大了眼睛焦急地等待着他。

他沒有心思再去理睬他們的問話，臉色變得陰沉。他默默不語，彎腰收起斧頭。割了塊麅子肉，綁在背夾子裡。弄妥行裝，他站起身。

「我——回去了。」他對他們說。他的聲音很慢，語氣挺重。「你們——那個樺樹林旁過去——找到小河——能到家。」説罷，他把背夾子搭在後背，操起獵槍，手中拎着砍刀。他最後望了他們一眼。他想：有一天，在他們的城裡見面，能認出他來，就行了。不能再耽誤了。他轉過身去。

「大叔——」年輕人在他背後喊他。

「大叔——」戴眼鏡的老漢也在這樣稱呼他。

「您——別走！我們還會迷路的。」這是那個中年人的聲音。

他的心猛地被什麼東西緊緊地拉住了。他轉過身來，呆呆地站在那裡。他盯着年輕人的臉。這兩隻眼睛濕漉漉的，眼神是真切、誠實的。他瞧瞧戴眼鏡的老漢。老漢臉上每個微小的表情，都在表達一個希望。這個希望他理解了。最使他愉快的是老漢剛才那聲稱呼：「大叔——」他心裡想笑，因為他知道，眼前這位老漢比他的年歲更大。他又瞅了瞅那個中年人。他的臉像孩子似的，一下子變得這麼哀愁。

他們站在那裡，呆呆地對視着，彼此等待着。

尼庫終於放棄走的念頭。他摘下背夾子，獵槍。動作緩慢、凝重。

他笑了。他笑了。他也笑了。

尼庫回到火堆旁，坐在那裡，默默不語。不知為什麼，他想起過去一些讓他不愉快的事兒。他想起那次在小鎮上喝醉了酒，舒舒服服地躺在路邊的樹蔭下，一群孩子無緣無故朝他撇來一塊塊石頭。他還想起，有一次，他扛着獵槍，穿着漬滿血污的獵裝，走在熱鬧的大街上，不少人用那樣一種眼光盯着他，有的直躲。那種眼光他記得清清楚楚，好像他們在看一匹馬，一頭牛。他還想起，他走進招待所時，那個女服務員的神態。他記下了她扭歪了的小鼻子，捂得很嚴的、難看的大嘴。他還想起什麼……他想哭，找個沒人的地方，放聲哭一場；他又想笑，扯開自己的喉嚨，大笑一通。他沒有哭，也沒有笑，仰起頭，望着遙遠的藍天。它是那麼藍，那麼乾淨。他覺得這塊藍天現在離他並不遠，一點也不遠。

他心情變得明朗，變得痛快，變得舒服了。他忘掉了一切憂愁。

「我們——做飯——我會烤肉——炖肉——不會炒肉。」他笑了。幾天沒洗臉，他臉上留着幾道污痕，笑起來反而很動人，很有神采。

「我們連個鍋都沒有。」

「我會——我都會。」他很自信。

「太好了，我來幫你。」年輕人說。

他忙了起來。他從白樺林剝來大張的樺樹皮，折成盆形，用細軟的松樹根再把它縫得嚴嚴實實。他從河邊捧來一堆卵石，把這些卵石扔在火堆中。他做樺皮桶很快。只把一塊樺樹皮折了折。用松樹根縫了幾下就成了。不過這個桶沒有提手，裝了水只能摟在懷裡。他在盆形的樺皮鍋裡放上水，添了肉，又撒點鹽，再用木棍把扔在火堆裡的卵石，一塊塊夾出來，放在樺皮鍋裡。頓時，冰冷的水翻起白色的氣泡，水開得翻花，滾燙的卵石炸裂了，樺皮鍋裡的肉變了顏色。弄妥炖肉，又忙起烤肉。他把切成片的生肉串在木叉上，抹了鹽麵，豎插在火堆旁，讓年輕人照看。他沒停手，翻出麅子的胃囊，去水坑洗淨，在裡面裝水，添肉，把口紮緊，放在火堆裡。炭火不緊不慢地燻烤着胃囊，等到胃囊被燒焦，裡面的肉也就炖熟了。尼庫興致很高，他把祖輩傳授的古老的生活經驗表演出來了，就憑一把獵刀，一雙手。

肉熟了，四周飄着香味。這些肚子變得又空又癟的人，圍着火堆，手拿把抓，大口大口地吃起來。尼庫瞧着他們。時間過得真快。尼庫抿着嘴角，不說，也不笑，可心裡痛快極了，不知是什麼東西使他忘記憂愁，把他的心同陌生人連在一起，竟變得難離難捨。他累了，躺在地上，頭枕着一塊石頭。該動身了，他想。

有什麼響聲？就在前面的林子裡，聲音微弱。他挺身坐起來，側耳細聽。那聲音又傳過來了，還是那麼微弱，可又這麼熟悉。他的心狠狠地被揪了一下。他騰地跳起來，拎起背夾子、獵槍、砍刀，直朝林子裡跑去。幽幽山林變得灰蒙蒙的。

他一頭衝進樺樹林，呆立在那裡。被樹枝劃傷臉蛋，撕破外衣的秋卡，可憐巴巴地站在他的面前。

「你來幹什麼？」他吼起來。

「爸爸……」

「你媽媽怎麼樣？」

「爸爸，橋斷了，大水沖的。公路上一個汽車也沒有。」

「你還小嗎？不會想辦法？笨東西！找木頭，紮木排，坐木排過河！」

「爸爸，我連一把斧頭也沒有。」

「別說了，別說了。你媽媽怎麼樣？」

「……」

秋卡用手捂住眼睛，淚珠順他手指縫裡流出來。

「你說，你媽媽怎麼樣？快說！」

他隨手折根木棍，舉在半空，猛抽在孩子的腰上。

秋卡被打個趔趄，撞在身後的小樹上。他站在那裡，既不躲，也不哀求，咬牙忍着疼痛，用淚汪汪的眼睛望着父親。

「你啞巴了嗎？」

「媽說：她哪兒也不去了，她說，她就死在那兒……」

「你來的時候，她還好嗎？」

「媽說，等你回去，見你一面……才……才……」

「別說死，別說死。鬼東西！我問你：她還好嗎？」

「好……」

「能說話嗎？」

「能……可我一點也聽不清了。」

「走！我們快點走！」

「爸爸，我走不動了。」

「鬼東西，我揹你。走吧，我們快點，快一點。你真笨，笨透了。」

尼庫回頭望了望。他知道那些迷路人很快就會找到自己的帳篷。

灰蒙蒙的密林像墨綠色的海，淹沒了父子倆的身影。

「大叔——」

從他們背後傳來喊聲。這是那三個人的呼喚。大概是在林子裡的緣故，他們的聲音變了，變得清脆，像孩子充滿渴望的、純真的童音。

森林沉默了，傾聽着他們的呼喚。

1983年5月於貴陽花溪

（原載《民族文學》1983年第10期）

## 張煒

張煒（1956— ），山東棲霞人。作家。著有中篇小說《秋天的憤怒》，長篇小說《九月寓言》、《古船》、《柏慧》、《家族》、《遠河遠山》、《外省書》、《能不憶蜀葵》等。另有五卷本《張煒作品選》、六卷本《張煒文集》出版。

# 一潭清水

海灘上的沙子是白的，中午的太陽烤熱了它，它再烤小草、瓜秧和人。西瓜田裡什麼都懶洋洋的：瓜葉兒蔫蔫地垂下來；西瓜因為有秧子牽住，也只得昏昏欲睡地躺在地壟裡。兩個看瓜的老頭脾氣不一樣：老六哥躺在草鋪的涼蓆上涼快，徐寶冊卻偏偏願在中午的瓜地裡走走、看看。徐寶冊個子矮矮的，身子很粗，裸露的皮膚都是黑紅色的。他只穿了條黑綢布鑲白腰的半長褲子，沒有腰帶，將白腰兒挽個疙瘩。他看着西瓜，那模樣兒倒像在端量睡熟的孩子的腦殼，老是在笑。他有時彎腰拍一拍西瓜，有時伸腳給瓜根推壓上一些沙土。白沙子可真夠熱的了，徐寶冊赤腳走下來，被烙了一路。這種烙法誰也受不了的，大約蘆青河兩岸只有他一個人將此當成一種享受。記得有一個人（講起來也算他的朋友）有關節炎，藥劑針管也使去不少，總不見好，徐寶冊就將他拉到海灘上，用沙土埋起他赤裸的腿腳說：「烙烙，烙烙……」結果烙好了。只是病人走到哪裡都說：「哎呀，那沙子滾燙滾燙，烙上半點鐘，人不能受這份罪呀！……」

一陣徐徐的南風從槐林裡吹過來。徐寶冊笑眯眯地仰起頭來，舒服得了不得。槐林就在瓜田的南邊，墨綠一片，深不見底，那風就從林子深處湧來，是它蓄成的一股涼氣。徐寶冊看了一會兒林子，突然厭煩地哼了一聲。他並不十分需要這片林子，他又不怕熱。他身上這層黑油油的皮膚生來就是跟熱氣作對的，那光箭射在脊背上，無奈脊背光滑油亮，並不能傷到裡邊。倒是那林子時常藏下一兩個瓜賊，給他送來好多麻煩。那樹林子搖啊搖啊，誰也不敢說現在的樹蔭下就一定沒躺個瓜賊！

種瓜人害怕瓜賊哪行！徐寶冊對付瓜賊從來都是有辦法的，而老六哥卻往往不以為然。白天，徐寶冊只這麼在熱沙上遛一趟，誰也不敢挨近瓜田，而老六哥卻倒在舖子上睡大覺。如果是月黑頭，瓜賊們從槐林裡摸出來，東蹲一個，西蹲一個，和一簇簇的樹棵子混到一起，趁機抱上個西瓜就走，事情就要麻煩一些。有一次徐寶冊火了，拿起裝滿了火藥的獵槍，轟的一聲打出去……天亮了，徐寶冊和老六哥沿着田邊撿回幾十個大西瓜，那全是瓜賊慌亂之中扔掉的。老六哥抱怨地說：「何必當真呢？偷就讓他偷去，反正都是大家的，偷完了咱們不輕閒？你放那一槍，沒傷人還好，要是傷着個把人，你還能逃了蹲公安局？」寶冊只是笑笑說：「我打槍時，把槍口抬高了半尺呢！嘿，威風都是打出來的……」

一些趕海人都知道，老六哥的確是個「大方人」，所以常在瓜舖裡歇腳。每逢這時，寶冊由不得也要和他一樣「大方」。有一次他燒開了一桶桑葉子水端上來，被一個滿臉鬍子的海上老大提起來潑到了沙土上。老六哥哈哈大笑着，便到瓜田裡摘瓜去了。他一個腋下夾着一個熟透的西瓜，仍然哈哈大笑說：「反正都是集體的瓜，吃就吃吧，只要不在夜裡偷就行。」寶冊也來了一句：「人家把開水潑了，咱就乖乖地摘來瓜，威風都是潑出來的！」說完也哈哈大笑起來。他接過老六哥腋下的一個花皮大西瓜，頂在圓圓的肚子上，轉回身子，來到一塊案板前，放手摔下去。西瓜脆生生地裂成幾塊兒，紅色的瓜瓤兒肉一般鮮，趕海的每人搶一塊吃起來。

有個叫小林法的十二三歲的孩子常來瓜舖子裡。這孩子長得奇怪：身子烏黑，很細很長，一屈一彎又很柔軟，活像海裡的一條鱔。他每次都是從北邊的海上來，剛洗完海澡，只穿一條褲頭兒，衣服搭在手臂上，赤裸的身子上掛着一朵又一朵泛白的鹽花。鹽水使他周身的皮膚都繃緊起來，臉皮也繃着，一雙黑黑的眼睛顯得又圓又大，就連嘴唇也翻得重一些，上邊還有幾道乾裂的白紋。滾熱的沙子烙痛了他的腳，他踮起腳尖，一跛一跛地走過來，嘴裡輕輕叫喚着：「梭！梭！梭梭……」

徐寶冊一看到他這個樣子就不禁樂了起來，躺在舖子裡幸災樂禍地喊着：「小林法！小林法！快來……」他還常常跑上幾步，把小林法攔在舖子外邊，故意把他掀倒在地上，讓沙子炙他赤裸的身子。小林法「哎喲哎喲」地叫着，在沙子上翻動着、笑着、罵着……徐寶冊把自己的一隻腳扳到膝蓋上，指點着那堅硬的繭皮說：「你的功夫不到，你看我，烙得動嗎？」

小林法到了舖子裡，就像到了自己家裡一樣。他躺在涼蓆上，兩腳卻要搭在寶冊又滑又涼的後背上，舒服得不知怎麼才好。寶冊常拿起煙鍋捅進他的嘴裡，他就閉上眼睛吸一口，嗆得大聲咳嗽起來。老六哥在一旁對小林法說：「嘿，不中用！我像你這麼大已經叼了三年煙鍋了！」小林法這時候就把腳從寶冊的後背上抽下來，蹬老六哥一腳說：「你中用，敢跟我到海裡走一趟嗎？我到哪你到哪，敢嗎？」老六哥不吱聲了。他當然不敢的：小林法長得像條鱔，水裡功夫也像條鱔的。

小林法在舖子裡玩不了一會兒，就嚷着要吃西瓜。只是在這個時候，徐寶冊和老六哥的意見才是完全一致的，兩人毫不猶豫地起身到瓜田裡，每人抱回一個頂大的西瓜來。小林法很快吃掉一個，又慢悠悠地去吃另一個……他的肚子圓起來時，就挪步走出舖子，往瓜地當心那裡走去了。

那裡有一潭清水。

那潭清水是掘來澆西瓜的。平展展的水面上，微風吹起一條條好看的波紋。潭水湛清，潭中的水草、白沙都看得一清二楚。這實在是一個可愛的水潭。小林法常在這兒游上幾圈，洗去身上的鹽水沫兒。徐寶冊和老六哥笑眯眯地蹲在潭邊上，看着他戲水。

小林法游水的樣子特別怪，不由你不看。他就像是水裡生的、水裡長的一樣，游到水裡，遠遠望去，還以為他是條大魚呢。他不怎麼吸氣，只在水裡鑽，一會兒偏着身子，一會兒仰着胸脯，兩手像兩個鰭，一翻一翻，身子扭動着。有時他興勁上來，又像一隻海豚那樣橫衝直撞，攪得水潭一片白浪，水花直濺到潭邊兩個老人的身上。

他從水中出來，圓圓的肚子就消下去了，又重新吃起西瓜，直到只剩下一塊塊瓜皮。老六哥說：「你真是個『瓜魔』！」徐寶卌點點頭：「瓜魔！瓜魔！」

日子長了，他們彷彿忘記了小林法的名字，只叫他「瓜魔」了。

瓜魔原來是個收養在叔父家裡的孤兒。他對讀書並沒有多少興趣，叔父對管教他也並沒有多少興趣，他從五六歲起就在大海灘上遊蕩了。他在瓜田，絕對沒有白吃西瓜。他常常幫着給瓜澆水、打冒杈，一邊做活一邊笑，在太陽底下一做就是半天。徐寶卌疼他，喊他進草舖裡歇一歇，老六哥卻總是吸一口煙，笑眯眯地望他一眼說：「讓他做嘛！用瓜餵出來的一個好勞力！」瓜魔實在做累了，就到海裡去玩，回來時總在身後藏兩條魚，還都是少見的大魚哩。兩個老人怎麼也弄不明白：他一個小小的孩子兩手空空，怎麼就能捉住那麼大的魚？不過也從不去問，因為他們覺得瓜魔也和一條很大的魚差不多，「大魚」逮條「小魚」，大概總不難吧？兩個人自己起竈，把魚做成鮮美的魚湯、魚丸子、魚水餃。有時瓜魔帶來幾個螃蟹，還有時帶來幾個烏魚、八腿蛸、海螺、海扇子……應有盡有。有一次他們吃過飯之後，問瓜魔怎麼逮住了那條魚：像腰帶一樣、細細的長長的那條？瓜魔說：「撿條粗鐵絲就行。這魚老愛往岸邊游，你瞅準它，一下子抽過去，就被抽成兩截了，百發百中的！」兩個老頭兒笑了，嘴裡學他一句：「百發百中的！」

瓜魔隔不了幾天就要來一次，徐寶卌和老六哥吃不完他的魚，就用柳條兒穿了曬成魚乾。這個小小的瓜舖就像磁石一樣吸引着瓜魔，因為他一來，徐寶卌和老六哥總樂於為他摘最大的西瓜。他們對這麼個瘦小的孩子能一氣吃下那麼多西瓜，開始覺得奇怪，後來倒覺得有趣了。瓜魔吃足了瓜，到清水潭裡洗完了澡，常常高興得唱起來。他的嗓子沙沙啞啞的，可其中又往往摻着幾聲尖音，唱起來再有趣也沒有了。他一唱，那不遠處的槐林就要跟着共嗚。徐寶冊誇獎說：「你這份嗓子也不難聽，有人說城裡京劇團就有這種唱法。這嗓子難找哩，一百人裡面連五個也找不到，站在台上一唱，後音兒耐聽！」可惜瓜魔並不正經唱，伏臥在涼蓆上，兩腿敲打着舖柱子，一派漫不經心的樣子，似乎也並不十分看重自己的嗓子……

這天，太陽偏西的時候，瓜魔又來了。入夜，他破例留下來，就睡在這舖子上。徐寶冊沒有娶過老婆，當然也沒有兒子逗，半夜裡常要伸手去摸摸瓜魔那熱乎乎的肚子，覺得是一大快事。他想像着如果早幾年結婚，有個兒子如今也該這般大了。他和老六哥是輪流睡的，要有一個為瓜田守夜。該他守夜時，他就把瓜魔叫醒，兩人一起到地邊上支起小鍋煮東西吃。東西都是瓜魔出去找來的，無非是些剛長成小紐的地瓜、鼓成水泡仁的花生……這些東西灑上鹽末煮一煮，味道都是極鮮的。

海風送過來一陣陣腥味兒。夜氣很重，他們坐在火堆邊上，衣服還是有些潮濕。空中的星星又密又亮，他們都覺得這會兒離星星近了許多。海潮的聲音永無休止，雖是淡遠的，但遠比水浪拍岸深沉，那是碩大無邊的海和整個地球相摩擦的聲音。在這幽深的夜裡，它和高空眨動的星光、遠方林濤的震響一起，組成一個極為神秘的世界。蘆青河在連夜急匆匆地奔向大海，那聲音嘹亮而昂揚，不斷安慰和鼓勵着守夜的人們。

瓜魔斜倚在徐寶冊的身上，看着遠處升起的半個月亮。他突然說：「寶冊叔，我明年也跟你們來幹吧！我喜歡這個活兒，晚上不會瞌睡……」

徐寶冊從鐵鍋裡撈出一塊地瓜紐兒填到嘴裡嚼着，搖搖頭。

「怎麼呢？」

「你該到海上學拉網，那才叫有出息！等你老了，年紀像我們差不多時，再來吧。」

瓜魔沉默着。從海岸隱隱傳來拉夜網的號子聲，他傾聽了一陣，說：「我去要幾條魚來煮上！」

瓜魔去了，提來幾條鮊魚煮到了鍋裡。徐寶冊又點上了煙鍋，吸了幾口，還：「講點故事吧……」

鐵鍋下的木炭響了一聲。瓜魔說：「你講吧，你是老人，老人十個裡面有八個裝了說不完的故事。」

徐寶冊把那條又寬又肥的半長褲子提了提，說：「那一年上，我種了棵南瓜，就種在屋後頭。最後你猜怎麼了？生出了一窩地瓜。」

瓜魔笑得肚子都疼了。他嚷着：「我有一年種了一棵包米，到頭來你猜呢？生出一棵蓖麻！」

「胡說！」徐寶冊嚴厲地打斷他的話，磕掉了煙灰，「你胡亂編排些什麼！」

瓜魔說：「你不也是胡亂編排嗎？」

「我不是，」徐寶冊搖搖頭，「我鄰居家的孩子給我偷着埋下了地瓜呀……你看，是這樣的。」

瓜魔無聲地笑了。他把身子滾動一下，挨近一棵西瓜，摘下一個瓜來。他吃着瓜說：「我想起一個故事來——這可不是編的，一點不是，是我親眼看見的。那一年蘆青河漲水，聽人說河裡的魚多極了。好多人都鼓動我進河捉魚去。我那幾年就願睡覺，頭一碰着什麼就粘上了，再也不願抬起來……」

「小孩子都這樣的。」徐寶冊也掰了一塊西瓜，咬了一口說。

「也不都這樣。恐怕這是種毛病——我叔叔就說這是種毛病的。」瓜魔這時候不吃瓜了，一隻手撐着地，半挺着身子講他的故事了：「那一天大霧，蘆青河就籠在一片灰白色的霧裡。哎呀，好大的霧呀，我從家裡走到河邊上，衣服就濕了……河裡這天沒有多少人捉魚，他們都怕霧呀，怕在對面不見人的時候被水裡的妖怪拖進水裡去。我倒不怕，直順着水游下去，就在河口那兒的一片大水灣裡停住了……」

徐寶冊一直眯着眼睛，這時睜開眼插一句：「是那片在三伏天也冰涼的水灣裡嗎？」

瓜魔點點頭：「嗯。」

徐寶冊重新眯上了眼睛：「那裡面聽說有不少鰵哩。」

瓜魔搖搖頭：「我在那兒捉到一條很大的魚——它用鰭把我的小腿肚兒划開一道口子，惹惱了我，我用拳頭砸了一下它的腦袋，它才顯得老實了。我像抱個小孩兒一樣把它抱上岸來，它直拱動，老想再回到河裡去。我就緊緊抱着它……後來走在路上，累了歇息的時候，我就摟着這條魚睡去了。醒來一看，魚不見了，肚子上只沾了幾片魚鱗……」

「哪去了呢？」徐寶冊蹲起身子，驚訝地問。

瓜魔揉揉眼睛：「誰知道！到現在我也不知道。只是第二天我到龍口鎮上趕集，看見一個小姑娘賣一條魚，越看，那魚越像我捉的那條……」

徐寶冊不做聲了。他開始吸那桿煙鍋。

瓜魔講到這兒像是疲倦了，身子一仰躺了下來。他又伸手去拿起一塊吃剩的瓜，放在嘴裡吮着，並不咬，兩眼一直望着那佈滿星星的天空。

蟈蟈兒在瓜壟裡叫了起來。各種小蟲兒也用千奇百怪的聲音應和着。鐵鍋往外噗噗地冒着汽，魚的香味兒很濃了。徐寶冊起身把鐵鍋端下火來。

一個人邁着拖拖拉拉的步子走過來，走到近前才看出是老六哥。他不做聲，蹲在了火堆旁，怕冷似的烘了烘手。他看到那一片片瓜皮，就伸手在瓜魔的肚子上捅一下說：「真是個瓜魔！」

他們三個人一塊兒將魚吃了。這是一頓很豐盛的、也是一頓很平常的夜餐……

第二天，徐寶冊和老六哥摘下了堆得像小山一樣的西瓜，叫隊上的拖拉機拉走了。搬弄瓜的時候，他們發現一個黑皮上帶有花白點的大個兒西瓜，立刻就挑揀出來，藏到了舖子下邊。他們記得去年就有這樣的一個瓜，切開皮兒就有股香味撲出來，咬一口，甜得全身都要酥了。徐寶冊說：「留着瓜魔來一塊兒吃吧。」老六哥點點頭：「一塊兒吃。」

一連兩天瓜魔沒有來。西瓜從舖子下滾出來，徐寶冊用腳把它推進去，說：「瓜魔這東西把我們兩個老頭子給忘了。」老六哥説：「瓜魔能忘了我們老頭子，可他忘不了瓜！」徐寶冊點點頭：「也忘不了海——這小東西，簡直是魚變的！這小子該到海上學打魚。他原想以後跟我們來做營生呢……」

老六哥聽到最末一句想起個事情。他說：「聽人講，村裡的土地以後都要搞責任承包了——還沒講瓜田承包不承包呢。」

徐寶冊笑笑：「承包怕什麼？承包不就是咱倆的事了？別人也不敢攬這瓜田——這得有手藝呢！」

老六哥點點頭：「就是呀，我講的意思，也就是到時候咱倆瞪起眼睛來，可不能讓別人承包走了。」

天氣出奇的熱，傍晌午的時候，瓜魔胳膊上搭着衣服從海上來了。徐寶冊坐在舖子上，老遠就瞅見了，興奮地吆喝着：「嘿，你這小子！這幾天跑哪去了？」

瓜魔仰着臉兒走過來，似笑非笑地眯着眼睛，身子晃晃蕩蕩的，像喝醉了酒。他唱着什麼歌兒，一扭一扭走過來，躺在了舖子上。他喊着：「吃瓜吃瓜！」

「這個瓜魔！」徐寶冊招呼一下田裡的老六哥，從舖子下邊滾出了那個大西瓜……真快意呀！誰吃過這樣的西瓜呢？瓜魔興奮得在舖子上打了幾個滾兒，然後才到那潭清水裡洗澡去了。徐寶冊和老六哥也到瓜田裡做活，路過水潭，每人順便抓起一把沙子揚了進去，使得瓜魔在裡面罵了一句。

村子裡來人告訴徐寶冊和老六哥，晚上要開會商量責任田承包的事，讓他們去一個開會。

這個消息使兩個看瓜的老頭子整整興奮了半天。徐寶冊要去開會，老六哥不同意，説：「你這個人關鍵時候話來得慢，我不放心。我去算了。」爭執的結果，決定由老六哥去參加。

徐寶冊覺得這事情不比一般，很需要運用一番自己的智慧。他想了好多，都想對老六哥囑咐一遍，這使得老六哥都有些膩煩了。徐寶冊打着冒杈，説：「比如這冒杈吧，不比往年長那麼旺——這是瓜秧不壯啊！不錯，化肥也使了不少，可天旱，也只得不停地澆。結果呢？肥料都給沖到地下去了……這些，你都得跟領導説，讓他們知道承包下來也不是便宜的事。」

老六哥聽了暗暗發笑，徐寶卌想到的他全想到了，他只不過將什麼都藏在心裡罷了。他覺得，今天手腕子也好像比過去強勁了些。他像囫圇吞下了一個大西瓜，心裡老覺得沉甸甸的。他步量了一遍瓜田，又在靠近槐林的地邊停住了步子。他想：如果承包下來，就是和自己的瓜田一樣了，那麼，這兒最好能架起一排荊棘籬笆，擋住那些瓜賊……

傍晚老六哥回村開會去了，半夜時分才回來。

老六哥笑模笑樣的，這使徐寶卌的心一下子放了下來。他問：「六哥，承包給咱們了吧？」

老六哥點點頭：「不承包給咱們，誰敢攬這技術活兒？我一發話，會上沒說二話的。沒跟你商量，我就代你在合同上按了手印。我早算準了，咱們年底每人少說也能賺它五百塊錢！」

「哎呀！哎呀！」徐寶卌上前摟住了老六哥的腰，呼喊着，捶打着，說：「瓜魔算『魔』嗎？你才算『魔』！你這傢伙鬼精明，你掐一掐手指骨節，計謀就來了。行啊，虧了這回承包！新政策是誰定的？我老寶卌要找到他，敬他一杯大麯酒！」

老六哥搬來小鐵鍋，找來一條乾魚，放在裡面煮上了。兩人坐在一塊兒吸着煙鍋，誰也不想先去睡覺。老六哥吸着煙，伸出手捏住徐寶卌的半長黑褲，拉了兩下說：「看看吧！多醜的一條褲子……」徐寶卌滿臉慍怒地斜了他一眼，把他的手扳掉。老六哥笑吟吟地說：「這都是沒有老婆的過。有老婆，她早給你做條好褲子了。」徐寶卌的臉有些燒起來，只顧一口接一口地吸煙。老六哥又說：「今年賣了瓜，賺來錢，先去娶個老婆來！你總不能一個人老死在屋裡吧……」徐寶卌抬頭望着遠處月光下那片黑黝黝的槐林，囁嚅道：「也……不一定……」

「哈哈哈哈……」老六哥聽了大笑起來。

徐寶卌也笑起來，這笑聲直傳出老遠，在夜空裡迴蕩着，最後消失在那片槐林裡了。

天亮了，他們立即着手在靠近槐林處架荊棘籬笆了。瓜魔來了，就忙着為他們砍荊棵子……徐寶冊告訴瓜魔：瓜田承包下來了，這片西瓜就和自己的差不多了。瓜魔聽了樂得不知怎麼才好。老六哥低頭綁着籬笆，這時回頭瞅了瓜魔一眼，沒有吱聲。瓜魔於是走到他的身後，在他的腰上輕輕按了一下。老六哥突然抛了手裡的東西，瞪起眼睛喝道：「你小子打人沒輕重，亂戳個什麼！」

老六哥的樣子怪嚇人的，瓜魔吃了一驚，往後蹦開了一步。

徐寶冊很驚奇地望望老六哥的腰，說：「就那麼不經戳嗎？」

老六哥沒有吱聲，只是漲紅着臉低頭做活。

三個人整整用了一上午的時間才架好籬笆。午飯做的魚丸子、玉米麵鍋貼兒，瓜魔只吃了很少一點，就躺到鋪子上去了，仰着臉，扭動着。他嘴裡哼唱着，一邊把腳搭在徐寶冊光滑的脊背上。老六哥一直皺着眉頭吸煙，這時一轉臉看到了，說：「真是賤東西！他整天做活累得不行，你還要把腳搭在他背上！真是賤東西！」瓜魔在過去總要把腳挪到他背上的，可是這回看到他陰沉沉的臉色，就無聲地把腳放在了鋪子上。

吃完飯後，照例要吃西瓜了。徐寶冊見老六哥不願動彈，就自己到田裡摘來兩個。可是吃瓜時，老六哥只是吸煙……瓜魔離開以後，徐寶冊扳過老六哥的膀子說：

「六哥，你身上有些不對勁兒！」

老六哥只是吸煙。

「你不吱聲我也知道。你掐一掐手指骨節就生出計謀來，我知道！你心裡想心事，嘴上只是不說！」徐寶冊盯着他的臉，硬硬地說。

老六哥磕打着煙鍋，板着臉，慢聲慢氣地說：「瓜魔不能多招惹的，他不是個正經孩子。」

徐寶冊哼一聲，扭過頭去說：「瓜魔是個好孩子！」

「你看看吧，」老六哥往瓜魔常來的那個方向指點一下説，「正經孩子有他那個樣兒嗎？黑溜溜像鐵做的，鑽到水裡又像魚，吃起瓜來潑狠潑楞！」

徐寶冊氣憤地將捲在膝蓋上的褲腳推下去，站起來説：「你有話就直説，用不着這麼轉彎抹角的。瓜魔一個孩子又礙了你什麼！哎哎，你真是變成『魔』了！」

這是他們最不愉快的一次。這一天，他們簡直沒有説上幾句話，只顧各忙自己的事情了。

以後瓜魔來到，老六哥總是離他遠遠地坐着。瓜魔帶來的魚，他似乎也不感興趣了。瓜魔到水潭裡洗澡，也只有徐寶冊一個人跟去看了。徐寶冊背着瓜魔對老六哥説：「六哥，你心胸窄哩！你不像個做大事情的人！」老六哥頂撞一句：「我也沒見你做成什麼大事情！」

瓜魔不知有多少天沒來了，徐寶冊常常往大海那邊張望。可他除了看到遠處海岸上那一長溜兒活動的拉網的人之外，幾乎沒有看到別的。夜裡，他一個人燒起小鐵鍋，或者一個人走在瓜田裡，總覺得少了些什麼。

一天早上醒來，他對老六哥説：「昨夜我剛睡下，就夢見瓜魔來了，蹲在瓜田南邊，就是籬笆那兒，和我煮一鍋魚湯。」

老六哥點點頭：「煮吧。」

徐寶冊眼神愣怔怔地望着籬笆説：「煮好以後，我夢見他跟我要煙鍋，我沒給他。」

「你該給他！」老六哥訕笑着説。

「我沒有給他。」徐寶冊搖搖頭，「我夢見他好像生了氣，説再也不來了……」

老六哥嘴角上掛了一絲譏諷的笑容。

又有一天，徐寶冊正給瓜澆水，一抬頭看到海邊上有個人在向這邊遙望，那身影兒很像是瓜魔。他拋了手裡的水桶，上前幾步喊道：

「瓜魔呀？是你這小子！你怎麼不過來呀？瓜魔——瓜魔——」

那是瓜魔，徐寶冊越看越認得準了，於是就一聲連一聲地喊他，用手比劃着讓他過來。可是瓜魔無動於衷地站在那兒，望了一會兒，就晃晃蕩蕩地走開了……徐寶冊愣愣地站在那兒，兩手緊緊地揪着自己肥大的褲腿。

老六哥對他說：「你再不要喊那東西了——他是再也不會來了。有一次你不在，他坐在舖子上吃瓜，吃下一個還要吃，我阻止了他。這小子一氣走了。」

徐寶冊聽着，啊了一聲，瞪大眼珠子盯着老六哥。

老六哥有些慌促地挪動了一下身子，避開對方的眼睛。

徐寶冊卻只是盯着他……停了一會兒，徐寶冊尋了一個最大的西瓜，頂在肚皮上抱回舖子，對準那個案板，狠狠地摔下去。西瓜碎成一塊一塊，他兩手顫抖着攏到一塊，捧起來吃着，瓜瓤兒塗了一腮。吃過瓜，他就躺在涼蓆上睡着了……

老六哥把這一切看在眼裡，不敢說上一句話。

徐寶冊醒來後，老六哥坐在他的近前。徐寶冊眼望着北邊的海岸線說：「我早就知道你是捨不得那幾個瓜！你要發一筆狠財，你不說我也知道！瓜魔平日裡幫瓜田做了多少活兒？送來多少魚？你也全不顧得了……」

當天下午，徐寶冊就到海上尋找瓜魔去了。

瓜魔在海裡。他爬上海岸，坐在徐寶冊的身旁哭了。眼淚剛一流下來，他就伸出那隻瘦瘦的、黑黑的手掌抹去，不吱一聲。徐寶冊要他再到舖子裡去，他搖搖頭，神情十分堅決。最後，老頭子長嘆了一聲，走開了。

兩個老頭子還像過去一樣，每天給瓜澆水、打杈子；晚上，還像過去那樣給瓜田守夜……可是，他們不再高聲談論什麼，也不再笑。徐寶冊無精打采，他覺得自己突然變得沒有力氣了……終於有一天他對老六哥說：

「六哥！我忍了好多天了，我今天要跟你說：我不想在瓜田裡做下去了。你另找一個搭檔吧。真的，開始我忍着，可是以後我不能再忍了。咱倆在一起種了多年瓜，我今天離去對不起你哩，你多擔待吧！」

老六哥驚疑地咬住嘴裡的煙鍋，轉着圈兒看徐寶冊，說：「你，你瘋了……」

徐寶冊說：「我真的要走，今天就回村裡去。」

老六哥這才知道他是下了決心了，有些失望地蹲在了地上。

徐寶冊說：「還是李玉和說得好：『我們是兩股道上跑的車，走的不是一條路啊！』……」

老六哥聲音顫顫地說：「什麼時候了，還有心去說這些！」他灑下了兩滴渾濁的眼淚……突然，他站起來，低着頭，只把手一揮說：「走吧，寶冊，有難處再來找你老哥我！」

徐寶冊離去了。半月之後，他重新與別人合包下一片海灘葡萄園，到園裡看葡萄去了……瓜魔又常常去園裡找他玩，兩人像過去那樣睡在草鋪子裡，半夜點火燒起魚湯……

一個晚上，他們仰臉躺在草鋪裡，瓜魔又把腳搭在了徐寶冊光滑的後背上。他用那沙沙的嗓子唱着什麼，聲音越來越輕，終於一聲不響了。停了一會兒，他對徐寶冊說：「我真想那個瓜田……」

徐寶冊笑笑：「你想吃瓜了？瓜魔！」

瓜魔坐起來，望着迷茫的星空，執拗地搖搖頭：「我是想那潭清水……真的，那潭清水！」

徐寶冊沒有做聲。

這是個清涼的夜晚，風吹在葡萄架上，刷刷地響……徐寶冊聲音低緩地自語道：「葡萄也需要個水潭呢，我想在這兒動手挖一個……」

瓜魔的眼睛一亮：「那水潭不是好多人才挖成的嗎？我們能行？」

徐寶冊點點頭。

瓜魔笑了：「我真想那潭清水……」

一個早晨，一老一少真的找塊空地，動手挖水潭了。大概泥土很硬，他們一人拿一把鐵鍬，腰彎得很低，在橘紅色的霞光裡往下用着力氣……

1983 年 5 月於濟南

（原載《人民文學》1984 年第 7 期）

**韓少功**

韓少功（1953—　），湖南長沙人。作家。著有短篇小説集《月蘭》、《飛過藍天》、《誘惑》，中篇小説《爸爸爸》、《女女女》，長篇小説《馬橋詞典》等。另有四卷本《韓少功自選集》出版。

# 歸去來

很多人説過，他們有時第一次到某個地方，卻覺得那地方很熟悉，不知道是什麼原因。現在，我也得到這種體驗。

我走着。土路一段段被山水沖壞，留下一棱棱土埂和一窩窩卵石，像剜去了皮肉，暴露出一束束筋骨、一塊塊乾枯了的內臟。溝裡有幾根腐竹，有一截爛牛繩，是村寨將要出現的預告。路邊小水潭裡冒出幾團一動不動的黑影，不在意就以為是石頭，細看才發現是小牛的頭，鬼頭鬼腦地盯着我。它們都有皺紋，有鬍鬚，生下來就蒼老了，有蒼老的遺傳。前面的蕉林後面冒出一座四四方方的炮樓，冷冷的炮眼，牆壁特別黑暗，像被煙燻火燎過，像凝結了很多夜晚。我聽説過，這地方以前多土匪，什麼十年不剿地無民，怪不得村村有炮樓，而且山民的房子決不分散，互相緊緊地擠靠着，都厚實，都畏縮，窗戶開得小眉小眼的，又高，盜匪不容易翻進去。

這些很眼熟，也很陌生；像平時看一個字，越看越像，也越看越不像。見鬼，我到底來過這裡沒有呢？讓我來推測一下吧：踏上前面那石板路，繞過芭蕉林，在油榨房邊往左一折，也許可以看見炮樓後面一棵老樹，銀杏或者是樟樹，已經被雷劈死了。

片刻之後，推測果然被證實了。連那空空的樹心，樹洞前有兩個小娃崽在燒草玩耍，似乎都在我的想像之中。

我又怯怯地推測：老樹後面可能有棟矮矮的牛房，房前有幾堆牛糞，檐下有一張鏽了的犁或耙。當我走過去，它們果然清清晰晰地向我迎來！甚至那個歪歪的麻石舂臼，那臼底的泥沙和兩片落葉，也似曾相識。

當然，想象中的石臼裡是沒有泥水的。但細一想，剛下過雨，屋檐水不應該流到那裡面去吧？於是，涼氣又從我的腳跟昇上來，直上我的頸後。

我一定沒有來過這裡，絕不可能。我沒得過腦膜炎，沒患過神經病，腦子還管用。也許是在電影裡看過？聽朋友們談過？或是在夢中……我慌慌地回憶着。

更奇怪的是，山民們似乎都認識我。剛才紮起褲腳探着石頭過溪水時，一個漢子挑着兩根紮成A字形的樹，從上邊來。見我溜溜滑滑，就從路邊的瓜棚裡拔出一根乾樹枝，丟給我，莫名其妙地露出一口黃牙，笑了笑。

「來了？」

「嗯，來了……」

「怕有上十年了吧？」

「十年……」

「到屋裡去坐吧，三貴在門前犁秧田。」

他屋在哪裡？三貴又是誰？我糊塗了。

隨着我走上一個小坡，一片檐瓦門庭在前面昇了起來。幾個人影在地坪中翻打着什麼，連枷搖得叭叭響，幾下重，又有一下輕。他們都赤腳，蓄寸頭，臉上有棕色的汗釉，釉的邊緣殘缺不齊。日光下一晃，顴骨處的汗釉有一小塊反光。上衣都短短地吊着，露出暖和的肚皮和臍眼，褲邊也鬆鬆地搭在胯骨上。只有發現他們中的一個走向搖籃開始解懷給小孩餵奶，又發現都掛了耳環，才知道她們——是女人。有一位對我睜大了眼。

「這不是馬……」

「馬眼鏡。」另一個提醒她。覺得這個名字好笑，她們都笑了。

「我不姓馬，姓黃……」

「改姓了？」

「沒改。」

「就是，還是愛逗個耍方呵？哪裡來的？」

「當然是縣裡。」

「真是稀方客。梁妹呢？」

「哪個梁妹？」

「你娘子不是姓梁？」

「我那位姓楊。」

「未必是吾記糟了？不會不會，那時候她還說是吾本家哩。吾婆家是三江口的，梁家畬，你曉得的。」

我曉得什麼？再說，那個什麼又與我有什麼關係？我似乎是想去找她，卻來到了這裡。我不知自己是怎麼來的。

這位大嫂丟下連枷，把我引進她家裡。門檻極高，極粗重，不知被多少由少到老的人踩踏過，坐過，已經磨得中部微微凹了下去。黃黃的木紋，像一圈圈月光在門檻上擴散浸染開來，凝成了一截化石。小娃崽過門檻要靠爬，大人須高高地勾起腿才能艱難地傾着身子拐進去。門內很黑，一切都看不清楚。只有一個高高的小窗眼漏下一點光線，劃開了潮濕的黑暗，還有米潲和雞糞的氣味。好半天瞳孔才適應過來，可以看見壁梁上全是煙灰，還有同樣蒼黑的一個什麼吊簍。我坐在一截木墩上——這裡奇怪地沒有椅子，只有木墩和板櫈。老婦和少婦們都嘰嘰喳喳地擠在門邊，餵奶的那位毫不害羞，把另一隻長長的奶子掏出來，換到孩子嘴裡，衝我笑了笑，而換出的那一隻還滴着乳汁。她們都說了些奇怪的話……「小琴……」「不是小琴。」「是吧？」「是小玲。」「哦哦。小玲還在教書吧？」「何事不也來耍耍呵？」「你們都回了長沙吧？」「是長沙城裡還是長沙鄉裡？」「有娃崽沒有？」「一個還是兩個？」「小羅有娃崽沒有？」「一個還是兩個？」「陳志華有娃崽沒有？」「一個還是兩個？」「熊頭呢？找了娘子沒有？」「也有娃崽了吧？一個還是兩個？」……

我很快察覺到，她們都把我錯當成一個既認識什麼小玲也認識什麼熊頭之類的「馬眼鏡」了。也許那傢伙同我長得很像，也躲在眼鏡後面看人。

他是什麼人？我需要去想他嗎？從女人們的笑臉來看，今天的吃和住是不成問題了，謝天謝地。當一個什麼姓馬的也不壞。回答關於一個還是兩個的問題，讓女人們驚訝或惋惜一陣，不費氣力。

梁家畬來的大嫂端來一個茶盤，四大碗油茶，我後來知道，這是取四季平安的意思。碗邊黑黑的，令我不敢把嘴沾上去，不過茶倒香，有油炒芝麻和糯米的氣味。她把地下兩條娃崽的髒衣撿起來，丟進木盆，端到裡屋去了，於是一句話被分切成兩截：「老久沒有聽到你的音信，聽水根夫子話……（半晌才從裡屋出來）你一回去，就坐了大牢？」

我吃了一驚，差點讓油茶燙了手。「沒有。什麼大牢？」

「背時的水根，打鬼講！害得吾家公公還嚇心嚇膽，為你燒了好多香。」她捂嘴笑起來，「哎喲，要死了。」

婦女們都笑起來。有一嘴黃牙還補充：「還到戴公嶺求了菩薩呢。」

真是晦氣，扯上了香火菩薩。也許那個姓馬的真的撞了什麼熊，有牢獄之災，而我代替他在這裡喝油茶，在這裡蠢笑。

大嫂又端上了第二碗茶，一隻手照例橫搭在端茶這隻手的腕子上，大概是一種禮節。而我第一碗還沒有喝完，水乾了，芝麻和糯米卻沒有滑到碗邊來，不知用什麼辦法才能斯文體面地吃上。「他老是掛牽你，說你仁義，有天良。你那件襖子，他穿了好幾個冬天。他故了，我就把它改了條棉褲，滿崽又穿……」

我想談談天氣。

屋裡突然暗了下來，回頭一看，一個黑影幾乎遮擋了整個門。看得出是男的，赤着上身，隆起的肌肉沒有曲線，有棱有角像一塊塊岩石。手裡提着一個什麼東西，從那剪影來看，是個牛頭。黑影向我籠罩過來了，沒容我看清面孔，嗵地一下丟掉了手裡的東西，兩隻大掌捉住了我的手銼起來。「是馬同志呵，哎喲喲，呵呀呀……」

我又不是一條毛蟲，驚恐什麼呢？

當他轉到火塘邊，側面被鍍上了一層光亮，我這才看清是一張笑臉，有黑洞洞的大嘴巴，兩臂上都刺了些青色的花紋。

「馬同志，何時來的？」

我想說我根本不姓馬，姓黃，叫黃治先，也不是深沉而豪邁地來尋訪舊地的。

「還識（認？記？）得吾吧？你走的那年，還在螺絲嶺修公路，吾叫艾八呵。」

「艾八，識得識得。」回答得很卑鄙，「你那時候當隊長。」

「不是隊長，吾記工。你嫂子，還識不識喲？」

「識得識得，她最會打油茶。」

「吾同你去趕過肉的，識不識得？（趕肉，是否就是打獵？）那次吾要安山神，你話（說？），那是迷信。收末還不是，你碰上牧麻草，染了一身毒瘡。那回你還碰了隻麂子，從你胯下過，沒叉着……」

「嗯嗯，沒叉着，就差一點點。我眼睛不好。」

黑洞洞的大嘴巴哈哈笑起來。女人們慢慢起了身，搖晃着寬大的臀部，出門去了。自稱艾八的男人搬出一個葫蘆，向我大碗大碗敬酒。酒很渾濁，有甜味，也有辣味和苦味，據說浸過什麼草藥和虎骨。他不抽我的紙煙，用報紙捲喇叭筒，吸一口，煙紙燒起了明火。他不急，甚至看也不看一眼，待我急了好一陣，才從從容容一口氣把明火蕩滅，煙還是好好的。

「如今酒肉盡你吃，過年，家家都宰了牛。」他抹着嘴巴，「那年學大寨，誰都沒得祿。你曉得的。」

「是沒得祿。」我想談談大好形勢。

「你視見德尤哥了嗎？他當了鄉長，昨日到捉妹橋栽樹去了，興許回來，興許不回來，興許又會回的。」他談起一些令我糊塗的人和事：某某做了新屋，丈六高；某某也做了新屋，丈八高；某某也要做屋了，丈六高；某某正在打地基，興許是丈六也興許是丈八。我緊張地聽着，捕捉這些話後面的各種脈絡。我發現這裡的話有些怪，看成了「視」，安靜成了「淨辦」。還有一個個「集」，是起的意思？還是站立的意思？

我有點醺醺然了，對丈六或丈八胡亂地表示着高興。

「你這個人過得舊，還進山來視一視。」他又把煙紙吸出了淺淺的明火，又讓我暗暗急了兩秒鐘。「你當民師那陣發的書，吾還存着哩。」他咚咚地上樓，好半天才頭頂幾絲蜘蛛網下來，拍着幾頁黃黃的紙。這是幾頁油印的小書，大概是識字課本，已經撕去封面了，散發出霉氣和桐油氣。上面好像有什麼夜校歌謠、農用雜字、辛亥革命，還有馬克思論農民運動及什麼地圖，印得很粗糙，一個個字大得很，還有油墨團子。我覺得這些字我也能寫出來，沒什麼稀奇的。

「你那時也遭孽，餓得臉上只剩一雙眼睛，還來講書。」

「沒什麼，沒什麼。」

「臘月大雪天，好冷啊。」

「好冷的，鼻子都差點凍落。」

「還要開田，打起松明子出工。」

「嗯啦，松明子。」

他突然神秘起來，顴骨上那一小塊光亮，幾顆酒刺，朝我逼近了。「吾想打聽件事，陽矮子是不是你殺的？」什麼陽矮子？我頭蓋骨乍地一緊，口腔也僵硬了，連連搖頭。我壓根兒不姓馬，也沒見過什麼陽矮子，怎麼刑事案都往我身上扯？

「都話是你殺的。那傢伙是條兩頭蛇，該殺！」他憤怒着，見我否認，似乎有點懷疑，又有點遺憾。

「還有酒沒有？」我岔開話題。

「有的有的，盡你的量。」

「這裡有蚊子。」

「蚊子欺生，要不要燒把草？」

草燒起來了。又有一批批的人來看我，拐進門來，照例問起身體可好和府上可安一類。男人們接過我的紙煙，嗞嗞地抽得很響，靠門或靠牆坐下，眯眯笑，不多言語。聽他們自己偶爾說上一兩句，有的說我胖了，有的說我瘦了；有的說我老多了，有的說我還很「少顏」，當然是由於城裡的油水厚。直待煙燒完，他們又笑一笑，說是去倒樹或下牛糞。有幾個娃崽跑過來，把我的眼鏡片考察了片刻，然後緊張得興高采烈，恐懼得有滋有味，「裡面有鬼崽！有鬼崽！」一邊宣告一邊四下奔逃。一位姑娘，總是咬着一根草站在門邊，癡癡地望着我，還好像亮晶晶地旋着淚花，不知是什麼意思。弄得我很不自在，只好正經地總不時地盯住艾八。

這類事我已經碰得多了，剛才去看他們種的鴉片，路上碰到一位中年婦人。她一見我就顯得恐懼，臉像一盞燈突然黯淡，趕緊拔着鞋後跟，低頭擇路而去。也不知道是什麼意思。

艾八說我還應該去看看三阿公——其實三阿公已經不在，說是不久前被蛇咬死了，只是在人們的談論中，還留下一個名字。在磚窯那邊，還有他一棟孤零零的小屋。已有一半傾斜，眼看就要倒塌。兩棵大桐樹下，青草蓬勃勃地生長，有腰深，已從四面八方包圍過來，陰險地漫上了台階，搖着尖舌般的草葉，像要吞滅小屋，像要吞滅一個家族的最後幾根殘骨。掛了鎖的木門，已被蟲蛀出了密密的黑洞。我不知道主人在的時候，房屋是否會破敗得這麼厲害。難道人是房屋的靈魂，靈魂飛去，軀殼就會腐朽得這麼迅速嗎？草叢裡倒栽着一盞鏽馬燈，上面有幾點白的鳥糞。還有一個破了的瓦罈子，你一碰，罈子裡就嗡地一下湧出很多蚊子。艾八說這瓦罈總是浸酸菜，當年我經常到三阿公家裡來吃酸黃瓜的（是嗎？）。牆上灰殼剝落，隱隱約約有幾個油漆字，僅筆觸的邊沿還未完全褪色：「放眼世界……」艾八說那還是我寫的（是嗎？）。艾八扯了一把車前草，又打望樹上的鳥窩。我則朝窗裡瞥了一眼，見屋角有半筐石灰，還有一個大圓盤，細看，發現是鐵槓鈴，鏽得不成樣子了——我感到驚異，這種罕見的體育用品，怎麼會出現在深山裡？怎麼運到這裡來的？

大概不用問，也是我送給三阿公的，是麼？我把它送給三阿公去打鋤頭或耙頭，而他終究還是沒有打。是麼？

有人在坡上喚牛：「嗚嗎——嗚嗎——」於是對面的林子裡有隱隱的牛鈴聲。這裡喚牛的方式比較奇特，像喊媽媽，喊得很淒涼。也許那炮樓的磚壁就是被它喊黑的罷。

一位老阿婆背着小小的一捆柴，從山上下來。腰彎得幾乎成了直角，走一步，扯出的下巴就一鋤，像鋤的步子。她深深地仰望了我一眼，似乎不是看我，而是從前面看到了我腦後的桐樹，模糊的黑瞳孔全頂着上眼皮，沒有任何表情，只是滿臉皺紋深刻得使我一震。她看看三阿公的老屋，又回頭看看寨子口上的那棵老樹，沒頭沒腦地咕嚕了一聲：「樹也死了。」又慢慢地鋤着步子遠去。頭上幾根枯枯的銀絲，隨着風壓下去，壓下去。

我現在相信，我確實沒有來過這裡。我也無法理解老阿婆的這句話——一個無法看透的深潭。

晚飯弄得很隆重，牛肉和豬肉都大模大樣，神氣十足，手掌大一塊，熬得不怎麼熟，有一股生膩味。堆出了碗口，就繫上草箍，一層層往上碼，像碼磚窯——幾千年前就有這種吃法罷。男客才能上桌。有一位沒到，主人在空着的位子上放了一張草紙，大家吃一塊，往紙上夾一塊，算是他也吃了。席間我談到了香米，他們根本不肯出價錢，簡直是要白送。至於鴉片，今年鴉片好是好，但國家藥材站統購。我不好再說什麼。

「陽矮子該殺。」艾八喃喃地喝下一口熱湯，把湯勺放回桌面那黏糊糊的老位置上，又眼盯肉碗敲着筷子，「翹屁股，圓手板，什麼工夫都做不像，還起屋，不就是陰毒？」

「就是，哪個沒挨過他一繩子？吾腕子上現在還兩道疤。操他老娘頓頓的！」

「他到底是何事死的？真的碰了血污鬼，跌到崖坳下去了？」

「人再狠，拗不過八字。命裡只有一升，偏要吃一斗。夏家灣的洪生也是這個樣。」

「連老鼠都吃，幾多毒辣！」

「是蠻毒辣，沒聽見過的。」

「熊頭也遭孽，挨了他兩巴掌。明明是幾袋顏料，吾視見過的，染不得布，只畫得菩薩伢子。他說是炮子。」

「也怪熊頭的成份大了一點。」

我鼓足勇氣插了一句：「陽矮子的事，上面沒派人來查過麼？」

艾八咬得一塊肥肉吱吱響：「查過的，查卵！那天來找我，我就去尋雞婆。哎，馬同志，你的酒沒動呵？來，取菜取菜，取。」

他又壓給我一大塊肉，我喉頭緊縮，只好再次作出去裝飯的模樣，躲入暗處，把肉撥給了胯下一擠而過的狗。

飯後，他們說什麼也要讓我洗澡，我懷疑這是不是當地一種風俗，得裝得很懂。沒有澡盆，只有澡桶，很高大，足可以裝幾大鍋熱水，就放在竈屋一角。女人們可以在桶前來來去去，梁家畬來的大嫂還不時用瓜瓢來加水，使我不好意思，往桶內一次次蹲，只要她提桶去餵豬，才偷偷出了口長氣。我已經洗得一身發熱，汗氣騰騰了。大概水是用青蒿熬出來的，全身蚊蟲咬出來的紅斑也不怎麼癢了。頭上那盞野豬油的燈殼子，在蒸氣中發出一團團淡藍色的光霧，給肉體也抹上一層藍。穿鞋之前，我望着這個藍色的我，突然有種異樣的感覺，好像這身體很陌生，很怪。這裡沒有服飾，沒有外人，就沒有掩蓋和作態的對象，也沒有條件，只有赤裸裸的自己，自己的真實。有手腳，可以幹點什麼；有腸胃，要吃點什麼；生殖器可以繁殖後代。世界被暫時關在門外了，走到那裡就忙忙碌碌，無暇來打量和思量這一切。由於很久以前一個精子和一個卵子的巧合，才有了一位祖先；這位祖先與另一位祖先的再巧合，才有了另一個受精卵子，才有了一個世世代代以後可能存在的我。我也是連接無數偶然的一個藍色受精卵子。來到世界幹什麼？可以幹些什麼？……我蠢頭蠢腦地想得太多了。

我擦拭着小腿上一道寸多長的傷痕，這是足球場上被一隻釘鞋刺傷的。似乎也不是，而是……一個什麼矮子咬的。是那個雨霧蒙蒙的早上？那條窄窄的山道上？他撐着陽傘過來，被我的目光嚇得顫抖了。然後跪下，說他再也不敢，再也不敢；還說二嫂的死與他毫無關係，三阿公的牛也不是他牽走的。最後，他反抗，眼球凸得像要掉出來，咬住了我的腿。雙手開始揪住套着喉管的一根牛繩，接着又猛地伸開去，像兩隻螃蟹在地上爬着，彈着，摳進泥沙裡。不知什麼時候，這兩隻螃蟹才慢慢地休息了，安靜下來……

我不敢想下去，甚至不敢看自己的手——是否有股血腥味和牛繩勒出的痕迹？

我現在努力斷定，我從來沒有來過這裡，也不認識什麼矮子。這一團團藍色的光霧，甚至夢也沒有夢見過。沒有。

堂屋裡很熱鬧。有一位老人進來，踩滅了松明子，說他以前託我買過染布的顏料，欠了我兩塊錢，現在是還錢來的，又請我明天到他家去吃飯和「臥夜」。這就同艾八爭起來了，艾八說他明天接裁縫，已經砍了肉，明天我毫無疑義地該到他家去……

趁他們還在爭執，我潛出門，淺一腳深一腳，想去看看「我」以前住過的老屋——聽艾八說，就是說樹後的牛房。前年才把它改作牛房的。

又經過桐樹下，又看見了雜草將要吞滅的老阿公——傾斜茅屋的黑影。它靜靜地望着我，用烏鴉的叫聲咳嗽，用樹葉的沙沙聲與我交談。我甚至感到了一股似有似無的酒氣。

孩子，回來了麼？自己抽椅子坐下吧。吾對你話過的，你要遠遠地走，遠遠地走，再也不要回來。

可是，我想着你的酸黃瓜。我自己也學着做過，做不出那個味來。

那些糟東西有什麼好吃呢？那時候是視見你們餓，遭孽，一犁拉到頭，連田塍上的生蠶豆也剝着吃。吾才設法子做一點。

你總是惦記着我們，我知道的。

誰沒個出門的時候呢？那是該的。

那次擔樹杈，我們只擔了九擔，你記數，總說我們擔了十擔。

吾不記得了。

你還總要我們剃頭，說頭髮和鬍鬚都是吃血的東西，留長了會傷精氣。

是麼？吾不記得了。

我該早一點來看你的。我沒想到，變化會這麼大，你走得這麼快。

該走了。再活不快成精了麼？吾就是喜歡一口酒，現在喝足了，可以安安穩穩睡了。

阿公，你抽煙麼？

小馬，喝茶自己去燒吧。

…………

我離開了那股酒氣，舉着將要熄滅的松明子，想着明天早上的農活，不時聽到腳邊的青蛙跳到水圳裡去，回家了。但我現在手中沒有松明子，我的家也變成了牛房，顯得如此生疏和冷漠。看不清什麼，只有牛反芻的聲音，還有牛糞草熱烘烘的酸氣，湧出門來。牛以為是主人來了，頭擠頭往外探，碰得門欄咔嗟響。我一走，腳步聲就從牛房的土壁上回過來，像還有一個人在牆那邊走，或是在牆土裡面走——這個人知道我的秘密。

對面的山壁黑森森的，夜裡比白日裡顯得更高大更近了，使你有呼吸困難的感覺。仰望頭上那寬窄不勻的一線星空，地近天遠，似乎自己就要被一股莫名的力量拉住，就要往這地縫深處沉下去再沉下去。

巨大的月亮冒出來，寨裡的狗好像很吃驚，狺狺地叫。我踏着樹影篩下的月光，踏着水藻浮萍似的圈圈點點，向溪邊走。我猜測，在溪邊可能坐着一個人，也許是一位姑娘，嘴裡正含着一片木葉。

溪邊沒有人。但我回來時，終於見老樹下有一個人影。

夜色這樣好，是該有個剪影的。

「是小馬哥？」

「是我。」居然應答得毫不慌張。

「從溪邊來？」

「你……你是誰？」

「四妹子。」

「四妹子，你長得好高了。要是在外面碰到，會根本認不出你。」

「你跑的世界大，就覺得什麼都變了。」

「家裡人都好嗎？」

她突然沉默了，望着那邊的榨房，聲音有些異樣。「吾姐，好恨你……」

「恨……」我緊張得瞥了瞥通向燈光和地坪的路，想逃跑，「我……很多事不好說。我對她説過……」

「那天你為哪樣要往她背蔞裡放苞穀呢？女崽家的背簍裡，隨便放得東西的麼？她給了你一根頭髮，你也不曉得麼？」

「我……我不懂，不懂這裡的規矩。我……想要她幫忙，就讓她背幾個苞穀。」

大概回答得不錯，還可以混過去。

「人家都這樣話，你是個聾子麼？我都視見過，你教她扎針。」

「她喜歡學，想當個醫生。其實，我那時也不懂，只是亂扎。」

「你們城裡人，是沒情義的。」

「不是這樣……」

「就是！就是！」

「我知道……你姐姐是個好姑娘，我知道的。她歌唱得好聽，針線也做得巧。有一次帶我們去捉鱔魚，下手就是一條。我病了，她哭得好厲害……我都是知道的。可是，有好些事你們不懂，也說不清楚。我一生都會奔波辛苦，我……有我的事業。」

終於選擇了「事業」這個詞，儘管有點咬口。

她捂着臉抽泣起來。「那個姓胡的，好狠毒哩。」

我似乎知道這是什麼意思，繼續試探着回答下去：「我聽說了，我要找他算賬。」

「有什麼用？有什麼用？」她跺着腳，哭得好傷心了，「你要是早說一句話，也不會成這個樣。吾姐已變成了一隻鳥，天天在這裡叫你，叫你。你聽見沒有？」

月光下，我看見她瘦削的背脊在起伏，上面是光滑的頸脖，甚至頭髮中縫中白白的頭皮也清晰入目。我真想給她擦淚，想抓住她的肩膀，吻她那頭皮，像吻我的妹妹，讓她的淚水貼到我的嘴唇上，鹹鹹的，被我吞飲。

但是我不敢，這是一個奇怪的故事，我不敢舔破它。

樹上確實有隻鳥在叫喚，「行不得也哥哥，行不得也哥哥——」聲音孤零零的，像利箭射入高空，又飄忽忽地墜入群山，墜入綠林，墜入遠方那一抹烏雲和無聲的閃閃雷電中。我抽了支煙，望着雷電，像在對無聲的歷史問話。

行不得也哥哥。

我走了，行前給四妹子留了封信，請梁家畬來的大嫂轉交。信中說她姐姐以前想當醫生，終究沒當成，但願妹妹能實現姐姐的願望。路是人闖的，她願意投考衛生學校麼？我將寄給她很多很多複習資料，一定。我還說，我不會忘記她姐姐。艾八把那隻樹上的鷓鴣捕住了，我將帶回去，讓它天天在我的窗前歌唱，與我成為永遠的朋友。

我幾乎像是潛逃，沒給村寨裡的人告別，也沒顧上香米——其實我要香米或鴉片幹什麼呢？似乎本不是為這個來的。整個村寨，整個莫名其妙的我，使我感到窒息，我必須逃。回頭看了看，又見寨口那棵死於雷電的老樹，伸展的枯枝，像痙攣的手指。手的主人在一次戰鬥中倒下了，變成了山，但它還掙扎着舉起這隻手，要抓住什麼。

進了縣鎮的旅社，在床頭鷓鴣的咕咕嘟嘟聲中入睡。我做了個夢，夢見我還在皺巴巴的山路上走着，土路被山水沖洗得像剜去了皮肉，留下一束束筋骨和一塊塊乾枯了的內臟，來承受山民們的草鞋。這條路總也走不到頭。我看着手腕上的日曆表，已經走了一小時，一天，一個星期了……可腳下還是這條路。甚至後來我不管到哪裡，都做這同樣一個夢。

我驚醒過來，喝了三次水，撒了兩次尿，最後向朋友掛了個長途電話，本想問問他在牌桌上把那個曹癩子打「跪」沒有，出口卻成了打聽自學成才考試的事。

朋友稱我為「黃治先」。

「什麼？」

「什麼的什麼？」

「你叫我什麼？」

「你不是黃治先嗎？」

「你是叫我黃治先嗎？」

「我不是叫你黃治先嗎？」

我愕然了，腦子裡空空的。是的，我在旅社裡，過道裡蚊蟲撲繞的昏燈，有一排臨時床。就在我話筒之下，還有個呼呼打鼾的胖大腦袋。可是——世界上還有個叫黃治先的？而這個黃治先就是我麼？

我累了，永遠也走不出那個巨大的我了。媽媽！

（原載《上海文學》1985年第6期）

扎西達娃

扎西達娃（1959—　），四川甘孜藏族自治州人，藏族。作家。著有中短篇小說集《西藏：繫在皮繩扣上的魂》、《西藏隱秘歲月》、《世紀之邀》，長篇小說《騷動的香巴拉》等。

# 西藏：繫在皮繩扣上的魂

現在很少能聽見那首唱得很遲鈍、淳樸的秘魯民歌《山鷹》。我在自己的錄音帶裡保存了下來。每次播放出來，我眼前便看見高原的山谷。亂石縫裡竄出的羊群。山腳下被分割成小塊的田地。稀疏的莊稼。溪水邊的水磨房。石頭砌成的低矮的農舍。負重的山民。繫在牛頸上的銅鈴。寂寞的小旋風。耀眼的陽光。

這些景致並非在秘魯安第斯山脈下的中部高原，而是在西藏南部的帕布乃岡山區。我記不清是夢中見過還是親身去過。記不清了。我去過的地方太多。

直到後來某一天我真正來到帕布乃岡山區，才知道存留在我記憶中的帕布乃岡只是一幅康斯太勃筆下十九世紀優美的田園風景畫。

雖然還是寧靜的山區，但這裡的人們正悄悄享受着現代化的生活。這裡有座小型民航站，每星期有五班直升飛機定期開往城裡。附近有一座太陽能發電站。在哲魯村口自動加油站旁的一家小餐廳裡，與我同桌的是一位喋喋不休的大鬍子，他是城裡一家名氣很大的「喜馬拉雅運輸公司」的董事長，在全西藏第一個擁有德國進口的大型集裝箱車隊。我去訪問當地一家地毯廠時，裡面的設計人員正使用電腦程序設計圖案。地面衛星接收站播放着五個頻道，每天向觀眾提供三十八小時的電視節目。不管現代的物質文明怎樣迫使人們從傳統的觀念意識中解放出來，帕布乃岡山區的人們，自身總還殘留着某種古老的表達方式：獲得農業博士學位的村長與我交談時，嘴裡不時抽着冷氣，用舌頭彈出「羅羅」的謙卑的應聲。人們有事相求時，照樣豎起拇指搖晃着，一連吐出七八個「咕嘰咕嘰」的哀求。一些老人們對待遠方的城裡人，仍舊脫下帽子捧在懷中站到一旁表示真誠的敬意。雖然多年前國家早已統一了計量法，這裡的人們表示長度時還是伸直一條胳膊，另一隻手掌橫砍在胳膊的手腕、小臂、肘部直到肩膀上。

桑傑達普活佛快要死了，他是扎妥寺的第二十三位轉世活佛。高齡九十八歲。在他之後，將不再會有轉世繼位。我想為此寫篇專題報道。我和他以前有過交道。全世界最深奧和玄秘之一的西藏喇嘛教（包括各教派）在沒有了轉世繼位制度從而不再有大大小小的宗教領袖以後，也許便走向了它的末日。形式在一定程度上也支配着意識，我說。

扎妥．桑傑達普活佛搖搖頭，表示否認我的觀點。他的瞳孔正慢慢擴散。

「香巴拉，」他蠕動嘴唇，「戰爭已經開始。」

根據古老的經書記載，北方有個「人間淨土」的理想國——香巴拉。據說天上瑜伽密教起源於此，第一個國王索查德那普在這裡受過釋迦的教誨，後來弘傳密教《時輪金剛法》。上面記載說，在某一天，香巴拉這個雪山環抱的國家將要發生一場大戰。「你率領十二天師，在天兵神將中，你永不回頭，騎馬馳騁。你把長矛擲向哈魯太蒙的前胸，擲向那反對香巴拉的群魔之首，魔鬼也隨之全部除淨。」這是《香巴拉誓言》中對最後一位國王神武輪王讚美的描寫。扎妥．桑傑達普有一次跟我說起過這場戰爭。他說經過數百年的惡戰，妖魔被消滅後，甘丹寺裡的宗喀巴墓會自動打開，再次傳佈釋迦的教義，將進行一千年。隨後，就發生風災、火災，最後洪水淹沒整個世界。在世界末日到達時，總會有一些幸存的人被神祇救出天宮。於是當世界再次形成時，宗教又隨之興起。

扎妥．桑傑達普躺在床上，他進入幻覺狀態，跟眼前看不見的什麼人在說話：「當你翻過喀隆雪山，站在蓮花生大師的掌紋中間，不要追求，不要尋找。在祈禱中領悟，在領悟中獲得幻象。在縱橫交錯的掌紋裡，只有一條是通往人間淨土的生存之路。」

我恍惚看見蓮花生離開人世時，天上飛來了一輛戰車，他在兩位仙女的陪伴下登上戰車，向遙遠的南方淩空駛去。

「兩個康巴地區的年輕人，他們去找通往香巴拉的路了。」活佛說。

我疲憊地看着他。

「你要說的是——在一九八四年，這裡來了兩個康巴人，一男一女？」我問。

他點點頭。

「男的在這裡受了傷？」我又問。

「你也知道這件事。」活佛說。

扎妥·桑傑達普活佛閉上眼，斷斷續續回憶起當年那兩個年輕人來到帕布乃岡山區的事，他講起那兩個人告訴他一路上的經歷。我聽出扎妥活佛是在背誦我虛構的一篇小說。這篇小說我誰都沒有給看過，寫完鎖進了箱裡。他幾乎是在逐字逐句地背誦，地點是一路上直到帕布乃岡一個叫甲的村莊。時間是一九八四年。人物一男一女。這篇小說沒給別人看的原因就是到最後我也不知道主人公要去什麼地方。經活佛點明我現在才清楚。唯一不同的一點是結尾時主人公是坐在酒店裡有一位老人指路。我沒寫老人指的是什麼路，當時連我自己也不知道。而扎妥活佛說是在他的房子裡給那兩人指的路，但這裡還有一個巧合，即老人與活佛都談起過關於蓮花生的掌紋。

最後，其他人進屋來圍在活佛身邊，活佛眼睛半睜，漸漸進入了失去知覺和思想的狀態。

有人開始準備後事了。扎妥活佛將被火葬，我知道有人想拾到活佛的舍利作為永久的收藏和紀念。

與扎妥·桑傑達普訣別後，在回家的路上，我邊走邊考慮着有關文學創作的動機問題……

回到家，我打開貼有「可愛的棄兒」題詞的箱子蓋。裡面整齊地排列着上百隻牛皮紙袋，我所有不被發表或我不願發表的作品都存在這兒。我取出一個編碼是840720的紙袋，裡面是一個短篇小說，記錄着兩個康巴人來到帕布乃岡的經過，還沒有題目。下面是這篇小説的原文：

婝趕着她的二十幾隻羊下山的時候，站在半山腰。她看見山腳底下那一條寬闊蜿蜒、礫石纍纍的枯乾的河床有個螞蟻般的小黑點在緩緩移動。她辨認出那是一個男人，正朝她家的方向走來。婝揮揮羊鞭，匆匆把羊往山下趕。

她粗略算了算，那人得走到天黑時才能到這兒。周圍荒野只有這隆起的小山岡上有幾間鵝卵石壘起的矮房，房後是羊圈，一共兩户人家：婝和她的爸爸，還有一個五十多歲的啞女人。爸爸是個説《格薩爾》的藝人，常常被幾十里遠的外村人請去説唱，有時還被請到更遠的鎮裡。短則幾天，長則數月。來人騎馬，還牽匹空馬來到小山岡，把身背長柄六弦琴的爸爸請上馬。隨後馬蹄伴着銅鈴聲有節奏地久久敲響着荒野裡的寂靜。婝站在岡上，一手撫摩坐立在她裙邊的大黑狗，一直望到兩匹馬拐過前面的山彎。

婝從小就在馬蹄和銅鈴單調的節奏聲中長大，每當放羊坐在石頭上，在孤獨中冥思時，那聲音就變成一支從遙遠的山谷中飄過的無字的歌，歌中藴含着荒野中不息的生命和寂寞中透出的一絲蒼涼的渴望。

啞女人整天織氆氌，每天早晨站在小山岡上，向空中撒出一把豌豆糌粑，呼喊着觀音菩薩。然後手搖一柄浸滿油污的經輪筒，朝東方喃喃祈禱。偶爾在半夜時分，爸爸爬起身去女人房裡，天蒙蒙亮時頭頂蒙着長長的袍子又鑽進自己的羊皮墊裡。早晨婝起來擠完奶打好茶，喝糌粑糊。然後揹上裝了一天口糧的小羊皮口袋，揹一隻小黑鍋，去房後拉開羊圈柵欄，軟鞭一揮，趕着羊群上山。生活就是這樣。

婛把食物和熱茶準備好，趴在毯子上等待來客。室外的狗叫了，她衝出門，月亮剛剛升起。她拉住狗鏈，不見四周有人，一會兒，從她前面的坡下冒出個腦袋。

「來吧，不要緊，我抓住狗的。」婛說。

來人是一位頂天立地的漢子。

「辛苦，大哥。」婛說。她把漢子領進了房裡，他禮帽下的額邊垂着一綹鮮紅的絲穗。爸爸不在家，去說《格薩爾》了。隔壁傳來啞女人織氆氌的木棰砸下的梆梆聲。這位疲憊的漢子吃過飯道完謝後便倒在婛的爸爸床上睡了。

婛在門外站了一會兒，天空繁星點點，周圍沉寂得沒有一點大自然的聲音，眼前空曠的峽谷地帶在月光下泛着青白色。大黑狗被鐵鏈拴着在原地轉圈，婛過去蹲下身摟着它的脖子。想起自己在這寂寞簡樸的小山岡上度過的童年和少年時代，想起每次來接爸爸上馬的都是些沉悶不語的人，想到屋裡那位從遠方來明天又要去遠方的酣睡的旅人。她哭了，跪在地上捧着臉，默默祈求爸爸的寬恕，然後將眼淚在黑狗的皮毛上蹭擦乾，起身回屋。

黑暗中，她像發瘧疾似的渾身打顫，一聲不響地鑽進了漢子的羊毛毯裡。

當東方的啟明星剛剛升起，在搖曳的酥油燈下，婛把自己的薄毯裹成一個卷，在一隻布袋裡塞了些牛肉乾、揉糌粑的皮口袋、粗鹽和一塊酥油，又揹上天天放羊時在山上熬茶用的小黑鍋，一個姑娘該帶的都在她背上了。她最後巡視一眼昏暗的小屋。

「好了。」她說。

漢子吸完最後一撮鼻煙，拍拍巴掌上的煙末，起身。摸她頭頂。摟住她肩膀，兩人低頭鑽出小屋，向黑魆魆的西方走去。婞全身負重，身上的東西一路上叮噹作響。她根本不想去打聽漢子會把她帶向何處，她只知道她永遠要離開這片毫無生氣的土地了。漢子手中只提着一串檀香木佛珠，他昂首闊步，似乎對前方漫漫的旅途充滿了信心。

「你腰上掛條皮繩幹什麼？像隻沒人牽的小狗。」塔貝問。

「用它來計算天數，你沒見上面打了五個結嗎！」婞告訴他，「我離開家有五天了。」

「五天算什麼，我生來沒有家。」

她跟着塔貝徒步行走，一路上，有時在村莊的麥場上過夜，有時住羊圈裡，有時臥在寺廟廢墟的牆角下，有時住山洞，運氣好時，能在農人外屋借宿，或是在牧人的帳篷裡。每進一個寺廟，他倆便逐一在每個菩薩像的座台前伸出額頭觸碰幾下，膜拜頂禮。在寺廟外，道路旁，江河邊，山口上，只有看見瑪尼堆，都少不了拾幾塊小白石放在上面。一路上還有些磕等身長頭的佛教徒，他們一步一磕，繫着厚帆布圍裙，胸部和膝部磨穿了，又補了幾層厚補釘。他們臉上突出的地方全是灰，額頭上磕了一個雞蛋大的肉瘤，血和土粘在一起。手掌上打鐵皮的木板護套在他們身體俯臥的兩邊地上印出兩道深深的擦痕。塔貝和婞沒有磕長頭，他倆是走路，於是超過了他們。

西藏高原群山綿延，重重疊疊，一路上人煙稀少。走上幾天看不到一個人影，更沒有村莊。山谷裡颳來呼呼的涼風。對着藍色的天空仰望片刻，就會感到身體在飄忽上昇，要離開腳下的大地。烈日烤炙，大地灼燙。在白晝下沉睡的高原山脈，永恆與無極般寧靜。塔貝的身體矯健靈活，上山時腳尖踩着一塊塊滑動的石頭步步上躥，他徑直攀上一塊圓石，回頭看見婛被甩下好長一截，便坐下來等她。他們在趕路時總是默默無言，婛有時在難以忍受的沉默中突然爆發出她的歌聲，像山谷裡的一隻母獸在仰天吼叫。塔貝並不轉過頭看她一眼，只顧行路。婛過一會不唱了，周圍又是死一般沉寂。婛低頭跟在他身後，只有坐下來小憩時才說說話。

「不流血了吧？」

「它現在一點也不疼。」

「我看看。」

「你去給我捉幾隻蜘蛛來，我捏碎了塗在上面就會好得快。」

「這兒沒有蜘蛛。」

「去找找，石頭縫裡，你扒開石塊會有的。」

婛在四周扒開一塊塊半掩在土中的石塊，認真地尋找蜘蛛。一會兒她就捉了五六隻，握在掌中，走過來扳開塔貝的手掌放在上面。他一隻隻捏碎後塗在小腿的傷口上。

「那條狗好兇，我跑跑跑跑，背上的鍋老碰我的後腦勺，碰得我眼睛都花了。」

「當初我該拔出刀宰了它。」

「那女人給我們這個。」她模仿着做了個最污辱人的下流動作，「真嚇人。」

塔貝又抓起一把土撒在傷口上，讓太陽曬着。

「她錢放在哪兒的？」

「在酒店的屋櫃子裡，有這麼厚一疊。」他亮亮巴掌，「我只拿了十幾張。」

「你用它想買什麼呢？」

「我要買什麼？前面山下有個次古寺，我給菩薩送去。我還要留一點。」

「好的。你現在好點了嗎？不疼了吧？」

「不疼了。我説，我口乾得要冒煙。」

「你沒見我把鍋已經架上了嗎？我就去撿點乾刺枝。」

塔貝懶洋洋躺在石頭上，將寬禮帽拉在眼睛上擋住陽光，嘴裡嚼着乾草，婛趴在三塊白石壘成的灶前，臉貼着地，鼓起腮幫吹火熬茶。火苗「噯」地燃燒起來。她跳起身，揉揉被煙燻得灼辣的眼，拉下前額的頭髮看看，已經被火舌燎焦了。

遠處高山頂上有兩個黑影，大約是牧羊人，一高一矮，像是盤踞在山頂岩石上的黑鷹。他們一動也不動。

婛也看見了他們，揮起右手在空中劃圈向他們招呼，上面的人晃動起來，也劃起圈向她致意。距離太遠，扯破嗓子喊互相也聽不見。

「我還以為這裡只有我們兩個人。」婛對塔貝説。

「我在等你的茶。」他閉上眼。

婛忽然想起了什麼，她從懷裡掏出一本書，很得意地向塔貝展示自己的獵物，那是昨晚上在村裡投宿時從一個往她耳裡灌滿了甜言蜜語、行為並不太規矩的小伙子屁股兜裡偷來的。塔貝接過一看，他不認識這種文字和一些機械圖，封面印的是一幅拖拉機。

「這玩意兒沒一點用處。」他扔給婛。

婛很沮喪，下一次燒茶時她一頁頁撕下來用作引火的燃料了。

走到黃昏，站在山彎遠遠看見前面的一個被綠樹懷抱的村莊時，婛的精神重新振奮起來，又唱起歌了，她掄起拄棍在地邊的馬蘭草堆裡亂舞，又端起棍子小心翼翼地戳戳塔貝的胳肢窩和腰下想逗他發癢。塔貝不耐煩地抓住棍梢往外一甩，拽得她趔趄幾下跌倒在地。

進了村，塔貝自己一個人去喝酒或者幹別的什麼去了。他倆約好在村裡小學校邊一幢剛剛蓋好還沒有安裝門窗的空房子裡住宿。村裡的廣場晚上演電影，有人在木桿上掛銀幕。婛在一片林子裡拾柴火時被一群小孩圍住，孩子們趴在牆頭朝她扔石頭。有一顆打在她肩上，她沒有回頭，直到一個戴黃帽子的年輕人把孩子們轟走。

「他們扔了八顆石頭，有一顆打中你了。」黃帽子笑眯眯地說，他把手中握着的一個電子計算器攤在婛眼前，顯示屏顯出一個阿拉伯數字「8」，「你從哪兒來？」

婛看着他。

「你記不記得你走了多少天？」

「我不記得。」婛撩起皮繩說，「我數數看。你幫我數數。」

「這一個結算一天嗎？」他跪在她跟前，「有意思……九十二天。」

「真的！」

「你沒數過嗎？」

婛搖搖頭。

「九十二天，一天按二十公里計算。」他戳戳計算器上的數字鍵碼，「一千八百四十公里。」

婛沒有數字概念。

「我是這兒的會計。」小伙子說，「我遇到什麼問題，都用它來幫我解答。」

「這是什麼？」婛問。

「是電子計算器，好玩極了。它知道你今年多大。」他按出一個數字給婛看。

「多大？」

「十九歲。」

「我今年十九歲嗎？」

「那你說。」

「我不知道。」

「我們藏族以前從不計算自己的年齡。但它卻知道。看，上面寫的是十九吧。」

「不像。」

「是嗎？我看看。哦，剛開始看有些不習慣，它的數字有點怪。」

「它能知道我名字嗎？」

「當然。」

「叫什麼。」

他一連按出八位數，把顯示屏顯得滿滿的。

「怎麼樣？它知道吧。」

「叫什麼？」

「你連自己的名字還看不出來？笨蛋。」

「怎麼看？」

「你這樣看。」他豎着給她看。

「這是叫婝嗎？」

「當然叫婝，治霞布久曲呵婝。」

「嘿！」她興奮地叫道。

「嘿什麼，人家外國人早用了。我在想一個問題，以前我們沒日沒夜地幹活，用經濟學的解釋是輸出的勞動力應該和創造的價值成正比。」他信口開河起來，把工分值、勞動值以及商品值和年月日加減乘除亂説一通。又顯出數字，「你看看，計算出來倒成了負數。結果到年終我們還要吃返銷糧，向國家伸手要糧。這是違反經濟規律的……你瞪我幹什麼？想吃掉我？」

「如果你沒晚飯吃，就在這兒吃好了，我拾了柴就燒菜。」

「他媽的，你是從中世紀走來的嗎？或者你是……是叫什麼外星人。」

「我從很遠的地方來，走了……」她又撩起皮繩，「剛才你數了多少？」

「我想想，八十五天。」

「走了八十五天。不對，你剛才説九十二天，你騙我。」婝格格笑起來。

「啊嘖嘖！菩薩喲，我快醉了。」他閉眼喃喃道。

「你在這兒吃嗎？我還有點肉乾。」

「姑娘，我帶你去一個地方好吧？有快活的年輕人，有音樂、啤酒，還有迪斯科。把你手上那些爛樹枝扔掉吧！」

塔貝從黑壓壓一片看電影的人群中擠出來。他沒被酒灌醉，倒被那銀幕上五光十色、晃來晃去、時大時小的景物和人物弄得昏頭脹腦、疲憊不堪，只好拖着腳步回到那幢空房裡。小黑鍋架在石頭上，石頭是冰涼的。婛的東西都放在角落邊。他端起鍋喝了幾口涼水，便背靠牆壁對着天空冥思苦想。越往後走，所投宿的村莊越來越失去了大自然夜晚的恬靜，越來越嘈雜、喧囂。機器聲，歌聲，叫喊聲。他要走的絕不是一條通往更嘈雜和各種音響混合聲的大都市，他要走的是……

婛撞撞跌跌回來，她靠着沒有門框的土坯牆，隔着一段距離塔貝就聞到她身上發出的酒氣，比他噴出的酒氣要香一些。

「真好玩，他們真快活，」婛似哭似笑地說，「他們像神仙一樣快活。大哥，我們後……大後天再走。」

「不行。」他從不在一個村裡住兩個晚上。

「我累了，我很疲倦。」婛晃着沉甸甸的腦袋。

「你才不懂什麼叫累，瞧你那粗腿，比犛牛還健壯。你生來就不懂什麼叫累。」

「不，我說的不是身體。」她戳戳自己的心窩。

「你醉了，睡覺。」他扳住婛的肩頭將她按倒在滿是灰土的地上。最後替她在皮繩上繫了個結。

婛越來越疲倦了，每次在途中小憩時，她躺下就不想繼續往前走。

「起來，別像貪睡的野狗一樣賴着。」塔貝說。

「大哥，我不想走了。」她躺在陽光下，眯起眼望着他。
「你說什麼？」
「你一人走吧，我不願再天天跟着你走啊走啊走啊走。連你都不知道該去什麼地方，所以永遠在流浪。」
「女人，你什麼都不懂。」但是他知道該往哪個方向走。
「是，我不懂。」她閉上眼，蜷縮成一團。
「滾起來，」他在婛屁股上踹了兩腳，高高揚起巴掌，做出砍來的樣子，「要不，我揍你。」
「你是個魔鬼！」她哼哼唧唧爬起身。塔貝先走了，她拄着棍子跟在後面。
婛在一個她認為適當的機會時逃跑了。他倆睡在山洞裡，半夜時她爬起身，沒忘記揹上她的小黑鍋，借着星光和月光朝山下往回跑。她覺得自己像出籠的小鳥一樣自由。到第二天中午，在一邊是深谷的岩邊休息時，從對面山脊出現了一個黑點，就像那天她放羊回家時所看見的一樣。塔貝截住了她，走來。她氣得發抖，掄起小黑鍋向他頭上死命砸去，那其大無比的力量足以使一頭野公牛的腦漿飛迸出來。塔貝驚駭機智地閃過，抬手一撥，黑鍋從她手中飛脫，叮叮噹噹滾下深谷裡。他倆互相看看，聽見那聲音響了好一陣。最後婛只得嗚嗚咽咽攀下深谷，幾個時辰後才把鍋揀上來。鍋身碰滿了大大小小的凹坑。
「你賠我的鍋。」婛說。
「我看看，」他接過來。兩人仔細檢查了一陣，「只有一條小縫，我能補好。」
塔貝走了，婛垂頭喪氣地跟着。

「哎——」她用大得出奇的聲音唱起一首歌，把整個山谷震得嗡嗡響。

大概有那麼一天，塔貝對婛也厭倦了，他想：只因我前世積了福德和智慧資糧，棄惡從善，才沒有投到地獄，生在邪門歪道，成為餓鬼癡呆，而生於中土，善得人身。然而在走向解脫苦難終結的道路上，女人和錢財都是身外之物，是道路中的絆腳石。

不久，他倆來到名叫「甲」的村莊。這個時候，婛的腰間那根皮繩已繫了一串密密麻麻的結。沒想到甲村的人們會敲鑼打鼓站在村口迎接他倆。民兵組成儀仗隊揹着半自動步槍站在兩旁，為了保險起見，槍口都塞了紅布捲。兩頭由四個村民裝扮的氂牛在夾道中跳着舞。村長和幾個姑娘捧着哈達和壺嘴上沾着酥油花的銀壺在最前面迎接。原來這裡一直大旱。前不久有人打了卦，今天黃昏時會有兩個從東邊來的人進村，他們將帶來一場瓊漿般吉祥的雨水，使久旱的莊稼得到好收成。他倆果然出現了，人們認為這是一年好兆頭。歡天喜地將塔貝和婛扶上掛滿哈達的鐵牛拖拉機簇擁着進了村。男女老少都穿着新衣，家家户户的屋頂都換了新的五色經幡布。有人從婛的音容、談吐和體態上看出了她有轉世下凡的白度母的特徵，於是塔貝被撇在一邊。但是塔貝知道婛絕不是白度母的化身。因為在婛睡熟的時候，他發現她的睡相醜陋不堪，臉上皮肉鬆弛，半張的嘴角流出一股股口涎。

他一人悶悶不樂地去酒店喝酒，他想惹點事，最好有人討厭他，跟他過不去，他就有事幹了。打上一場，那人敢跟他拚刀子更好。

酒店只有一個老頭在喝酒，蒼蠅在他頭頂飛來飛去。塔貝進去後，帶着挑釁的神氣坐在他對面。一個包花頭巾的農家姑娘取一隻玻璃杯放在他桌前，斟滿酒。

「這酒像馬尿。」他喝了一口大聲說。

沒有人回答。

「你說像不像？」他問老頭。

「要說馬尿，我年輕時喝過。那真正是用嘴對着公馬底下那玩意兒喝的。」

塔貝得意地笑起來。

「為了把我的牛羊從阿米麗爾大盜手中奪回來，我從格則一直追到塔克拉瑪干沙漠。」

「阿米麗爾是誰？」

「嘿，那是幾十年前從新疆那邊來的一支強盜的女首領，是哈薩克人，在阿里和藏北一帶赫赫有名。一個萬户數不清的牛羊群在一夜之間就從草原上帶走，第二天從帳篷出來一看，白茫茫一片，留下的只有數不清的蹄印，連噶廈政府派出的藏兵也治不了她。」

「後來？」

「剛才你說馬尿。是啊，我揹着叉子槍，騎馬追我的牛羊，在那大沙漠裡，就是那幾口馬尿救了我的命。」

「再後來？」

「再後來，女首領要留我，留我給她當……」

「丈夫？」

「羊倌。我是萬户的兒子啊！她娘的長得真漂亮，她簡直是太陽，誰都不敢對直看她一眼，我逃了回來。你說說，我除了地獄和天堂，還有什麼地方沒去過？」

「我要去的地方你就沒去過。」塔貝說。

「你準備去哪兒？」老頭問。

「我，不知道。」塔貝第一次對前方的目標感到迷惘，他不知道該繼續朝前面什麼地方去。老頭明白他的心思。

老頭指着他身後的一座山說：「誰也沒有往那邊去過。我們甲村以前是驛站，通四面八方，可就是沒人往那邊去。一九六四年的時候，」他回憶起來，「這裡開始辦人民公社，大家都講走共產主義道路，那時沒有幾個人講得清楚共產主義是什麼，反正它是一座天堂。在哪兒，不知道。問衛藏的來人說，沒有。問阿里的來人說，沒有。康藏的人也說沒看見。那只有喀隆雪山沒人去過。村裡就有幾個人變賣了家產，揹着糌粑口袋，他們說去共產主義，翻越喀隆雪山，從此沒回來。後來，村裡人沒一個再去那邊，哪怕日子過得再苦。」

塔貝用牙咬住玻璃杯口，翻起眼看他。

「但是我知道有關喀隆雪山下的一點秘密。」老頭眨眨眼。

「說吧。」

「你準備去那邊嗎？」

「也許。」

「爬到山頂，你會聽見一種奇怪的哭聲，像一個被遺棄的私生子的哭聲，不要緊，那是從一個石縫裡吹來的風聲。爬完七天，到山頂時剛好天亮，不要急着下山。太陽下，雪的反光會刺瞎你的眼，等天黑後再下山。」

「這不是秘密。」塔貝說。

「對，這不是秘密。我要說的是，下山走兩天，能看見山腳下時，那底下有數不清的深深淺淺的溝壑。它們向四面八方伸展，彎彎曲曲。你走進溝底就算是進了迷宮。對，這也不是什麼秘密，別打斷我的話，你知道山腳為什麼有比別的山腳多得多的溝壑嗎？那是蓮花生大師右手的掌紋。當年他與一個叫喜巴美如的妖魔在那裡混戰一百零八天不分勝負，大師施出種種法力未能降伏喜巴美如。當妖魔變成一只小小的蝨子想使對手看不見時，蓮花生舉起了神奇的右手，口中高聲唸誦着咒經，一巴掌蓋向大地，把喜巴美如鎮到了地獄中，從此在那裡留下了自己的掌紋。凡人只要走到那裡面就會迷失方向。據說在這數不清的溝壑中只有一條能走出去，剩下的全是死路。那條生路沒有任何標記。」

塔貝神情嚴肅地看着老頭。

「這是一個傳說，我也不知道走出去以後前面是個什麼世界。」老頭搖搖頭，咕嚕道。

塔貝準備去那邊了。老頭後來向他提出要求，請他將婛留下。他家有個兒子，最近剛買了一台拖拉機。現在家家都想買拖拉機。大清早，隆隆的機器聲掩蓋了千百年雄雞的打鳴聲。道路上的馬車和毛驢被擠到了邊上。人們喝着從雪山流下的純潔透明的溪水時，也嗅到一股淡淡的柴油氣味。老頭自己經營着一座電機磨房，老伴耕種着十幾畝田地。前不久，老頭還去大城市出席了一個「治窮致富先進代表大會」，領到獎狀和獎品，報紙上也登過他的四吋大照片。他們世世代代沒像現在這麼富裕過，也世世代代沒像現在這麼忙碌過。需要一個操持家務的媳婦。說話的時候，他兒子進來了，掏出一疊花花綠綠的鈔票，想在外鄉人面前炫耀。

兒子戴着電子錶，腰間掛着小巧的放聲機，頭上戴着耳機，他隨着別人聽不見的音樂節奏扭着舞步，真是把城裡公子哥兒的派頭學到家了。塔貝對此無動於衷，只是門外停着的那輛沒熄火的手扶拖拉機的突突聲牽動了一下他的心弦。他起身走向拖拉機旁，摸摸扶手。

「好的，婛留給你了。」塔貝說。

小伙子大概剛從婛那裡得到了一點什麼，笑眼矇矓。

「我能坐坐你這玩意兒嗎？」塔貝問。

「當然，半個小時保你會開。」小伙子上前教他操作常識，教他怎樣控制油門，教他怎樣換擋、離合器怎樣配合、怎樣起步和剎車。

塔貝慢慢開動了拖拉機，行駛在黃昏的鄉村土道上。婛在一旁看着他。她要留下來了。她愉快地流着眼淚。這時後面開來一輛速度很快的帶拖斗的鐵牛拖拉機，塔貝不知道怎麼辦。旁邊是條淺溝，小伙子在後面高聲喊他開進溝裡。塔貝從駕駛座跳到了路中間，手扶拖拉機自己慢慢溜進了溝裡。他被來不及剎車的「鐵牛」後面的拖斗撞倒在地。大家全圍上前。塔貝爬起身，拍拍土。他的腰部被撞了，他說沒什麼，一點事也沒有。大家鬆了口氣。

塔貝要走了，他第一次擺弄機器就被它咬了一口。他抱住婛，跟她行了個碰頭禮，往喀隆雪山那邊去了。到夜晚時，果然下了場雨，村裡人高高興興唱起歌。塔貝離開甲村，一人進了山。在半路上，他吐了一口血，他的內臟受了傷。

小說到此結束。

我決定回到帕布乃岡，翻過喀隆雪山，去蓮花生的掌紋地尋找我的主人公。

從甲村翻過喀隆雪山到掌紋地的路途比我預料的要遙遠得多。僱的一匹騾子在途中累倒了。它臥在地上，口中流着白沫，用臨死前那樣一種眼光看着我。我只得卸下它馱的包囊揹在自己身上，在它嘴邊放了幾塊捏碎的壓縮麵包。一翻過喀隆雪山，首先聽見海嘯般轟轟的巨響，山下的雪堆像雲朵般上下翻捲，腳下的雪粒像急流的河水。但是我的整個身體一點沒感到風的吹動，空氣就像無風的冬夜一樣寒冷而靜謐。我戴着防護鏡，所以用不着等到天黑才下山。整個山面是被厚雪覆蓋的一片平滑的大斜坡，看上去沒什麼凸凹障礙，我揹着囊包走「Z」形緩慢下山。沉重的囊包從背上慢慢墜到腰間，就在我收腹挺胸聳肩想把囊包提起來時，由於猛烈的失重，腳下站立不穩，一個跟頭朝前跌倒。我知道已經無法再站起來，身體正快速往下滑動，於是手腳抱成一團，接着天旋地轉向山下滾去。

萬幸的是，還沒掉進雪窩裡去。等我醒來，已躺在平整鬆軟的雪地上，我已到了山腳，從上望去，在雪坡中一道深深的條痕通到高處雪霧飄渺的空間。

在山頂時我看了一次錶，時間是九點四十六分，此刻再次看錶時，指針卻指向八點零三分。走下雪線便進入草苔地帶，再往下是草地，高寒灌木叢，小樹林，接着是一片大森林。穿出森林，樹林植物又漸漸稀少，呈現出光禿禿的荒涼的山石、空壩。整個途中，我不時地看錶，把心裡估計的時間和錶上的時間不斷加以對照，計算一番後得出了結論：翻過喀隆雪山以後，時間開始出現倒流現象，右手腕上這塊精工牌全自動太陽能電子錶從月份數字到星期日曆全向後翻，指針向逆方向運轉，速度快於平常的五倍。

越往前走，映入視覺中的自然景象也越來越產生了形的異變：一株株長着卵形葉子、枝幹黃白的菩提樹，根部像生長在輸送帶上一樣整整齊齊從我眼前緩緩移過。旁邊有座古代寺廟的廢墟。在一片廣闊的大壩上走來一隻長着天梯般長腳的大象。它使我想起了薩爾瓦多．達利的《聖安東尼的誘惑》，我小心翼翼避開這一切，加快腳步，並不回頭再望一眼。一直走到蒸騰着熱氣的溫泉邊才歇息一會兒。我實在太累了，但不敢睡，我知道一旦合上眼皮，將永遠長眠不醒了。透過溫泉的熱氣，前面有些不知哪個時代遺棄在這裡的金馬鞍、弓箭鐵矛、盔甲、轉經筒和法號，還有破布條的黃旗，這裡很像是一個古戰場。如果我不那麼累的話，我會走過去仔細看看，也許能考證出《格薩爾》史詩中所描寫的某一戰場是在這裡。現在我只能坐在一旁遠遠地觀看。這些金屬被溫泉長時間的高溫熔化了，軟綿綿癱在那裡，失去了視覺上的硬度感，有的已無法辨認出它本身的形狀，變成稀釋的物質四處流溢，頗有規律地排列組合成像瑪雅文字一樣難解的符號。起先我懷疑眼前這一切物象是由於患上了孤獨症而錯誤地感知外界客體產生形的變異，但馬上又排斥了這個想法，因為我大腦的思維是有邏輯性的，記憶力和分析能力都良好。太陽自始至終由東向西，宇宙不管怎樣還是在按照自身的規律存在和運動。雖然白晝和黑夜交替出現，但由於手錶上的指針繼續向反時針方向作快速運行，日曆和星期月份牌不斷向後翻，這使我心理上產生一種體內生物鐘的紊亂，甚至身體出現失重現象。

等我從一個黎明醒來，發現自己睡在一塊高大無比的紅色巨石下面。我是在一個呈放射形向前延伸的數不清溝壑的匯聚點上。一定是這又涼又潮的寒意把我凍醒了，加上從四處溝底吹來的風更冷得我牙齒打顫。我急忙攀上眼前一面亂石突出的溝壁，探頭一看，前面是一望無際的地平線，我已經到了掌紋地。數不清的黑溝像魔爪一樣四處伸展，溝壑像是乾旱千百年所形成的無法彌合的龜裂地縫，有的溝深不見底。竟然找不到一棵樹，一根草。一片蠻荒，它使我想起一部描寫核戰爭電影的最後一個廣角鏡頭；在世界末日的焦土上，一東一西兩個男女主人公慢慢抬起頭，費力地向對方爬去，最後這兩個世界上唯一的幸存者終於爬到一起，擁抱。苦難的眼光。定格。他們將成為又一對亞當和夏娃。

扎妥．桑傑達普的軀體早已被火葬，大概有人在燙手的灰燼中揀到了幾塊珍寶般的舍利。我的主人公卻沒有在眼前出現。

「塔——貝！你——在——哪——兒？」我放開聲音喊叫，我覺得他走不出這塊地方。聲音傳得很遠，卻沒有一點回音。

不一會兒，我便看見了奇蹟：一兩公里外的前面出現了一個黑點。我沿着壟溝朝前飛跑，一面喊着我的主人公的名字。等我看清時，驚訝得站住了：是婛！這是我萬萬沒預料到的。

「塔貝要死了。」她哭哭啼啼走過來說。

「他在哪兒？」

婛把我帶到她身邊的溝底下。塔貝躺在地上，他臉色蒼白，憔悴，沉重地呼吸着。溝邊長着苔蘚的石縫裡滴着水，在地上積成個小水窪，婛不停地用腰帶蘸一點水，滴在他半張的嘴裡。

「先知，我在等待，在領悟，神會啟示我的。」塔貝睜眼看着我說。

「他腰上的傷很嚴重，需要不停地喝水。」婛在我耳邊低語。

「你為什麼沒留在甲村？」我問。

「我為什麼要留在甲村呢？」她反問，「我根本沒這樣想過，他從來沒答應我留在什麼地方。他把我的心摘去繫在自己腰上，離開他我準活不了。」

「不見得。」我說。

「他一直想知道那是什麼。」婛指着我身後，我回過頭，從溝底往回望去，這是一條筆直的深溝，一直可見到頭，前面那座紅色巨石正是我昨夜過夜的地方。現在才看清，紅色的心臟上刻着一個雪白的「弓」。站在紅石下仰起頭是無法看見的。「弓」通常是喇嘛唸「唵嗎呢叭咩哄」六字真言一百遍時要喊出的一個音節。它刻在紅石上據我所知，要麼，就是此地是神靈鬼怪出沒的地方，要麼，這裡曾埋葬過一位偉人的英靈，在從江孜到帕里的一個名叫曲米新古河邊的一塊岩石上也刻着這樣一個「弓」，那是為紀念一九〇四年為抵抗英國人的侵略在那裡獻身的藏軍首領二代本拉丁而刻的。但這一切我覺得沒有對塔貝再解釋的必要。

此時此刻，我才發現一個為時過晚的真理，我那些「可愛的棄兒」們原來都是被賦予了生命和意志的。我讓塔貝和婉從編有號碼的牛皮紙袋裡走出來，顯然是犯了一個不可彌補的錯誤。為什麼我至今還沒塑造出一個「新人」的形象來？這更是一個錯誤。對人物的塑造完成後，他們的一舉一動即成客觀事實，如果有人責問我在今天這個偉大的時代為什麼還允許他們的存在，我將作何回答呢？

懷着最後的一絲僥幸心理，我俯在塔貝耳邊，輕聲細語地用各種他似乎能理解的道理說服他，使他相信他要尋找的地方是不存在的，就像托馬斯．莫爾創造的《烏托邦》，就那麼一回事。

晚上，在他生命的最後一刻要讓他放棄多少年形成的信仰是不可能了。他翻了個身，將腦袋貼在地面。

「塔貝，」我說，「你會好起來的，你等我一會兒，我的東西全放在那邊，裡面還有些急救藥……」

「噓！」塔貝制止住我，耳朵貼緊冰涼潮濕的地面，「你聽！聽！」

好半天，我只聽見自己心律跳動中出現的一點微弱的雜音。

「扶我上去！我要到上面去！」塔貝坐起身，揮舞着手喊道。

我只得扶起他。婉先爬到溝上面，我在下面托住塔貝，他身體居然很沉。我扛着他，一手小心護着他的腰，另一隻手扭住鋒利突出的岩石塊，一點點把他往上托。兩隻腳踩在外凸的石塊上。攀石的那隻手被劃了一下，先是麻木，接着灼痛，熱呼呼的血流了出來，順着胳膊流到衣袖裡。婉趴在上面，伸下兩隻手夾住了塔貝的胳肢窩。一個在上面拽，一個在下面托，費好大的勁才把他抬上溝來。太陽正要從地平線上昇起，東邊輝映着一派耀眼的光芒。他貪婪地吸了一口早晨的空氣，眼睛警覺地四處搜尋，想要發現什麼。

「它說的是什麼，先知？我聽不懂，快告訴我，你一定聽懂了，求求你。」他轉過身匍匐在我腳下。

他耳朵裡接收的信號比我早幾分鐘，隨後我和婉都聽見了一種從天上傳來的非常真實的聲音。我們注意聆聽。

「是寺廟屋頂的銅鈴聲。」婉喊道。

「是教堂的鐘聲。」我糾正道。

「山崩了，好嚇人。」婛說。

「不，這是氣勢龐大的鼓號樂和千萬人的合唱。」我再次糾正道。婛困惑地看我一眼。

「神開始說話了。」塔貝嚴肅地說。

這次我沒敢糾正。是一個男人用英語從擴音器裡傳來的聲音。我怎麼也不能告訴他，這是在美國洛杉磯舉行的第二十三屆奧林匹克運動會的開幕式，電視和廣播正通過太空向地球上的每一個角落報送着這一盛會的實況。我終於獲得了時間感。手錶上的指針和日曆全停止了，整個顯出的數字告訴我：現在是公元一千九百八十四年七月，北京時間二十九日上午七時三十分。

「這不是神的啟示，是人向世界挑戰的鐘聲、號聲，還有合唱聲，我的孩子。」我只能對他這樣講。

不知他聽見沒有，或者他什麼都明白了。他好像很冷似地蜷縮起身子，閉上眼，跟睡着了一樣。

我放下塔貝，跪在他身邊，為他整理着破爛的衣衫，將他的身體擺成一個弓形，由於我右手上的血沾在了他衣衫上，這使我感到很內疚。是我害了他，也許，這以前我曾不止一次地將我其他的主人公引向死亡的路。是該好好內省一番了。

「現在，只剩下我一個人了。」婛可憐巴巴地說。

「你不會死。婛，你已經經歷了苦難的歷程，我會慢慢地把你塑造成一個新人的。」我仰面望着她說，我從她純真的神情中看見了她的希望。

她腰間的皮繩在我鼻子前晃蕩。我抓住皮繩，想知道她離家的日子，便順着頂端第一個結認真地往下數：

「五……八……二十五……五十七……九十六……」

數到最後一個結是一百零八個，正好與塔貝手腕上唸珠的顆粒相吻合。

這時候，太陽以它氣度雍容的儀態冉冉昇起，把天空和大地輝映得黃金一般燦爛。我代替了塔貝，婛跟在我後面，我們一起往回走。時間又從頭算起。

（原載《民族文學》1985年第6期）

劉　恆

劉恒（1954— ），北京人。作家。著有短篇小說《小石磨》、《殺》、《拳聖》、《教育詩》，中篇小說《伏羲伏羲》、《白渦》、《虛證》、《天知地知》、《貧嘴張大民的幸福生活》，長篇小說《黑的雪》、《逍遙頌》、《蒼河白日夢》等。另有五卷本《劉恒自選集》出版。

# 狗日的糧食

日後人們記起楊天寬那天早晨離開洪水峪的樣子，總找不到別的說法兒。他們只記住了一件事，不知道是不是頂重要的一件事。

「他揹了二百斤穀子。」

這沒滋沒味兒的話說了足有三十年。它顯不出味道是因為那天早晨以後的日子味道太濃的緣故。

楊天寬是蹚着霧走的，步子很飄。他揹着花簍，簍裡豎着糧袋，鼓的。這些都陷入白煙，人們疑心他揹着空簍。但他前幾日的確跟各家借過糧食，穀子的用處也吞吐着挑了。他走得健就是因了這個。人們卻只說：「他揹了二百斤穀子。」把一個火燒火燎的光棍兒漢說得丟了分量。

楊天寬驢一樣把穀子揹到那地方，臉面丟盡了。不會說話，只會吐氣，眼一勁兒翻白，暈噎中那個男人問他：

「新穀？」

他點頭，甩一簾汗下來。那人身後立一匹矮騾兒，也不計分量，只掂了掂就用肩一頂，將糧袋拱到騾鞍上。

「妥了，兄弟歇着。」

那人一笑，便牽了騾走。騾屁股後面就移出了一個人，站在那兒瞭他。楊天寬只對了一眼，不敢看了，有心去宰走了的男人，又沒有力氣。他嘆了一口氣。這聲長嘆便成了他永遠扔不脫的話柄。

醜狠了。二百斤穀子換來個瘻袋。值也不值？他思來想去，覺得還是值。總歸是有了女人。於是他領了女人上路，光棍腦袋細打路的盡頭那盤老炕的主意。事情比他想的來得快，女人有火。

「你的瘻袋咋長的？」出了清水鎮的後街，楊天寬有了話兒。

「自小兒。」

「你男人嫌你……才賣？」

「我讓人賣了六次……你想賣就是七次，你賣不？要賣就省打來回，就着鎮上有集，賣不？」

「不，不……」女人出奇地快嘴，天寬慌了手腳，定了神決斷，「不賣！」

「説的哩。二百斤糧食揹回山，壓死你！」女人格格笑着蹽前邊去，瘻袋在肩上晃蕩，天寬已不在意，只盯了眼邊馬似的肥臀和下方山道上兩隻亂掀的白薯腳。

「瘻袋不礙生？」天寬有點兒不放心。

「礙啥？又不長襠裡……」女人話裡有騷氣，攪得光棍兒心動，「要啥生啥！信不？」

「是哩是哩！」

最後是女人到坡下小解，竟一蹲不起，讓天寬扛到草棵子裡呼天叫地地做了事。進村時女人的瘻袋不僅不讓天寬丟臉，他倒覺得那是他捨不下的一塊乖肉了。

那時分地不久。楊天寬屋裡添了人，地數就不夠，村裡把囫圇坨兩畝胡蘿蔔地撥給了他。地很肥，可是路遠，是日本人在的時候游擊隊燒荒撂下的，多年不種了。天寬性子鈍，人人不要的地給了他，也嚼不出啥，苦着臉忍了。女人卻不，爬到豬棚上罵街。句句罵的豬，可句句人不要聽，唬得村幹部誰也不敢露臉。

「豬哩，哪個托生的你呀？你前輩造了孽，欺負我家男人，今世你可美了吧？哼哼啥，看老娘拉屎給你吃！你是個臭了心肝的……」

人們只知道天寬娶了個癭袋婆，醜得可樂，卻不想生得這般利口，是個惹不得的夜叉，都不敢來撩撥了。天寬也由此生出一些怕來，女人的癭袋越哭越亮，圓圓的像個雷，他便矮下三寸去，覺着自己做個男人確是活得不帶勁，比不上這娘們兒豁爽。他竈間裡舀一瓢水，哀怯怯地勸她。

「累着，行啦……下來喝。」

「你啞啦？尿擠不出一星，屁崩不來一個，屃的你！我下去你上來，你給我吆喝，給我日他欺人精的祖宗……」

天寬攙女人進屋，愁得苦。這女人是個混種，以後的日子怕難得好過。但是，憑怎麼罵，女人還是女人，身條兒和力氣都不缺，炕上也做得地裡也做得，他要的不就是這個嘛。

女人果然勤快。扛了鐝頭、吃食，在囫圇坨搭個草棚，五宿不下山。白天翻坡地的黑土，兩口子一對兒光膀，夜裡草鋪上打挺兒，四條白腿纏住放光。不下三日天寬就蔫了，女人卻虎虎不倦，淨了地留丈夫在棚裡養精，獨自下山揹回一簍一簍的山藥種。種塊切得勻，拌了燒透的草灰，兩拃一顆埯進鬆軟的泥土。這女人很會做。

秋後天寬家收的山藥吃不清了。叔伯兄弟楊天德口兒眾，四個娃兒，穀子又沒有長好，天寬有心接濟他。

「屁話！飽日不思飢，你不怕我還怕日後餓煞哩！他吃自己種去……」

女人擋了他，在屋後掘了一口大窯，將黃皮山藥雞蛋似的堆成小山，封了。

她嘴傷人，心也傷人。天寬在鄉人面前抬不起頭，但他心裡有數，女人待他不薄。兩口子熬日月，有這個夠了。

以後他們有了孩兒。頭一個生下來，女人就彷彿開了殼，一劈腿就掉一個會哭會吃的到世上。直到四十歲她懷裡幾乎沒短過吃奶的崽兒，總有小小的黃口叼她小蘿蔔似的奶頭兒，吃飽了就在癭袋上磨嫩牙，口水、鼻涕蹭她一脖兒。

她奶水一向充足。伏天吃飯，天寬蹲北屋檐下，她在竈間門口，孩兒玩她奶子弄不對付了，只需一壓，一股白溜溜的長線能嗖地掛到天寬碗裡去。兩口子閒時打趣，奶柱兒時時滋得天寬眼珠麻痛。這些都成了男人的驕傲。

但是，女人到底不是奶牛，孩兒們也不是永遠不大。他們要吃，孩兒們也要吃，大小八張嘴，總得有像樣的東西來填塞。天寬起初只嘗到養孩兒的樂趣，生得一多就明白自己和女人一輩子只在打洞，打無底洞。一個孩兒便是一個填不滿的黑坑。他們生下第三個孩子的時候，鍋裡的玉米粥就稀了，並且再沒有稠起來，到第四個孩兒端得住碗、捏得攏筷子，那粥竟綠起來，頓頓離不開葉子了。

孩兒們名字卻好，都是糧食，大兒子喚做大穀，下邊一溜兒四個女兒，是大豆、小豆、紅豆、綠豆，煞尾的又是兒子，叫個二穀。兩穀夾四豆，人丁興旺。可一旦睡下來，摞一炕癟肚子，天寬和女人就只剩下嘆息。

幾個孩子舌頭都好，長而且靈活。每日餐後他們的母親要驗碗，哪個留下渣子就逃不脫罵和揍：「就你短舌，舔嘍！」

腦勺上挨一掌，腮上掉着淚，下巴上掛着舌，小臉兒使勁兒往碗裡擠，兄妹幾個幹得最早、最認真的正經事就是這個。外人進了天寬家，趕巧了能看見八個碗捂住一家人的臉面，舌面在粗瓷上的磨擦聲、叭嗒聲能把人嚇一大跳。

天暗得看不清人形了，天寬常常頂着星星去串戶。他拎一個小口袋，好像提拎着自己的心，又羞又慌。碰上不肯借糧給他的，他就恨不得整個兒鑽到破口袋裡去。洪水峪奸人少，沒有借過糧給天寬的人不多，天德要算一個。

「你借不給，讓癭袋來！」

叔伯兄弟說出這個，天寬料定早年山藥蛋的賬還未結，只好訥訥地走開。傳話給女人，她就罵：「這算一個爺的種？日歪了的！」

出不夠氣，她便到天德菜園兒裡將白日瞄下的一顆南瓜摘來，放了鹽煮。待天德在菜園兒裡揪着禿秧跳腳，天寬的孩兒們已經拉出了南瓜子。

一家人就這麼活。

女人姓曹，叫什麼誰也不知。她對人說叫杏花，但沒有人信。西水那一帶荒山無杏，有杏的得數洪水峪，杏花是她嫁來自己撿的名兒，大家還都說她不配，因此不叫。人們只叫她脖上的那顆瘤，癭袋！

她的西水口音短促、尖厲，說快了能似公雞踩蛋兒，咕咕咯咯的滿是傲氣，人們覺得這種嘴只配罵人。她又的確會罵，罵起來髒字連珠，恍惚間一躍而為男人，又比一般男人多着膽量和本事能讓對手或與對手有關的一切女人受辱，不管她活着還是在墳裡。

這裡男人打老婆是一頓飯，常有。她來了就造出天寬這㞞貨，讓老婆揪住耳朵在院裡打悠兒。這又是西水的習氣，人們簡直近不得她，當她是西水的母虎。

生紅豆那年，隊裡食堂塌台，地裡鬧災，人眼見了樹皮都紅，一把草也能逗下口水。恰逢一小隊演習的兵從山梁上過，癭袋抱着剛出滿月的紅豆跟了去，從馱山炮的騾子屁股下接回一籃熱糞。天寬見它在陽兒裡曬，真把它當了糞，拎起來倒豬圈裡。癭袋見了空籃，從屋裡跳出來就給他倆嘴巴：「瞎了你的！我聞騾子屁都不嫌，你看一眼就嫌它？你自己拉！自己拉一鍋能熬的來，能煮的來……」

穀子豆子們看着父親讓巴掌掄得轉圈兒，好一陣掙扎才穩下來。牆頭上有幾個腦袋在笑，嘆氣。她不是母虎又是什麼！但人們又發覺她夾着細篩到河裡去了。

騾糞沾了豬圈的髒味兒，淘得不能不細。草棍兒和渣子順水漂去，餘下的是整的碎的玉米粒兒，兩把能攥住。一鍋煮糟的杏葉上就有了金光四射的糧食星星。一邊攪着舌頭細嚼，一邊就覺得騾兒的大腸在蠕動，天寬家吃得愜意。女人是好的，天寬用筷子在打肥的腮上撥，這麼想。鄉人們只好沉默，百孬不如一好，這娘們兒壞得不透。

那年頭天寬家墳場沒有新土，一靠萬幸，二靠這髒嘴兇心的女人。

日子苦，但讓她得些憐憫也難。她做活不讓男人，得看在什麼地界兒。家裡不消說了，推碾子腰頂主槓，咚咚地走，賽一頭罩眼牲口，能把拉副槓的小兒小女甩起來；從風火銃揹柴到家裡，天寬一路打六歇，她兩歇便足了，柴捆壯得能掩下半堵牆；擔水一晨一夕十五擔，雨雪難阻，五擔滿自家的缸，十擔挑給烈屬、軍屬，倒不是她仁義，而是每日四個工分誘着。地裡就不同了，一上工立即筋骨全無，成了出奇的懶肉。別人鋤兩梯玉米的工夫，她能貓在綠帳深處納出半拉鞋底，鋤不沾土；去遠地收蕎，男揹八十，女揹五十，她卻嫩丫頭似的只在胳肢窩裡夾回鎬把粗的一捆。

「瘦袋長到屁股台兒了，揹不得？」隊長怨她。

「揹不得，我腿根子夾着你的屌哩！」

「……你簍兒倒不空。」

「空了不餓死你六個小祖宗？虧是天寬揍下的，你的種兒你敢說這個？！」

她笑得野，隊長扯眉無話。她簍裡是半下子泉裡泡過的蕎蕎棵兒，綠格瑩瑩吐香，單等着掉鍋裡煮了，別人歇晌她不歇，草坡上亂扒，圖的就是這貨，是村旁山地難得一見的野菜呢！隊長能說什麼？怪不得，自然也敬不得，還不由她去！

怪不得不只一項。她身上有口袋，收工進家手不知怎麼一揉，嫩棒子、穀穗子、梨子、李子……總能揪一樣出來。日積月累，也不能說是個小數目。但誰也逮不住她，不知道口袋在什麼地方。有猜在襠裡的，雖說是老娘們兒終究不是可探的地方，證實不易。或許又是人家不願逮她罷了。天寬未必明白小秋收的底細，他只明白起初女人只是嘴壞些，有了孩兒，肚子一緊癟，她的手便也壞了。不能說，他嘴打不過她，手打怕也吃力。況且養一堆活口，女人的本事哪一樣都是有用的。

這爪子就難免四處撒野。

鄰家靠院牆搭了葫蘆架，水汪汪一棚嫩葉，幾朵白花擠到牆頭這邊來，綠豆和二穀伸着小手去夠。

「看落了！讓它長……」癭袋有了心思，也不說。白花枯後，莖上吊了拳大幾顆蛋蛋，吹氣似的脹起來。鄰家女人也是精明的，趁癭袋上工溜進來，用荊條圈將葫蘆一一托牢，既免了墜秧，又宣白了它們的主人，癭袋只當無事，鄰人扒牆頭窺動靜，她就背身藏住冷笑，滴水不露。

葫蘆大了，估量着摻倆茄子已夠吃一天，癭袋便颼北風似的割了它們。依舊是煮，然後罵也依舊，鄰家的嫩崽打了先鋒騎牆頭日倫兒的娘。這邊就威凜凜殺出了癭袋。不罵人，只罵葫蘆。罵得很委屈，葫蘆成了騷娘們兒，把漂亮身子遞過牆，將清白的癭袋勾引了。

「心肝葫蘆肉兒，你天生是個招人日的貨哩，明兒個記着，有騷憋自家院兒裡，便宜自個兒留着……」聲氣兒頓消，鄰家女人羞得只剩下拔秧的力氣，把一棚葫蘆扯散了，吃虧的都說，西水的娘們兒不是個人。天寬也覺得女人八成是着了魔。

那一年糧食又不濟。可二穀都七歲了呀！魔鬼附體的日子沒個休，沒個休。

天寬五十了，鬧不清自己是怎麼長的，也鬧不清自己肚裡是什麼下水，人呆得像個木樁，橫炕上總打不住要想年輕時那沉甸甸的二百斤穀子。鼠子涼酸，哀氣也跟着湧，一聲疊着一聲。

「哀啥？見我那天就打哀聲，半輩子也下來了，我虧了你沒？」

「不虧，不虧！」

兩口子捂一床破絮無事可做。早年幾句話逗下來，天寬就能折腰騰身，壓女人一身腥汗。如今不行了，女人的屁股他看都不要看，況且又有滿滿一炕大的小的孩子，大穀大豆怕已聽不得爹娘喘氣。

最後一次是在園子裡，黃瓜架後邊。倆人在月亮底下辦事，不緊不慢做得漸濃，瘦袋就開了口：「明兒個吃啥？」

天寬愣住了，「吃啥？」自己問自己，隨後就悶悶地拎着褲子蹲下，好像一下子解了謎，在這一做一吃之間尋到了聯繫。他順着頭兒往回想，就抓到了比二百斤穀子更早的一些模糊事，彷佛看到不識面的祖宗做着、吃着，一個向另一個嘮叨：「明兒個吃啥？」

「你說吃啥哩？」他問瘦袋，不論月光把她粗皮照得多麼白細，他算徹底失了興趣了。

「麩子。」

「哪兒拾的？」

「鞍子房。小豆眼快，這丫頭出息了。」

「……倉庫後頭地裡有鼠坑兒，怕能掏下正經糧食。」

天寬認真琢磨耗窩兒的走向。從此清心寡慾，與女人貼肉的事算淡了。瘦袋也到了日子，仰炕上不再向他伸手。吃啥？細想想，祖宗代代而思的老事，兩口子可是一天都不曾怠慢過。

女人日見憔悴。如虎也是病虎了，急躁中添了憂傷。瘦袋有了皺兒，再不似亮亮的粉紅氣球，罵人時也鼓不起來。

天寬呆想：操心操夠了吧？看看六個孩兒各個餓相，大的小的都有舔鼻涕的病，心裡就有了火苗，燎着燻着朝上頂。

他想逮上活的揍一頓，揍死它！

綠豆退學、二穀上學那年，洪水峪日子不壞。雖說新崽兒不在這家就在那家哇地降世，人均土地已由九分降到七分，但返銷糧是足的。家家一本購糧證，每人二十斤，斷了頓兒就到公社糧棧去買。夏糧綠在地裡時辰，山道上總有拎着空的鼓的口袋的人，來回踟躕地走。那天早上瘿袋挑了八擔水，留七擔晚上挑，伺候雞、豬、人吃了，便掖着購糧證離了家。出村的時候，凡見她的人都覺得她氣色不壞。過後人們才明白，兇人善相不是吉兆。

公社糧棧櫃台外邊擠着人，雖擠倒並不顯得怎麼飢餓。瘿袋捏着空口袋，發現錢和購糧證一併丟掉了。生就的急性子，當即便嗷地怪叫一聲，跌倒地上吐開了沫兒。買糧的賣糧的四下裡圍住，看那有趣的瘿袋在她胸脯上滾來滾去，人人探個雞脖兒，眼也都烏雞似的鼓出來。糧棧一個人物撥不開人，拿腔兒抓調兒地唸出一段語錄，說的是大家都來自五湖四海，為了一個什麼目標共同走到這地方來了，意思是他要擠進去……幫助幫助。那時候興這個，而且管用，於是人們閃一條縫出來。他看明白了，到櫃台後面端出個大茶缸，含一口水漱了漱嗓子，然後噴到瘿袋臉上。幾口刷牙水澆下來，她嘴不抽抽了，眼卻愣直。

「哪村的？」

「丟了。」

「姓啥？」

「丟了。」

「啥丟了？」

「丟了丟了……丟了……」

女人撒了癔症，圍的人更添趣味，那人加倍逞能，逮住人中狠掐，嘿嘿着：「丟不了，你過來唄！」癭袋亂撲棱，終於尖號：「日你娘！」她爬起來，奪路而去。

癭袋哭軟了，一輩子剛氣，不知哪兒積了那麼多淚。她打了兩個來回，把十幾里山道上每塊石頭都摸了，又到灌木林兒裡脱光，撅着腚撕衣裳補丁，希望裡邊藏點兒什麼。有了月亮她才進家，油燈底下天寬在吸煙袋鍋，旁邊炕桌上給她晾着一碗稀粥。她盯住那碗粥愣了神兒。

「娘，快吃粥！」二穀蹦過來拽她。

「不吃，再不吃啦……」女人貓似的。

天寬一下子知道出了事。一邊問，一邊就有火苗在心裡拱，手巴掌打着抖沒處擱沒處放。女人不曾現過的軟弱使他勇氣陡升。屃人有了膽了不得！

「敗家的！」

他吼一聲，把粥碗往地上一砸。

「吃貨！」

一輩子沒這麼痛快過。

「丟了糧，吃你！老子吃你！」

説着説着就管不住手，竟撲上去無頭無臉一陣亂拍，大巴掌在女人頭上、癭袋上彈來彈去，好不自在。鄉人們蹲在夜地裡聽，明白天寬的男人又成了男人，把女人的威風剎了。半世裡逞能扒食，卻活生生丟了口糧，這是西水女人的造化。天寬，往死裡揍她！

正揍得緊，一聲長號讓他懸了手。

「天爺，瞭哪個拾了糧證，讓他給我家還來呀，我的糧證唉……」

這歌是復調，一遍一遍唱。月亮把那脖上的癭袋照成個白球，在黑院裡閃。天寬擼一把酸鼻涕，點個馬燈拎着去了。

有睡不實的鄉鄰，半夜裡聽到癭袋到水泉擔水，白薯腳在石板上踏踏地蹭。又聽到蒜臼響，響得很脆，啪啪的像是硬殼碎了。以後就沒有聲音。

天寬趴在山道上拿馬燈東照西照的時候，他女人臥在蓆上服了苦杏仁兒。天上有不少星星，眨着眼冷冷地瞧着他們。

天寬耗盡了燈油回家，隔二里地就聽到村裡有慘哭。是自己那窩糧食在響。院子裡嘈雜，豆子們從門裡滾出來迎他：「爹，快看娘！」他一聽就怕了，硬挺着踱到炕前，老娘們兒醜臉歪着，還有氣，只是喘得駭人。他從二穀手裡接過碗來，在粗瓷兒上抹下一指杏仁兒渣子，這才記起她一天不曾吃什麼。她再不想惦記吃，所以她就吃了這個。一輩子不飢，天寬也有吃的意思了。

黎明時分，一扇門板離了村莊。幾個鄰家後生抬舉着，癭袋高高地睡在上邊，蠟臉煥發榮光。大穀在前頭引路，天寬由叔伯兄弟天德陪着殿後；一行人在霧裡向山下滑。天寬迷迷瞪瞪走路，恍然回到差不多二十年前的那個早晨，擔二百斤穀子正沉得把他壓扁，壓作薄薄的骨餅。

大穀喚他：「爹，娘有話！」

門板擱穩，天寬把耳朵湊上去。聽不清，他扒拉一下癭袋球，挨她嘴近些。

「狗日的！」

靜了半天，又吐出兩個字。

「糧……食……」。

天寬贊同地點點頭，很悲哀。他在女人頭髮上摸了一把，最後一把。

門板將要漂出山谷時，大穀把天德的兒子換下小解。那小子繞到大石頭後面嘩嘩地撒了一通，接着便狂叫，蛇啃了屌似的。天寬趕來，只一眼就瞭上了那個皮筋紮緊的包包。它躺在石根子那兒，幾束草掩着，像塊灰石。兩尺開外有兩節不大新鮮的綠糞，是人的。為什麼綠，天寬明白。但他分明已完全糊塗，傻了似的看看這、看看那，臉上迅即失了血色。

髒物如有幸石化，將使後世的考古學者出醜。他們將陷入歷史的迷宮，在年代和人種問題上苦苦糾纏。癭袋卻是離去了。天德的兒子拾了布包搶功：「嬸子，天爺還你糧證哩！」她兩目圓睜，闊嘴微開，大癭袋亮着黃光，彷彿對突如其來的窩心事兒大吃了一驚。

「嬸子，你瞭瞭！」

「閉你娘的嘴！」

天寬吼過侄子，大穀便哭了。天德踹兒子一腳，看看人確是沒了氣，又趕上去踹兒子一腳。天寬也就下了淚。他收了布包，把女人身下墊的蔴袋抽一條出來。衛生站不必去，糧食不能不買。餘人抬了癭袋回頭，兩口子一硬一軟算是暫且分了手。

一袋糧食買回，剛夠助喪的眾鄉親飽食一頓，天寬的孩兒自然也扎進人堆搶吃，吃得猛而香甜。他們的娘死也對得起他們了。

「明兒個吃啥？」

夫妻合謀的事，剩天寬獨自苦想，他深知了女人的不易。夜裡頭赤條條翻身，被裡的空兒叫他心痛，接着就有女人脆響的髒話傳來：「狗日的……糧食！」

這仁義的老伴兒竟去了。

洪水峪少了母虎，清靜了，也寂寞了。聽不到她公雞踩蛋兒似的罵聲，日子便過得不夠緊迫。穀子豆子們擺脱了母親的淫威，活得反而快活起來。歲月畢竟是一天一天不同，各個肚子大了不止一倍，卻大抵充實得可以。

如今楊天寬六十多歲了，仍舊慈眉善目，老娘們兒似的低聲細氣。他一輩子沒有逞過大男人的威風，也許試過一次，但只一次便要了老婆的命。到承包的田裡做活，時時要拐到墳地裡去，小心拔土堆旁的雜草，他好悔！

孩子們可沒有什麼債務，他們幾乎將母親忘卻了。認真回想一番，也無非更加肯定那是個不可思議的人物。二穀念高中時翻過一本醫書，發現癭袋即是「甲狀腺腫大」之類，於是母親就脖子吊着個肉球在他腦海裡走。雖説只是一閃，也算有了一份想念，不能説是不孝的了。大穀、大豆、小豆們都有了孩兒，他們的孩兒是不要苦杏核兒的，可見有些事他們也還記着。

老輩兒人卻愛講癭袋的故事。開頭便是：「他揹了二百斤穀子。」語調沉在「穀子」上，意味着那不是土、不是石頭、不是木柴，而是「穀子」，是糧食，是過去代代人日後代代人誰也捨不下的、讓他們死去活來的好玩意兒。

曹杏花因它而來又為它而走了，卻是深愛它們的。

「狗日的……糧食！」

哪裡是罵，分明是疼呢。是不是罵，罵個誰，得問在她墳上溜達的天寬，老傢伙心裡或許明白。

（原載《中國》1986年第9期）

賈平凹

賈平凹（1952— ），陝西丹鳳人。作家。著有短篇小説集《兵娃》、《山地筆記》，中篇小説集《天狗》、《臘月·正月》，長篇小説《高老莊》、《廢都》、《浮躁》、《妊娠》、《商州》，紀實文學《我是農民》等。另有十四卷本《賈平凹文集》出版。

# 火紙

## 一

崖畔上長着竹，皆瘦，死死地咬着岩縫繁衍綠。一少年將竹捆五個六個地掀下崖底亂石叢裡了，砍刀就靜落草中，明亮亮地，像失遺的一柄彎月。現在是漢江垂暮時分，半天勞作可以暫作歇息，少年便從一石板下取出三塊漿粑糕來啃，一邊茫然地望着崖下江面。漿粑糕是用槲葉包蒸的，形如粽子，剝開，槲葉的脈絡就清晰地印在糕上。正待吃，烏鴉旋即在頭頂上飛。烏鴉沒有發現石板下的藏物，卻不放過少年吃嚼時掉下來的糕渣，甚至從他手中銜下一小塊倏然飛去。江面上恰好有一隻梭子船滑過，船走得飛快，鋸齒般的崖，這一齒才看了船尾，那一齒又見着船首。船首上是站着持篙的人，狼一樣的嗓子在唱歌：

你拉我的手，
我就要親你的口。
拉手手，

親口口，

咱們兩個山屹嶗裡走……

這是沿江送人去北山密林割漆的船，朝從兩河關出發，夜到葫蘆鎮停泊。葫蘆鎮上有孫二娘的茶社。據說水上人乏乏的了，一攤散肉躺在竹椅上，茗茶、抽煙，看着孫二娘彈着琵琶軟軟地唱山歌。歌聽得多了，回憶常在心上，一蓑一船在水上漂了，唱這些沒皮沒臉的騷歌，享想象中的福。少年想：爹就是坐這船到北山密林裡割漆的，百里千刀一斤漆，爹的衣裳破成絮絮，在一握粗的漆樹上開人字刀，插貝殼片。漆樹是苦命的樹，一年春秋兩季挨刀，粗處的皮挨得不能再挨了，向細處挨，直到將皮割完，將汁流乾，樹死了，爹也死了。爹是中漆毒死的，爹雖不怕漆，每次開刀時說：「你是七（漆），我是八！」但漆汁濺在衣裳上洗不掉，濺在手上臉上也洗不掉，手臉便爛起來，爛得像漆樹一樣也沒有好皮，就死了。

崖畔下有人在喊，其聲尖銳，後來就罵：「狗子阿季，你在山上又跑陽了嗎？！」阿季是少年的名，是小名，大號姓劉名季。狗子是七里坪火紙坊王麻子家的狗，狗常隨着王麻子的女兒醜醜，同夥們就作踐阿季，說阿季二十多了沒見過女人，不如狗子福分大。阿季就往崖下走，一面看夕陽從漢江下游處照上來，在一面石壁上印一個圓圓的淡紅，便發現自己在竹林裡形影俱清，肌髮也變綠了。

河灘上，同夥們已經縛好了柴筏了，將砍下的竹捆壘上去，末了就幫阿季縛筏子，運了氣吹飽了兩個手拉車的內胎繫在筏下，竹捆也壘上去了。

「阿季，你見着王七嗎？」

「沒有。」

「他坐在梭子船上，割了三十斤漆，他又發了！」

「他發腫了，我也不去割漆！」

「憑這砍竹，你能見女人的腥嗎？你不給你爹生個孫子，你就不是好兒子！」

「回吧，天不早啦。」

阿季跳上竹筏，篙一點，筏倏忽衝到江心，一橫，順水面去。同夥們的竹筏也攆上來，七張八張筏頭尾相接列成一字。行至七里坪，天已經徹底黑了，看得見村口的火紙作坊，窗口紅得像血，咯吱，咯吱，緩慢的，沉重的水輪聲匝地過來，沉沉地又落在江水裡。阿季無由地打一個冷顫，一聽見這水輪聲他就激動，偏磨磨蹭蹭不往前邊走。

「阿季，你不交竹了嗎？」

「你們先走，我就來。」

七八個人負重了濕竹走在作坊前的土場上，眼睛全朝砸竹坊門口看。砸竹坊樑上吊一盞油燈，光圈紅灼，如一輪太陽，那水輪立旋，帶動了一摟粗的方形木樺，醜醜就坐在木樺那邊撥竹絨。木樺升起，露出她小小的身形和白白的臉；木樺落降，不見了小小的身形和白白的臉。阿季真擔心醜醜一時走了神，或者打了盹，那木樺要把她也砸成肉茸的。當然阿季是多餘的擔心，醜醜在作坊裡撥了兩年竹絨，一次皮毛也沒傷過。那隻狗子便從作坊裡躥出來，大聲叫，直向阿季進攻；不會說人話的狗子偏咬說人話的狗子，同夥們就很樂。

「醜醜，你的狗子要咬死阿季了，你也不管嗎？」

砸竹坊裡的水輪聲大，醜醜沒聽見，壓紙坊裡的王麻子卻出來，兇聲惡氣地說：「叫什麼呀？不來過秤，今日我就不收了！」

阿季在心裡直罵：「十個麻子九個怪，一個不死都是害！」

二

麻子最不放心的是砍竹的這幫少年，但又不能太得罪，因為火紙坊是他私人開辦的。火紙的原料青竹是砍竹人賣給他的。他對於他們，見不得，離不得，所以他的人緣難處，活得很累。

說實話，麻子還算不上是壞人，公社化時期，他任過職，是七里坪的貧協主席，秉性所限，職位所制，生活極盡嚴肅。別人趁機能撈的全撈到了，他依舊是三間石板房，石桌子，石臼子舂米，門前一棵彎身子石榴樹。人常說：人旺財不旺，財旺人不旺。他什麼都不缺，就是缺錢，什麼都沒有，就是老婆有病，病過三年竟死了。老婆死時女兒才兩歲，他再不續妻，也不偷雞摸狗，一心拉扯醜醜長大。醜醜是他的製品，他精心塑造，開會時揹上，他不準她哭鬧，她也不哭鬧；村裡人家分家另竈，他去主持，不準醜醜吃別人的東西，醜醜饞死也不吃。醜醜長大了，長到十六，一切都成熟，恰公社取消，鄉政府代替，土地由各家各戶經營。父女倆在山坡上刨地，一株桃花在地邊開得妖妖的艷，醜醜折一枝插在頭上，他說：「快取下來，妖精似的難看！」村裡的少年子走了江漢，到葫蘆鎮，下白河縣，去襄陽市，回來穿的褲子腰身緊了，褲管寬了，人一下子修長了許多，楚楚可人。醜醜也將自己褲腳往小裡縫，他黑了臉：「成精作怪！」硬要恢復原樣。麻子老爹最歡迎土地承包，卻一天一天怨恨世風沉淪，人心不古，在家裡對醜醜說：「你瞧瞧，人到底是私蟲蟲，公社化的時候，在地裡都磨洋工，現各人種各人地了，就幹瘋了！瘋子也便瘋了，這還像個農民，倒又都出去跑生意、做商業，自古無商不奸啊！那些年，村裡一家蓋房，哪一家不去幫忙，挖個廁所，都會來五個六個幫工的，現在都盯在錢上，沒錢不幫工，人都成烏眼雞了！這政策是還得變一變的！」

但是，農村沒有了貧協機構，麻子的話說了白說；政策依舊沒有變，變的倒是麻子威信下降，人緣衰敗，手頭拮据日月困頓。他只好也開辦了火紙坊，沒錢你寸步難行啊！火紙坊是在三間石板房的基礎上改作的，麻子會做紙漿。撈紙匠請的是醜醜的大舅，一個嘴只吃飯不能說話的老頭。醜醜的工作就是在門前土場上挖下三個大坑，將收來的竹捆壓一層，鋪一層石灰，再用稻草蓋了，以水灌了，鏟土埋了，兩月三月之後竹捆腐爛，掘開攤曬，就一天到黑坐在那個一摟粗的方形木榫下經營砸絨了。

水輪轉動的時候，砸竹坊裡似乎什麼也不復在，咯吱，咯吱，咚咣，咚咣，醜醜先是一聲響動心腸就扭翻一下，後來耳朵就聽不見這響動，她聽到的只是胸口裡的一顆心在跳，手腕子的脈搏在跳。

她常常想：世上事真怪，火紙是火，青竹是水，水竟能成為火。而她造紙不就是在做這種水火交融的轉化嗎？醜醜的文墨少，好多事想不到，想到了又解不開。在水輪木軸上潤油的時候，她就走出砸竹坊吸新空氣，看見對面山上那棵獨獨的樹，樹頂上那片孤孤的雲，後來就看見漢江上煙波迷茫，有竹筏子悠悠下來。竹筏上坐的是砍竹少年，一幫一夥，光頭大耳，一走近火紙坊前看見了醜醜，那話就多起來了，叫道：「醜醜，你來給我們的竹捆過秤吧！」

醜醜先是笑着，太陽照在臉上，刺得她眼睛睜不開。

「醜醜，你愛吃蘑菇嗎？這一把蘑菇不是狗尿苔，肥得流水水哩！」

醜醜就跑過來，她的腰身很好，衣服卻太長，一邊跑一邊將衣服往上揪。砍竹少年子說一句「醜醜讓衣服穿壞了」，醜醜就臉紅。

麻子將這些看在眼裡，自然就催醜醜去砸竹，自然在過秤時極不耐煩，偏將秤撅得老高，以毛竹、水竹、苦竹分類，以粗細分等，和少年子討價還價，論高論低。

「掌櫃的，你這不是勒刻人嗎？」

「誰勒刻你了？啥人啥對付，我也學着來哩！」

「你沒醜醜好。」

「好你娘去！」

醜醜見爹和少年子吵起來，過來說：「爹！」麻子一臉深紅淺紅，吼道：「砸你的竹去！」少年子怏怏地領錢走了，醜醜並沒有再去砸竹，坐到水渠沿上去抹眼淚，爹叫也不理。

麻子見醜醜哭了，心也軟下來，拿了煙袋蹲在醜醜身邊吸，吸進去一口，噴出來三股，說：「醜醜，你還生你爹的氣嗎？爹不是怨你多事，爹害怕現在的人心複雜引壞了你。咱是正經人家，雖說辦了這個作坊，但不做虧心事，活個乾乾淨淨，到時候政府的政策變了，誰也說不上咱一句閒話。」

醜醜聽着爹的話，心裡卻想着娘。娘的記憶是模糊的，湧上來的是十多年爹的形象。爹的話或許是對的，世上還有誰最疼愛自己呢？但醜醜錯在哪裡，哪處不夠檢點，失了女兒體態？醜醜的心裡亂糟糟的，坐在水渠上沒有動，看渠水活活地流。直到後來，砸竹坊的水輪又響了，木榫沉重地砸起來，醜醜就不忍心了，走進坊裡去，站在撥竹絨的爹身後。爹站起來，她蹴下去，一下一下將竹絨撥到木榫下。聽見爹說了一句：「我醜醜到底懂事！」

從此，砸竹坊的門口臥了一條狗子，一身雪白，雙目卻生黑圈。不知怎麼，醜醜一看見那狗子，就想到那些光着頭的砍竹少年子，但砍竹的少年交竹來了，狗子就在坊門口汪汪叫，聲巨如豹。

一日，阿季勇敢地向砸竹坊走，狗子就撲上去吠，阿季膽包了天，不怕狗子，齜牙咧嘴地比狗子還兇。醜醜就站起來說：「阿季，那狗子會真咬的！你有事嗎？」

阿季說：「醜醜，你不會到外邊去轉轉嗎？」

醜醜說：「我要砸竹。」

阿季說：「你爹老不死的，使你太苦！」

阿季罵爹，醜醜沒有回罵，心裡卻不悅。狗子真的咬住了阿季的後腳，阿季叫一聲「醜醜」，丟過來一顆黃黃的山杏兒，狗子卻也將阿季的一隻鞋叼了起來。醜醜接住了山杏，將鞋丟過來，爹就來了。醜醜將山杏塞在口裡，低頭只是撥竹絨。山杏太熟了，牙一嗑在口裡就爛了，甜甜的，酸酸的，甜酸甜酸的。

阿季走到漢江邊，大罵麻子老東西，說：「我要有錢了一定娶醜醜！」同幫同夥的就笑阿季說大話，戲謔之後卻嘆息，嘆息了坐着竹筏回各自村裡去，江面上就駛過了那些往葫蘆鎮去的梭子船，持篙人又在自情自愛地唱歌：

對門打傘就是她，
提個冷罐去燒茶。
冷罐燒茶茶不滾，
把我哄到南嶺北嶺西嶺
象牙床上鴛鴦枕上蓆子面上
鋪蓋底下去採那個花，
一身白肉當紅茶。

## 三

阿季家也是石板房，下雨不漏水，日頭出來卻滿屋光點。阿季躺在炕上看那吊下來的光繩子，繩子裡有萬物，活活飛動，就想着怎樣去掙錢；掙了錢就好了，滿口袋人民幣，走到火紙坊去，說，麻子，你的火紙我全買了！麻子一定高興，就不會待他惡聲敗氣了。他就提出要娶醜醜，叫他一聲老泰山！可是，怎樣掙錢呢？靠砍竹，一斤竹一分錢，山上，水上苦一天掙三元錢，僅夠上自己吃喝花用。去割漆吧，死也不走那條路了。阿季想，要掙錢還得去砍竹，砍竹掙錢少也只有砍竹才能掙錢。麻子，麻子，你死不着的，你古板了一輩子你也要醜醜和你一樣！瞧着吧，我娶了醜醜，領着醜醜去逛大世界，你死了也不理，沒有人給你摔孝子盆，你造火紙，到頭來卻沒有人給你墳頭上燒！

阿季想得好，一到火紙坊，還是怯麻子，怯狗。再到崖畔上砍竹子，砍得心煩手困，就做了一支竹簫兒吹。漢江邊上的人不識樂譜，一代一代卻傳下來會吹簫，吹的是孝歌，嗚嗚咽咽，苦竹叢裡人就覺得更颼颼地冷。同夥說：「阿季，阿季，你別吹了！」阿季還是吹，同夥就嘆息：「阿季真讓醜醜勾了魂了！」先前戲謔阿季是狗子，那是為了開心，阿季當真愛上了醜醜，同夥們就正經地替阿季想辦法。小逬山們不想辦法則已，一想辦法就絕。

「阿季，你是真心娶醜醜，還是賭氣娶醜醜？」

「真心也娶，賭氣也娶！」

「你個小情種！我們給你想辦法，你去找醜醜，你給醜醜個生米做熟飯！麻子當然恨你，但他好臉皮，也只好包住事情挨個肚子疼，事情就成了。你敢？」

阿季卻搖頭。

但同夥們還是要幫阿季，當去交竹時，幾個人圍着麻子到紙漿坊去算賬，幾個人用一塊豬骨頭引狗子到土場外，阿季真的從水輪後閃進砸竹坊去見醜醜。

醜醜好慌，說：「你死膽兒，狗一咬，我爹要來罵我的。」

阿季說：「你那麼怕你爹？！你爹七十了，你才十八！」

醜醜說：「我爹信不過你們，你們在外邊跑的人，心都不正哩。」

阿季說：「你爹胡說，我心正哩！」

兩個人站在木榫前，木榫升起，與他們平肩，木榫落下，腳下的地就咚地一顫。木榫空起空落，響聲空洞，醜醜嘴裡說着什麼，傳到阿季耳朵裡卻聽不清音。阿季一時不知說什麼了，將腰帶上的簫送醜醜。醜醜笑，說：「我不會吹。」阿季說：「我給你教，好學得很哩！」就搭在嘴皮上吹起來，吹得像水聲，比水還柔，和諧到了水輪木軸的「咯吱」聲中，和諧到木榫的「空咚」聲中。阿季的一雙眼看見了石板屋頂的木椽上蜘蛛結編的一個雨帽般的大網，看見了水輪軸桿上生就的一層綠色的蘚苔，看見了醜醜的白白臉和寬大的粗布衫子下依然能看出的凸起的胸部。醜醜也聽呆了，眼裡一會兒放光，一會兒又黯淡，頭低下去，驚奇阿季的嘴怎麼比夜鶯還巧妙？

麻子卻出現在了坊門口，吼了一聲：「吹你娘的腳！」一竹棍磕在阿季的腿上，竹篇落下去，正在木樺下，立即粉碎。阿季跑到砸竹坊，聽見麻子打醜醜，直聲喊：「要打來打我，打醜醜不算有本事！」狗子聞聲撲上來，將阿季腿咬了一口，阿季跑了。

麻子在土場上指着遠去的阿季罵：「阿季，你這壞坯子，火紙坊再收你的竹子，除非你砍了我這腦袋！」

阿季掙錢的門路因此也就絕了。他在家裡躺過三天，心灰意懶，無事可做。同幫同夥們少了阿季，生活也寡了味，提了酒來阿季家喝，話又退一步說着勸慰。酒是消愁的，酒卻添了愁，阿季第一次醉了，口口聲聲唸叨醜醜。醉醒了，倒一臉羞愧，第三天裡，當江面上駛過去葫蘆鎮的梭子船時，搭上走了。

阿季到了葫蘆鎮，鎮上人來人往，阿季認不得一個人，阿季也沒個地方去呆。漢江上順行的逆行的船在葫蘆鎮都要停，停了，船夫們就上孫二娘茶社去，阿季也跟了去。茶社是三間房，房裡沒隔牆，四根光柱子，左一排右一排竹躺椅，人人一邊茗茶，一邊聽孫二娘彈琵琶唱曲兒。孫二娘是真名實姓，還是稱號，反正人不老，說有三十，小了一點，說有四十，老了一點。白臉，光頭髮，衣服裡湧動着兩個胖奶子。她唱的是好嗓子：

郎撐船兒下漢江，
姐在房中燒報香。
報香插在香爐內，
一望二望七十二望南京土地北京
城隍觀音老母送子娘娘，
保佑我郎早回鄉，
免得我一心掛兩腸。

阿季聽着聽着，倒想起火紙坊裡的醜醜，眼角濕起。後來就迷糊起來，竟在竹躺椅上睡着了。待到孫二娘喊：

「這少年子，這裡是你的炕嗎？」睜眼看，茶社裡已沒了人，慌忙走出茶社，到街上尋棲身的地方去。

## 四

葫蘆鎮是個古鎮，有三百年事，是漢江崖上最繁華熱鬧的地方。北崖山勢形如臥龍，忽於此細若蜂腰，單單地突結一個葫蘆狀的崗巒為鎮。洵水從秦嶺來，繞鎮三面而入漢江，其中屋宇參差，樓台層疊，宛如畫圖。阿季小時隨父到過鎮上，記憶早已模糊，如今最驚奇地是鎮街。鎮街説起來是五條，實則一條，從渡口的石級上進入，走過人聲嘈雜的河街，街便繞到後鎮右崖邊，之字斜向而上，又繞到左崖邊，如此盤繞，直到崗頂，崗頂上是一高樓為區政府所在，在這盤繞街上，又直上有四條小巷，一律石階，阿季不知此巷名，自作聰明稱「好漢巷」。就在這縱縱橫橫彎彎繞繞的鎮街上，屋舍建築十分奇特，正面沒有一家類似一家，入深也是一家大來一家小。舊社會，葫蘆鎮是大碼頭，棧多、店多、館多、舖多，有錢的人房子雕樑畫棟，門樓五脊六獸，因為居勢而築，結構又以山賦形，極盡曲折。當今這些舊屋人分而住之，殘壁斷垣，卻新式水泥樓閣立錐地而拔起，牆或長或方，或仄或圓。鎮上沒有一輛自行車，人人口袋裡卻都裝有手電。阿季閒得無聊，走遍鎮上每一個角落，看了穿蓑衣戴氈帽的人，也看了戴墨鏡披長髮的人，新舊混雜，俊醜相處，阿季不免大發感慨，悔之自己以前未能常來，也惋惜醜醜一次未來過。「醜醜要是來過一次，她也不會聽她爹的話了！」阿季這般思想，肚子就咕咕響起來，看着那隨處都是商店貨舖的櫃台上的糕點，兩耳下的部位不停閃出小坑。人總是想着活下來的門路，阿季腦瓜靈，尋到了掙錢的好門路：他在渡口上打問那些從城裡來遊玩的人，介紹要住到崗上的國營旅社去，走鎮街太繞，走鎮巷太陡，他可以當腳夫，把所帶的大包小兜揹上去。城裡人有的是錢，少的是力，自然阿季日有收入，竟有幾次，一些嬌嫩的女子一下渡船，望着山鎮噢噢直叫，阿季就讓其面後坐在揹架上，他揹着上「好漢巷」。女子在揹架上觀鎮景，樂得大呼小叫，說這裡的舊式建築像迷宮，說這裡的新式樓房前看有六層，後看是兩層，說這裡的四合院好小，四面房頂是四個三角組合的正方形，中間的天井應該叫漏斗，後來就興奮地唱歌。阿季雖然爬慣了山，揹慣了竹，但背架上活人活動，八十斤也似有百二十斤，累得氣喘咻咻。安慰他的，使他多少忘了疲倦的是女子的歌聲，和女子身上散發的一種說不出的什麼香水味，怪香怪香。

阿季有了錢，就吃飽了肚子坐在崗腰的河神廟門口去。廟門口一奇石，高數丈，石面上附有花藻，如雕刻，石上竟一古木蜷曲，霜葉新染，石下更有一泉，寒洌異常，裡邊投有一層銀銀的小分幣。這都是船工們投的，為的是祈求好運，再便到廟裡去，給河神燒整捆整捆的火紙。一看見火紙燒焚，黑灰片飄飛如鷺，阿季就要想起醜醜，無限惆悵，遙看漢江自遠處迤邐而來，曲崖回湍，半隱半現，出沒於雲山沙渚之間。

這當兒，阿季就到河街上的孫二娘茶社去，混於船夫之中，別人說茶好，他也說茶好，別人為二娘歌聲喝彩，他也喝彩。這般去得多了，二娘就認識了阿季，問年齡，問籍貫，問家世婚姻，二娘就樂了，一把擰了阿季的臉，說道：「你還是個小光棍？！」阿季猜不透她的話意，但他裝傻，取人以悅，只是憨笑，又眼活手快，幫二娘去茶爐上添煤，替二娘給船夫續水。二娘喜歡他了，讓他夜裡睡在茶爐邊，卻警告說：「你要是小偷，我就會剝了你的皮的！你跑到哪裡，只要在漢江上，船夫們也會抓你來送我的！夜裡靜靜睡，樓上有什麼動靜你不要嚷！」

阿季夜裡有了安身窩，熟睡如豬一般。幾日之後，卻睡不着，成半夜聽見樓上腳步走，桌椅動，有話聲笑聲。阿季就想：二娘在樓上住，是她和丈夫說話嗎？但從未見過她的丈夫，也不見孩子！心下疑惑。有一次茶社沒人，他說：「二娘，伯伯是在外做生意嗎？」

「死了。」

「死了？那你也沒孩子嗎？」

「有你這兒子！」

阿季噎住話，不可回答。二娘卻問：「阿季，你夜裡聽見什麼了？」

「聽見你和人說話聲。」

「用驢毛塞了你耳朵！」

阿季想：二娘是寡婦，是不是夜裡有野漢？話卻不敢問。觀察來茶社的每一個船夫，似乎都不是二娘的野漢，又似乎人人都對二娘親近，進門有送木耳的，有送核桃的，有送頭巾的，說話出格，甚至粗俗，但二娘好時百般伺候，惡時橫眉豎眼，罵船夫如罵兒子。阿季便不覺得二娘不是，倒視她如姐、如娘、如觀音菩薩，夜裡睡下，竟也想到她的那一對湧動着衣服的大奶子！

一日，阿季當腳夫，在「好漢巷」裡，上去腿軟，下去腿酸，回到茶社卸了帽子朝下搔，脫了襪子朝上搔。二娘說：「阿季，你年輕輕的要當一輩子腳夫？」

阿季說：「我沒事可做呀？」

二娘說：「你要有本錢，我介紹你到一個船上去跑生意，可你沒本錢，船夫不會收你，你怎不去深山割漆去？」

阿季說：「啥事都可幹，就是不割漆！」

二娘說：「那你就回去好生種地，將來也好混個老婆跟你過活。」

阿季說：「我要娶醜醜！」

說罷，大覺失口。二娘就問：「醜醜是誰，好難聽的名字？」

阿季瞞不過二娘，如實說了與醜醜的關係。二娘臉色黯然，嘆息道：「好可憐的醜醜！你阿季要做男子漢，你應該就去娶醜醜！」阿季苦愁自己一沒本事，二沒本錢，不知將做什麼好。二娘說：「聽說河神廟門口有個駝子能拆字，你讓他去拆拆，看你做什麼合適？迷信不可全信，也不可不信呢。」

阿季到了河神廟門口，奇石清泉右側，正有一古碑，一駝子就在碑下，不是為人拆字爻卦，而在推拿行醫。一老漢腹內絞痛，被人揹來，駝子當下在患者腹部揉摩，但老漢痛不能支。駝子說：「也好，也好。」伸指按動腰部一穴，捻之，老漢即死，復重緩緩揉摩腹部，痞積即散，再按腰部一穴捻之，老漢復生，疾亦霍然。眾人讚道：「真是神醫！」旁邊一人說：「先生起死回生這還罷了，拆字爻卦，更能預知後事！」當下阿季上前乞求拆字，爻卜命運。駝子問：「你拆個什麼字？」阿季脫口說道：「我名叫季，就拆季字！」駝子沉吟片刻，合掌說道：「你這命好，眼下困頓，但天人吉相，好事將至！」阿季半信半疑，緊問他將去哪兒做什麼為好？駝子說：「季字上頭一撇，這是青龍抬頭，中間為木，下部為子，子屬水，水在木下，木有水茂，這是一個絕好的字。所以，你宜於向東西北幹事，忌諱向南，南屬火，木見火焚。」阿季不懂陰陽五行，但聽明白他遇水則生，遇火則克，不覺想起砍竹之事。旋即又想：麻子惡我，他不收我的竹子，我有何奈？不禁又鬱鬱愁悶，抬頭又見三三五五船夫進廟，都在廟門口貨攤上購買火紙，靈機一動，拔腳就趕回茶社，對二娘說：「二娘，我有事可幹了！」二娘問要幹什麼事體？阿季說：「我還要回七里坪的火紙坊去，我去買了麻子的火紙，來河神廟門口賣，這一倒手，利也是不少的！」二娘也為阿季高興，當下說了許多鼓勵話，不提。

自此，阿季走動於七里坪和葫蘆鎮，麻子見阿季是來買紙的，也不再提及前仇，將紙售他。阿季先是三捆五捆買，再後十捆八捆，生意越大，本錢越大，本錢越大，生意越大。麻子的火紙坊銷路一直不好，阿季幾乎承包了他三分之一貨量，麻子也可以允許他在火紙坊裡多停留，聽他天空地闊說些葫蘆鎮的人情世態，奇談怪論。這期間，他也偷偷與醜醜交往。

一次醜醜說：「阿季，你越發不像以前了，嘴好能說！」

阿季說：「我這算什麼，葫蘆鎮上人肚裡全是新聞，話說得才多哩！」

醜醜說：「葫蘆鎮真好！」

阿季說：「你去不去，我領你走一趟。」

醜醜卻說：「我才不去。」

阿季就拿出一瓶「雪花霜」給醜醜。醜醜聞了聞，說：「好香！」卻還給阿季。阿季說：「你怎麼不要？我特意給你買的！」塞在醜醜的手裡就走了。

醜醜重新坐下撥竹絨，心慌得跳，將「雪花霜」擦一點在臉上，總怕擦不勻，被爹瞧見，對着水渠裡的水照看時，聽見江面上阿季唱歌子：

這山望見那山高，
望見一樹好仙桃。
長棍短棍打不到，
脫了鞋兒上樹搖。
左一搖來右一搖，
搖得仙桃遍坡跑。
過路君子撿個嚐，
不害相思也害癆。
郎害相思猶小可，
姐害相思命難逃。

## 五

阿季在河神廟門口賣火紙，賣得出了名，索性將紙攤擺在茶社賣。有買主來，阿季賣紙，沒買主來，阿季就幫二娘侍船夫。阿季腰不疼，腿不困，一張嘴也能說會道，啥人啥對待，事體處理得滴水不漏。二娘彈琵琶唱歌時，他也吹簫，弦竹和諧。船夫說：「二娘，你這徒弟精靈哩！」二娘說：「他是我的乾兒啊！」阿季也甘心充乾兒，並不避諱，越發精明乖覺。入夜，阿季還睡在茶爐邊，二娘從樓上下來，一邊燙了一壺水酒慢慢地喝，問阿季：

「前三日去火紙坊，給醜醜說透心思了？」

「說了。」

「醜醜怎麼說。」

「她臉紅，羞着就走了。」

「你沒看她的眼睛嗎？她眼裡會說出話的。」

「我看不出來。她走到坊門口，只說了一句：你不怕我爹？」

「這就是七成八成同意了！阿季，你給乾娘說，你沒有拉過她的手嗎？」

「乾娘怎麼說這個！」

「阿季還羞口！你要拉手哩，事情到了一定時候，那就不羞了。乾娘問你就想知道事情到什麼火候上。」

阿季記着孫二娘的話，他真的要試試醜醜待他的心意。再去火紙坊，天賜良機，麻子竟不在，醜醜的啞巴舅在紙漿坊裡撈紙，阿季從水輪後進去，狗子沒發現，正在土場上啃骨頭。醜醜又驚又喜，讓阿季站到牆角來說話，木榫還在起落，起落了白起落，遮掩着牆角的兩人說話外邊聽不着。阿季問醜醜：上次他提說的事，怎麼考慮？醜醜說：爹是不同意。阿季問：怎麼不同意？火紙坊的銷路幾乎他包了，還能不同意？醜醜說：爹信不過阿季，說阿季越發在外邊跑動了，越發染有壞毛病，這號人錢越多，越靠不住，將來沒個好落腳！阿季說：他好死板，世事都到什麼時候了，他還這麼看人？問醜醜：那你的主意呢？醜醜不說，阿季就瞅着醜醜臉，臉子好白嫩。阿季心就熱，伸手去拉醜醜手，醜醜掙了掙，掙不脫，讓阿季握住了，像握一團棉絮，越握越小。阿季也糊塗了，醜醜也糊塗了。糊糊塗塗之中，兩個人頭尾相接，兩個做了一個人。等醒來，都出了一身汗，嚇得癡癡呆呆，醜醜竟嗚嗚地哭了。阿季慌手慌腳，不知所措，勸也不是，不勸也不是，倒拿巴掌打自己，求醜醜饒了他。醜醜不哭了，說：「爹說你是壞人，你真是壞，你快走吧！」

阿季聽醜醜這麼說，心又咯噔咯噔發涼，他不走，又要問：「醜醜，你真的看我是壞人嗎？」

「你走！」

「你不饒我，你要不答應我娶你嗎？」

「已經……我還能不讓你娶嗎？叫你走，你就快走！」

一塊石頭落下地，阿季就走了。在葫蘆鎮裡，阿季痛定思痛，想起砸竹坊裡的事，又驚又怕，到後來卻全化作喜。孫二娘問他情況，他說醜醜同意了，絕口不提別的事。

日光荏苒，轉眼半月過去。茶社裡來一位紫陽船夫，茗茶間論起茶道，說漢江二百里外的上游紫陽鎮新生產了一種高山雲霧茶，清心明目，防癌降壓，且價格便宜。孫二娘心便動搖，欲搭那船去紫陽進貨。阿季說：「乾娘身體不好，水上行幾日，風大浪急，必是太累，不如我去採購好了。」二娘說：「有你這一句話，我死了也心甘，即就是某年某日我死，留下茶社交你，我也閉得下目！可你畢竟出門少，又不識茶，還是我去的好。我去三天五天，你好生經營茶社，船上的人辛苦，能到茶社，是瞧得上咱，你只能嘴甜腿快，百般服侍，別瞧不起這些下苦人，壞了茶社名聲！」阿季說：「這是自然，乾娘放心好了！」黎明，送孫二娘上船，其時晨霧鎖江，但見渡口旁江崖上古木參天，老幹蒼藤與秀石清泉相映，卻有一隻烏鴉聒噪。孫二娘又給阿季叮嚀了一番茶社的事，船便一路上水而去。

阿季在茶社裡手腳勤快，態度熱情，裡外接應，大方自如。如此過了五日，孫二娘卻不見轉回，每天早起開茶社大門，掃除衛生，就持帚眺望漢江上游，江上卻平闊一片，蕩蕩浩流，兩崖諸峰羅列，一痕蒼青，碧宇空懸一彎殘月，明迷之光鋪灑身前身後。他突然覺得身冷，連連打過幾個噴嚏，轉身進茶社起爐生火。燒水泡茶，茶客們就三三兩兩來了。那些早起的船夫，喝慣了一天的第一杯茶，直嚷道：「阿季，沖釅點，清早這一壺喝了，一天頭不疼的。你家乾娘還沒回來嗎？」

阿季說：「沒回家，也到回來的時候了。說不定這杯茶你未喝完，她就回來了！」

此語言中，孫二娘回來了。孫二娘回來的不是活人，屍首被蓆捲着抬了回來。先是孫二娘買好了三百斤新茶，依舊搭了那條船返回，在江上行了一天一夜，不想在月日灘，江風頓起，波光搖曳，船一時把握不住，斜衝向一堆屋般大的亂石，便人船俱翻了。船夫識水性，卻腦袋被撞去一半，再沒浮起。孫二娘不善水，雙手去攀浪頭，浪頭將她打入江底，遠遠的別的船上知道此船上坐有孫二娘，見船翻後，一片驚叫，當下船划過來，卻沒見了孫二娘蹤影。這船呼叫那船，船隊全停泊靠岸，人撲進江裡打撈孫二娘，打撈上來了，孫二娘卻死了。

孫二娘之死，震驚了葫蘆鎮，滿鎮人人惋惜，所有的船夫全到茶社來哭。他們聯合集資，為孫二娘購買了一副上等棺木，又去商店給孫二娘買了毛料葬衣。剝開蓆包入殮時，阿季見乾娘雙目緊閉，卻面潤如生，哇地就哭昏在棺下。眾船夫用清水潑醒阿季，說：「阿季，你乾娘死了，她在鎮上無親無戚，無夫無子，你就是她的兒子，你萬不要哭壞身子，還要給你乾娘摔孝子盆，照料喪事啊！」一句話提醒了阿季，阿季似乎一下子長大了許多，將孫二娘的錢櫃打開，吩咐幾個船夫：去拱墓，去請鬼子班，去買米買面招呼來人用膳。

第二天中午，送葬隊出發，阿季披孝，淚水漣漣，將孝子盆摔在孫二娘棺前，棺木就被八人抬起。從茶社出發，前邊是五十餘各路船夫每人持着花圈，再是鬼子班咿咿咽咽吹打，又再是一船夫舉了八串鞭炮，沿路鳴放，後是阿季，抱了孫二娘遺像，又後是八抬棺木，再後是隨行的船夫，鎮上的各行各業男女老少。送葬隊慢慢走過河街，就沿盤繞街而上，鞭炮聲中，嗩吶調中，八個船夫抬了棺木前走三步，左擺三步，右擺三步，後退一步，他們為孫二娘搖船一樣，鬼路上走得那麼緩，那麼難，一走三徘徊，一步一回頭。圍觀的人全都傷心感動得哭了。送葬隊上到崗頂，然後通過葫蘆崗上幾處的窄道，就直立立地登上鎮外的大山尖去。抬棺的艱難了，所有送葬人全去扶棺，棺材像立栽了一般，在白花花的人頭上運上去，孫二娘被埋葬在高高的山上。

阿季在墳頭上培下最後一鍬土，回來看見河神廟門口的拆字駝子也來了。他是前一天買了阿季的火紙，跪在那裡燒焚，焚畢，交給阿季一節輓幛，六尺白綢，上有墨迹。阿季看時，題為：過去畫船雖有迹，尺來彩鷁卻無形；舟行莫向葫蘆鎮，到此還須棹一停。

阿季繼承了茶社家業，但實際上只僅僅是三間茶社房，六七十張竹躺椅，一套水壺茶具。孫二娘多年的積存，除購買了三百斤紫陽茶覆沒江水外，其餘全在埋葬她時一花而光。阿季有心想離開這裡，卻每每見船夫照樣來茗茶，於心不忍，強留住下。既然做了社主，招牌依舊是「孫二娘茶社」，阿季就要一心使這茶社長存葫蘆鎮，長駐船夫們的心！他早起晚睡，重新經營，船夫到來，就彈起孫二娘操過的琵琶，學唱着那些歌子。唱着唱着，阿季淚下來，船夫淚也下來。船夫淚下來了，阿季就不唱，說：「各位伯伯叔叔，我乾娘在世時唱歌讓大夥解乏，我唱了你們落淚，我乾娘要知道了也是不允的。既然她死了，死了就不能活來，咱們還是行船的行船，賣茶的賣茶，唱一個『還陽』歌吧？」

阿季就唱起來：

還了陽，還了陽，
桑葉子短柳葉子長。
還了陽，還了陽，
亡者歸陰我們歸陽。
亡人歸陰到陰曹地，
我們歸陽陽滿堂。

船夫們就一起唱開來。如此忙過三個月，阿季為了茶社興旺，也沒有時間再往七里坪去，沒有去買麻子的火紙，沒有去見那砸竹坊裡撥竹絨的醜醜。

## 六

過罷四個月，茶社又興旺起來，漢江上下的船隻，洄河往復的筏子，凡到葫蘆鎮，沒有不停泊靠岸，來茶社茗茶的。但是阿季卻發現鎮子上的閒人常常待他不恭起來，在街上碰着了，就說：「阿季，生意紅火啊！」

阿季笑着說：「托大家湊紅！」

那人就又說：「二娘一死，這下你可以娶個媳婦了！」

阿季還是笑了笑，立即覺得不對，不明白這人這話的含義，問一句：「你說什麼？」

「你總算把她陪終了，你好本事，想得長遠！」

阿季憤憤起來，回到茶社氣還不匀，他知道了鎮上的人嫉恨了他，要說他的壞話，也要說孫二娘的壞話。但阿季清清白白，堂堂正正，氣上來，偏要決心把茶社辦好，愈發勤苦，愈發精明經營。又新盤了一台爐竈，置了二十把躺椅，添了煙糖果品買賣，生意更為紅盛。他有心要在鎮上再僱一名服務員，便物色了河街一個老婆婆的女兒。這女兒臉子平平，腰身卻俏，手腳麻利，性情柔和，且也是唱歌子的好手。幹過一星期，不想鎮子上風聲鵲起，議論湯沸，說是阿季和這女子亂來。又說到孫二娘在世之時，就有這風氣。老婆婆的女兒羞辱不過，不告而辭了。女子一走，更落了口實，阿季上街，背後就遭人所指，茶社聲譽頓跌，阿季撲在孫二娘遺像前嚎啕大哭，痛恨自己使茶社受累。

茶社的門暫時關閉了，阿季到鎮子政府去訴委屈，要求調查落實，清白聲譽。鎮政府領導去查問老婆婆的女兒，一口否定，提出可以到醫院體檢，去調查說閒話的人，又都是你聽我說，我聽你說，結果不知所云。鎮政府領導對阿季說：一切都是造謠，你辦你的茶社吧！平反是平反了，一人手卻捂不住萬人口，阿季忙不過來，再去重金僱用服務員，則無一人響應。阿季到了此時，方明白麻子的話，世風真的日下，人心越來越不通啊！阿季恨的是那些醜惡，阿季卻同時被麻子所恨。阿季這時候，只覺得火紙坊的醜醜好，他迫切地想去見醜醜，要想辦法娶了醜醜，領醜醜到葫蘆鎮，小兩口就可以平平和和幸幸福福來開茶社了。

茶社的門又一次關閉，阿季離開了葫蘆鎮，帶上了全部的積蓄，往七里坪去。搭船到了七里坪渡口，阿季跳上石岸，卻看見了村中的水渠折流而下。這水渠是麻子引了溝裡的溪水去轉動砸竹坊的水輪的，然後廢水從村旁窪地裡流下漢江的，如今水直漫村前，在石板層上一曲三折，平石上織一層無數細密的倒寫人字，側石上翻一堆滾雪。阿季生疑，遙看火紙坊，石牆石頂依舊存在，卻聽不見了那沉重的難聽的水輪軸咯吱聲和木榫的起落咚咣聲。

「麻子不辦火紙坊了？！」

阿季心裡一股衝動：火紙坊不辦了，醜醜就不整日整日坐在木榫下撥紙絨了，他就更容易領走她去葫蘆鎮了！

土場上，萬籟俱寂，阿季卻突然害怕起來，覺得是那樣空。砸竹坊裡躥出了狗子，直向他撲來。阿季已經從地上摸起一塊石頭了，但狗子並沒有咬，也未吠。四個多月未見，狗子也溫順了！他叫着狗子：「狗子，狗子，醜醜呢？」狗子卻霎時驚恐起來，大聲吠叫，森煞可懼。阿季駭絕，定睛看，看見了紙漿坊的門口，石磩子上坐了麻子和啞巴老舅，一個左，一個右，默默地在用繩子紮捆晾乾的火紙，聽見狗子狂吠，抬起頭來，木然地看着阿季走過來，一直走到面前了，又低下頭去紮捆火紙。

麻子的不熱情，阿季是習慣的，但麻子的不恨不怒，阿季預感到這裡的異變！

「老伯，木榫怎麼不砸竹了？」

「不砸了。」

「醜醜呢？」

「死了。」

「死了？！」

阿季被鐵錘擊了一下，木在那裡，立即奔向砸竹坊，只見水槽子垮了，水輪空靜，輪板乾裂，一摟粗的方形木樺立豎在原地，樺底下還是一堆未被砸好的竹絨。阿季又瘋了一般衝過來，對麻子吼：「醜醜死了？！醜醜怎麼死的？！」

麻子卻突然揚起拳，直打在阿季的心口上。阿季倒在了地上。麻子又平平靜靜恢復了原狀，說：「你安靜下。醜醜真的死了，三七都過了。」

阿季真的被這一拳打醒了，他坐在地上，哽咽着問醜醜怎麼死的，為什麼死的？麻子還是一邊紮捆火紙，一邊低了頭，慢慢地說開來，講的好像是一宗很古很古的事情。先是麻子發覺醜醜好幾日神色不安，後來就老是躲避爹，一個人到茅房去吐。麻子以為醜醜病了，讓去看醫生，醜醜卻不去。也就在這天夜裡，麻子聽見醜醜在她的臥屋裡低聲呻吟，麻子問怎麼啦，醜醜說肚子有點疼，不要緊的，後來就到茅房去。麻子以為醜醜拉肚子，並未在意，便又瞌睡了。第二天一早，起來喊醜醜去砸竹絨，連喊數聲不應，到了她臥屋，炕頭上放了一個碗，碗裡是瓷和玻璃碴沫兒湯，已經所剩無幾了。麻子心就毛起來，他知道喝這東西，是打胎的，就往茅房跑，醜醜就死在茅房口，口裡吐血，下身出血。聽完了，阿季哇哇地哭叫不絕。

麻子說：「醜醜死了，我也顧不及羞辱了，你說說，是哪個賊東西勾引醜醜，使她幹了這種醜事？！都怪我啊，我為什麼開這個火紙坊，讓那些不三不四的人來我這裡，我沒管好醜醜啊！」

阿季說：「你沒管好醜醜？醜醜還不是讓你管死的？！」

麻子說：「放屁！醜醜死了，死了也好，她要不死，怎麼活人？她要不死，我也不會清醒我活該辦這個火紙坊！我不辦了，再也不辦了，賣掉了這幾百斤火紙，我什麼也不辦了！誰要那水輪誰拿去，誰要那木樺誰拿去，我一分錢也不要了！」

阿季說：「我要！」

麻子說：「還要什麼？還買這火紙嗎？」

阿季說：「我買！」

麻子說：「買多少？」

阿季說：「我全買！」

一沓一沓錢從懷裡掏出來，放在地上，就進去將一捆一捆的火紙提出來，放在了那水渠旁邊，又拿了板斧走進了砸竹坊，嘁里喀嚓劈碎了水輪，劈碎了木榫。抱上火紙堆，阿季跪在那裡，一根火柴將火紙點燃了。水養出的竹，竹製作的紙，真有火性，頓時黑煙衝起，火光燎天。醜醜砸了幾年的竹，製成了百張、千張、萬張的火紙，為別家的亡人燒化，沒想到最後的也是最多的火紙是為自己的亡靈所化。

阿季被火燎焦了頭髮，燎焦了眉毛，跪在那裡是一樁木頭，一尊石頭。麻子和啞巴大舅完全被這一切驚呆，看着滿天飛舞的紙灰片，落下來，黑了一地，黑了一頭一身，突然乾涸的眼睛裡淚水肆流。

漢江的水面上，正過着一排竹筏，竹筏上疊的還是竹捆，撐筏的又是一幫一夥少年子。他們是到另一村的另一新建的火紙坊去交竹了，看見了七里坪的黑煙明火，唱起來一首古老的漢江號子：

吆噢——噢嗬噢——哎咳——！

吆哎——吆——！

噢——哎咳吆——！

噢——哎咳哎——哎——咳——哎——！

（原載《上海文學》1986 年第 2 期）

## 李銳

李銳（1950—　），祖籍四川自貢，生於北京。作家。著有小說集《厚土》、《丟失的長命鎖》、《紅房子》、《傳說之死》、《假婚》，中篇小說《黑白》，長篇小說《舊址》、《無風之樹》、《萬里無雲》，散文隨筆集《拒絕合唱》、《不是因為自信》等。

# 合墳

院門前，一隻被磨細了的棗木紡錘，在一雙蒼老的手上靈巧地旋轉着，淺黃色的蔴一縷一縷地加進旋轉中來，彷彿不會終了似的，把絲絲縷縷的歲月也擰在一起，纏繞在那隻棗紅色的紡錘上。下午的陽光被漫山遍野的黃土揉碎了，而後，又慈祥地鋪展開來。你忽然就覺得，下沉的太陽不是墜向西山，而是落進了她那雙昏花的老眼。

不遠處，老伴帶了幾個人正在刨開那座墳。鍁和钁不斷地碰撞在磚石上，於是，就有些金屬的脆響冷冷地也揉碎到這一派夕陽的慈祥裡來。老伴以前是村裡的老支書，現在早已不是了，可那墳裡的事情一直是他的心病。

那墳在那裡孤零零地站了整整十四個春秋了。那墳裡的北京姑娘早已變了黃土。

「悽惶的女子要是不死，現在腿底下娃娃怕也有一堆了……」

一絲女人對女人的憐惜隨着蔴縷緊緊繞在了紡錘上——今天是那姑娘的喜日子，今天她要配乾喪。鄉親們猶豫再三，商議再三，到底還是眾人湊錢尋了一個「男人」，而後又眾人做主給這孤單了十四年的姑娘捏和了一個家。請來先生看過，這兩人屬相對，生辰八字也對。

墳邊上放了兩隻描紅畫綠的乾喪盒子，因為是放屍骨用的，所以都不大，每隻盒子上都繫了一根紅帶。兩隻被彩繪過的棺盒，一隻裡裝了那個付錢買來的男人的屍骨；另一隻空着，等一會兒人們把墳刨開了，就把那十四年前的姑娘取出來，放進去，然後就合墳。再然後，村裡一戶出一個人頭，到村長家的窯裡吃蕎麥麵餄餎，澆羊肉炖胡蘿蔔塊的臊子——這一份開銷由村裡出。這姑娘孤單得叫人心疼，爹媽遠在千里以外的北京，一塊兒來的同學們早就頭也不回地走得一個也不剩，只有她留下走不成了。在陽世活着的時候她一個人孤零零走了，到了陰間捏和下了這門婚事，總得給她做夠，給她盡到排場。

鍬和钁碰到磚和水泥砌就的墳包上，偶或有些火星迸射進乾燥的空氣中來。有人憂心地想起了今年的收成：「再不下些雨，今年的秋就早塌了……」

明擺着的旱情，明擺着的結論，沒有人回話，只有些零亂的叮噹聲。

「要是照着那年的樣兒下一場，啥也不用愁。」

有人停下手來：「不是恁大的雨，玉香也就死不了。」

眾人都停下來，心頭都升起些往事。

「你說那年的雨是不是那條黑蛇發的？」

老支書正色道：「又是迷信！」

「迷信倒是不敢迷信，就是那條黑蛇太日怪。」

老支書再一次正色道：「迷信！」

對話的人不服氣：「不迷信學堂裡的娃娃們這幾天是咋啦？一病一大片，連老師都捎帶上。我早就不願意用玉香的陳列室做學堂，守着個孤鬼盡是晦氣。」

「不用陳列室做教室，誰給咱村蓋學堂？」

「少修些大寨田啥也有了……不是跟上你修大寨田，玉香還不一定就能死哩！」

這話太噎人。

老支書驟然愣了一刻，把正抽着的煙卷從嘴角上取下來，一絲口水在煙蒂上亮閃閃地拉斷了，突然，漲頭漲臉地咳嗽起來。老支書雖然早已經不是支書了，只是人們和他自己都忘不了，他曾經做過支書。

有人出來圓場：「話不能這麼説，死活都是命定的，誰能管住誰？那一回，要不是那條黑蛇，玉香也死不了。那黑蛇就是怪，偏偏繩用過去了，它給爬上來了……」

這個話題重複了十四年，在場的人都沒有興趣再把那事情重複一遍，叮叮噹噹的金屬聲復又冷冷地響起來。

那一年，老支書領着全村民眾，和北京來的學生娃娃們苦幹一冬一春，在村前修出平平整整三塊大寨田，為此還得了縣裡發的紅旗。沒想到，夏季的頭一場山水就衝走兩塊大寨田。第二次發山洪的時候，學生娃娃們從老支書家裡拿出那面紅旗來插在地頭上，要抗洪保田。瘋牛一樣的山洪眨眼衝塌了地堰，學生娃娃們照着電影上演的樣子，手拉手跳下水去。老支書跪在雨地裡磕破了額頭，求娃娃們上來。把別人都拉上岸來的時候，新塌的地堰將玉香裹進水裡去。男人們拎着蔴繩追出幾十丈遠，玉香在浪頭上時隱時現地亂揮着手臂，終於還是抓住了那條拋過去的蔴繩。正當人們合力朝岸上拉繩的時候，猛然看見一條胳膊粗細的黑蛇，一頭緊盤在玉香的腰間，一頭正沿着蔴繩風馳電掣般爬過來，長長的蛇信子在高舉着的蛇頭上左右亂彈，水淋淋的身子寒光閃閃，眨眼間展開丈把來長。正在拉繩的人們發一聲慘叫，全都拋下了繩子，又粗又長的蔴繩帶着黑蛇在水面上擊出一道水花，轉眼被吞沒在浪谷之間。一直到三十里外的轉彎處，山水才把玉香送上岸來。追上去的幾個男人説山水會給人脱衣服，玉香赤條條的沒一絲遮蓋；説從沒有見過那麼白嫩的身子；説玉香的腰間被那黑蛇生生的纏出一道烏青的傷痕來。

後來，玉香就上了報紙。後來，縣委書記來開過千人大會。後來，就蓋了那排事迹陳列室。後來，就有了那座墳和墳前那塊碑。碑的正面刻着：知青楷模，呂梁英烈。碑的反面刻着：陳玉香，女，一九五三年五月五日生於北京鐵路工人家庭，一九六八年畢業於北京第三十七中學，一九六九年一月赴呂梁山區岔上公社土腰大隊神峪村插隊落戶，一九七二年八月十七日為保衛大寨田，在與洪水搏鬥中英勇犧牲。

報紙登過就不再登了，大會開過也不再開了。立在村口的那座孤墳卻叫鄉親們心裡十分忐忑：

「正村口留一個孤鬼，怕村裡要不乾淨呢。」

可是礙着玉香的同學們，更礙着縣黨委會的決定，那墳還是立在村口了。報紙上和石碑上都沒提那條黑蛇，只有鄉親們忘不了那懾人心魄的一幕，總是認定這磚和水泥砌就的墳墓裡，聚集了些說不清道不明的哀愁。荏苒便是十四年。玉香的同學們走了，不來了；縣委書記也換了不知多少任；誰也不再記得這個姑娘，只是有些個青草慢慢地從磚石的縫隙中長出來。

除去了磚石，鐵鍬在鬆軟的黃土裡自由了許多。漸漸地，一夥人都沒在了坑底，只有銀亮的鍬頭一閃一閃地揚出些濕潤的黃色來。隨着一腳蹬空，一只鍬深深地落進了空洞裡，儘管是預料好的，可人們的心頭還是止不住一震：

「到了？」

「到了。」

「慢些，不敢碰壞她。」

「知道。」

老支書把預備好的酒瓶遞下去：

「都喝一口，招呼在坑裡陰着。」

會喝的，不會喝的，都吞下一口，濃烈的酒氣從墓坑裡蕩出來。

木頭不好，棺材已經朽了，用手揭去腐爛的棺板，那具完整的屍骨白森森地露了出來。墓坑內的氣氛再一次緊繃繃地凝凍起來。這一幕也是早就預料的，可大家還是定定地在這副白骨前怔住了。內中有人曾見過十四年前附着在這屍骨外面的白嫩的身子，大家也都還記得，曾被這白骨支撐着的那個有說有笑的姑娘。洪水最後吞沒了她的時候，兩隻長長的辮子還又漂上水來，辮子上紅毛線紮的頭繩還又在眼前閃了一下。可現在，躺在黃土裡的那副骨頭白森森的，一股尚可分辨的腐味，正從墓底的泥土和白骨中陰冷地滲透出來。

老支書把乾喪盒子遞下去：

「快，先把玉香挪進來，先挪頭。」

人們七手八腳地蹲下去，接着，是一陣骨頭和木頭空洞洞的碰撞聲。這骨頭和這聲音，又引出些古老而又平靜的話題來：

「都一樣，活到頭都是這麼一場……做了真龍天子他也就是這個樣。」

「黃泉路上沒老少，悽惶的，為啥掙死掙活非要從北京跑到咱這老山裡來死呢？」

「北京的黃土不埋人？」

「到底不一樣。你死的時候保險沒人給你開大會。」

「我不用開大會。有個孝子舉幡，請來一班響器就行。」

老支書正色道：「又是封建。」

有人揶揄着：「是了，你不封建。等你死了學公家人的樣兒，用火燒，用文火慢慢燒。到時候我吆上大車送你去。」

一陣笑聲從墓坑裡轟隆隆地爆發出來，冷丁，又刀切一般地止住。老支書漲頭漲臉地咳起來，有兩顆老淚從血紅的眼眶裡顛出來。忽然有人喊：

「呀，快看，這營生還在哩！」

四五個黑色的頭紮成一堆，十來隻眼睛大大地睜着，把一塊紅色的塑料皮緊緊圍在中間：

「是玉香的東西！」

「是玉香平日用的那本《毛主席語錄》。」

「呀呀，還在哩，書爛了，皮皮還是好好的。」

「呀呀……」

「嘿呀……」

一股說不清是驚訝，是讚嘆，還是恐懼的情緒，在墓坑的四壁之間湧來蕩去。往日的歲月被活生生地挖出來的時候竟叫人這樣毛骨悚然。有人疑疑惑惑地發問：

「這營生咋辦？也給玉香挪進去？」

猛地，老支書爆發起來，對着坑底的人們一陣狂喊：

「為啥不挪？咋，玉香的東西，不給玉香給你？你狗日還惦記着發財哩？挪！一根頭髮也是她的，挪！」

墓坑裡的人被鎮住，蔫蔫的不再敢回話，只有些粗重的嘆息聲顯得很響，很重。

大約是聽到了吵喊聲，院門前的那隻紡錘停下來，蒼老的手在眼眉上搭個遮陰的涼棚：

「老東西，今天也是你發威的日子？」

挖開的墳又合起來。原來包墳用的磚石沒有再用。黃土堆就的新墳樸素地立着，在漫天遍野的黃土和慈祥的夕陽裡顯得寧靜、平和，彷彿真的再無一絲哀怨。

老支書把村裡買的最後一包煙撕開來，數了數，正好，每個人還能攤兩支，他一份一份地發出去；又提提酒瓶，還有個底子；於是，一夥人坐在墳前的土地上，就着煙喝起來。酒過一巡，每個人心裡又都升起暖意來。有人用煙捲戳點着問道：

「這碑咋辦？」

「啥咋辦？」

「碑呀。以前這墳底埋的玉香一個人，這碑也是給她一個人的。現在兩個人，那男人也有名有姓，説到哪兒去也是一家之主呀！」

是個難題。

一夥人悶住頭，有許多煙在頭頂冒出來，一團一團的。透過煙霧有人在看老支書。老人吞下一口酒，熱辣辣的一直燒到心底：

「不用啦，他就委屈些吧。這碑是玉香用命換來的，別人記不記扯淡，咱村的人總得記住！」

沒有人回話，又有許多煙一團一團地冒出來。老支書站起身，拍打着屁股上的塵土：

「回吧，吃餄餎。」

看見墳前的人散了場，那隻旋轉的紡錘再一次停下來。她扯過一根蔴絲放進嘴裡，緩緩地用口水抿着，心中慢慢思量着那件老伴交待過的事情。沉下去的夕陽，使她眼前這寂寥的山野又空曠了許多，沉靜的思緒從嘴角的蔴絲裡慢慢扯出來，融在黃昏的灰暗之中。

「去吧？」

吃過餄餎，兩個老人守着那隻旋轉的紡錘熬到半夜，而後紡錘停下來。

「去。」

她把準備好的一隻荊籃遞過去：

「都有了，煙、酒、饃、菜，還有香，你看看。」

「行了。」

「去了告給玉香，後生是屬蛇的，生辰八字都般配。咱們陽世的人都是血肉親，頂不住他們陰間的人，他們是骨頭親，骨頭親才是正經親哩！」

「又是迷信！」

「不迷信，你躲到三更半夜裡幹啥？」

「我跟你們不一樣！」

「啥不一樣？反正我知道玉香悽惶哩，在咱窯裡還住過二年，不是親生閨女也差不多……」

女人的眼淚總是比話要流得快些。

男人不耐煩女人的眼淚，轉身走了。

沒有星星，也沒有月亮，很黑。

那隻棗紅色的紡錘又在油燈底下旋轉起來，一縷一縷的蔴又款款地加進去，驀地，一陣劇烈的咳嗽聲從墳那邊傳過來，她揪心地轉過頭去。「吭——吭」的聲音在陰冷的黑夜深處驟然而起，彷彿一株朽空了的老樹從樹洞裡發出來的，像哭，又像是笑。

村中的土窯裡，又有人被驚醒了，殭直的身子深深地淹埋在黑暗中，怵然支起耳朵來。

（原載《上海文學》1986 年第 11 期）

**劉震雲**

劉震雲（1958— ），河南延津人。作家。著有中短篇小說集《塔鋪》、《一地雞毛》、《官場》、《官人》，中篇小說《新聞》、《新兵連》、《溫故一九四二》、《單位》，長篇小說《故鄉天下黃花》、《故鄉相處流傳》、《故鄉面和花朵》等。另有四卷本《劉震雲文集》出版。

# 塔鋪

## 一

九年前，我從部隊復員，回到了家。用爹的話講，在外四年，白混了：既沒入黨，也沒提幹，除了腮幫上鑽出些密麻的鬍子，和走時沒啥兩樣。可話說回來，家裡也沒啥大變化。只有兩個弟弟突然躥得跟我一般高，滿臉粉刺，渾身充滿兒馬的氣息。夜裡睡覺，爹房裡傳來嘆氣聲。三個五尺高的兒子，一下子都到了向他要媳婦的年齡，是夠他喝一壺的。那是一九七八年，社會上剛興高考的第二年，我便想去碰碰運氣。爹不同意，說：「兵沒當好，學就能考上了？再說……」再說到鎮上的中學複習功課，得先交一百元複習費。娘卻支持我的想法：「要是萬一……」

爹問：「你來時帶了多少復員費？」

我答：「一百五。」

爹朝門框上啐了一口濃痰：「隨你折騰去吧。就你那錢，家裡也不要你的，也不給你添。考上了，是你的福氣；考不上，也省得落你的埋怨。」

就這樣，我來到鎮上中學，進了複習班，準備考大學。

複習班，是學校專門為社會上大齡青年考大學辦的。進複習班一看，許多人都認識，有的還是四年前中學時的同學，經過一番社會的顛沛流離，現在又聚到了一起。同學相見，倒很親熱。只有一少部分年齡小的，是七七年應屆生沒考上，又留下複習的。老師把這些人招呼到一塊兒，蹲在操場上開了個短會，看看各人的鋪蓋捲、饃袋，這個複習班就算成立了。輪到複習班需要一個班長，替大家收收作業、管管紀律什麼的，老師的眼睛找到我，說我在部隊上當過副班長，便讓我幹。我忙向老師解釋，說在部隊幹的是飼養班，整天盡餵豬，老師不在意地揮揮手：「湊合了，湊合了……」

接着是分宿舍。男同學一個大房間，女同學一個大房間，還有一個小房間歸班長住。由於來複習的人太多，班長的房間也加進去三個人。宿舍分過，大家一齊到旁邊生產隊的場院上抱麥秸，回來打地鋪，鋪鋪蓋卷。男同學宿舍裡，為爭牆角還吵了架。小房間裡，由於我是班長，大家自動把牆角讓給了我。到晚上睡覺時，四個人便全熟了。三十多歲的王全，和我曾是中學同學，當年腦筋最笨、功課最差的，現在也不知犯了哪根神經，也來跟着複習；另一個長得挺矮的青年，乳叫名「磨桌」（豫北土話，形容極矮的人），腰裡紮一根寬邊皮帶；還有一個長得挺帥的小伙子，綽號「耗子」。

大家鑽了被窩。由於新聚到一起，都興奮得睡不着。於是談各人複習的動機。王全說：他本不想來湊熱鬧，都有老婆的人了，還拉扯着倆孩子，上個什麼學？可看到地方上風氣忑壞，貪官污吏盡吃小雞，便想來複習，將來一旦考中，放個州府縣官啥的，也來治治這些人。「磨桌」說：他不想當官，只是不想割麥子，毒日頭底下割來割去，把人整個賊死！小白臉「耗子」手捧一本什麼捲毛髒書，湊着鋪頭的煤油燈看，告訴我們：他是幹部子弟（父親在公社當民政），喜愛文學，不喜歡數理化，本不願來複習，是父親逼來的；不過來也好，他追的一個小姑娘悦悅（就是今天操場上最漂亮的那個，辮子上紮蝴蝶結的那個），也來複習，他也跟着來了；這大半年時間，學考上考不上另說，戀愛可一定要談成！最後輪到我，我說：假如我像王全那樣有個老婆，我不來複習；假如我像「耗子」那樣正和一個姑娘談戀愛，也不來複習；正是一無所有，才來複習。

說完這些話，大家做了總結：還數王全的動機高尚，接着便睡了。臨入夢又說：明兒醒來便是新生活的開始啦。

二

這所中學的所在鎮叫塔鋪。鎮名的由來，是因為鎮後村西土坛上，豎着一座歪歪扭扭的磚塔。塔有七層，無頂，說是一位神仙雲遊至此，無意間袖子拂着塔頂拂掉了。站在無頂的塔頭上看四方，倒也別有一番情趣。可惜大家都沒這心思。學校在塔下邊，無院牆，緊靠西邊就是玉米地，玉米地西邊是條小河。許多男生半夜起來解手，就對着莊稼亂滋。

開學頭一天，上語文課。「當當」一陣鐘響，教室安靜下來。同桌的「耗子」搗搗我的胳膊，指出哪位是他的女朋友悅悅。悅悅坐在第二排，辮子上紮着蝴蝶結，小臉紅撲撲的，果然漂亮。「耗子」又讓我想法把他和女朋友調到一張桌子上，我點點頭。這時老師走上講台。老師叫馬中，四十多歲，胡瓜臉，大家都知道他，出名的小心眼，愛挖苦人。他走上講台，沒有說話，先用兩分鐘時間仔細打量台下每一位同學。當看到前排坐的是去年沒考上的應屆生，又留下複習，便點着胡瓜臉，不陰不陽、不冷不熱地一笑，道：

「好，好，又來了，又坐在了這裡。列位去年沒考中，照顧了我今年的飯碗，以後還望列位多多關照。」

接着雙手抱拳，向四方舉了舉。讓人哭笑不得。雖然挖苦的是那幫小弟兄，我們全體都跟着倒霉。接着仍不講課，讓我拿出花名冊點名。每點一個名，同學答一聲「到」，馬中點一下頭。點完名，馬中做了總結：「名字起得都不錯。」然後才開講，在黑板上寫下三個字：「黔之驢」。這時「耗子」逞能，自恃文學功底好，想露一鼻子，大聲唸道：「今之驢」。下邊一陣哄笑。我看到悅悅紅了臉，知道他們真在戀愛。這時王全又提意見，說沒有課本，沒有複習資料。馬中發了火：「那你們帶沒帶奶媽？」教室安靜下來。馬中這才拖着長音講「有好事者船載以入」。課講到虎驢相鬥，教室後邊傳來鼾聲。馬中又不講了，循聲尋人。大家的眼睛都跟着他的目光轉，發現是坐在後邊的「磨桌」伏在水泥板上睡着了。大家以為馬中又要發火，馬中卻泰然站在「磨桌」跟前，看着他睡。「磨桌」猛然驚醒，像受驚的兔子，瞪着惺忪的紅眼睛看着老師，很不好意思。馬中彎腰站到他面前，這時竟安慰他：「睡吧，睡吧，好好睡。毛主席說過，課講得不好，允許學生睡覺。」接着，一挺身，「當然，故而，你有睡覺的自由，我也有不講的自由。我承認，我水平低，配不上列位。我不講，我不講還不行嗎！」

接着返回講台，把教案課本夾在胳肢窩下，氣沖沖走了。

教室炸了窩。有起鬨的，有笑的，有埋怨「磨桌」的。「磨桌」扯着臉解釋，他有一個毛病，換一個新地方，得三天睡不着覺，昨天一夜沒睡着，就睏了。「耗子」說：「你窮毛病還不少！」大家又起鬨。我站起來維持秩序，沒一個人聽。

這時我發現，亂哄哄的教室裡，唯有一個人沒有參加搗亂，趴在水泥板上認真學習。她是個女生，和悅悅同桌，二十一二年紀，剪髮頭，對襟紅夾襖，正和尚入定一般，看着眼前的書，凝神細聲誦讀課文。我不禁敬佩，滿坑蛤蟆叫，就這一個是好學生。

中午吃飯時，「磨桌」情緒很不好，從家中帶來的饃袋裡，掏出一個窩窩頭，還沒啃完。到了傍晚，竟在宿舍裡，撲到地鋪上，「嗚嗚」哭了起來。我勸他，不聽。在旁邊伏着身子寫什麼的「耗子」發了火：「你別他媽在這號喪好不好，我可正寫情書呢！」沒想到「磨桌」越發收不住，索性大放悲聲，號哭起來。我勸勸沒結果，只好走出宿舍，信步走向學校西邊的玉米地。出了玉米地，來到河邊。

河邊落日將盡，一小束水流，被晚霞染得血紅，一聲不響慢慢淌着。遠處河灘上，有一農家姑娘在用箢子收草。我想着自己二十六七年紀，還和這幫孩子廝混，實在沒有意思。可想想偌大世界，兩拳空空，沒有別的出路，只好嘆息一聲，便往回走。只見那收草姑娘已將一大堆乾草收起。仔細一打量，不禁吃了一驚。這姑娘竟是課堂上那獨自埋頭背書的女同學。我便走過去，打一聲招呼。見她五短身材，胖胖的，但臉蛋紅中透白，倒也十分耐看。我說她今天課堂表現不錯，她不語。又問為什麼割草，她臉蛋通紅，說家中困難，爹多病，下有二弟一妹，只好割草賣錢，維持學費。我嘆息一聲，說不容易。她看我一眼，說：

「現在好多了呢。以前家裡更不容易。記得有一年，我才十五，跟爹到焦作拉煤。那是年關，到了焦作，車胎放了炮，等找人修好車，已是半夜。我們父女在路上拉車，聽到附近村裡人放炮過年，心裡才不是滋味。現在又來上學，總得好好用心，才對得起大人……」

聽了她的話，我默默點點頭，似乎突然明白了許多道理。

晚上回到宿舍，「磨桌」已不再哭，在悄悄整理着什麼東西。「耗子」就着煤油燈頭，又在看那本捲毛髒書，嘴裡哼着小曲。估計情書已經發出。這時王全急急忙忙進來，說到處找我找不見。我問什麼事，他說我爹來了，來給我送饃，沒等上我，便趕夜路回去了。接着把他鋪上的一個饃袋交給我，我打開饃袋一看，裡面竟是幾個麥麵捲子。這捲子，在家裡過年才吃。我不禁心頭一熱，又想起河邊那個女同學，問王全那人是誰，王全說他認識，是郭村的，叫李愛蓮，家裡特窮，爹是個酒鬼，為來複習，和爹吵了三架。我默默點點頭。這時「耗子」攙和進來：

「怎麼，班長看上那丫頭了？那就趕緊！我這本書是《情書大全》，可以借你看看。幹吧，夥計，抓住機會——過這村沒這店兒，誤了這包子可沒這餡兒了……」

我憤怒地將饃袋向他頭上砸去：「去你媽的！……」

全宿舍的人都吃了一驚。正在沮喪的「磨桌」也抬起頭，瞪圓小眼睛，吃驚地看着我。

三

冬天了。教室四處透風，宿舍四處透風。一天到晚，冷得沒個存身的地方。不巧又下了一場雪，雪後結冰，天氣更冷，夜裡睡覺，半夜常常被凍醒。我們宿舍四人，只好將被子合成兩床，兩人鑽一個被窩，分兩頭睡，叫「打老騰」。教室無火。晚上每人點一個小油燈，趴在水泥板上複習功課。寒風透過牆縫吹來，眾燈頭亂晃。一排排同學袖着手縮在燈下，影影綽綽，活像廟裡的小鬼。隔窗往外看，那座黑黝黝的禿塔在寒風中抖動，似要馬上塌下。班裡興了流感，咳嗽聲此起彼伏。前排的兩個小弟兄終於病倒，發高燒説胡話，只好退學，由家長領回去。

這時我和李愛蓮同桌。那是「耗子」提出要和女朋友悦悦同桌，才這樣調換的。見天在一起，我們多了些相互了解。我給她講當兵，在部隊裡如何餵豬；她給我講小時候自己爬榆樹，一早晨爬了八棵，採榆錢回家做飯。家裡媽挺善良，爹脾氣不好，愛喝酒，喝醉酒就打人。媽媽懷孕，他還一腳把她從土坡上踢下去，打了幾個滾。

學校伙食極差。同學們家庭都不富裕，從家裡帶些冷窩窩頭，在夥上買塊鹹菜，買一碗糊糊就着吃。捨得花五分錢買一碗白菜湯，算是改善生活。我們宿舍就「耗子」家富裕些，常送些好飯菜來。但他總是請同桌的女朋友吃，不讓我們沾邊。偶爾讓嚐一嚐，也只讓我和王全嚐，不讓「磨桌」嚐。他和「磨桌」不對勁兒。每到這時，「磨桌」就在一邊呆臉，既眼饞，又傷心，很是可憐。自從那次課堂睡覺後，他改邪歸正，用功得很，也因此瘦得更加厲害，個頭顯得更小了。

春天了。柳樹吐米芽了。一天晚飯，我在教室吃，李愛蓮悄悄推給我一個碗。我低頭一看，是幾個菜糰子，嫩柳葉蒸做的。我感激地看她一眼，急忙嚐了嚐。竟覺山珍海味一般。我沒捨得吃完，留下一個，晚上在宿舍悄悄塞給「磨桌」。但「磨桌」看看我，搖了搖頭。他已執意不吃人家的東西。

王全的老婆來了一趟。是個五大三粗的黑臉婦人，厲害得很，進門就點着王全的名字罵，說家裡斷了炊，兩個孩子餓得「嗷嗷」叫，青黃不接的，讓他回去找轍。並罵：

「我們娘兒們在家受苦，你在這享清福，美死你了！」

王全也不答話，只是伸手拉過一根棍子，將她趕出門。兩人像孩子一樣，在操場上你追我趕，終於將黑臉婦人趕得一蹦一跳地走了。同學們站在操場邊笑，王全扭身回了宿舍。

第二天，王全的大孩子又來給王全送饃袋。這時王全拉着那黑孩，嘆了一口氣：

「等爸爸考上了，做了大官，也讓你和你媽享兩天清福！」

這時發生了一件怪事，瘦得皮包骨頭的「磨桌」，突然臉蛋紅撲撲。有天晚上，回來得很晚，嘴巴油光光的。問他哪裡去了，也不答，倒頭便睡。等他睡着，我和王全商量，看樣子這小子下館子，不然嘴巴怎麼油光光的？可錢哪裡來呢？這時「耗子」插言：「定是偷了人家東西！」我瞪了「耗子」一眼，大家不再說話。

這秘密終於被我發現了。有天晚自習下課，回到宿舍，又不見「磨桌」。我便一個人出來，悄悄尋他。四處轉了轉，不見人影。我到廁所解手，忽然發現廁所牆後有一團火，一閃一滅，猶如鬼火。火前有一人影，伏在地上。天啊，這不是「磨桌」嗎！我悄悄過去，發現地上有幾張破紙在燒。火裡爬着幾個剛出殼的幼蟬。「磨桌」盯着那火，舌頭舔着嘴巴，不時將爬出的蟬重新投到火中。一會兒，火滅了，蟬也不知燒死沒有，燒熟沒有，「磨桌」滿有興味地一個個撿起往嘴裡填，接着就滿嘴亂嚼起來。我見此情狀心裡不是滋味，不由向後倒退兩步，不意弄出了音響。「磨桌」吃了一驚，急忙停止咀嚼，扭頭看人。等看清是我，先是害怕，後是尷尬，語無倫次地說：

「班長，你不吃一個，好香啊！」

我沒有答話，也沒有吃蟬，但我心裡，確實湧出了一股辛酸。我打量着他，暗淡的月光下，竟如一匹低矮低矮的小動物。我眼中湧出了淚，上前拉住他，猶如拉住自己的親兄弟：

「『磨桌』，咱們回去吧。」

「磨桌」也眼眶盈淚，懇求我：「班長，不要告訴別人。」

我點點頭：「我不告訴。」

「五一」了，學校要改善生活。蘿蔔炖肉，五毛錢一份。窮年不窮節，同學們紛紛慷慨地各買一碗。「哧溜哧溜」放聲吃，不時喊叫，指點着誰碗裡多了一個肉片。我端菜回教室，發現李愛蓮獨自在課桌前埋頭趴着，也不動彈。我猜想她經濟又犯緊張，便將那菜吃了兩口，推給了她。她抬頭看着我，眼圈紅了，將那菜接了過去。我既是感動，又有些難過，還無端生出些崇高和想保護誰的念頭，便眼中也想湧淚，扭身出了教室。等晚上又去教室，卻發現她不見了。

我覺出事情有些蹊蹺，便將王全從教室拉出來，問李愛蓮出了什麼事。王全嘆了一口氣，說：

「聽說她爹病了。」

「病得重嗎？」

「聽說不輕。」

我急忙返回教室，向「耗子」借了自行車，又到學校前的合作社裡買了兩斤點心，騎向李愛蓮的村子。為什麼要這樣做，我也不知道。

李愛蓮的家果然很窮，三間破茅屋，是土垛，歪七扭八；院子裡黑洞洞的，只正房有燈光。我喊了一聲「李愛蓮！」屋裡一陣響動，接着簾子挑開，李愛蓮出來了。當她看清是我，吃了一驚：

「是你？」

「聽說大伯病了，我來看看。」

她眼中露出感激的光。

屋裡牆上的燈台裡，放着一盞煤油燈。發着昏黃的光。靠牆的床上，躺着一個乾瘦如柴的中年人，舖上滿是雜亂的麥秸屑。床前圍着幾個流鼻涕水的孩子；床頭站着一個盤着歪歪扭扭髮髻的中年婦女，大概是李愛蓮的母親。

我一進屋，大夥全把眼光集中到了我身上。我忙解釋：

「我是李愛蓮的同學。大夥兒知道大伯病了，託我來看看。」接着把那包點心遞給了李愛蓮的母親。

李愛蓮母親這時從發呆中醒過來，忙給我讓座：「哎呀，這可真是，還買了這麼貴的點心。」

李愛蓮的父親也從床上仄起身來，咳嗽着，把桌上的旱煙袋推給我，我忙擺擺手，說不會抽煙。

李愛蓮說：「這是我們班長，人心可好了，這……這碗肉菜，還是他買的呢！」

這時我才發現，床頭土桌上，放着那碗我吃了一半的肉菜。原來是李愛蓮捨不得吃，又端來給病中的父親。床頭前的幾個小弟妹，眼巴巴地盯着碗中那幾片肉。我不禁又感到一陣辛酸。

坐了一會兒，喝了一碗李愛蓮倒的白開水，了解到李愛蓮父親的病情——是因為又喝醉了酒，犯了胃氣痛老病。我叮囑了幾句，便起身告辭，向李愛蓮說：「我先回去了。你在家裡待一夜，明天再去上課。」

這時李愛蓮的媽拉住我的手：「難為你了，她大哥。家裡窮，也沒法給你做點兒好吃的。」又對李愛蓮說：「你現在就跟你大哥回去吧。家裡這麼多人，不差你侍候，早回去，跟你大哥好好學……」

黑夜茫茫，夜路如蛇。我騎着車，李愛蓮坐在後支架上。走了半路，竟是無話。突然，我發現李愛蓮在抽抽搭搭地嗚咽，接着用手抱住了我的腰，把臉貼到我後背上，叫了一聲：

「哥……」

我不禁心頭一熱。眼中湧出了淚。「坐好，別摔下來。」我說。我暗自發狠：我今年一定要努力，一定要考上。

四

離高考剩兩個月了。這時傳來一個消息，説高考還考世界地理。學校原以為只考中國地理，沒想到臨到頭還考世界地理。大家一下都着了慌。這時同學的精神，都已是強弩之末。王全鬧失眠，成夜睡不着。「磨桌」腦仁疼，一見課本就眼睛發花。大家亂罵，埋怨學校打聽不清，説這罪不是人受的。更大的問題還在於，大家都沒有世界地理的複習資料。於是掀起一個尋找複習資料的熱潮。一片混亂中，唯獨「耗子」樂哈哈的。他戀愛的進程，據説已快到了春耕播種的季節。

這樣鬧翻了幾日，有的同學找到了複習資料，有的沒有找到。離高考近了，同學們都變得自私起來，找到資料的，對沒找到的保密，唯恐在高考中多一個競爭對手。我們宿舍，就「磨桌」不知從哪裡弄到一本捲毛發黃的《世界地理》，但他矢口否認，一個人藏到學校土崗後亂背，就像當初偷偷燒蟬吃一樣。我和王全沒轍，李愛蓮也沒轍，於是都急得像熱鍋上的螞蟻。這時我爹來送饃，見我滿臉發黃，神魂不定，問是什麼事，我簡單給他講了，沒想到他雙手一拍：

「你表姑家的大孩子，在汲縣師範教書，説不定他那兒有呢！」

我也忽然想起這個茬兒，不由高興起來。爹站起身，煞煞腰裡的藍布，自告奮勇要立即走汲縣。

我説：「還是先回家告訴媽一聲，免得她着急。」

爹説：「什麼時候了，還顧那麼多！」

我説：「可您不會騎車呀！來回一百八十里呢！」

爹蠻有信心地説：「我年輕的時候，一天一夜走過二百三。」説完，一撅一撅動了身。我忙追上去，把饃袋塞給他。他看看我，被鬍茬包圍的嘴笑了笑，從裡邊掏出四塊饃，說：「放心。我明天晚上準趕回來。」我眼中不禁冒出了淚。

晚上上自習，我悄悄把這消息告訴了李愛蓮。她也很高興。

第二天晚上，我和李愛蓮分別悄悄溜出了學校。在後崗集合，然後走了二里路，到村口的大路上去接爹。一開始有說有笑的，後來天色蒼茫，大路盡頭不見人影，只附近有個拾糞的老頭，又不禁失望起來。李愛蓮安慰我：

「說不定是大伯腿腳不好，走得慢了。」

我說：「要萬一沒找到複習資料呢？」

於是兩個人不說話，又等。一直等到月牙兒偏西，知道再等也無望了，便沮喪地向回走。但約定第二天五更再來這兒集合等待。

第二天雞叫，我便爬起來，到那村口去等。遠遠看見有一人影，我認為是爹，慌忙跑上去，一看卻是李愛蓮。

「你比我起得還早！」

「我也剛剛才到。」

早晨下了霜。青青的野地裡，一片發白。附近的村子裡，雞叫聲此起彼伏。我忽然感到有些冷，看到身邊的李愛蓮，也在打顫。我忙把外衣脱下，披到她身上。她看看我，也沒推辭，只是深情地看看我，慢慢將身子貼到了我懷裡。我身上一陣發熱發緊，想低頭吻吻她。但我沒有這樣做。

天色漸漸亮了，東方現出一抹紅霞。忽然，天的盡頭，跌跌撞撞走來了一個人影。李愛蓮猛然從我懷裡掙脱，指着那人影：

「是嗎？」

我一看，頓時興奮起來：「是，是我爹，是他走路的樣子。」

於是兩個人飛也似的跑。我揚着雙臂，邊跑邊喊：「爹！」

天盡頭有一回聲：「哎！」

「找到了嗎？」

「找到了，小子！」

我高興得如同瘋了，大喊大叫向前撲。後面李愛蓮跌倒了，我也不顧。只是向前跑，跑到跌跌撞撞走來的老頭跟前。

「找到了？」

「找到了。」

「在哪兒呢？」

「別急，我給你掏出來。」

老頭也很興奮，一屁股坐在地上。這時李愛蓮也跑了上來，看着爹。爹小心解開腰中藍布，又解開夾襖扣，又解開布衫扣，從心口，掏出一本薄薄的捲毛髒書。我搶過來，書還發熱，一看、上邊寫着「世界地理」。李愛蓮又搶過去，看了一眼，興奮得兩耳發紅：

「是，是，是《世界地理》！」

爹看着我們興奮的樣子，只「嘿嘿」地笑。這時我發現，爹的鞋幫已開了裂，裂口處，洇出一片殷紅殷紅的東西。我忙把爹的鞋扒下來，發現那滿是髒土和皺皮的腳上，密密麻麻排滿了血泡，有的已經破了，那是一隻血腳！

「爹！」我驚叫。卻是哭聲。

爹仍是笑，把腳縮回去：「沒啥，沒啥。」

李愛蓮眼中也湧出了淚：「大伯，難為您了。」

我說：「您都六十五了。」

爹還有些逞能：「沒啥，沒啥，就是這書現在緊張，不好找，你表哥作難找了一天，才耽擱了工夫，不然我昨天晚上就趕回來了。」

我和李愛蓮對看了一眼。這時才發現她渾身是土，便問她剛才跌倒摔着了沒有。她拉開上衣袖子，胳膊肘上也跌青了一塊。但我們都笑了。

這時爹鄭重地說：「你表哥說，這本書不好找，是強從人家那裡拿來的，最多只能看十天，還得給人家送回去。」

我們也鄭重地點點頭。

這時爹又說：「你們看吧，要是十天不夠，咱不給他送，就說爹不小心，在路上弄丟了。」

我們說：「十天夠了，十天夠了。」

這時我們都恢復了常態。爹開始用疑問的眼光打量李愛蓮。我忙解釋：

「這是我的同學，叫李愛蓮。」

李愛蓮臉登時紅了，有些不好意思。

爹笑了，眼裡閃着狡猾的光：「同學，同學……你們看吧，你們看吧。」

接着爹爬起身，就要從另一條岔路回家。

我說：「爹，您歇會兒再走吧。」

爹說：「說不定你娘在家早着急了。」

看着爹挪動着兩隻腳，從另一條路消失，我和李愛蓮捧着《世界地理》，又高興起來，你看看，我看看，一起向回走，並約定，明天一早偷偷到河邊集合，一塊兒來背《世界地理》。

第二天一早，我拿了書，穿過玉米地，來到那天李愛蓮割草的河邊。我知道她比我到得早，便想從玉米地悄悄鑽出，嚇她一跳。但等我扒開玉米棵子，朝河堤上看時，我卻呆了，沒有再向前邁步。因為我看到了一幅圖畫。

河堤上，李愛蓮坐在那裡，樣子很安然。她面前的草地上，豎着一個八分錢的小圓鏡子。她看着那鏡子，用一把斷齒的化學梳子在慢慢梳頭。她梳得很小心，很慢，很仔細。東邊天上有朝霞，是紅的，紅紅的光，在她臉的一側，打上了一層金黃的顏色。

我忽然意識到，她是一個姑娘，一個很美很美的姑娘。

這一天，我心神不定。《世界地理》找來了，但學習效果很差，思想老開小差。我發現，李愛蓮的神情也有些慌亂。我們都有些痛恨自己，不敢看對方的目光。

晚上，我們來到大路邊，用手電不時照着書本，唸唸背背。不知是天漆黑，還是風物靜，這時思想異常集中，背的效果極好。到學校打熄燈鐘時，我們竟背熟了三分之一。我們都有些驚奇，也有些興奮，便扔下書本，一齊躺倒在路旁的草地上，不願回去。

天是黑的，星是明的。密密麻麻的星，在無邊無際的夜空閃爍。天是那麼深邃，那麼遙遠。我第一次發現，我們頭頂的天空，是那麼崇高，那麼寬廣，那麼仁慈，那麼美麗。我聽見身邊李愛蓮的呼吸聲，知道她也在看夜空。

我們都沒有話。

起風了。夜風有些冷。但我們一動不動。

突然，李愛蓮小聲說話：「哥，你說，我們能考上嗎？」

我堅定地回答：「能，一定能！」

「你怎麼知道？」

「我看這天空和星星就知道。」

她笑了：「你就會混說。」

又靜了，不說話，看着天空。

許久，她又問，這次聲音有些發顫：「要是萬一你考上我沒考上呢？」

我也忽然想起這問題，身上也不由一顫。但我堅定地答：「那我也永遠不會忘記你。」

她長出了一口氣，也說：「要是萬一我考上你沒考上，我也不會忘記你。」

她的手在我身邊，我感覺出來。我握住了她的手。那是一隻略顯粗糙的農家少女的手。那麼冷的天，她的手是熱的。

但她忽然說：「哥，我有點冷。」

我心頭一熱，抱住了她。她在我懷裡，眼睛黑黑地、靜靜地、順從地看着我。我吻了吻她濕濕的嘴唇、鼻子，還有那濕濕的眼睛。

這是我在這個世界上，第一次吻一個姑娘。

## 五

累。累。實在是累。

王全失眠更厲害了，一點睡不着，眼裡佈滿血絲，頭髮亂糟糟的像個雞窩。一眼看去，活像一個惡鬼。脾氣也壞了，不再顯得那麼寬厚。有天晚上，因為「磨桌」打鼾，他狠狠將「磨桌」打了兩拳。「磨桌」醒來，蒙着頭「嗚嗚」哭，他又在一旁噘牙花子：「這怎麼好，這怎麼好！」「磨桌」腦仁更加痛了，一看書就痛，只好花兩毛錢買了一盒清涼油，在兩邊太陽穴上亂抹，弄得滿宿舍清涼油味。一天晚上我回宿舍見他又在哭，便問：

「是不是王全又打你了？」

他搖搖頭，說：「太苦，太苦，班長，別讓我考大學了，讓我考個小中專吧。」

咕咕鳥叫了，割麥子了。學校老師停止輔導，去割學校種的麥子。學生們馬放南山，由自己去折騰。我找校長反映這問題，校長說唯一的辦法是讓學生幫老師早一點收完麥子，然後才能上課。我怪校長心狠，離考試剩一個月了，還剝削學生的時間。但我到教室一說，大夥倒很高興，都擁護校長，願意去割麥子。原來大夥學習的弦綳得太緊了，在那裡死用功，其實效果很差。現在聽說校長讓割麥子，正好有了換一換腦子的理由，於是發出一聲喊，爭先恐後擁出教室，去幫老師割麥子。學校的麥地在小河的西邊，大家趕到那裡，二話不說，搶過老師的鐮刀，雁隊一樣拉開長排，「嚓」，「嚓」，「嚓嚓」，緊張而有節奏、快而不亂地割着。一會兒割倒了半截地。緊綳着的神經。在汗水的浸泡下，都暫時鬆弛下來。大家似又成了在農田幹活的農家少男少女，嘻嘻哈哈，打打鬧鬧。許多老師帶着讚賞的神情，站在田頭看。馬中說：「這幫學生學習強不強不說，割麥子的能力可是不差。要是高考考割麥子就好了！」我抹了一把汗水，看看這田野和人，第一次感到：勞動是幸福的。

不到一個下午，麥子就割完了。校長受了感動，通知伙房免費改善一次生活。又是蘿蔔炖肉。但這次管夠。大家洗了手臉，就去吃飯。那飯吃得好香！

但以後的幾天裡，卻出了幾件不愉快的事情。

第一件是王全退學。離高考只剩一個月，他卻突然決定不上了。當時是實行責任田的第一年，各村都帶着麥苗分了地。王全家也分了幾畝，現在麥焦發黃，等人去割，不割就焦到了地裡。王全那高大的黑老婆又來了，但這次不罵，是一本正經地商量：

「地裡麥子焦了，你回去割不割？割咱就割，不割就讓它龜孫焦到地裡！」

然後不等王全回答，撅着屁股就走了。

這次王全陷入了沉思。

到了晚上，他把我拉出教室，第一次從口袋掏出一包煙捲，遞給我一支，他叼了一支。我們燃着煙，吸了兩口，他問：

「老弟，不說咱倆以前是同學，現在一個屋也躺了大半年了。咱哥倆兒過心不過心？」

我說：「那還用說。」

他又吸了一口煙：「那我問你一句話，你得實打實告訴我。」

我說：「那還用說。」

「你說，就我這德行，我能考上嗎？」

我一愣，竟答不上來。說實話，論王全的智力，實不算強，無論什麼東西，過腦子不能記兩晚上，黃河他能記成三十三公里。何況這大半年，他一直失眠，記性更壞。但他用功，卻是大家看見的。我安慰他：

「大半年的苦都受了，還差這一個月？！」

他點點頭，又吸了一口煙，突然動了感情：「你嫂子在家可受苦了！孩子也受苦了。跟你說實話，為了我考學，我讓大孩子都退了小學。我要再考不上，將來怎麼對孩子說？」

我安慰他：「要萬一考上呢？這事誰也保不齊。」

他點點頭，又說：「還有麥子呢。麥子真要焦到地裡，將來可真要斷炊了。」

我忙說：「動員幾個同學，去幫一下。」

他忙搖頭：「這種時候，哪裡還敢麻煩大家。」

我又安慰：「你也想開些，收不了莊稼是一季子，考學可是一輩子。」

他點點頭。

但第二天早晨，我們三人醒來，卻發現王全的鋪空了，露着黃黃的麥秸。他終於下了決心，半夜不辭而別。又發現，他把那張爛了幾個窟窿的涼蓆，塞到了「磨桌」枕頭邊。看着那個空鋪，我們三個人心裡都不好受。「磨桌」憋不住，終於哭了：「你看，王全也不告訴一聲，就這麼走了。」

我也冒了淚珠，安慰「磨桌」，沒想「磨桌」「嗚嗚」大哭起來：

「我對不起他，當時我有《世界地理》，也沒讓他看。」

停了幾天，又發生第二件不愉快的事，即「耗子」失戀。失戀的原因他不說，只說悅悅「沒有良心」，看不起他，要與他斷絕來往；如再斷續糾纏，就要告到老師那裡去。他把那本捲毛《情書大全》摔到地下，攤着雙手，第一次哭了：

「班長，你說，這還叫人嗎？」

我安慰他，說憑着他的家庭和長相，再找一個也不困難。他得到一些安慰，發狠地說：

「她別看不起我，我從頭好好學，到時候一考考個北京大學，也給她個臉色看看！」

當時就穿上鞋，要到教室整理筆記和課本。但誰也明白，現在離高考僅剩半個月，就是有天大的本事，再「從頭」也來不及了。

第三件不愉快的事情，是李愛蓮的父親又病了。我晚上到教室去，發現她夾到我書裡一張字條：

哥：

我爹又病了，我回去一趟。不要擔心，我會馬上回來。

愛　蓮

可等了兩天，還不見她來。我着急了，借了「耗子」的自行車，又騎到郭村去。家裡只有李愛蓮的母親在拉麥子，告訴我，這次病得很厲害，連夜拉到新鄉去了。李愛蓮也跟去了。

我推着自行車，沮喪地回來。到了村口，眼望着去新鄉的柏油路，路旁兩排高高的白楊樹，暗想：這次不知病得怎樣，離高考只剩十來天，到時候可別耽誤考試。

## 六

高考了。

考場就設在我們教室。但氣氛大變。牆上貼滿花花綠綠的標語：「遵守考場紀律」、「不准交頭接耳」，「違反紀律取消考試資格」……門上貼着考試細則：進考場要帶「准考證」，發卷前要核對照片，遲到三十分鐘自動取消當場考試資格……小小教室，佈了四五個老師監堂。馬中站在講台上，耀武揚威地講話：「現在可是要大家的好看了。考不上丟人，但違反紀律被人捏胡出去——就裹稈草埋老頭，丟個大人！」接着是幾個戴領章帽徽的警察進來。大家都憋着大氣，揣着小心，心頭嘣嘣亂跳。教室外，停着幾輛送考卷和準備拿考卷的公安三輪摩托。學校三十米外，劃一條白色警戒線，有警察把着。

警戒線外，圍着許多學生家長，在那裡焦急地等待。我爹也來了，給我帶來一饃袋雞蛋，說是媽煮的，六六三十六個，取「六順」的意思。並說吃雞蛋不解手，免得耽誤考試時間。這邊考試，爹就在警戒線外邊等，毒日頭下，坐在一個磚頭蛋上，眼巴巴望着考場。頭上曬出一層密密麻麻的細汗珠，他不覺得；人蹚起的灰塵撲到他身上和臉上，也不覺得。我看着這考場，看着那警戒線外的眾鄉親，看着我的坐在磚頭蛋上的父親，不禁一陣心酸。

發卷了。頭兩個小時考政治。但我突然感到有些頭暈，惡心。我咬住牙忍了忍，好了一些。但接着感到前所未有的疲勞。我想，完了，這考試要砸。

何況我心緒不寧。我想起了李愛蓮。兩天前，她給我來了一封信：

哥：

高考就要開始了。我們大半年的心血有沒有白費，就要看這兩天的考試了。但為了照顧我爹，我不能回鎮上考了，就在新鄉的考場考。哥，親愛的哥，我們雖不能坐在一個考場上，但我知道，我們的心是在一起的。我想我能考上，我也衷心祝願我親愛的哥你也能夠考上。

愛蓮

就這麼幾句話。當時，我捧着這封信，眼望着新鄉的方向，心裡發顫。

現在，我坐在考場上，不禁又想到：不知她在新鄉準時趕到考場沒有；不知她要在醫院照顧父親，現在疲勞不疲勞；不知面對着卷子，她害怕不害怕，這些題她生不生……但突然，我又想像出她十分嚴肅，正在對我說：「哥，為了我，不要胡思亂想，要認真考試。」於是，我閉了一會兒眼睛，開始集中精力，重新看卷子上的幾道題。這時考題看清了，知道寫的是什麼。還好，這幾道題我都背過，於是心裡有了底，不再害怕，甩了甩鋼筆水，開始答題。一答開頭，往常的背誦，一一出現在腦子裡。我很高興有這一思想轉折，我很感激李愛蓮對我現出了嚴肅的面孔。筆下「沙沙」，不時看一看腕上借來的錶。等最後一道題答完，正好收卷的鐘聲響了。

我抬起身，這才發覺出了一身大汗，頭髮濕漉漉的，直往下滴水。我聽到馬中又在講台上威嚴地咋唬：「不要答了，不要答了，把卷子反扣到桌子上！能不能考上，不在這一分鐘，熱鍋炒螞蟻，再急着爬也沒有用了！」我從容地將卷子反扣到桌上，出了考場。

爹早已從磚頭蛋上站起，在一堆家長裡，踮着腳，伸長着脖子朝教室看。看我出來，忙迎上來，焦急問：「考得怎樣？」

我答：「還好。」

爹笑了，是焦急後的笑，是等待後的笑，是擔心後的笑。笑得有點勉強，有點苦澀，有點疲勞。但眼中冒出淚。淚後，對我望着。那蒼老的眼裡，竟閃出對我表示感激的光！「這就好，這就好。」然後從饃袋裡掏出六個雞蛋，一定讓我吃下。可我什麼東西都不想吃，只想喝水。爹說：

「不要喝水，不要喝水，接着還要考呢，喝水光想尿。」

但我還是跑到水龍頭下「咕嘟咕嘟」喝了個夠。

離下場考試還有十分鐘，我回到了宿舍。「磨桌」和「耗子」都在。「磨桌」正在焦急地翻書，急得滿頭大汗，見我進來，帶着哭音顫着聲說：

「班長，我完了！我好糊塗！這些題我都會背，但我記混了！我把『黨的基本路線』，答成了『社會主義總路線』！」

我忙問：「那其它五道呢？」

他帶着哭聲：「還有兩道也答混了！我的媽，我的政治要不及格了！」

我安慰他：「既已考過，就不要再想了，還是集中精力想下場的數學吧！」

他仍很焦急：「你說得輕巧，你考好了，當然不着急。可我這些題明明會，卻答混了，豈不冤枉！我好糊塗，我好糊塗！」接着便痛苦地用雙拳砸自己的腦袋。

「耗子」也十分沮喪，倒在鋪上一言不發。

我問：「你怎麼樣『耗子』？」

「耗子」瞪了我一眼：「你管我呢！」然後雙手捂頭，痛苦地叫道：「我肏他祖輩親奶奶，我都認識這些題，但這些題都不認識我。我一場考試好自在，鋼筆動都沒有動。臨到鐘聲響，才在一道題上寫了幾個字，『中國共產黨萬歲』。那些改卷的王八蛋能給我分嗎？」

……

下一場考試的鐘聲響了。同學們有高興的，有着急的，有沮喪的，但都又重新聚集到了考場。警戒線外，家長們又在焦急地等待。我爹又坐在毒日頭底下的磚頭蛋上。馬中又講話了，說上堂考試有的同學表現不好，這一場要注意，不然可別怪鄙人不客氣……大家聽他講，都很着急，因為他整整耽誤大家八分鐘答卷時間，然後才發卷。「呼啦」「呼啦」一陣紙響，又靜下來。接着又是「嚓嚓」的筆劃紙的聲音。

忽然，我聽到後排「咕咚」一聲，接着教室一陣騷亂。我扭回頭，吃了一驚，原來是「磨桌」暈倒在地上。監考的老師紛紛向「磨桌」跑，有的同學就趁機交頭接耳，偷看別人的試卷。監考老師又不顧「磨桌」，先來維持秩序，馬中又大聲咋唬。等教室平靜，「磨桌」才被人抬了出去。

暈倒的「磨桌」被人抬着，從我身邊經過，我看了他一眼。他渾身發抖，眼緊閉，牙齒上下「嗒嗒」響，臉蒼白，滿頭髮的汗。我一陣心酸，滿眼冒淚。「磨桌」，好兄弟，你就這樣完了！你的清涼油呢！你怎麼不多在腦門上塗上厚厚的清涼油？你為什麼要暈倒呢？大半年的心血，就這樣完了！兄弟，你好苦啊！

這場考試臨結束，前邊又發生了騷亂。這次是「耗子」。馬中站在他面前，看他的答卷。看了一會兒，猛然把考卷從他手中搶過，怒目圓睜：

「你這是答的什麼題，這就是你的方程式嗎？你的搗的什麼亂，啊！？」

幾個監考老師紛紛問：

「怎麼了，寫了反標嗎？」

馬中說：「反標倒不是反標，但也夠搗亂的！我唸給你們聽聽，」接着拖着長音唸：「『黨中央，教育部：我懷着激動的心情，給你們寫信。卷上的考題我不會答，但我的心，是向着你們的。讓我上大學吧，我會好好為人民服務……』這叫什麼？你以為現在還能當張鐵生呀！？……」

這時校長戴着「監考」牌進來，才止住了馬中的嘮叨，讓考生們靜下來，繼續答題。

…… ……

兩天過去了。

高考終於結束了。

## 七

高考結束了。

我相信我考得不錯。我預感我能被錄取。不能上重點大學，起碼也能上普通大學。我把自己的感覺告訴了在考場警戒線外等了兩天的爹，爹一下竟説不出話來。平生第一次，一個老農，像西方人一樣，把兒子緊緊地擁抱在懷裡，顛三倒四地説：「這怎麼好，這怎麼好。」然後放開我，「嘿嘿」亂笑，一溜小跑拉我出了校門，要帶我回家。我説學校還有我的行李，他又放開我，自己先走了，説要趕回家，告訴我媽和弟弟，讓他們也高興高興。

複習班結束了。聚了一場的同學，就要分手了。高考有考得好的，有考得壞的，有哭的，有笑的。但現在要分別了，大家都抑制住個人的感情，又聚到大宿舍裡，親熱得兄弟似的。唯獨「磨桌」還在住院，不在這裡。大家湊了錢，買了兩瓶燒酒，一包花生米，每人輪流抿一口，捏個花生豆，算是相聚一場。這時，倒有許多同學真情在哭了。有的女同學，還哭得抽抽搭搭的。喝過酒，又説一場話，説不管誰考上，誰沒考上，誰將來富貴了，誰仍是莊稼老粗，都相互不能忘。又引用剛學過的古文，叫「苟富貴，莫相忘」。一直説到太陽偏西，才各人打各人的行李，然後依依不捨地分手，各人回各人村子裡去。

同學們都走了。但我沒有急着回去。我想找個地方好好鬆弛一下。於是一個人跑了十里路，來到大橋上，看看四處沒有人，脱得赤條條的，一下跳進了河裡，將大半年積得渾身的厚厚的污垢都搓了個淨。又順流游泳，逆流上來。游得累了，仰面躺到水上，看藍藍的天。看了半天，我忽然又想起王全，想起「磨桌」，想起「耗子」，心裡又難受起來。我現在感到的是愉快，他們感到的一定是痛苦，我像做了見不得人的事一樣，急忙從河裡爬出來，穿上了衣服。

順着小路，我一陣高興一陣難過向回走。我又想起了爹媽和弟弟，這大半年他們省吃儉用，供我上學，我應該趕緊收拾行李回家。我又想起李愛蓮，不知她父親的病怎麼樣了，她在新鄉考得怎麼樣。我着急起來，決定明天一早去新鄉。

就這樣胡思亂想，我忽然發現前面有一拉糞的小驢車。旁邊趕車的，竟像是王全。我急忙跑上去，果然是他。我大叫一聲，一把抱住了他。

和王全僅分別了一個月，他卻大大變了樣，再也不像一個複習考試的學生，而像一個地地道道的老農。戴一破草帽，披着髒褂子，滿臉鬍茬，手中握着一桿鞭。

王全見了我，也很高興，也一把抱住我，急着問我考得怎麼樣，我急着問他麥子收了沒有，嫂子怎麼樣，孩子怎麼樣，不知誰先回答好，不禁都哈哈笑起來。

一塊兒走了一段，該說的話都說了。我突然又想起李愛蓮，忙問：

「你知道李愛蓮最近的情況嗎？她爹的病怎麼樣了？她說在新鄉考學，考得怎麼樣？」

王全沒回答我，卻用疑問的眼光看我。看了一會兒，冷笑一聲：「她的事，你不知道？」

「她給我來信，說在新鄉考的！」

王全嘆了一口氣：「她根本沒參加考試！」

我大吃一驚，不由停步，張開嘴，半天合不攏。王全只低頭不語。我突然叫道：「什麼，沒參加考試？不可能！她給我寫了信！」

王全又嘆了一口氣：「她沒參加考試！」

「那她幹什麼去了？」我急忙問。

王全突然蹲在地上，又雙手抱住頭，半天才說：「你真不知道？——她出嫁啦！」

「啊？」我如同五雷轟頂，半天回不過味兒來。等回過味兒來，上前一把抓住王全，狠命地揪着：「你騙我，你胡說！這怎麼可能呢！她親筆寫信，説在新鄉參加考試！出嫁？這怎麼可能！王全，咱們可是好同學，你別捉弄我好不好？」

王全這時抽抽搭搭哭了起來：「看樣子你真不知道。咱倆是好同學，我也知道你與李愛蓮的關係，怎麼能騙你。她爹這次病得不一般，要死要活的，一到新鄉就大吐血。沒五百塊錢人家不讓住院，不開刀就活不了命。一家人急得什麼似的。急手現抓，錢哪裡借得來？這時王村的暴發戶呂奇説，只要李愛蓮嫁給他，他就出醫療費。你想，人命關天的事，又不能等，於是就……」

我放開王全，怔怔地站在那裡，覺得這是做夢！

「可，可她親自寫的信哪！」

王全説：「那是她的苦心、好心、細心。唉，恐怕也不過是安慰你，怕你分心罷了。你就沒想想，她戶口沒在新鄉，怎麼能在新鄉參加考試呢？」

又是一個五雷轟頂。是呀，她戶口沒在新鄉，怎麼能在那裡參加考試？可我怎麼沒想到這一點？我好糊塗！我好自私！我只考慮了我自己！

「什麼時候嫁的？」

「昨天。」

「昨天！」昨天我還在考場參加考試！

我牙齒上下打顫，立在那裡不動。大概那樣子很可怕，王全倒不哭了，站起來安慰我：

「你也想開點兒，別太難過，事情過去了，再難過也沒有用了……」

我狠狠地問：「她嫁了？」

「嫁了。」

「為什麼不等考試後再嫁？哪裡差這幾天。」

「人家就是怕她考上不好辦，才緊着結婚的。」

我狠狠朝自己腦袋上砸了一拳。

「嫁到哪村？」

「王村。」

「叫什麼？」

「呂奇。」

「我去找他！」

我說完，不顧王全的叫喊，不顧他的追趕，沒命地朝前跑。等跑到村頭，才發現跑到的是郭村，是李愛蓮娘家的村。就又折回去，跑向王村。

到了王村，我腳步慢下來。我頭腦有些清醒。我想起王全說的話：「已經結婚了，再找有什麼用？」我不禁蹲在村頭，「嗚嗚」哭起來。

哭罷，我抹抹眼睛，進了村子。打聽着，找呂奇的家。到了呂奇的家門前，一個大紅的「囍」字，迎面撲來，我頭腦又「轟」的一聲，像被一根粗大的木頭撞擊了一下。我呆呆地立在那裡。

許久，我沒動。

突然，門「吱哇」一聲開了，走出一個人。她大紅的襯衣，綠滌良褲子，頭上一朵紅絨花。這，這不就是曾經抱着我的腰，管我叫「哥」的李愛蓮嗎？這不就是我曾經抱過、親過的李愛蓮嗎？這不就是我們相互說過「永不忘記」的李愛蓮嗎？

但她昨天出嫁了，她沒有參加考試，她已經成了別人的媳婦！

但我看着她，一動沒有動。我動不得。

李愛蓮也發現了我，似被電猛然一擊，渾身劇烈地一顫，呆在了那裡。

我沒動。我動不得。我眼中甚至冒不出淚，我張張嘴，想說話，但覺得乾燥，心口堵得慌，舌頭不聽使喚，一句話說不出來。

李愛蓮也不說話，頭無力地靠在了門框上，直直地看着我，眼中慢慢地、慢慢地湧出了淚。

「哥……」

我這時才顫抖着全部身心的力量，對世界喊了一聲：

「妹妹……」但我喊出的聲音其實微弱。

「進家吧。這是妹妹的家！」

「進家？……」

我扭回頭，發瘋地跑，跑到村外河堤上，一頭撲倒，「嗚嗚」痛哭。

愛蓮順着河堤追來送我。

送了二里路，我讓她回去。我說：

「妹妹，回去吧。」

她突然伏到我肩頭，傷心地、「嗚嗚」地哭起來。又扳過我的臉，沒命地、瘋狂地、不顧一切地吻着，舔着，用手摸着。

「哥，常想着我。」

我忍住眼淚，點點頭。

「別怪我，妹妹對不起你。」

「愛蓮！」我又一次將她抱在懷中。

「哥，上了大學，別忘了，你是代着咱們倆上大學的。」

我忍住淚，但我忍不住，我點點頭。

「以後不管幹什麼，不管到了天涯海角，是享福，是受罪，都不要忘了，你是代着咱們兩個。」

我點點頭。

暮色蒼茫，西邊是最後一抹血紅的晚霞。

我走了。

走了二里路，我向回看，愛蓮仍站在河堤上看我。她那身影，那被風吹起的衣襟，那身邊的一棵小柳樹，在藍色中透着蒼茫的天空中，在一抹血紅的晚霞下，猶如一幅紙剪的畫影。

…… ……

後來，我進了我國北方的一所最高學府。玉階飛檐，湖畔桃李，莘莘學子。但我的眼前始終浮動着、閃現着塔鋪的一切，一切。我不敢忘記，我是從那裡來的一個農家子弟。

1987年1月

（原載《人民文學》1987年第5期）

**喬典運**

喬典運（1931—1997），河南西峽人。作家。著有短篇小說《滿票》、《林魂》、《笑語滿場》。另有長篇小說及作品集多部出版。

# 問天

三爺頭痛了，痛得很，痛得像錐子扎刀子剜。三爺過去也頭痛過，是傷風感冒引起的，痛得沒這一次狠，也有方治，熬點薑湯喝喝，或是被子包住頭捂出汗，或是上山挖荒累出汗，只要一出汗就好了。這一次不是傷風感冒引起的，是碰上了難題，想不出好辦法硬想下去把頭想痛了。三爺的頭沒有用過，就是用過也是小用，沒有大用過。一個老百姓用頭幹啥呢？地咋種啥時種種啥啥時澆水啥時施肥啥時鋤啥時收，等等，等等，上級都替你想了，你別說不會想，就是會想，想得再美也是白想，想多了還犯王法。三爺是老實百姓，老實百姓就只聽不想。三爺的頭嬌生慣養年代久了，就不會想了，一想就痛，要是大用大想，就痛得更狠了。不是病痛，是真痛，是傷住腦子了。三爺痛極了，不由想跑了題，怪不得幹部們吃香的喝辣的，看起來可得吃可得喝，他們又不是挖山掄钁頭，他們得天天想事，要不把頭保養個好好的，一想頭就痛還咋工作哩？三爺想想過去對幹部們吃吃喝喝不滿意，就覺着很對不起幹部們，就很有點無地自容了。

三爺這一回想的是大事，選村長的事。上午開村民大會，王支書在大會上說，這一回要搞差額選舉，提出了兩個候選人，一個張文，一個李武，選誰都行，看誰能為人民多辦好事就選誰，只能選一個，選兩個作廢。又說，這是天下最好的民主，也是天下最大的民主，叫誰當不叫誰當由大家當家做主。人們聽了哈哈大笑，說這是一個閨女許給兩個男人，叫兩個男人去爭一個閨女，真新鮮。王支書聽了很生氣，不叫大家嘻嘻哈哈。說，這一回誰也不准嘻嘻哈哈，這是關係到每家每戶每個人的大事，回去了都得好好想想，想好了明天來投票選舉。三爺沒有嘻嘻哈哈，三爺挺煩年輕人嘻嘻哈哈。三爺聽得很認真，三爺聽話聽慣了，王支書叫好好想想，三爺不等回家就立時好好地想開了。

三爺在村裡又香又臭，說到底還是香得流油香極了。年輕人看不起三爺，都拿三爺當玩意玩，常常三三兩兩去找三爺開心，問三爺：「三爺，早了吧？」三爺就反問：「王支書說早了？」年輕人回他：「王支書說了。」三爺又問：「王支書咋說？」年輕人說：「王支書說早了。」三爺就看看天，很認真地說：「可是早了，好久沒下雨了。」年輕人笑了，說：「哄你哩，王支書說不早。」三爺就認真地看看地，用棍子戳戳，說：「就是嘛，地下還有墒哩。」一問一答，惹得年輕人笑個痛快。三爺不憨不傻，知道是年輕人來玩他的。三爺不氣，還陪着笑。三爺笑是笑在臉上，心裡可沒笑。玩的？萬一要不是玩的呢？我說不早，王支書叫澆水，你們偏不澆；我說早了，支書不叫澆，你們偏要澆，抬出我和王支書抗膀子，我可擔當不起。誰知道哪一回是玩的，哪一回不是玩的？可得回回當成真的。三爺老了，三爺也從年輕時過過，知道年輕人的毛病，啥都不懂還自以為能得很懂得很多很多。年輕人拿三爺不當回事，上點歲數的人可都服三爺，幾十年了，年年都有大風大浪，年年都有個百分之幾的挨批挨鬥指標，誰沒叫風吹過浪打過，有的還不止吹一次打一次，就三爺沒有，一次也沒有，早早晚晚都站在乾岸上，落得一身清清白白。人們都說，跟着三爺走，四季保平安。年輕人看不起三爺當個屁用，他們在外邊紅口白牙說說行，真要辦啥事還得聽老子的，老子們聽三爺的，拐個彎他們到底還是聽三爺的。今天王支書說明天要選村長，人們都不操心選誰不選誰，有三爺哩，三爺選誰跟着選誰準沒錯。

散會路上，家家戶戶的老子們前後左右圍着三爺走，想聽他一句話，問他：「三爺，你說說，選誰？」三爺搖搖頭，搖足搖夠了，才穩穩當當地說：「急啥？心急吃不了熱豆腐，沉住氣不少打莊稼，又沒叫你現在就選。王支書說叫好好想想，聽王支書的話，想想，想想，好好想想。」

三爺到家就開始正式想了，下本錢想了。三爺除了生病臥床不起，從不在家閒坐，閒坐着着急，還浪費工夫，莊稼人指望工夫吃飯，工夫是頂頂金貴的，三爺從不浪費工夫。這一次不行，為大事浪費點工夫值得。三爺不是不心痛工夫，是做着活不會想。這是大事，大事就得正兒八經地想，得抱着煙袋吸着煙想，吸一口煙想一下。三爺沒想過大事，可是見幹部們想過，幹部們都是坐着想，吸口煙喝口茶，吸着喝着想着，自己早上喝的紅薯糊湯，不渴，茶就免了，煙可得吸，不吸還咋想哩。三爺坐在當間裡，坐得端端正正，然後吸着煙就開始專心專意地想了。

選誰？三爺想。選張文吧，這娃子很不賴，眼裡有人，窮富人都看得起，高低人都拉得上話，不是狗眼看人低的人。張文常說，爛套小疙瘩還能塞個牆洞堵堵風哩，何況個大活人哩，還能沒一點用處。這娃子這樣說也真是這樣做。就說夏天那次吧，都在村頭大樹下歇涼，三爺也在。這時縣裡來了個幹部，白胖白胖，一臉奶膘，騎個自行車一直騎到人場裡。大家都不認得，就張文認得。張文上去親親熱熱招呼，喊他丁主任，又對大家說：「丁主任來幫助咱們搞商品經濟哩，丁主任來了大家的福份也來了，從今往後保險鬥大的元寶滾進家家戶戶。」大家都拍手歡迎，三爺也拍了。丁主任被拍得臉上紅紅的，就掏出紙煙敬大家，盒是帶錫紙的，煙是帶把的。一人一支，大家接住煙都亂嘖嘖嘴看稀罕。三爺坐在最外邊，三爺穿得又爛，三爺不是沒好衣服，三爺有，三爺平常不穿，三爺說又不逢年過節，又不上街趕集，在家裡做活穿那麼好幹啥，是叫莊稼苗看哩，還是叫坷垃糞草看哩。三爺就穿得很不起眼，丁主任看他不像個人樣，給三爺敬煙敬到半截手又縮回來了，三爺接煙的手伸到半截也縮回去了。三爺好惱，臉紅成紫的了，三爺心裡罵娘，日你個媽，狗咬挎籃的。三爺起身要走，張文立時拉住丁主任走到三爺面前，給丁主任說，這是我們的三爺，養雞大王，餵幾十隻哩，是個專業戶。丁主任馬上另眼相看，笑得臉上沒有了眼睛，從口袋裡掏出了給大家散煙的那盒煙，要抽煙時又裝進口袋裡，又從另一個口袋裡掏出了一盒高級煙。丁主任沒叫三爺，叫的是大爺，說大爺你老吸根帝國炮吧，三爺不想接，只是伸手不打笑面人，不接不接就接住了。丁主任說，進口的外國貨，一支四五毛錢哩。三爺還有點不相信，大聲說好傢伙一根煙都夠二斤鹽哩。丁主任回頭說叫大家都向三爺學習，三爺過去擁護土改，現在擁護商品經濟，是老模範老先進，還有什麼什麼的說了一大堆，三爺聽不懂，可是三爺感到了很是風光，把剛才敬煙敬了半截的事抹荒牌了，心裡說不知者不怪罪，丁主任還是很好的。後來人們問三爺，外國煙啥號味？三爺說其實也沒啥格外的味，就是和中國煙不同，外國煙當然是外國的味。說得人們迷迷糊糊，不知道外國煙到底啥味。為這事三爺很是感激張文，要不是張文介紹，別人就會記住這個事，說啥時候啥時候叫丁主任玩個長臉，一輩子都是個短處。張文一介紹，長臉就變成了圓臉。張文為啥要介紹？還不是張文心裡有咱。三爺不是忘恩負義的人，大恩小恩都記得清清楚楚。張文心裡有咱，咱心裡也要有張文。三爺早就想請請張文，報答報答這份情義，想想也沒請，張文當民兵連長，啥好的沒吃過，稀罕自己這一口粗茶淡飯？到如今張文還沒喝過自己一口水。三爺想報恩沒報，心裡早晚擱着一塊病，總像欠了張文什麼。這一回可有報答的機會了，選他！他把咱當人敬，咱得把他當神敬，人敬我一尺，我敬人一丈。三爺想定了，選張文，這一票不能便宜了外人。

三爺要下地做活了，想好了不想了再不下地做活就是白浪費工夫。三爺剛出門就看見了李武，李武扛着鍬從門口過，對三爺笑笑，說三爺才下地呀！三爺臉紅了，像做賊被捉住了，話都說不圓了，只會啊啊了。李武過去了，三爺的心忽然亂了。三爺站住愣了一會兒，心裡說不行，還得再想想。三爺就又拐回去了，又坐到當間裡，又吸煙又想。

三爺這一回想的是李武，三爺心裡總覺着欠着李武點什麼，是什麼再也想不起來，想不起來就狠勁吸煙狠勁想，想得頭痛了，才想起來。不是欠李武的，是欠李武他媽的。三爺想起了吃食堂的事。三爺當時還年輕，年輕人餓得快，頓頓開飯時搶在前邊打飯，怕打得晚了沒有了。三爺吃着吃着就浮腫了，不是吃着了，是涮着了，一天三頓清湯越涮越腫，年輕輕的就拄着棍子走路了。人們都說他快了，快什麼大家心裡明白。三爺不會忘了，當時李武的媽掌握着勺把子大權，負責給人們打飯。一天夜裡，李武的媽偷偷跑到三爺屋裡，塞給三爺幾個玉米糝摻野菜蒸的菜糰糰。三爺不要，說你都腫成啥了。李武的媽說，好兄弟，我幹這事要不腫，多少人就會變成死鬼呀。三爺才把菜糰糰接住，想咬幾口又不好意思咬，李武的媽還沒走呀。李武的媽看着三爺的樣子噗噗嚕嚕落淚，說，年輕輕的成了這號樣。三爺還記得，李武他媽還按按他身上，說，看看，一捏一個坑。你咋恁老實，不會偷也不會摸，你沒看看，不做賊的都餓死了！你咋恁迷，咋回回打飯搶在前邊，幾個糧飯糝都沉在下邊呀，以後你拖到最後打，嫂子也好照顧照顧你。三爺聽話，以後再餓也要拖到最後打飯，李武的媽每次都給多打一勺半勺的。三爺想起了這事，三爺嚇壞了，埋怨自己不該不聽王支書的話，沒有好好想想，差一點把救命大恩都忘了。三爺想，雖說李武的媽沒等食堂散伙就浮腫腫死了，她死了她還有兒子呀！有恩不報非君子，自己差一點成個小人了。三爺越想越後怕，這一回要是選張文不選李武，李武的媽在陰間知道了，能不罵我不要良心？三爺想到自己以後也去了那一間，咋有臉見李武的媽呀，臉能不紅心能不跳，當個鬼也當得沒一點德行！對，不選張文，選李武，定了，板上釘釘死了。三爺這一想就把整個上午想完了，可是三爺不後悔，總算沒有白想，總算報了救命大恩，看起來遇事可就得好好想想，怪不得幹部們成天在想想呢。

吃午飯時，三爺很高興。三爺家人口多，有三奶奶，還有兩個兒子，兒子們還有媳婦。在外邊，幹部們替三爺想；在家裡，三爺替一家人想。老伴和兒子媳婦是不能隨便想的，一切得聽三爺的，三爺想東，一家人得往東，三爺想西，一家人得往西。三爺想了一上午，不是為自己一個人想的，是為一家人想的，三爺全心全意為一家人想好了投誰的票。三爺要對一家老小發話了，三爺的話就是命令，發了命令都得服從，打折扣是不行的。不過三爺也很是民主，每次命令之前都要考考大家，看看一家人是不是和自己想到一塊了。三爺問了，你們說說咱們明天選誰？三奶奶說，選誰都行，反正又不叫咱當。三爺氣了，三爺說放屁，不叫咱當是不叫咱當，也得看看誰對咱好！三奶奶不敢說了，大兒子哼了一聲，說，對咱好當屁，得看看王支書對誰好才行，王支書想叫誰當誰才能當。三爺聽了心裡咯噔一下，這話對呀，我咋就沒想到這一層，可是哩，王支書不叫誰當，你就是選了他也白搭。三爺心裡輸了，面上可不輸，三爺又問，你說說，王支書對誰好？大兒子又說了，王支書對誰好當個屁，王支書對咱也好咋不叫咱當哩？得看看誰對王支書好，誰舔得美誰才能當。三爺這一下可慘了，操他奶奶，我真是老了，咋越活越笨，連兒子都不如了。兒子這話有理，三爺又問，誰對王支書好？大兒子說，你想一上午都不知道，我又沒專門想咋知道？一句話把三爺噎死了。三爺想了一上午算抹荒牌了，本來想發佈命令的也不發佈了。三爺想想不急，這事學問大着哩，要不是大兒子提個醒，還差一點弄錯了。怪不得王支書叫好好想想，是得好好想想，這裡面學問深着哩，可不敢選個王支書不待見的人，咋對得起王支書呢？天地良心啊！

三爺對王支書服得五體投地，別看王支書年輕，王支書辦事可不年輕，摸着大家的心思辦事。三爺原來很窮很窮，三爺不偷不摸不沾集體的一根麥秸，就會死出力死做活，全靠餵幾隻雞生蛋換點油鹽換點零花錢。三爺忘不了王支書的大恩大德。有一陣子上級發下命令，說是為了捍衛社會主義，一人只准餵一隻雞，餵得多了就會長出資本主義尾巴，是尾巴就要堅決毫不留情地割掉，扔到美國去。不光把多的雞打死拿跑，還得給吃資本主義尾巴的人拿油鹽柴錢，還得掛牌遊街示眾。王支書當時是治安主任，專門負責割尾巴。有一次，就是王支書領着上級來人挨家挨戶割尾巴，隊伍到了三爺門口，可把三爺嚇壞了。三爺家五口人餵了十隻雞，也就是多了五條尾巴。雞已經撒了一院，逮也逮不住了，藏也藏不及了，只好嚇得篩糠一樣等着割了。上級來人看看一院子雞就笑了，說這麼多尾巴，割吧！王主任說了，割毬不成，他家人口多，十一口人哩，一人還不劃一隻，社會主義還沒長夠哩，有毬的資本主義尾巴！來人哈哈笑笑走了。三爺嚇出了一身冷汗，給一家人說了，王主任真是佛爺轉世，菩薩再生。這還是小恩，大恩還在後頭。王主任變成了王支書，前幾年又找上門，說三爺，我看你餵個雞還在行，我去城裡給你買點優良品種雞餵餵，你弄個專業戶當當，叫咱村裡也光榮光榮。三爺只當說着玩的，誰知沒幾天真把雞娃送上門了。這雞真是好種，一年沒有幾天不生蛋。三爺發了，鳥槍換大炮了，在村裡不算首戶也算頭幾戶了。吃水不忘打井人，三爺忘不了王支書的恩德，逢人都說，別看王支書年輕，叫我趴到地下給他磕三個響頭叫三聲爹我都幹。三爺想想都後怕，要是選個和王支書不對勁的人，自己還算個人？麥米都有個心，我孬好還是個人，可得選個王支書稱心如意的人，不踩王支書腳後跟的人，燒香要燒到佛爺面前啊！

誰對王支書好？三爺喫了午飯就又開始專門想了，一想就想起了張文，這娃子對王支書好成一個人了，三天兩頭請王支書心情心情，心情心情就是喝酒。三爺記得可清了，正月十五那天上午，張文又請王支書心情，可能心情得太狠了，王支書從張文家踉踉蹌蹌跑出來，一個勁地大喊大叫，一心敬你，三星高照，五星魁首，叫着叫着就跳到門前大渠裡了。三爺在門口看見了，三爺嚇壞了，三爺心痛壞了，多冷的天啊，會把王支書凍壞的。三爺急壞了，急忙脫襖子脫棉褲要下去拉王支書，越急越脫不下來，還是人家張文忠心報國，啥都沒脫就跳進大渠裡了，把王支書撈出來又扶到家裡，給王支書換乾衣服新衣服，上下都是青顏色毛呢的！到如今王支書還穿在身上，這交情深着哩！王支書常說，張文是煤〈枚〉科大學畢業的高材生。王支書早晚出門喝酒，都要把張文這個大學畢業生帶上。王支書還說，孫悟空敢大鬧天宮，我有張文保鏢敢大鬧酒海。三爺越想越認定張文和王支書最好，兩個人好得活像一個人和這個人的影子，看起來只有選張文，王支書心裡才能美氣。三爺這樣想是想了，就是想得不專不順，因為還有個李武在三爺心裡活蹦亂跳，一個勁地要把張文從三爺腦子裡擠跑。三爺知道，李武和王支書也好，好是好，和張文好得不一路。張文是親王支書，李武是罵王支書。村裡有溜光蛋叫劉五，有一次請王支書心情心情，王支書沒叫張文保鏢，王支書說小打小鬧不用大將軍出陣了。誰知小打小鬧也把王支書暈到了雲裡霧裡。劉五乘機進言。說他有個好門路，弄成了一本萬利，保叫村裡一步登天，家家萬元戶，戶戶蓋樓房，到時候你王支書出門就要坐朝廷的帽子——皇冠。王支書暈是暈了還影影綽綽記得，上級叫起用能人的號召，原來能人就在眼前，用！重用！既然劉五給修了金鑾殿，王支書巴不得立時三刻就登基坐朝，就說，娃子，只要你真能辦到，老子就在村裡封你個一字平肩王！說吧，要啥？劉五乘機掏出了早寫好的要錢報告，恭恭敬敬呈給了王支書。王支書看了哈哈大笑，才要三千元，就能辦這麼大的事，批，老子給你批了。王支書用歪歪扭扭的字批了，就歪歪扭扭地回家睡了。劉五拿着聖旨，立時找會計取錢，會計哭笑不得，又不敢抗旨，也不敢得罪劉五，還怕錢飛了，就推故去信用社取錢，先找李武，後找三爺，求他們去給王支書說說，請王支書收回成命。三爺就去了，三爺最恨劉五這號沒毛飛的人，成年身不動膀不搖專指望着嘴皮子吃喝拉攏招搖撞騙。三爺到了王支書門口，聽見屋裡拍着桌子大叫大鬧，三爺沒敢進去，就在窗外悄悄地聽。三爺聽出是李武的腔調，只聽李武破口大罵，喝，喝！把個好好的人喝成了酒鬼醉鬼，把好好個村喝得烏煙瘴氣，你這個黨員到底入的是啥黨，是共產黨呀還是酒黨？你要不把劉五這個批件要回來，從今往後咱們一刀兩斷，誰希罕在你手底下幹個雞巴毛副村長……三爺聽得一乍一乍的，三爺怕火上澆油就悄悄溜了。論歲數王支書比李武長一輩，論官職李武是王支書的部下，李武為啥敢像老子訓兒子一樣訓王支書？三爺想不透為啥，想了很久很久才想明白了，王支書一定有啥把柄捏在李武手裡。三爺很為王支書憤憤不平，打狗還看主人面哩，王支書這支書是上級叫幹的，不怕王支書也不怕上級了？三爺想給王支書解解圍，就悄悄問王支書為啥怕李武？王支書哈哈大笑，說，毬，李武就是個這號貨，有時罵得才兇哩。毬，李世民還聽老魏罵哩，罵是罵可是個一心保駕的忠臣。光說好聽的中毬用，溜着溜着就把國溜亡了。三爺聽了就明白了，明白了就更服王支書了，王支書這一手厲害，怪不得王支書坐天下坐這麼長不倒。三爺又想，李武這娃子是個忠臣，不選忠臣能選奸臣？不過，張文也不是奸臣啊！

三爺心裡犯嘀咕了，兩個人和王支書都好，到底該選誰呢？選誰？選誰？腦子裡一直是「選誰」這兩個字，三爺沒想准到底選誰，又想到別的地方了。這個難題都是王支書出的。三爺明白了船在哪裡灣着，一定是王支書想叫張文李武都幹，上級又只准選一個，選誰維持誰，不選誰得罪誰，王支書只想維持人又怕得罪人，就想這個方叫百姓們替他得罪人。三爺想王支書真能，到時候選住了誰，王支書就說是我提的你的名，誰沒選上，王支書又說了，我提你的名老百姓不投你的票我有啥辦法？好叫王支書落了，人叫老百姓得罪了。三爺開始埋怨王支書了，誰家當幹部的興這個？三爺剛埋怨個頭又出了岔岔，既然兩個人中只准選一個，老百姓都不准選兩個，你王支書是支書當然也只能選一個了，王支書想叫哪一個幹呢？王支書投誰的票呢？只要猜出王支書投誰的票，咱跟着投誰的票就好了，何必再費腦子哩。可是王支書要投誰的票又不知道，三爺就猜就想，地下煙灰磕了一堆，還沒猜住想准，還把頭想痛了，說痛就痛，痛得針扎刀剜一樣。三爺的頭一痛就不顧想選誰了。只顧想頭痛了。痛這麼狠都怨上級，你們想叫誰幹就叫誰幹，誰又沒說三道四，誰又沒罵爹罵娘罵你們八輩老祖宗，你們為啥叫老百姓受這號洋罪？你們成天吃香的喝辣的把頭養得好好的，你們不替老百姓頭痛，還叫老百姓替你們頭痛，還說全心全意為人民服務哩。派款派捐派費哪一樣我們沒出，沒啥派了又派頭痛，老百姓能痛得起嗎？吃藥得花錢呀！三爺脾氣好，好是好也會發火，三爺氣了，三爺發火了，三爺罵娘了，日他媽，你們吃着皇糧都怕想，能派給老百姓來想，老百姓也日哄日哄去個毬，他娘的，不想了，管他誰當村長，誰當咱就跟着誰走。三爺下定決心不想了，說不想就不想了，不想了頭就痛得輕了。可是又轉念一想，不中，自己選誰不選誰就不說了，還有一家子人呀，這事可不能叫他們亂當家，這個選張三，那個選李四，不成了沒王的蜂？還有，家裡人要問選誰呢？村裡人要問選誰呢？自己要回答不出多丟人！三爺覺着責任重大，不能不想，又怕想想還頭痛，腦子一轉就有了門道。三爺從口袋裡摸出了一個硬幣，三爺說，張文占正面，李武占反面，撂上去落下來誰在上面就是選誰。三爺說了就把硬幣棱着扔得高高的，三爺的心也跟着硬幣飛得高高的，硬幣落到地下了，三爺的心也跌到地下了，三爺趴到地下一看，正面朝上，是叫選張文哩，對，就是選張文。李武，你可不能怨我，都怨你的命不好。這最公平了，村裡組裡分東西分活組幹部常用這種抓鬮的辦法，這辦法最得人心了，誰也沒有怨言。三爺想了一天的事一點不費腦子就解決了，三爺埋怨自己當初咋就忘了這麼好的辦法，腦子白想了一天，頭也白痛了一陣子。三爺渾身輕鬆頭更輕鬆，磕磕煙袋就要下地了。三爺站起來要走時，不知哪根神經出了毛病，總覺着有點對不起李武的媽，還想撂一回不一定准，撂兩回吧，再撂一回試試，要還是張文在上面就證明張文命裡該當這個官，就不再三心二意了。三爺又摸出硬幣，兩個指頭夾着放到嘴邊吹吹，又放到耳邊聽見了嗡嗡響，心裡還不住禱告，李大嫂，你兒子命裡能不能當村長，你在那一間你最清楚了，你看着辦吧。禱告完了又把硬幣扔得高高的，硬幣落下來了，三爺急急上去一看，啊，反面在上，是李武！三爺驚喜地啊了一聲。三爺心裡隱隱約約向着李武，又為了表示自己公道，就故意不向着李武，強壓着那隱隱約約。三爺犯難了，是頭一次為準呀，還是這一次為準？是頭一次算數吧，覺着虧了李武；這一次算數吧，又虧了張文。再撂一次吧，又怕，怕什麼也說不清。三爺的頭又痛了，腦子裡像鑽了一條蛇，亂咬亂踢跳，痛了真不美，三爺不想叫再痛，就想不痛的方。三爺不愧是三爺，活人沒叫尿憋死，想方就有了方。為啥不拔倒樹枝捉老鴰哩？真笨，想了一天算瞎想了，想的一點也不起作用，去問問王支書不就蹬根了，王支書一句話頂上自己想幾天。王支書會說嗎？當然會，這又不費他個屁事，又不用花他一分錢，就是一句話嘛，憑着多年的老交情，他瞞天瞞地還能瞞自己？再說，他巴不得哩。

三爺想開了，頭就一點也不痛了，就歡天喜地去找王支書了。王支書家裡有客，王支書問他有什麼事？三爺想這事不能當着眾人說，說了就泄露天機了，得拉個背場說才行。三爺說：「你出來一下，我只問你一句話。」

王支書就跟着三爺出來了，三爺把他領到了房後一棵彎腰樹下，看看很僻靜就站住了。王支書看着三爺很神秘很嚴肅的樣子，就問：「三爺，啥事？」

三爺看看左右前後沒人，就嘿嘿笑笑，問：「你說說，你想叫誰幹村長？」

王支書迷瞪了一下，反問：「三爺，你問這幹啥？」

三爺貼氣地說：「你想叫誰幹了，咱就投誰票嘛。」

王支書笑了，說：「誰幹誰不幹，我不是說過了，叫大家好好想想選嗎，這事得大家當家做主，村長又不是我家私有的。」

三爺有點氣了，都是自己人打的啥官腔，氣是氣嘸口唾沫打下去了，認真地說：「我這可都是為了你好，你給我說實話，你到底想叫誰幹？」

王支書笑了，說：「這？我還沒想哩。大家選住誰，我就想叫誰幹。」

「你別在我面前耍滑頭了。」三爺有點惱了，繼續表忠心道，「對真人不說假話，你明天投誰的票，你給我透個風，保險叫你滿意，別弄得到時候叫你心裡不美！」

「三爺！」王支書又好氣又好笑，說：「你管我美不美幹啥？你想選誰你就選誰，這是你的權利嘛！」

三爺急狠了，抓耳撓腮地說：「你咋是個這號人？怕我走露風聲不是？三爺不是走話的小人，這裡又沒外人，只有你知我知，樹又不會傳話，你說吧，選誰？」說時把耳朵往王支書嘴上貼近，叫他悄悄說，怕說的聲音大了叫風吹跑了。

王支書膩歪得連連後退，也着急地說：「三爺，我真沒想呀，選住誰就是誰嘛！」

三爺恨呀，真是狗咬呂洞賓——不識好壞人，重重地說：「我可是誠心誠意成全你呀！」

王支書煩了，板起了臉子，嚇唬他道：「三爺，我給你實話說了吧，這事我不能說，說了就犯政策了，我又沒得罪過你，你老不要硬逼着我犯錯誤行不行？」

「這？」三爺嚇了一跳，三爺又不滿地冷笑一聲，說，「我不信這也犯政策！毬，都成政策了！」說了氣沖沖地扭頭走了。

三爺只想着能得住王支書的實話，誰知王支書一字不透。三爺好惱好氣，不住罵娘，看起來王支書是不信自己，不和自己過心。只說王支書和自己怪貼心，誰知道自己和他貼，他不和自己貼，三爺感到了委屈，委屈得很，委屈狠了就和王支書不一心了，就下了狠心，毬，你當支書的都日哄老百姓，老百姓就不會日哄你了？你不給老百姓做主，老百姓也會不給你做主，咱們看看誰日哄過誰？

三爺走一路氣一路，心想，日他個媽，咱算好心變成驢肝肺了，好心沒好報。三爺憋着一肚子氣回到了家裡，家裡人正等着他吃晚飯，看他氣色不好，問他怎麼了，三爺氣鼓鼓地說：「明天一早，娃子老少都上山給雞打野菜！」

大兒子愣愣地說：「明天不是選村長嗎？」

三爺哼了一聲，氣極敗壞地說：「不參加！當官的都怕得罪人，咱們為啥替他們得罪人！」

一家人不敢吭了。

第二天一早，三爺領着一家人上山去了。

（原載《北京文學》1992 年第 10 期）

## 馮驥才

馮驥才（1942— ），浙江寧波人。作家。著有短篇小說集《雕花煙斗》、《意大利小提琴》、《高女人和她的矮丈夫》，中篇小說集《感謝生活》、《炮打雙燈》、《三寸金蓮》，長篇小說《義和拳》、《神燈》等。

# 市井人物

## 酒婆

酒館也分三六九等。首善街那家小酒館得算頂末尾的一等。不插幌子，不掛字號，屋裡連座位也沒有；櫃台上不賣菜，單擺一缸酒。來喝酒的，都是扛活拉車賣苦力的底層人。有的手捏一塊醬腸頭，有的衣兜裡裝着一把五香花生，進門要上二三兩，倚着牆角窗台獨飲。逢到人擠人，便端着酒碗到門外邊，靠樹一站，把酒一點點倒進嘴裡，這才叫過癮解饞其樂無窮呢！

這酒館只賣一種酒，使山芋乾造的，價錢賤，酒味大。首善街養的貓從來不丟，跑迷了路，也會循着酒味找回來。這酒不講餘味，只講衝勁，進嘴賽鏹水，非得趕緊嚥，不然燒爛了舌頭嘴巴牙花嗓子眼兒。可一落進肚裡，跟手一股勁「騰」地躥上來，直撞腦袋，暈暈乎乎，勁頭很猛。好賽大年夜裡放的那種炮仗「炮打燈」，點着一炸，紅燈躥天。這酒就叫做「炮打燈」。好酒應是溫厚綿長，絕不上頭。但窮漢子們掙一天命，筋酸骨乏，心裡憋悶，不就為了花錢不多，馬上來勁，暈頭漲腦地灑脫灑脫放縱放縱嗎！

要說最洒脫，還得數酒婆。天天下晌，這老婆子一準來到小酒館，衣衫破爛，賽叫花子；頭髮亂，臉色黯，沒人說清她嘛長相，更沒人知道她姓嘛叫嘛，卻都知道她是這小酒館的頭號酒鬼，尊稱酒婆。她一進門，照例打懷裡掏出個四四方方的小布包，打開布包，裡頭是個報紙包，報紙有時新有時舊；打開報紙包，又是個綿紙包，好賽裡頭包着一個翡翠別針；再打開這綿紙包，原來只是兩角錢！她拿錢撂在櫃台上，老闆照例把多半碗「炮打燈」遞過去，她接過酒碗，舉手揚脖，碗底一翻，酒便直落肚中，好賽倒進酒桶。待這婆子兩腳一出門坎，就賽在地上劃天書了。

她一路東倒西歪向北去，走出一百多步遠的地界，是個十字路口，車來車往，常常出事。您還甭為這婆子揪心，瞧她爛醉如泥，可每次將到路口，一準是「噔」地一下，醒過來了！竟賽常人一般，不帶半點醉意，好端端地穿街而過。她天天這樣，從無閃失。首善街上人家，最愛瞧酒婆這醉醺醺的幾步扭——上擺下搖，左歪右斜，悠悠旋轉樂陶陶，看似風擺荷葉一般；逢到雨天，雨點淋身，便賽一張慢慢旋動的大傘了……但是，為嘛酒婆一到路口就醉意全消呢？是因為「炮打燈」就這麼一點勁頭兒，還是酒婆有超人的能耐說醉就醉說醒就醒？

酒的訣竅，還是在酒缸裡。老闆人奸，往酒裡摻水。酒鬼們對眼睛裡的世界一片模糊，對肚子裡的酒卻一清二楚，但誰也不肯把這層紙捅破，喝美了也就算了。老闆缺德，必得報應，人近六十，沒兒沒女，八成要絕後。可一日，老闆娘愛酸愛辣，居然有喜了！老闆給佛爺叩頭時，動了良心，發誓今後老實做人，誠實賣酒，再不往酒裡摻水摻假了。

就是這日，酒婆來到這家小酒館，進門照例還是掏出包兒來，層層打開，花錢買酒，舉手揚脖，把改假為真的「炮打燈」倒進肚裡……真貨就有真貨色，這次酒婆還沒出屋，人就轉悠起來了。而且今兒她一路上搖晃得分外好看，上身左搖，下身右搖，愈轉愈疾，初時賽風中的大鵬鳥，後來竟賽一個黑黑的大漩渦！首善街的人看得驚奇，也看得納悶，不等多想，酒婆已到路口，竟然沒有酒醒，破天荒頭一遭轉悠到大馬路上。下邊的慘事就甭提了……

自此，酒婆在這條街上絕了迹。小酒館裡的人們卻不時唸叨起她來。說她才算真正夠格的酒鬼。她喝酒不就菜，向例一飲而盡，不貪解饞，只求酒勁。在酒館既不多事，也無閒話，交錢喝酒，喝完就走，從來沒賒過賬。真正的酒鬼，都是自得其樂，不攪和別人。

老闆聽着，忽然想到，酒婆出事那日，不正是自己不往酒裡摻假的那天嗎？原來禍根竟在自己身上！他便別扭開了，心想這人間的道理真是說不清道不明了。到底騙人不對，還是誠實不對？不然為嘛幾十年拿假酒騙人，卻相安無事，都喝得挺美，可一旦認真起來反倒毀了？

## 馮五爺

馮五爺是浙江寧波人。馮家出兩種人，一經商，一唸書。馮家人聰明，腦袋瓜賽粵人翁伍章雕刻的象牙球，一層套一層，每層一花樣。所以馮家人經商的成巨富，唸書的當文豪做大官。馮五爺這一輩五男二女，他排行末尾。幾位兄長遠在上海天津開廠經商，早早的成家立業，站住腳跟。唯獨馮五爺在家啃書本。他人長得賽條江鯽，骨細如魚刺，肉嫩如魚肚，不是賺錢發財的長相，倒是舞文弄墨的材料。凡他唸過的書，你讀上句，他背下句，這能耐據說只有宋朝的王安石才有。至於他出口成章，落筆生花，無人不服。都說這一輩馮家的出息都在這五爺身上了。

馮五爺二十五，父母入土，他賣房賣地，攜家帶口來到天津衛，為的是投兄靠友，謀一條通天路。

他心氣高，可天津衛是商埠，毛筆是用來記賬的，沒人看書，自然也沒人瞧得起唸書的。比方說，地上有黃金也有書本，您撿哪樣？別人發財，馮五爺眼熱，腦筋一歪，決意下海做買賣。但此道他一竅不通，幹哪行呢？

中國人想賺錢，第一個念頭便是開飯館。民以食為天，民為食花錢；一天三頓飯，不吃腿就軟，錢都給了飯館老闆。天津的錢又都在商人手裡，商界的往來大半在飯桌上。再說，天津產鹽，吃菜口重，寧波菜鹹，正合口味。

於是馮五爺拿定主意，開個寧波風味的館子，便在馬家口的鬧市裡，選址蓋房，取名「狀元樓」。擇個吉日，升匾掛彩，燃鞭放炮，飯館開張了。馮五爺身穿藏藍暗花大褂，胸前晃着一條純金錶鏈，中印分頭，滿頭抹油，地道的老闆打扮，站在大廳迎賓迎客，應付八方。唸書的人，講究禮節，談吐又好，很得人緣。再說，狀元樓是天津衛獨一家寧波館，海魚河蝦都是天津人解饞的食品，在寧波廚子手裡一做，比活魚活蝦還鮮。故此開張以來，天天坐滿堂，晚上一頓還得「翻台」，上兩撥客人。眼瞅着金河銀河，往錢匣子裡流，馮五爺心花怒放。可日子一長，賺錢並不多。馮五爺納悶，天天一把把銀錢，賽一群群鳥飛進來，都落到哪兒去了？往後再一瞧賬，喲，反倒出了赤字！

一日，一個打寧波幫工來的小夥計，斗着膽子告訴他，廚房裡的雞鴨魚肉，進到客人嘴裡的有限，大多給廚子夥計們截牆扔出去，外邊有人接應。狀元樓有多少錢經得住天天往外扔？

馮五爺盛怒之後，心想自己嘛腦袋，《二十四史》背得滾瓜爛熟，能拿這幫端盤子炒菜的沒轍？這就開刀了。除去那個打寧波老家帶來的胖廚子沒動，其餘夥計全轟走，斬草除根換一撥人，還在後院牆頭安裝電網，以為從此相安無事，可賬上仍是赤字，怎麼回事？

又一日，住在狀元樓鄰近一位婆子，咬耳朵對他說，每天後晌，垃圾車一到，一搖鈴鐺，打狀元樓裡抬出的七八個土箱子，只有上邊薄薄一層是垃圾，下邊全是鐵皮罐頭、整袋鹹魚、好酒好煙。原來內外勾結，用這法兒把東西弄走。這不等於拿土箱子每天往外抬錢嗎？馮五爺趕在一個後晌倒垃圾的時候，上前一看，果然如此。大怒之下，再換一撥人。人是換了，但賬本上的赤字還是沒有換掉。

馮五爺不信自己無能。天天到館子瞪大眼珠，內內外外巡視一番，卻看不出半點毛病。文人靠想象過日子，真落到生活的萬花筒裡，便是「自作聰明真傻瓜」。狀元樓就賽破皮球，撒氣露風，眼瞅着敗落下來。買賣賽人，靠一股氣兒活着，氣泄了，誰也沒轍。愈少客人，客人愈少；油水沒油，夥計散夥。飯廳有時只開半邊燈了。

馮五爺心裡只剩下一點不服。

再一日，身邊使喚的小僮對他說，外頭風傳，狀元樓裡最大的偷兒不是別人，就是那個打老家帶來的胖廚子。據說他偷癮極大，無日不偷，無時不偷，無物不偷，每晚回家必偷一樣東西走，而且偷術極高，絕對查看不出。馮五爺不肯相信，這胖廚子當年給自己父親做飯，胖廚子的父親給自己的爺爺做飯，他家的根早扎在馮家了。倘若他是賊，誰還會不是賊？

但是，馮五爺究竟幹了兩年的買賣，看到了假笑比真笑多，聽到的假話比真話多，心裡也多了一個心眼兒。當日晚上，狀元樓該關燈閉門時候，馮五爺帶着小僮到飯館前廳，搬一把藤椅，撂在通風處，仰面一躺，說是歇涼，實是捉賊。

等了不久，胖廚子封上爐火，打後頭廚房出來，正要回家。他光着腦袋一身肉，下邊只穿一條大白褲衩，趿拉一雙破布鞋，肩上搭一條汗巾，手提一盞紙燈籠。他瞅見老闆，並不急着脫身離去，而是站着說話。那模樣賽是說：您就放開眼瞧吧！

馮五爺嘴裡搭訕，一雙文人的銳目利眼卻上上下下打量他，心中一邊揣度——這光頭光身，往哪兒藏掖？破鞋裡也塞不了一盒煙呵！燈籠通明雪亮，裡頭放點嘛也全能照出來。褲衩雖大，但給大廳裡來回來去的風一吹，大腿屁股的輪廓都看得清清楚楚，還能有嘛？是不是搭在肩上那條擦汗的手巾裡裹着點什麼？心剛生疑，不等他說，胖廚子已把汗巾從肩上拿下，甩手扔給小僮，說道：「外邊都涼了，我帶這條大毛巾做什麼，煩你給搭在後院的晾衣繩上吧！」說完辭過馮五爺，手提燈籠，大搖大擺走了。

馮五爺叫小僮打開毛巾，裡頭嘛也沒有，差點冤枉好人。

可是轉天，這小僮打聽到，胖廚子昨晚使的花活，在那燈籠上。原來插洋蠟的燈座不是木頭的，而是拿一塊凍肉鏃的，這塊肉足有二斤沉！可人家居然就在馮五爺眼皮子底下，使燈照着，大模大樣提走了！真叫絕了！

馮五爺聽罷，三天沒說話，第四天就把狀元樓關了。有人勸他重返文苑，接着唸書，他搖頭嘆息。唸書得信書。他連唸書的人能耐還是不唸書的人能耐都弄不清，哪還會有唸書的心思？

## 好嘴楊巴

津門勝地，能人如林，此間出了兩位賣茶湯的高手，把這種稀鬆平常的街頭小吃，幹得遠近聞名。這二位，一位胖黑敦厚，名叫楊七；一位細白精朗，人稱楊八。楊七楊八，好賽哥倆，其實卻無親無故，不過他倆的爹都姓楊罷了。楊八本名楊巴，由於「巴」與「八」音同，楊巴的年歲長相又比楊七小，人們便錯把他當成楊七的兄弟。不過要說他倆的配合，好比左右手，又非親兄弟可比。楊七手藝高，只管悶頭製作；楊巴口才好，專管外場照應，雖然裡裡外外只這兩人，既是老闆又是夥計，鬧得卻比大買賣還紅火。

楊七的手藝好，關鍵靠兩手絕活。

一般茶湯是把秫米麵沏好後，捏一撮芝麻撒在浮頭，這樣做香味只在表面，愈喝愈沒味兒。楊七自有高招，他先盛半碗秫米麵，便撒上一次芝麻，再盛半碗秫米麵，沏好後又撒一次芝麻。這樣一直喝到見了碗底都有香味。

他另一手絕活是，芝麻不用整粒的，而是先使鐵鍋炒過，再拿擀麵杖壓碎。壓碎了，裡面的香味才能出來。芝麻必得炒得焦黃不煳，不黃不香，太煳便苦；壓碎的芝麻粒還是粗細正好，太粗費嚼，太細也就沒嚼頭了。這手活兒別人明知道也學不來。手藝人的能耐全在手上，此中道理跟寫字畫畫差不多。

可是，手藝再高，東西再好，拿到生意場上必得靠人吹。三分活，七分說，死人說活了，破貨變好貨，買賣人的功夫大半在嘴上。到了需要逢場作戲、八面玲瓏、看風使舵、左右逢源的時候，就更指着楊巴那張好嘴了。

那次，李鴻章來天津，地方的府縣道台費盡心思，究竟拿嘛樣的吃喝才能把中堂大人哄得高興？京城豪門，山珍海味不新鮮，新鮮的反倒是地方風味小吃，可天津衛的小吃太粗太土；熬小魚刺多，容易卡嗓子；炸麻花邦硬，弄不好硌牙。琢磨三天，難下決斷，幸虧知府大人原是地面上走街串巷的人物，嘛都吃過，便舉薦出「楊家茶湯」；茶湯黏軟香甜，好吃無險，眾官員一齊稱好，這便是楊巴發迹的緣由了。

這日下晌，李中堂聽過本地小曲蓮花落子，饒有興味，滿心歡喜，撒泡熱尿，身爽腹空，要吃點心。知府大人忙叫楊七楊八獻上茶湯。今兒，兩人自打到這世上來，頭次裡外全新，青褲青褂，白巾白襪，一雙手拿鹼面洗得賽脫層皮那樣乾淨。他倆雙雙將茶湯捧到李中堂面前的桌上，然後一並退後五步，垂手而立，說是聽候吩咐，實是請好請賞。

李中堂正要嚐嚐這津門名品，手指尖將碰碗邊，目光一落碗中，眉頭忽地一皺，面上頓起陰雲，猛然甩手，「啪」地將一碗茶湯打落在地，碎瓷亂飛，茶湯潑了一地，還冒着熱氣兒。在場眾官員嚇懵了，楊七和楊巴慌忙跪下，誰也不知中堂大人為嘛犯怒？

當官的一個比一個糊塗，這就透出楊巴的明白。他眨眨眼，立時猜到中堂大人以前沒喝過茶湯，不知道撒在浮頭的碎芝麻是嘛東西，一準當成不小心掉上去的髒土，要不哪會有這麼大的火氣？可這樣，難題就來了——倘若說這是芝麻，不是髒東西，不等於罵中堂大人孤陋寡聞，沒有見識嗎？倘若不加解釋，不又等於承認給中堂大人吃髒東西？說不說，都是要挨一頓臭揍，然後砸飯碗子。而眼下頂要緊的，是不能叫李中堂開口說那是髒東西。大人說話，不能改口。必須趕緊想轍，搶在前頭說。

楊巴的腦筋飛快地一轉兩轉三轉，主意來了！只見他腦袋撞地，「咚咚咚」叩得山響，一邊叫道：「中堂大人息怒！小人不知道中堂大人不愛吃壓碎的芝麻粒，惹惱了大人。大人不記小人過，饒了小人這次，今後一定痛改前非！」說完又是一陣響頭。

李中堂這才明白，剛才茶湯上那些黃渣子不是髒東西，是碎芝麻。明白過後便想，天津衛九河下梢，人情練達，生意場上，心靈嘴巧。這賣茶湯的小子更是機敏過人，居然一眼看出自己錯把芝麻當做髒土，而三兩句話，既叫自己明白，又給自己面子。這聰明在眼前的府縣道台中間是絕沒有的，於是對楊巴心生喜歡，便說：

「不知者當無罪！雖然我不喜歡吃碎芝麻（他也順坡下了），但你的茶湯名滿津門，也該嘉獎！來人呀，賞銀一百兩！」

這一來，叫在場的所有人摸不着頭腦。茶湯不愛吃，反倒獎巨銀，為嘛？傻啦？楊巴趴在地上，一個勁兒地叩頭謝恩，心裡頭卻一清二楚全明白。

自此，楊巴在天津城威名大震。那「楊家茶湯」也被人們改稱做「楊巴茶湯」了。楊七反倒漸漸埋沒，無人知曉。楊巴對此毫不內疚，因為自己成名靠的是一張好嘴，李中堂並沒有喝茶湯呀！

（原載《收穫》1994年第1期）

## 賈大山

賈大山（1943—1997），河北正定人。作家。著有短篇小說《取經》、《趙三勤》、《花市》、《村戲》、《眼光》等。

# 蓮池老人

廟後街，是縣城裡最清靜的地方，最美麗的地方。那裡有一座寺院，寺院的山門殿宇早坍塌了，留得幾處石碑，幾棵松樹，那些松樹又高又禿，樹頂上蟠着幾枝墨綠，氣象蒼古；寺院的西南兩面是個池塘，清清的水面上，有鴨，有鵝，有荷；池塘南岸的一塊石頭上，常有一位老人抱膝而坐，也像是這裡的一個景物似的。

寺院雖破，裡面可有一件要緊的東西：鐘樓。那是唐代遺物，青瓦重檐，兩層樓閣，樓上吊着一隻巨大的銅鐘。據說，唐代鐘樓，全國只有四個半了，可謂吉光片羽，彌足珍貴。只是年代久了，牆皮酥裂，木件糟朽，瓦壟裡生滿枯草和瓦松。若有人走近它，那位老人就會隔着池塘喝喊一聲：

「喂——不要上去，危險……」

老人很有一些年紀了，頭頂禿亮，眉毛鬍子雪一樣白，嗓音卻很雄壯。原來我不知道他是幹什麼的，後來文物保管所的所長告訴我，他是看鐘樓的，姓楊，名蓮池，一九五六年春天，文保所成立不久，就僱了他，每月四元錢的補助，一直看到現在。

我喜歡文物，工作不忙了，時常到那寺院裡散心。有一天，我順着池塘的坡岸走過去說：

「老人家，辛苦了。」

「不辛苦，天天歇着。」

「今年高壽了？」

「誰曉得，活糊塗了，記不清楚了。」

笑了一回，我們就熟了，並且談得很投機。

老人單身獨居，老伴早故去了，兩個兒子供養着他。他的生活很簡單，一日三餐，五穀為養，有米、麵吃就行。兩個兒子都是菜農，可他又在自己的院裡，種了一畦白菜，一畦蘿蔔，栽了一溝大葱。除了收拾菜畦子，天天坐在池邊的石頭上，看天上的鴿子，看水中的荷葉，有時也拿着工具到寺裡去，負責清除那裡的雜草、狗糞——這項勞動也在那四元錢當中。

他不愛說話，可是一開口，便有自己的思想，很有趣味的。中秋節前的一天晚上，我和所長去看他，見他一人坐在寺院裡，很是寂寞，我說：

「老人家，買台電視看吧。」

「不買，太貴。」

「買台黑白的，黑白的便宜。」

「錢不夠。」

「差多少，我們借給你。」

「不買。」他說，「那是玩具，錢湊手呢，買一台看看，那是我玩它；要是為了買它，借債還債，那就是它玩我了。」

我和所長都笑了，他也笑了。

那天晚上，月色很好，他的精神也很好，不住地說話。他記得那座寺院裡當年有幾尊羅漢、幾尊菩薩，現在有幾通石碑、幾棵樹木，甚至記得鐘樓上面住着幾窩鴿子。秋夜天涼，我讓他去披件衣服。他剛走到屋門口，突然站住了，屏息一聽，走到門外去，朝着鐘樓一望兩望，放聲喊起來：「喂——下來，哪裡玩不得呀，偏要上樓去，踩壞我一片瓦，饒不了你……」喊聲未落，見一物狀似狗，騰空一躍，從鐘樓的瓦檐上跳到一戶人家的屋頂上去了。我好奇怪，月色雖好，但是究竟隔着一個池塘呀，他怎麼知道那野物上了鐘樓呢？他說他的眼睛好使，耳朵也好使，他說他有「功夫」。

我不知道這是一種什麼「功夫」。他在池邊坐久了，也許是那清風明月、水氣荷香，淨了他一雙眼睛、兩隻耳朵吧？可是有一天，我忽然發現他死了。那是正月初三的上午，我到城外給父親上墳的時候，看見一棵小樹下，添了一個新墳頭。墳頭很小，墳前立了一塊城磚，上寫：「楊蓮池之墓」。字很端正，像用白灰寫的。我望着他的墳頭，感到太突然了，心裡想着他生前的一些好處，就從送給父親的冥錢裡，勻了一點兒，給他燒化了……

當天下午，我懷着沉痛的心情，想再看看他的院落。我一進門，不由吃了一驚，他的屋裡充滿了歡笑聲。推門一看，只見幾位白髮老人，有的坐在炕上，有的蹲在地下，正聽他講養生的道理。他慢慢唸着一首歌謠，他唸一句，大家拍手附和一聲。

「吃飯少一口。」

「對！」

「飯後百步走。」

「對！」

「心裡無掛礙。」

「對！」

「老伴長得醜。」

……

老人們哈哈笑了，快樂如兒童。我傻了似的看着他說：「你不是死了嗎？」

老人們怔住了，他也怔住了。

「我在你的墳上，已燒過紙錢了！」

「哎呀，白讓你破費了！」

他仰面笑了，笑得十分快活。他說那是去年冬天，他到城外拾柴禾，看中那塊地方了。那裡僻靜，樹木也多，一朝合了眼睛，就想「住」到那裡去。他見那裡的墳頭越來越多，怕沒了自己的地方，就先堆了一個。老人們聽了，噗嗤笑了，一齊指點着他，批判他：好啊，搶佔宅基地！

天暖了，他又在池邊抱膝而坐，看天上的鴿子，看水中的小荷……

有人走近鐘樓，他就喝喊一聲：

「喂——不要上去，危險……」

他像一尊雕像，一首古詩，點綴着這裡的風景，清涼着這裡的空氣。

清明節，我給父親掃墓，發現他的「墳頭」沒有了，當天就去問他：

「你的『墳頭』呢？」

「平了。」

「怎麼又平了？」

「那也是個掛礙。」

他說，心裡掛礙多了，就把「功夫」破了，工作就做不好了。

（原載《天津文學》1994 年第 5 期）

## 池莉

池莉（1957— ），湖北武漢人。女，作家。著有短篇小說《冷也好熱也好活着就好》，中篇小說《煩惱人生》、《你是一條河》、《致無盡歲月》，長篇小說《來來往往》、《小姐你早》、《水與火的纏綿》等。另有六卷本《池莉文集》、多部中短篇小說集出版。

# 靜物

「嗨？」

問他。

「嗨，」他說，「馬上就好。」

在這簡潔的問答之間，塔克拉瑪干沙漠是美麗而安詳的。下午三點鐘的陽光光線已經比較柔和，微風中的沙漠以一種流線型的柔若無骨的姿態靜靜躺在陽光下，這就是歷史有時候呈現在人們面前的某種狀態。它容易使人們在無意之中深信不疑地接受它。於是，在這個美麗而安詳的下午，在塔克拉瑪干沙漠深處，車隊沒有停下。九輛大卡車一輛接一輛地從江安身邊開了過去。江安吹着愉快的口哨鑽進車廂底下修理他出了一點小毛病的大卡車。

江安一直都吹着愉快的口哨。江安以擅長吹口哨講故事射擊而聞名。在愉快的口哨聲中，江安沒用多少時間就把車修好了。

在踩着油門一氣追趕了兩個小時之後，富有經驗的江安悚然一驚，後背昇起密密麻麻的蟻走感，他誤入歧途了。

江安環顧四周：茫茫沙漠。茫茫沙漠。茫茫沙漠。茫茫沙漠。茫茫沙漠上只有一滴緩緩下墜的如血夕陽和一輛大卡車。江安有點傻兮兮地笑了一下。

人的視野是有限的，就在江安的視野邊緣，有一片茂密的胡楊林，這裡棲息着一群正處在動盪時期的狼。塔克拉瑪干沙漠是有狼的，風和日麗的時候也有狼。但人們怎麼可能在平常的某個吹口哨的時刻還想得那麼深刻呢？

其實，人們總保持思想的深刻也無法預見自己會遭遇什麼。狼也許來，也許不來。狼是另一個世界，就像樹木、花鳥、蟲魚一樣，與人不在同一個語境。它們與你不在同一個語境，你的深刻於它們有什麼關係呢？

江安在傻笑的頃刻間已經變深刻了，他頓時感到了由沙漠的美麗安詳中滲透出來的恐怖。他的臉變長了。他明白自己犯了錯誤。他極為懊喪地吐了一口痰。他飛快地轉動腦筋，研究對策：是憑着多次的經驗往前闖呢？還是掉頭往回開呢？江安反覆掂量，舉棋不定。沙漠上只有一滴緩緩下墜的如血夕陽，他拿不準危險在哪個方向。他額頭上冒出了冷汗。他又傻笑了一下。然後，他找出了一枚硬幣。

在江安誤入歧途的最初一刻，狼就知道了。

一隻叫做敏的年輕的狼閃電般地將這個消息傳到了胡楊林。

第一個決定是頭狼王做出的。年邁的王只穩健地說了一句話：不宜出擊！

如果這群狼裡頭沒有出類拔萃的芎的話，江安這次的誤入歧途將有驚無險。但不幸的是這群狼裡頭有芎。芎是一隻到了該做頭狼的年紀而沒得到機會的空懷壯志的狼。它是肯定要與王作對的。當王話音一落，芎就大聲說：為什麼不出擊？

王聲色不動。王身邊的狼回答：這不是你該過問的事。

那麼請問，芎依然大聲說，我們可以過問什麼呢？

苧根本不等回答，轉而委屈又悲憤地說：我們已經餓了許多天了！我們很久很久沒有吃人了！我們只是要活命要吃飯而已！

王冷冷一笑。王身邊的狼說：苧！你別他媽做出為民請命的樣子！現在情況十分清楚，對於一輛性能優良的美式軍用大卡車，我們能有什麼辦法？而且它拉的是一大罐汽油，難道你還指望它會因為缺油而拋錨？你這不是讓大家白白去送死嗎？

整個狼群都糊塗了。狼們一會兒望着王，一會兒望着苧，不知所措。

苧仰天長嘆一聲，閉上雙眼。

這是一個微妙的歷史時刻，一個名叫江安的人誤入歧途即將覺醒，狼也許來也許不來，此刻的沙漠一片寧靜，空氣在顫動，風兒神經質地反覆地將沙漠梳理成魚鱗狀，西下的太陽無動於衷地面對着這一切，只有時間在無聲地飛越這個空間。其實說到底，時間才是最重要的。

苧猛然睜開了眼睛，哀痛地說：都什麼時候了？我們不抓住時機趕快行動卻在這裡爭論不休！是的，那是一輛龐大而堅固的車，那車裝的是汽油，但我們要的是人，人！我們快要餓死了，我們需要的是行動。當然，我們也許會犧牲，這是因為我們要吃人，自古以來，人什麼時候是心甘情願俯首貼耳地讓我們吃的呢？

狼群一片和聲。

王依然沉默着。大家都以為君命難收，卻不料王突然說話了。王說：好！苧講得好！現在我命令，苧帶領敏以及十八隻身強力壯的狼立刻出擊！

整個胡楊林歡聲雷動。

芎不由由衷地佩服王。太妙了！王的確寶刀沒老。它一句話既贏得了民心又將眼中之釘送上戰場。正因為理解了王，芎想，絕不能再等了！一定要抓住這次機會摧毀王。

芎說：謝謝頭狼。但我有一個小小的請求：儘管承愛讓我領頭，可我還是自感太年輕缺乏經驗，請派十員老將臨場指導！芎說着帶領它的部下齊刷刷地跪下。

在芎煽動起的狂熱的戰鬥氣氛裡，王別無選擇。王只好挑選了它的十名親信供芎驅策。王用一種眼神與它們交流，要求它們一定戰勝，包括一定戰勝芎。

芎率領着二十八隻狼如離弦之箭射出胡楊林。

江安擲幣的結果是掉頭往回開。他這才呼出長長一口氣，說：好了，就這麼着吧！

江安發動了車，調了頭，結束了幾分鐘的猶豫，踏上了歸途。如果他像來的時候一樣兩個小時開足馬力奔馳，那麼他的命運將不會因為這次誤入歧途而有所改變，改變命運的也許將是芎。但是，又一個對於司機來說不算什麼意外的意外發生了：車突然熄了火。江安一看是沒油了，他做夢也沒有想到這有什麼不得了的。江安拎起一隻油桶就要下車去汲油。

就在這一刻，狼群趕到了。

江安一開車門，芎身先士卒猛撲上去。江安急退，但芎已經撕下了江安的半隻褲腿。狼！江安跌坐在駕駛室裡，這一下他徹底清醒：原來恐怖和危險和猶豫和不安的根源就在這兒——狼！江安立刻來勁了。不就是幾隻狼嗎？江安駕駛的是性能優良的美式軍用大卡車，寬敞的駕駛室裡有一支「七九」步槍，有一百發子彈，有一箱乾糧，有夠喝三天的水。作為男子漢的江安有三大特長聞名車隊：吹口哨講故事射擊。江安可是當過兵見過血的人。一場人與狼的戰爭開始了。這時夕陽已經墜落，晚霞紅了大半個沙漠。

芎這時已經退在遠處，它在調兵遣將。而幾隻肥碩的老狼看見芎一口就撕下人的半隻褲腿，它們便死死盯住車門不放。最初的混亂很快就過去了。江安穩穩握住槍，瞄準兩隻最肥的狼。江安非常細緻。江安懂得第一槍至關重要，絕對是個下馬威。就像方才芎對自己一樣。但江安是人，芎不過是一隻狼。

槍響了，連着兩響。隨着劃破沙漠寂靜的突兀而尖厲的槍聲，兩隻威風凜凜的老狼倒下了。狼群在一瞬間驚慌失措，四下逃竄。芎急壞了。在它看來，槍並不可怕。可它忘了大多數狼這輩子沒見識過槍。它痛悔自己的失誤。它在沙漠深處飛速奔跑，發出了螺號一般的狼嚎以召喚它的部下。

第一個回合，江安贏了。

狼群消失後，江安發現月亮正在昇起。月光很明亮很有顏色，它使沙漠像湖水一樣平坦和波光粼粼，也使兩隻死狼的毛皮看上去油光水滑。江安笑了。這是一個男子漢獨自在一個著名的大沙漠裡射殺了兇惡的狼之後自豪的笑。他又有一個人生故事可講了。一槍一隻狼，真過癮！江安點燃一支香煙，深深地慢慢地吸着。他本想去加油，他又想加油嘛着什麼急？他想歸隊總是遲了，也不在乎這一會兒。他猜測狼群會回來的。不就是二十多隻狼嗎？一槍一隻狼，也就是二十多槍。殺光了這些傢伙再走，免得日後在這沙漠上人一離群就心裡發毛。江安越想越興奮。他吸煙。擦槍。他打算這支煙抽完如果狼不來就算了，就去加油。不過，他沒有失算，煙只抽了一半，他就發現狼回來了。五分鐘，江安略感驚異，狼回來得真快。

這一次，江安認出了芎。芎是一匹大骨架的瘦狼，神色悲壯地走在狼群最前面。江安以人類的思維方式推斷芎是炮灰是一個可憐的冒失鬼，真正的當權者一定是它身後的肥狼。俗話說：擒賊先擒王。江安決定先饒過芎，還是先解決肥胖的老狼。槍響了，狼群躊躇；槍又響了，芎一聲嚎叫，狼群忽地成散兵線圍了上來。老狼的死無人過問，狼們都跟着芎前進。江安這才恍然大悟：原來芎是狼們的頭！

江安悔之晚矣，他找不到芎了。

苪其實就在江安的眼皮底下。它已經通過一批老狼的死觀察到江安的射擊是有死角的，所以它衝到了駕駛室的踏板下面。苪在這裡指揮狼們一次又一次地衝撞兩邊的車門，告訴它們車頭車尾及車廂底下是進攻之後藏身的好地方。老狼的全部遇難使苪萬分高興，它彷彿已經看到了頭狼王被剪除羽翼之後的孤立和衰弱。

狼們在一個一個地倒下去，可它們又成群結隊地湧現出來。這是因為苪讓敏不斷地回去報喜，説那人快完蛋了，説那人被我們圍困了，説那裡有很多肉吃。苪沒有説假話，這裡是有很多肉吃。參戰的狼一來就問：肉呢肉呢？苪就讓它們吃死去的狼肉。用槍打死的熱狼肉非常香。苪自己也吃了很多。不是病死也不是老死又不須用搏鬥厮殺來獲取的新鮮狼肉真是非常香。苪肚皮吃得飽飽的，又不愁兵源，然後躺在十分安全的汽車踏板底下不慌不忙地與一個人周旋。這簡直像個遊戲。

當第二天的太陽昇起的時候，江安驚呆了。這一夜他打死了五十隻狼。他一槍一隻。沒錯。可現在五十隻死狼只剩下一堆堆殘屍敗骨，而活狼卻差不多有上百隻。上百隻狼錯錯落落蹲在卡車周圍，它們看上去一點不着急，幾乎是懶洋洋文質彬彬的。江安好半晌才想過來：敢情狼們在利用他！狼利用人？

戰鬥了一整夜的江安放下了槍。

白天基本在對峙狀態中度過。江安不到萬不得已絕不開槍。江安以為只要他不再為狼們打食，狼們就會慢慢散去。開始江安覺得這情形可笑極了，的確像個遊戲。好像狼們到這裡來只是為了觀賞他的槍法，品嚐新鮮狼肉。後來他從恍惚的遊戲感中清醒過來，試圖下車去汲油，可他剛剛打開車門，幾隻狼嗖地撲了上來。他敏捷地關上門，但他的手背已經被狼爪抓了幾道血痕。黃昏時分，江安又試探了幾次，只要他有所動作，遠遠近近的狼立刻警覺起來。不！江安徹底清醒了，這可不是好玩的！

江安開始記日記。江安開始把食物分成小塊小塊的，很珍惜地吃。江安開始把尿液存留起來以備後用。江安開始做一系列進行持久戰的準備工作，他的臉上再也沒有一絲笑容。

第三天，狼群有增無減。

第四天，狼群有增無減，達到兩百五十多隻。

江安的子彈只剩十發了，他睏頓不堪，飢渴交加，皮膚乾裂，眼眶凹陷。

芎鑽出它的藏身之處，在不遠的沙丘上蹲着，與江安遙遙相對。它營養良好，精力充沛，神態安詳，像一個體面的紳士。芎原來有一些委瑣之相，是這場戰鬥洗禮了它。它沒有想到自己的智慧會在與王和與人的較量中被發揮得如此輝煌。它借人壓王，又借狼壓人，又借人殺狼；借人殺狼稱得上是劃時代的一手高招：一箭三雕，既消耗了王的力量，又消耗了人的力量，還消化了狼群的老弱病殘。儘管這場戰鬥還沒有結束，芎已經贏得了狼群的絕對擁護和愛戴，幾乎所有的狼都來到了它的身邊，王在胡楊林已成孤家寡人。而人呢？人也在一天天垮下去。

這無邊無際的風雲變幻的神秘莫測的大沙漠，哪裡是人逞強的地方？

芎非常有耐心地蹲在沙丘上。

芎將狼群分成若干個縱隊，命令它們不分晝夜輪番進攻。

芎蹲在沙丘上，凝神地望着江安。它不着急，但他是它的理想和美夢。

江安再次發現了芎，他想打死它，可他發現他打不死它。子彈飛到它所選擇的位置已是強弩之末。可是從此江安只想打死芎。江安已經明白所有的狼都是烏合之眾，唯有芎是精英。是芎在和他鬥智。是芎給他設了個陷阱。如果他死，必死於芎之口。江安想：我一定要留顆子彈給芎！江安的這種想法只存在了一個小時。一再撞擊車門的幾隻猖狂的狼消耗掉了江安的最後幾顆子彈，它們已經撞鬆了車門，咬破了車窗玻璃。

這是第九天呢還是第十天？江安舉起了電工刀。江安渴極了也睏極了。江安有四晝夜沒進一口水了。在這四晝夜裡，沙漠上還刮了兩晝夜乾燥的大風。但是江安還是舉起了電工刀。

雪亮的刀鋒在陽光下像寶石一樣光芒四射，苪看見了。苪站立起來，抖了抖身上的毛，從容不迫地向江安走過來。江安笑了。他緊緊地握住了電工刀。他牢牢地盯着苪。血從他焦裂的嘴唇滲了出來，他靠在椅背上，神志恍惚，虛弱得像個嬰兒。沙漠和天空，月亮和太陽，時間和空間甚至生存和死亡都消失了，但他緊緊地握着電工刀。

這也是一個晚霞漫天的黃昏，狼藉滿地的戰場突然十分靜寂。

苪和江安是在長久的對視之後猛然撲向對方的。緊接着，那柄雪亮的電工刀飛出駕駛室，閃電一樣劃破了沙漠紅色的天空。

這篇小說取材於四十多年前發生在塔克拉瑪干沙漠的一個事故。事故是在半年之後被另一輛迷途的車發現的。那輛美式大卡車性能良好，加上油就可以開動。駕駛室裡有一小堆人骨和一本日記，日記裡把一隻狼首領稱作苪。

（選自《長城》1994 年第 6 期）

## 畢淑敏

畢淑敏（1952— ），山東文登人。女，作家。著有中短篇小說集《女人之約》、《昆侖殤》、《預約死亡》，長篇小說《紅處方》，散文集《婚姻鞋》、《素面朝天》等。另有四卷本《畢淑敏文集》出版。

# 翻漿

那年，我從西藏回內地探家，需坐半個月的汽車，搭了一輛地方運送舊輪胎的貨車，從海拔五千米的高原俯衝而下，顛簸了十天，到了一處戈壁。

正是春天，道路翻漿。

翻漿就是大地回暖，地下水拱了上來，公路像施了發酵粉，膨起酥軟的鼓包。卡車航行其上，猶如搖擺的醉貓。原本八小時的路程，晃蕩了十幾個鐘頭也到不了目的地，全身的骨頭接榫處都開了縫，苦不堪言。

司機是個黃臉的小個子，蜷在黑毛的羊皮大衣裡，好像一粒風乾的蛹。他緊張地懷抱方向盤，彷彿抱着個聚寶盆，入定般的沉默着。

車身劇烈傾斜的時候，我連大氣也不敢出。生怕喘氣的片刻，氣流在肺裡重量分佈不均，干擾了車的平衡，大廂板就顛覆了（你會發現顛覆這個詞是多麼的準，只有「顛」，才會「覆」）。

天空有月的碎片在雲縫中閃爍，好像一個被遺棄的婦人在掩面哭泣。今晚的宿營地還在無邊的黑暗中蜷伏着，不知哪一刻才會在夜的墨汁中顯出影來。

我不能睡覺。每當我朦朧的時候，司機就會不失時機地冒着車打滾的危險，兇猛地頓挫方向盤。我就像一丸沒搖晃好的元宵，急速地在他的瘦削的肩胛和卡車冰冷的門把手之間震蕩，直到我的頭腦清醒如寒冰。

「睡着的人會放出一股煙霧，像妖精噴出的毒氣，司機一聞也會打瞌睡。你要是想活着回到北京看到你的老爹老娘，就一分鐘也不得打盹。」當初我要搭他的車的時候，就同意了他的這個條件。一路上看到了許多的汽車殘骸，像白堊紀的恐龍瞪着蒼天。每一次他都要說：「看，這就是打瞌睡的下場！」

我們像一艘古老的單桅船，在戈壁的黑海裡搖啊搖。經過幾千公里的長途跋涉，我的耐性出奇地好，無聲地麻木地注視着蒼茫的前方，希望能在空虛中發現一朵磷火或是狼的眼睛。

卡車的燈光切割着夜風，隨着車的蕩漾，有細碎的光粉撲撒在公路旁橙黃的沙礫上，好像那裡隱藏着無數金屑。

我問一句：「還要多長時間才可以到啊？」

司機說：「該到的時候，自然就到了。不到的時候，你急也到不了。」

我們就像兩個啞巴一樣地坐在一起。司機說他不願拉搭車的人，太麻煩。

突然在無邊的沉寂當中，立起一根土柱，遮擋了銀色的車燈。

那土柱頂端有兩處黑色凹陷，熠熠地反射着我們這輛舊車的模樣。

「你要找死嗎？你！你個兔崽子！」司機破口大罵。

我這才看清那是一個人。渾身是土的人。他穿着一件尿堿黃色的舊大衣，拎着一個生薑黃色的破袋子，袋口綁着一縷駱駝黃色的繩頭。

「我不是找死……我是找活……我要搭車……我得回家……」

他每句話中間都有很長的間歇，你以為他說完了，可是他又繼續說下去。

「不搭！你沒長眼睛嗎？司機樓子已經坐滿了，哪有你的地方！」司機憤憤地說。

「我沒想坐司機樓子。我蹲大廂板就行。你們拉的是輪胎，有空隙的。」他的話語中滲出輕微的南方口音。

司機對人暗地裡偵察出他所攜帶的貨物，頗為氣惱，好像是一個了不得的秘密被人戳穿了。說：「不帶！這麼冷的天，你蹲大廂板，會生生凍死！」說着，踩了油門，準備閃過他往前開。

那個土人抱住我們的車燈說：「我不怕凍死！我要回家！」

司機對我說：「大漠裡，經常碰着這樣的搭車人，都是南方來的知識青年，霑上就了不得。」

我說：「他看着挺可憐的。」因為腿坐麻了，我就下了車，想藉機溜達溜達。沒想到那個土人扯着我的衣袖，半撲半跑地說：「好人，救救我們全家！」

我說：「你的家在哪兒？」

我想他一定會說出上海、南京這些地方，他的口音已經暴露了籍貫。沒想到他用手一指大漠深處說：「就在那兒……我愛人生孩子了……沒有奶……我到場部好不容易借到點小米……要是趕不回去，熬不出來米湯，孩子就餓死了……我們的糧食早沒了……」

「我攔了半天的車。沒有人肯拉我……已經這麼晚了，再也不會有車過了……我孩子死了，我愛人也會死，我也死……」他已經不是向着我們說，而是向着天說。

我透過車玻璃看司機，他伏在方向盤上，什麼表情也沒有。

我知道自己對司機已屬累贅，實在不敢應承他的請求。但我鬼使神差地問了一個極為愚蠢的問題。

我說：「您的孩子是男孩還是女孩呢？」

「是女孩。好漂亮的！」他立即興奮起來，笑容像乾旱的裂縫在他的臉上蔓延。

為了那個沒有奶吃的女嬰，我一咬牙說：「你上車吧。」

他立即抱着口袋想往車大廂上爬。

我說：「坐駕駛室吧。我們擠一擠。」

司機冷漠地說：「駕駛室是不能擠的。要是我伸不開胳膊腿，該打方向的時候彎不過來肘子，翻了車再在這戈壁上晾兩天，咱們就成了速成的木乃依。」別的司機一般忌諱談翻車，但這個小個子司機似乎有此嗜好。

我對不起地看着搭車人，沒想到他十分知足地說：「上大廂就很好了。司機師傅發了話，就是允我搭車了。謝謝……謝……謝……」最後一個「謝」字已是從輪胎縫隙裡發出來的。

我上了車，很有做了善事之後的興奮。偷眼覷司機，他好像全力以赴地對付翻漿，對車上多了一人的事，毫無反應。

夜風在車窗外淒厲地鳴叫。我說：「不知上面冷不冷？」

司機不搭我的話茬，說：「給你講一個故事。也不算故事吧，是真事。」

我剛開始還不介意，想他講不出什麼好的故事。他的聲音非常小，又被毛茸茸的大衣領子吸附了顫音，乾澀得沒有一點抑揚。

但我的毛骨漸漸地悚然。

「我有一個同事，是個很棒的老師傅。他愛一個人開車，嫌搭人囉嗦。一天，他和車突然失蹤了。很長時間以後，才在戈壁上找到了他的屍首。可是他是怎麼死的，車到哪裡去了，誰也不知道。後來，在上海最繁華的馬路上，一輛車壓死了人，警察把司機捉住，一看證件全不對，才查出開車的是個冒牌貨。然後就是審啊，聽說打得人快死了，他才說了真話。原來他是知青，化裝成一個可憐的人，攔了師傅的車。上車以後把師傅殺死，甩在沙漠上，自己把車開回了上海。從此我們車隊裡的司機絕不搭任何不認識的人上車。你是我的老鄉說了許多好話，我才破例答應的。」

我很慚愧地看着他，好像自己也是嫌疑犯。

「你知道那個瘸三行兇的地方，具體在哪？」司機問。

我抖抖索索地說：「我哪知道啊？」

司機說：「就在我們現在開的這段路上。路邊的這些沙子，都看到過那樁血案。」

我立刻心裡一沉，說：「那……那你怎麼讓那個拎黃口袋的人上車了啊？」

他說：「怎麼能說是我讓他上車的？不是你一個勁地讓他坐上嗎？還要上駕駛樓呢！」

我說：「可我並不知道這裡發生過這麼可怕的事！你為什麼不跟我說清楚？」

司機說：「我不停地勸阻，你就聽不出來嗎？還要我當着人家的面說，他可能是個殺人犯嗎？要真是個兇手，只怕當時就把你我殺了。倘若不是，你誣一個良民想害人，不是大罪過嗎？」

我說：「那現在怎麼辦呢？」

他嘆了一口氣說：「沒辦法。請神容易送神難。」

我說：「也許他不是個壞人呢？」

司機說：「但願吧。反正他也沒坐在駕駛室裡，諒也不能把咱倆怎麼着。等平安到了地方，請他下車就是了。」

我說：「以後我再碰上搭車的人，再不敢多嘴。」

司機說：「別管以後了，你看看他現在在幹啥？」

我準備搖下窗玻璃，探出頭去往外張望。

司機說：「太傻！你這麼一動作，他要是個壞人，不就有了防備？你就不會偷偷的？」

我說：「怎麼個偷偷法？」

司機說：「在你背後，有個小鐵皮洞，可以偷着看到大廂上的情景。我把司機樓子裡的燈熄了，這樣從外面根本看不出咱們的舉動。你看看他在幹嗎？」

我戰戰兢兢地說：「你熄了燈，你偷看好了。」

司機冷笑道：「這不是你一個勁地請那人上車的時候了？」

我自知理虧，只得說：「好吧。」

司機就熄了室裡的燈，只剩下儀表盤在鬼祟地閃着，龐大的車身像黑鯨，眼裡吐着渾黃的搖曳的火，踉蹌而行。

我找到了那個小洞，屏住氣向外窺探。

朦朧的月暈中，那個土色的男子如一團骯髒的霧，抱着頭，龜縮在起伏的輪胎陣裡，每一次顛簸，他都像遭遺棄的籃球，被橡膠擊打得砰砰作響。

「他好像有點冷。別的就看不出什麼了。」我說。

「再仔細瞅瞅，我好像覺得他要幹什麼。」司機彷彿長着夜眼加後眼，一邊打方向盤，一邊搖控我。

我不得不又敷衍地看了一遍。我是相信好人多的，雖說這是行駛在殺過人的公路上。

這一次，我看到搭車人敏捷地跳到兩個大輪胎之間，手腳麻利地搬動着我的提包。那裡裝着我帶給父母的全部禮物。

「哎呀，他偷我東西呢！」我的喉嚨咕嚕嚕響，因為不敢大聲嚷嚷，只得把響碾碎，擠進筋脈，脖子就粗起來。

司機很冷靜地說：「怎麼樣？我說得不錯吧。現在咱們最好的指望就是他偷了東西就拉倒，別壞了咱們的性命。」

我說：「不嘛！那是我當兵五年攢下的全部家當，哪能就這麼白白叫人偷了呢！」

司機說：「我看你算了吧！東西是有限的，人是世上最寶貴的。你老娘見了你全鬚全尾地回去，什麼東西不東西的，都不在乎了。像這種偷東西的賊娃子，你不招惹他，他得了東西就跑了。要是惹翻了他，誰知會出什麼事！」

賊娃子是新疆、西藏交界處對小偷的愛稱。

我顧不得答話，緊張地回頭再看，只見那人已經把我的提包解下來了。

可能我的臉色太悲哀，司機用一手打方向，也仄了身子，從小洞瞄了一眼。「太不像話了！」他突然低低地咆哮起來。「人家一個姑娘，無干無故地為你說好話你才上的車，容易嗎？要是我，我是絕不拉你的！現在你就這樣地恩將仇報啊！你這個該殺的賊娃子！」

我感謝司機，可咒有什麼用呢？除了跟他講，我的東西是沒指望的。但司機顯然沒這個膽量。

「東西暫時還在車上。這會兒他正在解自己的破口袋，看來還想把你的東西挑挑揀揀，值錢的拿走，破爛還不要。」司機邊看邊說，又部分地恢復了淡然的神態。

「然後會怎麼樣呢？」我帶着哭音說。好像為一個必死的親人向醫生詢問病情。

「你也別太難過了，我試一試，有個法子，也不一定行。死馬當活馬醫吧。權當丟了。要是最後東西還在，就當又撿回來了。」他思忖着說。

我昏昏然，聽不懂他的計策。只見他狠踩油門，車就像被橫刺了一刀的烈馬，瘋狂地彈射出去。

風在車窗外兇猛地掠過，宛若千萬支死人脛骨做成的法號，對着深夜中疾馳的汽車鳴奏。車速接近極限，從小洞向外窺探，那人彷彿被凍僵了，弓着腰抱着頭，石像般凝立着，彷彿企圖憑藉冰冷的橡膠禦寒。我的提包雖已被挪了地方，但依舊完整。

我把所見同司機講了，他笑了，說：「這就對了。他偷了東西，原本是要跳車的。現在車速這麼快，他若跳下就是找死。他不敢動了。」

我看到暗處有某種的希望的鱗片在閃爍，就把屁股離了座椅，心想這樣更可以減輕一點自身的分量，讓車跑得更快。

路面變得洶湧澎湃，酥軟的鼓包絆住車軲轆，彷彿有無數章魚的吸盤纏繞着車的每一條縫隙。在這樣的路況下開快車，簡直就是自殺。

我不知如何是好，回頭去看那個窟窿。大廂上的人也很靈敏地覺察了速度的變化，不失時機地站起身，重新搬動了我的提包。

我痛苦得幾乎大叫，就在這時，司機趁着車的趔趄，索性加大了搖晃的頻率，就勢猛地一歪。我們好似航行在十級颶風中，車身劇烈傾斜，車窗幾乎吻到路旁的沙礫。在行將顛覆的一剎那，司機猛打方向盤，差點使車像狂怒的眼鏡蛇一般盤旋起來。

再看那人，他撲倒在地，像一團被人踐踏的麥草，虛弱但仍不失張牙舞爪的姿勢，貪婪地護衛着我的提包——他的獵物。我敢肯定他的腦漿已顛得沸騰，偷盜的信念仍堅硬如鐵，司機繼續做着整套的高難動作，我死死地蹬住駕駛室的鐵板，以防被這種酷烈的蕩漾把脖子窩斷。

「沒人能從這種車上跳下去。除非他想變成被打斷了七寸的長蟲。」司機得意洋洋地說。

「可是以後呢？」我知道是不可能永遠這樣顛狂下去，路總會平坦起來。

「以後？誰知道以後？你要是想到以後，就不會讓他上車了，我們先管眼前吧。」司機在忙亂中沒好氣地說。

我只好又去看那個人。這一場倒海翻江的折騰，對他的迫害是毀滅性的。他像夏日裡一隻疲倦的狗，無助地躺在了輪胎中央，借體表面積最大地與車廂木板相接觸，以減緩撞擊的力度。

司機在跳汽車芭蕾。他輪流翹起一個輪子，讓車左右騰挪。車在他手下馴成有靈性的生命，隨着他的臂膀，做出種種驚險的動作。司機是那樣投入，當車向一側傾斜的時候，他的嘴也拚命地向同側的耳根掰扯，直到暴露出所有的槽牙。我甚至懷疑他已經忘了要幫我的初衷，只是把他平生積攢下的本領，都在這無邊的暗夜的戈壁上施展出來。

搭車人是絕不可能在這種情形下使壞的。我暗暗地鬆了一口氣，看着我的提包雖然離了原位，仍像處子般無恙。

但是道路陰險地毫無先兆地平滑起來，翻漿也像被施了符咒，消失得無影無蹤。

司機對我說：「你扶好。」

我不解，問：「扶好什麼？」

司機說：「扶好你的腦袋。」

我一時沒明白過來是怎麼一回事兒，但司機兇猛的眼神啟發了我。就在他的右腳殘忍地踩下去的前一秒，我如醍醐灌頂，大徹大悟。剩餘的時間只夠我在明白了他的策略之後，採取最緊急的自救措施：雙腿緊張抵地，雙腕撐死面前的鐵板，整個身體繃得如原始森林裡最古老最強韌的硬木……

嘎——汽車滾動的輪子變成了巨大的鐵錨，筆直地鍥入土地。汽車的框架停止了運動，所有的非固定物體仍以呼嘯的慣性向前飛翔。我的臉頰像一枚溫熱的圖章，砸在了冰冷的前風擋玻璃上，嘴裡頓時吮滿了微甜的黃塵，鼻子被擠壓成寬闊的平台，比醋純粹得多的酸感使我淚流滿面……

我在百忙之中看看司機，他畢竟有了準備，臉上神態如常。只是纏着塑膠帶的方向盤直抵他的心窩，像綴滿了彈扎的胸靶。若是勁頭再大一些，就會讓他前後涼爽地通風了。

急剎車後有一個極短暫的間歇，四周萬籟寂靜。大漠裡白天被風堆積起的沙丘，在溫柔的夜色中不甘寂寞地回落着，一粒又一粒沙礫粘結着墜下來，咬出絲綢般的聲音。

恐懼的混合音響姍姍來遲。大廂上裝載的舊輪胎前赴後繼地傾軋，發出牛奶燃燒般的焦煳味。其間夾雜着尖銳的撞擊聲，我猜那是因為我的提包裡面有一把藏刀。撲撲的悶響，好像是抖擻羽毛的聲音，我斷定那是小米在布袋裡跳躍，我真是一個不可救藥的人，直到此刻，我依然相信賊娃子家裡有一個嗷嗷待哺的美麗的女嬰……

頭髮與木板纏繞在一起的令人焦躁的摩挲聲。柔軟的筋肉剮過什麼物體粗糙的表面類乎砂紙的聲音。乾燥的骨頭隔着菲薄的皮膚互相敲打的動靜……不用看我也知道，那個大廂板上的男人，在這突如其來的急剎車面前，幾乎被卸成零件。

「怎麼樣？最低他也是個腦震蕩。看他還有沒有勁頭偷別人的東西了？」司機躊躇滿志地說。

我回頭望去。那個賊娃子捂着頭，痛苦地抽搐着，好像受了重傷。

「我的天！不會出了人命吧？」我害起怕。

「我是再也不拉女人了，誰說也不拉。你的話她不聽，你給她幫忙，她也不領情。死不了！賊娃子是那麼容易死的嗎？那天底下就沒有這麼多的賊娃子了！」司機很不屑地說。

我不敢再說什麼。想到賊娃子一舉傷了元氣，一時半會兒可能不會再打我的提包的主意了，心裡安寧了許多。車又平穩地向前開去。

看那個大廂上的人如何動作，已成我的主要工作。我隨意地回過頭，把一隻眼睛對着小洞。

我想可能是我的眼花了，剛才致命的刹車，幾乎使我的眼珠彈出眼眶。

於是換眼，另一隻眼看到的情形也是一樣的。

那個男人艱難地在輪胎縫裡爬，不時還用手抹一下臉，把一種我看不清顏色的液體撣開……他把我的提包緊緊地抱在懷裡，往手上哈着氣，擺弄着拉鎖上的提梁。

那邊，他紮在小米口袋上的駱駝黃的繩子，已經解開了，就等着把我提包裡的東西搬過去呢……

「師傅，他……他還在偷，就要把我的東西拿走了……」我驚恐萬狀地說。不單是心疼自己的財產，更驚訝這個賊強韌的生命力。

「是嗎？」師傅這次反倒不慌不忙，嘴角甚至吐出隱隱的笑意。

我想一定是我剛才的不知好歹傷了他的心，就說：「求求您！再狠狠踩一腳急刹車吧！」

他似笑非笑地說：「不怕出人命了？」

我忙不迭地說：「賊娃子，碰死一個少一個！」

司機依然不冷不熱地說：「我看就不必了吧？」

我失望已極，不知他葫蘆裡賣的是什麼藥。剛想再祈求，突然——

面前一片金碧輝煌。幾十盞燈火彷彿從天而降，鑲在暗淡的戈壁灘上，好似一塊古樸的披肩上綴滿了銀色的飾片。看不見的沙漠風貼着地表湧動着，燈火裊裊地撲閃着，好似與天神發着信號。

我想這一定是我的錯覺。但司機的臉在黑暗中越來越亮，那是村落的反光。

「到了。」司機乾巴巴地說。

「到哪兒了？」我的腦子一定是被剛才的汽車舞蹈顛得搭錯了弦，完全不明白是怎麼一回事兒。

「到了兵站了。也就是我們今天晚上的宿營地。也就是到了賊娃子說的那個村子。正確地講，是到了離那個賊娃子家最近的公路上。他家那兒是根本不通車的，還要往沙漠腹地裡蹚二十里……」司機打亮了駕駛室裡的大燈，說：「現在不會出什麼事了。那小子既然一路上都沒撈着下手，就算他倒霉，只有乖乖地拎着他的小米下車了。」

我一時怔住。覺得一場精彩的電影，突然斷了片，在不該完結的時候點起了雪亮的燈。

但是，到了有人煙的地方，這是千真萬確的。門開了，從門裡晃出聚光很散的手電，看不清持電筒人的上半身，只見碩大的皮毛鞋在移動。從很高的暗處發出沉悶的問話：「住店啊？這麼晚了，我說沒人來了，還真有人來。」

我最後地瞧了一眼小洞，我的提包還在。那個人挽着他的黃口袋，像個木偶似的往下爬。

我長吁了一口氣，哦，我的提包！我們是多麼不容易地維持了你的完整。

司機下來車，很瀟灑地閃在一邊，等着看齣好戲。

搭車人狼狽地踩着軲轆跌下來，跪坐在地上。不過個把時辰不見，他蒼老得分辨不出年齡了。除了原有的赭黃之外，臉上平添了青光，額上有蜿蜒的血迹。

我們自然知道這是怎麼一回事兒，沒有問他，且看他如何表演。

「學學啦……學學……」他的舌頭湅僵了，把「謝」說成「學」。

我們微笑地看着他，不停地點頭。

他說：「學學你們把車開得這樣快，我知道你們是為我在趕路，怕我的小女兒喝不上小米湯。現在到天亮前，我趕得到家了……學學……」他抹了一把下頷，擦掉的不知是眼淚、鼻涕還是血，總之使他的臉乾淨了一些。

司機一字一頓地說：「甭囉嗦了。拿好你的東西，回家吧！」他特意着重了「你的東西」這句。

他點點頭，戀戀不舍地離開了我們。

看着他蹣跚的身影，我突然發現那根繫小米口袋的駱駝黃的麻繩不見了。他用手心把口袋嘴撮成一團，緊緊掐着，很吃力的樣子。

這麼說，他在車上打開過自己的口袋。也就是說，口袋的容量看起來和原先差不多，其實裡面的貨色很可能調了包。他把小米倒進了我的提包，而把我的貴重物品填進了他的破口袋，然後大搖大擺地從我們的眼皮子底下溜走……

想到這裡，我不由自主地喝了一聲：「你停下！」

「我要查查我的東西少了沒有。」我很嚴正地對他說。

司機讚許地衝我眨眨眼睛。

那個土黃色的人孤獨地面對我們，脖子柔軟地耷拉下來，不堪重負的樣子。我三下五除二地爬上大廂板，動作是從未有過的敏捷。我看到了我的提包，它像一個胖胖的嬰兒，安適地躺在黝黑的輪胎之中。我不放心地摸索着它，每一環拉鎖都像小獸的牙齒般細密結實。

突然觸到鬃毛樣的粗糙，我意識到這正是搭車人那截失蹤了的繩頭。它把我的提包牢牢地固定在大廂的木條上，像焊住一般結實。

我的心凌空遭遇寒流，凍得皺縮起來。

我的提包原是用一根舊繃帶捆在車上的。經過長途跋涉，繃帶磨裂了，汽車的每一次急轉彎，都可能把我給父母的禮物甩給大漠。搭車人發現了這個隱患，他解下了自己紮米口袋的繩子，想把我的提包重新固定……在寒冷與顛簸之中，他操作了一路……

我呆坐在高聳的輪胎間，看着蒼茫的夜空。

假若道路不翻漿，假若熄滅了刺骨的寒風，假若沒有急剎車，坐大廂板還是挺愜意的。

（原載《文論報》1995年3月）

## 劉慶邦

劉慶邦（1951— ），河南沈丘人。作家。著有中短篇小說集《走窯漢》、《心疼初戀》，長篇小說《斷層》、《高高的河堤》等。另有《劉慶邦選集》出版。

# 鞋

有個姑娘叫守明，十八歲那年就定了親。姑娘家一定親，就算有了未婚夫，找到了婆家。未婚夫這個說法守明還不習慣，她覺得有些陌生，有些重大，讓人害羞，還讓人害怕。她在心裡把未婚夫稱作「那個人」，或遵從當地的傳統叫法，把未婚夫稱為哪哪莊的。那個人的莊子離她們的莊子不遠，從那個人的莊子出來，跨過一座高橋，往南一拐，再走過一座平橋，就到了她的莊。兩個村莊同屬一個大隊，大隊部設在她的莊。

那個家裡託媒人把定親的彩禮送來了，是幾塊做衣服的布料，有燈芯絨、春風呢、藍卡其、月白府綢，還有一塊石榴紅的大方巾。那時他們那裡還很窮，不興買成衣，這幾樣東西就是最好的。聽說媒人來送彩禮，守明嚇得趕緊躲進裡間屋去了，手捂胸口，大氣都不敢出。母親替女兒把東西收下了。母親倒不客氣。

媒人一走，母親就把那包用紅方巾包着的東西原封不動地端給了女兒，母親眼睛彎彎的，飽含着掩飾不住的笑意，說：「給，你婆家給你的東西。」

對於婆家這兩個字眼兒，守明聽來也很生分，特別是經母親那麼一說，她覺得有些把她推出去不管的味道，她撒嬌中帶點抗議地叫了一長聲媽，說：「誰要他的東西，我不要！」

母親說：「不要好呀，你不要我要，我留着給你妹妹做嫁妝。」

守明的妹妹也在家，她上來就叫出了那個人的名字，說她才不要那個人的破東西呢，她要把那個人的東西退回去，就說姐嫌禮輕，要送就重重地來。

「再胡說我撕你的嘴！」守明這才把東西從母親手裡接過來了。她有些生妹妹的氣，生氣不是因為妹妹說的禮輕禮重的話，而是妹妹叫了那個人的名字。那名字在她心裡藏着，她小心翼翼，自己從來捨不得叫。妹妹不知從哪裡聽說的，沒大沒小，無尊無重，張口就叫出來了。彷彿那個名字已與她的心有了某種連結，妹妹猛丁一叫，帶動得她的心疼了一下。她想訓妹妹一頓，讓妹妹記住那個名字不是哪個小丫頭片子都能隨便叫的，想到妹妹是個心直口快的，說話從來沒遮攔，說不定又會說出什麼造次話來，就忍住了。

守明正把東西往自己的木箱裡放，妹妹跟過來了，要看看包裡都是什麼好東西。

姐姐對她當然沒好氣，她說：「哪有好東西，都是破東西。」

妹妹嬉皮笑臉，說剛才是跟姐姐說着玩呢。向姐姐伸出了手。

守明像是捍衛什麼似的，堅決不讓妹妹看，連碰都不讓妹妹碰，她把包袱放進箱子，啪嗒就鎖上了。

妹妹被閃了手，覺得面子也閃了，臉上有些下不來，她翻下臉子，把姐姐一指說：「你走吧，我看你的心早不在這個家了！」

「我走不走你說了不算，你走我還不走呢。」

「誰要走誰不是人！」

母親過來把姐妹倆勸開了。母親說：「當閨女的哪個不是嘴硬，到時候就由心不由嘴了。」

家裡只有守明一個人時，守明才關了門，把彩禮包兒拿出來了。她一塊一塊地把布頁子揭開，輕輕撫撫摸摸，放在鼻子上聞聞，然後提住布塊兩角圍在身上比劃，看看哪塊布適合做褲子，哪塊布做上衣才漂亮。她把那塊石榴紅的方巾也頂在頭上了，對着鏡子左照右照。她的臉早變得紅通通的，很像剛下花轎的新娘子。想到新娘子，她把眉一皺，小嘴一咕嘟，做出一副不甚情願的樣子。又覺得這樣子不太好看，她就展開眉梢兒，聳起小鼻子，輕輕微笑了。她對自己說：「你不用笑，你快成人家的人了。」說了這句，不知為何，她嘆了一口氣，鼻子也酸酸的。

有來無往不成禮，按當地的規矩，守明該給那個人做一雙鞋了。這對守明來說可是一件了不得的大事，平生第一次為那個將要與她過一輩子的男人做鞋，這似乎是一個儀式，也是一個關口，人家男方不光通過你獻上的鞋來檢驗你女紅的優劣，還要從鞋上揣測你的態度，看看你對人家有多深的情義。畫人難畫手，穿戴上鞋最難做。從納底，做幫兒，到縫合，需要幾個節兒，哪個環節不對了，錯了針線，鞋就立不起來，拿不出手。給未婚夫的第一雙鞋，必須由未婚妻親手來做，任何人不得代替，一針一線都不能動。讓別人代做是犯忌的，它暗示着對男人的不貞，對今後日子的預兆是不吉祥的。為這第一雙鞋，難壞當地多少女兒家啊！有那手拙的閨女，把鞋拆了哭，哭了拆，鞋沒做成，流下的眼淚差不多能裝一鞋窠兒。做鞋守明是不怕的，她給自己做過鞋，也給父親和小弟做過鞋，相信自己能給那個人把第一雙鞋做合腳。在給父親和小弟做鞋時，她就提前想到了今天這一關，暗暗上了幾分練習的心，如今關口就在眼前，她的心如箭在弦，當然要全神貫注。

守明開始做鞋的籌備工作了。她到集上買來了烏黑的鞋面布和雪白的鞋底布，一切全要新的，連袼褙和墊底的碎布都是新的，一點舊的都不許混進來。她的表情突然變得嚴肅起來，讓母親覺得有些可笑，但母親不敢笑，母親怕笑羞了女兒。母親悄悄地幫女兒做一些女兒想不到、或想到了不好意思開口的事情，比如：女兒把做鞋的一應材料都準備齊了，才想起來還沒有那個人的鞋樣子。不論紮花子、描雲子，還是做鞋，樣子是必要的，沒樣子就不得分寸，不知大小，便無從下手。女兒正犯愁，母親打開一個夾鞋樣的書本，把那副鞋樣子送到了女兒面前。原來母親事先已託了媒人，從那男孩子的姐姐手裡把男孩子的鞋樣子討過來了。女兒不大相信這是真的，但從母親那肯定的目光裡，她感到不用再問，只把鞋樣子接過來就是了。她心頭湧出一股說不出的感動，遂低下頭，不敢再看母親。

拿到了鞋樣子，等於知道了那個人的腳大小。她把鞋底的樣子放在床上，張開指頭拃了拃，心中不免吃驚，天哪，那個人人不算大，腳怎麼這樣大。俗話說腳大走四方，不知這個人能不能走四方。她想讓他走四方，又不想讓他走四方。要是他四處亂走，剩下她一個人在家可怎麼辦？她想有了，應該在鞋上做些文章，把鞋做得比原鞋樣兒稍小些，給他一雙小鞋穿，讓他的腳疼，走不成四方。想到這裡，她彷彿已看見那人穿上了她做的新鞋，那個人由於用力提鞋，臉都憋得紅了。

她問：「穿上合適嗎？」

那個人吭吭哧哧，說合適是合適，就是有點緊，有點夾腳。

她做得不動聲色，說：「那是的，新鞋都緊都夾腳，穿的次數多了就合適了。」

那個人把新鞋穿了一遭，回來說腳疼。

她準備的還有話，說：「你疼我也疼。」

那個人問她哪裡疼。

她說：「我心疼。」

那個人就笑了，說：「那我給你揉揉吧！」

她有些護癢似的，趕緊把胸口抱住了。她抱的動作大了些，把自己從幻想中抱了回來。她意識到自己走神走遠了，走到了讓人臉熱心跳的地步，神都回來一會兒了，摸摸臉，臉還火辣辣的。

瞎想歸瞎想，在動剪子剪袼褙時，她還是照原樣兒一絲不差地剪下來了。男人靠一雙腳立地，腳是最受不得委屈的。做鞋的功夫在納鞋底上，那真稱得上千針萬線，千花萬朵。在選擇鞋底針腳的花型時，她費了一番心思：是梅花型好？棗花型好？還是對針子好呢？她聽說了，在此之前，那個人穿的鞋都是他姐姐給做，他姐姐的心靈手巧全大隊有名，對別人的針線活兒一般看不上眼。待嫁的閨女不怕笨，就怕婆家有個巧手姐。這個巧手姐給她攤上了。不用說，等鞋做成，必定是巧手姐先來個百般驗看。她說什麼也不能讓婆家姐姐挑出毛病來。守明最後選中了棗花型。她家院子裡就有一棵棗樹，四月春深，滿樹的棗花開得正噴，她抬眼就看見了，現成又對景。棗花單看有些細碎，不起眼，滿樹看去，才覺繁花如雪。棗花開時也不爭不搶，不獨領枝頭。枝頭冒出新葉時，花在悄悄孕育。等樹上的新葉濃密如蓋，花兒才細紛紛地開了。人們通常不大注意棗花，是因遠遠看去顯葉不顯花，顯綠不顯白。白也是綠中白。可識花莫若蜂，看看花串中間那嗡嗡不絕的蜜蜂就知道了，棗花的美，何其單純，樸素。棗花的香，才是真正的醇厚綿長啊！守明把第一朵棗花「搬」到鞋底上了。她來到棗樹下，把鞋底的花兒和樹上的花兒對照了一下，接着鞋底上就開了第二朵、第三朵……

那時生產隊裡天天有活兒，守明把鞋底帶到地裡，趁工間休息時納上幾針。她怕地裡的土會霑到白鞋底上，用拆口罩的細紗布把鞋底包一層，再用手絹包一層，包得很精緻，像是什麼心愛的寶貝。她想到姐妹們和嫂子們會拿做鞋的事打趣她，不知出於何種心理需求，她還是忐忐忑忑地把「寶貝」帶到地裡去了。那天的活兒是給棉花打瘋杈子，剛打一會兒，她的手就被棉花的嫩枝嫩葉染綠了，像撲克牌上大鬼小鬼的手。這樣的手是萬萬不敢碰上白鞋底的，若碰上了，鞋底不變成鬼臉才怪。工間休息時，她來到附近河邊，團一塊黃泥作皂，把手洗了一遍又一遍。這還不算，拿起鞋底時，她先把手可能握到的部分用紗布纏上，捏針線的那隻手也用手絹纏上，直到確信自己的手不會把鞋底弄髒，才開始納了一針。

守明是躲到一旁納的，一個嫂子還是看到了。底是千層底，封底是白細布，特別是守明那份癡癡迷迷的精心勁兒，一看就不同尋常。嫂子問她給誰做的鞋。

守明低着眉，說：「不知道！」

她一說「不知道」，大家都知道了，一齊圍攏來，拿這個將要做新娘的小姑娘開玩笑。有的說，看着跟笏板一樣，怎麼像個男人鞋呢！有的問，給你女婿做的吧？有人知道那個人的名字，乾脆把名字指出來了。

守明還說「不知道。」

她的臉紅了，耳朵紅了，彷彿連流蘇樣的剪髮也紅了，剪髮遮不住她滿面的嬌羞，卻烤得她腦門上出了一層細汗。她雖然長得結結實實，飽飽滿滿，身體各處都像一個大姑娘了，可她畢竟才十八歲，這樣的玩笑她還沒經過，還不會應付。她想惱，惱不成。想笑，又怕把心底的幸福泄露出去，反招人家笑話。還有她的眼睛，眼睛水汪汪、亮閃閃的，蘊滿無邊的溫存，閃射着青春少女激情的火花，一切都遮掩不住，這可怎麼辦呢？後來她雙臂一抱，把臉埋在臂彎裡了，鞋底也緊緊地抱在懷裡。這樣，誰也看不見她的眼睛和她的「寶貝」了。

姐妹們和嫂子說：「喲，守明害羞了，害羞了！」

她們的玩笑還沒有完，一個嫂子驚訝地喲了一聲，說：「說曹操，曹操就到，守明快看，路上過來的那人是誰？」說着對眾人擠眼，讓眾人配合她。

眾人說，不巧不成雙，真是的呢！

守明的腦子這會兒已不會拐彎兒，她心中轟地熱了一下，心想，路上過來的那個人一定是她的那個人，那個人在大隊宣傳隊演過節目，和大隊會計又是同學，來大隊部走走是可能的。她彷彿覺得那個人已經到了她跟前，她心頭大跳，緊張得很。別人越是勸她，拉她，讓她快看，再不看那個人就走過去了，她越是把臉埋得低。她心裡一百個想看，卻一眼也不敢看，彷彿不看是真人真事，一看反而會變成假人假事似的。

守明的一位堂姐大概也受過類似的蒙蔽，有些看不過，幫守明說了一句話，讓守明別上她們的當。又說，我守明妹子心實，你們逗她幹什麼！

守明這才敢抬起頭來，往地頭的大路上迅速瞥了一眼，路上走過來的人倒是有一個，那是一個戴爛草帽、光脊梁，像嚇唬老鴰的穀草人一樣的老爺爺，哪裡是她日思夜想的那個人。心說不看，管不住自己，還是看了，一看果然讓人失望。守明覺得受了欺負，躍起來去和那位始作俑的壞嫂子算賬。那位嫂子早有防備，說着「好好，我投降」，像兔子一樣逃竄了。

又開始給棉花打杈子時，守明的心裡像是生了杈子，時不時往河那岸望一眼。河裡邊就是那個莊子的地，地盡頭那綠蒼蒼的一片，就是那個莊子，她的那個人就住在那個莊子裡。也許過個一年半載，她就過橋去了，在那邊的地裡幹活，在那個不知多深多淺的莊子裡住，那時候，她就不是姑娘家了。至於是什麼，她還不敢往深裡去想。只想一點點開頭，她就愁得不行，心裡就軟得不行。棉花地裡陡然飛起一隻鳥，她打着眼罩子，目光不捨地把鳥追着，眼看着那隻鳥飛過河面河堤，落到那邊的麥子地裡去了。麥子已經泛黃，熱燻燻的南風吹過，無邊的麥浪連天波湧。守明漫無目的地望着，不知不覺眼裡汪滿了淚水。

第一次看見那個人是在全大隊的社員大會上，那個人在黑壓壓的會場中唸一篇大批判的稿子，她不記得稿子裡說的是什麼，旁邊的人打聽那個人是哪莊的，叫什麼名字，她卻記住了。那個人頭髮毛毛的，唇上光光的，不像個成年人，像個剛畢業的中學生。她當時想，這個男孩子，年紀不大，膽子可夠大的，敢在這麼多人面前唸那麼長一大篇話，要是她，幾個人抬她，她也不敢站起來。就算能站起來，她也張不開嘴。再次看見那個人是大隊文藝宣傳隊在她的村演節目的時候，那個人出的節目是二胡獨奏，拉的是一支訴苦的曲子，叫天上佈滿星、月牙兒亮晶晶……那個人拉時低着頭，抹搭着眼皮，精神頭兒一點也不高，想不到他拉出的曲子那樣好聽，讓人禁不住地眼睛發潮，鼻子發酸。以後宣傳隊到別的村演出，到公社去演，她跟別的姐妹搭成幫，都追着去看了，看到那個人不光會拉二胡，吹笛子，還會演小歌劇和活報劇。演戲時臉上是化了妝的，穿的衣服也是戲中人的衣服，這讓守明覺得那個人有點好看。要是舞台上有好幾個人在演，守明不看別人，專挑那一個人看。她心裡覺得和那個人已經有點熟了，她光看人家，不知人家看不看她。她擔心那個人看她時沒注意到，就不錯眼珠地看着那個人的一舉一動。她這個年齡正是心裡亂想的年齡，難免七想八想，想着想着，就把自己和那個人聯繫到一塊兒去了。她不知道那個人有沒有對象，要是沒對象的話，不知那個人喜歡什麼樣的……她突然感到很自卑，有一次戲沒看完就退場了，在回家的路上她罵了自己，罵完了她又有點可憐自己，長一聲短一聲地嘆氣。

有一天，家裡來個媒人給守明介紹對象，守明正要表示心煩，表示一輩子也不嫁人，一聽介紹的不是別人，正是讓她做夢的那個人，她一時渾身冰涼，小臉發白，顯得有些傻，不知如何表態。媒人一走，她心說，我的親娘哎，這難道是真的嗎！淚珠子一串一串往下掉。母親以為她對這門親事不樂意，對她說，心裡不願意就說不願意，別委屈自己。守明說：「媽，我是捨不得離開您！」

守明相信慢工出巧匠的話，她納鞋底納得不快，她像是有意拉長做鞋的過程，每一針都慎重斟酌，每一線都一絲不苟。回到家，她把鞋底放在枕頭邊，或壓在枕頭底下，每天睡覺前都納上幾針，看上幾遍。拿起鞋底，她想入非非，老是產生錯覺，覺得捧着的不是鞋，而是那個人的腳。她把「腳」摸來摸去，揉來揉去，還把「腳」貼在臉上，心裡讚嘆：這「腳」是我的，這「腳」真不錯啊！既然得了那個人的「腳」，就等於得了那個人的整個身體。有天晚上，她把「那個人的腳」摟到懷裡去了，摟得緊貼自己的胸口。不料針還在鞋底上別着，針鼻兒把她的胸口高處扎了一下，幾乎扎破了，她說：「喲，你的指甲蓋這麼長也不剪剪，扎得人家怪癢癢的，來，我給你剪剪吧！」她把針鼻兒順倒，把「腳」重新摟到懷裡，說：「好了，剪完了，睡吧！」她眯縫着眼，怎麼也睡不着，心跳，眼皮也彈彈地跳。點上燈，拿起小鏡子照照臉，她嚇了一跳，臉紅得像發高燒。她對自己說：「守明，好好等着，不許這樣，這樣不好，讓人家笑話！」她自我懲罰似的把自己的臉拍打了一下。

媒人遞來消息，說那個人要外出當工人。守明一聽有些犯愣，這真應了那句腳大走四方的話。看來手上的鞋得抓緊做，做成了好趕在那個人外出前送給他。那個人此一去不知何時才能回還，她一定得送給那個人一點東西，讓那個人念着她，記住她，她沒有別的可送，只有這一雙鞋。這雙鞋代表她，也代表她的心。她有點擔心，那個人到了外邊會不會變心呢？

這時妹妹插了一手。趁守明一錯眼神，拿起鞋底納了幾針。她一眼就發現了，一發現就惱了，她質問妹妹：「誰讓你動我的東西，你的手怎麼這麼賤！」她把鞋底往床上一扔，說她不要了，要妹妹賠她。

妹妹沒見過姐姐這麼兇，她嚇得不敢承認，說她沒動鞋底了，連摸也沒摸。

「還敢嘴硬，看看那上面你的髒爪子印！」她過去一把捉住妹妹的手，捉得好狠。拉妹妹去看。

妹妹墜着身子使勁往後掙，嚷着堅持說沒動，求救似的喊媽，聲音裡帶了哭腔。

母親過來，問她們姐妹倆又怎麼了。

守明說妹妹把她的鞋底弄髒了。

母親把鞋底看了看，這不是乾乾淨淨的嗎！

守明說：「就髒了，就髒了，反正我不要了，她得賠我，不賠我就不算完！」她覺得母親在偏袒妹妹，把妹妹的手衝母親一扔，扔開了。

母親說：「不算完怎麼了，你還能把她吃了？你是姐姐，得有個當姐姐的樣子。」母親又吵妹妹，「愣在那裡幹什麼，還不下地給我薅草去！」

妹妹如得了赦令，趕緊走了。

守明把母親偏袒妹妹的事指出來了，說：「我看你就是偏向她！」她隱約覺出，母親開始把她當成人家的人了，這使她傷感頓生。

母親說：「你們姐妹都是我親生親養，我對哪個都不偏不向。我看你這閨女越大越不懂事，不像是個有婆家的人。要是到了婆家，還是這個脾氣，說話不照前顧後，張嘴就來，人家怎麼容你，你的日子怎麼過？」

母親的話使守明的想法得到印證，母親果然把她當成人家的人了。她說：「我就是不懂事……我哪兒也不去，死也要死在家裡！……」說着一頭撲在床上就哭起來了。哭着還想到了那個人，那個人要遠走，也不來告訴她一聲，不知為什麼！這使她傷心傷得更遠。

母親坐在床邊勸她，說鞋底別說沒髒，髒了也不怕，到時用漂白粉擦一遍，再趁鄰家在大缸裡用硫磺薰粉條時薰一遍，鞋底保證雪白雪白的，比戲台上粉底朝靴的漆白底都白。

守明把母親的話聽到了，也記住了，但她的傷感並不能有所減輕。

在一個落雨的日子，守明把鞋做好了，做得底是底幫是幫的，很有鞋樣兒。她把鞋拿在手上近看，靠在窗台上遠觀，心裡還算滿意。

鞋做成後，守明不大放得住。那雙鞋像是她心中的一團火，她一天不把「火」送出去，心裡就火燒火燎的。還好，那個人外出的日期定下來了，託媒人傳話，向她約會，她正好可以親手把鞋交給那個人。

約會的地點是那座高橋，時間是吃過晚飯之後。當晚守明沒有吃飯，她心跳得吃不下。等別人吃過晚飯，天已經黑透了。那天晚上月亮很細，像一支透明的鴿子毛。星星倒很密，越看越密。守明心想，一萬顆星星也頂不上一顆月亮，要這麼多星星有什麼用！地裡的莊稼都長出來了，到處像黑樹林，有些唬人。母親要送她到橋頭去。她不讓。

守明把一切都想好了，她要讓那個人把鞋穿上試一試，那個人若說正好，她就不許他脫下來，讓他穿這雙鞋上路——人是你的，鞋就是你的，還脫下來幹什麼！臨出門，她又改變了主意，覺得只讓那個人把鞋穿上試試新就行了，還得讓他脫下來，脫下來帶走，保存好，等他回來完婚那一天才能穿。她要告訴他，在舉行婚禮那一天，她若是看不見他穿上她親手做的這雙鞋，她就會生氣，吹滅燈以後也不理他。當然了，就這個事情守明會徵求他的意見，他要是點頭同意了，守明就等於得到一個比穿鞋不穿鞋意義深遠得多的重大許諾，她就可以放心地等待他了。

守明的設想未能實現，她兩次讓那個人把鞋試一試，那個人都沒試。第一次，她把鞋遞給那個人時，讓那個人穿上試試。那個人對她表示完全信任似地，只笑了笑，說聲謝謝，就把鞋豎着插進上衣口袋裡去了。二人依着橋上的石欄說了一會兒話，守明抓了一個空子，再次提出讓那個人把鞋試一試。那個人把他的信任說出來了，說不用試，肯定正好。

「你又沒試，怎麼知道正好呢？」

那個人固執得真夠可以，說不用試，他也知道正好。直到那個人說再見，鞋也沒試一下。那個人說再見時，猛地向守明伸出了手，意思要把手握一握。

這是守明沒有料到的。他們雖然見過幾次面，說過幾次話，但從來沒有碰過手。和男人家碰手，這對守明來說可是一件了不得的大事，她心頭撞了幾下，猶豫了一會兒，還是低着頭把手交出去了。那個人的手溫熱有力，握得她的手忽地出了一層汗，接着她身上也出汗了。她抬頭看了看，在夜色中，見那個人正眼睛很亮的看着她。她又把頭低下去了。那個人大概怕她害臊，就把她的手鬆開了。

守明下了橋往回走時，見夾道的高莊稼中間攔着一個黑人影，她大吃一驚，正要折回身去追那個人，撲進那個人懷裡，讓她的那個人救她，人影說話了，原來是她母親。

怎麼會是母親呢！在回家的路上，守明一直沒跟母親說話。

**後記：**

我在農村老家時，人家給我介紹了一個對象。那個姑娘很精心地給我做了一雙鞋。參加工作後，我把那雙鞋帶進了城裡，先是捨不得穿，想留作美好的紀念。後來買了運動鞋、皮鞋之後，覺得那雙鞋太土，想穿也穿不出去了。第一次回家探親，我把那雙鞋退給了那位姑娘。那姑娘接過鞋後，眼裡一直淚汪汪的。後來我想到，我一定傷害了那位農村姑娘的心，我辜負了她，一輩子都對不起她。

（原載《北京文學》1997年第1期）

**王安憶**

王安憶（1954— ），祖籍福建同安，生於南京。女，作家。著有小說集《雨，沙沙沙》、《尾聲》、《流逝》、《本次列車終點》、《海上繁華夢》，中篇小說《小鮑莊》、《小城之戀》、《校長的故事》，長篇小說《黃河故道人》、《69屆畢業生》、《紀實與虛構》、《長恨歌》等。另有六卷本《王安憶自選集》出版。

# 輪渡上

我還沒寫過輪渡上的那二男一女。他們的面容在時間的河流中浮現起來，越來越清晰。這是在稠厚的淮河的背景之下的畫面，有一種油畫的醬黃的暖色調，二男一女的面容是由光和影結構的，不是那種線描式的。他們的皮膚顯出粗糲的質感，肌理和顆粒變得細膩了。他們要比實際上更美一些，像那種光和影對比最好的照片，看上去柔和，飽滿，鬆弛。那女的脖上的紅方巾，以及那兩個男的頭上的戴絨棉帽，也顯出毛絨絨的質感。比質感略有些不同，紅方巾要明亮一些，而戴絨棉帽則是硬紮的。他們的臉型都是蒙古臉型，寬扁，鼻樑平塌，單眼皮，嘴唇的線條不太明顯。這種臉型的輪廓是模糊的，比較多肉，有些粗笨。可是美妙的光影使它們產生了變化，它們有了起伏、對比，他們的臉龐，有一種遲鈍的美。這是一種泱泱大族的美，一點不是精緻的，嫵媚的，而是沉着，滯重，樸拙。包在這厚重的單眼皮裡的小眼珠，你幾乎看不見它們的轉動，也沒有光芒。可正因為此，它們就具有了一種分外銳利的、鷹隼般的視力。理由很簡單，就是說，你很難相信，它們是像表面上那樣的木訥。這絕不會是真的木訥，而是，而是有含意的。

現在，他們的面容又清晰了一些，他們走近了一些。太陽呢，也高了，那種油畫的醬黃換成了白熾的光色，暗影退去了，呈現了線條。他們的面容就變得不那麼美妙了。皮膚上由於紫外線強烈照射形成的紫斑，上火發出的疙瘩，變得顯眼了。還有粗大的毛孔，鼻凹裡的油膩，皴出的口子。他們的神情也起了變化，有些活泛起來。是一種拙笨的活泛，絕談不上是靈活，也談不上活潑，甚至不是生動，他們更像是緊張不安，或者亢奮，面部肌肉始終在移動，但表情卻僵持着不變，依然是木訥的。這種木訥和真正的莊稼漢的木訥是有區別的。莊稼漢的木訥其實是一種很深刻的安靜。他們的勞動和收成都是可靠的，已經有幾千年的經驗證明這點了，有一些失望也不要緊。他們的安靜就來自於這個信心。這種深刻的安靜使得他們的面容有了一種真正的文雅。莊稼人的面容是文雅的面容，他們完全沒有浮躁和粗魯。他們是辛勞的，可卻不是憔悴。所有表面的粗糙都是戶外生活的痕迹，是自然的圖畫。我想，法國畫家米勒筆下的農人為什麼如此打動人心，就因為他畫出了農人的高貴文雅氣質，辛勞的農人與他身後的田野飽含着溫馨的默契，特別令人心安。而輪渡上的二男一女，他們顯然不再安靜，就像方才說的，他們是活泛的。他們在船艙裡走動着，大聲說着話，還笑着。尤其是那個女的，她更活躍一些，上下走動得更勤，博來周圍人的目光。

他們顯見得是見過些世面的，不怕人，坐車行船也老練，花錢相當潑辣。他們一上船就去買麵包，還有餅乾，這使得他們與周圍的農人截然不同。這表明他們手頭有着現錢，而這正是莊稼人所缺的。可他們又不是街上人，「街上人」是農人對城市居民的稱呼。他們的穿着，口音，都是鄉裡人。說話間也露出就是這四鄉八里的人士。他們是離家很久的樣子，大包裹小行李的，佔了一大片地。在這一堆包裹裡，有兩件東西表明了他們的身份，那就是一把三弦，一把二胡。

這是一夥民間藝人，在歉收的秋季，離鄉出外謀生。度過寒冷的冬天，在這春耕時分回家了。他們不僅餬住了口，省下口糧聊度春荒，還積攢了不少。看他們的行李和出手便可知道。因為有收穫和回家，他們都有些克制不住的興奮，越來越多話，那女的一刻不停地收拾東西，其實是在清理財產。即使是在吃麵包時，她也只用嘴啣着，空出兩隻手倒騰這些包裹。她理完一個，放下一個，再抓住一個，一使勁，提起來，墩在膝上。有着一股莊稼人的利索勁。她重新組合着這些包裹，有的一個分成兩個，有的則兩個併成一個。她忙活得臉上沁出了油汗，臉更紅了，是一種豬肝色。她的嘴和她的手一樣忙個不停。她說話的聲很高，是粗嘎的音色，語速相當快，北地的方言又多是喉部發音，就難免語音濁重，口齒含糊，聽上去極聒噪。她差使着那兩個男的，逼迫他們也同她一起收拾行李，他們則表示出沒興趣。她就奢侈地用麵包去投擲他們，他們呢，接住後，再擲還她。

輪渡上大都是少出遠門的農人，家住淮河兩岸。這班輪渡是溯流而上，從蚌埠出發，終點大柳巷；沿岸要停十數個碼頭。農人出門總是為了農事，所以輪渡上，尤其是底艙裡，擠滿了籮筐。或是瓜菜，或是雞鴨，或是苗豬。這些家禽和家畜都很安靜，很安於它們的處境，在輪渡震耳欲聾的柴油機馬達聲中，伏臥着，安詳地眨着眼睛，偶然發出「咕」的一聲，動動腿腳，又重新臥好。一切都處於昏然狀態，有一股地窯裡缺氧的，含着些腐味的暖意。由這二男一女，打破了寧靜。

人們將眼光投向他們，眼光裡並沒有興趣和驚訝的表情，看上去反是漠然的。這卻不表示麻木，而只是深諳一切。鄉裡人的靜默裡，有着多麼深的世故，輕薄的城裡人是不會懂得的。守着他們的雞鴨和苗豬的鄉裡人，手袖在棉衣袖筒裡，靜靜地看那二男一女嬉笑打鬧。他們這三張臉都笑開了，顯得更加寬扁。他們旁若無人地鬥着嘴，看起來那兩個男的一起對付那女的，這使那女的加倍興奮起來。她在花棉襖外面披一件男式的制服短襖，不知是兩個男的中間的哪一個的。這一件制服棉襖再一次將她與鄉裡的姐妹區別開了。她的頭髮很鬆散地編成兩條髮辮，由於沒有好好梳理和缺乏營養，頭髮枯黃稀疏，分了岔。兩鬢的散髮披在臉頰上，並沒有將臉形遮窄一些，反使它更寬扁，更為邋遢。她是說不上好看的，可是她大膽。她的大膽和放肆使人忘記了她的不好看。好看不好看變得不怎麼重要。

她顯然意識到人們的目光，這非但不使她怯場，反使她得意。她顯示出格外的優越感，更大聲地與那兩個男的叫罵，表現得特別過火。一過火難免要出岔，霎時間，她的某一句觸犯了其中的一個，他頓時翻了臉，刻毒地回罵一回，悻悻地走開了。這一個男的，看起來比那個年輕一些，這不是表現在相貌上，而是氣質上。那一個比較寬仁厚道，具兄長風度。這一個則暴戾而且易怒，方才三個人的調侃中，以他和女的為主，那一個只是起着湊趣和圓場的作用。等這一個翻了臉，他卻手足無措，惶惶不安，趕着去勸解，又丟不下女的。回頭看她，她也是惱羞成怒，紫漲了臉，在眾人眼前丟了臉面，有些氣他，也有些氣自己。

艙裡一時安靜了。船不知什麼時候停靠了一個碼頭，這時又離岸了。從舷窗裡可看見外邊的耀眼的日光，卻一點也照不進底艙。船上開始供應麵條，麵條一碗碗排放在飯車上，熱氣蒸騰了一時，很快便在乍暖還寒的氣溫裡消散了。一些人上去買了麵條，回來呼呼地吃着。艙裡格外的靜默，那些不吃麵條的農人們，識趣地閉上眼睛，開始打盹。麵湯酸甜的餿氣瀰漫在艙裡，艙裡的空氣又混濁了一些。那兩個男的又回到了艙裡，手裡端着麵條，年長的也替女的端來了一碗。三人便一起吃着麵條。易怒的這個還是虎着臉，女的，一邊吃麵，一邊覷他。年長的那個吃完一碗，復又上去，再端下兩碗，要他們再吃。女的接過來，往自己碗裡撥了一半，那一半則遞給這一個，是和解的態度。他不要，但用筷子指指年長的那位，意思是給他，就算是接受了和解，搭了話。那年長的將半碗麵條合在一碗上，麵湯從碗沿漫了下來，他趕緊喝一大口，將麵湯喝下去，在那兩個對面坐下了。他吃麵的臉上，露出滿足和放心的表情。

現在，他們都安靜了下來，小聲地說着話。女的也老實了，態度有點賣乖，對那易怒的說話裡，還帶着明顯的討好。人們的注意力從他們身上移開了。漫長的旅途使人們感到了倦意。那二男一女將長椅上的包裹收拾一下，騰出地方讓女的躺下，兩個男的則坐着，頭垂在膝上打起盹來。很快他們便響起了鼾聲。這時，連雞和豬們都合上眼，犯瞌睡了。艙外，淮河亮閃閃的，一河的日頭。是淮河裡較寬的一段，河岸有些遠，但傳來的杵衣聲依然很清晰，一聲聲的，在空曠的河面上傳得很遠。還有女人的說話聲和笑聲，格外的清洌。輪渡走在河心，船身被太陽照得發亮。

艙裡是昏沉的世界，濃重的睡意使得空氣黏稠而且腥臭。有甲板上的人朝艙裡伸下頭看看，什麼也看不清。輪渡又靠了一站，進來些新人，再繼續向前。太陽漸漸地移向了西邊，不那麼耀眼。相反，底艙裡倒顯得不那麼暗了，甚至有些明亮起來。不知什麼時候，那女的坐了起來，張大嘴，忘情地打着哈欠。她的頭髮亂得不成樣子，可她連攏都不攏一下，聽憑它披掛着，大約她是以為這樣美的。那兩個男的也睜開了眼睛。艙裡的空氣波動了一下，鼾聲止了。人們雖然還保持着原先的姿勢不動，但顯然都從瞌睡中出來了。此時才發現，底艙裡的人至少已經走了有一半，是在方才的瞌睡中上岸的，換了幾張新面孔。那女的轉頭去問邊上人，這船到什麼地方了。那人回答了她，又問她是去哪裡。他們漸漸地攀談起來。

這人是新上的船，穿一件藍卡其面戴絨領長大衣，手腕上戴坦克鏈手錶，亮晃晃的。也是見過世面的模樣，像是這班輪渡的常客。他很有興趣與那二男一女攀談，他們的攀談顯然也引起了周圍人的注意，又有幾個人湊上去，參加了談話。這時候，艙裡又掀起了一個小小的高潮，氣氛活躍起來，甚至連那些少出家門的農人臉上，都有了關心的表情，朝這邊張望着。那女的這一回表現得比較收斂，因為受了上一回的沒趣的教訓。她出言謹慎，說話間還不時看她那位好翻臉的同伴的臉色，生怕造次。她的同伴此時顯得隨和多了，並且表現出對談話的熱情。另一個自然就更和氣了，臉上掛着憨厚的笑容。這是個大哥型的人，也許就是大哥。民間藝人總是像一家人。他們離鄉背井，四處漂流，靠的就是彼此照應，彼此相幫。這時的和平氣氛是令人陶醉的，並且令人放鬆警惕。那女的不由又有些忘形。她的話稠了，聲出高了，又出現了那種豬肝色的臉色。她興奮起來，成了談話的中心，攀談的人顯然也興奮起來，他們漸漸冷落了那兩個男的，圍繞着這個女的，問這問那，易怒的這一個看起來也是敏感的，他站起身離開了人群，走出了艙外。年長的頓時緊張起來，也站起身，尾隨上去。他對這個兄弟特別小心。

等他倆重新回到艙裡，那穿大衣，幹部模樣的人，便提出一個建議。當他提這建議時，女的則低着頭，面帶喜色，卻有些緊張。看起來這建議正中她意，並且徵得她的同意，深恐她同伴不贊成。那幹部模樣的人建議道：艙裡每人出二分錢，給大家唱一場。易怒的這個立即翻臉，說嗓子疼，不能唱。女的怕的就是這個，一聽果然是這樣，也立即翻臉，騰地站起來，走到另一張長椅上躺下了。留下那年長的，左右為難，不知說什麼好。人們一見這形勢，都掃了興，散開去，那幹部也走出艙外。易怒的尋了另一張長椅躺下。兩人隔了幾排條椅，開始爭執。這一回是認真的了，那女的也動了怒。年長的這邊勸勸，那邊勸勸，誰都勸不動。他是個口訥的人，又怕得罪這二位，話就更不敢出口了，囁嚅了半天也吐不出幾個字。

兩個吵了一陣，終於靜了下來，各睡各的覺。這時，船已走了大半，太陽也偏西了，再有一個來鐘點，就到大柳巷。又有人下了船。中間那幹部又回到艙門口一回，朝裡望望，問道：「還唱不唱？」「不唱！」那易怒的叫嚷了一聲。女的應聲就翻了個身，臉朝裡睡着。汽笛鳴叫起來，再次靠岸，旅途行將告終。年長的最後一次買來一摞麵包，遞給他倆。這兩個誰也不吃，一個說要睡覺，一個說嗓子疼。然後，那幹部樣的人也上了岸，再沒回艙裡。萍水相逢的人們漸漸地散了。

這二男一女是在大柳巷前一個碼頭下的船。這是一個大碼頭，五河縣城，下客最多。年長的從艙外走下來，說了聲「到了」，並不多言，那兩個就都翻身起來，收拾起東西。他們雖然還憋着氣，但不再作計較，擱下不提。三人一起動手，將行李打點整齊。兩個大的由那易怒的挎上肩；幾件碎的歸年長的；女的則背那三弦和二胡，手裡挽自己的一個花布小兜。他們很利索，並且很默契地互相把行李搭上肩，繫好，再椅上椅下看了一遍，確信沒有拉下什麼，便出了艙。

艙外人群熙攘，壅塞在甲板上，望着漸漸靠近的碼頭。他們三人擠在人叢中，被推搡着，不由自主地移動着腳步，臉上流露出緊張的表情。頓時間，前嫌盡釋。只聽「噹」的一聲，下錨了。鐵鏈子嘩啦啦地一開，人們擁上了跳板。肩大包的那個因看不見腳下的跳板，提小包的又空不出手，就由女的在前邊抓住他的包裹引路，顫顫地走過獨木橋似的跳板。他們終於上了岸，在擁擠的人頭中，猶見他們大包小包，在人叢中移動着。

此時的天空是紅色的，夕照染了雲彩，形成晚霞。那種油畫的醬黃色又出來了，佈滿在畫面上。但這一回二男一女只是背影，輪廓線被光影融化了，模糊了，光和影都是柔軟和充盈的，溫和了某些粗糙的細節，看上去比較細潔。他們身穿棉衣褲，被前後包裹挾持着的臃腫的身影，有一種誇張的變形的效果。在那醬黃色的調子襯託下，顯出奇異的美。他們上了大堤。人群疏散了，堤上漸漸只剩下他們三個，越來越小。天呢，越來越紅，終於紅成血一樣的。最終，他們小成三個黑點，卻凝固在畫面裡，再不消失了。

（原載《上海文學》1998 年第 8 期）

# 編後記

新中國成立半個世紀以來，文學創作始終與社會、與時代如影隨形地同命運、共進取。在短篇小說領域，創作尤為活躍，成果十分豐碩，若要從中選出一個「精華」本來，相當不易。

我們儘量從自己的角度出發，運用集體的力量集思廣益，力求以一個個姚黃魏紫的「點」，反映精彩紛呈的「面」。

在具體選編工作中，我們着重注意了以下幾個問題。

一、主要從文學性的角度選取已有定評，或有共識的代表性作品。代表性作品中，既要看當時的反響，又要看過後的影響。

二、在作者的選取上，注重不同時期，不同寫法的代表者。

三、任何作者只選一篇，前選後不選。

本卷選目的提出、具體選編工作，主要是白燁先生承擔。研究室裡的其他同事參加了篇目的討論；楊匡漢、曾鎮南、李兆忠等具體補充了選目。

中國社會科學院文學研究所當代文學研究室